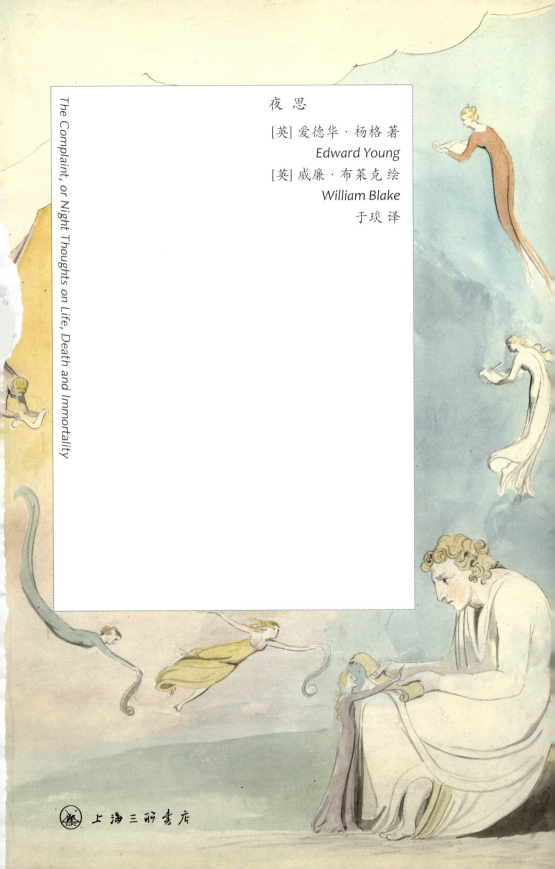

夜 思

[英] 爱德华·杨格 著
Edward Young
[英] 威廉·布莱克 绘
William Blake
于琰 译

The Complaint, or Night Thoughts on Life, Death and Immortality

上海三联书店

　　本书由江苏开放大学（江苏城市职业学院）学术著作出版基金资助出版，是教育部人文社会科学研究青年基金项目"数字人文视角下的英美哀悼文学批评发展史研究"（编号：22YJCZH223）和江苏高校哲学社会科学研究一般项目"'奥登派'抑郁哀悼文学研究"（编号：2019SJA0771）的阶段性成果。

贺　辞

　　爱德华·杨格是一位非常有思想、非常有深度的英国诗人和批评家。虽然他在中国的知名度不高，但其文学思想在美学领域是经典，是现在的文学批评和文学研究者必读的参考资料。他关于原创的理论和思想在我们当今都具有现实意义，是我们关心美学和文学的人都必备的常识。

　　但是爱德华·杨格也是一位非常有才华的诗人，他的代表作《夜思》在他的时代受到英国文学界的高度重视。这部作品不仅是对死亡和来世的思考，也是对未来和天堂的基督教式的解读，有伤感时代的婉约风范，与《墓园哀歌》可有一比，同时也有爱德华·杨格自己的创新和升华。

　　最重要的是，著名诗人和版画艺术家威廉·布莱克为该诗做了一系列插画，这些插画本身的艺术价值非常高，但中国读者在此之前没有机会欣赏到。该系列插画与爱德华·杨格的诗歌的结合，是相得益彰，相互支撑，达到了珠联璧合的效果。

　　上海三联书店所出版的《夜思》集中国首次面世的该诗完整版和中国首次面世的布莱克系列插画于一身，版画的版权来自大英博物馆，是中国大陆独家出版，足以显示其珍贵的价值，我在此热烈祝贺该书出版！向读者隆重推荐该本珍贵的书籍！

张　剑

北京外国语大学教授

中国外国文学学会英语文学研究分会会长

2018 年 12 月 8 日

关于爱德华·杨格的生平与诗才

乔治·吉尔菲兰（George Gilfillan）

于　琰　译

本文出自 1853 年 W·罗伯逊（W. Robertson）出版社发行的英文版《夜思》，注释全部是译者所加。[①]

在乔治·赫伯特（George Herbert）的时代与爱德华·杨格（Edward Young）的时代之间，英国诗歌以及英国的风度、政治和宗教发生了一些突出的变化。在一个时期内，清教起义（Puritanic Revolt）[②] 的暴风雨席卷了这片土地，先是如云团般遮蔽才智和道德的地平线，随后又为其解除疑惑。这对于诗歌的影响是，诸如赫伯特这样难以捉摸、但善于措辞的圣歌，代替了弥尔顿（John Milton）那种具有统一性的史诗和宏伟协调性的合唱。然后王朝复辟来临——虚妄的鼎盛时期，这个词的含义包括虚妄原则、虚假政治与错误品味。不列颠成为了被法国贬黜的奴隶，在法律和文学上都是如此。的确，德赖登（John Dryden）在一定程度上维持了他所属国度的特性与品味，但他几乎孑然一人。接替他的是艾迪生（Joseph Addison）与蒲柏（Alexander Pope），二者皆是有才但胆怯之人，他

---

① Young, Edward. *Young's* Night Thoughts *with Life, Critical Dissertation, and Explanatory Notes by the Rev. George Gilfillan.* Dublin: W. Robertson, 1853.

② 关于"清教起义"，史书多作"清教革命"（Puritanic Revolution）。

们的才华确然伟大，但从未、或者甚少进行原创和大胆的冒险，而且似乎总是无法摆脱对法国批评的畏惧。尤其是蒲柏，将他的全部影响力用于证实并完善异国文学法则的力量；而这一屈服是如此普遍、深重，以至于在我们看来，关于爱德华·杨格的天资的最为强有力的证据之一，正在于他敢在那个优雅但无力的时代抬高本国的歌喉，而且并非徒劳无功；因为，即便他没有彻底地制造一场革命，或是建立一个学派，他本人也已成功在诗坛立足，他的诗歌则像一个荣耀的先例，激励所有勇敢的后人们"行动起来、行事相仿"。

爱德华·杨格出生于 1681 年 6 月（据某些人的说法，是两年后），在汉普夏郡（Hampshire）的阿普罕村（Upham）。他的父亲是教区的首席神父，被描述成是一个学识渊博、才能出众的人。他撰写了数卷布道书，并且因其作品价值，经由布雷福德勋爵（Lord Bradford）的举荐，被任命为威廉三世的附属教堂牧师，以及索尔兹伯里教长（Dean of Salisbury）。他于 1705 年去世，享年 63 岁。在他去世后的第一个星期日，伯内特主教（Bishop Burnet）在教区总教堂发表的一篇葬礼布道中，就他的性格进行了一番热情洋溢的赞颂宣告。

杨格被送去温切斯特公学（Winchester College）就读，随后去了牛津，在那里他得到了万灵学院（All Souls College）的法学研究生补助，此后相继获得民法学士与博士学位，还在 1706 年得到一份研究生补助。当可灵顿图书馆（Codrington Library）成立时，他被任命发表拉丁文演说。这份演说词得以发表，但因为充满了比喻修辞和幼稚言论而反响平淡，作者也很明智地在他的作品合集中删去了这篇文章。他在学院的学业发展情况，此外便知之甚少。据说他时而发奋图强，时而放荡消遣。当他休息时，有恶名昭彰的沃顿公爵（Philip Wharton, lst Duke of Wharton）相伴，后者以屈尊俯就的态度对待他，腐化他、嘲笑他。当他学习时，他便会关上自己的窗户，在身边营造一种人为夜景，并且在他的房间里堆积颅骨、交叉的股骨还有致命武器，使屋子看起来更为可怕。于是，他的才华与他的怪癖同样为人所熟知。怀疑论者廷德尔 ① 对此有一段惊人的证词。他说："我总能回答其他的男孩子们，因为我总是知道他们的论证来自何处；但是那位叫杨格的研究生不断用他自己的东西来纠缠我。"

似乎在快三十岁之前，他开始尝试诗歌创作，这把诗歌之琴此后将拨奏出极为有力且悦耳的歌曲。他选择的第一个主题，语调崇高且富有野心，反映了他的天资："末日"。这首诗作于 1710 年，直到 1713 年才面世。此前，在 1712 年，他发表了一篇致兰斯多恩勋爵（Lord Lansdowne）的书信体诗作，这首诗孱弱无力且自命不凡，没能太多地表现出他的独特才能。后来，杨格对此深感羞愧。在《末日》问世的同一年，他为艾迪生的《加图》（Cato）作了一篇序言韵文，没有太大的价值。此后不久，他印发了一首题为《宗教的力量：或，被征服的爱》(The Force of Religion; or, Vanquished Love) 的诗作。这首诗是基于简·格雷女士（Lady Jane Grey）与其丈夫的故事，开篇是献给索尔兹伯里伯爵夫人（Countess of Salisbury）的热情献辞。在 1714 年女王去世时，他发表了一篇缅怀她的赞颂诗文，并且将其题赠给艾迪生。那时候，献给王孙贵族的恭维奉承几乎是诗歌必不可少的一种有用商品——就像一件花里胡哨的宫廷礼服，

---

① 马修·廷德尔（Matthew Tindal, 1655—1733），英国自然神论者，反对罗马教廷，主张国家对教会的控制。

每个诗人都被迫在某个一次性的特定场合穿上它；即便是德赖登也无法超越杨格在谄媚吹捧中表现出来的强烈虚伪表象和不遗余力的恭维。令人欣慰的是，杨格在冷静反思后，删去了大部分无价值的感情迸发；但直到最后，他仍然保持着十足的侍臣风范，《夜思》的诸多献辞足以证明这一点。据推断，在 1717 年左右，他曾陪同沃顿访问爱尔兰。

　　1719 年，他的悲剧《布西里斯》（*Busiris*）上演，并收获了极大的成功。他后来以 84 英镑的价格将版权卖给了 B·林托特（B. Lintot）①。考虑到这是一个无名作家的首部剧作，这被认为是一笔巨资。《布西里斯》这部剧作，属于既庄严又浮夸、且极为矫揉造作的那一流派，长久以来早已无人继承。它的构思和文字都具有厄克里斯（Ercles）的风格；而纳特·李（Nat Lee）本人，在其狂野的剧本中，也几乎未能超越从米隆（Myron）口中流淌出的夸夸其谈之谬论巨浪。②紧随《布西里斯》之后，他发表了《约伯记节选释义》（*A Paraphrase on Part of the Book of Job*），这部作品与杨格的才华并不相称，也配不上令人崇敬的原作。那部原作是在所有诗作中最为伟大的，有着如此丰富且浩瀚的描述，以至于几乎有身临其境之感，相较杨格的诗体释义，还是在我们惯常的散文翻译中得到更为恰当的展现。但是我们绝非像某些评论家那样，反对释义、意译《圣经》的原则。我们满怀热忱地赞赏苏格兰意译本中的很多释义，

---

①　林托特即英国出版商巴纳比·伯纳德·林托特（Barnaby Bernard Lintot）。

②　厄克里斯的风格指一种令人振奋、辞藻有些华丽空洞的公开演讲或写作风格。纳特·李即英国戏剧家纳撒尼尔·李（Nathaniel Lee, 1653?—1692）。米隆可能是指希腊雕刻家米隆（Myron, 480?—440 BC），其代表作是青铜雕刻《掷铁饼者》。

还有拜伦（Byron）与穆尔（Moore）的某些希伯来歌曲；我们也乐于看见《圣经》的所有诗歌由某位能堪此大任之人用诗体译出。①

1721 年，《复仇》（*The Revenge*）问世，是他到当前为止最有力的悲剧。它的最大缺陷在于与《奥赛罗》（*Othello*）太过相似：它最为人称道之处，则在于尽管它模仿了莎士比亚的名著，并且向其提出挑战、进行对比，在这一杰作面前，杨格的悲剧并未完全落败沉沦、黯然失色。作为一部戏剧，我们认为它确实是二流水准；情节没有得到艺术性处理，在阿朗索（Alonzo）心中激起嫉妒之情的种种手段，也是对于莎士比亚原作的一种相当拙劣蹩脚的仿效。一直以来，赞加（Zanga）被称作是"对伊阿古（Iago）的粗俗、夸张的模仿"；在一定程度上，他可能的确如此，但杨格通过赋予他的主角一种诗歌固有的狂野特色，减轻了这一模仿的粗俗性质。伊阿古是一个比赞加更为狡诈、冷漠的恶魔，更多地沉溺于嘲笑讥讽与淫词秽语，而不是慷慨激昂的演说。赞加的演说耗尽了复仇的雄辩术。伊阿古除了才智、机智和邪恶之外，别无他物。赞加有一种想象力，配得上其炎热且狮群遍布的出生之地。伊阿古在被察觉后，陷入了固执的沉默；他僵化为一座恶魔的雕塑。赞加则是在崇高意象中死去。

的确，《复仇》的引人之处都归功于诗歌才华的火焰，若非这些烈焰从这部诗剧的每个毛孔喷涌而出，它的结构便是一个粗糙低劣

---

① 苏格兰意译本指 1650 年苏格兰长老会（Church of Scotland）认可使用的《苏格兰格律诗篇》（*The Scottish Metrical Psalter*）。拜伦的诗集《希伯来歌曲》（*Hebrew Melodies*, 1815）包含了拜伦为作曲家艾萨克·内森（Isaac Nathan）谱制的犹太曲调创作的歌词，以及拜伦本人的诗作。爱尔兰诗人托马斯·穆尔（Thomas Moore）著有散佚的诗集《爱尔兰歌曲》（*Irish Melodies*），同时也是拜伦指定的遗稿保管人。

的仿制品。这部戏被献给了沃顿，杨格与他依然保持着亲密关系：杨格在*六周时间内*教会沃顿讲一口优秀的拉丁文；沃顿则借钱给杨格，帮他偿还进入议会的开销，尽管这是一次失败的尝试。这件事发生在 1721 年，地点是塞伦赛斯特（Cirencester）。但是，这轮选举遭到了质疑。对于杨格和世界而言，他的失败也许反倒是一种幸运。倘若他获得了席位，他很有可能会：

> 尽管为世界而生，他的头脑变得狭隘，
> 并且为党派放弃本应用于造福人类的；①

一系列被遗忘的雄辩演讲，又怎能与《夜思》那群星璀璨、永远燃烧的光辉相提并论？

　　他对于这次努力的失望，可能还伴有对于以愚蠢和恶习虚度青春的悔恨，似乎令杨格变得尖酸刻薄，并使他愈加成熟，以至于讽刺文无可避免地成为了恼怒且不愿屈服的精神的表达形式。1725 年，他的《普遍激情》（*The Universal Passion*）第一部分问世；其余部分以讽刺文的形式相继发表，并在 1728 年与一篇有些吹毛求疵的序言合集出版。在这篇序言里，他暗示自己发现诗歌不是非常有利于晋升。不过，通过这些诗作，他获得了 3000 英镑的报酬。据斯彭斯（Spence）② 所说，其中有 2000 英镑来自格拉夫顿公爵（Duke of

---

① 这两行诗句出自奥利弗·戈德史密斯（Oliver Goldsmith）的诗作《报复》（*Retaliation*）第 30—31 行，是戈德史密斯对他的朋友埃德蒙·伯克（Edmund Burke）的评价。戈德史密斯的原作无 "though" 一词，即应译作"为世界而生之人，他的头脑……"。

② 斯彭斯即杨格的同窗好友、牧师兼学者约瑟夫·斯彭斯（Joseph Spence）。

Grafton），但公爵并不后悔这笔出资。和当时的惯常做法一样，在好几篇讽刺文中，他的题词充满了对于诸如多塞特（Dorset）、多丁顿（Dodington）、康普顿（Compton）和罗伯特·沃波尔爵士（Sir Robert Walpole）等人的赞美，这些人都很欣赏杨格的赞词，并予以奖赏。^①我们将在稍后评论这些出色的作品，目前只需注意，它们是在蒲柏的讽刺文之*前*出版，而且立刻风靡一时。

好似是为了安抚那位总是站在当红作家战车后的报应女神，杨格随后发表了在他水平参差不一的作品中最为差劲的两首诗作。第一首诗题为《就职》（*The Instalment*），是献给罗伯特·沃波尔爵士的，可能也是有史以来献给首相的诸多虚伪诗作中最为愚蠢且蹩脚的。第二首是《汪洋颂》（*Ode to Ocean*），一首矫揉造作、单调呆滞的打油诗——实际上，任何一个受过教育的海员，只要是"在航程过半时"，都有可能写得出来。

最终，对于放荡消遣和政治舞台、对于蹩脚颂词还有优秀讽刺文感到厌倦的杨格，决心变得明智、担任圣职。长久以来，一股无法抗拒的力量一直裹挟着他，他本人多次爆发的桀骜心气也促使他最终做出这一决定。那伟大的才智与心灵——在其之上，《夜思》的阴影已经开始聚集成形——无法满足于由"同辈、诗人"还有娼妓组成的社会，戏院中聚集的闷热人群的掌声，抑或是采用讽刺短诗的警句式样、由其自身迸发而出的巨大怨怒。在他的眼中，世界曾是如此新鲜美丽，但已经逐渐萎缩成一具骷髅，眼睛化为凹槽，头

---

① 多塞特即多塞特公爵莱昂内尔·萨克维尔（Lionel Sackville, 1st Duke of Dorset）。多丁顿即墨尔库姆男爵乔治·多丁顿（George Dodington, 1st Baron Melcombe）。康普顿即威尔明顿伯爵斯潘塞·康普顿（Spencer Compton, 1st Earl of Wilmington），英文序言此处误作"Campton"。

发变作永远的秃顶，带着"麻衣系腰代替华服，烙伤代替美容"。①
他决心要向尘世的天涯海角、向人类的所有阶级宣告这一痛苦但
神圣的醒悟。为了这一目标，他首先登上了布道坛，然后开始运用
印刷业这个即便在当时也是更为强大的工具。当他开始担任牧师
时，他并不是一个新手。若我们能有更多像杨格这样的人就好了！
他并非那种通过机械呆板的升职阶梯、仅凭惯例的推动便升至布道
坛的人，而是在别处经历了漫长且徒劳的游荡后、降临到布道坛的
人，并且因为有着成熟经验而坚信，上帝依然意欲驻留在那里，这
一职位至今仍然是一座有着权力和前景的山峰。赫伯特、查默斯
（Chalmers）、福斯特（Foster）便是这样以传播福音的牧师身份开始
他们真正的工作。② 以最大效力、向一个拒不认同的世界介绍《圣
经》的人，并非孩童，而是一位如半尼其③ 般、大声传道的牧师。
当杨格开始发表"安善讯息"时，他已年满四十七岁，在年纪、造
诣、经验和名声方面都已成熟。就像我们已经提及的那些知名人士，
以及我们可能会提到的其他人那样，他的种种担任圣职的动机遭到
了污蔑。他被比作一位失恋女子，决意成为修女；还被比作——与
这一形象不太一致——一位曾经餍足于感官享受之人，如今正在成
为隐士。这两者怎么可能同时为真呢？如果杨格失意沮丧，他又怎
会感到餍足？倘若他有所餍足，又怎会因不够满意而苦恼失望？事
实是，像杨格、查默斯、赫伯特和福斯特这样的人，他们全然超越

---

① 此处的描述及引文出自《圣经·以赛亚书》第 3 章第 24 节（Isaiah 3:24）。
② 托马斯·查默斯（Thomas Chalmers），苏格兰自由教会的创始者之一。约
　 翰·福斯特（John Foster），英国浸礼会牧师兼散文家。
③ 据《圣经·马可福音》第 3 章第 17 节（Mark 3:17），半尼其是耶稣赐予门
　 徒雅各（James）和约翰（John）的别名，意为"雷之子"，表现了二人的
　 鲁莽冲动。

了通常的判断标准，必须由与他们相匹敌之人进行评判。他们都有着与生活相关的种种憎恶与不满，也都深切地感受着各自的憎恶与不满。但所有人也都有着一个更为深刻的原因——我们承认，这一原因可能是迫于形势而发挥作用，使得他们放弃今世荣耀与财富的空虚竞技场，转而将自己献给一个更为高尚、尊贵的目标。他们都看透了社会的空洞虚伪和人心的悲惨困苦；他们都感到，唯有福音能填补那令人痛苦的空虚，使那些枯燥沉闷的渴望得到满足。因此，赫伯特放弃了宫廷的各种消遣享乐；查默斯放下了他的抽气泵和望远镜；福斯特抛弃了他的种种哲学猜想；杨格则摆脱了同辈的哄骗诱惑，忘却了拥趸的叫好掌声，转而向可恶的罪人们宣告愉悦音信；可以肯定的是，所有人都在不同程度上得到了回报。

1728 年 4 月，他被任命为乔治二世的附属教堂牧师。他谨慎地撤回了自己正在进行排练的悲剧《兄弟》(*The Brothers*)。这部戏比《布西里斯》更为优秀，但是远不及《复仇》。它充满了激情和诗篇、惊人场景与生动形象，但它的主题令人不悦，复杂多变的情节也没有被巧妙地理清。

同年，他发表了《对于人类生命的真实估计》(*A True Estimate of Human Life*)，笔力雄健、构思新奇；他还发表了一篇忠心耿耿的布道长文，于查尔斯一世的殉难日在下议院进行宣讲，题为《为王孙辩护；或，政府应得到的尊重》(*An Apology for Princes; or, the Reverence due to Governments*)。

目前为止，杨格一直依靠他作为研究员的收入以及沃顿的馈赠生活，沃顿在去世后也给他留下一份补助金。但如今，他很自然地开始焦虑，渴望在自己已经进入的那片新领域得到晋升，并且被迫——*可耻地!*——向乔治二世最宠爱的情人、霍华德夫人陈述了

9

他的情况，这便是那位在珍妮·迪恩斯（Jeanie Deans）和卡罗琳王后（Queen Caroline）的著名场景中以奇特方式出现的那位"好人霍华德"。① 他曾请求她的这一事实，以及他写给她的信中所用的词语，使之成为了杨格的一生中最为不光彩的事件。在 1730 年，他发表了《海之国》（*Imperium Pelagi*），这又是一首关于海洋的抒情诗，和他的《汪洋颂》一样糟糕，而且更长。在同一年，他给蒲柏写了一封信，以一种更为粗劣、草率的方式，模仿了这个特威克纳姆（Twickenham）的小个子的创作。

在 1730 年 6 月，经由其所在学院的推荐，杨格来到赫特福德郡（Hertfordshire）的韦林（Welwyn）教区担任教区长。关于他在那里居住和劳作期间的各种令人愉快的猜测和轶事，我们推荐读者们参看布尔沃（Bulwer）的《学生》（*Student*）。② 他是一位强有力的传道者。他的布道似乎有着惊人的思想、丰富的意象和极为实用的倾向，并且是以非常生动活泼、成效斐然的方式进行宣讲。据说，有一次，他在圣詹姆斯王宫（St James's）当着朝臣及国王殿下的面进行讲道，谈及某个关于超然重要性的话题时，由于无法召唤观众的注意力、难以唤醒他们的感情，他最后退回到布道坛失声痛哭。那一行为本身就是一

---

① "好人霍华德"即萨福克伯爵夫人亨里埃塔·霍华德（Henrietta Howard, Countess of Suffolk）。珍妮·迪恩斯是沃尔特·司各特（Walter Scott）所著小说《中洛辛郡的心脏》（*The Heart of Midlothian*）的主人公，她从爱丁堡步行至伦敦，请求王后赦免她含冤入狱的妹妹。第十三章提到了卡罗琳王后与霍华德夫人的关系。

② 布尔沃即爱德华·布尔沃-利顿（Edward Bulwer-Lytton），文集《学生》中收录的《首次访谈》（*Conversation the First*）与《英国与英国人》（*England and the English*）的第四章提到了杨格及其作品，后者还谈论了英国神职人员的生活情况。

场布道！这位哭泣的泰坦巨人 ①——他本可以撕裂岩石、割裂高山，却无法成功地打动任何朝堂听众的心灵——是布道坛演讲史上最令人感动的身影之一。唉！但凡以杨格的布道对象作为目标的传道者，谁不曾偶尔想要采取杨格的态度，并且像杨格一样流下悲痛而灼热的泪水？"我们所传的有谁信呢？主的膀臂向谁显露呢？"②

在 1731 年，业已五十岁的杨格娶了女勋爵伊丽莎白·李（Lady Elizabeth Lee）为妻，她是利奇菲尔德伯爵（lst Earl of Lichfield）的女儿，李上校（Colonel Lee）的遗孀。这一姻缘源于他父亲认识的女勋爵安·沃顿（Lady Ann Wharton），她是位于牛津郡的迪奇利爵士亨利·李（Sir Henry Lee of Ditchley）的共同继承人，而且似乎生活得非常幸福。随后他发表了另一首题为《海之诗》（A Sea Piece）的愚蠢颂词，好似他已注定要令他的才华蒙羞。这就好像是弥尔顿试图创作阿那克里翁体诗作 ③。几年后，以一个海员的角色进行创作的《异邦演讲，或支持和平的最佳论据》（The Foreign Address, or the Best Argument for Peace）问世，起因是英国舰队当时所处事务的立场。这只不过是一套发出声音的冗词赘语——或者，如哈姆雷特所说，是"空话、空话、空话"。大约在这个时候，杨格遇见了伏尔泰（Voltaire）。据传闻，伏尔泰当时正在嘲笑弥尔顿关于"死亡和罪孽"的寓言，而我们的主人公则用这首即兴警句插嘴道：④

---

① 泰坦巨人，也称"提坦"、"泰坦"，是古希腊神话中一组神的统称。

② 《圣经·约翰福音》第 12 章第 38 节（John 12:38）。

③ 阿那克里翁（Anacreon）是古希腊宫廷诗人，其诗作多以歌颂美酒和爱情为主题，"Anacreontic"指（类似）阿那克里翁体的、专门写酒色享乐的诗歌。

④ 关于"死亡和罪孽"的寓言，见《失乐园》（Paradise Lost）第二卷与第十卷。

　　您是如此的机智、恣意、又瘦削，

　　您本人即弥尔顿、死亡与罪孽。

在这首讽刺短诗中，我们看不出太多机智风趣，即便我们如今已给予了它最好的表现形式。但在那位纤瘦的否认者看来，这并非不合时宜，因为他试图从万物中清除那一重要元素，即其上帝；试图让宇宙如他本人一样、只剩一躯咧嘴而笑的骨架，怀着可怖的同情心，对已完成的废墟面露笑容。我们想象自己看见两个有天赋的人，一位代表法兰西的怀疑主义，另一位代表英格兰的信念，见面并一同交流。伏尔泰刚刚三十出头；杨格已经年过五十。伏尔泰因为早熟的思想和放纵的笑声而面容憔悴；杨格尽管更为年长，却面露红晕，更为温润乐观。伏尔泰的脸上不断掠过北极光般最不真诚的笑容；杨格的表情是严肃稳定、开放宁静的，像秋日晚霞的光辉。在伏尔泰的眼睛深处，你能看见未来的"赣第德"（Candide）正在发笑；而在杨格的眉头则显露出昏暗壮观的《夜思》迹象。^① 在会面、交谈、鞠躬、思索并退身后，他们就此永别；伏尔泰笑着叹气，想起了那位"被误导的宗教巨人"；杨格则在叹气声中笑着，想起了那位"奇妙且近乎类人的无信仰之猿"。

　　杨格与他的妻子育有一子，弗雷德里克（Frederick）。他似乎并不是一个行为特别端正的青年；事实上，他的父亲在去世前的一段时间内，甚至拒绝接见他，尽管他最后还是原谅了儿子，并且使他成为自己的继承人。但是没有哪个显赫父亲的儿子像他那样面临如

---

① 赣第德是伏尔泰所著小说《老实人》（*Candide, ou l'Optimisme*）中的主人公。

此艰难的管教。他通常被认为是《夜思》里的洛伦佐（Lorenzo）。这首诗在发表时，弗雷德里克只有八岁，几乎不可能会想到杨格指责他那纯虚构或半真实主人公所犯下的那些罪行，包括怀疑主义和无所顾忌的自我满足。

在他担任韦林教区长的前十年内，这位诗人一直过着平稳安定的生活。他举止寻常，家庭幸福，勤勉地对待牧师职责，财富也来得容易。他的布道受人欢迎且十分有用。他的研究主要与他自己的职业有关，给他带来了日益增长的满足感。在 1782 年的《绅士杂志》（*Gentleman's Magazine*）中，一位似乎与他关系亲密的匿名作家这样描述他："在他的所有行为和文字中，可以看出一个伟大且优秀的头脑所具有的尊贵品质。他在谈论宗教话题时，带着令人欣喜的美德；他的虔诚不为阴郁或热情贬损；在公共和私人场合，他都合格地履行了宗教职责。在其家庭角色中，他和蔼可亲；在基督教工作中，他则德高望重。我从未见过有比他更为礼貌的人：不论是对地位更高的上级，还是对他的同辈或下级，他都同样彬彬有礼，只在优雅程度上有所区别。我从未听见他用粗暴的语气对哪怕是最卑贱的侍者说话。在谈论新鲜的主题时，他有一种自己特有的夺目才智；我不知道要怎样描述，只能说他那和蔼可亲的灵魂特质既提升了这种才智，又使之变得温和。我曾见过他生病、痛苦，但他的头脑一直保持平静，泰然自若。我不曾听见他的口中说出任何一句乖戾抱怨的表述。"他的卓越口才甚少被留存下来，因为不幸的是，他没有像博斯韦尔（Boswell）①那样的人与他形影不离。但流

---

① 詹姆斯·博斯韦尔（James Boswell）长期陪伴塞缪尔·约翰逊（Samuel Johnson）并记录他的言行，由此写成《约翰逊传》（*Life of Samuel Johnson*）。

传给我们的一两句言论，已经具有非凡的个性。在一个风雨交加的夜晚，杨格外出去了他的花园，并在那里停留了一段时间。当他回来时，一个人好奇地问，为何他在这样的夜晚停留了这么久。"哦"，他回答道，"这是一个非常棒的晚上；*上帝在外*。"他十分喜爱花园，并且在他的避暑别墅墙上刻下了这行文字："*Ambulantes in horto audiebant vocem Dei*"（在花园里行走时，他们听见了上帝的声音）。他还曾竖起一个刻有"*Eheu fugaces!*"（唉飞逝着！）的日晷。① 他后来笑着对兰顿先生（Mr Langton）说，这句铭文"很可惜得到了印证，因为第二天早上，我的日晷就被搬走了"。尽管有时候心情抑郁，他却乐意鼓励别人变得欢乐，并且在他的教区内建立了一座集会堂和草地滚球场。

　　倘若这就是一切——倘若杨格继续追求如此平稳、宁静的发展——如今他必然已被人遗忘；因为我们认为，不论是他的讽刺文还是戏剧，这些作品本身并不能使他的名字流芳百世。但命中注定，悲伤将与失望合作，共同展现他的头脑中的全部宝藏。安泰俄斯（Antaeus）在触碰地面时最为强大。② 约伯直到拜倒在炉灰中时，才变得最为口才流利。③ 所以，为了有能力创作《夜思》，杨格必须陷入最深重的阴郁折磨——"那箭矢三次射出；三次他失去安宁"。④ 1736 年，他的妻子与前夫生下的一个女儿去世了。这

————————

① "Eheu fugaces"出自贺拉斯（Horace）同名颂歌的开篇诗行"Eheu fugaces, Postume, Postume/labuntur anni"，意为"唉飞逝着，波斯图姆，波斯图姆，岁月悄然离去"。波斯图姆斯（Postumus）是贺拉斯的朋友。

② 安泰俄斯是希腊神话中的巨人，只要与地面保持接触，便永不战败。

③ 见《圣经·约伯记》第 2 章第 8—10 节（Job 2:8—10）。

④ 这句引文改写自《夜思》第一夜第 211 行，原文为"你的箭三次射出；三次我失去安宁"。

就是坦普尔夫人（Mrs Temple）——他那首伟大诗作中的纳西莎（Narcissa）。她患病已久，迟迟不愈。杨格陪她去里昂（Lyons），她在那里去世，她的遗体作为一名新教徒的骨灰，遭到了野蛮对待，未能获得安葬。她的丈夫，坦普尔先生（Mr Temple），即菲兰德（Philander），于四年后去世。1741 年，杨格的妻子，即露西亚（Lucia），也逝世了。如今他感到自己孤身一人，过着可恶的独居生活。但他的悲伤并未使其变得阴郁消沉、无所事事。他将悲伤作为神谕，将他的泪水提纯为诗歌。他旋即开始《夜思》的创作，并于 1742 年至 1745 年间发表。这首绝妙的诗作全部是在夜间或马背上创作完成。顺便提一下，骑马这项运动，给人以权力与自信之感，能促进血液流动、提升血气魄力，很多人感到它对于思想体系的构成和心理健康有着显著的益处。我们知道，这项运动激励了诸如彭斯（Burns）、拜伦、雪莱（Shelley）和第四位（即杨格）等人。①我们乐于想象杨格骑马穿越他所在教区内的条条绿道，并且对自己柔声低语着他的悲哀吟游诗作。我们更乐于看着他的那盏孤灯在午夜闪耀，像一颗穿透黑暗的星星，似乎回应着那些在上空的大熊星座和猎户星座中燃烧、更强大的发光体发出的遥远信号；与此同时，诗人时而蘸湿他的笔，以便写下他那热切的永生文字，时而将头靠在丧妻的臂膀上，时而沉溺于一阵阵无法控制的突发悲痛，时而向外看着黑夜，当"上帝在外"乘着暴风雨的翅膀，或是当上帝正寂静地在众恒星和星系——那些不知疲倦的"守夜人"和未受洗礼的"圣徒们"——中照射出他的名号。

---

① 此处原文为"such men as Burns, Byron, Shelley, and Delta"，"Delta"是希腊字母表的第四个字母，这里可能用来代指杨格。

在 1745 年，杨格写下了《对于王国公共状况的思考》(*Reflections on the Public Situation of the Kingdom*)，这部作品在当时没有产生影响，如今已被完全遗忘。他没有在自己作品的合集中收录这首诗作。1753 年，已经被搁置近三十年的悲剧《兄弟》被搬上了舞台。杨格将这部戏的利润，加上他自付的数百镑钱，共计一千英镑捐给了福音传道会（ the Society for the Propagation of the Gospel ），这一举动必然打破了那些通常说他爱慕金钱、渴望晋升的传言。

他的下一部作品是《非传说的半人半马怪：致友人的六封信》(*The Centaur not Fabulous, in Six Letters to a Friend*)。其主题是那个时代的不信教和不道德。这本书已经被人遗忘，这是很可惜的，鉴于它是一部意味深长、铿锵有力的文学作品。书中满是明晰尖锐、言简意赅的真理。它的风格富有活力，闪现着诗般意象。我们希望能看到它以廉价形式再版；因为，尽管不信教和享乐在其实质方面已有所改变，但杨格的这本小书中还是有很多具备实用价值的不朽见解，甚至在如今更能发挥显著作用。阿尔塔芒（Altamont）这一角色据说是代表尤斯顿勋爵（Lord Euston）[①]，一位因为种种恶习而臭名昭著的贵族。杨格的运气不济，他遇上的这个时代，其特点是一种低俗卑劣、嗤笑讥讽的怀疑主义，而他那些诚挚认真、令人敬畏的文字则遭到了嘲笑奚落。很多人宣称他是个疯子，其他人则低声说他老年昏聩。但如今，这本书看起来充满了智慧，而且几乎燃烧着预见性的火花。

事实上，杨格在世期间，并没有得到普遍欣赏。按照布瓦

---

① 尤斯顿勋爵指乔治·菲茨罗伊（George Fitzroy, Lord Euston），格拉夫顿公爵的长子。

洛（Boileau）①和蒲柏的标准进行审判，他的作品被断言是浮夸枯燥、勉强做作且放肆挥霍的。即便是本应更具慧眼的沃伯顿（Warburton）②也对《夜思》做出了尖锐严苛的评价。但是，他有着他自己的热忱赞赏者，其中最为显眼的当属那位亲切友好、知识渊博的约瑟夫·沃顿（Joseph Warton）。他将自己的《论蒲柏》（Essay on Pope）献给了杨格。这篇论文首次对于真诗人中最矫揉造作的那位提出了严肃冷静、有鉴赏力的评价，其中表达的一些观点，被认为与杨格的看法相一致。因为，尽管杨格欣赏且过于频繁地模仿蒲柏的巧妙观点与对偶句式，他意识到还有更为崇高的模范，并认为荷马、弥尔顿和约伯是在午夜用功时更为意气相投的同伴。1758 年，他发表了一篇简短且毫不出色的布道文，在肯辛顿（Kensington）当着国王的面进行宣讲。

小说家理查森（Richardson）③是杨格最重要的好友之一。他们对于道德和宗教话题有着相同见解；他们的严肃语调和朴素文采也十分相似——理查森就是一个更沉闷迟钝的杨格，杨格就是一个更开朗聪颖的理查森。尽管两人都生活在一个最为道德败坏的时代，他们都不曾迎合这个时代的品味。在 1759 年，杨格给理查森写了一封谈论"独创性作品"（Original Composition）的信，信中没有显露任何老态龙钟的迹象，而是充满了强健有力、惹人注目的言论。④1762 年，年逾八十的杨格写下了他的最后一首、也是最为差劲的诗作。

---

① 尼古拉·布瓦洛（Nicolas Boileau），法国诗人兼批评家。

② 威廉·沃伯顿（William Warburton），牧师兼学者。

③ 塞缪尔·理查森（Samuel Richardson），著有《克拉丽莎》（Clarissa, or, the History of a Young Lady）。《夜思》中的"克拉丽莎"形象可能源自这本小说。

④ 这封信即《试论独创性作品》（Conjectures on Original Composition）。

这首诗题为《辞呈》（*Resignation*），需要读者对此给予相当的体谅。它几乎没有太多属于杨格的独特才智，主要充斥着对他的故交伏尔泰的辱骂，孱弱且无用。目前看来，它是应博斯科恩夫人（Mrs Boscawen）的提议而作。她是博斯科恩海军上将的遗孀，因为从《夜思》得到了慰藉而拜访杨格，并且更加被他的谈话所吸引。

在他生命的最后几年中，据说他太多地受制于他的管家哈洛斯夫人（Mrs Hallowes），她是一位牧师的遗孀，传闻称她以残酷的方式控制着他。在去世前，他修改了自己已经出版的作品，并在遗嘱中要求焚毁他的手稿。在八十岁后，他向大主教塞克（Archbishop Secker）① 申请晋升，并被任命为威尔士王妃的私人祈祷室牧师（Clerk of the Closet to the Princess-Dowager of Wales）。他于 1765 年 4 月去世，享年84 岁。此前三至四年的时间里，他已无法履行职责，但直至最终都保留着他的职位。他将自己的财产主要留给了他的儿子。约翰逊和博斯韦尔在 1781 年发现他的儿子居住在韦林，怀念着父亲。

杨格无疑是一个被忽视的人。作为当时与英国国教会全体牧师有关联的最伟大的天才，他避开了所有人的视线，不曾在学院授予他的那份教区长职位上再高升一级。这被归于很多原因。有些人说，这是因为他与威尔斯亲王弗雷德里克那一派交好，而且在圣詹姆斯王宫宣讲了一篇令人讨厌的布道文；其他人则说，这是因为他通过罗伯特·沃波尔爵士得到了一份抚恤金。我们认为，真正的原因是对于一位神职文人的庸俗且愚蠢的偏见，好似他是一种混合物，或是"非传说的半人半马怪"，这种观点不仅在当时盛行、如今在某种程度上依然盛行。让我们莫要责备那个时代，只要我们还记得，

① 塞克即坎特伯雷大主教托马斯·塞克（Thomas Secker）。

我们如今依然承受着类似事实造成的奇耻大辱。例如，《撒拉铁》（Salathiel）与《1815年的巴黎》（Paris in 1815）的作者，如今仍然只是沃尔布鲁克圣司提反教堂（St Stephen's, Walbrook）的教区长，与此同时，很多更为年轻、与他相比无甚名气的人，却已经登上了主教席位。①也许，当杨格得知自己的名字和伟大诗篇已经流传到异国他乡，当他得知克洛普斯托克夫人（Madame Klopstock）②——善良、淳朴的灵魂！——好奇为何她丈夫和她本人的偶像竟然没有被任命为坎特伯雷大主教，他会感到自己的失败得到了抚慰。

除了我们上面提及的内容外，很少再有记录涉及他的私人习惯和态度举止。他的阅读习惯是，对于十分欣赏的篇章，在书页下折两道，当特别满意时，就对折两次做标记。因此，一些最为喜爱的著作，例如《漫步者》（The Rambler），就有太多这些认可的印记，以至于都合不起来。有一次，在给汤森（Tonson）和林托特（Lintot）——这两人都在竞争出版他的一本著作——回信时，他放错了信件；当林托特打开自己的信时，他发现信是这样开头的——"伯纳德·林托特实在是一个大恶棍"。③杨格的健忘是众所周知的，有时候他会忘记自己是否已经吃过饭。但是在韦林，他的生活方式还是比较有条理的。他很早就起床，让家中仆人与他一起进行晨间祷告，然后阅读一小会儿，节制地饮食，在他的教堂墓地里散步许久，并且通常在晚间八点准时回房休息。他的儿子告诉约翰逊博士，

---

① 《撒拉铁》和《1815年的巴黎》的作者是乔治·克罗利（George Croly）。
② 克洛普斯托克夫人是德国诗人弗里德里希·戈特利布·克洛普斯托克（Friedrich Gottlieb Klopstock）的妻子。
③ 小雅各布·汤森（Jacob Tonson the younger），英国出版商。巴纳比·伯纳德·林托特（Barnaby Bernard Lintot），英国出版商。

他在有人陪伴时心情愉快，但独自一人时则阴郁沮丧，而且在他的妻子去世后，他再也没有完全恢复精神。他的助理牧师琼斯先生（Mr Jones）证实了这一说法，尽管他在谈及如此伟人的信件中使用了闲聊漫谈、冷漠无情的语调，即便被强烈谴责也不为过。杨格会不时地受到突发灵感的影响，愚蠢的人会将其与疯癫混为一谈。有时候，他的诗歌像一阵旋风般猛地扑向他，并且挟持他扶摇而上：

　　　像敏捷的以西结，通过他的一束头发——①

当他重回地面时，他看起来很虚弱，气喘吁吁、浑身无力。博斯科恩夫人和其他人形容他的谈话比他的写作更为引人注目，尽管偶尔会因为比喻修辞和蹩脚双关而有所减色。

　　我们现在开始探讨他的天资，尤其是在《夜思》中展现的才华。这首奇妙诗作的主题是如此新颖、尊贵且有深度，需要最大程度地运用最高端的才能方可实现；倘若杨格完全上升到其伟大论点的高度，他便会成为所有诗人中最为伟大的。我们绝不是在断言他已做到了这一点；但是我们的确要肯定地说，他已经全面且雄辩地表达了他那壮丽主题中的很多方面，而且他的一些篇章在人类语言中是无法被超越的。

　　考虑到这首诗的*时节、论点、意象、风格、用词、相对的地点*

---

① 这句诗出自托马斯·艾尔德（Thomas Aird），在其诗作《耶路撒冷围城故事集》（*Tales of the Siege of Jerusalem*）的第一则故事《海洛狄恩与阿扎拉》（*Herodion and Azala*）第一部分和《洞穴中的犹太女》（*The Jewess of the Cave*）第三部分都有出现。《圣经·以西结书》第5章第1—4节（Ezekiel 5:1—4），上帝要求以西结用快刀剃自己的头发和胡须，以此作为武器。

与*价值*，以及作者的天资，我们需要对这首诗进行一个简短的批评性评介。首先，关于这首诗的*时节*——夜晚——以及他对此的使用。此前，夜晚不曾寻得一位如此优秀的桂冠诗人。它极为寂静，好似正在聆听、试图捕获某个超凡声音的腔调；它给予世间万物壮观阴影和神秘新意；它的月光使得万物褪色、进而生成神圣色调；沉睡笼罩着众人、将世界变为一座宁静坟墓；被认为在黑夜中行走的诡魅幽灵、或是在深夜回响的神秘声响；那些几乎同样庄重、经常打破夜之寂静的声响里，有风的呼啸、河流的呜咽、暴风雨的尖叫、雷鸣的呻吟，还有来自人类苦难和绝望的狂野呼号；最后、也是最重要的，它从群星密布的宇宙撤走了明亮薄雾和白昼幕布，并且以盛大排场铺展它那包含恒星与行星（它的银色卫星）的"伟大地图"；它的每一个温顺星球都在其各自的反射光辉中闪耀；它的火海，由永远燃烧的原初恒星构成；它的彗星，那些天空之蛇，拖着由大量死亡光晕构成的一长串足迹，穿越颤动的星系；它那奇妙且壮丽的群星形状和排列，即星宿；它那层叠摞积的重重天穹，像一架梯子上的层层圆盘，最顶部是上帝的宝座；还有由它的银河展开的一双臂膀，看似向天堂举起，在进行寂静的祷告、或是某种深沉且可畏的抗议。所有这些有趣且壮丽的元素，从创世伊始便在夜晚中存在，但直到杨格起身创作，还不曾唤醒任何有着连贯且崇高品质的诗性崇拜。诗人们已经就夜晚的某些特征抒发了很多优美、崇高的感情，但是尚未有人尝试将它作为一个整体加以呈现。过去曾有很多单一的想法，但还没有长篇巨制的有声颂歌。异教徒诗人们关于天文星象的观点，自然被他们所处时代的荒唐体系曲解；这足以使他们的热情被浇灭，使他们的诗词进贡变得荒诞奇异而不是真正有力。即便但丁和弥尔顿也因为托勒密宇宙体系而颇为受阻，尽

管鉴于他们能从中提炼出如此多的诗篇，这反倒证明了他们的天资实力。但在杨格出现之前，

> 自然和种种自然法则藏匿于黑夜之中；
> 上帝说，让牛顿在世，于是光明遍布。①

于是他将牛顿体系用于他自己的战斗音乐。

我们绝不是认为杨格已经写尽了这一主题的诗歌。从他的时代开始，赫谢尔（Herschel）和罗斯勋爵（Lord Rosse）都将各自的望远镜转向天空，并且极大地拓展了那浩瀚的午夜奇景，即繁星闪烁之天象的规模与光辉。② 近年来，我们的诗人们已经利用了这些发现，有贝利（Bailey）、A·史密斯（A. Smith）和比格（Bigg）关于群星的雄辩、狂热赞词为证。③ 甚至还有余地再容纳一篇关于这一主题、题为"夜"的伟大诗篇，倘若能出现这样的作者。但是杨格值得称赞，因为下列成就：

首先，他以尊贵的风度歌唱了星辰万象的重要性及其难以言表的荣耀。在午夜的华盖下，他的灵魂激动发光、耀武扬威、欢欣雀跃。在他的诗作的最后部分中，杨格就像一匹从马厩中被牵出来的

---

① 这两行诗句是蒲柏为牛顿所作的墓志铭。

② 威廉·赫谢尔（William Herschel），天文学家兼作曲家，原文误作"Herschell"。罗斯勋爵即罗斯伯爵威廉·帕森斯（William Parsons, 3rd Earl of Rosse）。

③ 菲利普·詹姆斯·贝利（Philip James Bailey），著有长诗《浮士德》（Festus）。亚历山大·史密斯（Alexander Smith），著有《斯凯岛夏》（A Summer in Skye）。约翰·斯塔尼安·比格（John Stanyan Bigg），著有戏剧诗《夜与魂》（Night and the Soul）。这三位诗人都属于痉挛派（Spasmodic School）。

鞑鞑马，来到广阔的草原，自由地蹦跳、腾跃、奔跑。逃离了对于
人类、死亡、无信仰和尘世间"忧郁地图"的黑暗、哀伤冥想，他
将群星视为通往天堂道路上的明亮里程碑，他内心的灵魂是快乐的，
他的诗歌欢腾热烈、壮丽辉煌，有着狂暴且湍急的感情狂潮。

　　其次，他比其他诗人更好地阐释了繁星的宗教。"夜晚"，艾萨
克·泰勒（Isaac Taylor）说道，"有三位女儿，无神论、迷信和宗
教"。沿着这一精巧的思想，我们看见无神论抬头仰望午夜天空，眉
眼放肆、厚颜无耻、全身赤裸，好似那天空只是一个贩卖发光廉价
玩具的大型商店；迷信用一件黑色斗篷包裹自身，在无数的火焰前
俯卧拜倒、浑身战栗，好似她们是某位巨大敌人的眼睛；宗教则在
空中翻转着她那谦卑但无畏的身形，她的面庞带泪颤抖，但是容光
焕发，并且低语道，"我的天父创造了他们这一切"。我们几乎无需
说明，杨格在夜间的天空中所发现的，既非无神论、也非迷信，而
是宗教的教训，他还从旧夜的脸上读出了她的神圣起源，察觉到她
见证上帝的存在、依赖着她的创造者、并且服从于上帝的种种意图。
他已经扩大了宇宙的范围，就连牛顿本人也做不到这般雄辩流利；
然而，他对于《圣经》的忠诚迫使他必须暗示，鉴于这一体系远非
上帝或无限，也并无严格意义上的神圣性，它终将消亡逝去。愤怒
的审判者甫一瞥视，其神圣权杖甫一抬起，它那浩瀚的荣耀波涛便
会像另一片红海般被抽干，以便上帝的子民经过并踏上真正永生的
土地，那份"不能朽坏、不能玷污、不能衰残、为你们存留在天上
的基业"[①]。我们推荐读者去欣赏在《第九夜》开头部分那幅最为善
辩传神的末日图景。我们曾经听到一位化学讲师用这样的文字结束

---

① 《圣经·彼得前书》第 1 章第 4 节（1 Peter 1:4）。

对于物质宇宙的一番华丽描述："而且它将永远闪耀下去。"当时，我们想起了彼得的话，"一切都要如此销化"。① 然后我们幻想，在一个熔炉的诸多山峰上，居住着一种隐形的微生物，它从诸多起伏着的尖塔上向外眺望，并且说道，"这奇妙的烈火将永远燃烧"，但是仅仅过了数个小时，这团火焰已经沉入灰烬，那个微动物也已逝去。像这样，重重天国将伴随着一声巨响消失。它们将逝去，但上帝您仍然留存；不，还有人类，你也注定要在这辉煌的保育室中幸存，并且步入新的天国和新的人间！

《夜思》的论点可以大体陈述为如下几点：它意在展现凡人的虚荣；教导感性生活的低劣、痛苦和疯狂；证明基督徒比俗世之人更为优越，不论活着还是死亡皆是如此，并且证明人类友谊本身毫无价值；从属性和理性的角度，论证人类永生性的真理；展现宗教的合理性，并且教导神圣启示与劝解牺牲的必要性。我们并不认为，杨格总能平稳地论证，或是以符合逻辑的方式为这一论点辩护。这首诗也有缺点——我们尤其反对它关于灵魂永生性的许多证据，这些在我们看来相当拙劣无效、令人不满，但若将诗作视为一个整体，它则是无可辩驳、势不可挡的。它的连接纽带由烧红的烙铁制成；它对于良知有着难以抗拒的吸引力；而且能以冷漠态度阅读它、或是读完后未受感动、毫不敬畏的人，必然比人类更糟、或是不足以称之为人。它无需裹覆赞颂文辞。信服、纯化、提升、得救的灵魂，就是它的王冠上的宝石。我们相信，在这一方面，《夜思》比《失乐园》起到了更为实际、有益的效果。《失乐园》是一幅流光溢彩的图画；《夜思》则是一篇详尽有力的布道文。如今，尽管包含强烈道德

---

① 《圣经·彼得后书》第 3 章第 11 节（2 Peter 3:11）。

说教的图片往往颇有裨益，它们还是缺少伟大布道文所拥有的目的、重点和效果。你可以长久地凝视弥尔顿，却只能感受到对于他的天才的赞赏；但在每一页诗中，杨格都在与你的良知进行斗争，并且说道："莫要看着我，而是注意你自己。"作为我们最伟大的宗教实践推理者之一，福斯特从杨格那里受益匪浅，其阴郁、壮美的天资也很像杨格。

杨格的意象以内容丰富、颇具创意且极度大胆而著名。在那个胆怯谨慎、因袭陈腐的时代，这实在是一项创举。就像所有最崇高诗人们的意象一样，杨格的意象也是精选得来的，其来源可以是或低俗、或高尚的对象，可以是或欢快、或沮丧的人，也可以是星辰和粪堆。他的头脑像一个巨大的车轮，滚动着驶过这首诗，时而下降、时而上升，很容易受到批评，却无法抗拒。你也许会质疑他对于众多形象的品味，例如太阳的形象——

从沧海上红着脸升起的粗鲁醉汉！①

或是当他将上帝称为"伟大的慈善家"；或是将月亮唤作"来自天国的美丽波特兰"；但你总觉得自己接触到的是一个新鲜天成、感情洋溢的头脑——一个从人性中品读自然、从自然中解读人性的头脑。②对于杨格的天资而言，物质宇宙中不存在任何普通或不净的东西。一切都指向上帝，并且全面考虑来看，都对人类十分重要。他的想象力漫无边际，而且，当他像约伯的战马般被彻底唤醒时，"它喷气

---

① 《夜思》第五夜第 193 行。
② "伟大的慈善家"出自《夜思》第四夜第 604 行；"来自天国的美丽波特兰"出自《夜思》第三夜第 49 行，原文为"来自天国的美丽波某"。

之威使人惊惶"；它是力量的狂怒，意识财富的狂欢，"伟大人物的昂首阔步"；并非仅是幻想的舞蹈，而是一位正孤身踩着葡萄压榨机的人所表现出的认真与干劲。① 为了证明这一点，我们将目光转向他那些论及人类的痛苦处境、种种梦想和拖沓延误的辉煌篇章，转向他对于永生性的辩护，转向他歌唱群星的全部旋律。每个人都能感受到这种野蛮——你甚至可以说是残暴——的力量，若你愿意的话，还可以称其为处理失当的力量，但同时，这股力量推动着你，匆忙地送走你，使你焦虑又被它征服，像一个在大瀑布的湍急水流上漂流的婴孩。

　　总体而言，他的措辞是一种足以与他的思想相匹配的媒介。它因为与蒲柏的创作有密切关联而略显失色，并且常常因为使用了对偶句而缺乏说服力——过度使用对偶句是当时的惯常模式。他也时不时地变得粗鲁暴力，以至于他的表述显得粗俗下流。但每当他忘却蒲柏、记起弥尔顿——抑或更甚，当他被他的主题的重要性吞没——他的语言便变得浅显易懂、强健有力、气势恢宏。正如米特福德（Mitford）② 所断言的，它从来都不缺乏"与之对应的壮丽思想"的支撑。与此后在不列颠问世的各种诗作相比，杨格的诗作中有着更多的思想，且是更为尖锐、明晰、独具创意的反思，使人读完后更倍感灼痛，有着更崇高的道德意识。米特福德说："每个意象都得到了最大限度的充实。"有些意象无疑是这样的；但在杨格的笔下，充实并不是一种普遍、有害的创作风格——事实上，它与他那种尖锐、紧凑的惯常文风是矛盾的；倘若他是一个冗赘啰嗦的作家，

---

① 关于约伯的战马，见《圣经·约伯记》第 39 章第 19—25 节（Job 39:19—25）。"伟大人物的昂首阔步"出自《夜思》第九夜第 123 行。

② 约翰·米特福德（John Mitford），英国海员、诗人兼记者。

他的书页又怎会闪耀着如此多的普遍真理，他又怎会成为被如此频繁引用的诗人——可能仅次于莎士比亚？米特福德说杨格"使读者的头脑感到疲劳"，我们能理解这点；因为长时间地注视太阳、或是追踪鹰隼飞行的宏大抛物线轨迹，也是令人疲劳的；但至于他怎么会使任何聪颖明智、坦率诚恳的读者感到不满，这才是令我们惊讶的。称这本著作有着"主题统一性"的说法，是不正确的。它的语调是比较统一的，但它的主题却纷繁多样，且都很重要。这些主题是：人——尘世——野心——享乐——不信教——永生性——死亡——审判——天堂——地狱——群星——永恒。米特福德先生将杨格比作塞内加（Seneca）；好似一个收集生硬箴言的冷漠收藏家，又像是一个用火环般的热情拘束智慧的诗人。而且奇怪的是，他怎么会提到塞内加的名字，好似他不是那善用充实手法、表述过于冗长的大师，而米特福德竟*以为*，这种充实和赘述是杨格的特点！"没有精挑细选——没有谨慎、得体的保留——没有熟练的品味！"——换句话说，他既不是蒲柏、也不是坎贝尔（Thomas Campbell），而是爱德华·杨格——不是一位身材中等、整洁灵巧、衣着光鲜的市民，而是一个毛发蓬乱的巨人——不是一座优雅的花圃，而是一片美国森林，只屈服于古老的暴风雨，并且向上帝、而非人类献上一场对原生财富和荣耀的全面毁灭。

他的诗作韵律更容易遭到批评攻击。我们可以不假思索地承认，作为一个整体，它粗糙刺耳、不尽完美，而且我们承认，虽然他的单一诗行往往极其优美动听，但就像蒲柏或约翰逊一样，他甚少能实现那些绵长、相连的增强声响——

漂浮着、混杂着、相互交织着，

27

> 升起着、沉落着、并且从一个
> 接收着一个，与此同时，一个
> 朝向着一个，一个接替着一个，
> 诸多金制的吊桶，那条鲜活的
> 命脉，流经空气，正在起伏着。——①

在这些如此美丽、尽管并非有意为之的文字中，歌德成功地描述了那种声响，并且将其运用于种种自然元素；不仅是他，还有弥尔顿（Milton）、斯宾塞（Spenser）、柯尔律治（Coleridge）和雪莱（Shelley），都在他们各自的诗作中以令人赞叹的方式例证那种声响。杨格的风格太过零碎断续、言简意赅，因而不可能出现某些诗人笔下会有的旋律奇迹。但是他的少数篇章甚至能接近这一高标准。以下文为例：

> 看透了自然，它完全是革命；完全
> 是改变；没有死亡。白昼接替夜晚；
> 夜晚接替白昼残晖；群星升而复降；
> 地球以此作为榜样。看，欢快的夏，
> 带着她的翠绿叶冠，和芳香的花朵，
> 低垂沉入苍白的秋：灰白色的冬季，
> 挂满骇人的冰霜，刮着狂烈的风暴，
> 吹走了秋，和他的金色果实：然后

---

① 出自歌德《浮士德》（Faust）第一部《夜》。"金制的吊桶"可能是指宇宙中的发光星体。

融化入春：绵柔的春，带着西风般
温和呼吸，从南部的温暖官邸居室
唤回了春。①

或是以第一夜结尾处的著名迸发为例：——

活泼的云雀用刺耳的晨歌唤醒黎明；
最尖锐的悲伤之刺紧贴在我的胸前，
我努力地用失眠的旋律鼓励阴郁的
沮丧情绪，甜美的菲罗墨拉！像你
一样，唤来群星作听众：每一颗星
因倾心于你的曲调，对我充耳不闻。
但莫要自负；有比你技高一筹的人，
跨越遥远的时代依旧富有魅力；被
裹在阴影里，黑暗的囚徒！多少次
我在寂静时刻重复他们的神赐激情，
为平息我的悲伤、令我心逃离哀伤！
我记下他们的狂喜，却没领悟热情。
暗，却不瞎，像你一样，荷马！
或是我们拥有荷马和蒲柏的诗篇。
他也曾歌颂人类；我歌颂永生之人；
我的诗歌时常迸发超越生命的界限；
如今除了永生，还有什么欢喜之事？

---

① 《夜思》第六夜第 674—684 行。

> 若他曾坚持自己的主题，贯彻这条
> 劈开黑暗、通向白昼的道路该多好！
> 若乘着自己热情之羽翼的他，曾在
> 我沉没的地方翱翔并歌颂永生的人！
> 那会怎样地赐福于人类，并拯救我！①

读者会注意到，在这段尊贵的诗篇中，单句和观点全都为诗人的主要意图服务，而且在服从诗歌普遍着重点的同时，并未减损、而是增强了它的音乐整体性。

这首诗的相对地位，以及作者的天资，是两个密切关联的主题，而且确实互相影响。就重要性、优雅感、崇高的持续性和艺术的完备性而言，《夜思》绝不能与《伊利亚特》《神曲》或《失乐园》同日而语。但是，它却能在这样的一流诗歌中名列前茅：考珀（William Cowper）的诗作、汤姆森（James Thomson）的《四季》（Seasons）、拜伦的诗作、布莱尔（Robert Blair）的《坟墓》（The Grave）、波洛克（Robert Pollock）的《日久天长》（The Course of Time），以及其他一些如今没有遭到频繁批评的作品。②然而，在我们看来，杨格似乎有能力做到比其作品中表现出来的更好。他的灵魂富于创造力，充满激情、不知疲倦；有着这般灵魂的人们似乎从不存在极限，他们的天才也似乎毫无枯竭的可能；他们经常会在悬崖边绊倒或陷入水塘，随后从他们的不幸遭遇中起身，变得更为强大，更为快速地向前冲去；有时候，他们会过久地驻足思索菌团和

---

① 《夜思》第一夜第437—459行，略去第450行。
② 原文略去了《坟墓》和《日久天长》英文标题中的定冠词"The"。

蚁冢等微不足道之事的道德意义，然后以更为畅快的气息在无尽的山林中疾驰，一步飞跃阿尔卑斯山脉与安第斯山脉；他们

> 从不十分确信能为我们创造快乐，
> 直到他们踏及我们所憎恨的一切。①

他的品味肯定不及他的其他能力；他还有偶尔言行无状的毛病，并且经常地因为几近矫揉造作而磕绊受阻。但他的天才具备下述特质：——它是有独创性的。他读了很多书，但甚少照抄，而且从不盲从。他的头脑在观察万物——骷髅和群星——时，使用的是它自身的观察手段。它精巧细微、不易察觉，与生俱来、强健有力，它的种种运动也是基于一种充满活力的才智。它的本质是稳步发展并且有先知性的。近来我们关于人与自然关系的诸多猜测或推测，都可以在杨格的作品中找到——是的，他的头脑曾向某个未来结局喷出一团仍在扩散的雾气。例如，想想这句话，然后回忆卡莱尔（Thomas Carlyle）的类似表述：

> 他的悲伤不过是他那被伪装的堂皇；
> 而他的不满则说明了他的永生不朽。②

最后，他的天资，及其全部谋略和勇气，是崇敬虔诚、笃信宗教的。他对宇宙感到自豪；他畅游于此，像强壮的泳者般在这繁星

---

① 这两行诗句的出处不明。
② 《夜思》第七夜第二部分第52—53行。

的海洋中环游；但他在十字架前屈身，向下而不是向上看，并且喊道："上帝请对我这个罪人大发慈悲。"

我们向读者们推荐他的杰作，在一定程度上确实是因为它的实力——迄今为止，这一实力更多地是被感知、而不是被认可，更多地是被安静地赞赏而非被分析；但主要还是因为它是一片神圣净土，就像赫伯特的《圣殿》(*The Temple*)。这位作者，机敏过人，有着任性固执的小毛病，但从不曾停止对于真理的热爱和尊重；在追求名望的同时，他从不害怕表达对于我们的主、耶稣基督之十字架的自豪感；倘若他的奔涌幻想有时显得太过狂野，倘若他的种种想法常常被谱作暴风雨的曲调，那么这场暴风雨所驾驭的羽翼——用他自己那简朴但永生的文字来说——"上帝在外"。

爱德华·杨格及其作品在中国的译介

于　琰

作为十八世纪感伤主义文学（Sentimentalism）以及墓园诗派（Graveyard school）的代表人物，爱德华·杨格（Edward Young, 1681—1765）这个名字常见于各种文学史书和论文著述。他的长篇诗作《夜思》（全名《哀怨，或关于生命、死亡和永生的夜思》）（ *The Complaint, or Night Thoughts on Life, Death and Immortality* ），作于1742至1745年间，是在西方文学界享有盛名的经典著作。他作于1759年的文艺理论论文《试论独创性作品》（ *Conjectures on Original Composition* ），又名《致〈查尔斯·格兰迪森爵士〉作者书》（To the Author of *Sir Charles Grandison* ），为英德两国的浪漫主义运动提供了指导性思想。《试论独创性作品》已于1963年由袁可嘉先生译出[①]，眼下出版的这本配图诗集，则是迄今为止的第一部《夜思》完整中文译本，也是威廉·布莱克（William Blake）的插画集首次被正式引入中国。

本书的出版，必然有助于加深中国读者对杨格与布莱克的了解，并且推动相关的学术研究。但是，相较布莱克研究在中国取得的丰硕成果，专门致力于杨格的批评论述，尤其是关于《夜思》的研究，却寥寥无几、不成气候。[②] 这一状况，显然有负于《夜思》在西方

[①]　袁可嘉的《试论独创性作品》于1998年由人民文学出版社再版，与钱学熙翻译菲利普·西德尼（Philip Sidney）的《为诗辩护》合为一册。

[②]　关于国内的布莱克研究状况，详见葛桂录的论文《威廉·布莱克在中国的接受》，以及他所著的《中国英国文学研究史论》中关于布莱克研究的相关部分。

文学界的盛名。因此，本文旨在回顾和梳理杨格及其作品在中国的译介过程，以便未来的学者进行更深入、完备的批评研究。

关于杨格的生平和《夜思》的文学成就，乔治·吉尔菲兰为1853 年英文版《夜思》所作的前言《关于爱德华·杨格的生平和诗才》(*On the Life and Poetic Genius of Edward Young*)，已有详细论述。至于《夜思》在西方社会产生的轰动之大、影响力之久远，这里仅举两例予以证明。十八世纪的著名书商詹姆斯·拉金顿（James Lackington, 1746—1815 ）曾在自传中说到，1773 年，他和妻子在贫困至极的情况下，用身上最后的半克朗硬币买下一本《夜思》，因为它能带来的欢乐比一顿圣诞大餐更长久。(215)这固然说明拉金顿是个爱书之人，但也从侧面证明了《夜思》在当时文坛有着不容置疑、无法取代的崇高地位。除了文学价值，《夜思》本身的宗教意义也促成了它在世界范围内的传播。夏威夷檀香山的宗教慈善机构美国海员之友协会（American Seamen's Friend Society ）在 1843 年 9 月 16 日出版的月刊《自制提倡者与海员之友》(*Temperance Advocate and Seamen's Friend*)中，刊登了一篇名叫约翰·贝洛斯（John Bellows ）的海员的皈依自述。他热爱阅读，曾是一名自然神论者，直到 1830 年经人推荐购入此书后，"我立刻毁掉了所有与福音规诫不合的书本；而杨格的《夜思》成为了我的最爱"。(48)《夜思》的名声传播之广泛长久，由此可见一斑。

在十九世纪六十年代，即《夜思》问世一百余年后，这本诗集通过来华政商人士和传教士的著述与布道，与中国产生了关联。1861 年，一本题为《不列颠在中国的政策：中立的战争与战争般的和平！》(*British Policy in China: Neutral War and Warlike Peace!*)的书在爱丁堡出版，标题页引用了《夜思》第二夜第 168—169 行，"我们阻碍上帝；于是上帝颁布法令，凡阻碍其意愿者必将违背自身意愿"。该书作者约翰·斯卡斯（John Scarth）[①] 是一位在华经商多年的英国人，是当时西方世界中少有的中国通，这本书的创作初衷就是为了纠正彼时英国政客对于中国内战（即太平天国运动）的错误观点。斯卡斯在序言末段写道：

> 鉴于也许再没有人能搜集到我提供的信息，也没有人能如此热切地观察在中国的事务进展，并且有着同样有利的机会来形成正确看法，我有权利希望我的报告将得到重视，尤其鉴于我的写作完全是为了基督教事业，为了人类的益处，也为了正义的缘故。

显然，斯卡斯面向的读者是有着基督教（尤指英国国教或圣公会教派）信仰的西方人士，这也是《夜思》在当时的普遍受众。而斯卡斯本人可能也与来华传教事业有关。《华北传教团季刊》（*North China Mission Quarterly*）在 1910 年 1 月出版的《秦人之地》（*Land of Sinim*[②]）副刊中，刊登了一篇题为《纪念教士约翰·斯卡斯》（*In Memoriam—Canon John Scarth*）的讣告，称他"对中国人有着长久且亲密的了解"，"作为我们委员会的一员，他直到生命的最后一刻都保持着对教会使命的最强烈兴趣"。（4）不难想象，当像斯卡斯

[①] 关于斯卡斯的生平，见他本人于 1860 年出版的自传《在华十二年：人民、叛乱者和官员》（*Twelve Years in China: The People, the Rebels, and the Mandarins*），以及 1868 年 10 月 5 日《新闻报》（*The London and China Telegraph*）刊登的《致尊敬的 J·斯卡斯牧师的感谢信》（*Testimonial to the Rev. J. Scarth*）。

[②] "Sinim" 为希伯来文，指"秦国的"或"华人的"。

一样的信徒们来到中国开展各自的工作时，必然会带着他们珍视的宗教书籍，并据此进行交流。1862 年 5 月 18 日，美国传教士文惠廉（即威廉·琼斯·布恩，William Jones Boone）在上海圣三一堂为悼念约翰·霍布森牧师所作的布道中（*A Sermon, Preached in Trinity Church, Shanghai, Sunday, 18th of May, 1862, on the Death of the Rev. John Hobson, M.A.*），引用了《夜思》第二夜第 177—181 行，论证是死者、而非生者，得到天堂的赐福。（8）这是目前史料记载中，《夜思》在中国的土地上首次得到吟诵。

　　十九世纪的来华传教士们主要致力于翻译《圣经》和传播福音。诸如《夜思》之类的宗教文学作品，虽然得到了英美基督教徒们的推崇，但却并未因为他们的在华传教活动而为中国人所知晓。不过正如顾长声在《传教士与近代中国》总结的那样，"传教士举办的文化教育事业，对中国的近代化是有促进作用的。……特别是在二十世纪前期创设的十几所教会大学，造就了一批人才"。（458）其中，由圣约翰大学（St. John's University）培养的吴宓、林语堂、柳无忌，相继成为第一批向国人介绍杨格及其作品的校译者。

　　1924 年 8 月出版的《学衡》杂志刊登了吴宓翻译的《白璧德论民治与领袖》，即白璧德（Irving Babbitt）所著《民主与领袖》（*Democracy and Leadership*, 1924）一书的序言。白璧德在谈论浪漫派想象力的迷惑性时，借用了杨格在《夜思》中提及的咯迈拉（chimeras）及思想漫游（wander wild）等意象及短语，吴宓误以为这是杨格的原句，将其译为"恣情游荡于梦幻之国"（15），并为这位"杨格氏"作注："Edward Young（1681—1765）英国诗人兼文人，所著书以 *Conjectures on Original Composition* 最为重要"。这是杨格及其作品在中国首次得到介绍。而吴宓认为"最为重要"的这部作品，后来成为了杨格在中国唯一得到完整翻译的著述。

继吴宓之后，关于杨格及其作品，尤其是《夜思》这部诗作的中文译介，主要存在于论述英国文学史的译作或著作中。其中有不少仅用一句话粗略提及杨格作为墓园派诗人的身份，以及《夜思》在感伤主义文学中的地位。篇幅超过一段的译介，则分别在二十世纪三四十年代、五十年代、八十年代和二十一世纪一零年代集中出现。此外，也有少数文学批评理论研究者在行文中简要论述杨格的诗学成就，例如 1963 年，袁可嘉为其译作《试论独创性作品》附了一篇《译后记》，在详细分析这篇论文的主旨与学术价值之余，也略述了杨格的生平与《夜思》的创作背景。又如 2006 年，张中载与赵国新合编的《西方古典文论选读》节选了这篇英文论文（此处译为《试论独创性文学作品》），文前的导读部分以分析这篇论文为主，但也简要涉及了杨格的诗歌和戏剧创作，称赞《夜思》（此处译为《哀怨》）"一经发表、声震文坛"。（334）但总体而言，关于《夜思》的评介与节译，以文学史书的归纳引证为主。

二十世纪三四十年代的英国文学史书籍中，对于杨格的介绍，以两本译作最为准确，且较为详细。首先是 1930 年，由林惠元翻译、林语堂校对，北新书局出版的 F·塞弗顿·德尔梅（F. Sefton Delmer）所著《英国文学史》（*English Literature from Beowulf to Bernard Shaw*, 1910）的中译本。书中第十四章《浪漫主义的先驱者》强调了杨格对于英德两国浪漫主义的影响，用一页纸篇幅简述了《夜思》（此处译为《夜想》）与《试论独创性作品》（此处译为《论文独创学作品》）的内容与重要性。另一本是 1947 年，由柳无忌、曹鸿昭翻译，商务印书馆出版的威廉·沃恩·穆迪（William Vaughn Moody）与罗伯特·莫尔斯·洛维特（Robert Morss Lovett）合著的

《英国文学史》(*A History of English Literature*, 1902)。书中第十一章《十八世纪：浪漫主义的起始》专辟一段论述"杨格的《夜思》"，将其视为感伤诗歌的承前启后之作，以此总结前文探讨的"考琳斯的天生烦闷"，并引出下文将着重分析的"较他远为伟大的诗人陶马斯葛雷"。(186)[①] 这种薄此厚彼的做法，在此后的文学史书中依然常见，也在一定程度上影响了杨格的作品在中国的推广。

除了这些译作，当时中国人自己编写的英国文学史书著作也时而涉及杨格。1937 年，商务印书馆出版了金东雷撰写的《英国文学史纲》，根据陆建德为 2010 年本书再版时所作的序言，"称得上当时规模最大的用中文写作的英国文学史"。(1)金东雷仅用百余字概述杨格的生平、《夜思》的内容与后世影响，称《夜思》"是用以哀悼他死去了的夫人的"，总结"他的作品都是热情的和不平的"，虽然片面，但较同时代人而言，已是相当不易。

事实上，即便是文学史译作，也不免出现错误，这在五十年代的苏联文学史书译作中尤为明显。1957 年，人民文学出版社出版了阿尼克斯特所著《英国文学史纲》，由戴镏龄、吴志谦、桂诗春、蔡文显、周其勋和汪梧封联合翻译，书中称"杨格把生活作为痛苦的尘世来描写，理性并不能减轻它的烦恼，而唯一的慰藉只能在宗教中找到"。(256—257)但根据《夜思》原文，杨格批评的并非"理性"(Sense/Reason)，而是"感性"(Sense)；前者是拯救灵魂、助其永生的神赐才能，后者则是令人愈加堕落的原因。[②]1958 年，上海

---

① 需注意的是，译作颠倒了原作的第十一章和第十二章。"考琳斯"即威廉·科林斯(William Collins)，"陶马斯葛雷"即托马斯·格雷(Thomas Gray)。

② 《夜思》中的"sense"存在一词多义的情况。关于具体语境下该词的含义，可参考德文版《夜思》(*Klagen, oder Nachtgedanken*, 1800) 的注释，译文也已明确译出其语义。

文艺出版社出版了阿尔泰莫诺夫（С.Д. Артамонов）等著的《十八世纪外国文学史》中译本，从阶级斗争的批评角度分析《夜思》（此处译为《控诉或关于生、死、永生的夜》）"获得成功的原因"，称其是"带着显著宗教色彩和阴郁的诗歌"。本书援引了两段后来被中国学者大量引用的诗文，第一段出自第一夜第85—90行，第二段则疑似出自第一夜第120—122行，但"信仰的象征"一词绝非英文原作的"Folly's creed"。这些或许并非因为译者理解有误造成，但至少表明，如果缺乏对诗作原文的阅读理解，那么涉及杨格及其作品的史学评价便难免有失偏颇。

二十世纪八十年代文学史著作中对于杨格及其作品的评述，明显较前人有更高成就，不仅内容更为公允翔实，还时常附有对原作的诗句选译，方便论证。1980年，石璞撰写、四川人民出版社出版的《欧美文学史》，上卷第四章《十八世纪的欧洲文学》在谈及"感伤主义的诗歌"时，引用了阿尔泰莫诺夫《十八世纪外国文学史》中译本中的第一段译诗，即第一夜第85—90行为例，论证"作者的深沉的神秘主义和他对物质世界否定的反动的唯心主义世界观"（446），并由其"谈夜、谈死、谈坟墓"的创作倾向自然引导至对托马斯·格雷及其《墓畔哀吟》的介绍。1981年，陈嘉用英文撰写的《英国文学史》（*A History of English Literature*）由商务印书馆出版，在第二卷题为"十八世纪中后期英国诗歌：前浪漫主义和感伤主义传统"（English Poetry in the Middle and Later Decades of the 18th Century: Traditions of Pre-Romanticism and Sentimantalism）的这一部分中，介绍了杨格的生平经历与主要作品，并且详述《夜思》的结构与内容，援引第一夜第205—214行，例证《夜思》的"感伤与诗力"（sentimentality and poetic power, 195）。在上述两本约一千页的著作中，石璞和陈嘉均给予了杨格近两页纸的篇幅，较前人而言已相当宽裕，但与同时期梁实秋的史书相比，还是略显不足。1985年，梁实秋的三卷本《英国文学史》由台湾协志工业丛书出版公司出版，共计一千五百余页，对于杨格的介绍也相应地扩充至近四页篇幅，叙述了诗人的生平、《夜思》的内容与文风、《试论独创性作品》（此处译为《创作臆说》）的观点与影响，并在这三部分中援引相应的后世评价，例如"约翰逊博士论他一生"得出的"不失为一位天才与诗人"的结论、同时代诗人对《夜思》的赞誉，以及《试论独创性作品》在德国收获的巨大影响，由此形成更为全面、客观的文学史观。另外，梁实秋还引用并翻译《夜思》第一夜第68—82行，论证"此诗之所以能成为传世之作乃由于此诗之忧郁沉闷的背景与气氛，而杨格所以成为'墓园诗派'的佼佼者亦由于此"。（831）这大概也是二十世纪中文学界中，杨格和《夜思》所获得的最高评价。

　　值得注意的是，石璞（即阿尔泰莫诺夫《十八世纪外国文学史》中译本）与梁实秋所引用、翻译的诗句，皆出自第一夜第六段，即第68—90行，这也是文学史编撰者和诗歌译者最为频繁引用和翻译的。2010年，由于中旻编译、道声出版社出版的基督教译诗集《诗卷流芳》，收录了这一段落，并题名为《人》（Man），这也是迄今为止，关于《夜思》的最长中文翻译。此外，2005年，在先觉出版社的艾伦·狄波顿（Alain de Botton）著《我爱身份地位》（Status Anxiety）中，译者陈信宏也译出了原作引用的《夜思》第三夜第465—466行、第四夜第97—100行。（251）

　　二十一世纪的文学史作品中，以常耀信与索金梅合编的《英国文学通史》（2010）在介绍杨格（此处译为"扬格"）的生平著述时最为翔实，通过六页纸的篇幅详细梳理了杨格的人生经历与代表作品的创作过程，并且用批评的眼光归纳《夜思》和《试论独创性作品》的内容与成就。这本书的超越前人之处，还在于分析了为何"扬格及其作品的命运在 19 世纪中后期跌入谷底"，这一方面是因为"浪漫主义在当时已渐渐退潮……他的抒情与哀思自然成为了过时的吟唱"，另一方面则是因为乔治·艾略特（George Eliot）批评扬格的论文《世俗和超俗》（*Wordliness and Other-Worldliness*, 1857），以讹传讹地将扬格塑造成了维多利亚社会所不齿的"文非其人的伪君子"形象。（600）书中指出，艾略特的"批评也不是信口雌黄"，而是被无意误导；扬格本人也的确存在着言行不一的问题，但这正是他的闪光点：

> 扬格在名利场上的摸爬滚打与他内心对崇高宁静的向往之间所形成的张力在道德观刻板严格的维多利亚人看来是难以理解的，而恰恰就是这种张力和文非其人的印象使扬格的形象在当代读者眼中显得愈发真实和饱满。（600）

如此深邃的见解是此前文学史书中不曾出现的，也为我们在新世纪进一步开展对扬格的研究，提供了有力的依据。同时期涉及扬格的史书作品还有由谷启楠、韩加明、高万隆合译，人民文学出版社于 2000 年引进的安德鲁·桑德斯（Andrew Sanders）著《牛津简明英国文学史》（*The Short Oxford History of English Literature*），以及王守仁与何宁合编，由上海外语教育出版社于 2016 年出版的《英国文学史论》。前者概述了《夜思》的内容；后者的《论英国感伤主义文学》一章，基本源自杨金才在《外国文学研究》1994 年第 1 期上发表的论文《英国感伤主义文学之见》，援引了梁实秋翻译的《夜思》

第一夜第 81—82 行以及阿尔泰莫诺夫《十八世纪外国文学史》中译本中的译句，用来证明"在所有感伤主义文学中，杨格可以说是一位最悲观的诗人"。①（172—173）相较八十年代以来的上述其他文学史作品，这两本书的论述都显得过于"简明"。

上述提到的著作都是对杨格及其作品有超过一段的叙述。但在更多情况下，文学史书仅用一言半语概括杨格在英国文学史上的重要性。这类史书包括但不限于：1949 年，沈起予根据日本铁塔书院 1930 年刊外村史郎日文译本译出的弗里契所著《欧洲文学发展史》，第 79 页提及杨格是英国感伤主义抒情诗的代表人物；1984 年，穆睿清、姚汝勤编选的《外国文学参考资料》，在上册第 262 页收录了王佐良的评述："杨格的《夜思》（1742—1745）和格雷的《墓园挽歌》（1750）等佳作，反映了英国许多人在产业革命加紧进行中所感到的痛苦和彷徨"（这句话后来还出现在王佐良为《中国大百科全书·外国文学卷》所写的《英国文学概略》中，并被编入 2011 年外语教学与研究出版社的《王佐良选集》）；1987 年，常耀信的《漫话英美文学》，第 135 页称赞杨格"师法弥尔顿""他的《哀怨》可以说是英国诗坛上的不朽之作"；1993 年，王佐良的《英国诗史》（收录进 2016 年《王佐良全集》第二卷）第 239 页引用杨格对詹姆斯·汤姆森（James Thomson）的《四季》的评价，但并未介绍杨格本人，同样内容也出现在了 1996 年王佐良的《英国文学史》第 167 页中；2000 年，刘意青的《英国 18 世纪文学史》在论述格雷及《墓园挽歌》时，在第 303 页提到了同为"墓园派诗人"的"杨格"；2003

---

① 1994 年的论文《英国感伤主义文学之见》完全采用阿尔泰莫诺夫《十八世纪外国文学史》中译本的译句。2016 年的《论英国感伤主义文学》一章加入了梁实秋翻译的第一夜第 81—82 行。

年，陈惇、刘洪涛合著的《西方文学史》第一卷第 316 页也是在概述墓园诗派时提到杨格。此外，很多文学史书甚至完全没有提及杨格，只将亚历山大·蒲柏（Alexander Pope）、汤姆森或格雷作为十八世纪英国诗歌的代表人物，这里不再——列举。

由吴宓翻译的《白璧德论民治与领袖》到常耀信、索金梅合编的《英国文学通史》，国人对于杨格及其作品的译介工作已有近一百年的历史。在这一过程中，上述提及的英国文学历史研究固然是主力，但偶尔也有其他领域的学者通过不同的研究视角参与其中，这在杂志期刊类文章中表现地尤为明显。总体而言，杨格及其作品在中国的推广，主要是通过以下五种途径：

（1）英国文学史研究

此类研究以上述种种或翻译或编撰的文学通史书籍为主。另外，关于感伤主义的断代史研究论文也涉及了杨格的《夜思》。《辽宁大学学报（哲学社会科学版）》1982 年第 1 期王明居的《关于感伤主义》，以及《外国文学研究》1994 年第 1 期杨金才的《英国感伤主义文学之见》（后来被收录进王守仁与何宁合编的《英国文学史论》），均借用了石璞和阿尔泰莫诺夫中译本的译文，表现杨格的宗教信仰与忧郁情绪。

（2）德国文学史研究

鉴于杨格的诗作和论文曾对德国浪漫主义文学的兴起产生重大影响，这也成为了吴宓的同时代人了解杨格的另一渠道。1926年，《莽原》杂志第 1 卷第 20 期刊登了由德国文学研究者理查德·M·迈尔（Richard M. Meyer）撰写、于若翻译的论文《近代的诗人》，称赞杨格（此处译为"羊葛"）"重新解放了诗人中特别是诗底的东西"，尽管在他的作品问世五十多年后，"伟大的独创力才显出在英国的诗中"，并且启迪了同时代的德国文人。（810）1932年，《清华周刊》第 38 卷第 6 期刊登了张君川的文章《德国的诗人及其诗歌——续——》，文中提到诗人路德维希·克里斯托夫·亨利希·霍尔蒂（Ludwig Heinrich Christoph Hölty）（此处译为"薛尔提"）"受祥（Young）之《夜思》（Night Thoughts）之影响尤深"。（87）

（3）英国诗歌研究

1944 年，《国立中央大学文史哲季刊》第二卷第一期刊登了张健的文章《十八世纪英国诗人的词藻》，在归纳分析"诗的词藻"（poetic diction）时，数次引证杨格的《夜思》。在叙述"第二种'诗的词藻'"即"这种以拉丁字入诗的风气"时，张健称"杨格（Edward Young）的《夜思》（Night Thoughts）里用了许多大家都不认得的拉丁字……他未免在卖弄才学"。（128）关于第五种"诗的词藻""华兹华斯在抒情歌诗集序里，所最反对的'机械的文体'就是这种拟人词藻"，却是以杨格为代表的"新古典派诗人善用"的，例如"'夜思'里，把'死亡'叫做'一个有力的猎人'"。（130）这篇文章是为数不多抛开感伤主义范畴探讨杨格诗作的中文论文。

（4）诗学研究及非文学类研究

杨格的诗学理论，即他的《试论独创性作品》，是另一个研究关注点。《外国文学》2017 年第 3 期中，张欣的论文《西方文论关键词：有机整体》论述了这本著作中的有机整体论诗学创作思想，即"诗……是一个有内在目的性的有机体"，"诗人……是凭借着天才写出有灵性的诗篇"，并指出"这篇开创性论文……影响了狂飙突进运动"。（85—86）。

非文学类的研究同样是围绕《试论独创性作品》展开。在知网上，涉及此书的学术论文与硕博士论文有二十余篇，既有涉及文艺理论，例如《学术月刊》2014 年第 6 期马大康的《虚构理论的开端及其现代命运》论述西方文艺思想中的"虚构"观念；也有涉及著作权研究，例如《现代法学》2014 年第 36 卷第 3 期李宗辉的《西方文学艺术史上作者的著作权意识自觉》指出这本书对德国文人产生的启发，促成了现代著作权法思想的成型。由于此类研究论文涉及领域众多，这里便不再赘述。

（5）布莱克研究

除了直接论述杨格的生平作品，不少学者在谈及布莱克的绘画成就时，也会提到他曾为这位前辈所作的插图，以及从中受到的启发。这是介绍杨格和《夜思》的第五种途径，与第一种和第三种途径的文学领域研究，既有所重合，但又不尽相同。这一途径的产生，与布莱克在中国的译介工作密不可分，甚至可以说，是得益于布莱克的百年祭（1927 年）与两百年诞辰（1957 年）这两个契机。1928 年，《文艺思潮》第 1 期刊登了丁丁的一篇译文《威廉勃莱克》，据说是他"偶阅一书（《英国文学》），记勃莱克的生活和作品简而明，译之"，后来在 1931 年《读书俱乐部》第 3—4 期再刊，标注原作者为"威廉·杰·朗"。这篇文章应该是译自威廉·约瑟夫·朗（William Joseph Long）的著作《英国文学：对英语世界人民而言其历史及重要性》（*English Literature: Its History and Its Significance for the Life of the English-Speaking World*, 1909），作者认为布莱克为《夜思》所作的插图，就像他本人的诗作一样，清晰地展现了他的思想之独特。1957 年，袁可嘉为人民文学出版社的《布莱克诗选》作序，题为《布莱克的诗——威廉·布莱克诞生二百周年纪念》，后来收录进 1994 出版的《半个世纪的脚印——袁可嘉诗文选》。袁可嘉指出，布莱克在创作《伐拉》（*Vala*），即后来题为《四佐亚》（*The Four*

Zoas)（此处译为《四天神》）的诗集时：

> 正在替当代诗人爱德华·杨（Edward Young）的《夜思》
> （*Night Thoughts*）作插图，可能由于这个原因，他在诗中也采取
> 夜歌的形式，每一章描写一个晚上所做的一场梦，人类的噩梦，
> 到第九夜噩梦告终，黎明来临。（542）

鉴于此，文学史书在探讨布莱克时，也偶尔会提及这位影响了他的
诗画创作的前辈。陈嘉的《英国文学史》在详述布莱克的成就时，
就谈到他以"九夜"结构创作的《四佐亚》可能受到了《夜思》的
影响。侯维瑞主编的《英国文学通史（插图本）》（1999）也提到
布莱克曾为《夜思》绘制插图。虽然梁实秋在《英国文学史》中将
这段历史归入对杨格的介绍之中，但总体而言，学者们更倾向于论
述杨格对于布莱克的影响，而非布莱克为推广杨格做出的贡献。专
门从事布莱克研究的四川外国语大学副教授曾静先生，将在其文章
《爱德华·杨格的〈夜思〉与威廉·布莱克》中详细探讨这一点。

参考 / 引用文献

"In Memoriam—Canon John Scarth". *Land of Sinim*. Spec. issue of *North China Mission Quarterly* 18 (Jan 1910): 4.

"Testimonial to the Rev. J.Scarth". *The London and China Telegraph* 5 Oct 1868:460.

Babbitt, Irving. *Democracy and Leadership*. 1924. Boston: Houghton Mifflin, 1934.

Bellows, John. "A Deist Confounded! Or, the Influence of Reading Soame

Jenning's View of the Internal Evidences of Christianity." *Temperance Advocate and Seamen's Friend* 9 (16 Sept 1843): 48.

Boone, William J. *A Sermon, Preached in Trinity Church, Shanghai, Sunday, 18th of May, 1862, on the Death of the Rev. John Hobson, MA., by the Right Rev. William J. Boone, D.D., to which are Appended Extracts from a Sermon by the Lord Bishop of Victoria, Preached in the Above Church on Sunday, the 8th of June, 1862.* [Shanghai?]: n.p., [1862?]. 1—17.

Gilfillan, George. "On the Life and Poetic Genius of Edward Young." Foreword. *Young's Night Thoughts with Life, Critical Dissertation, and Explanatory Notes.* Dublin: W. Robertson, 1853.

Lackington, James. *Memoirs of the First Forty-Five Years of the Life of James Lackington.* London: n.p., 1792.

Scarth, John. *British Policy in China: Neutral War and Warlike Peace!* Edinburgh: Edmonston and Douglas, 1861.

Scarth, John. *Twelve Years in China: The People, the Rebels, and the Mandarins.* Edinburgh: Thomas Constable, 1860.

Young, Edward. *Klagen* oder *Nachtgedanken: Über Leben, Tod und Unsterblichkeit* mit *Konstruktionen und erläuternden Anmerkungen erleichtert.* Weissenfels and Leipzig: Friedrich Severin und Komp, 1800.

阿尔泰莫诺夫［С.Д. Артамонов］，等著. 十八世纪外国文学史. 上海：上海文艺出版社，1958.

常耀信，索金梅，编. 英国文学通史. 天津：南开大学出版社，2010.

常耀信 . *漫话英美文学* . 天津：南开大学出版社，1987.

陈惇，刘洪涛 . *西方文学史：第一卷* . 成都：四川人民出版社，
　　2003.

陈嘉 . *英国文学史 [A History of English Literature]* . 上海：商务印书
　　馆，1981.

陈信宏，译 . *我爱身分地位 [Status Anxiety]* . 艾伦·狄波顿 [Alain de
　　Botton]，著 . 台北：先觉出版社，2004.

戴镏龄，吴志谦，桂诗春，蔡文显，周其勋，汪梧封，译 . *英国文
　　学史纲* . 阿尼克斯特，著 . 北京：人民文学出版社，1959.

丁丁，译 . "威廉勃莱克" . 威廉·杰·郎 [William J. Long]，著 . *文
　　艺思潮* 1928.1:3—5. *读书俱乐部* 1931.3—4:51—59.

葛桂录 . "威廉·布莱克在中国的接受" . *淮阴师范学院学报（哲学社
　　会科学版）* 1998.2:47—52.

葛桂录 . *中国英国文学研究史论* . 北京：人民出版社，2017.

谷启楠，韩加明，高万隆，译 . *牛津简明英国文学史 [The Short
　　Oxford History of English Literature]* . 安德鲁·桑德斯 [Andrew
　　Sanders]，著 . 北京：人民文学出版社，2000.

顾长声 . *传教士与近代中国* . 上海：上海人民出版社，1981.

侯维瑞，编 . *英国文学通史（插图本）* . 上海：上海外语教育出版
　　社，1999.

金东雷 . *英国文学史纲* . 上海：商务印书馆，1937. 长春：吉林出版
　　集团，2010.

李宗辉 . "西方文学艺术史上作者的著作权意识自觉" . *现代法学*
　　36.3(May 2014):31—39.

梁实秋 . *英国文学史* . 台北：协志工业丛书，1985.

林惠元，译.*英国文学史*.德尔默〔F. Sefton Delmer〕，著.林语堂，
校.上海：北新书局，1930.

刘意青.*英国十八世纪文学史*.北京：外语教学与研究出版社，
2000.

柳无忌，曹鸿昭，译.*英国文学史*. William Vaughn Moody, Robert
Morss Lovett，著.1902.上海：商务印书馆，1947.

马大康.“虚构理论的开端及其现代命运”.*学术月刊* 2014.6:95—
106.

穆睿清，姚汝勤，编.*外国文学参考资料*.北京：地质出版社，
1984.

沈起予，译.*欧洲文学发展史*.弗里契，著.上海：群益出版社，
1949.上海：新文艺出版社，1954.

石璞.*欧美文学史*.成都：四川人民出版社，1980.

王明居.“关于感伤主义”.*辽宁大学学报（哲学社会科学版）*
1982.1:66—68.

王守仁，何宁，编.*英国文学史论*.上海：上海外语教育出版社，
2016.

王佐良.*王佐良选集*.北京：外语教学与研究出版社，2011.

王佐良.*英国诗史*.南京：译林出版社，1993.*王佐良全集：第二
卷*.北京：外语教学与研究出版社，2016.

吴宓，译.“白璧德论民治与领袖”.*学衡 [The Critical Review]* 32
（Aug 1924）：1—23.

杨金才.“英国感伤主义文学之见”.*外国文学研究* 1994.1:98—102.

于若，译.“近代的诗人”. Richard M. Meyer，著.*莽原* 1.20
（1926）：805—813.

于中旻，译 . *诗卷流芳* . 台北：道声出版社，2010.

袁可嘉，译 . *试论独创性作品* . 爱德华·杨格，著 . 北京：人民文学
　　出版社，1963.

袁可嘉 . "布莱克的诗——威廉·布莱克诞生二百周年纪念" . 1957.
　　半个世纪的脚印——袁可嘉诗文选 . 北京：人民文学出版社，
　　1994.503—402.

张健 . "十八世纪英国诗人的词藻" . *国立中央大学文史哲季刊* 2.1
　　（1944）：121—141.

张君川 . "德国的诗人及其诗歌——续——" . *清华周刊* 38.6
　　（1932）：79—88.

张欣 . "西方文论关键词：有机整体" . *外国文学* 2017.3（May
　　2017）：84—93.

张中载，赵国新，编 . *西方古典文论选读（修订本）* . 北京：外语教
　　学与研究出版社，2006.

爱德华·杨格的《夜思》与威廉·布莱克

曾　静[1]

爱德华·杨格（Edward Young）在《夜思》里留下一句名言："拖沓延误是盗取时间的贼。"[2]流传至今。但是，杨格可能万万没想到，他的这番话一语成谶，竟然在帮他名扬天下的威廉·布莱克（William Blake）身上应验了。在 1794 年从理查德·爱德华兹（Richard Edwards）接下那单生意前，布莱克曾认为"一部艺术作品不应当耗时超过一年"（Bentley 197）。结果他却花了近四年时间才基本完成给《夜思》设计插图并制作版画的工作，除了工作量大这个主要原因，恐怕"拖沓延误"这个"贼"也难辞其咎。本书收录的《夜思》配画设计全都出自布莱克之手，而杨格的这部作品至今依然能够引得研究者们纷纷为之著书立说，其中不乏布莱克的功劳。毫不夸张地说，带有布莱克配画的《夜思》对学术界关于这两人的研究均产生了重要影响，使之成为了英国文学、艺术史上的一道独特风景。

据历史文献记载，布莱克是在 1794 年接受出版商爱德华兹的邀请，答应给最新版的《哀怨，或关于生命、死亡和永生的夜思》制作插图。这首长诗是爱德华·杨格用无韵体写成，自 1742 年起，各

---

[1]　四川外国语大学副教授。
[2]　《夜思》第一夜第 392 行。

1

个部分逐一出版发行，通常被简称为《夜思》。该诗分九部，每一部称"一夜"，分别为：论生命、死亡与永生；论时间、死亡与友谊；纳西莎；基督教的胜利；倒退；被感化的异教徒（分两部）；美德的辩解；慰藉。爱德华·杨格为《夜思》设计的"九夜"形式或许是布莱克后来自己创作诗作时的一个灵感来源。

对布莱克来说，1794 年至 1798 年间给《夜思》设计插图并制作版画不是一件容易的事。在布莱克电子档案馆（The William Blake Archive）里，有这样一段文字道出了其中的曲折：

> 布莱克为这首诗的九个部分共制作了 537 幅水彩插画，杨格称此诗为"夜"。爱德华兹最初的计划是将第一版和第二版的诗书纸页粘连成窗口状，分切在大号瓦特曼布纹绘纸上。文字界面稍稍偏离书页中心位置，在书页下方和外侧留出更多的空白，而不是跟其他插图书一样留出均衡的空白区域。布莱克就在这些大面积的空白处填充他的设计——这种版式保留在发行的版画里，诗文界面印制在中心的边框内。

文中关于配画设计的记载都很准确，在本书收录的插画上也能很直观地看到"文字界面"确实不在书页的中心，留给布莱克设计创作的空间相对来说比较大。结合实物来看，布莱克的配图设计通常都占据着页面的主要位置，他设计的人物形象也都非常大，几乎把页面上所有的空白都占满了。一个特别突出的例子就是"第四夜"的第十二页：在这个页面上，耶稣基督的双手伸展着，填充了左右两边的空白，他的外衣和双脚在页面下端，而头在页面上端，文字界面遮挡了他的整个躯干。这种别出心裁的设计不免让人感到印制的诗文反倒碍事，成为影响背景插图表现力的一种障碍。类似的这种文字中心与周边插图的互动与角力贯穿所有设计图，发人深省。

当时，布莱克为这些插画倾注了大量心血。在 1796 年春之前，尽管这些水彩画没有全部完成，布莱克还是在那时就开始给该诗的前四夜共 43 份设计图刻制版画，得以让它们在 1797 年以首批大四开本的形式出版，原计划分四批完成。布莱克的传记作者本特利（G.E. Bentley, Jr.）对之不乏溢美之词，称之为"非凡的成就"。保存至今的版画设计已经成了大英博物馆的藏品。然而在当时，布莱克的这些作品"并没有带来金钱或者金贵的评价,"（178）——这些水彩插画仅仅让布莱克得到了总共二十畿尼（在当时约合 420 先令，折合现值约 21 镑）的酬金，而"他自己认为这些版画的价值应该比那个价要高得多"（The William Blake Archive）。更糟的是，他还没来得及制作出其他批次的版画，爱德华兹的印刷出版生意就停业了，布莱克甚至"没有别的跟他职业对口的工作可做"（Bentley 178）。布莱克的深切失望可想而知。《夜思》项目的失败很可能是布莱克决定于 1800 年搬离伦敦的原因之一。

虽然酬劳远远低于预期，且工作和生活都不尽如人意，但布莱克还是从中有所收获的，这主要体现在他自己的文学艺术创作上。本特利称"布莱克在 1795—1800 年间的创作活动令人瞩目"（197），此间，他创作了近 800 幅大型画作，69 块版画，其中大部分是为《夜思》作的四开本。不过其中最引人注意的当属他谱写的伟大预言诗——《伐拉或永恒之人的死亡和审判：九夜之梦》，通常简称为：《伐拉》。

《伐拉》在构思上比布莱克之前创作的任何一部预言诗都要庞大。他 1794 年出版的《欧洲：一个预言》篇幅略短，共有 265 行诗文；同年出版的《尤力申之书》稍长些，共有 517 行。但这两部预言诗都远远不及《伐拉》的规模：《伐拉》篇幅长达 2000 行。当该诗被修改成《四佐亚》（另有译名为《四天神》）后，篇幅更是激增至 4000 多行。而且早先的那些预言诗基本上都没有"耗时超过一年"——但《伐拉》却可能花了他十年有余的时间（大约从 1796 年开始到 1807 年结束）去创作，配画，修订和再版。

　　布莱克是在给《夜思》设计配画和制作版画的时候开始创作《伐拉》的。正如前文所说，《夜思》分"九夜"的形式启发了布莱克去构思《伐拉》。两者之间的渊源最明显的表现也在于此：布莱克的《伐拉》，同《夜思》一样，也分"九夜"。此外，两者还有另外一些不同寻常的关联：根据历史文献和研究表明，在存留下来的《伐拉》各版本中，做得好的都是用大号瓦特曼布纹绘纸做成的，而这些纸正是布莱克用来制作《夜思》画作的；同时，《伐拉》跟《夜思》一样，也是在文本界面周围用大号的图案做插画，甚至连后来修改成的《四佐亚》都大部分是在《夜思》版画的校样上写出来的。在杰森·A·斯纳尔特（Jason A. Snart）看来，"这套［《夜思》］设计图……呈现了难以计数的母题和造型，它们都贯穿于布莱克的作品中"（35）。这些都充分说明杨格的《夜思》和布莱克的《四佐亚》之间存在不容忽视的关系，这也成为研究者们长期关注的一个话题。

　　斯纳尔特就认为，布莱克将自己的《四佐亚》分为"九夜"的做法就可以说明布莱克的确是从《夜思》里获得了灵感。另据他的观察研究，布莱克为《四佐亚》设计的配图中，"第四夜"的第 53 张设计图和"第六夜"的第 71 张设计图就是基于《夜思》的"第一夜"第 7 张版画制作的，这说明布莱克在起草自己的诗作时肯定想到过《夜思》里的一些意象。

　　《夜思》的配图设计和布莱克的艺术创作之间的紧密关系在一幅画作上表现得最为突出，这就是题名为"尼布甲尼撒（Nebuchadnezzar）"的配画，它同时引起了研究杨格的学者和研究布莱克的学者的注意。布莱克是在《夜思》的"第七夜"第 27 张设计图里为画中的形象做了标注，指明该形象为"尼布甲尼撒"。但这张特殊的设计图里的形象并非是布莱克为《夜思》独创，而是借自于他的《天堂与地狱的联姻》（下文简称为《联姻》）里面的配画。

　　众所周知，尼布甲尼撒是古代巴比伦一位著名的国王。布莱克是在 1795 年制作尼布甲尼撒版画的，规格为 43 厘米 × 53 厘米，被认为是"他的水彩印版作品中的巅峰制作"（158）。据布莱克的另一位传记作家亚历山大·基尔克莱斯特（Alexander Gilchrist）记载，布莱克在制作《联姻》的版画时，"产生了尼布甲尼撒在荒野的想法"（84）。布莱克本人很看重这个形象，因而他不仅在自己的《联姻》第十四块版画上用到了它，而且还在为《夜思》做插画时也用了它。

　　布莱克在版画里为这位伟大的国王设计的形象十分不同寻常。画中的尼布甲尼撒四肢着地，趴在地上，右腿微微伸展，似乎在用力推进整个躯体。令人惊异的是，其右脚的脚趾都是动物的爪子，大脚趾还深深地嵌入泥土中，小腿的肌肉紧绷，似乎是在用力的一瞬间被布莱克捕捉到，显得张力十足。顺着这只可怖的脚往右看，可以看到这个形象的上肢仍然是动物的爪子。野兽一般的四肢支撑的躯体被大量的体毛所覆盖，其背部的体毛之长之密，已经超出了人类的标准，而且该形象的头部有着"大量蓬乱的毛发和胡须（看起来几乎跟狮子差不多）"（Harper 73）。这些典型的特征在《夜思》的插画里也很明显，即便斯纳尔特不给予提示，也很容易看到"两个形象的位置和姿势很相似，而且某些相似的特征显而易见，例如长长的脚趾甲，长长的毛发，表现力强的躯体"（Snart 35）。结合《夜思》对应页面的文字来看，可以说这幅配画与诗文主题相得益彰。

这样的例子不在少数，观察到这种现象的评论家也不止一位。罗宾·哈姆林（Robyn Hamlyn）较早前在评价《夜思》第一夜标题页左侧的设计图时也指出："卷轴、书本、纸张上出现的母题……在布莱克的插画作品中反复出现。"（7）这就说明与《夜思》关联的一系列材料在布莱克自己的诗歌和艺术作品里都能够频繁见到。因此，一定程度上可以说在为《夜思》精心配画之后，布莱克在后续的创作中，尤其是在创作《四佐亚》时，不可能完全摆脱得了杨格的《夜思》和他为之设计的插画。

不过，另有学者认为，哈姆林的一些评论似乎也值得商榷：例如他曾提醒人们说，"布莱克通常都是细心地遵照爱德华·杨格的文字去设计的"，这说明他"对诗作者和诗文尊敬有加"（vii）。但是研究者发现在很多页面上实际上都看不出布莱克对杨格的诗作有"直接表示赞同的解读（vii）"。这让不少学者确信，在杨格的《夜思》和布莱克的《四佐亚》之间存在的差异远远超过两者的偶似，即便是那些看起来相似度高的设计图，布莱克的设计理念也有别于杨格的初衷。

综合来看，两者至少在以下三个方面有明显的分歧。

首先，杨格在评论家的眼中应属于"基督教理性主义者（Christian rationalist）"。他的诗文传达的观点是：信仰是无法自我证实的，而是要依靠《圣经》和自然的启发；理性可以让堕落的人获得救赎，从而上升到真正地认识上帝和重获神性的高度；耶稣基督的赎罪既是"永生至高的证据",也给了"沦落的理性以生命",因此人与生俱来的理性是"天堂在人的内心点亮的一盏灯。"(Farrell 3)

与杨格大不相同,布莱克在《尤力申之书》里把自己的反理性认识表达得比较明确:在这首诗里,尤力申实为堕落的理性代言人,代表着被理性束缚的想象世界,是他创造了"肉体世界",布莱克后来在《四佐亚》里称之为"尘世之卵"。象征理性的尤力申牵制着"永恒思想",直到"头脑都被锁链绑缚"。结合文本语境,这里所谓的锁链指的就是理性,是压迫性的工具。不但如此,布莱克认为关于基督赎罪的教义是"可恨的"(Farrell 3)。他在基督自我牺牲这一范式里看到的,不是基督在还债,而是基督徒同胞情谊的模范表现;只有宽恕、忘我,从自私自利的压迫中解放出来,才能实现这种同胞情谊。由此可见,布莱克与杨格在理性与救赎的观点上是相悖的。

这样突出的分歧自然难逃研究者的追究。托马斯·H·席尔姆思达特尔(Thomas H. Helmstadter)指出,布莱克在不少插画里是在挑战杨格对理性的神圣化,实际是在凸显想象力卓越无上的地位。(i)例如,在《夜思》第一夜标题页的左侧,画面里一个形态像尤力申的老年人物蜷坐在枯萎的树下——这棵树很可能象征着科学和理性——两个悬空的精灵自画面上方熟睡的人物头部飞出,给他带去一个卷轴。从画面的构图和人物神情来看,布莱克在插画里想表现的很可能是想象力高于堕落理性,身处贫瘠境地的理性代言人需要非理性的想象力给他带去灵感和指引,从而实现对理性至上观念的颠覆和瓦解。

杨格和布莱克不仅在"理性"问题上有显著的分歧,他们在牛顿式的宇宙观上也存在大不相同的认识和见解,这可能是两人意见不合的第二个表现。据研究者考证，杨格在 1728 年看过有关牛顿哲学思想的书籍文章，他不仅熟悉牛顿天文学的基本原理，还试图和其他基督教辩护学者一样，想用牛顿提出的科学原理来论证上帝存在的命题。他认为"漫天荣耀的精确数理"是上帝"授意"让一切皆按"数字、重量和度量"来实现的。也就是说杨格在一定程度上是赞同牛顿的科学宇宙观的。但布莱克却有全然不同的看法和立场。他眼中"牛顿式自然观"的代言人就是尤力申，尤力申在《四佐亚》里创造出来的"尘世之卵"——世界、自然和宇宙的象征——是如此严谨、漠然、冷酷，以至于连繁星的位置都是"按数字、重量和度量的比重"来定的。由此可见，布莱克意在说明是一种压迫性的、理性至上的思维形成了数理构建宇宙的观念，而这种观念会把人、梦想和永恒拉低到理性的、物质化的堕落世界。

在布莱克为《夜思》设计的插画里，有不少的例子可以看到他对牛顿式的，条理化、机械式的宇宙观持批判态度。其中最有代表性的是他为"第九夜"第 1865 行到第 1885 行诗文设计的插画。在这幅画里，有两个人物背对读者站立在一个巨大的望远镜旁，其中一个女性人物伸出的手垂直指向天空；画中的第三个人物俯身蜷在地上用圆规去测量一个三角形，其模样神似布莱克于 1795 年印制的牛顿形象。这幅插画是布莱克针对《夜思》里"哦，为了让一架望远镜抵达他的御座！/告诉我，人间学者！天上的有福人！/敏锐的、牛顿式的天使们！告诉我。/你们的伟大的主的天体，他的众多 / 星球，都在哪里？"这些文字设计出来的。在迈克尔·法瑞尔（Michael Farrell）看来，布莱克的这种构图实质上是在批判牛顿式的科学理性，甚至还可能剑指基督教理性主义。（18）依据就在于画中年轻的天文学家试图从天空中寻找圣灵的证据，发现的却仅仅是他自己建构的三角形，从而暴露出数理思维的狭隘和虚妄。

这样看来，布莱克不仅反对杨格的理性宗教观，而且还反对杨格提倡牛顿式宇宙观的做法。杨格对理性的捍卫无异于布莱克笔下尤力申所犯的错误。布莱克把自己的这些见解巧妙地设计在《夜思》的插画里，似乎是暗示杨格选择了与牛顿、洛克为伍，同属理性时代的开拓者，有相同的思想错误。于是布莱克在构思设计的时候并没有完全按照杨格的字面意思来，而是做了一些改动，在配画里加入了他自己的一些象征符号，甚至还把尤力申的形象也置入其中，借之暴露出堕落世界里理性感官的局限性，从而达到同时挑战杨格神圣化理性和基督教理性主义的双重目的。

杨格和布莱克在上述两个重要思想问题上的根本分歧，直接导致两人在第三个方面的迥异：杨格的《夜思》和布莱克的《四佐亚》在本质上的不同。即便有学者会像哈姆林一样认为前者对后者影响很大，在不少地方可以发现相似性，但恐怕更多的学者倾向于认为两者千差万别。因此，《四佐亚》非但不是《夜思》的衍生品，而应是极富原创性的诗学成就。

在布莱克的几部长诗中，《四佐亚》的规模是相当可观的。这首诗是借助布莱克神话中的巨人形象，来描绘布莱克的，也是所有人的心理状态，是关于它的分裂和恢复协调和睦的变化过程。这首诗的特别之处在于，它将一些文化和信仰上的事件转化成为了一种心理层面的成长，或者至少是一种心理变化的形式。如前文所述，该诗的曾用名是《伐拉》，但是在内容逐渐丰富和修订的过程中，其特征出现了重大变化：最初该诗是关于理性审判和精神上的绝望，后来经修改成颂扬光荣的基督教革新；一开始涉及心灵层面的冲突，精神上的战争，后来回归尘世去关注德鲁伊和基督教历史。简单来说，这首诗是围绕四佐亚之间的关系展开的。这四佐亚的名字分别是尤力申（Urizen），鲁瓦（奥克）（Luvah/Orc），欧苏纳（络丝）（Urthona/Los）和塔马斯（Tharmas）。

全诗像《夜思》一样共分"九夜"，每一夜实为一章。简而言之，《四佐亚》的第一夜是关于尤力申与鲁瓦的角力，两者都想获得控制权，这场争执让欧苏纳与其流裔依妮萨梦（Enitharmon）分裂开来，都陷入了固化的堕落世界里。象征英国的阿尔比昂（Albion）巨人和他的流裔耶路撒冷也没能逃脱堕落的命运，分裂开来。最后，阿尔比昂陷入了自我中心主义陷阱，这是一种人与外界划分，割离的做法，是布莱克对世人的警示。

紧随第一夜，第二夜一开始，人健康合一的感官能力已经堕落、丧失了。此时阿尔比昂邀请尤力申来控制他的感官。于是阿尔比昂和尤力申为伍，意图在一片混沌中制造固化的形态和秩序——尤力申的应对策略是让一切都有固定僵化的形态。这样，一个经验主义的物质世界就铺陈开来。尤力申也开始建造一个"尘世之卵"。此时的鲁瓦被囚禁在物质世界里，倍受其流裔伐拉的折磨。

这样，"数理感官（ratio perception）"最终还是建立起来了，大部分人都接受了这样一个数理世界，包括它的价值观，它的生命形式，只有少数人敢于质疑。这些沉默的大多数实际上就是被异化了的群体，而那些敢于质疑的人则被视为精神不正常的人。欲望和能量在这样的世界里变成了一种折磨，处处受到压制。

第三夜篇幅最短，实际上是在倒叙。这部分回顾的是阿汉尼娅（Ahania）对尤力申说的话。阿汉尼娅告诉尤力申不要担心无法维系"尘世之卵"，因为此时的阿尔比昂已经完全将尤力申神化。阿尔比昂选择崇拜理性实际上就是选择放弃欲望和能量。拒斥欲望、能量的宗教直接导致自然宗教盛行。即便如此，尤力申仍然对鲁瓦心有余悸，于是阿汉尼娅斥责他脆弱，结果尤力申竟然连她也一起摒弃了。尤力申的紧张和偏执让世界更加混沌，塔马斯变得更为混乱。伊妮安（Enion）现在渴望回到塔马斯身边，也没有可能了。这一夜里我们看到了一个处心积虑贬抑欲望、能量的尤力申，小心翼翼地维系他所创造的数理世界。

在第四夜里，络丝被迫使用想象力来为这个尤力申的数理世界服务，但实际上他是在谋划重生的准备。

第五夜讲述的是欲望、能量与堕落世界的结合。鲁瓦在这一夜降生，他代表着革命力量，是能量的象征，是反叛者的典型代表。络丝的嫉妒和恐惧让他把鲁瓦的化身奥克绑了起来。奥克叛逆的嚎叫震撼了整个尤力申秩序的世界。他打算去一探究竟。

第六夜里，尤力申在探访途中碰到自己的三个女儿，给了她们奴役的工具，让她们扮演起了伦理道德的倡导者，对奥克进行折磨。实际上，她们就是人类社会中提倡压制欲望的代表。尤力申接着碰到了塔马斯，塔马斯试图向尤力申说明，尤力申建构的自我中心主义的世界是导致塔马斯感到匮乏的根本原因，他以前总能感到活跃的欲望和能量，而现在却失去了这些感受。尤力申根本不在意塔马斯的话，反而造出了更多、更炫目的抽象概念，形成了一张"尤力申之网"。但这张网没法伤害奥克，因为塔马斯和欧苏纳的幽灵都在庇佑他，保护着人之为人的基本：欲望和能量。

第七夜里，尤力申站在自己建构的自我中心主义之网里，紧盯着奥克所在之地。奥克的世界充斥着能量，是尤力申数理世界的最大威胁。嫉妒的尤力申将奥克变形为蛇，意图让所有宗教都唾弃他，从而达到压制欲望和能量的目的。同时，依妮萨梦也试图让络丝转化成为一个"罪过指控者（accuser of sin）"。但是，此时的络丝已经认识到他所代表的错误感官。他已经做好了准备，要纠正这个堕落世界的错误，带领世人得到启示。很快尤力申所惧怕的欲望和能量就要得以释放。

第八夜讲述的是英国国教堕落为自然宗教的过程，布莱克认为这与尤力申的自我中心论和自我封闭有密切关系。尤力申的流裔阿汉尼娅和塔马斯的流裔伊妮安终于意识到了问题所在，开始哀痛人的堕落状态；伊妮安也开始期待宇宙的再次人性化。至此，被异化的个体和社会都开始觉醒，尤力申的世界岌岌可危。

在作为结局的第九夜，络丝拒绝了牛顿的世界，建立在尤力申认识论基础上的社会机构也告终结。阿尔比昂也清醒过来，严厉斥责尤力申。尤力申却不思悔改，还在想通过立法来控制未来。最后，尤力申还是与伊妮安会和了，其他几个佐亚也都和流裔会和了，这意味着人的感官开始从病态慢慢恢复健康。健康的感官让人回到了永恒状态。在永恒世界里，没有了各种划分，各种疆域，连人曾经畏惧的动物都可以与人聊天。

综上，《四佐亚》的"九夜"与《夜思》的"九夜"在内容和思想上相去甚远。布莱克与杨格之间的根本性差异在各自的作品里也是显露无遗。

总体而言，杨格的《夜思》得益于布莱克版画设计的推波助澜，名副其实地成为了传世之作；布莱克从杨格的《夜思》中获得灵感启发，谱写了兼容并蓄、继往开来的《四佐亚》。两者不同寻常的关系成就了英国文学、艺术史上的一道独特风景。在这本由于琰女士翻译的作品里，不仅可以细致地欣赏《夜思》的诗文，还可以很方便地鉴赏布莱克为杨格的原诗所做的版画，实为诗歌、艺术爱好者和研究者的福音。是以为序。

参考 / 引用文献

Bentley, G. E. Jr., *The Stranger from Paradise: A Biography of William Blake.* London: Paul Mellon Centre BA, 2003.

Gilchrist, Alexander. *The Life of William Blake*. Nabu Press, 2009.

Hamlyn, Robyn. "Commentary." *Night Thoughts by Edward Young with Illustrations by William Blake*. London: The Folio Society, 2005.

Harper, George M., "Blake's 'Nebuchadnezzar' in 'The City of Dreadful Night'." *Studies in Philology*, vol.50, No.1, Jan.1953, pp.68—80.

Helmstadter, Thomas H., "Blake's Night Thoughts: Interpretations of Edward Young." *Texas Studies in Literature and Language*, vol.12, No.1, Spring 1970, pp.27—54.

Snart, Jason A., "Review of Edward Young's 'Night Thoughts, with Illustrations by William Blake'". *English Scholarship*, 2007. http://dc.cod.edu/englishpub/35.

The William Blake Archive. "Edward Young, Night Thoughts (Composed 1797)". https://blakearchive.org/work/bb515.

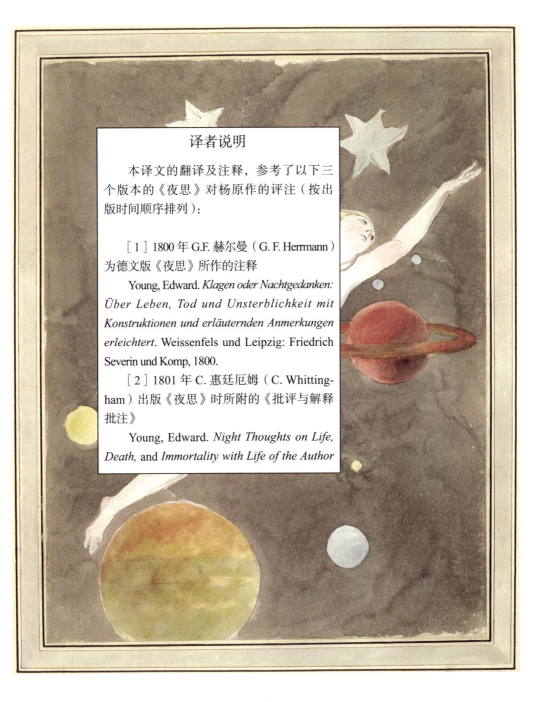

译者说明

　　本译文的翻译及注释，参考了以下三个版本的《夜思》对杨原作的评注（按出版时间顺序排列）：

　　[1] 1800 年 G.F. 赫尔曼（G. F. Herrmann）为德文版《夜思》所作的注释

Young, Edward. *Klagen oder Nachtgedanken: Über Leben, Tod und Unsterblichkeit mit Konstruktionen und erläuternden Anmerkungen erleichtert.* Weissenfels und Leipzig: Friedrich Severin und Komp, 1800.

　　[2] 1801 年 C. 惠廷厄姆（C. Whitting-ham）出版《夜思》时所附的《批评与解释批注》

Young, Edward. *Night Thoughts on Life, Death,* and *Immortality with Life of the Author*

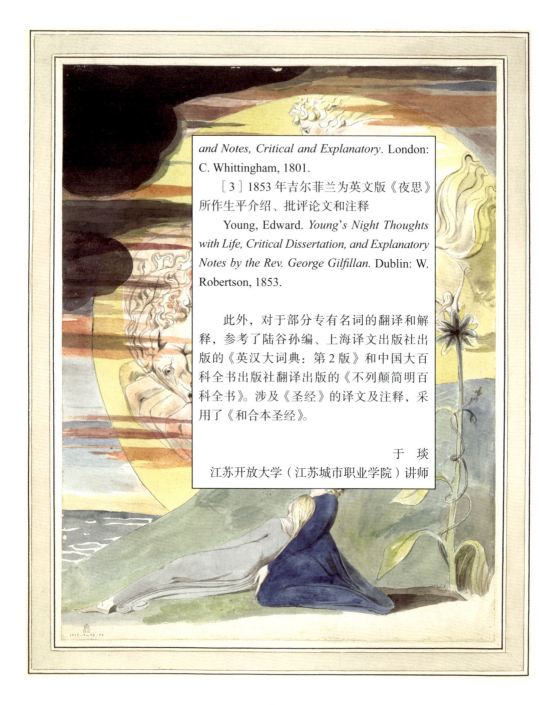

and Notes, Critical and Explanatory. London: C. Whittingham, 1801.

　　［3］1853年吉尔菲兰为英文版《夜思》所作生平介绍、批评论文和注释

　　Young, Edward. *Young's Night Thoughts with Life, Critical Dissertation, and Explanatory Notes by the Rev. George Gilfillan*. Dublin: W. Robertson, 1853.

　　此外，对于部分专有名词的翻译和解释，参考了陆谷孙编、上海译文出版社出版的《英汉大词典：第2版》和中国大百科全书出版社翻译出版的《不列颠简明百科全书》。涉及《圣经》的译文及注释，采用了《和合本圣经》。

于　琰

江苏开放大学（江苏城市职业学院）讲师

夜　思

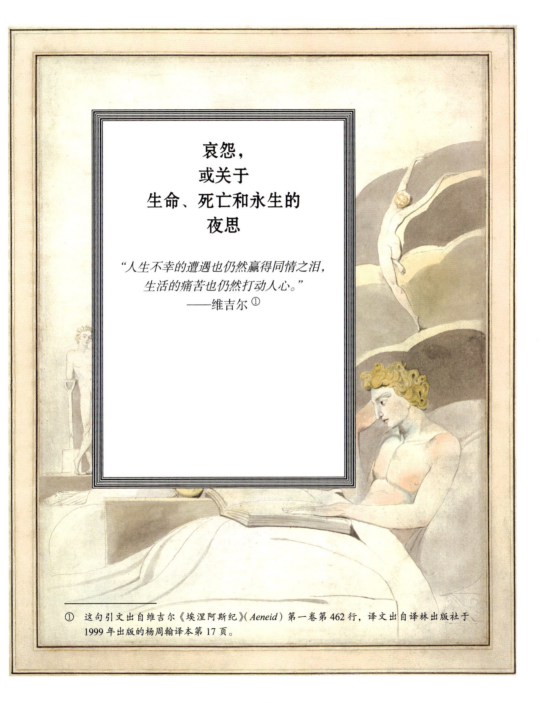

哀怨，
或关于
生命、死亡和永生的
夜思

"人生不幸的遭遇也仍然赢得同情之泪，
生活的痛苦也仍然打动人心。"
——维吉尔 ①

———
① 这句引文出自维吉尔《埃涅阿斯纪》(Aeneid) 第一卷第 462 行，译文出自译林出版社于
1999 年出版的杨周翰译本第 17 页。

伦敦：

为蓓尔美尔的塔利头像出版社的 R·多兹莱印刷；并且由主祷文街的 M·库帕销售。1743。①

［定价：一先令六便士。］

① "罗伯特·多兹莱"（Robert Dodsley）：英国书商兼作家。蓓尔美尔（Pall Mall）是伦敦的一条街道。塔利（Tully）是英国人对马库斯·图留斯·西塞罗（Marcus Tullius Cicero）的昵称。"玛丽·库帕"（Mary Cooper）：出版商托马斯·库帕（Thomas Cooper）的妻子。主祷文街（Paternoster Row）曾是伦敦出版业的中心，在二战伦敦大轰炸中遭到破坏，如今重建为主祷文广场（Paternoster Square）。1742年，托马斯·库帕与多兹莱共同出版了《夜思》的第二、三夜。1743年，托马斯去世，玛丽接手亡夫的环球出版社（The Globe）生意并且与多兹莱保持合作。详情可参阅詹姆斯·E·蒂尔尼（James E. Tierney）编辑的《罗伯特·多兹莱书信集：1733—1764》（*The Correspondence of Robert Dodsley: 1733—1764*）。

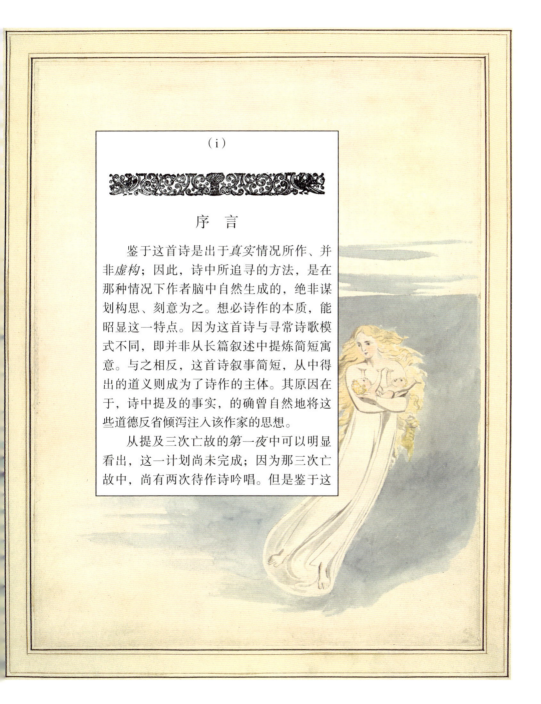

（i）

序　言

　　鉴于这首诗是出于*真实情况*所作、并非*虚构*；因此，诗中所追寻的方法，是在那种情况下作者脑中自然生成的，绝非谋划构思、刻意为之。想必诗作的本质，能昭显这一特点。因为这首诗与寻常诗歌模式不同，即并非从长篇叙述中提炼简短寓意。与之相反，这首诗叙事简短，从中得出的道义则成为了诗作的主体。其原因在于，诗中提及的事实，的确曾自然地将这些道德反省倾泻注入该作家的思想。

　　从提及三次亡故的*第一夜*中可以明显看出，这一计划尚未完成；因为那三次亡故中，尚有两次待作诗吟唱。但是鉴于这

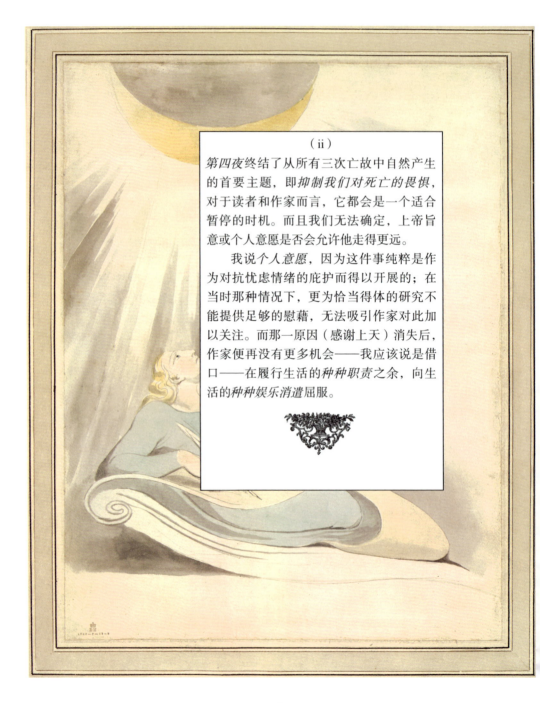

（ii）

第四夜终结了从所有三次亡故中自然产生的首要主题，即*抑制我们对死亡的畏惧*，对于读者和作家而言，它都会是一个适合暂停的时机。而且我们无法确定，上帝旨意或个人意愿是否会允许他走得更远。

我说个人意愿，因为这件事纯粹是作为对抗忧虑情绪的庇护而得以开展的；在当时那种情况下，更为恰当得体的研究不能提供足够的慰藉，无法吸引作家对此加以关注。而那一原因（感谢上天）消失后，作家便再没有更多机会——我应该说是借口——在履行生活的*种种职责*之余，向生活的*种种娱乐消遣*屈服。

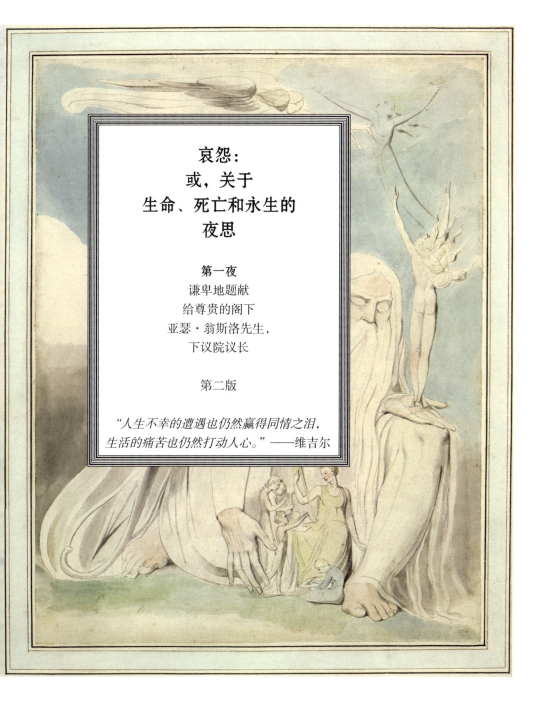

哀怨：
或，关于
生命、死亡和永生的
夜思

第一夜
谦卑地题献
给尊贵的阁下
亚瑟·翁斯洛先生，
下议院议长

第二版

"人生不幸的遭遇也仍然赢得同情之泪，
生活的痛苦也仍然打动人心。"——维吉尔

伦敦：
为蓓尔美尔的塔利头像出版社的
R·多兹莱印刷。1742。
［定价，一先令］

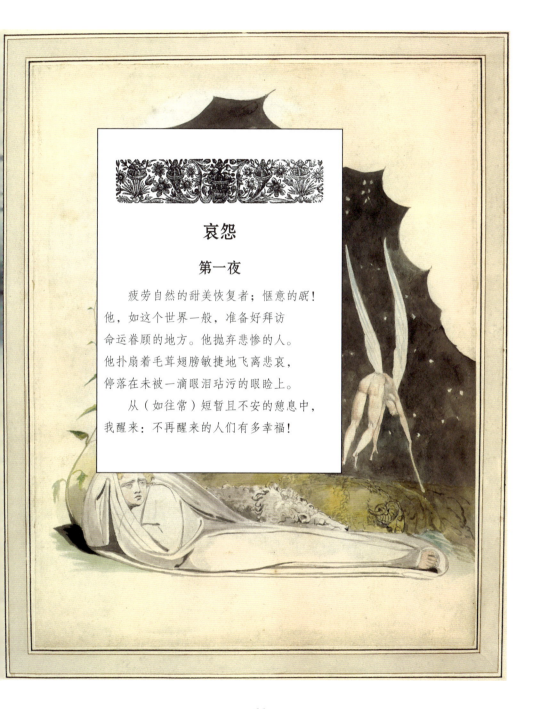

哀怨

第一夜

　　疲劳自然的甜美恢复者；惬意的眠！
他，如这个世界一般，准备好拜访
命运眷顾的地方。他抛弃悲惨的人。
他扑扇着毛茸翅膀敏捷地飞离悲哀，
停落在未被一滴眼泪玷污的眼睑上。

　　从（如往常）短暂且不安的憩息中，
我醒来：不再醒来的人们有多幸福！

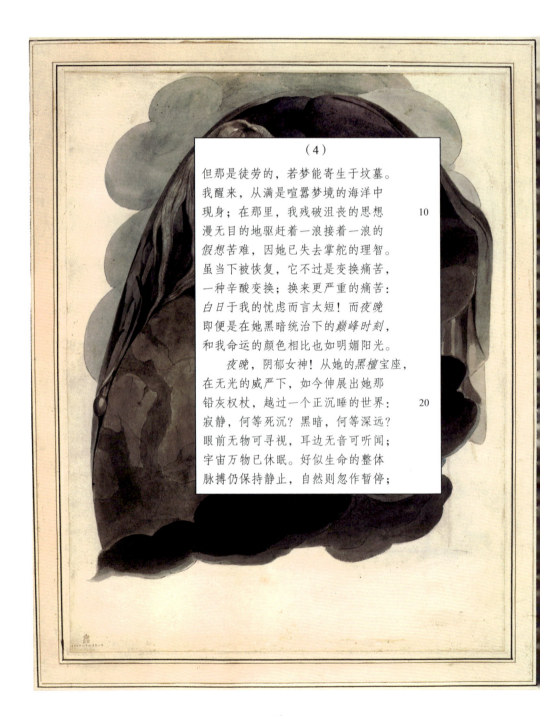

（4）

但那是徒劳的，若梦能寄生于坟墓。
我醒来，从满是喧嚣梦境的海洋中
现身；在那里，我残破沮丧的思想　　　　　　10
漫无目的地驱赶着一浪接着一浪的
*假想*苦难，因她已失去掌舵的理智。
虽当下被恢复，它不过是变换痛苦，
一种辛酸变换；换来更严重的痛苦：
*白日*于我的忧虑而言太短！而*夜晚*
即便是在她黑暗统治下的*巅峰时刻*，
和我命运的颜色相比也如明媚阳光。

　　*夜晚，阴郁女神！*从她的*黑檀宝座*，
在无光的威严下，如今伸展出她那
铅灰权杖，越过一个正沉睡的世界：　　　　20
寂静，何等死沉？黑暗，何等深远？
眼前无物可寻视，耳边无音可听闻；
宇宙万物已休眠。好似生命的整体
脉搏仍保持静止，自然则忽作暂停；

（5）

可怕的暂停！预示着她自己的结局。
那么就让她的预言得以被尽快实现；
命运！降下帷幕；我已是一败涂地。

　　寂静和黑暗！庄重的姊妹！孪生儿，
来自远古的*夜晚*，照料温柔的思绪
回归*理性*，并且基于理性树立*决心*，　　30
（人心中那根彰显真正威严的石柱），
请协助我：我将在坟墓里感谢你们；
坟墓，你们的王国；*那里*，这身躯
将成为奉献给你们阴郁圣陵的牺牲。
但你们是何人？*你们*曾将原始寂静
驱赶得仓皇逃窜，那时清晨群星正
在逐渐升起的日球上空欢欣地呼号；
哦你们！曾施令从坚实黑暗中擦出
太阳那团火花；如今从我的灵魂中
激发智慧；当他人歇息，我的灵魂　　40
如财迷逐金飞向你、她的信托宝藏。

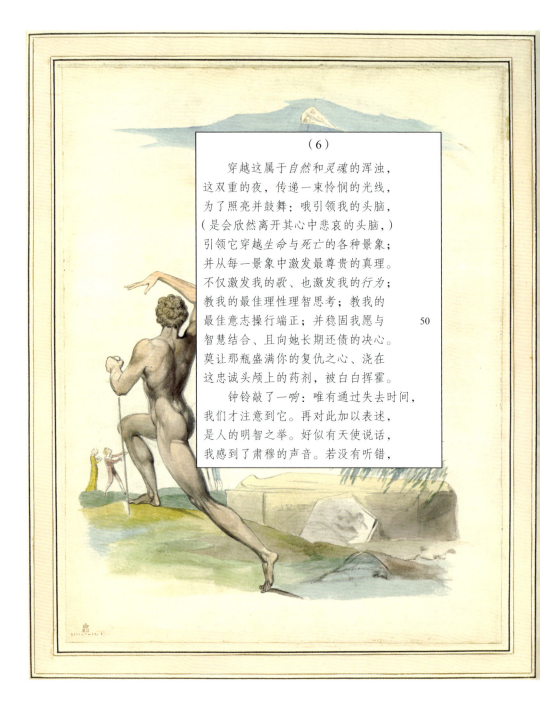

（6）

　　穿越这属于*自然*和*灵魂*的浑浊，
这双重的夜，传递一束怜悯的光线，
为了照亮并鼓舞：哦引领我的头脑，
（是会欣然离开其心中悲哀的头脑，）
引领它穿越*生命*与*死亡*的各种景象；
并从每一景象中激发最尊贵的真理。
不仅激发我的*歌*、也激发我的*行为*；
教我的最佳理性理智思考；教我的
最佳意志操行端正；并稳固我愿与　　　50
*智慧*结合、且向她长期还债的决心。
莫让那瓶盛满你的复仇之心、浇在
这忠诚头颅上的药剂，被白白挥霍。

　　钟铃敲了一响：唯有通过失去时间，
我们才注意到它。再对此加以表述，
是人的明智之举。好似有天使说话，
我感到了肃穆的声音。若没有听错，

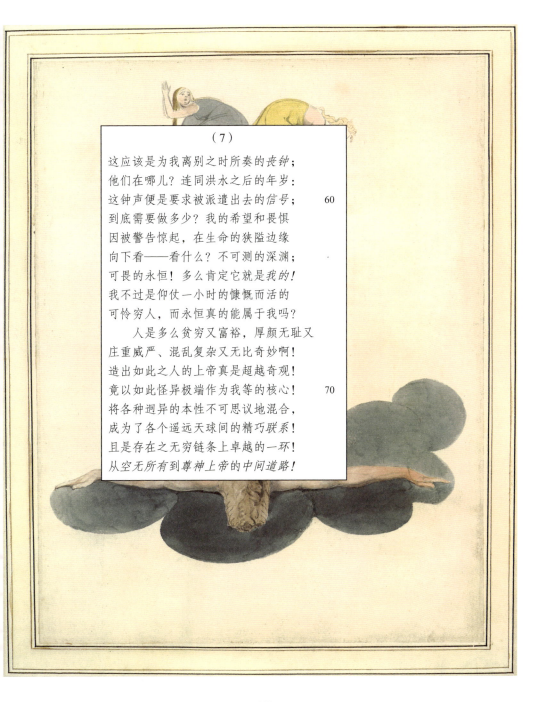

（7）

这应该是为我离别之时所奏的丧钟；
他们在哪儿？连同洪水之后的年岁：
这钟声便是要求被派遣出去的信号；　　　　60
到底需要做多少？我的希望和畏惧
因被警告惊起，在生命的狭隘边缘
向下看——看什么？不可测的深渊；
可畏的永恒！多么肯定它就是我的！
我不过是仰仗一小时的慷慨而活的
可怜穷人，而永恒真的能属于我吗？

　　人是多么贫穷又富裕，厚颜无耻又
庄重威严、混乱复杂又无比奇妙啊！
造出如此之人的上帝真是超越奇观！
竟以如此怪异极端作为我等的核心！　　　　70
将各种迥异的本性不可思议地混合，
成为了各个遥远天球间的精巧联系！
且是存在之无穷链条上卓越的一环！
从空无所有到尊神上帝的中间道路！

15

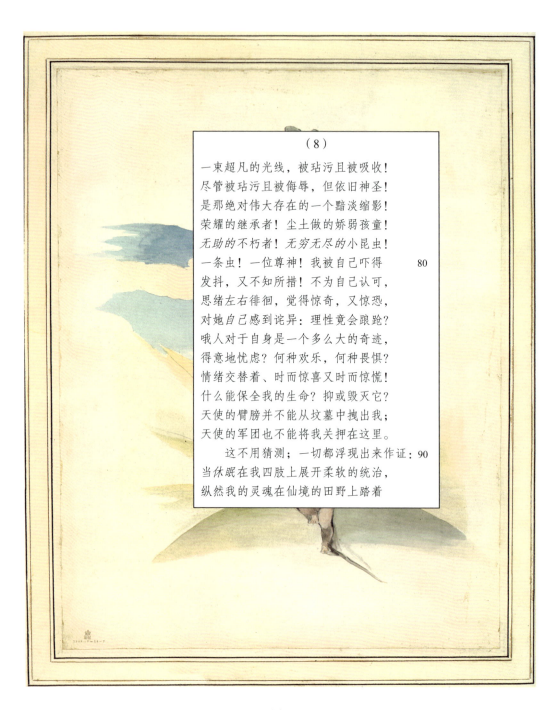

（8）

一束超凡的光线，被玷污且被吸收！
尽管被玷污且被侮辱，但依旧神圣！
是那绝对伟大存在的一个黯淡缩影！
荣耀的继承者！尘土做的娇弱孩童！
无助的不朽者！无穷无尽的小昆虫！
一条虫！一位尊神！我被自己吓得　　　80
发抖，又不知所措！不为自己认可，
思绪左右徘徊，觉得惊奇，又惊恐，
对她*自己*感到诧异：理性竟会跟踉？
哦人对于自身是一个多么大的奇迹，
得意地忧虑？何种欢乐，何种畏惧？
情绪交替着、时而惊喜又时而惊慌！
什么能保全我的生命？抑或毁灭它？
天使的臂膀并不能从坟墓中拽出我；
天使的军团也不能将我关押在这里。

　　这不用猜测；一切都浮现出来作证：90
当休眠在我四肢上展开柔软的统治，
纵然我的灵魂在仙境的田野上踏着

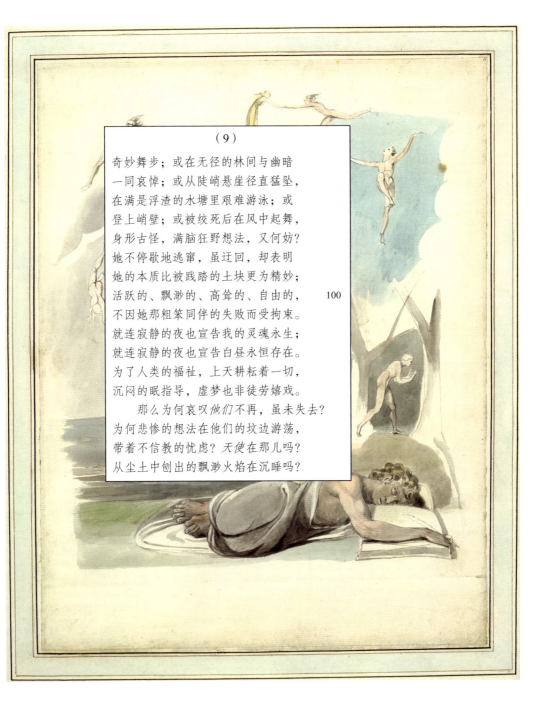

（9）

奇妙舞步；或在无径的林间与幽暗
一同哀悼；或从陡峭悬崖径直猛坠，
在满是浮渣的水塘里艰难游泳；或
登上峭壁；或被绞死后在风中起舞，
身形古怪，满脑狂野想法，又何妨？
她不停歇地逃窜，虽迂回，却表明
她的本质比被践踏的土块更为精妙；
活跃的、飘渺的、高耸的、自由的，　　100
不因她那粗笨同伴的失败而受拘束。
就连寂静的夜也宣告我的灵魂永生；
就连寂静的夜也宣告白昼永恒存在。
为了人类的福祉，上天耕耘着一切，
沉闷的眠指导，虚梦也非徒劳嬉戏。

那么为何哀叹*他们*不再，虽未失去？
为何悲惨的想法在他们的坟边游荡，
带着不信教的忧虑？天使在那儿吗？
从尘土中刨出的飘渺火焰在沉睡吗？

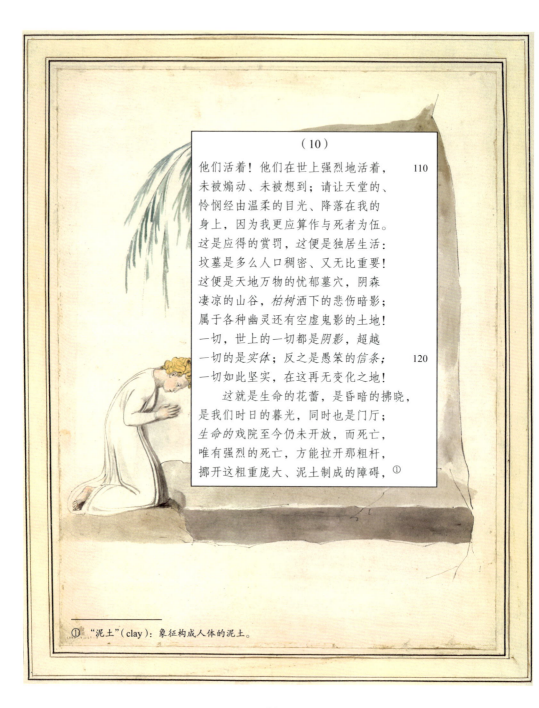

（10）

他们活着！他们在世上强烈地活着，　　　　　110
未被煽动、未被想到；请让天堂的、
怜悯经由温柔的目光、降落在我的
身上，因为我更应算作与死者为伍。
这是应得的赏罚，这便是独居生活：
坟墓是多么人口稠密、又无比重要！
这便是天地万物的忧郁墓穴，阴森
凄凉的山谷，*柏树洒下的悲伤暗影*；
属于各种幽灵还有空虚鬼影的土地！
一切，世上的一切都是*阴影*，超越
一切的是*实体*；反之是愚笨的信条；　　　120
一切如此坚实，在这再无变化之地！

　　这就是生命的花蕾，是昏暗的拂晓，
是我们时日的暮光，同时也是门厅；
*生命的戏院*至今仍未开放，而死亡，
唯有强烈的死亡，方能拉开那粗杆，
挪开这粗重庞大、泥土制成的障碍，①

①　"泥土"（clay）：象征构成人体的泥土。

18

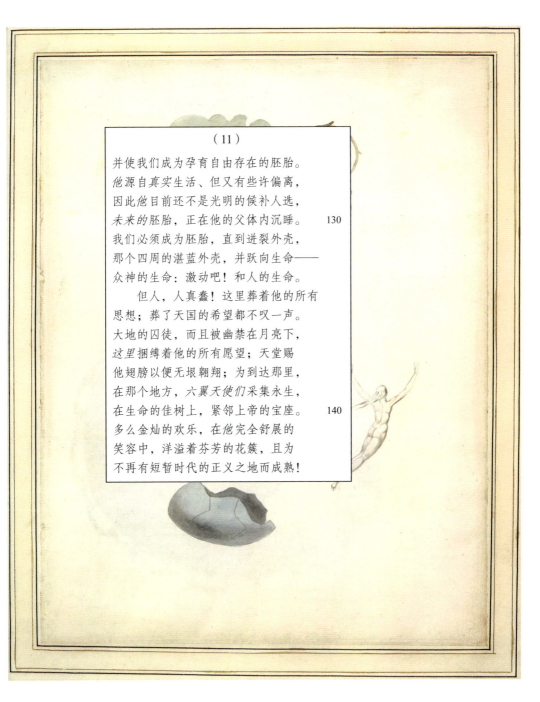

（11）

并使我们成为孕育自由存在的胚胎。
*他*源自真实生活、但又有些许偏离，
因此*他*目前还不是光明的候补人选，
未来的胚胎，正在他的父体内沉睡。　　　130
我们必须成为胚胎，直到迸裂外壳，
那个四周的湛蓝外壳，并跃向生命——
众神的生命：激动吧！和人的生命。

　　但人，人真蠢！这里葬着他的所有
思想；葬了天国的希望都不叹一声。
大地的囚徒，而且被幽禁在月亮下，
*这里*捆缚着他的所有愿望；天堂赐
他翅膀以便无垠翱翔；为到达那里，
在那个地方，*六翼天使们*采集永生，
在生命的佳树上，紧邻上帝的宝座。　　　140
多么金灿的欢乐，在他完全舒展的
笑容中，洋溢着芬芳的花簇，且为
不再有短暂时代的正义之地而成熟！

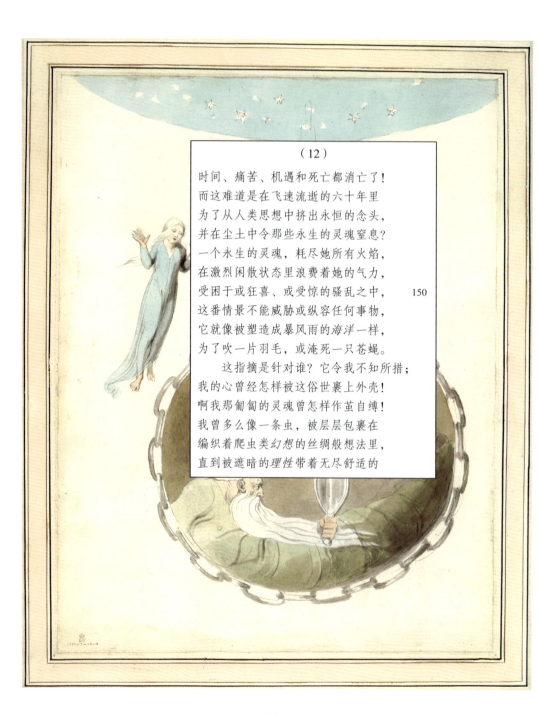

（12）

时间、痛苦、机遇和死亡都消亡了！
而这难道是在飞速流逝的六十年里
为了从人类思想中挤出永恒的念头，
并在尘土中令那些永生的灵魂窒息？
一个永生的灵魂，耗尽她所有火焰，
在激烈闲散状态里浪费着她的气力，
受困于或狂喜、或受惊的骚乱之中，　　150
这番情景不能威胁或纵容任何事物，
它就像被塑造成暴风雨的海洋一样，
为了吹一片羽毛，或淹死一只苍蝇。

　　这指摘是针对谁？它令我不知所措；
我的心曾经怎样被这俗世裹上外壳！
啊我那匍匐的灵魂曾怎样作茧自缚！
我曾多么像一条虫，被层层包裹在
编织着爬虫类*幻想*的丝绸般想法里，
直到被遮暗的*理性*带着无尽舒适的

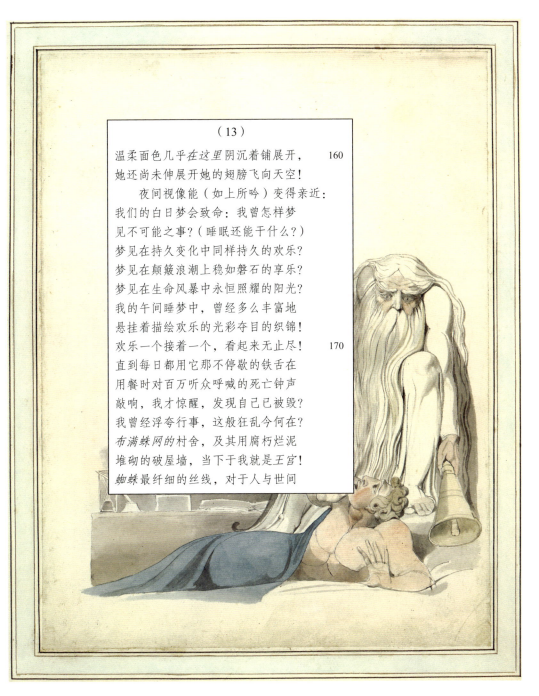

（13）

温柔面色几乎在这里阴沉着铺展开，　　　　160
她还尚未伸展开她的翅膀飞向天空！
　　夜间视像能（如上所吟）变得亲近：
我们的白日梦会致命：我曾怎样梦
见不可能之事？（睡眠还能干什么？）
梦见在持久变化中同样持久的欢乐？
梦见在颠簸浪潮上稳如磐石的享乐？
梦见在生命风暴中永恒照耀的阳光？
我的午间睡梦中，曾经多么丰富地
悬挂着描绘欢乐的光彩夺目的织锦！
欢乐一个接着一个，看起来无止尽！　　170
直到每日都用它那不停歇的铁舌在
用餐时对百万听众呼喊的死亡钟声
敲响，我才惊醒，发现自己已被毁？
我曾经浮夸行事，这般狂乱今何在？
布满蛛网的村舍，及其用腐朽烂泥
堆砌的破屋墙，当下于我就是王宫！
蜘蛛最纤细的丝线，对于人与世间

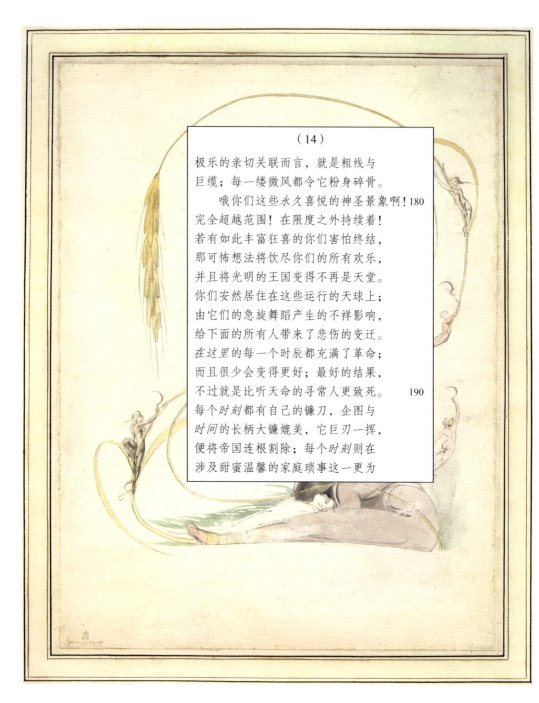

（14）

极乐的亲切关联而言，就是粗线与
巨缆；每一缕微风都令它粉身碎骨。

　　哦你们这些永久喜悦的神圣景象啊！180
完全超越范围！在限度之外持续着！
若有如此丰富狂喜的你们害怕终结，
那可怖想法将饮尽你们的所有欢乐，
并且将光明的王国变得不再是天堂。
你们安然居住在这些运行的天球上；
由它们的急旋舞蹈产生的不祥影响，
给下面的所有人带来了悲伤的变迁。
在这里的每一个时辰都充满了革命；
而且很少会变得更好；最好的结果，
不过就是比听天命的寻常人更致死。　　190
每个时刻都有自己的镰刀，企图与
时间的长柄大镰媲美，它巨刃一挥，
便将帝国连根割除；每个时刻则在
涉及甜蜜温馨的家庭琐事这一更为

（15）

狭隘的领域玩弄它的小兵器，并将
凡俗极乐最为曼妙柔美的鲜花砍下。
　　　极乐！凡俗极乐！骄傲徒劳的字眼！
对于神圣教令的不直接言明的背叛！
对于上天所拥有的权益的大胆侵犯！
我紧抱着幽灵，发现它们变为空气。　　　200
唉！若我在痴情拥抱前给它称了重，
我的心就可以不被悲痛的箭矢刺伤！
死亡！占有万物的伟大业主！你的
使命就是踏灭帝国，并且熄灭群星。
太阳他自己因得到你的允许而照耀；
终有一天你会将他从他的领域拔起。
在这么孔武有力的劫掠中，为何对
如此低微的目标耗尽你*偏袒*的战栗？
为何将你的离奇怨恨发泄在我身上？
不知足的弓箭手！难道一人还不够？　　　210
你的箭三次射出；我三次失去安宁；①

———————
①　指杨的妻子、继女和继女婿的死亡。

23

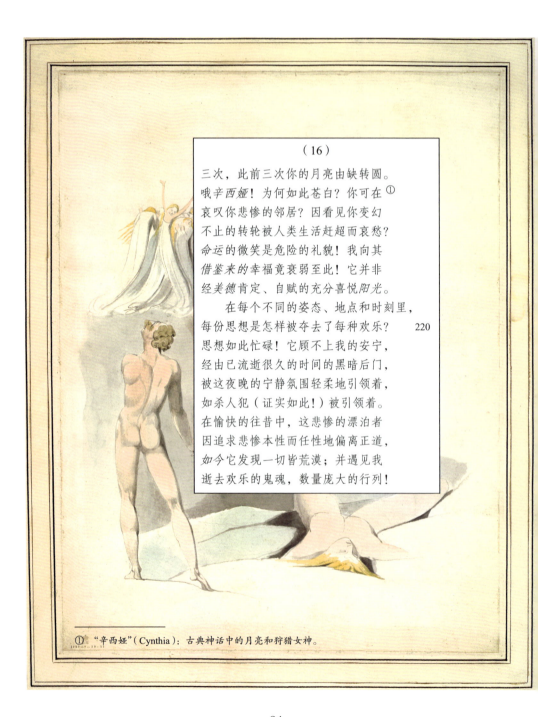

（16）

三次，此前三次你的月亮由缺转圆。
哦辛*西娅*！为何如此苍白？你可在 ①
哀叹你悲惨的邻居？因看见你变幻
不止的转轮被人类生活赶超而哀愁？
命运的微笑是危险的礼貌！我向其
借鉴来的幸福竟衰弱至此！它并非
经美德肯定、自赋的充分喜悦阳光。

　　在每个不同的姿态、地点和时刻里，
每份思想是怎样被夺去了每种欢乐？　　220
思想如此忙碌！它顾不上我的安宁，
经由已流逝很久的时间的黑暗后门，
被这夜晚的宁静氛围轻柔地引领着，
如杀人犯（证实如此！）被引领着。
在愉快的往昔中，这悲惨的漂泊者
因追求悲惨本性而任性地偏离正道，
如今它发现一切皆荒漠；并遇见我
逝去欢乐的鬼魂，数量庞大的行列！

① "辛西娅"（Cynthia）：古典神话中的月亮和狩猎女神。

24

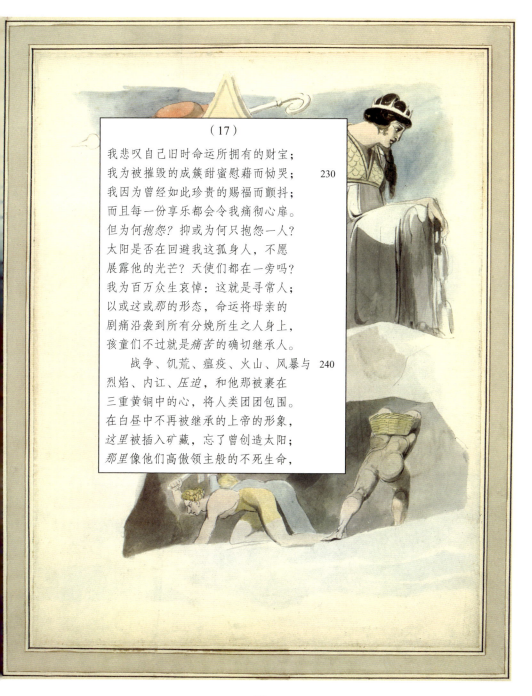

（17）

我悲叹自己旧时命运所拥有的财宝；
我为被摧毁的成簇甜蜜慰藉而恸哭；　　　230
我因为曾经如此珍贵的赐福而颤抖；
而且每一份享乐都会令我痛彻心扉。
但为何抱怨？抑或为何只抱怨一人？
太阳是否在回避我这孤身人，不愿
展露他的光芒？天使们都在一旁吗？
我为百万众生哀悼：这就是寻常人；
以或这或*那*的形态，命运将母亲的
剧痛沿袭到所有分娩所生之人身上，
孩童们不过就是*痛苦*的确切继承人。

　　战争、饥荒、瘟疫、火山、风暴与　240
烈焰、*内讧*、*压迫*，和他那被裹在
三重黄铜中的心，将人类团团包围。
在白昼中不再被继承的上帝的形象，
这里被插入矿藏，忘了曾创造太阳；
那里像他们高傲领主般的不死生命，

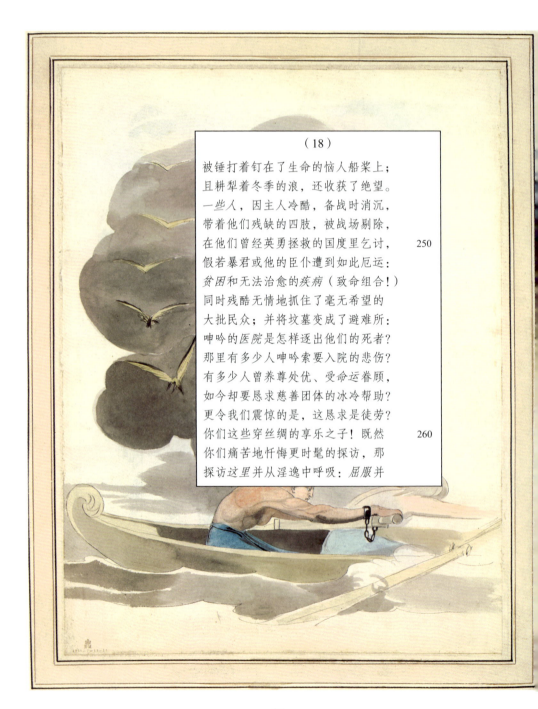

（18）

被锤打着钉在了生命的恼人船桨上；
且耕犁着冬季的浪，还收获了绝望。
一些人，因主人冷酷，备战时消沉，
带着他们残缺的四肢，被战场剔除，
在他们曾经英勇拯救的国度里乞讨，　　　　250
假若暴君或他的臣仆遭到如此厄运：
贫困和无法治愈的疾病（致命组合！）
同时残酷无情地抓住了毫无希望的
大批民众；并将坟墓变成了避难所：
呻吟的医院是怎样逐出他们的死者？
那里有多少人呻吟索要入院的悲伤？
有多少人曾养尊处优、受命运眷顾，
如今却要恳求慈善团体的冰冷帮助？
更令我们震惊的是，这恳求是徒劳？
你们这些穿丝绸的享乐之子！既然　　　　260
你们痛苦地忏悔更时髦的探访，那
探访这里并从淫逸中呼吸：*屈服并*

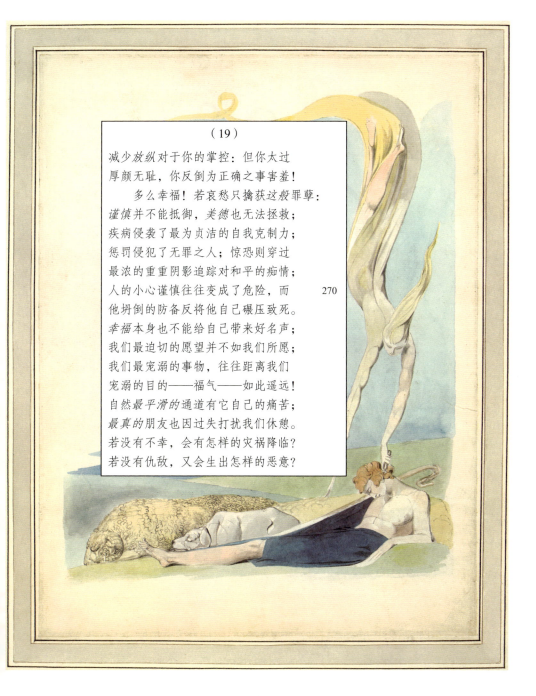

（19）

减少放纵对于你的掌控：但你太过
厚颜无耻，你反倒为正确之事害羞！

　　多么幸福！若哀愁只擒获这般罪孽：
谨慎并不能抵御，美德也无法拯救；
疾病侵袭了最为贞洁的自我克制力；
惩罚侵犯了无罪之人；惊恐则穿过
最浓的重重阴影追踪对和平的痴情；
人的小心谨慎往往变成了危险，而　　　　270
他坍倒的防备反将他自己碾压致死。
幸福本身也不能给自己带来好名声；
我们最迫切的愿望并不如我们所愿；
我们最宠溺的事物，往往距离我们
宠溺的目的——福气——如此遥远！
自然最平滑的通道有它自己的痛苦；
最真的朋友也因过失打扰我们休憩。
若没有不幸，会有怎样的灾祸降临？
若没有仇敌，又会生出怎样的恶意？

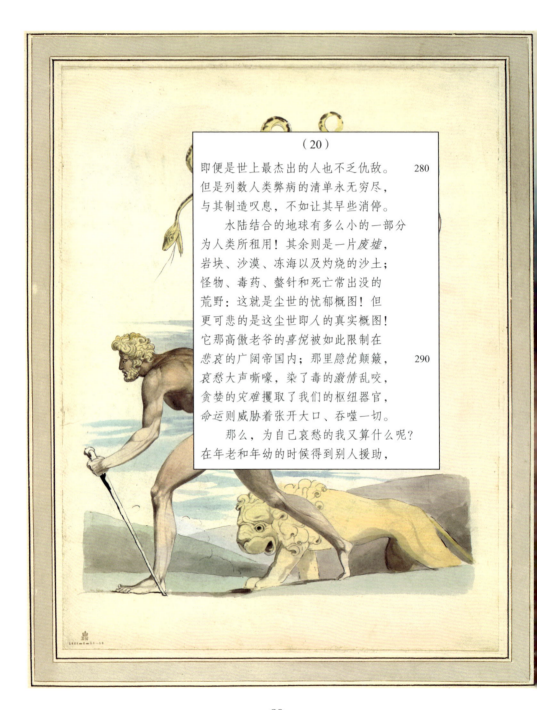

（20）

即便是世上最杰出的人也不乏仇敌。　　　　280
但是列数人类弊病的清单永无穷尽，
与其制造叹息，不如让其早些消停。

　　水陆结合的地球有多么小的一部分
为人类所租用！其余则是一片*废墟*，
岩块、沙漠、冻海以及灼烧的沙土；
怪物、毒药、螫针和死亡常出没的
荒野：这就是尘世的忧郁概图！但
更可悲的是这尘世即人的真实概图！
它那高傲老爷的喜悦被如此限制在
悲哀的广阔帝国内；那里隐忧颠簸，　　290
哀愁大声嘶嚎，染了毒的激情乱咬，
贪婪的灾难攫取了我们的枢纽器官，
命运则威胁着张开大口、吞噬一切。

　　那么，为自己哀愁的我又算什么呢？
在年老和年幼的时候得到别人援助，

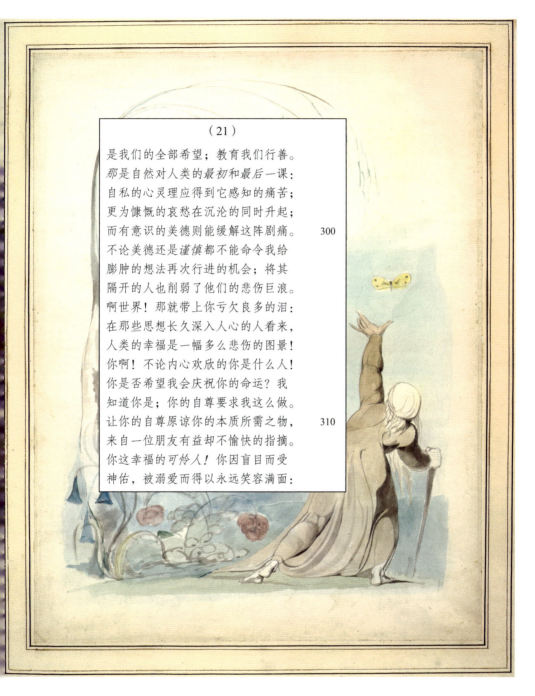

（21）

是我们的全部希望；教育我们行善。
那是自然对人类的最初和最后一课：
自私的心灵理应得到它感知的痛苦；
更为慷慨的哀愁在沉沦的同时升起；
而有意识的美德则能缓解这阵剧痛。　　　300
不论美德还是*谨慎*都不能命令我给
膨肿的想法再次行进的机会；将其
隔开的人也削弱了他们的悲伤巨浪。
啊世界！那就带上你亏欠良多的泪：
在那些思想长久深入人心的人看来，
人类的幸福是一幅多么悲伤的图景！
你啊！不论内心欢欣的你是什么人！
你是否希望我会庆祝你的命运？我
知道你是；你的自尊要求我这么做。
让你的自尊原谅你的本质所需之物，　　310
来自一位朋友有益却不愉快的指摘。
你这幸福的*可怜人*！你因盲目而受
神佑，被溺爱而得以永远笑容满面：

（22）

你可知，*笑的人！* 你是中意自己的
危难；你的享乐就是你痛苦的保证。
不幸灾祸就像一个严厉苛刻的债主，
只有在要求她推迟讨债时才会出现；
她将过去的繁荣昌盛作为灾难根源，
以求更加刺激你，并加倍你的忧虑。

　　洛伦佐，命运女神向你献殷勤，当 ①　　320
你痴情的心翩翩起舞，赛壬在歌唱。
你的福祉很珍贵；莫认为我有恶意；
若非为保证你的欢乐，我不会制止。
莫以为恐惧是理应献给风暴的情感：
坚持守护自己，去抵御命运的*微笑*。
上天皱眉时很可怕吗？极可能是的；
而且得到它的宠爱也是令人敬畏的。
在它这里，宠爱是磨难，而非酬赏；
是应感召承担职责，而非卸下责任；
并且当如灾难一般强烈地警醒我们；　　330

① 普遍认为，洛伦佐指杨的儿子弗雷德里克·杨格（Frederick），但杨格发表《夜思》时，弗雷德里克才八岁。对洛伦佐的描写刻画，可能参考了沃顿公爵菲利普·沃顿（Philip Wharton, 1st Duke of Wharton），一位极具权势的詹姆斯二世党人（Jacobite），以放荡淫逸、嗜酒如命著称。

（23）

唤醒我们去认清它们的成因与后果，
用警惕的目光审视我们的行为举止；
并使我们因称量我们的功过而震颤；
令自然的喧嚣敬畏，责罚她的欢乐，
以防我们在拥抱中杀死它们、甚至
转向比单纯苦难更糟的它们的魔法。
反叛的欢乐，就如同内战中的敌人，
也像亲密的友谊变质成酸腐的怨恨，
带着沾满毒的暴怒反抗我们的和平。
小心尘世所谓的幸福；小心所有的　340
欢乐，除了那种能永不消逝的欢乐。
不能以永恒作为基础的人，纵然他
看似痴情，却给他的欢乐宣判死刑。

　　我的欢乐因你而死去，*菲兰德！* 你①
最后的叹息消解了魔法；清醒来的
尘世失去了她的所有光辉。何处是
她的发光塔楼？她的金色山脉？都

---

① "菲兰德"（Philander）：杨格的继女婿，亨利·坦普尔（Henry Temple）。"菲兰德"是古代
爱情小说或诗歌中常见的情人名，可指玩弄女性的调情者。

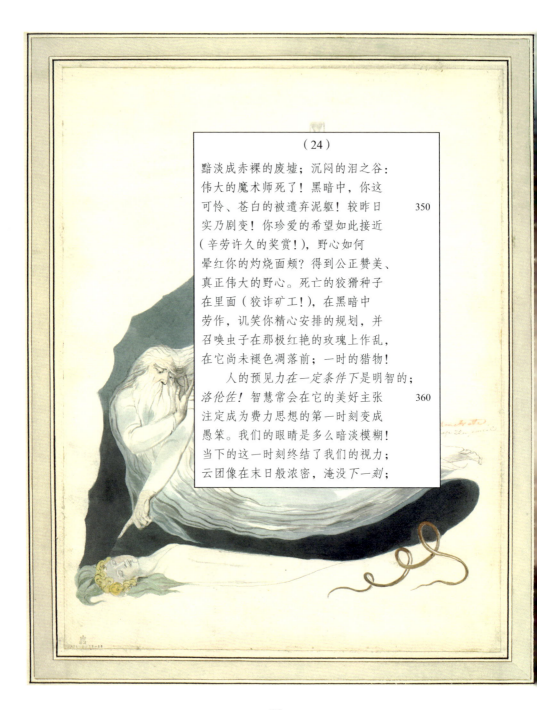

（24）

黯淡成赤裸的废墟；沉闷的泪之谷：
伟大的魔术师死了！黑暗中，你这
可怜、苍白的被遗弃泥躯！较昨日　　　　350
实乃剧变！你珍爱的希望如此接近
（辛劳许久的奖赏！），野心如何
晕红你的灼烧面颊？得到公正赞美、
真正伟大的野心。死亡的狡猾种子
在里面（狡诈矿工！），在黑暗中
劳作，讥笑你精心安排的规划，并
召唤虫子在那极红艳的玫瑰上作乱，
在它尚未褪色凋落前；一时的猎物！

　　人的预见力在一定条件下是明智的；
洛伦佐！智慧常会在它的美好主张　　　360
注定成为费力思想的第一时刻变成
愚笨。我们的眼睛是多么暗淡模糊！
当下的这一时刻终结了我们的视力；
云团像在末日般浓密，淹没下一刻；

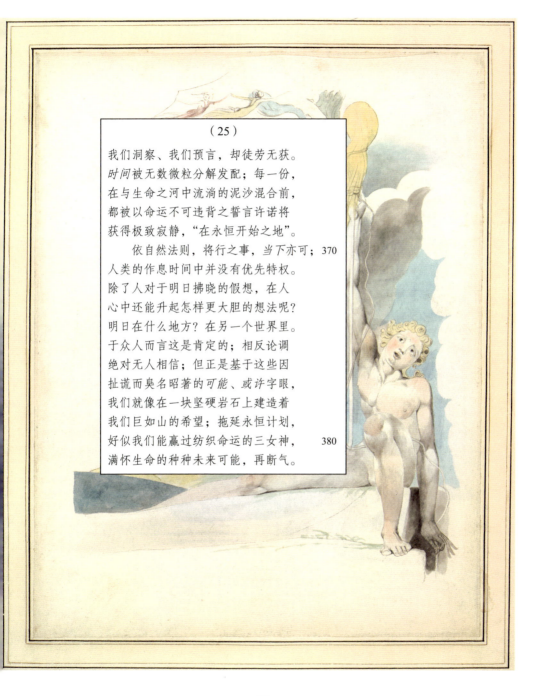

（25）

我们洞察、我们预言，却徒劳无获。
*时间*被无数微粒分解发配；每一份，
在与生命之河中流淌的泥沙混合前，
都被以命运不可违背之誓言许诺将
获得极致寂静，"在永恒开始之地"。

　　依自然法则，将行之事，当下亦可；370
人类的作息时间中并没有优先特权。
除了人对于明日拂晓的假想，在人
心中还能升起怎样更大胆的想法呢？
明日在什么地方？在另一个世界里。
于众人而言这是肯定的；相反论调
绝对无人相信；但正是基于这些因
扯谎而臭名昭著的可能、或许字眼，
我们就像在一块坚硬岩石上建造着
我们巨如山的希望；拖延永恒计划，
好似我们能赢过纺织命运的三女神，　　380
满怀生命的种种未来可能，再断气。

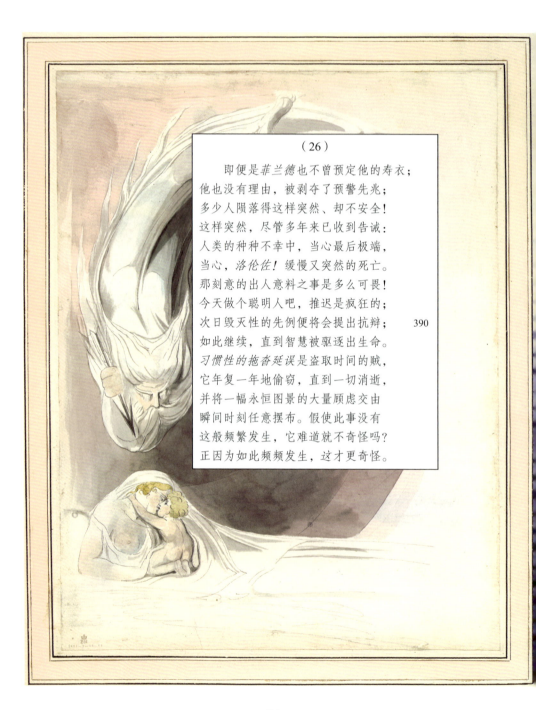

（26）

　　即便是*菲兰德*也不曾预定他的寿衣；
他也没有理由，被剥夺了预警先兆；
多少人陨落得这样突然、却不安全！
这样突然，尽管多年来已收到告诫：
人类的种种不幸中，当心最后极端，
当心，*洛伦佐!* 缓慢又突然的死亡。
那刻意的出人意料之事是多么可畏！
今天做个聪明人吧，推迟是疯狂的；
次日毁灭性的先例便将会提出抗辩；　　　390
如此继续，直到智慧被驱逐出生命。
习惯性的拖沓延误是盗取时间的贼，
它年复一年地偷窃，直到一切消逝，
并将一幅永恒图景的大量顾虑交由
瞬间时刻任意摆布。假使此事没有
这般频繁发生，它难道就不奇怪吗？
正因为如此频频发生，这才更奇怪。

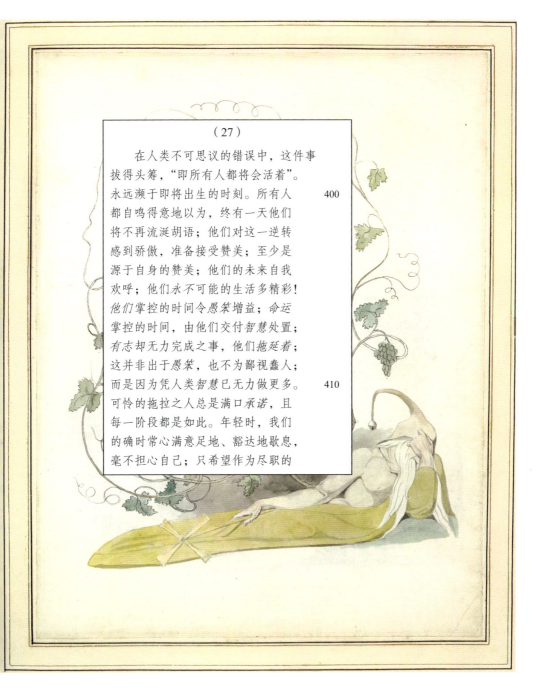

（27）

　　在人类不可思议的错误中，这件事
拔得头筹，"即所有人都将会活着"。
永远濒于即将出生的时刻。所有人　　　400
都自鸣得意地以为，终有一天他们
将不再流涎胡语；他们对这一逆转
感到骄傲，准备接受赞美；至少是
源于自身的赞美；他们的未来自我
欢呼；他们永不可能的生活多精彩！
他们掌控的时间令愚笨增益；命运
掌控的时间，由他们交付智慧处置；
有志却无力完成之事，他们拖延着；
这并非出于愚笨，也不为鄙视蠢人；
而是因为凭人类智慧已无力做更多。　410
可怜的拖拉之人总是满口承诺，且
每一阶段都是如此。年轻时，我们
的确时常心满意足地、豁达地歇息，
毫不担心自己；只希望作为尽职的

35

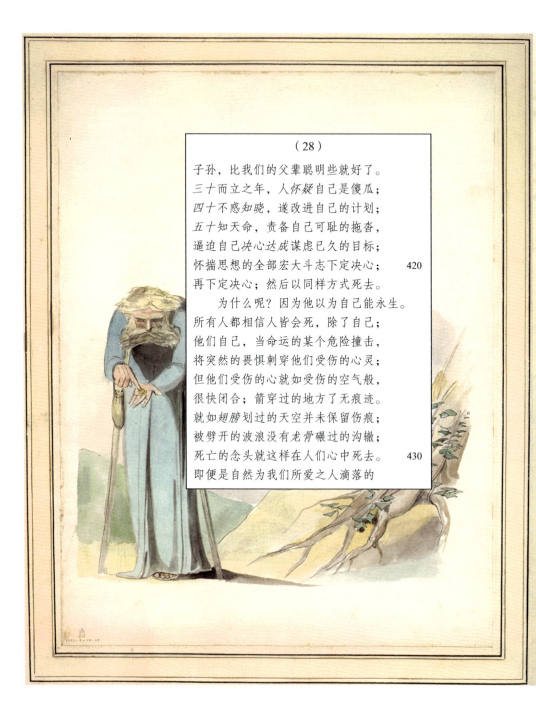

（28）

子孙，比我们的父辈聪明些就好了。
三十而立之年，人怀疑自己是傻瓜；
四十不惑知晓，遂改进自己的计划；
五十知天命，责备自己可耻的拖沓，
逼迫自己决心达成谋虑已久的目标；
怀揣思想的全部宏大斗志下定决心；　　　　420
再下定决心；然后以同样方式死去。
　　为什么呢？因为他以为自己能永生。
所有人都相信人皆会死，除了自己；
他们自己，当命运的某个危险撞击，
将突然的畏惧刺穿他们受伤的心灵；
但他们受伤的心就如受伤的空气般，
很快闭合；箭穿过的地方了无痕迹。
就如翅膀划过的天空并未保留伤痕；
被劈开的波浪没有老骨碾过的沟辙；
死亡的念头就这样在人们心中死去。　　　　430
即便是自然为我们所爱之人滴落的

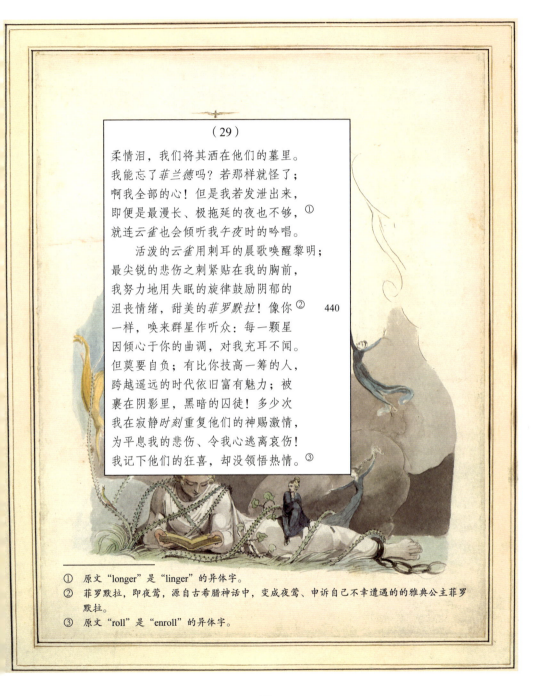

（29）

柔情泪，我们将其洒在他们的墓里。
我能忘了菲兰德吗？若那样就怪了；
啊我全部的心！但是我若发泄出来，
即便是最漫长、极拖延的夜也不够，①
就连云雀也会倾听我午夜时的吟唱。

　　活泼的云雀用刺耳的晨歌唤醒黎明；
最尖锐的悲伤之刺紧贴在我的胸前，
我努力地用失眠的旋律鼓励阴郁的
沮丧情绪，甜美的菲罗默拉！像你②　　440
一样，唤来群星作听众：每一颗星
因倾心于你的曲调，对我充耳不闻。
但莫要自负；有比你技高一筹的人，
跨越遥远的时代依旧富有魅力；被
裹在阴影里，黑暗的囚徒！多少次
我在寂静*时刻*重复他们的神赐激情，
为平息我的悲伤、令我心逃离哀伤！
我记下他们的狂喜，却没领悟热情。③

---

①　原文"longer"是"linger"的异体字。
②　菲罗默拉，即夜莺，源自古希腊神话中，变成夜莺、申诉自己不幸遭遇的的雅典公主菲罗默拉。
③　原文"roll"是"enroll"的异体字。

37

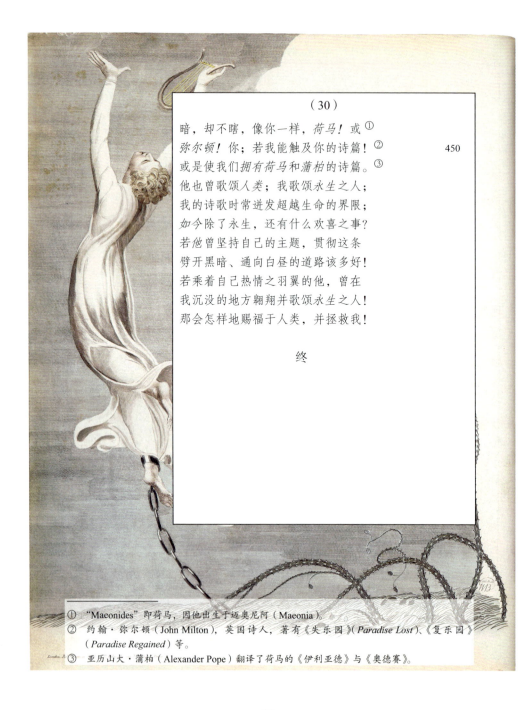

（30）

暗，却不瞎，像你一样，*荷马*！或 ①
弥尔顿！你；若我能触及你的诗篇！ ②　　　　450
或是使我们*拥有荷马和蒲柏*的诗篇。 ③
他也曾歌颂人类；我歌颂永生之人；
我的诗歌时常迸发超越生命的界限；
如今除了永生，还有什么欢喜之事？
若*他*曾坚持自己的主题，贯彻这条
劈开黑暗、通向白昼的道路该多好！
若乘着自己热情之羽翼的他，曾在
我沉没的地方翱翔并歌颂永生之人！
那会怎样地赐福于人类，并拯救我！

终

---

① "Maeonides" 即荷马，因他出生于迈奥尼阿（Maeonia）。
② 约翰·弥尔顿（John Milton），英国诗人，著有《失乐园》（*Paradise Lost*）、《复乐园》
（*Paradise Regained*）等。
③ 亚历山大·蒲柏（Alexander Pope）翻译了荷马的《伊利亚德》与《奥德赛》。

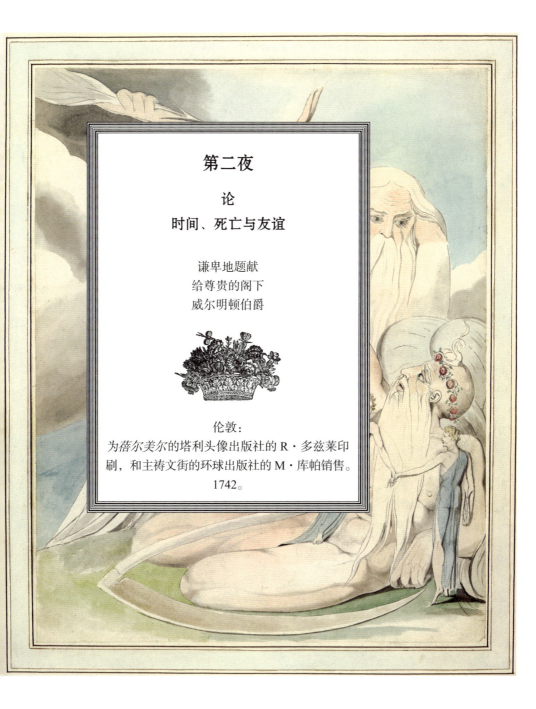

第二夜

论
时间、死亡与友谊

谦卑地题献
给尊贵的阁下
威尔明顿伯爵

伦敦：
为蓓尔美尔的塔利头像出版社的 R·多兹莱印
刷，和主祷文街的环球出版社的 M·库帕销售。
1742。

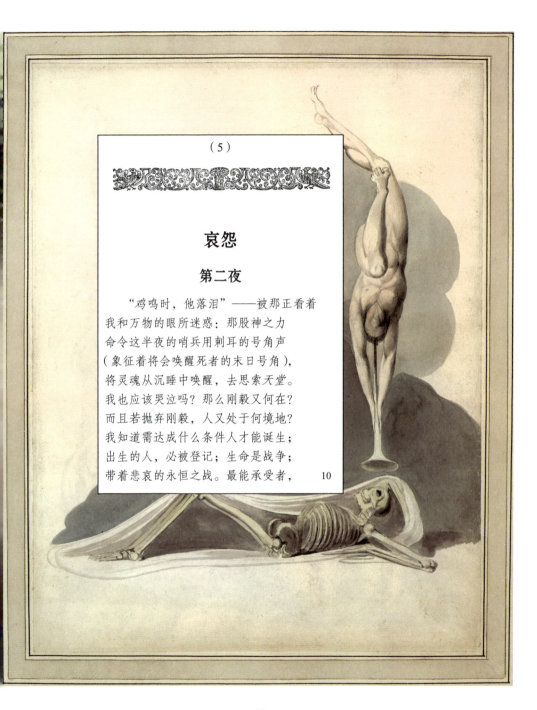

(5)

哀怨

第二夜

"鸡鸣时，他落泪"——被那正看着
我和万物的眼所迷惑：那股神之力
命令这半夜的哨兵用刺耳的号角声
（象征着将会唤醒死者的末日号角），
将灵魂从沉睡中唤醒，去思索天堂。
我也应该哭泣吗？那么刚毅又何在？
而且若抛弃刚毅，人又处于何境地？
我知道需达成什么条件人才能诞生；
出生的人，必被登记；生命是战争；
带着悲哀的永恒之战。最能承受者，　　10

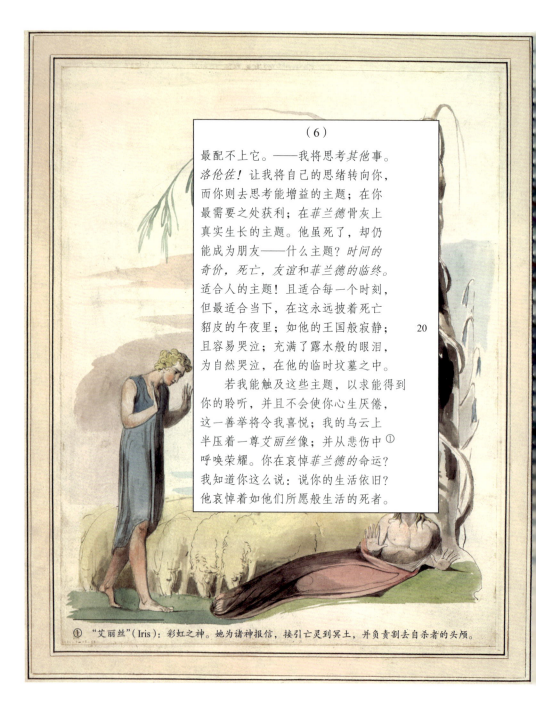

（6）

最配不上它。——我将思考*其他*事。
洛伦佐！让我将自己的思绪转向你，
而你则去思考能增益的主题；在你
最需要之处获利；在*菲兰德*骨灰上
真实生长的主题。他虽死了，却仍
能成为朋友——什么主题？*时间的
奇价，死亡，友谊和菲兰德的临终。*
适合人的主题！且适合每一个时刻，
但最适合当下，在这永远披着死亡
貂皮的午夜里；如他的王国般寂静　　　　20
且容易哭泣；充满了露水般的眼泪，
为自然哭泣，在他的临时坟墓之中。

　　若我能触及这些主题，以求能得到
你的聆听，并且不会使你心生厌倦，
这一善举将令我喜悦；我的乌云上
半压着一尊艾丽丝像；并从悲伤中①
呼唤荣耀。你在哀悼菲兰德的命运？
我知道你这么说：说你的生活依旧？
他哀悼着如他们所愿般生活的死者。

① "艾丽丝"（Iris）：彩虹之神。她为诸神报信，接引亡灵到冥土，并负责割去自杀者的头颅。

42

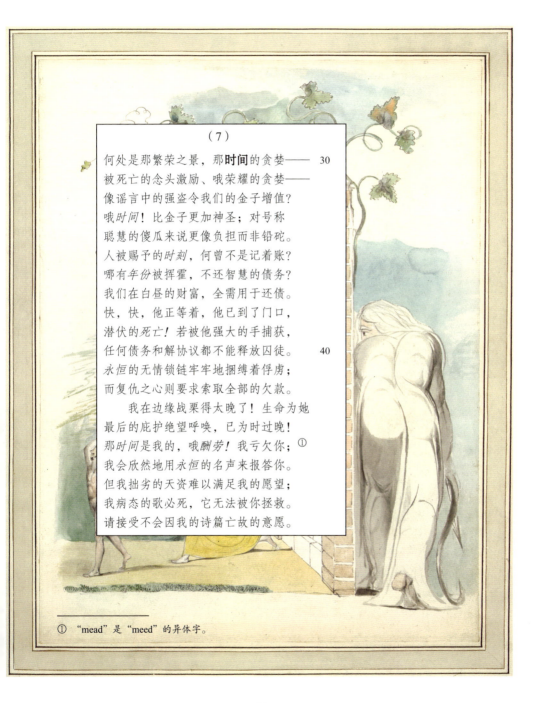

（7）

何处是那繁荣之景，那**时间**的贪婪——　　30
被死亡的念头激励、哦荣耀的贪婪——
像谣言中的强盗令我们的金子增值？
哦*时间*！比金子更加神圣；对号称
聪慧的傻瓜来说更像负担而非铅砣。
人被赐予的*时刻*，何曾不是记着账？
哪有*年份*被挥霍，不还智慧的债务？
我们在白昼的财富，全需用于还债。
快，快，他正等着，他已到了门口，
潜伏的死亡！若被他强大的手捕获，
任何债务和解协议都不能释放囚徒。　　40
永恒的无情锁链牢牢地捆缚着俘虏；
而复仇之心则要求索取全部的欠款。

　　我在边缘战栗得太晚了！生命为她
最后的庇护绝望呼唤，已为时过晚！
那*时间*是我的，哦*酬劳*！我亏欠你；①
我会欣然地用永恒的名声来报答你。
但我拙劣的天资难以满足我的愿望；
我病态的歌必死，它无法被你拯救。
请接受不会因我的诗篇亡故的意愿。

———————
① "mead" 是 "meed" 的异体字。

夜　思

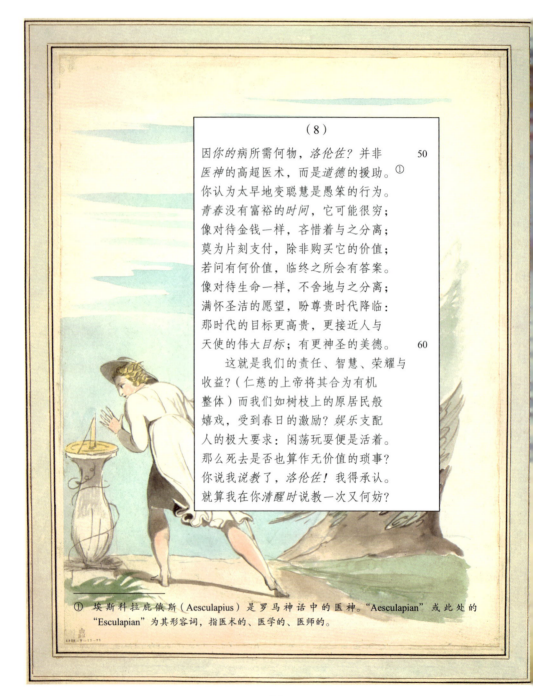

（8）

因你的病所需何物，洛伦佐？并非　　　　　50
医神的高超医术，而是道德的援助。①
你认为太早地变聪慧是愚笨的行为。
青春没有富裕的时间，它可能很穷；
像对待金钱一样，吝惜着与之分离；
莫为片刻支付，除非购买它的价值；
若问有何价值，临终之所会有答案。
像对待生命一样，不舍地与之分离；
满怀圣洁的愿望，盼尊贵时代降临：
那时代的目标更高贵，更接近人与
天使的伟大目标；有更神圣的美德。　　60
　　　这就是我们的责任、智慧、荣耀与
收益？（仁慈的上帝将其合为有机
整体）而我们如树枝上的原居民般
嬉戏，受到春日的激励？娱乐支配
人的极大要求：闲荡玩耍便是活着。
那么死去是否也算作无价值的琐事？
你说我说教了，洛伦佐！我得承认。
就算我在你清醒时说教一次又何妨？

———
① 埃斯科拉庇俄斯（Aesculapius）是罗马神话中的医神。"Aesculapian" 或此处的
"Esculapian" 为其形容词，指医术的、医学的、医师的。

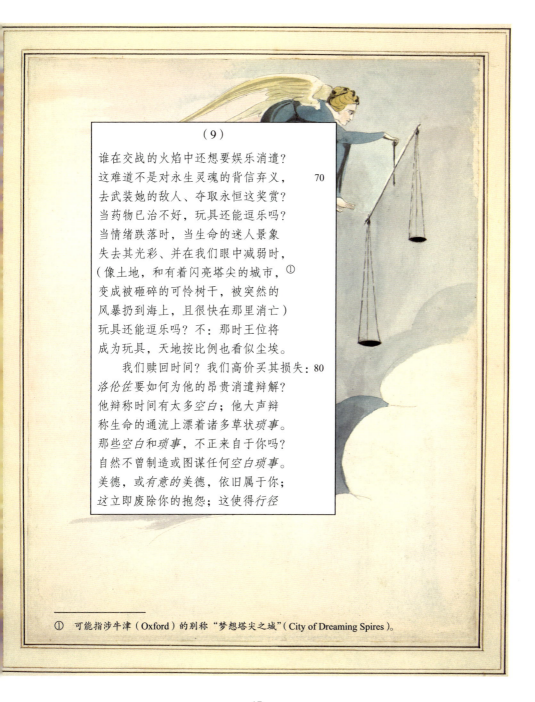

（9）

谁在交战的火焰中还想要娱乐消遣？
这难道不是对永生灵魂的背信弃义，　　　70
去武装她的敌人、夺取永恒这奖赏？
当药物已治不好，玩具还能逗乐吗？
当情绪跌落时，当生命的迷人景象
失去其光彩、并在我们眼中减弱时，
（像土地，和有着闪亮塔尖的城市，①
变成被砸碎的可怜树干，被突然的
风暴扔到海上，且很快在那里消亡）
玩具还能逗乐吗？不：那时王位将
成为玩具，天地按比例也看似尘埃。

　　　我们赎回时间？我们高价买其损失：80
洛伦佐要如何为他的昂贵消遣辩解？
他辩称时间有太多空白；他大声辩
称生命的通流上漂着诸多草状琐事。
那些空白和琐事，不正来自于你吗？
自然不曾制造或图谋任何空白琐事。
美德，或有意的美德，依旧属于你；
这立即废除你的抱怨；这使得行径

---
① 可能指涉牛津（Oxford）的别称 "梦想塔尖之城"（City of Dreaming Spires）。

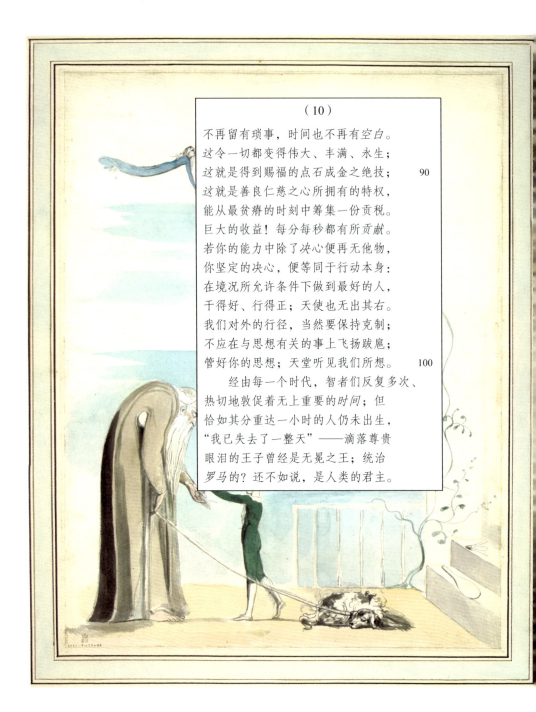

（10）

不再留有琐事，时间也不再有空白。
这令一切都变得伟大、丰满、永生；
这就是得到赐福的点石成金之绝技；　　　90
这就是善良仁慈之心所拥有的特权，
能从最贫瘠的时刻中筹集一份贡税。
巨大的收益！每分每秒都有所贡献。
若你的能力中除了决心便再无他物，
你坚定的决心，便等同于行动本身：
在境况所允许条件下做到最好的人，
干得好、行得正；天使也无出其右。
我们对外的行径，当然要保持克制；
不应在与思想有关的事上飞扬跋扈；
管好你的思想；天堂听见我们所想。　　　100

　　经由每一个时代，智者们反复多次、
热切地敦促着无上重要的时间；但
恰如其分重达一小时的人仍未出生，
"我已失去了一整天"——滴落尊贵
眼泪的王子曾经是无冕之王；统治
罗马的？还不如说，是人类的君主。

（11）

他发言时，像受到人类的委托代理。
所有人都应该这样说话；*理性才会
众口如一*。为何要离开人心中那位
上帝的温柔低语，逃向愚笨与狂乱，　　　　110
为了从我们拥有的*赐福*中得到解脱？
至尊无上的*时间*！——时间即永恒；
孕育着永恒有能力给予的一切事物，
孕育着能使大天使舒展笑容的一切：
谋杀时间的人，他出生时便摧毁了
一股超凡、只是未得到仰慕的力量。

　　啊！无思想、不感恩、且多变的人，
对于自然和他自己而言多么不公平！
就像孩童在嬉戏时嘟囔着胡言乱语，
我们因一段时光太短暂而指摘自然；　　　　120
纵然时光短暂，我们仍指责它冗长；
绞尽脑汁创新，用尽一切权宜之计，
以求能鞭笞那拖曳的时刻加快速度，
并且将我们旋离自身（幸福的摆脱！）。
艺术，无脑艺术！ 我们的愤怒车夫

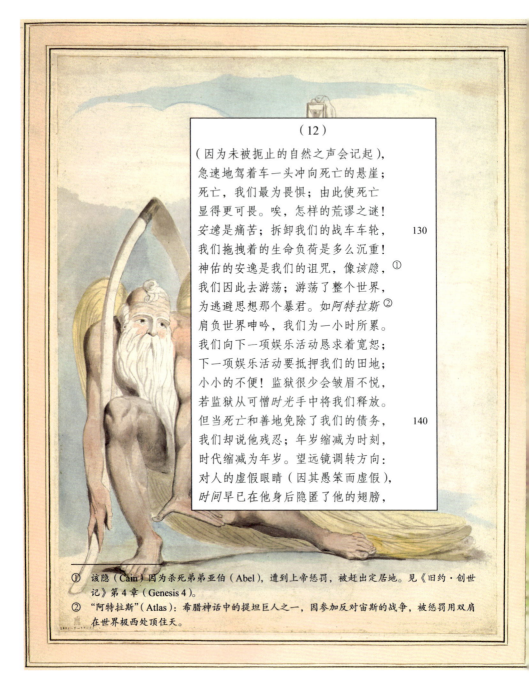

（12）

（因为未被扼止的自然之声会记起），

急速地驾着车一头冲向死亡的悬崖；

死亡，我们最为畏惧；由此使死亡

显得更可畏。唉，怎样的荒谬之谜！

安逸是痛苦；拆卸我们的战车车轮，　　　　130

我们拖拽着的生命负荷是多么沉重！

神佑的安逸是我们的诅咒，像该隐　①

我们因此去游荡；游荡了整个世界，

为逃避思想那个暴君。如阿特拉斯　②

肩负世界呻吟，我们为一小时所累。

我们向下一项娱乐活动恳求着宽恕；

下一项娱乐活动要抵押我们的田地；

小小的不便！监狱很少会皱眉不悦

若监狱从可憎时光手中将我们释放。

但当死亡和善地免除了我们的债务，　　　　140

我们却说他残忍；年岁缩减为时刻，

时代缩减为年岁。望远镜调转方向：

对人的虚假眼睛（因其愚笨而虚假），

时间早已在他身后隐匿了他的翅膀，

---

① 该隐（Cain）因为杀死弟弟亚伯（Abel），遭到上帝惩罚，被赶出定居地。见《旧约·创世记》第 4 章（Genesis 4）。

② "阿特拉斯"（Atlas）：希腊神话中的提坦巨人之一，因参加反对宙斯的战争，被惩罚用双肩在世界极西处顶住天。

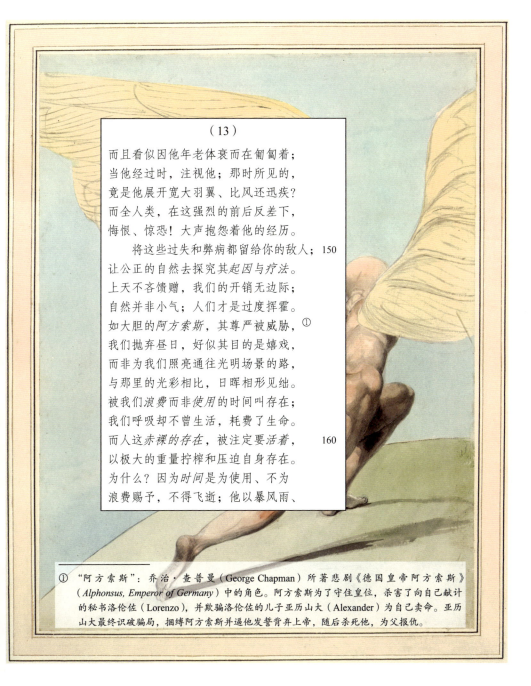

（13）

而且看似因他年老体衰而在匍匐着；
当他经过时，注视他；那时所见的，
竟是他展开宽大羽翼、比风还迅疾？
而全人类，在这强烈的前后反差下，
悔恨、惊恐！大声抱怨着他的经历。

　　将这些过失和弊病都留给你的敌人；150
让公正的自然去探究其起因与疗法。
上天不吝馈赠，我们的开销无边际；
自然并非小气；人们才是过度挥霍。
如大胆的*阿方索斯*，其尊严被威胁，①
我们抛弃昼日，好似其目的是嬉戏，
而非为我们照亮通往光明场景的路，
与那里的光彩相比，日晖相形见绌。
被我们*浪费*而非*使用*的时间叫存在；
我们呼吸却不曾生活，耗费了生命。
而人这*赤裸*的存在，被注定要活着，　160
以极大的重量拧榨和压迫自身存在。
为什么？因为*时间*是为使用、不为
浪费赐予，不得飞逝；他以暴风雨、

---

① "阿方索斯"：乔治·查普曼（George Chapman）所著悲剧《德国皇帝阿方索斯》（*Alphonsus, Emperor of Germany*）中的角色。阿方索斯为了守住皇位，杀害了向自己献计的秘书洛伦佐（Lorenzo），并欺骗洛伦佐的儿子亚历山大（Alexander）为自己卖命。亚历山大最终识破骗局，捆缚阿方索斯并逼他发誓背弃上帝，随后杀死他，为父报仇。

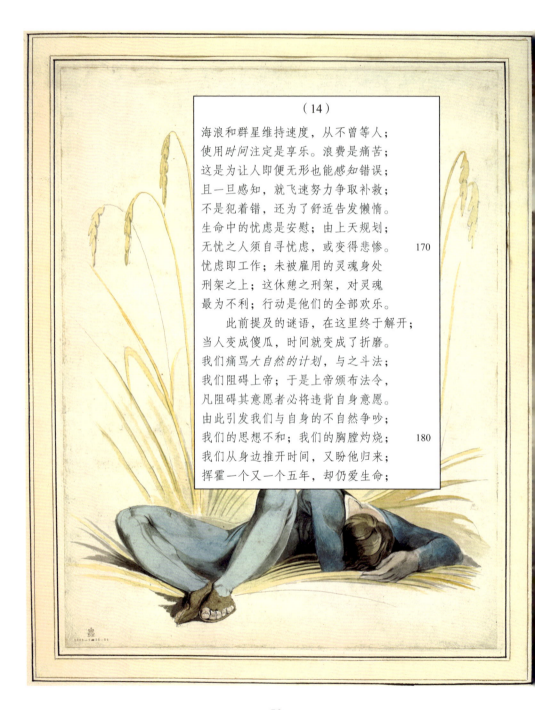

（14）

海浪和群星维持速度，从不曾等人；
使用*时间*注定是享乐。浪费是痛苦；
这是为让人即便无形也能感知错误；
且一旦感知，就飞速努力争取补救；
不是犯着错，还为了舒适告发懒惰。
生命中的忧虑是安慰；由上天规划；
无忧之人须自寻忧虑，或变得悲惨。　　170
忧虑即工作；未被雇用的灵魂身处
刑架之上；这休憩之刑架，对灵魂
最为不利；行动是他们的全部欢乐。

　　此前提及的谜语，在这里终于解开；
当人变成傻瓜，时间就变成了折磨。
我们痛骂*大自然*的计划，与之斗法；
我们阻碍上帝；于是上帝颁布法令，
凡阻碍其意愿者必将违背自身意愿。
由此引发我们与自身的不自然争吵；
我们的思想不和；我们的胸膛灼烧　　180
我们从身边推开时间，又盼他归来；
挥霍一个又一个五年，却仍爱生命；

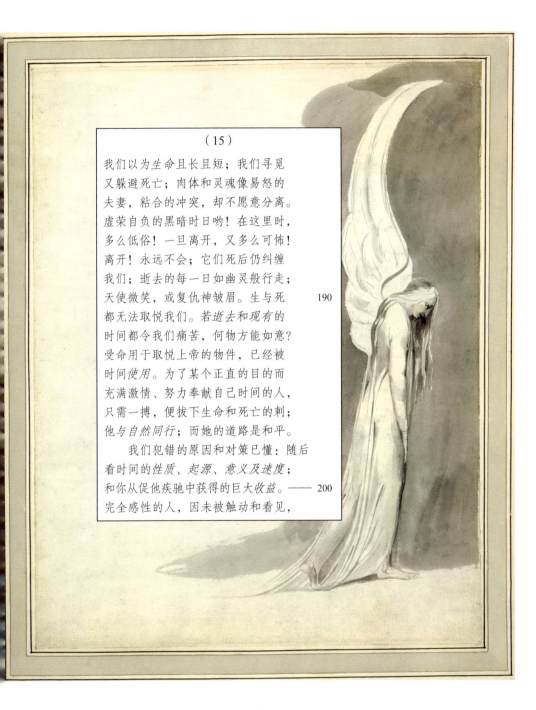

（15）

我们以为*生命*且长且短；我们寻觅
又躲避死亡；肉体和灵魂像易怒的
夫妻，粘合的冲突，却不愿意分离。
虚荣自负的黑暗时日哟！在这里时，
多么低俗！一旦离开，又多么可怖！
离开！永远不会；它们死后仍纠缠
我们；逝去的每一日如幽灵般行走；
天使微笑，或复仇神皱眉。生与死　　　190
都无法取悦我们。若逝去和现有的
时间都令我们痛苦，何物方能如意？
受命用于取悦上帝的物件，已经被
时间*使用*。为了某个正直的目的而
充满激情、努力奉献自己时间的人，
只需一搏，便拔下生命和死亡的刺；
他与自然同行；而她的道路是和平。

　　我们犯错的原因和对策已懂：随后
看时间的*性质*、起源、意义及速度；
和你从促他疾驰中获得的巨大收益。——200
完全感性的人，因未被触动和看见，

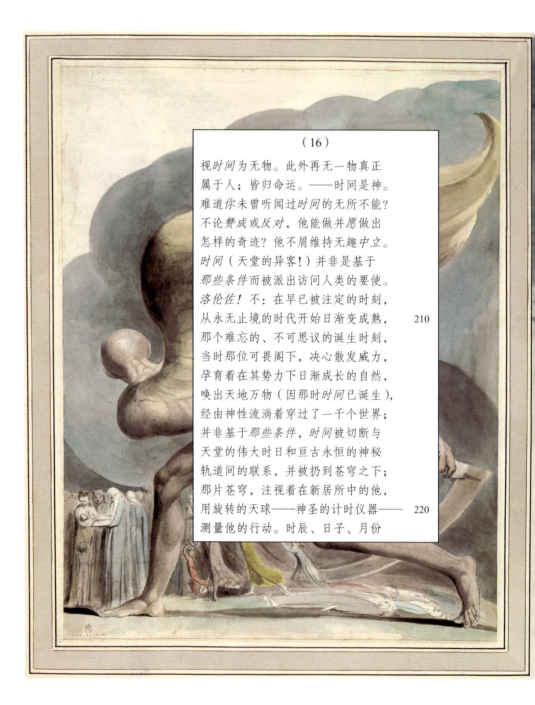

（16）

视*时间*为无物。此外再无一物真正
属于人；皆归命运。——时间是神。
难道你未曾听闻过*时间*的无所不能？
不论赞成或反对，他能做并愿做出
怎样的奇迹？他不屑维持无趣*中*立。
时间（天堂的异客！）并非是基于
*那些条件*而被派出访问人类的要使。
*洛伦佐！*不：在早已被注定的时刻，　　　　210
从永无止境的时代开始日渐变成熟，
那个难忘的、不可思议的诞生时刻，
当时那位可畏阁下，决心散发威力，
孕育着在其势力下日渐成长的自然，
唤出天地万物（因那时*时间*已诞生），
经由神性流淌着穿过了一千个世界；
并非基于*那些条件*，*时间*被切断与
天堂的伟大时日和亘古永恒的神秘
轨道间的联系，并被扔到苍穹之下；
那片苍穹，注视着在新居所中的他，
用旋转的天球——神圣的计时仪器——　　　　220
测量他的行动。时辰、日子、月份

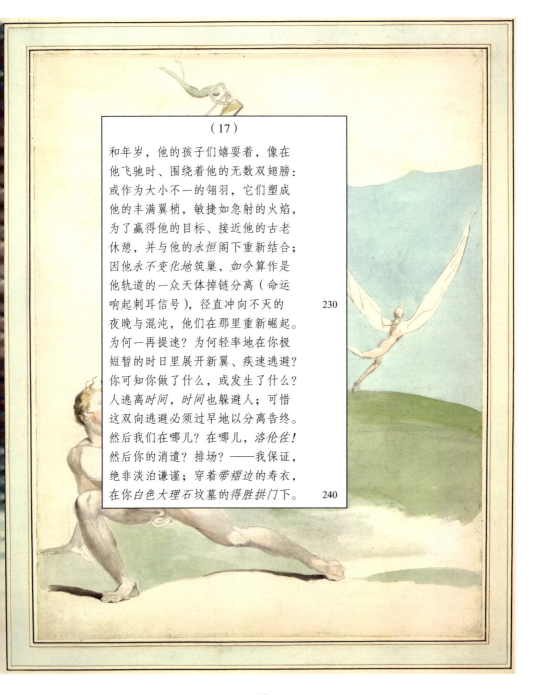

（17）

和年岁，他的孩子们嬉耍着，像在
他飞驰时、围绕着他的无数双翅膀：
或作为大小不一的翎羽，它们塑成
他的丰满翼梢，敏捷如急射的火焰，
为了赢得他的目标、接近他的古老
休憩，并与他的永恒阁下重新结合；
因他永不变化地筑巢，如今算作是
他轨道的一众天体掉链分离（命运
响起刺耳信号），径直冲向不灭的　　　230
夜晚与混沌，他们在那里重新崛起。
为何一再提速？为何轻率地在你极
短暂的时日里展开新翼、疾速逃避？
你可知你做了什么，或发生了什么？
人逃离*时间*，*时间*也躲避人；可惜
这双向逃避必须过早地以分离告终。
然后我们在哪儿？在哪儿，*洛伦佐！*
然后你的消遣？排场？——我保证，
绝非淡泊谦谨；穿着*带褶边的寿衣*，
在你*白色大理石坟墓*的*得胜拱门*下。　　240

53

（18）

死亡可有纨绮习气？那么生命不妨
披羽妆扮，并在她的彩虹裳中闪耀。
　　盛装打扮的你们！我们领土的百合！
你们这*雄性百合*！不劳作也不纺纱
（*像雌百合那样*），若不如所罗门
那样聪慧，至少看上去是更加华贵！
你们这些娇气人！什么都支撑不了，
最支撑不了的就是自己！为了你们，
冬季的玫瑰必须盛开，太阳必须在
狮子座时施展更亮的光束；丝般的　　　250
西风吹得愈加轻柔，不然便被斥责；
而其他星体送来芬芳、趣味和歌曲，
还有用异域织机制造的长袍与观点！
你们呀，这些我们时代的*洛伦佐们*！
你们认为某个时刻了无趣味，并非
适合弱者的苦难！你们大声呼唤着
被感性流涎沾过的每一件低俗蠢事；
呼唤着喧哗，和每一套戏班的奇想，
呼唤着改变愚蠢，和不间断的欢乐，

（19）

为了拖着你的病人度过无聊漫长的　　　　260
一个短暂的冬*日*——说呀，哲人们！
说呀，智慧的神使！欢快的做梦人！
你将如何经受这样一个永恒的*夜晚*，
在那里诸如此类的权宜之计会失败？

　　哦狡诈的良心！她看似在*玫瑰树*和
*香桃木*上休眠，被赛壬的歌喉哄睡；
她看似在她的职位上打盹，在*鲁莽*
*欲望*上掉落已松弛的缰绳，任我们
自由放肆，不挂念、不关注；但是——
正如，在她的隐秘高台后面，狡诈　　　270
告密者正在仔细记录着每一条过错，
而她的那本可畏日记里写满了恐怖。
她的笔并不只记录粗鲁丑陋的*行为*；
她还侦察幻想无忧无虑的帮派同伙，
警惕的敌人！这个难以对付的间谍，
聆听着，偷听到我们阵营里的低语，
探查着我们心中正在显现的意志力，

（20）

并窃取了我们培育罪孽的诸多胚胎。
在极度挥霍的继承者们面前，极度
贪婪的高利贷者们隐藏他们的税册；① 280
像这样，她用最严厉的放纵，对待
无度挥霍了宝贵*时间*的我们；在不
经意间，记录下每一个错用的时刻；
在比黄铜箔叶更为耐久的纸页上面，
写下我们的全部历史；而死亡将在
每一个脸色苍白的罪犯耳边朗读它。
*末日审判*昭告天下；向别处更多的
世界公开；无尽的时代回荡着哀叹。
洛伦佐，睡在你胸前的正是这种人！
这就是她的沉睡；她因忠告受冷落 290
而这样报复；这就是你未来的和平！
所以你还以为自己能太快地变聪慧？

　　　但是为何我要如此慷慨地歌唱*时间*？
和善的*自然*就这一伟大主题办学校，
以便自己教育她的子孙。我们每晚
死去，每晨新生：每天，一段生命！

---

① "税册"即"最终税册"，又称"末日审判书"（Doomsday Book），指1086年英王威廉一世
下令编制的钦定土地调查清册。该税册上列明一切僧侣封建主的土地占有状况、每个庄园
的面积和牲畜头数、各类农民的人数等，以便据以课税。

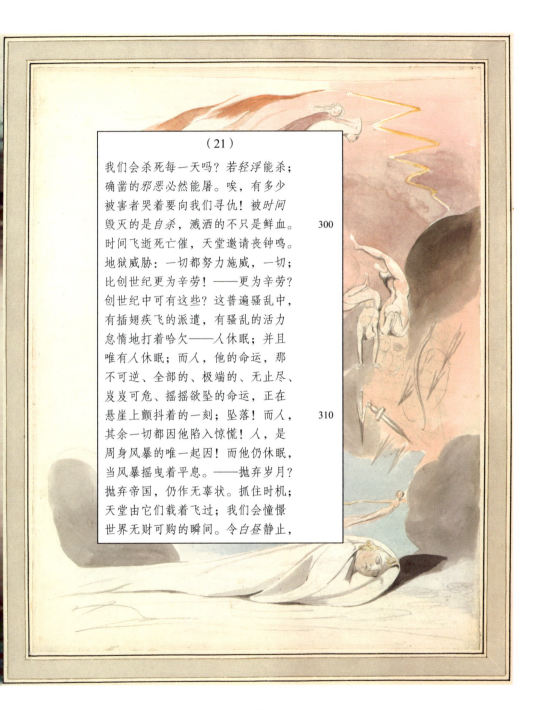

（21）

我们会杀死每一天吗？若轻浮能杀；
确凿的*邪恶*必然能屠。唉，有多少
被害者哭着要向我们寻仇！被*时间*
毁灭的是*自杀*，溅洒的不只是鲜血。　　300
时间飞逝死亡催，天堂邀请丧钟鸣。
地狱威胁：一切都努力施威，一切；
比创世纪更为辛劳！——更为辛劳？
创世纪中可有这些？这普遍骚乱中，
有插翅疾飞的派遣，有骚乱的活力
怠惰地打着哈欠——人休眠；并且
唯有人休眠；而人，他的命运，那
不可逆、全部的、极端的、无止尽、
岌岌可危、摇摇欲坠的命运，正在
悬崖上颤抖着的一刻；坠落！而人　　310
其余一切都因他陷入惊慌！人，是
周身风暴的唯一起因！而他仍休眠，
当风暴摇曳着平息。——抛弃岁月？
抛弃帝国，仍作无辜状。抓住时机；
天堂由它们载着飞过；我们会憧憬
世界无财可购的瞬间。令*白昼*静止，

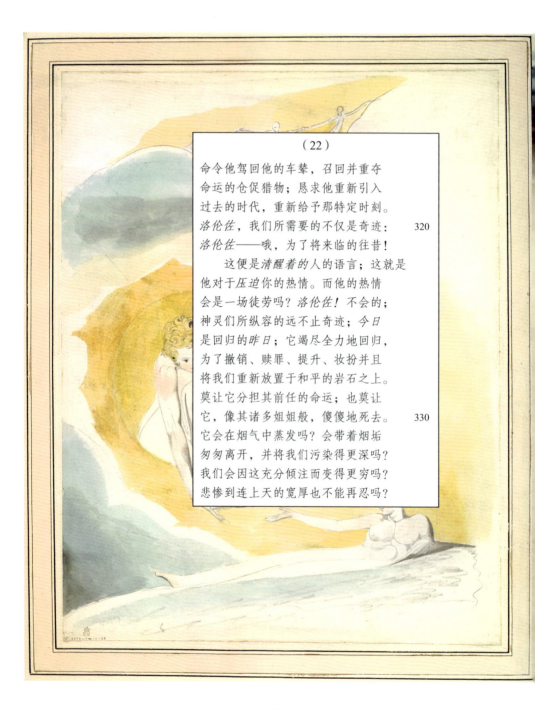

（22）

命令他驾回他的车辇，召回并重夺
命运的仓促猎物；恳求他重新引入
过去的时代，重新给予那特定时刻。
洛伦佐，我们所需要的不仅是奇迹：　320
洛伦佐——哦，为了将来临的往昔！
　　这便是*清醒着的人*的语言；这就是
他对于*压迫你*的热情。而他的热情
会是一场徒劳吗？*洛伦佐！*不会的；
神灵们所纵容的远不止奇迹；*今日*
是回归的*昨日*；它竭尽全力地回归，
为了撤销、赎罪、提升、妆扮并且
将我们重新放置于和平的岩石之上。
莫让它分担其前任的命运；也莫让
它，像其诸多姐姐般，傻傻地死去。　330
它会在烟气中蒸发吗？会带着烟垢
匆匆离开，并将我们污染得更深吗？
我们会因这充分倾注而变得更穷吗？
悲惨到连上天的宽厚也不能再忍吗？

（23）

　　我该去哪儿找他？天使们！告诉我。
你们认识他；他靠近你们；指出他。
我会看见他眉间射出的荣耀光芒吗？
或是靠直起身的花朵追踪他的脚步？
你们的金色翅膀正盘旋在他的上空，
倾洒遮护；正在欢呼声中起伏着涌　　340
向那神圣的预见之子！命运的主宰！
那个独立于*明日*之外的可怕的人物！
他的工作已完成；他在*过去*有成就；
他的*昨日*带着微笑回望；也不像在
逃跑时反射一箭、伤他的*帕提亚人*；①
那些寻常却可耻的家伙！过去时光，
即便无罪，它们的逃跑仍伤害我们，
若愚笨将我们的期望捆绑在坟墓边，
一切有关未来事态的感情都被麻痹；
一切对永恒事物的神圣激情被熄灭　　350
一切涉及现实人事的乐趣都已终结；
放弃了与天国的一切通信；我们的
自由被囚禁；我们的欲望完全折翅；
一切本应翱翔之物都被关进感性的

---

① "帕提亚"："Parthia"的音译，又译安息，亚洲西部古国。安息人以擅长骑马和射箭闻名。
帕提亚式射箭（Parthian shot）指骑马的射手在（佯装）撤退时，转身射杀追来敌军的战术。

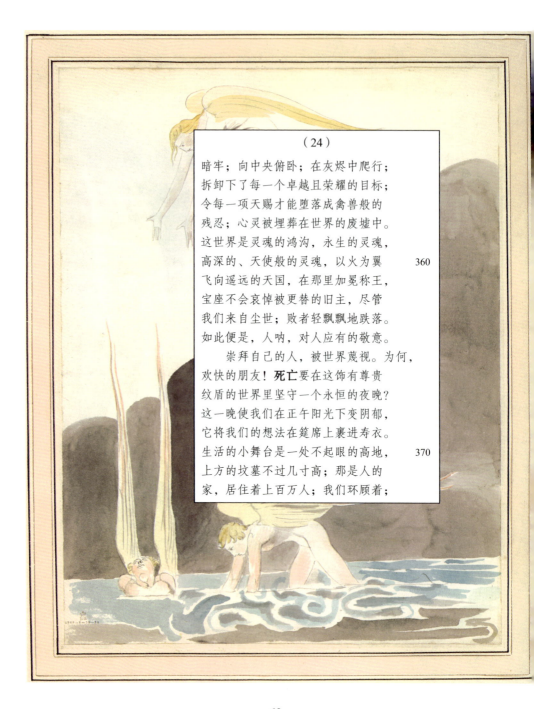

（24）

暗牢；向中央俯卧；在灰烬中爬行；
拆卸下了每一个卓越且荣耀的目标；
令每一项天赐才能堕落成禽兽般的
残忍；心灵被埋葬在世界的废墟中。
这世界是灵魂的鸿沟，永生的灵魂，
高深的、天使般的灵魂，以火为翼　　　360
飞向遥远的天国，在那里加冕称王，
宝座不会哀悼被更替的旧主，尽管
我们来自尘世；败者轻飘飘地跌落。
如此便是，人呐，对人应有的敬意。

　　崇拜自己的人，被世界蔑视。为何，
欢快的朋友！**死亡**要在这饰有尊贵
纹盾的世界里坚守一个永恒的夜晚？
这一晚使我们在正午阳光下变阴郁，
它将我们的想法在筵席上裹进寿衣。
生活的小舞台是一处不起眼的高地，　　370
上方的坟墓不过几寸高；那是人的
家，居住着上百万人；我们环顾着；

（25）

我们阅读他们的墓碑，哀叹着，并
同时沉陷，成为我们曾痛惜的对象；
悲叹或被悲叹，即我们命运的全部！
死亡很遥远吗？不：他已造访过你；
并已郑重其事地保证他的最后一击。
近来这些欣喜时刻，如今在哪儿呢？
想来是苍白可怖！被淹没了，一切
被淹没在那从不满溢的巨大深渊中！　　380
而他们在死去时，遗赠给你小名望。
其余的展翅飞去：他们逃得多么快！
那条毁灭性的致命裙裾早已经着火；
只需一瞬间，这世界便冲着你炸开；
太阳是一团黑暗，群星也焚为灰烬。

　　*时间如邮差般经过：我们只能寄出
不幸柏勒洛丰的快件；我们的厄运。*①
与我们的逝去时光交谈是极明智的；
问它们，它们是怎样向上天汇报的；
还有它们能否带来更为可喜的消息。　　390
它们的回答构成了人们所谓的经验，

---

① 柏勒洛丰（Bellerophon），希腊神话中的英雄。遭人陷害，背负着要求杀死他的信件，不知
情地执行信使的职责。

61

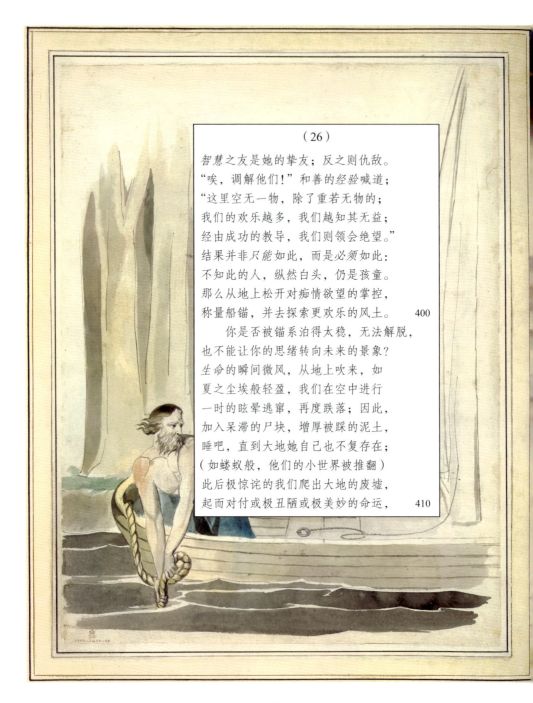

（26）

智慧之友是她的挚友；反之则仇敌。
"唉，调解他们！"和善的经验喊道；
"这里空无一物，除了重若无物的；
我们的欢乐越多，我们越知其无益；
经由成功的教导，我们则领会绝望。"
结果并非只能如此，而是必须如此：
不知此的人，纵然白头，仍是孩童。
那么从地上松开对痴情欲望的掌控，
称量船锚，并去探索更欢乐的风土。　　400

　　你是否被锚系泊得太稳，无法解脱，
也不能让你的思绪转向未来的景象？
生命的瞬间微风，从地上吹来，如
夏之尘埃般轻盈，我们在空中进行
一时的眩晕逃窜，再度跌落；因此，
加入呆滞的尸块，增厚被踩的泥土，
睡吧，直到大地她自己也不复存在；
（如蝼蚁般，他们的小世界被推翻）
此后极惊诧的我们爬出大地的废墟，
起而对付或极丑陋或极美妙的命运，　　410

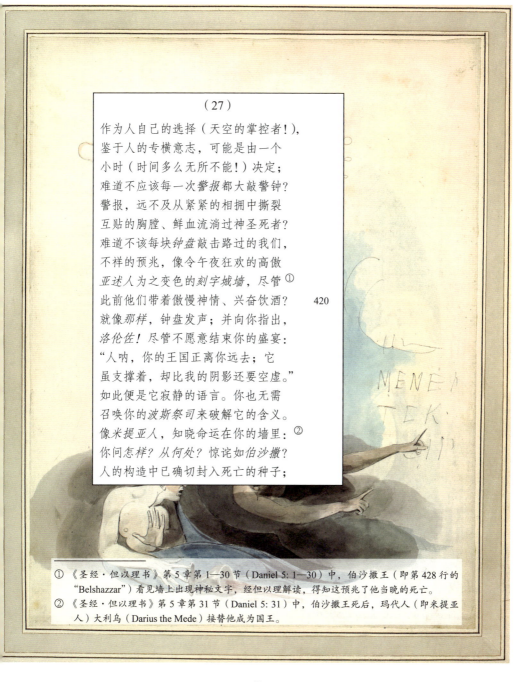

（27）

作为人自己的选择（天空的掌控者！），
鉴于人的专横意志，可能是由一个
小时（时间多么无所不能！）决定；
难道不应该每一次警报都大敲警钟？
警报，远不及从紧紧的相拥中撕裂
互贴的胸膛、鲜血流淌过神圣死者？
难道不该每块钟盘敲击路过的我们，
不祥的预兆，像令午夜狂欢的高傲
*亚述人*为之变色的刻字城墙，尽管①
此前他们带着傲慢神情、兴奋饮酒？　　420
就像那样，钟盘发声；并向你指出，
洛伦佐！ 尽管不愿意结束你的盛宴：
"人呐，你的王国正离你远去；它
虽支撑着，却比我的阴影还要空虚。"
如此便是它寂静的语言。你也无需
召唤你的波斯祭司来破解它的含义。
像米提亚人，知晓命运在你的墙里：②
你问怎样？从何处？惊诧如伯沙撒？
人的构造中已确切封入死亡的种子；

---

① 《圣经·但以理书》第 5 章第 1—30 节（Daniel 5: 1—30）中，伯沙撒王（即第 428 行的 "Belshazzar"）看见墙上出现神秘文字，经但以理解读，得知这预兆了他当晚的死亡。
② 《圣经·但以理书》第 5 章第 31 节（Daniel 5: 31）中，伯沙撒王死后，玛代人（即米提亚人）大利乌（Darius the Mede）接替他成为国王。

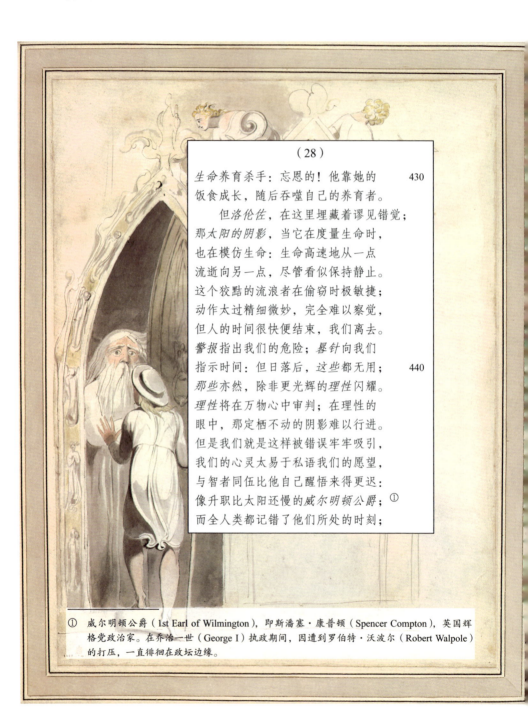

（28）

生命养育杀手：忘恩的！他靠她的　　　　430
饭食成长，随后吞噬自己的养育者。

　　但洛伦佐，在这里埋藏着谬见错觉；
那太阳的阴影，当它在度量生命时，
也在模仿生命：生命高速地从一点
流逝向另一点，尽管看似保持静止。
这个狡黠的流浪者在偷窃时极敏捷；
动作太过精细微妙，完全难以察觉，
但人的时间很快便结束，我们离去。
*警报*指出我们的危险；*晷针*向我们
指示时间：*但日落后，这些都无用*　　　440
那些亦然，除非更光辉的理性闪耀。
*理性*将在万物心中审判；在理性的
眼中，那定栖不动的阴影难以行进。
但是我们就是这样被错误牢牢吸引，
我们的心灵太易于私语我们的愿望，
与智者同伍比他自己醒悟来得更迟：
像升职比太阳还慢的威尔明顿公爵；①
而全人类都记错了他们所处的时刻；

---

① 威尔明顿公爵（1st Earl of Wilmington），即斯潘塞·康普顿（Spencer Compton），英国辉
　格党政治家。在乔治一世（George I）执政期间，因遭到罗伯特·沃波尔（Robert Walpole）
　的打压，一直徘徊在政坛边缘。

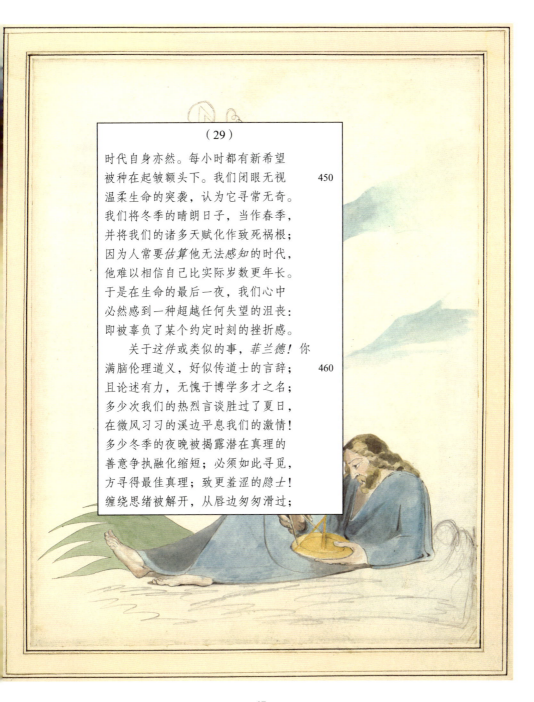

（29）

时代自身亦然。每小时都有新希望
被种在起皱额头下。我们闭眼无视　　450
温柔生命的突袭，认为它寻常无奇。
我们将冬季的晴朗日子，当作春季，
并将我们的诸多天赋化作致死祸根；
因为人常要*估算*他无法感知的时代，
他难以相信自己比实际岁数更年长。
于是在生命的最后一夜，我们心中
必然感到一种超越任何失望的沮丧：
即被辜负了某个约定时刻的挫折感。

　　关于这件或类似的事，*菲兰德！*你
满脑伦理道义，好似传道士的言辞　　460
且论述有力，无愧于博学多才之名；
多少次我们的热烈言谈胜过了夏日，
在微风习习的溪边平息我们的激情！
多少冬季的夜晚被揭露潜在真理的
善意争执融化缩短；必须如此寻觅，
方寻得最佳真理；致更羞涩的隐士！
缠绕思绪被解开，从唇边匆匆滑过；

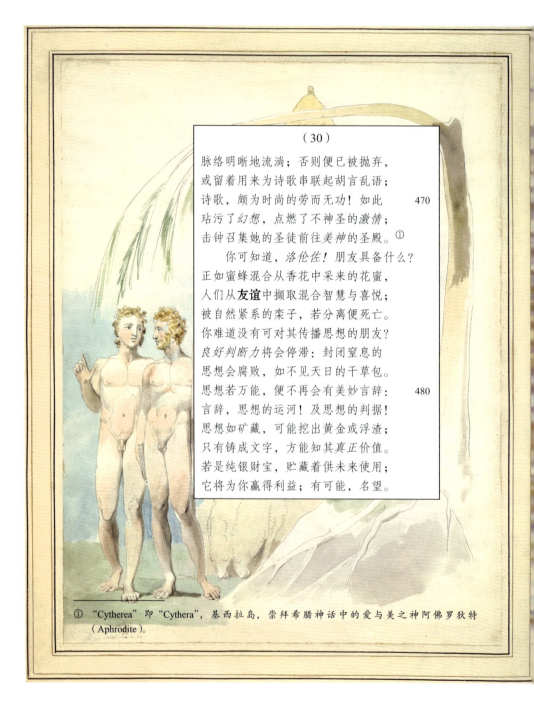

（30）

脉络明晰地流淌；否则便已被抛弃，
或留着用来为诗歌串联起胡言乱语；
诗歌，颇为时尚的劳而无功！如此　　　470
玷污了*幻想*，点燃了不神圣的激情；
击钟召集她的圣徒前往*美神*的圣殿。①

　　你可知道，*洛伦佐*！朋友具备什么？
正如蜜蜂混合从香花中采来的花蜜，
人们从**友谊**中撷取混合智慧与喜悦；
被自然紧系的栾子，若分离便死亡。
你难道没有可对其传播思想的朋友？
*良好判断力*将会停滞：封闭窒息的
思想会腐败，如不见天日的干草包。
思想若万能，便不再会有美妙言辞　　　480
言辞，思想的运河！及思想的判据！
思想如矿藏，可能挖出黄金或浮渣；
只有铸成文字，方能知其真正价值。
若是纯银财宝，贮藏着供未来使用；
它将为你赢得利益；有可能，名望。

① "Cytherea" 即 "Cythera"，基西拉岛，崇拜希腊神话中的爱与美之神阿佛罗狄特
（Aphrodite）。

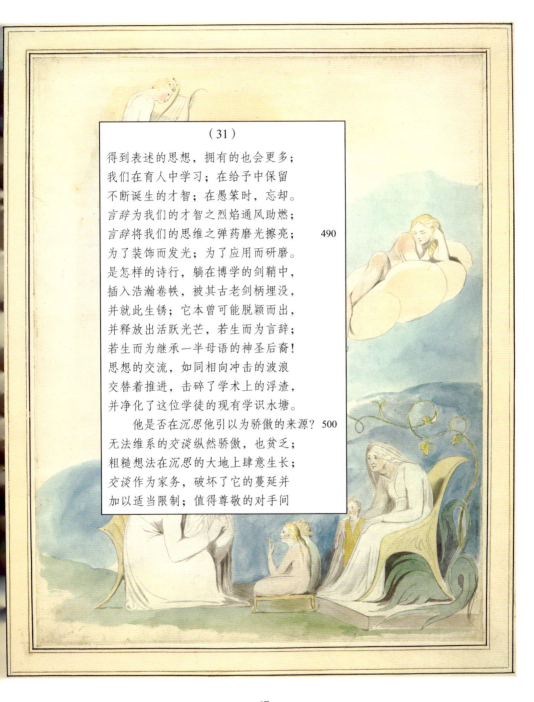

（31）

得到表述的思想，拥有的也会更多；
我们在育人中学习；在给予中保留
不断诞生的才智；在愚笨时，忘却。
言辞为我们的才智之烈焰通风助燃；
言辞将我们的思维之弹药磨光擦亮；　　490
为了装饰而发光；为了应用而研磨。
是怎样的诗行，躺在博学的剑鞘中，
插入浩瀚卷帙，被其古老剑柄埋没，
并就此生锈；它本曾可能脱颖而出，
并释放出活跃光芒，若生而为言辞；
若生而为继承一半母语的神圣后裔！
思想的交流，如同相向冲击的波浪
交替着推进，击碎了学术上的浮渣，
并净化了这位学徒的现有学识水塘。

　　他是否在沉思他引以为骄傲的来源？500
无法维系的交谈纵然骄傲，也贫乏；
粗糙想法在沉思的大地上肆意生长；
交谈作为家务，破坏了它的蔓延并
加以适当限制；值得尊敬的对手间

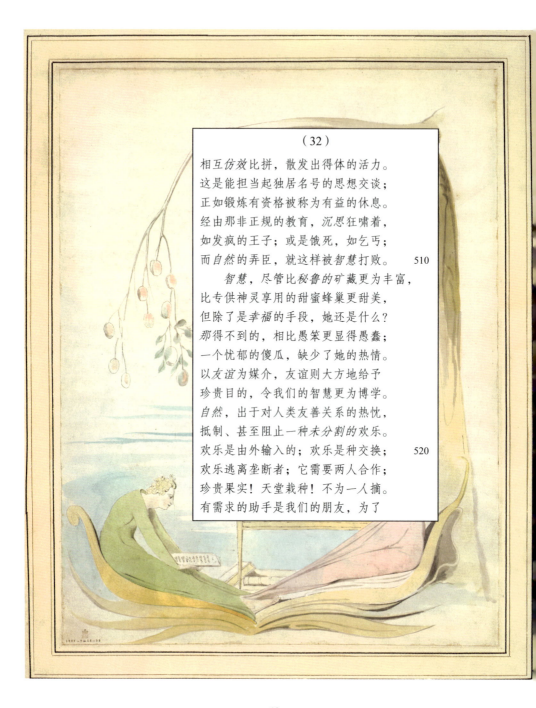

（32）

相互*仿效*比拼，散发出得体的活力。
这是能担当起独居名号的思想交谈；
正如锻炼有资格被称为有益的休息。
经由那非正规的教育，*沉思狂啸着*，
如发疯的王子；或是饿死，如乞丐；
而*自然*的弄臣，就这样被智慧打败。　　510

　　智慧，尽管比秘鲁的矿藏更为丰富，
比专供神灵享用的甜蜜蜂巢更甜美，
但除了是*幸福*的手段，她还是什么？
那得不到的，相比愚笨更显得愚蠢；
一个忧郁的傻瓜，缺少了她的热情。
以*友谊*为媒介，友谊则大方地给予
珍贵目的，令我们的智慧更为博学。
自然，出于对人类友善关系的热忱，
抵制、甚至阻止一种未分割的欢乐。
欢乐是由外输入的；欢乐是种交换　　520
欢乐逃离垄断者；它需要两人合作；
珍贵果实！天堂栽种！不为一人摘。
有需求的助手是我们的朋友，为了

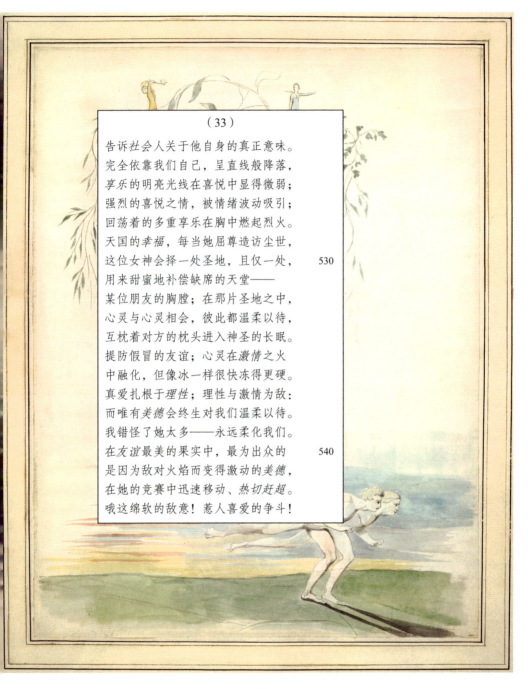

（33）

告诉社会人关于他自身的真正意味。
完全依靠我们自己，呈直线般降落，
享乐的明亮光线在喜悦中显得微弱；
强烈的喜悦之情，被情绪波动吸引；
回荡着的多重享乐在胸中燃起烈火。
天国的*幸福*，每当她屈尊造访尘世，
这位女神会择一处圣地，且仅一处　　　　530
用来甜蜜地补偿缺席的天堂——
某位朋友的胸膛；在那片圣地之中，
心灵与心灵相会，彼此都温柔以待，
互枕着对方的枕头进入神圣的长眠。
提防假冒的友谊；心灵在*激情*之火
中融化，但像冰一样很快冻得更硬。
真爱扎根于*理性*；理性与激情为敌：
而唯有*美德*会终生对我们温柔以待。
我错怪了她太多——永远柔化我们。
在友谊最美的果实中，最为出众的　　　　540
是因为敌对火焰而变得激动的美德，
在她的竞赛中迅速移动、热切起超。
哦这绵软的敌意！惹人喜爱的争斗！

（34）

这将友谊带至她尽善尽美的最高点，
并得以用铆钉稳稳固定了其永恒性。

　　*友谊比我先前的主题更经久；它们
是古老时间和死亡的荣耀的幸存者！
鉴于友谊是天堂的种子开出的花朵，
智者从中提取尘世间最*甜*蜜的极乐，*①
更优越的智慧，由微笑的欢乐加冕；　　550
因为源自友谊的欢乐，充满了微笑。
哦将它贮存在灵魂最金灿的巢室中！*②

　　但这朵天堂似的*极乐*花朵为谁绽放？
他们*在异国*发现它，并在家中珍藏。
洛伦佐！原谅我的爱所强取的对象，
一份真诚的爱，并不担心它会不悦。
尽管伟人身上缠有对众愚行的选择，
依附得最顽固的，莫过于幻想，很
高兴神圣的友谊能轻易为他们捕获；
友谊被某个飘荡着的金色诱饵逮住，　　560
或是被某个出生高贵的笑容所迷惑。

---

① "Hyblean"：西西里古城镇哈伯拉（Hybla），以盛产蜂蜜著称。因此 "Hyblean" 一词指如蜂蜜般甜蜜的。
② 此处将欢乐比作贮藏在蜂房巢室中的蜂蜜。

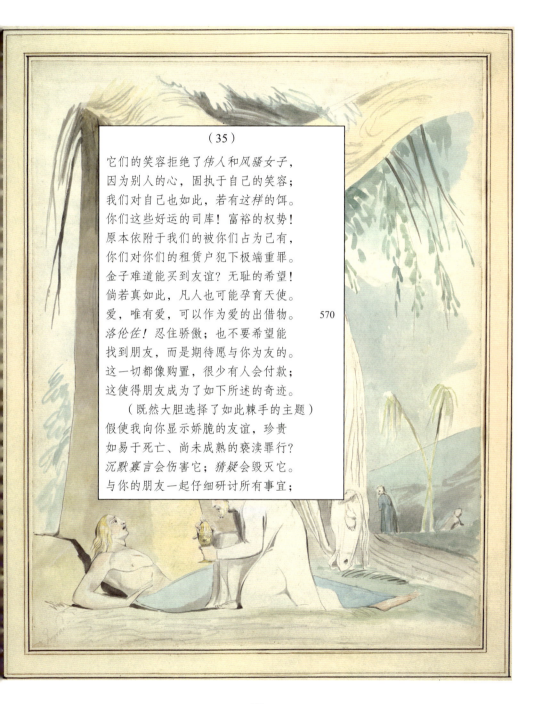

（35）

它们的笑容拒绝了*伟人和风骚女子*，
因为别人的心，固执于自己的笑容；
我们对自己也如此，若有这样的饵。
你们这些好运的司库！富裕的权势！
原本依附于我们的被你们占为己有，
你们对你们的租赁户犯下极端重罪。
金子难道能买到友谊？无耻的希望！
倘若真如此，凡人也可能孕育天使。
爱，唯有爱，可以作为爱的出借物。　　　　570
*洛伦佐！*忍住骄傲；也不要希望能
找到朋友，而是期待愿与你为友的。
这一切都像购置，很少有人会付款；
这使得朋友成为了如下所述的奇迹。

　　（既然大胆选择了如此棘手的主题）
假使我向你显示娇脆的友谊，珍贵
如易于死亡、尚未成熟的亵渎罪行？
沉默寡言会伤害它；猜疑会毁灭它。
与你的朋友一起仔细研讨所有事宜；

71

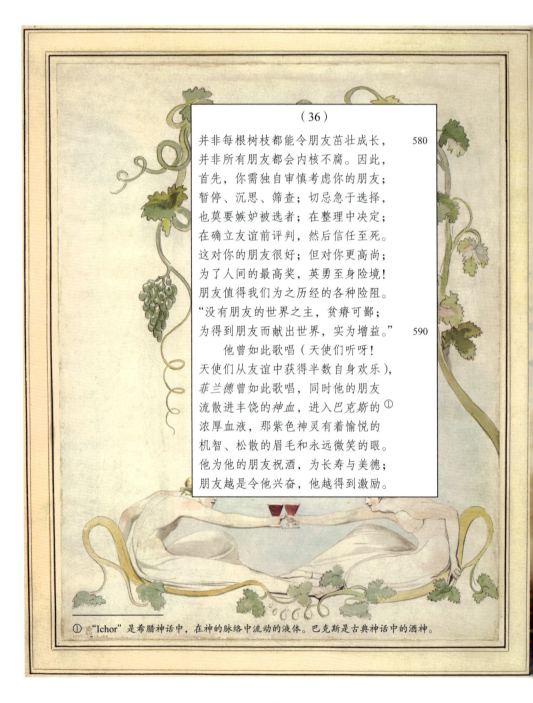

（36）

并非每根树枝都能令朋友苗壮成长，　　580
并非所有朋友都会内核不腐。因此，
首先，你需独自审慎考虑你的朋友；
暂停、沉思、筛查；切忌急于选择，
也莫要嫉妒被选者；在整理中决定；
在确立友谊前评判，然后信任至死。
这对你的朋友很好；但对你更高尚；
为了人间的最高奖，英勇至身险境！
朋友值得我们为之历经的各种险阻。
"没有朋友的世界之主，贫瘠可鄙；
为得到朋友而献出世界，实为增益。"　　590
　　他曾如此歌唱（天使们听呀！
天使们从友谊中获得半数自身欢乐），
菲兰德曾如此歌唱，同时他的朋友
流散进丰饶的*神血*，进入巴克斯的 ①
浓厚血液，那紫色神灵有着愉悦的
机智、松散的眉毛和永远微笑的眼。
他为他的朋友祝酒，为长寿与美德；
朋友越是令他兴奋，他越得到激励。

———
① "Ichor" 是希腊神话中，在神的脉络中流动的液体。巴克斯是古典神话中的酒神。

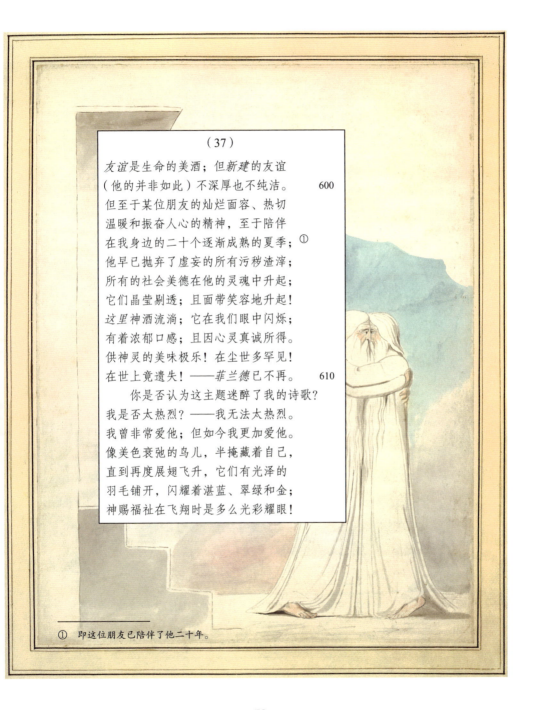

（37）

*友谊*是生命的美酒；但*新建*的友谊
（他的并非如此）不深厚也不纯洁。　　　600
但至于某位朋友的灿烂面容、热切
温暖和振奋人心的精神，至于陪伴
在我身边的二十个逐渐成熟的夏季；①
他早已抛弃了虚妄的所有污秽渣滓；
所有的社会美德在他的灵魂中升起；
它们晶莹剔透；且面带笑容地升起！
这里神酒流淌；它在我们眼中闪烁；
有着浓郁口感；且因心灵真诚所得。
供神灵的美味极乐！在尘世多罕见！
在世上竟遗失！——*菲兰德*已不再。　　610
　　　你是否认为这主题迷醉了我的诗歌？
我是否太热烈？——我无法太热烈。
我曾非常爱他；但如今我更加爱他。
像美色衰弛的鸟儿，半掩藏着自己，
直到再度展翅飞升，它们有光泽的
羽毛铺开，闪耀着湛蓝、翠绿和金；
神赐福祉在飞翔时是多么光彩耀眼！

① 即这位朋友已陪伴了他二十年。

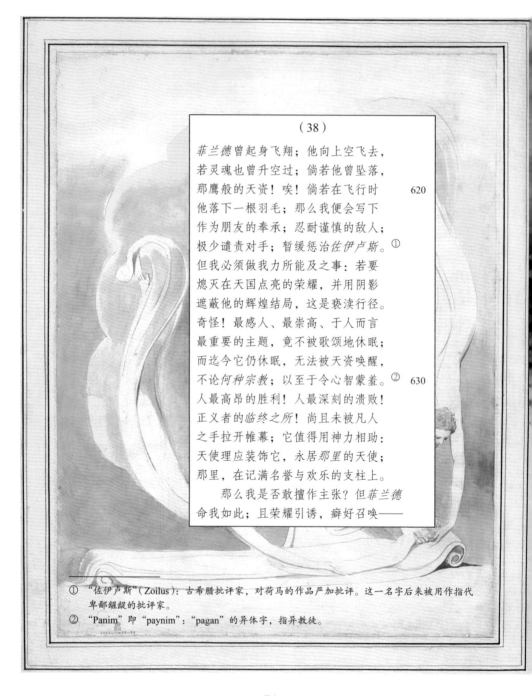

（38）

菲兰德曾起身飞翔；他向上空飞去，
若灵魂也曾升空过；倘若他曾坠落，
那鹰般的天资！唉！倘若在飞行时　　　　620
他落下一根羽毛；那么我便会写下
作为朋友的奉承；忍耐谨慎的敌人；
极少谴责对手；暂缓惩治佐伊卢斯。①
但我必须做我力所能及之事：若要
熄灭在天国点亮的荣耀，并用阴影
遮蔽他的辉煌结局，这是亵渎行径。
奇怪！最感人、最崇高、于人而言
最重要的主题，竟不被歌颂地休眠；
而迄今它仍休眠，无法被天资唤醒，
不论何种宗教；以至于令心智蒙羞。②　630
人最高昂的胜利！人最深刻的溃败！
正义者的*临终之所*！尚且未被凡人
之手拉开帷幕；它值得用神力相助：
天使理应装饰它，永居那里的天使；
那里，在记满名誉与欢乐的支柱上。

　　那么我是否敢擅作主张？但菲兰德
命我如此；且荣耀引诱，癖好召唤——

① "佐伊卢斯"（Zoilus）：古希腊批评家，对荷马的作品严加批评。这一名字后来被用作指代
　卑鄙龌龊的批评家。
② "Panim"即"paynim"："pagan"的异体字：指异教徒。

74

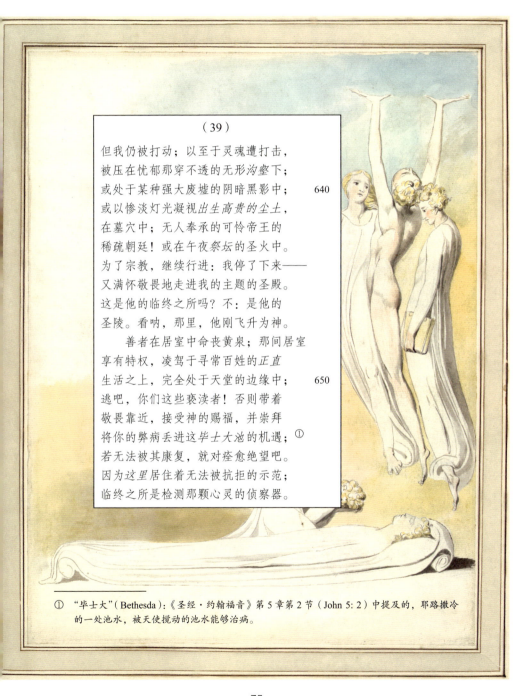

（39）

但我仍被打动；以至于灵魂遭打击，
被压在忧郁那穿不透的无形沟壑下；
或处于某种强大废墟的阴暗黑影中　　640
或以惨淡灯光凝视*出生高贵的尘土*，
在墓穴中；无人奉承的可怜帝王的
稀疏朝廷！或在午夜祭坛的圣火中。
为了宗教，继续行进：我停了下来——
又满怀敬畏地走进我的主题的圣殿。
这是他的临终之所吗？不：是他的
圣陵。看呐，那里，他刚飞升为神。

　　善者在居室中命丧黄泉；那间居室
享有特权，凌驾于寻常百姓的*正直*
生活之上，完全处于天堂的边缘中　　650
逃吧，你们这些亵渎者！否则带着
敬畏靠近，接受神的赐福，并崇拜
将你的弊病丢进毕士大池的机遇；①
若无法被其康复，就对痊愈绝望吧。
因为这里居住着无法被抗拒的示范；
临终之所是检测那颗心灵的侦察器。

① “毕士大”（Bethesda）：《圣经·约翰福音》第 5 章第 2 节（John 5: 2）中提及的，耶路撒冷
的一处池水，被天使搅动的池水能够治病。

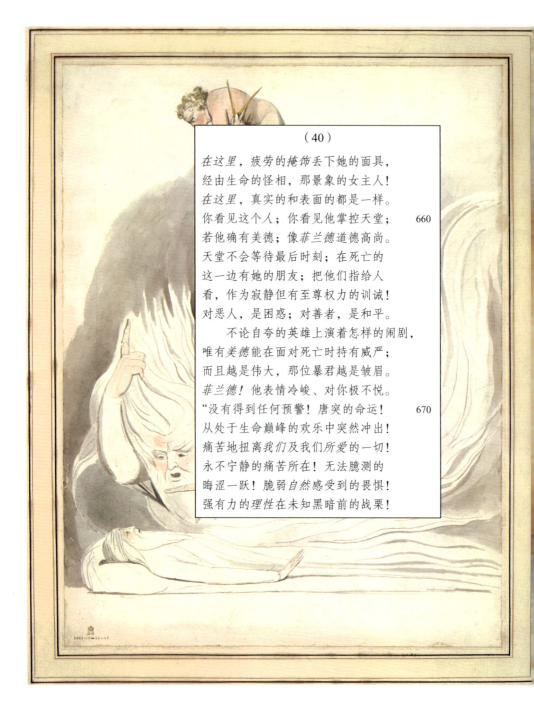

（40）

在这里，疲劳的掩饰丢下她的面具，
经由生命的怪相，那景象的女主人！
在这里，真实的和表面的都是一样。
你看见这个人；你看见他掌控天堂　　　　660
若他确有美德；像菲兰德道德高尚。
天堂不会等待最后时刻；在死亡的
这一边有她的朋友，把他们指给人
看，作为寂静但有至尊权力的训诫！
对恶人，是困惑；对善者，是和平。

　　不论自夸的英雄上演着怎样的闹剧，
唯有美德能在面对死亡时持有威严；
而且越是伟大，那位暴君越是皱眉。
菲兰德！ 他表情冷峻、对你极不悦。
"没有得到任何预警！唐突的命运　　　　670
从处于生命巅峰的欢乐中突然冲出！
痛苦地扭离我们及我们所爱的一切！
永不宁静的痛苦所在！无法臆测的
晦涩一跃！脆弱*自然*感受到的畏惧！
强有力的*理性*在未知黑暗前的战栗！

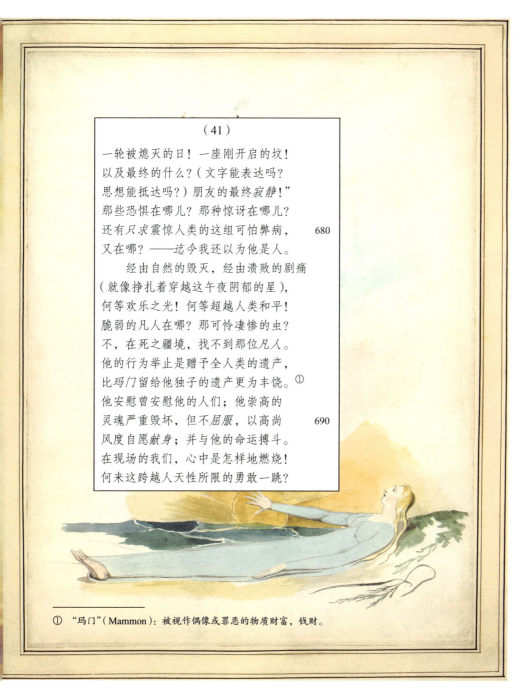

（41）

一轮被熄灭的日！一座刚开启的坟！
以及最终的什么？（文字能表达吗？
思想能抵达吗？）朋友的最终寂静！"
那些恐惧在哪儿？那种惊讶在哪儿？
还有只求震惊人类的这组可怕弊病，　　　　680
又在哪？——迄今我还以为他是人。

　　经由自然的毁灭，经由溃败的剧痛
（就像挣扎着穿越这午夜阴郁的星），
何等欢乐之光！何等超越人类和平！
脆弱的凡人在哪？那可怜凄惨的虫？
不，在死之疆境，找不到那位凡人。
他的行为举止是赠予全人类的遗产，
比玛门留给他独子的遗产更为丰饶。①
他安慰曾安慰他的人们；他崇高的
灵魂严重毁坏，但不屈服，以高尚　　　　690
风度自愿献身；并与他的命运搏斗。
在现场的我们，心中是怎样地燃烧！
何来这跨越人天性所限的勇敢一跳？

---
① "玛门"（Mammon）：被视作偶像或罪恶的物质财富，钱财。

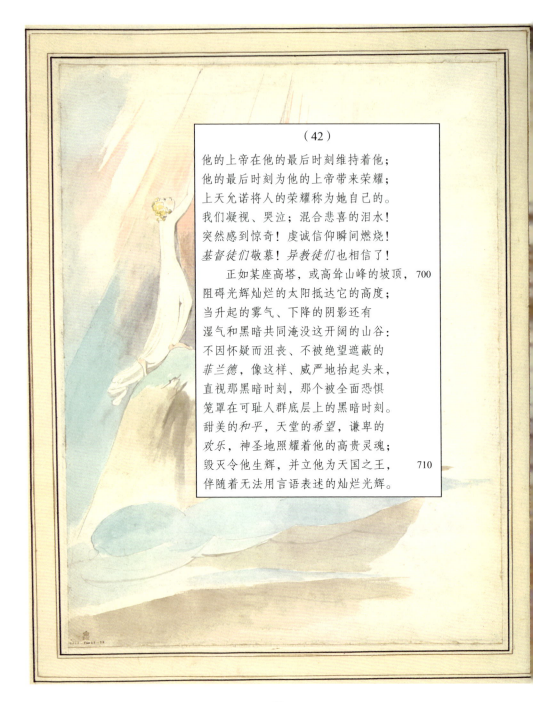

（42）

他的上帝在他的最后时刻维持着他；
他的最后时刻为他的上帝带来荣耀；
上天允诺将人的荣耀称为她自己的。
我们凝视、哭泣；混合悲喜的泪水！
突然感到惊奇！虔诚信仰瞬间燃烧！
基督徒们敬慕！异教徒们也相信了！

　　正如某座高塔，或高耸山峰的坡顶，　700
阻碍光辉灿烂的太阳抵达它的高度；
当升起的雾气、下降的阴影还有
湿气和黑暗共同淹没这开阔的山谷：
不因怀疑而沮丧、不被绝望遮蔽的
菲兰德，像这样、威严地抬起头来，
直视那黑暗时刻，那个被全面恐惧
笼罩在可耻人群底层上的黑暗时刻。
甜美的和平，天堂的希望，谦卑的
欢乐，神圣地照耀着他的高贵灵魂；
毁灭令他生辉，并立他为天国之王，　710
伴随着无法用言语表述的灿烂光辉。

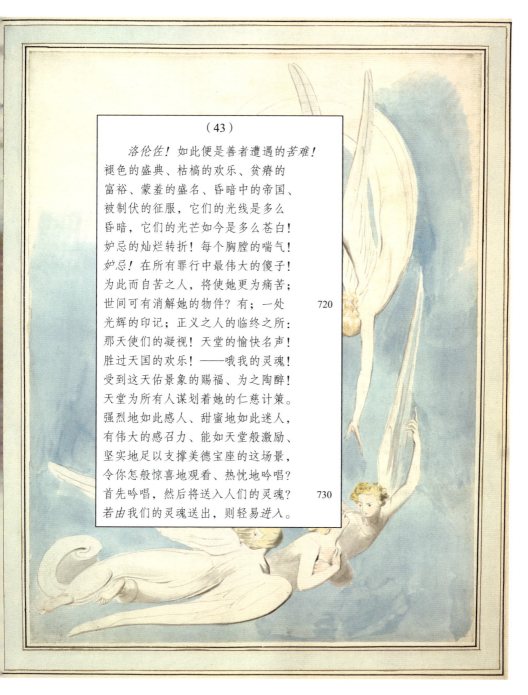

（43）

　　洛伦佐！如此便是善者遭遇的苦难！
褪色的盛典、枯槁的欢乐、贫瘠的
富裕、蒙羞的盛名、昏暗中的帝国、
被制伏的征服，它们的光线是多么
昏暗，它们的光芒如今是多么苍白！
妒忌的灿烂转折！每个胸膛的喘气！
妒忌！在所有罪行中最伟大的傻子！
为此而自苦之人，将使她更为痛苦；
世间可有消解她的物件？有；一处　　　720
光辉的印记；正义之人的临终之所：
那天使们的凝视！天堂的愉快名声！
胜过天国的欢乐！——哦我的灵魂！
受到这天佑景象的赐福、为之陶醉！
天堂为所有人谋划着她的仁慈计策。
强烈地如此感人、甜蜜地如此迷人，
有伟大的感召力、能如天堂般激励、
坚实地足以支撑美德宝座的这场景，
令你怎般惊喜地观看、热忱地吟唱？
首先吟唱，然后将送入人们的灵魂？　　730
若由我们的灵魂送出，则轻易进入。

（44）

你的吟唱并非徒劳：*菲兰德*听到了，
*洛伦佐*也感受到了。他的确感受到了，
否则死去的就是他，而不是*菲兰德*。
生命，冒险一试；但却是如此结局！
我的愿望指向*那里*！聚集在那里并
燃烧。靠脉搏而活的可怜的你发笑！
脉搏、你的跃动上帝！随着它下令，
或享乐、或痛苦；或得意、或愁苦——
继续笑；用你的笑容证明你的悲惨。　　　740
正如笑容被误解，何种泪不及此悲？
它可是你的自尊？你会因此被赞美？
被鄙视的那种人，他自认为是禽兽，
冒犯了他的同类、并亵渎他的上帝，
发出可憎的笑声！怜悯无法嘲笑他；
他鄙视一切，却都不值得被他鄙视！
他认为疯癫是天才所为；做智者则
是足够愚蠢。才智既不会饶恕天堂，
哦*威尔明顿*！——它也不会饶恕你。

终

第三夜

纳西莎 ①

谦卑地题献给尊敬的
波特兰公爵夫人 ②
"诚应被饶恕的疯癫，
若地底之神懂得如何饶恕。"——维吉尔 ③

第二版

伦敦：
为蓓尔美尔的塔利头像出版社的 R·多兹莱印刷，
以及主祷文街的环球出版社的 M·库帕销售。
1742

① 指诗人的继女，坦普尔夫人（Mrs Temple）。
② 波特兰公爵夫人（Duchess of Portland），全名马格雷特·卡文迪什·本廷克（Margaret Cavendish Bentinck）。
③ 出自维吉尔《农事诗》（Georgica）第四章第489行。俄尔甫斯（Orpheus）带领亡妻欧律狄刻（Eurydice）的灵魂走出冥界时，无意回望，破坏了与冥王冥后的约定，永远失去了妻子。维吉尔认为这一致命错误是可以被饶恕的，因为它源自爱意。

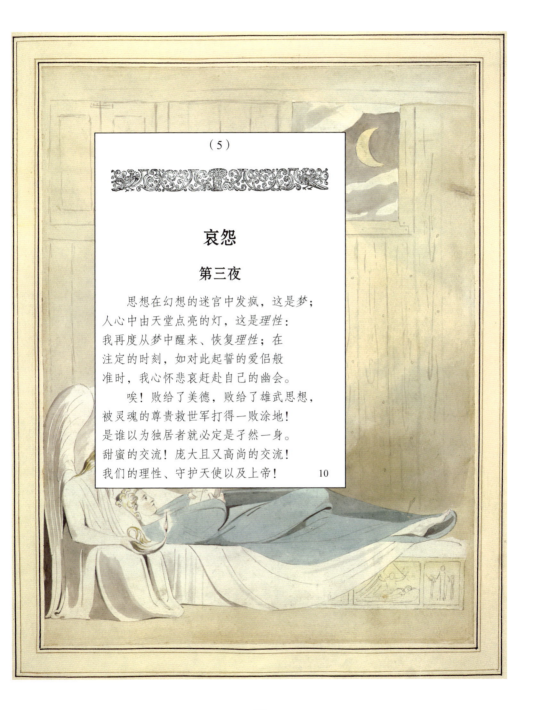

（5）

哀怨

第三夜

　　思想在幻想的迷宫中发疯，这是梦；
人心中由天堂点亮的灯，这是*理性*：
我再度从梦中醒来、恢复*理性*；在
注定的时刻，如对此起誓的爱侣般
准时，我心怀悲哀赶赴自己的幽会。

　　唉！败给了美德，败给了雄武思想，
被灵魂的尊贵救世军打得一败涂地！
是谁以为独居者就必定是孑然一身。
甜蜜的交流！庞大且又高尚的交流！
我们的理性、守护天使以及上帝！　　　10

夜　思

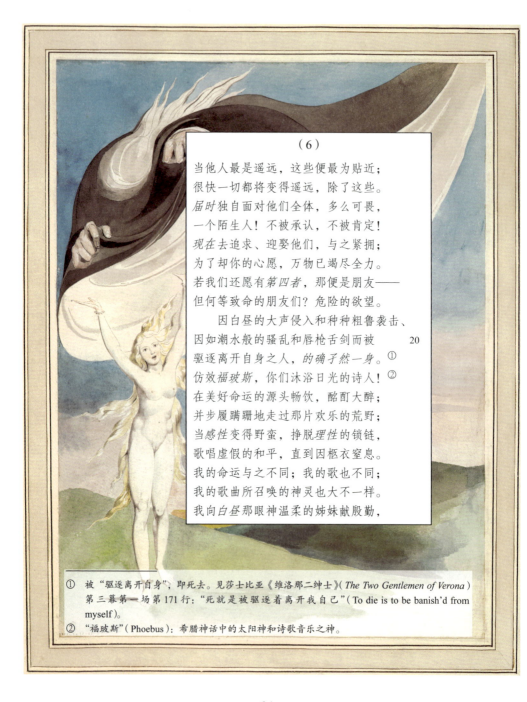

（6）

当他人最是遥远，这些便最为贴近；
很快一切都将变得遥远，除了这些。
届时独自面对他们全体，多么可畏，
一个陌生人！不被承认，不被肯定！
现在去追求、迎娶他们，与之紧拥；
为了却你的心愿，万物已竭尽全力。
若我们还愿有第四者，那便是朋友——
但何等致命的朋友们？危险的欲望。

　　因白昼的大声侵入和种种粗鲁袭击、
因如潮水般的骚乱和唇枪舌剑而被　　　　20
驱逐离开自身之人，的确了然一身。①
仿效*福玻斯*，你们沐浴日光的诗人！②
在美好命运的源头畅饮，酩酊大醉；
并步履蹒跚地走过那片欢乐的荒野；
当感性变得野蛮，挣脱*理性*的锁链，
歌唱虚假的和平，直到因枢衣窒息。
我的命运与之不同；我的歌也不同；
我的歌曲所召唤的神灵也大不一样。
我向*白昼*那眼神温柔的姊妹献殷勤，

①　被"驱逐离开自身"，即死去。见莎士比亚《维洛那二绅士》（*The Two Gentlemen of Verona*）
　　第三幕第一场第171行："死就是被驱逐着离开我自己"（To die is to be banish'd from
　　myself）。
②　"福玻斯"（Phoebus）：希腊神话中的太阳神和诗歌音乐之神。

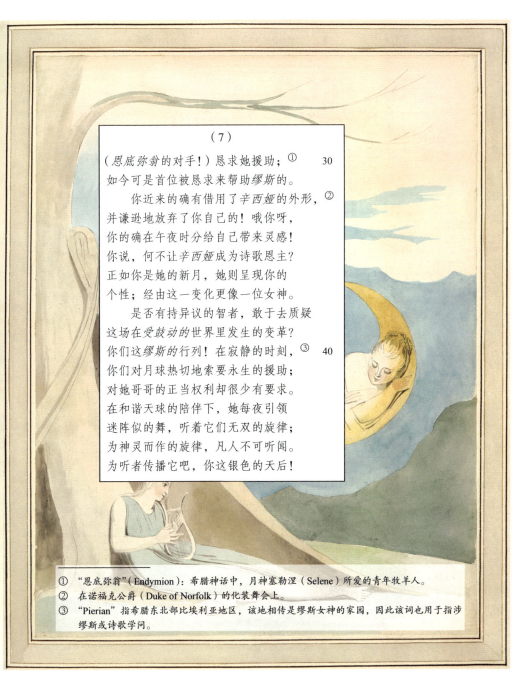

（7）

（*恩底弥翁的对手！*）恳求她援助；①   30
如今可是首位被恳求来帮助缪斯的。

    你近来的确有借用了*辛西娅*的外形，②
并谦逊地放弃了你自己的！哦你呀，
你的确在午夜时分给自己带来灵感！
你说，何不让*辛西娅*成为诗歌恩主？
正如你是她的新月，她则呈现你的
个性；经由这一变化更像一位女神。

    是否有持异议的智者，敢于去质疑
这场在受鼓动的世界里发生的变革？
你们这*缪斯*的行列！在寂静的时刻，③   40
你们对月球热切地索要永生的援助；
对她哥哥的正当权利却很少有要求。
在和谐天球的陪伴下，她每夜引领
迷阵似的舞，听着它们无双的旋律；
为神灵而作的旋律，凡人不可听闻。
为听者传播它吧，你这银色的天后！

---

① "恩底弥翁"（Endymion）：希腊神话中，月神塞勒涅（Selene）所爱的青年牧羊人。
② 在诺福克公爵（Duke of Norfolk）的化装舞会上。
③ "Pierian"指希腊东北部比埃利亚地区，该地相传是缪斯女神的家园，因此该词也用于指涉
   缪斯或诗歌学问。

夜　思

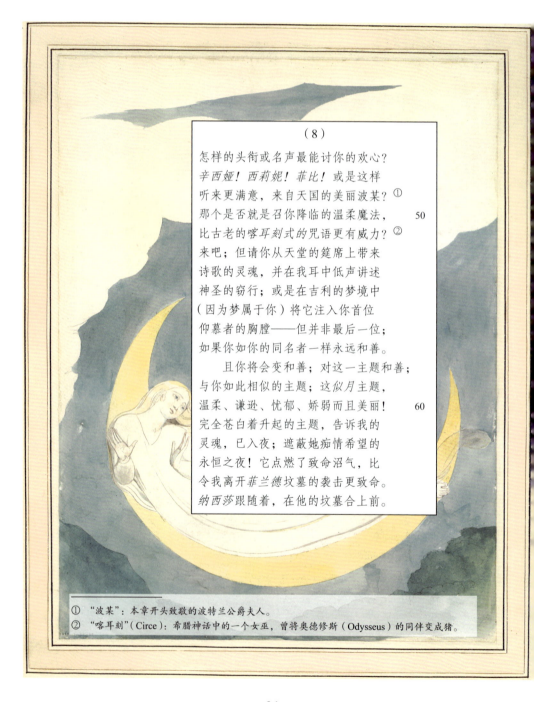

（8）

怎样的头衔或名声最能讨你的欢心？
辛西娅！西莉妮！菲比！ 或是这样
听来更满意，来自天国的美丽波某？①
那个是否就是召你降临的温柔魔法，　　50
比古老的喀耳刻式的咒语更有威力？②
来吧；但请你从天堂的筵席上带来
诗歌的灵魂，并在我耳中低声讲述
神圣的窃行；或是在吉利的梦境中
（因为梦属于你）将它注入你首位
仰慕者的胸膛——但并非最后一位；
如果你如你的同名者一样永远和善。

　　且你将会变和善；对这一主题和善；
与你如此相似的主题；这似月主题，
温柔、谦逊、忧郁、娇弱而且美丽！　　60
完全苍白着升起的主题，告诉我的
灵魂，已入夜；遮蔽她痴情希望的
永恒之夜！它点燃了致命沼气，比
令我离开菲兰德坟墓的袭击更致命。
纳西莎跟随着，在他的坟墓合上前。

---

① "波某"：本章开头致敬的波特兰公爵夫人。
② "喀耳刻"（Circe）：希腊神话中的一个女巫，曾将奥德修斯（Odysseus）的同伴变成猪。

86

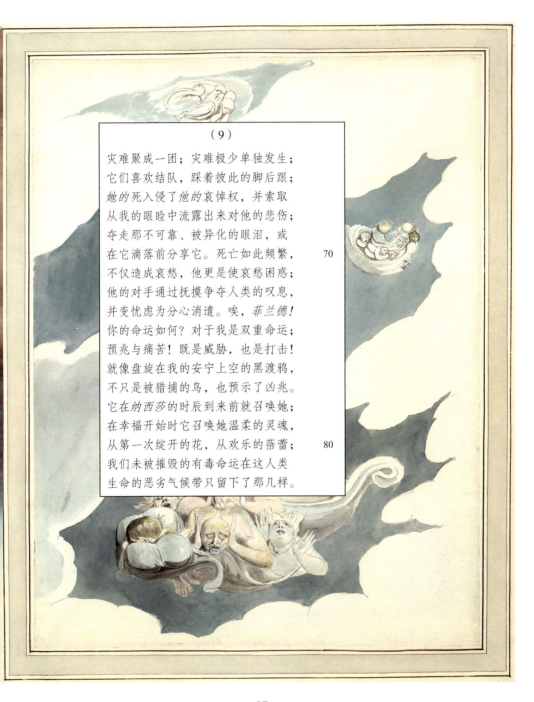

（9）

灾难聚成一团；灾难极少单独发生；
它们喜欢结队，踩着彼此的脚后跟；
*她*的死入侵了*他*的哀悼权，并索取
从我的眼睑中流露出来对他的悲伤；
夺走那不可靠、被异化的眼泪，或
在它滴落前分享它。死亡如此频繁，　　70
不仅造成哀愁，他更是使哀愁困惑；
他的对手通过抚摸争夺人类的叹息，
并变忧虑为分心消遣。唉，*菲兰德*！
你的命运如何？对于我是双重命运；
预兆与痛苦！既是威胁，也是打击！
就像盘旋在我的安宁上空的黑渡鸦，
不只是被猎捕的鸟，也预示了凶兆。
它在*纳西莎*的时辰到来前就召唤她；
在幸福开始时它召唤她温柔的灵魂，
从第一次绽开的花，从欢乐的蓓蕾；　　80
我们未被摧毁的有毒命运在这人类
生命的恶劣气候带只留下了那几样。

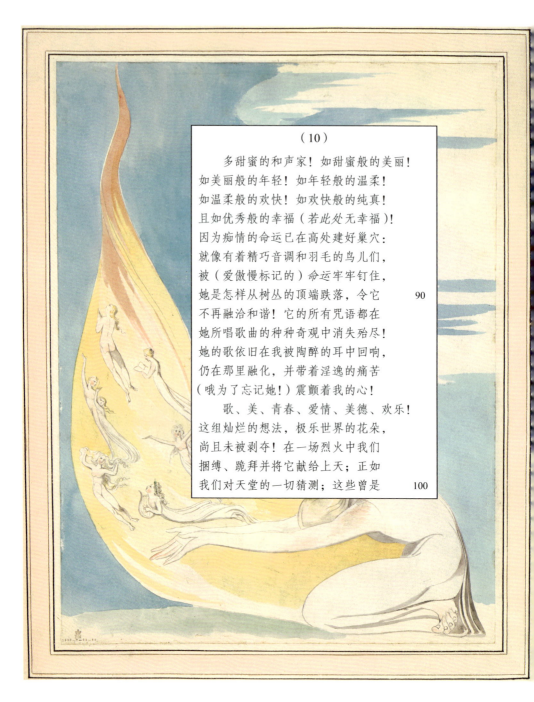

（10）

　　多甜蜜的和声家！如甜蜜般的美丽！
如美丽般的年轻！如年轻般的温柔！
如温柔般的欢快！如欢快般的纯真！
且如优秀般的幸福（若*此处*无幸福）！
因为痴情的命运已在高处建好巢穴：
就像有着精巧音调和羽毛的鸟儿们，
被（爱傲慢标记的）命运牢牢钉住，
她是怎样从树丛的顶端跌落，令它　　　90
不再融洽和谐！它的所有咒语都在
她所唱歌曲的种种奇观中消失殆尽！
她的歌依旧在我被陶醉的耳中回响，
仍在那里融化，并带着淫逸的痛苦
（哦为了忘记她！）震颤着我的心！

　　歌、美、青春、爱情、美德、欢乐！
这组灿烂的想法，极乐世界的花朵，
尚且未被剥夺！在一场烈火中我们
捆缚、跪拜并将它献给上天；正如
我们对天堂的一切猜测；这些曾是　　　100

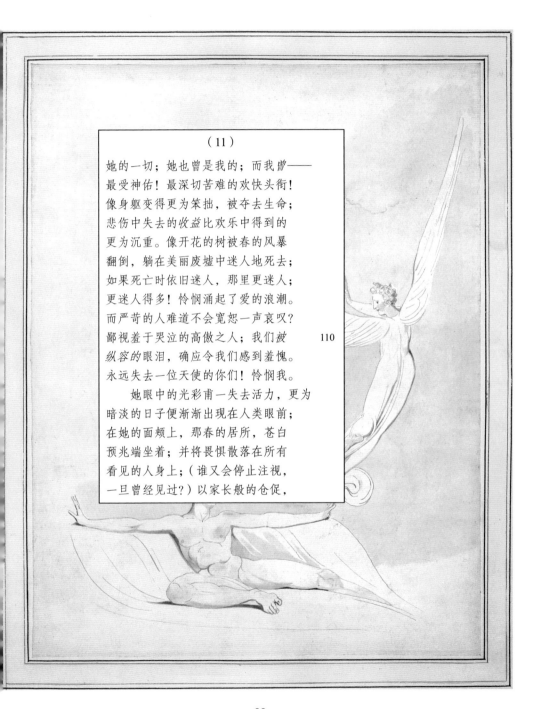

（11）

她的一切；她也曾是我的；而我曾——
最受神佑！最深切苦难的欢快头衔！
像身躯变得更为笨拙，被夺去生命；
悲伤中失去的收益比欢乐中得到的
更为沉重。像开花的树被春的风暴
翻倒，躺在美丽废墟中迷人地死去；
如果死亡时依旧迷人，那里更迷人；
更迷人得多！怜悯涌起了爱的浪潮。
而严苛的人难道不会宽恕一声哀叹？
鄙视羞于哭泣的高傲之人；我们被　　　110
纵容的眼泪，确应令我们感到羞愧。
永远失去一位天使的你们！怜悯我。

　　她眼中的光彩甫一失去活力，更为
暗淡的日子便渐渐出现在人类眼前；
在她的面颊上，那春的居所，苍白
预兆端坐着；并将畏惧散落在所有
看见的人身上；（谁又会停止注视，
一旦曾经见过？）以家长般的仓促，

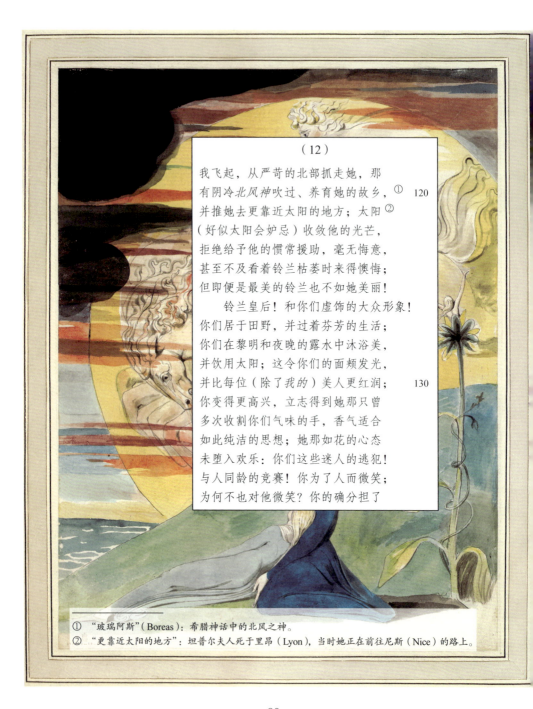

（12）

我飞起，从严苛的北部抓走她，那

有阴冷北风神吹过、养育她的故乡，① 120

并推她去更靠近太阳的地方；太阳②

（好似太阳会妒忌）收敛他的光芒，

拒绝给予他的惯常援助，毫无悔意，

甚至不及看着铃兰枯萎时来得懊悔；

但即便是最美的铃兰也不如她美丽！

　　铃兰皇后！和你们虚饰的大众形象！

你们居于田野，并过着芬芳的生活；

你们在黎明和夜晚的露水中沐浴美，

并饮用太阳；这令你们的面颊发光，

并比每位（除了我的）美人更红润； 130

你变得更高兴，立志得到她那只曾

多次收割你们气味的手，香气适合

如此纯洁的思想；她那如花的心态

未堕入欢乐：你们这些迷人的逃犯！

与人同龄的竞赛！你为了人而微笑；

为何不也对他微笑？你的确分担了

① "玻瑞阿斯"（Boreas）：希腊神话中的北风之神。

② "更靠近太阳的地方"：坦普尔夫人死于里昂（Lyon），当时她正在前往尼斯（Nice）的路上。

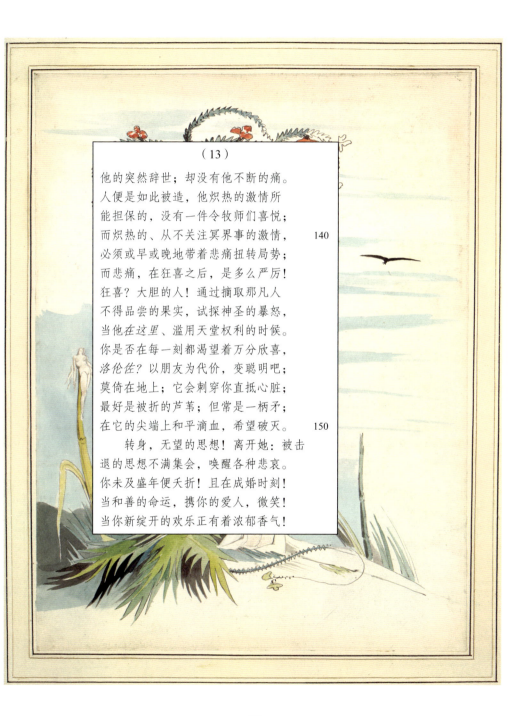

（13）

他的突然辞世；却没有他不断的痛。
人便是如此被造，他炽热的激情所
能担保的，没有一件令牧师们喜悦；
而炽热的、从不关注冥界事的激情，　　　140
必须或早或晚地带着悲痛扭转局势；
而悲痛，在狂喜之后，是多么严厉！
狂喜？大胆的人！通过摘取那凡人
不得品尝的果实，试探神圣的暴怒，
当他*在这里*、滥用天堂权利的时候。
你是否在每一刻都渴望着万分欣喜，
*洛伦佐？*以朋友为代价，变聪明吧；
莫倚在地上；它会刺穿你直抵心脏；
最好是被折的芦苇；但常是一柄矛；
在它的尖端上和平滴血，希望破灭。　　　150

　　转身，无望的思想！离开她：被击
退的思想不满集会，唤醒各种悲哀。
你未及盛年便夭折！且在成婚时刻！
当和善的命运，携你的爱人，微笑！
当你新绽开的欢乐正有着浓郁香气！

（14）

当盲目之人宣告你的幸福已经完满！
在曾有异乡人哭泣的异国的海滩上！
对你来说是异乡人，且更惊讶的是，
是不懂善意的人曾哭泣。他们的眼
任凭非人的泪水滴落：陌生的眼泪！　　160
从石头心上滴答流下！执拗的温柔！
这种温柔命令他们要变得更为严苛；
不顾自然的轻柔劝说，仍冷酷如钢；
*自然*心生怜悯之时，迷信狂欢作乐；
后者被死者哀悼；前者被拒给坟墓。①

　　他们以叹息敬香；与意志无关的叹！
他们的意志舔舐猛虎，激怒了风暴。
因为唉！那被诅咒的不虔诚的热忱！
当有罪的肉体变得温和，在盲目的
*绝对正确*的拥抱中，灵魂得到滋养，　　170
*这被封圣*的灵魂令那胸膛麻木僵化：
拒绝接受尘土试图覆盖尘土的布施！
这是他们的走狗们才会享受的布施。

① "后者"即迷信，"前者"即自然。迷信得到人们的认可，自然却得不到安葬。

92

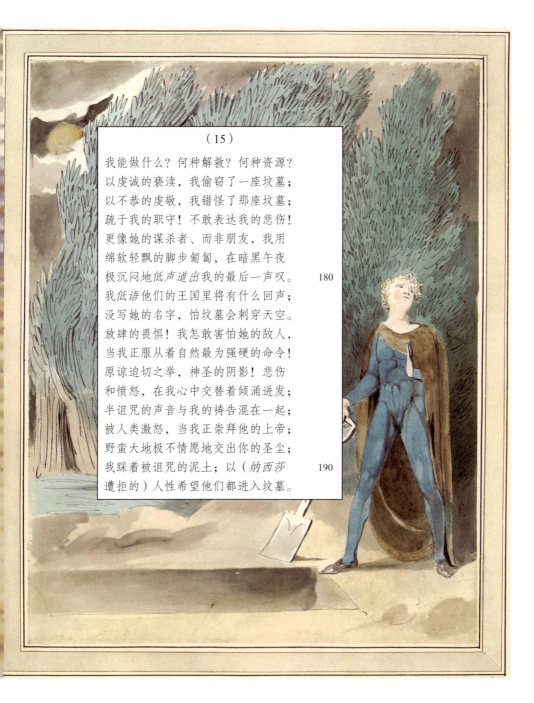

（15）

我能做什么？何种解救？何种资源？
以虔诚的亵渎，我偷窃了一座坟墓；
以不恭的虔敬，我错怪了那座坟墓；
疏于我的职守！不敢表达我的悲伤！
更像她的谋杀者、而非朋友，我用
绵软轻飘的脚步匍匐，在暗黑午夜
极沉闷地*低声道出*我的最后一声叹。　　180
我*低语*他们的王国里将有什么回声；
没写她的名字，怕坟墓会刺穿天空。
放肆的畏惧！我怎敢害怕她的敌人，
当我正服从着自然最为强硬的命令！
原谅迫切之举，神圣的阴影！悲伤
和愤怒，在我心中交替着倾涌迸发；
半诅咒的声音与我的祷告混在一起；
被人类激怒，当我正崇拜他的上帝；
野蛮大地极不情愿地交出你的圣尘；
我踩着被诅咒的泥土；以（*纳西莎*　　190
遭拒的）人性希望他们都进入坟墓。

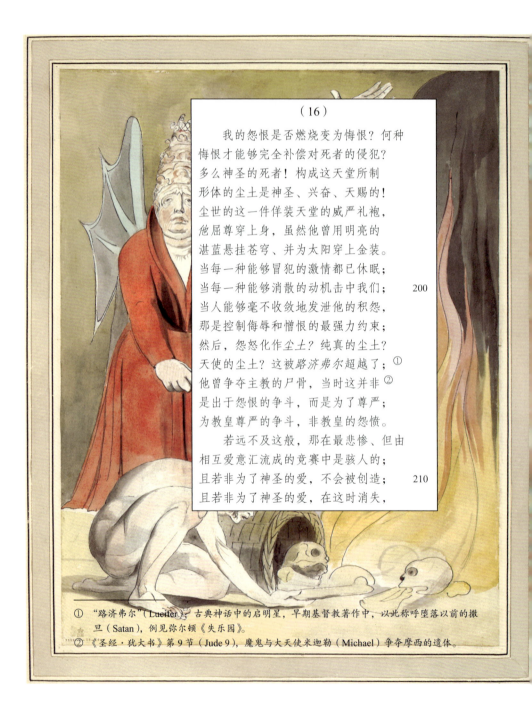

（16）

　　我的怨恨是否燃烧变为悔恨？何种
悔恨才能够完全补偿对死者的侵犯？
多么神圣的死者！构成这天堂所制
形体的尘土是神圣、兴奋、天赐的！
尘世的这一件伴装天堂的威严礼袍，
他屈尊穿上身，虽然他曾用明亮的
湛蓝悬挂苍穹、并为太阳穿上金装。
当每一种能够冒犯的激情都已休眠；
当每一种能够消散的动机击中我们；　　　200
当人能够毫不收敛地发泄他的积怨，
那是控制侮辱和憎恨的最强力约束；
然后，怨怒化作尘土？纯真的尘土？
天使的尘土？这被路济弗尔超越了；①
他曾争夺主教的尸骨，当时这并非②
是出于怨恨的争斗，而是为了尊严；
为教皇尊严的争斗，非教皇的怨愤。

　　若远不及这般，那在最悲惨、但由
相互爱意汇流成的竞赛中是骇人的；
且若非为了神圣的爱，不会被创造；　　　210
且若非为了神圣的爱，在这时消失，

① "路济弗尔"（Lucifer），古典神话中的启明星，早期基督教著作中，以此称呼堕落以前的撒
　旦（Satan），例见弥尔顿《失乐园》。
② 《圣经·犹大书》第 9 节（Jude 9），魔鬼与大天使米迦勒（Michael）争夺摩西的遗体。

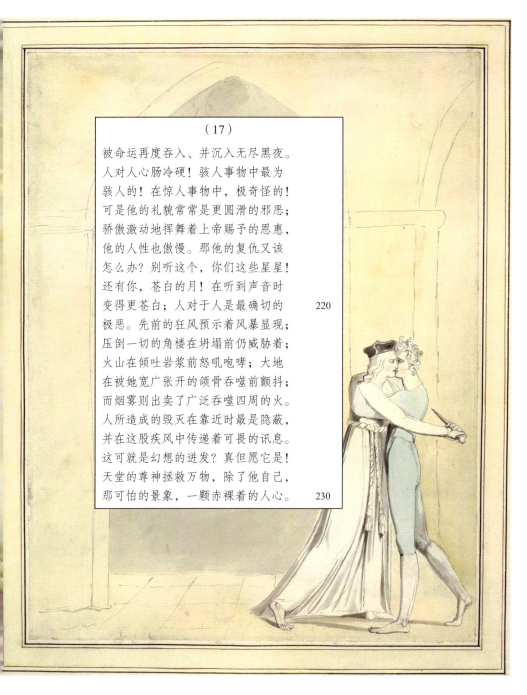

（17）

被命运再度吞入、并沉入无尽黑夜。
人对人心肠冷硬！骇人事物中最为
骇人的！在惊人事物中，极奇怪的！
可是他的礼貌常常是更圆滑的邪恶；
骄傲激动地挥舞着上帝赐予的恩惠，
他的人性也傲慢。那他的复仇又该
怎么办？别听这个，你们这些星星！
还有你，苍白的月！在听到声音时
变得更苍白；人对于人是最确切的　　　220
极恶。先前的狂风预示着风暴显现；
压倒一切的角楼在坍塌前仍威胁着；
火山在倾吐岩浆前怒吼咆哮；大地
在被她宽广张开的颌骨吞噬前颤抖；
而烟雾则出卖了广泛吞噬四周的火。
人所造成的毁灭在靠近时最是隐蔽，
并在这股疾风中传递着可畏的讯息。
这可就是幻想的迸发？真但愿它是！
天堂的尊神拯救万物，除了他自己，
那可怕的景象，一颗赤裸着的人心。　　　230

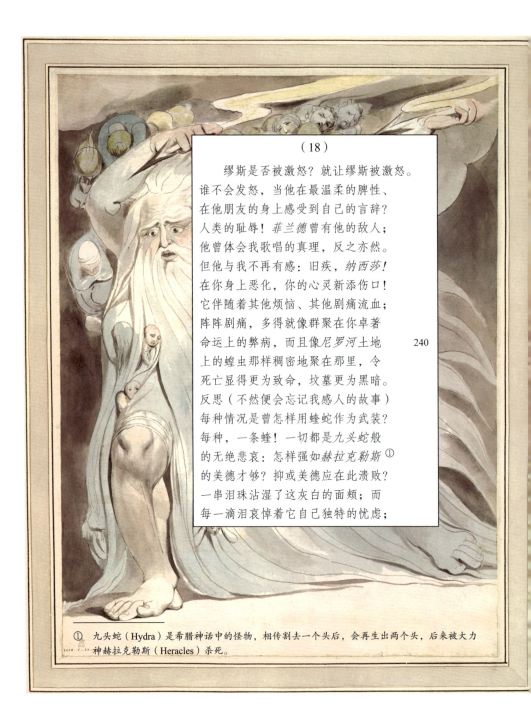

（18）

　　缪斯是否被激怒？就让缪斯被激怒。
谁不会发怒，当他在最温柔的脾性、
在他朋友的身上感受到自己的言辞？
人类的耻辱！*菲兰德*曾有他的故人；
他曾体会我歌唱的真理，反之亦然。
但他与我不再有感：旧疾，*纳西莎*！
在你身上恶化，你的心灵新添伤口！
它伴随着其他烦恼、其他剧痛流血；
阵阵剧痛，多得就像群聚在你卓著
命运上的弊病，而且像尼罗河土地　　　　240
上的蝗虫那样稠密地聚在那里，令
死亡显得更为致命，坟墓更为黑暗。
反思（不然便会忘记我感人的故事）
每种情况是曾怎样用蝮蛇作为武装？
每种，一条蝮！一切都是*九头蛇*般
的无绝悲哀：怎样强如*赫拉克勒斯*①
的美德才够？抑或美德应在此溃败？
一串泪珠沾湿了这灰白的面颊；而
每一滴泪哀悼着它自己独特的忧虑；

---

① 九头蛇（Hydra）是希腊神话中的怪物，相传割去一个头后，会再生出两个头，后来被大力神赫拉克勒斯（Heracles）杀死。

（19）

每一份忧虑，以独特的方式被哀悼，　　　250
要求更多的悲伤，因已被整体增强。
像这样的悲伤被占有它的业主排斥。
如此的葬礼所哀叹的不仅仅是朋友；
它们令人类成为哀悼者；载着叹息
传至致命名声所能飞抵的最远距离，
并且转变最快乐时代的最快乐思想，
沿它们的正途向下，穿越死亡之谷。

　　死亡之谷！那寂静的辛梅里安山谷，①
黑暗在那里用鸦翼笼罩着未完结的
命运，等待终有一天（可畏的日子！）　260
一切未来的改变都会被禁止！那个
地下世界，那片废墟之地！洛伦佐，
那片土地适合骄傲的人类思想漫步！
让我的思想在那里信步漫游；探索
止痛香膏的真理，以及痊愈的情绪，
关于在这里最缺乏、最欢迎的一切。
为了欢快的洛伦佐，也为了你自己，

① "辛梅里安人"（Cimmerian）：希腊神话中住在永远黑暗陆地上的神秘民族。

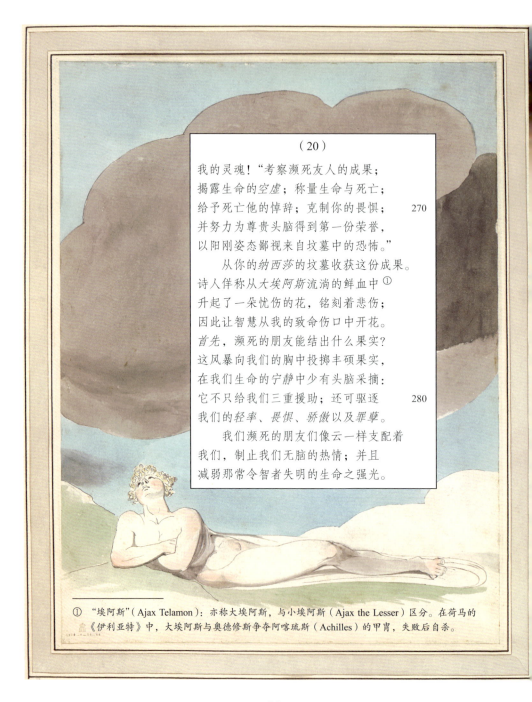

（20）

我的灵魂！"考察濒死友人的成果；
揭露生命的*空虚*；称量生命与死亡；
给予死亡他的悼辞；克制你的畏惧；　　　270
并努力为尊贵头脑得到第一份荣誉，
以阳刚姿态鄙视来自坟墓中的恐怖。"

　　从你的*纳西莎*的坟墓收获这份成果。
诗人佯称从大埃阿斯流淌的鲜血中 ①
升起了一朵忧伤的花，铭刻着悲伤；
因此让智慧从我的致命伤口中开花。
首先，濒死的朋友能结出什么果实？
这风暴向我们的胸中投掷丰硕果实，
在我们生命的宁静中少有头脑采摘：
它不只给我们三重援助；还可驱逐　　　280
我们的轻率、畏惧、骄傲以及罪孽。

　　我们濒死的朋友们像云一样支配着
我们，制止我们无脑的热情；并且
减弱那常令智者失明的生命之强光。

① "埃阿斯"（Ajax Telamon）：亦称大埃阿斯，与小埃阿斯（Ajax the Lesser）区分。在荷马的
《伊利亚特》中，大埃阿斯与奥德修斯争夺阿喀琉斯（Achilles）的甲胄，失败后自杀。

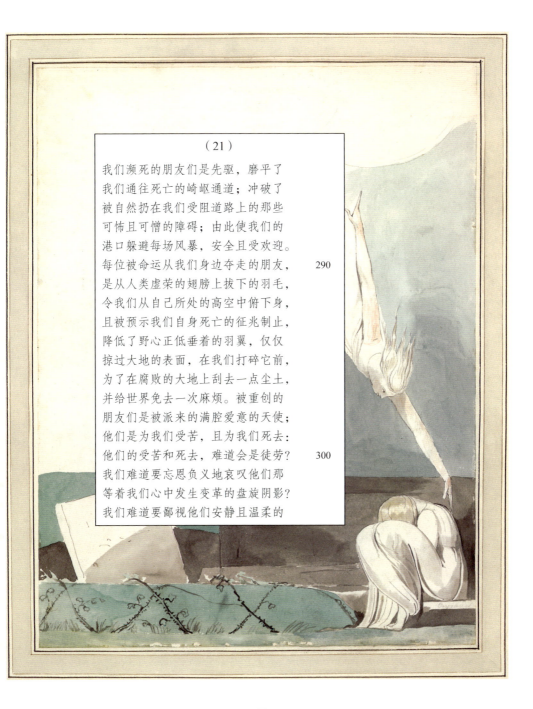

（21）

我们濒死的朋友们是先驱，磨平了
我们通往死亡的崎岖通道；冲破了
被自然扔在我们受阻道路上的那些
可怖且可憎的障碍；由此使我们的
港口躲避每场风暴，安全且受欢迎。
每位被命运从我们身边夺走的朋友，　　　290
是从人类虚荣的翅膀上拔下的羽毛，
令我们从自己所处的高空中俯下身，
且被预示我们自身死亡的征兆制止，
降低了野心正低垂着的羽翼，仅仅
掠过大地的表面，在我们打碎它前，
为了在腐败的大地上刮去一点尘土，
并给世界免去一次麻烦。被重创的
朋友们是被派来的满腔爱意的天使；
他们是为我们受苦，且为我们死去：
他们的受苦和死去，难道会是徒劳？　　　300
我们难道要忘恩负义地哀叹他们那
等着我们心中发生变革的盘旋阴影？
我们难道要鄙视他们安静且温柔的

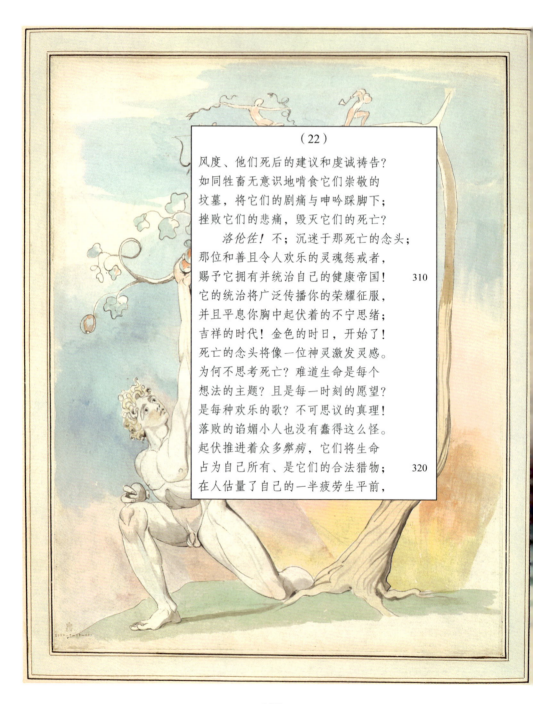

（22）

风度、他们死后的建议和虔诚祷告？
如同牲畜无意识地啃食它们崇敬的
坟墓，将它们的剧痛与呻吟踩脚下；
挫败它们的悲痛，毁灭它们的死亡？

　　洛伦佐！不；沉迷于那死亡的念头；
那位和善且令人欢乐的灵魂惩戒者，
赐予它拥有并统治自己的健康帝国！　　　310
它的统治将广泛传播你的荣耀征服，
并且平息你胸中起伏着的不宁思绪；
吉祥的时代！金色的时日，开始了！
死亡的念头将像一位神灵激发灵感。
为何不思考死亡？难道生命是每个
想法的主题？且是每一时刻的愿望？
是每种欢乐的歌？不可思议的真理！
落败的谄媚小人也没有蠢得这么怪。
起伏推进着众多弊病，它们将生命
占为自己所有、是它们的合法猎物；　　　320
在人估量了自己的一半疲劳生平前，

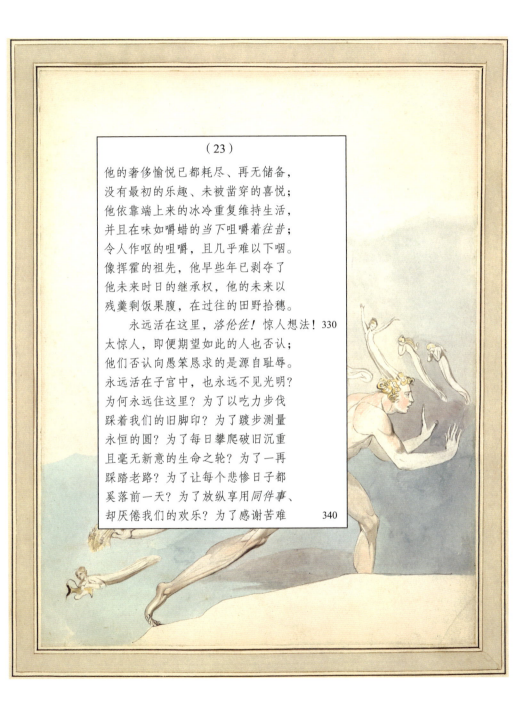

（23）

他的奢侈愉悦已都耗尽、再无储备，
没有最初的乐趣、未被凿穿的喜悦；
他依靠端上来的冰冷重复维持生活，
并且在味如嚼蜡的当下咀嚼着往昔；
令人作呕的咀嚼，且几乎难以下咽。
像挥霍的祖先，他早些年已剥夺了
他未来时日的继承权，他的未来以
残羹剩饭果腹，在过往的田野拾穗。

　　永远活在这里，洛伦佐！惊人想法！330
太惊人，即便期望如此的人也否认；
他们否认向愚笨恳求的是源自耻辱。
永远活在子宫中，也永远不见光明？
为何永远住这里？为了以吃力步伐
踩着我们的旧脚印？为了踱步测量
永恒的圆？为了每日攀爬破旧沉重
且毫无新意的生命之轮？为了一再
踩踏老路？为了让每个悲惨日子都
奚落前一天？为了放纵享用同件事、
却厌倦我们的欢乐？为了感谢苦难

　　　　　　　　　　　　　　　　340

夜　思

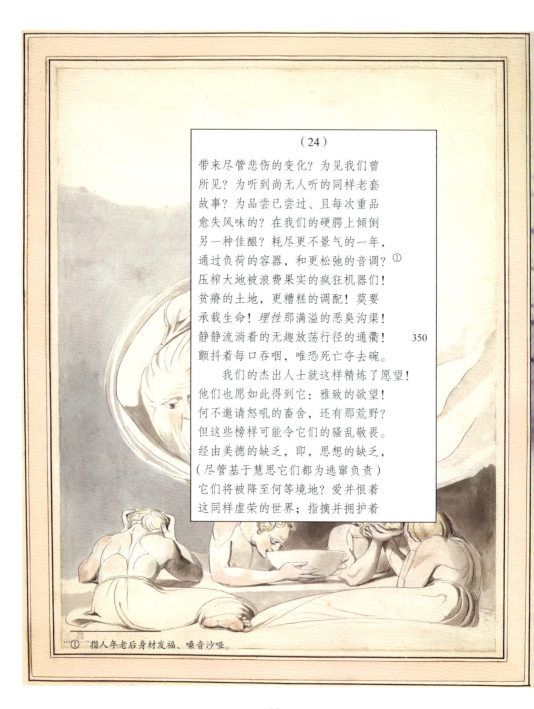

（24）

带来尽管悲伤的变化？为见我们曾
所见？为听到尚无人听的同样老套
故事？为品尝已尝过、且每次重品
愈失风味的？在我们的硬腭上倾倒
另一种佳酿？耗尽更不景气的一年，
通过负荷的容器，和更松弛的音调？①
压榨大地被浪费果实的疯狂机器们！
贫瘠的土地，更糟糕的调配！莫要
承载生命！*理性那满溢的恶臭沟渠！*
静静流淌着的无趣放荡行径的通衢！　　350
颤抖着每口吞咽，唯恐死亡夺去碗。

　　我们的杰出人士就这样精炼了愿望！
他们也愿如此得到它：雅致的欲望！
何不邀请怒吼的畜舍，还有那荒野？
但这些榜样可能令它们的骚乱敬畏。
经由美德的缺乏，即，思想的缺乏，
（尽管基于慧思它们都为逃窜负责）
它们将被降至何等境地？爱并恨着
这同样虚荣的世界；指摘并拥护着

① 指人年老后身材发福、嗓音沙哑。

102

（25）

生命这粉饰的泼妇，她每时每刻都　　　　　360
把他们说成是傻瓜；因怕变得更糟
而奉承现有的拙劣；紧抱这块粗石，
对于*他们*毫无益处、且有尖锐弊端，
并不断地因正在逼近的风暴而变黑，
并因人类希望的破灭变得臭名昭著，——
因底部裂开的幽暗深渊而受到惊吓。
如此便是他们的胜利！欢乐之剧痛！

　　现在正是转变这一阴郁景象的时候。
既已紧抱，这丑陋状况，何法可治？
唯有一法；即所有人可触及的那种；　　　370
美德——她是造奇观的女神！施法
令石头开花；并驯服那粉饰的泼妇；
还会有多少更为惊奇的事，*洛伦佐*！
令生命那病态的恶心重复发生改变；
并将自然的圆形拉直成为一条长线。
你相信这个吗，*洛伦佐*？请耐心地
听下去吧，你将会羞愧得难以置信。

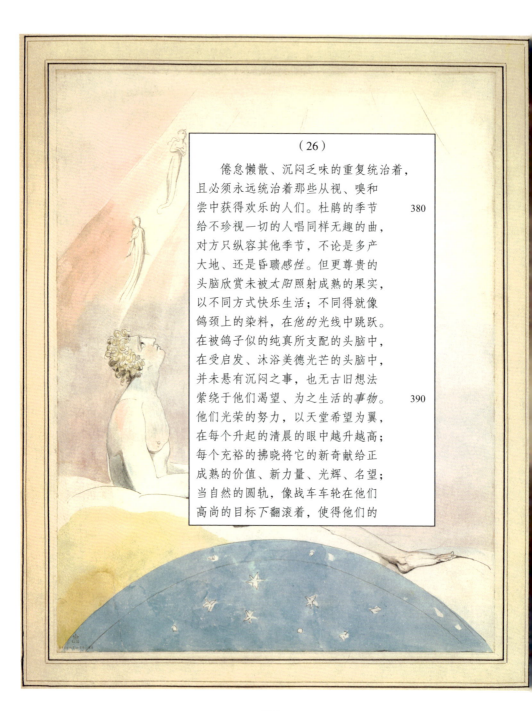

（26）

　　倦怠懒散、沉闷乏味的重复统治着，
且必须永远统治着那些从视、嗅和
尝中获得欢乐的人们。杜鹃的季节　　　　　380
给不珍视一切的人唱同样无趣的曲，
对方只纵容其他季节，不论是多产
大地、还是昏聩*感性*。但更尊贵的
头脑欣赏未被*太阳*照射成熟的果实，
以不同方式快乐生活；不同得就像
鸽颈上的染料，在*他的*光线中跳跃。
在被鸽子似的纯真所支配的头脑中，
在受启发、沐浴美德光芒的头脑中，
并未悬有沉闷之事，也无古旧想法
萦绕于他们渴望、为之生活的事物。　　　390
他们光荣的努力，以天堂希望为翼，
在每个升起的清晨的眼中越升越高；
每个充裕的拂晓将它的新奇献给正
成熟的价值、新力量、光辉、名望；
当自然的圆轨，像战车车轮在他们
高尚的目标下翻滚着，使得他们的

（27）

美好前景随着每一时刻变得更美好；
前进的美德，径直走向*极乐*：美德
是基督教动机所能激发的最好灵感！
而*极乐*是基督教教义本身能保证的。　　400

　　那么我们是否要为了美德开始成为
变节者，并为了欢乐而成为异教徒？
少有人怀疑这是真理，但更鲜有人
相信，"轻视*来生*者，对*此生*犯罪。"
这一生是什么？他们的宠儿几乎都
不知道！在黑暗中痴情，在与我们
拥抱时盲目，我们通过热爱生命使
被爱的生命不再高雅；拥抱她至死。
我们对时间致以永恒的敬意；并且
在梦中，将我们的通道误认作港口。　　410
生命是媒介、而非目标时方有价值；
令人惋惜的目标！神妙天赐的财富！
全为我们占有时，无价值甚至更糟；
痛苦的巢穴在被视为无物时最丰富；
像公平的空想家，生命最不被追捧

夜　思

（28）

时最为享受；最被厌恶时最有价值；
随后成为舒适的所在地，富于和平；
有望变得更富有；重要的！庄严的！
不能被提及、除非报以喧哗的赞美！
不能被思量、除非伴有潮涌的欢乐！　　420
属于永恒极乐的、强大有力的基础！
　　贫瘠的石块、粉饰的泼妇、洛伦佐！
如今在哪儿？生命永恒的轮回更替？
我难道不是已履行了我的三重诺言？
世界是虚荣的；但只对虚荣者如此。
那么我们用什么来对比这变幻景象，
它模棱两可的价值先增长后又减退，
时盈时亏？（占据一切优势，夜晚
在这里协助我）将它与月亮做对比；
她自身黑暗且又贫瘠；但因为从　　　430
一个更高天球借来光辉而富足。当
恶劣的罪孽加以干涉，辛劳的大地，
被阴影覆盖，哀悼欢乐的黯然失色；

106

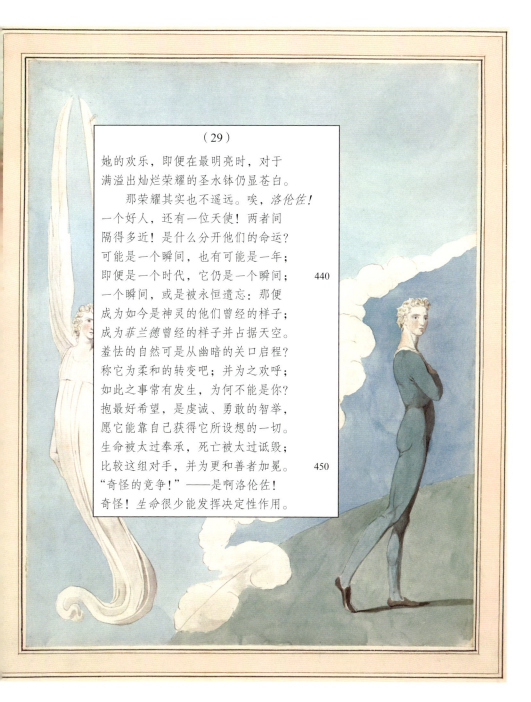

（29）

她的欢乐，即便在最明亮时，对于
满溢出灿烂荣耀的圣水钵仍显苍白。

　　那荣耀其实也不遥远。唉，洛伦佐！
一个好人，还有一位天使！两者间
隔得多近！是什么分开他们的命运？
可能是一个瞬间，也有可能是一年；
即便是一个时代，它仍是一个瞬间；　　　　440
一个瞬间，或是被永恒遗忘：那便
成为如今是神灵的他们曾经的样子；
成为菲兰德曾经的样子并占据天空。
羞怯的自然可是从幽暗的关口启程？
称它为柔和的转变吧；并为之欢呼；
如此之事常有发生，为何不能是你？
抱最好希望，是虔诚、勇敢的智举，
愿它能靠自己获得它所设想的一切。
生命被太过奉承，死亡被太过诋毁；
比较这组对手，并为更和善者加冕。　　　　450
"奇怪的竞争！"——是啊洛伦佐！
奇怪！生命很少能发挥决定性作用。

（30）

生命使这灵魂受到卑微凡尘的影响；
死亡以她的羽翼助其攀至众天球上。
暗淡生命从被刺器官的缝隙窥视光；
死亡冲破云团的笼罩，一切皆白昼。
一切都在注视和倾听，无形的力量。
死亡伪造了祸害，自然将无法感知；
生命，弊病的实体，智慧无法避开。
难道强大的头脑不正是天堂之子吗！　　460
被暴虐的生命废黜、囚禁、施痛苦？
因死亡得以被释放、封爵、奉为神？
死亡只是埋葬躯体；生命埋葬灵魂。
"死亡便无罪吗？他是怎样用本该
闪耀之物的可畏遗迹标记他的道路！
艺术、天资、财富、被提升的力量！
它们以各自的独特光辉照亮这世界，
死亡将其熄灭，并令人类种族转暗。"
我准许，洛伦佐！这一合理的控诉：
哲人、同辈、权贵、国王、征服者！　　470
死亡贬低他们；比贬低生命更残暴。
生命是我们正崩解着的泥土的胜利；

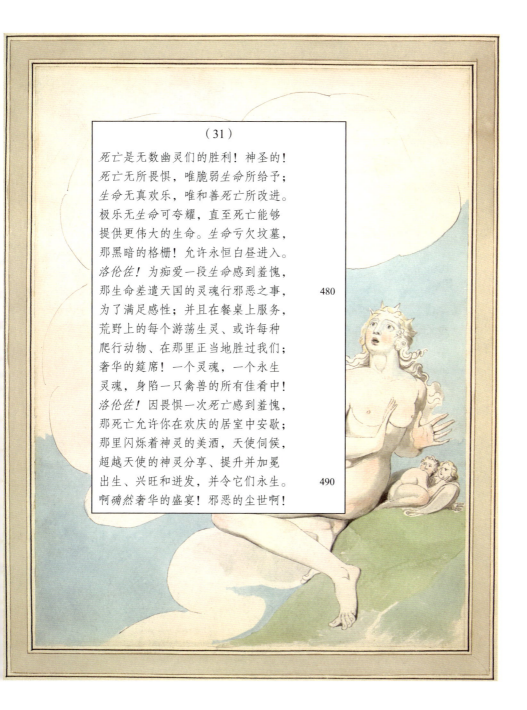

（31）

死亡是无数幽灵们的胜利！神圣的！
死亡无所畏惧，唯脆弱生命所给予；
生命无真欢乐，唯和善死亡所改进。
极乐无生命可夸耀，直至死亡能够
提供更伟大的生命。生命亏欠坟墓，
那黑暗的格栅！允许永恒白昼进入。
洛伦佐！为痴爱一段生命感到羞愧，　　　　480
那生命差遣天国的灵魂行邪恶之事，
为了满足感性；并且在餐桌上服务，
荒野上的每个游荡生灵、或许每种
爬行动物、在那里正当地胜过我们；
奢华的筵席！一个灵魂，一个永生
灵魂，身陷一只禽兽的所有佳肴中！
洛伦佐！因畏惧一次死亡感到羞愧，
那死亡允许你在欢庆的居室中安歇；
那里闪烁着神灵的美酒，天使伺候，
超越天使的神灵分享、提升并加冕
出生、兴旺和迸发，并令它们永生。　　　　490
啊确然奢华的盛宴！邪恶的尘世啊！

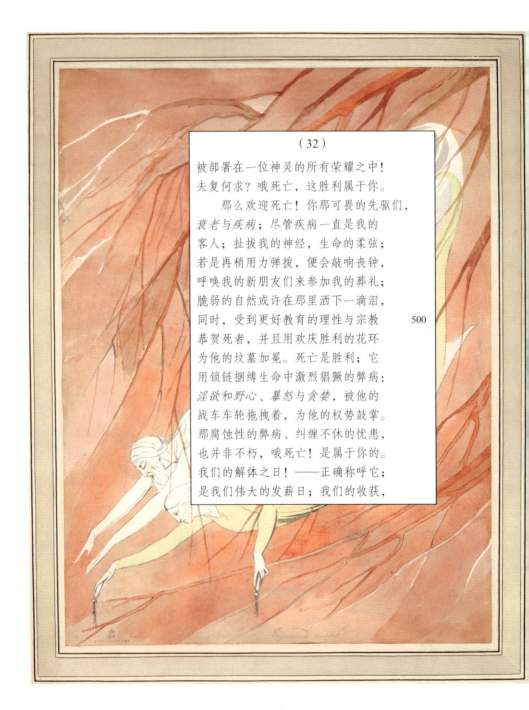

（32）

被部署在一位神灵的所有荣耀之中！
夫复何求？哦死亡，这胜利属于你。

　　那么欢迎死亡！你那可畏的先驱们，
衰老与疾病；尽管疾病一直是我的
客人；扯拔我的神经，生命的柔弦；
若是再稍用力弹拨，便会敲响丧钟，
呼唤我的新朋友们来参加我的葬礼；
脆弱的自然或许在那里洒下一滴泪，
同时，受到更好教育的理性与宗教　　　　500
恭贺死者，并且用欢庆胜利的花环
为他的坟墓加冕。死亡是胜利；它
用锁链捆缚生命中激烈猖獗的弊病：
淫欲和野心、暴怒与贪婪，被他的
战车车轮拖拽着，为他的权势鼓掌。
那腐蚀性的弊病、纠缠不休的忧患，
也并非不朽，哦死亡！是属于你的。
我们的解体之日！——正确称呼它；
是我们伟大的发薪日；我们的收获，

（33）

丰富且成熟：即便时而锋利的镰刀，　　510
在收割金谷粒时划伤我们，又何妨？
哦*基列*！比你的香膏更能治愈伤口。①
*出生*时的微弱哭声，和*死亡*低沉的
阴郁呻吟，是低微自然为获取巨大
收益而进贡的薄礼。每个收益都是
一条生命！但！后者如此超越前者，
生命在比较中死去；超越坟墓活着。

　　　死亡！我从对你的思考中感受不到
欢乐吗？死亡，用一切更高尚思想
和更公正行为激励人类的伟大顾问！　520
死亡，这位解放者，他拯救了人类！
死亡，这位奖赏者，他拯救了冠冕！
*死亡*赦免我的出生；无它，是诅咒！
富足的死亡，实现了我的所有忧患、
劳作、美德、希望；无它，是妄想！
死亡，一切痛苦、而非欢乐的阶段；
欢乐的来源与主体，仍完好地存在，

---

① "基列"（Gilead）：古巴勒斯坦地区，在约旦河以东。《圣经·创世记》第37章第25节
（Genesis 37:25）提到该地出产香膏（balm）（又译"乳香"）。

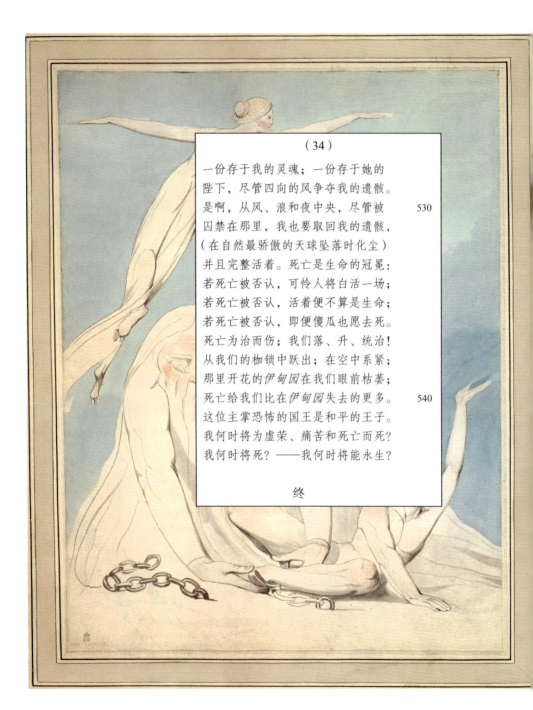

（34）

一份存于我的灵魂；一份存于她的
陛下，尽管四向的风争夺我的遗骸。
是啊，从风、浪和夜中央，尽管被　　　　530
囚禁在那里，我也要取回我的遗骸，
（在自然最骄傲的天球坠落时化尘）
并且完整活着。死亡是生命的冠冕：
若死亡被否认，可怜人将白活一场；
若死亡被否认，活着便不算是生命；
若死亡被否认，即便傻瓜也愿去死。
死亡为治而伤；我们落、升、统治！
从我们的枷锁中跃出；在空中系紧；
那里开花的*伊甸园*在我们眼前枯萎；
死亡给我们比在*伊甸园*失去的更多。　　540
这位主掌恐怖的国王是和平的王子。
我何时将为虚荣、痛苦和死亡而死？
我何时将死？——我何时将能永生？

终

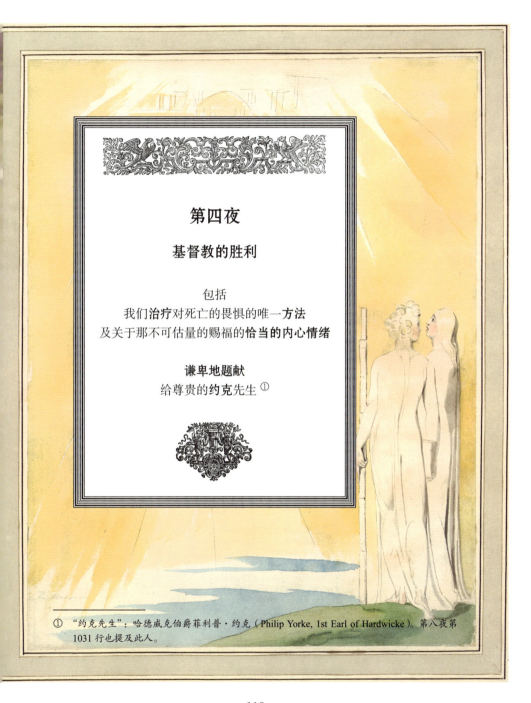

第四夜

基督教的胜利

包括
我们**治疗**对死亡的畏惧的唯一**方法**
及关于那不可估量的赐福的**恰当的内心情绪**

谦卑地题献
给尊贵的**约克先生** ①

① "约克先生"：哈德威克伯爵菲利普·约克（Philip Yorke, 1st Earl of Hardwicke）。第八夜第1031 行也提及此人。

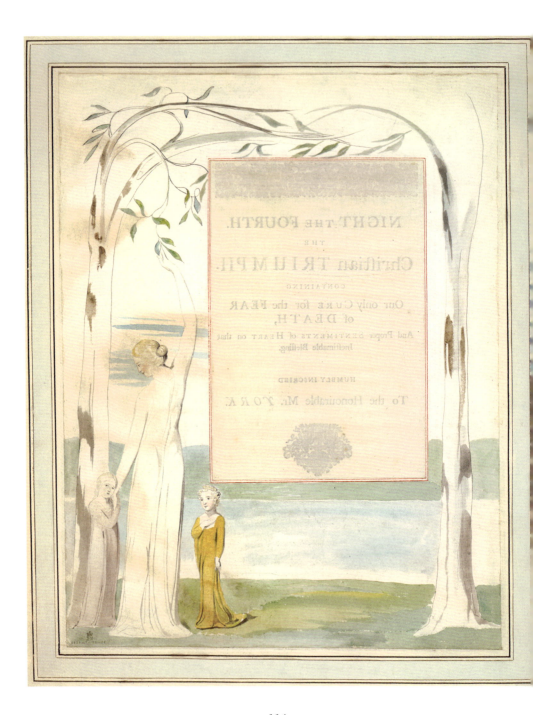

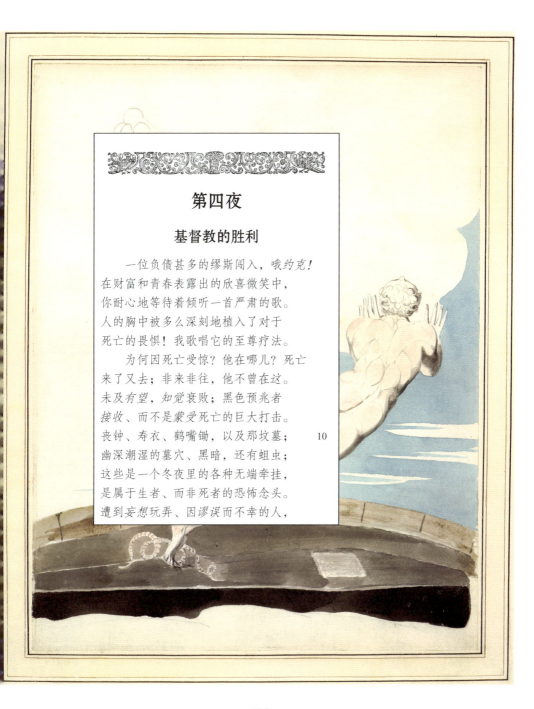

第四夜

基督教的胜利

　　一位负债甚多的缪斯闯入，哦约克！
在财富和青春表露出的欣喜微笑中，
你耐心地等待着倾听一首严肃的歌。
人的胸中被多么深刻地植入了对于
死亡的畏惧！我歌唱它的至尊疗法。

　　为何因死亡受惊？他在哪儿？死亡
来了又去；非来非往，他不曾在这。
未及有望，知觉衰败；黑色预兆者
接收、而不是蒙受死亡的巨大打击。
丧钟、寿衣、鹤嘴锄，以及那坟墓；　　10
幽深潮湿的墓穴、黑暗，还有蛆虫；
这些是一个冬夜里的各种无端牵挂，
是属于生者、而非死者的恐怖念头。
遭到妄想玩弄、因谬误而不幸的人，

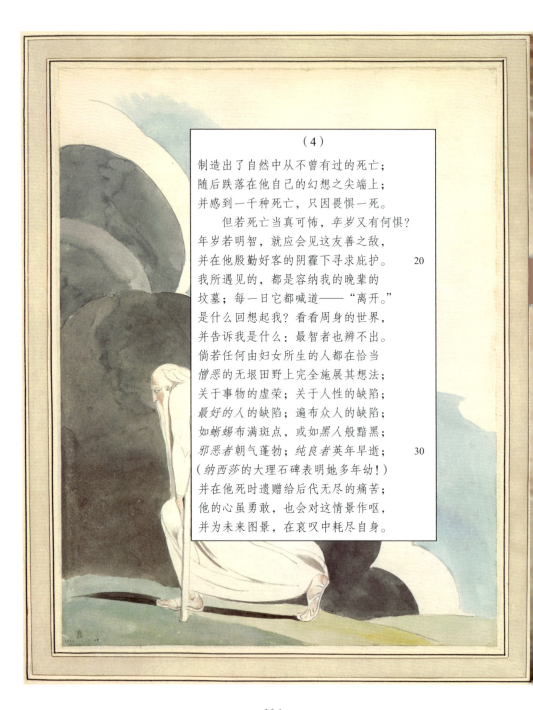

（4）

制造出了自然中从不曾有过的死亡；
随后跌落在他自己的幻想之尖端上；
并感到一千种死亡，只因畏惧一死。

　　但若死亡当真可怖，*年岁又有何惧？*
年岁若明智，就应会见这友善之敌，
并在他殷勤好客的阴霾下寻求庇护。　　20
我所遇见的，都是容纳我的晚辈的
坟墓；每一日它都喊道——"离开。"
是什么回想起我？看看周身的世界，
并告诉我是什么：最智者也辨不出。
倘若任何由妇女所生的人都在恰当
*憎恶*的无垠田野上完全施展其想法；
关于事物的虚荣；关于人性的缺陷；
*最好的人*的缺陷；遍布众人的缺陷；
如蜥蜴布满斑点，或如黑人般黝黑；
邪恶者朝气蓬勃；纯良者英年早逝；　　30
（*纳西莎的大理石碑表明她多年幼！*）
并在他死时遗赠给后代无尽的痛苦；
他的心虽勇敢，也会对这情景作呕，
并为未来图景，在哀叹中耗尽自身。

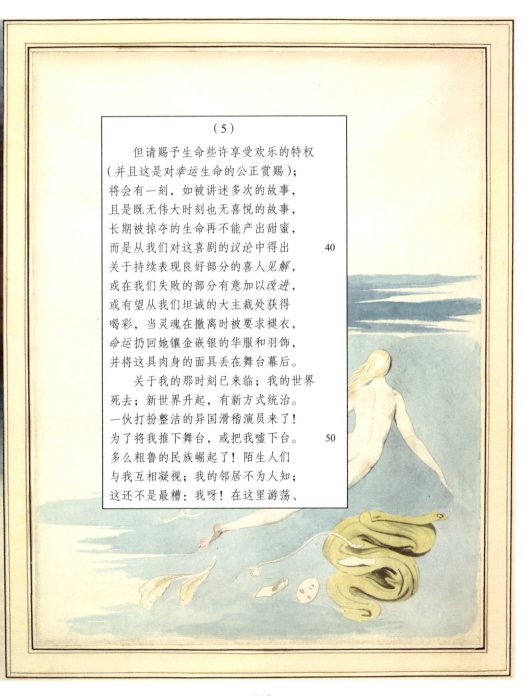

（5）

　　但请赐予生命些许享受欢乐的特权
（并且这是对*幸运生命*的公正赏赐）；
将会有一刻，如被讲述多次的故事，
且是既无伟大时刻也无喜悦的故事，
长期被掠夺的生命再不能产出甜蜜，
而是从我们对这*喜剧*的议论中得出　　　40
关于持续表现良好部分的喜人*见解*，
或在我们失败的部分有意加以*改进*，
或有望从我们坦诚的大主裁处获得
喝彩，当灵魂在撤离时被要求褪衣，
命运扔回她镶金嵌银的华服和羽饰，
并将这具肉身的面具丢在舞台幕后。

　　关于我的那时刻已来临；我的世界
死去；新世界升起，有新方式统治。
一伙打扮整洁的异国滑稽演员来了！
为了将我推下舞台，或把我嘘下台。　　　50
多么粗鲁的民族崛起了！陌生人们
与我互相凝视；我的邻居不为人知；
这还不是最糟：我呀！在这里游荡、

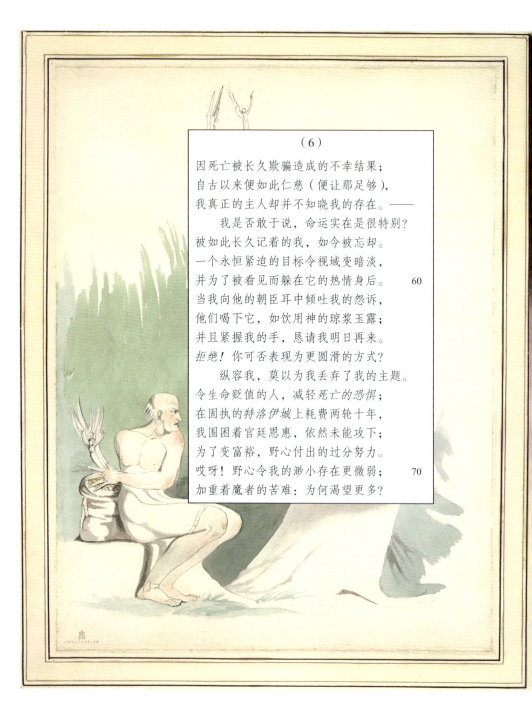

（6）

因死亡被长久欺骗造成的不幸结果；
自古以来便如此仁慈（便让那足够），
我真正的主人却并不知晓我的存在。——
　　我是否敢于说，命运实在是很特别？
被如此长久记着的我，如今被忘却。
一个永恒紧迫的目标令视域变暗淡，
并为了被看见而躲在它的热情身后。　　60
当我向他的朝臣耳中倾吐我的怨诉，
他们喝下它，如饮用神的琼浆玉露；
并且紧握我的手，恳请我明日再来。
拒绝！你可否表现为更圆滑的方式？
　　纵容我，莫以为我丢弃了我的主题。
令生命贬值的人，减轻死亡的恐惧；
在固执的*特洛伊城*上耗费两轮十年，
我围困着宫廷恩惠，依然未能攻下；
为了变富裕，野心付出的过分努力。
哎呀！野心令我的渺小存在更微弱；　　70
加重着魔者的苦难：为何渴望更多？

（7）

在所有的意图之中，*渴望是最糟的*；
它是对哲学的逆反！造成健康衰弱！
我若是像饱足的神一样的丰满膨胀，
渴望便会再度将我损耗至这种阴影。
我若是像南海泡沫致富梦一样富裕，①
渴望便是为了实现贫穷的权宜之计。
渴望，像傻瓜似的连续不断地兴奋；
在一次庭审中被捕；被更纯的风和
更简单的饮食涤除；乡村生活之福！　　　80

　　愿那神圣之手得到祝福，它温柔地
埋葬我的心灵，在这简陋的棚屋下。
世界是浮在危险海洋上的宏大树皮，
有熟悉的享乐，但逼近我们的危险。
这里，靠一块木板，被安全冲上岸，
我听见在远方拥挤人群的喧嚣骚动，
如遥远的海或正停歇的风暴的暴乱；
并就反而更为寂静的景象展开冥想，
追求我的主题，与*对死的畏惧*战斗。
这里，像牧人从他的茅舍里凝视着，　　　90

---

① "南海泡沫"（South Sea Bubble）：1720 年，英国南海公司在南美进行的股票投机骗局。

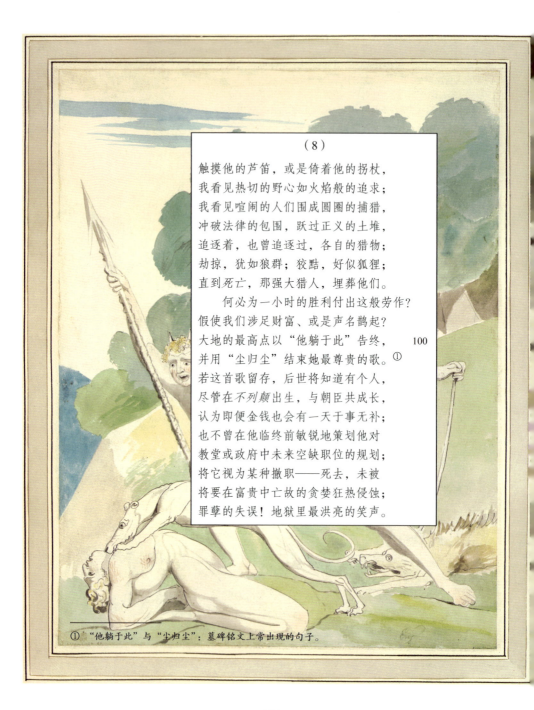

（8）

触摸他的芦笛，或是倚着他的拐杖，
我看见热切的野心如火焰般的追求；
我看见喧闹的人们围成圆圈的捕猎，
冲破法律的包围，跃过正义的土堆，
追逐着，也曾追逐过，各自的猎物；
劫掠，犹如狼群；狡黠，好似狐狸；
直到死亡，那强大猎人，埋葬他们。

　　何必为一小时的胜利付出这般劳作？
假使我们涉足财富、或是声名鹊起？
大地的最高点以"他躺于此"告终，　　　100
并用"尘归尘"结束她最尊贵的歌。①
若这首歌留存，后世将知道有个人，
尽管在不列颠出生，与朝臣共成长，
认为即便金钱也会有一天于事无补，
也不曾在他临终前敏锐地策划他对
教堂或政府中未来空缺职位的规划；
将它视为某种撤职——死去，未被
将要在富贵中亡故的贪婪狂热侵蚀；
罪孽的失误！地狱里最洪亮的笑声。

① "他躺于此"与"尘归尘"：墓碑铭文上常出现的句子。

（9）

哦我的同龄人！你们自身的残留物！110
可怜的人类废墟，在坟墓上飘摇着！
我们，以及老人，是否会像古树般
将他们的恶根扎得更深、贴得更近，
反倒更加迷恋这肮脏的土地？我们
苍白、干枯的手是否仍会被伸出去，
与此同时，因热切和年老而哆嗦着？
出于贪婪和骚动，紧紧抓住？抓住
空气！毕竟大地除此之外还有什么？
人所需甚少；那点甚少，也不长久；
他多么快地就必须放弃自己的尘骸；　　　120
节俭的自然只向他出借了一个小时！
毫无经验的岁月冲向众多纷繁弊病；
正当不曾历练时间的人刚刚发现了
生命的钥匙，它便打开死亡的门扉。

　　当我在这座岁月的山谷中向后回望，
怀念如此的诗行，还有那样的诗行，
有更坚实的健康，与更青葱的年龄，
他们的防卫更为严密，也更加适合

121

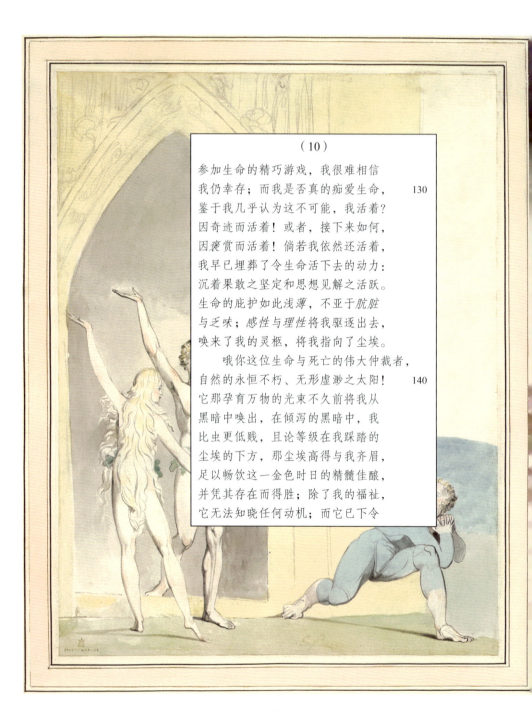

（10）

参加生命的精巧游戏，我很难相信
我仍幸存；而我是否真的痴爱生命，　　　130
鉴于我几乎认为这不可能，我活着？
因奇迹而活着！或者，接下来如何，
因褒赏而活着！倘若我依然还活着，
我早已埋葬了令生命活下去的动力：
沉着果敢之坚定和思想见解之活跃。
生命的庇护如此浅薄，不亚于肮脏
与乏味；感性与理性将我驱逐出去，
唤来了我的灵柩，将我指向了尘埃。

　　哦你这位生命与死亡的伟大仲裁者，
自然的永恒不朽、无形虚渺之太阳！　　　140
它那孕育万物的光束不久前将我从
黑暗中唤出，在倾泻的黑暗中，我
比虫更低贱，且论等级在我踩踏的
尘埃的下方，那尘埃高得与我齐眉，
足以畅饮这一金色时日的精髓佳酿，
并凭其存在而得胜；除了我的福祉，
它无法知晓任何动机；而它已下令

（11）

增加赐福！带着如大族长般的欢乐，
我追随你的号召来到这陌生的疆域；
我信任你，也知道我信任的人是谁；　　　　150
不论生死，均匹敌；双方同等重要。
一切集中于此——哦让我为你而活！

　　尽管*自然*的恐怖可能*因此*而被压制；
凶残死神仍皱眉；罪孽磨尖暴君矛。
何来全人类的罪孽？因被死亡遗忘。
哎哟！我曾太久地将环绕我飞舞的
大批友善警戒视为无物；并且微笑，
毫不为所动：能令我笑的缘由太少！
死亡的告诫，如箭般向上射出，因
拖延而变得愈加可畏，它们在射中　　　　160
我们的心脏前越是长，伤口就越深。
想想有多深，*洛伦佐*！它蜇了这里；
谁能平息它的悲痛？它灼烧得真烈！
怎样的手能绘出尖刻、怨毒的思想？
怎样的治愈之手能倾倒和平的香膏？
并令我毫无畏惧地将目光转向坟墓？

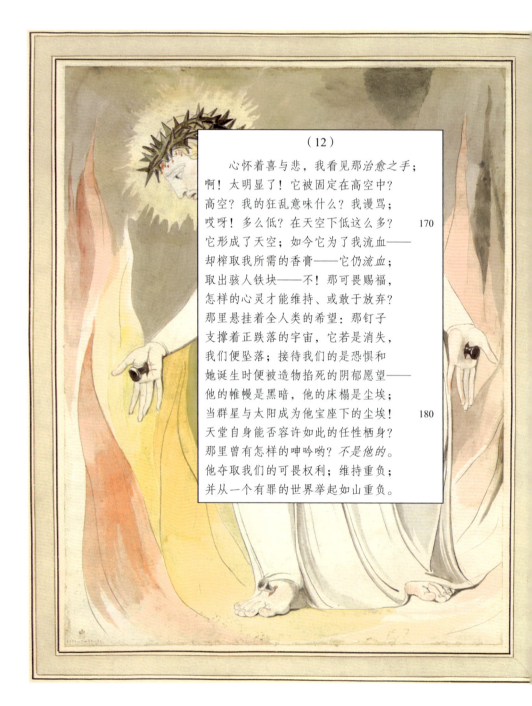

（12）

　　　心怀着喜与悲，我看见那治愈之手；
啊！太明显了！它被固定在高空中？
高空？我的狂乱意味什么？我谩骂；
哎呀！多么低？在天空下低这么多？　　　　170
它形成了天空；如今它为了我流血——
却榨取我所需的香膏——它仍流血；
取出骇人铁块——不！那可畏赐福，
怎样的心灵才能维持、或敢于放弃？
那里悬挂着全人类的希望：那钉子
支撑着正跌落的宇宙，它若是消失，
我们便坠落；接待我们的是恐惧和
她诞生时便被造物掐死的阴郁愿望——
他的帷幔是黑暗，他的床榻是尘埃；
当群星与太阳成为他宝座下的尘埃！　　　180
天堂自身能否容许如此的任性栖身？
那里曾有怎样的呻吟哟？不是他的。
他夺取我们的可畏权利；维持重负；
并从一个有罪的世界举起如山重负。

124

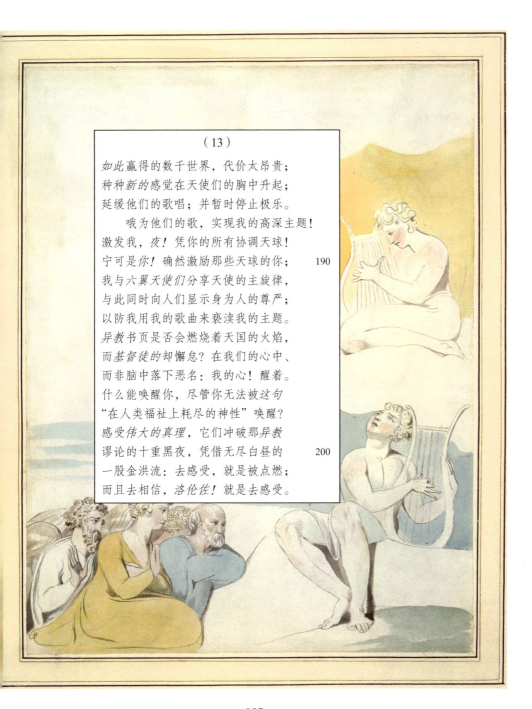

（13）

如此赢得的数千世界，代价太昂贵；
种种新的感觉在天使们的胸中升起；
延缓他们的歌唱；并暂时停止极乐。

　　哦为他们的歌，实现我的高深主题！
激发我，夜！凭你的所有协调天球！
宁可是你！确然激励那些天球的你　　190
我与六翼天使们分享天使的主旋律，
与此同时向人们显示身为人的尊严；
以防我用我的歌曲来亵渎我的主题。
异教书页是否会燃烧着天国的火焰，
而基督徒的却懈怠？在我们的心中、
而非脑中落下恶名：我的心！醒着。
什么能唤醒你，尽管你无法被这句
"在人类福祉上耗尽的神性"唤醒？
感受伟大的真理，它们冲破那异教
谬论的十重黑夜，凭借无尽白昼的　　200
一股金洪流：去感受，就是被点燃；
而且去相信，洛伦佐！就是去感受。

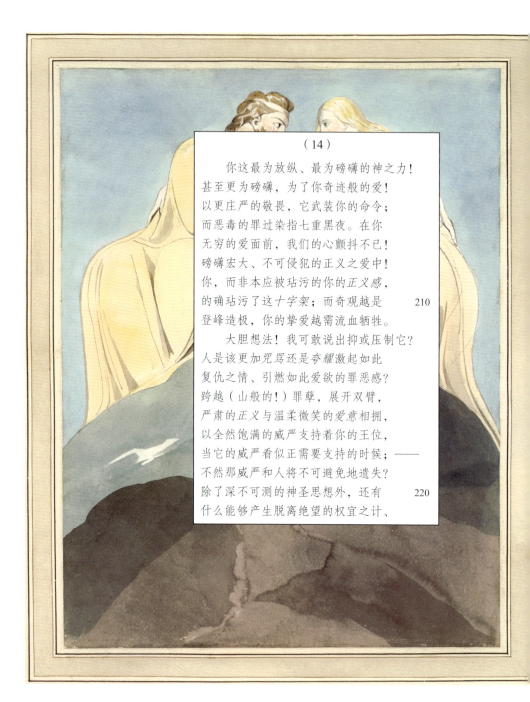

（14）

　　你这最为放纵、最为磅礴的神之力！
甚至更为磅礴，为了你奇迹般的爱！
以更庄严的敬畏，它武装你的命令；
而恶毒的罪过染指七重黑夜。在你
无穷的爱面前，我们的心颤抖不已！
磅礴宏大、不可侵犯的正义之爱中！
你，而非本应被玷污的你的正义感，
的确玷污了这十字架；而奇观越是　　　　210
登峰造极，你的挚爱越需流血牺牲。
　　大胆想法！我可敢说出抑或压制它？
人是该更加咒骂还是夸耀激起如此
复仇之情、引燃如此爱欲的罪恶感？
跨越（山般的！）罪孽，展开双臂，
严肃的正义与温柔微笑的爱意相拥，
以全然饱满的威严支持着你的王位，
当它的威严看似正需要支持的时候；——
不然那威严和人将不可避免地遗失？
除了深不可测的神圣思想外，还有　　　　220
什么能够产生脱离绝望的权宜之计、

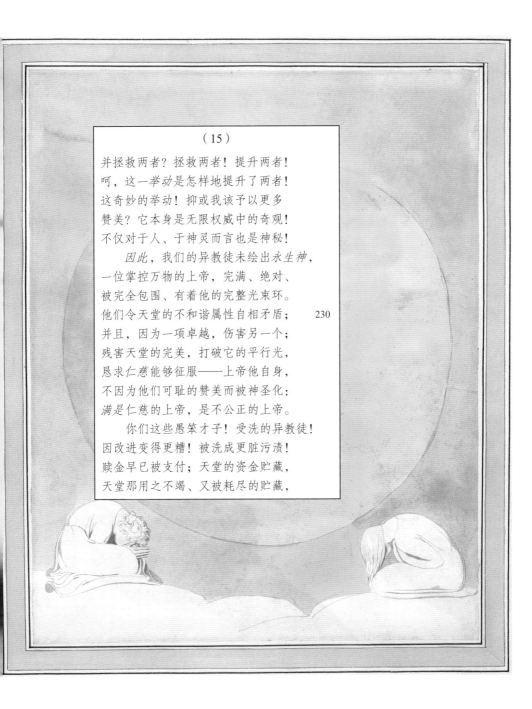

（15）

并拯救两者？拯救两者！提升两者！
呵，这一举动是怎样地提升了两者！
这奇妙的举动！抑或我该予以更多
赞美？它本身是无限权威中的奇观！
不仅对于人、于神灵而言也是神秘！

　　因此，我们的异教徒未绘出永生神，
一位掌控万物的上帝，完满、绝对、
被完全包围、有着他的完整光束环。
他们令天堂的不和谐属性自相矛盾；　　　230
并且，因为一项卓越，伤害另一个；
残害天堂的完美，打破它的平行光，
恳求*仁慈*能够征服——上帝他自身，
不因为他们可耻的赞美而被神圣化：
满是仁慈的上帝，是不公正的上帝。

　　你们这些愚笨才子！受洗的异教徒！
因改进变得更糟！被洗成更脏污渍！
赎金早已被支付；天堂的资金贮藏，
天堂那用之不竭、又被耗尽的贮藏，

夜　思

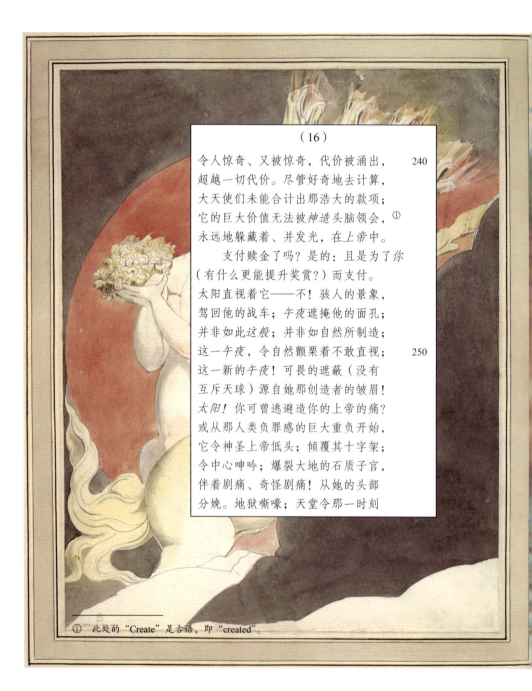

（16）

令人惊奇、又被惊奇，代价被涌出　　240
超越一切代价。尽管好奇地去计算，
大天使们未能合计出那浩大的款项；
它的巨大价值无法被*神造*头脑领会，①
永远地躲藏着、并发光，在*上帝*中。

　　支付赎金了吗？是的：且是为了你
（有什么更能提升奖赏？）而支付。
太阳直视着它——不！骇人的景象，
驾回他的战车；*午夜*遮掩他的面孔；
并非*如此这般*；并非如自然所制造；
这一*午夜*，令自然颤栗着不敢直视；　250
这一新的*午夜*！可畏的遮蔽（没有
互斥天球）源自她那创造者的皱眉！
太阳！你可曾逃避造你的上帝的痛？
或从那人类负罪感的巨大重负开始，
它令神圣上帝低头；倾覆其十字架；
令中心呻吟；爆裂大地的石质子宫，
伴着剧痛、奇怪剧痛！从她的头部
分娩。地狱嘶嚎；天堂令那一时刻

———
① 此处的 "Create" 是古语，即 "created"。

128

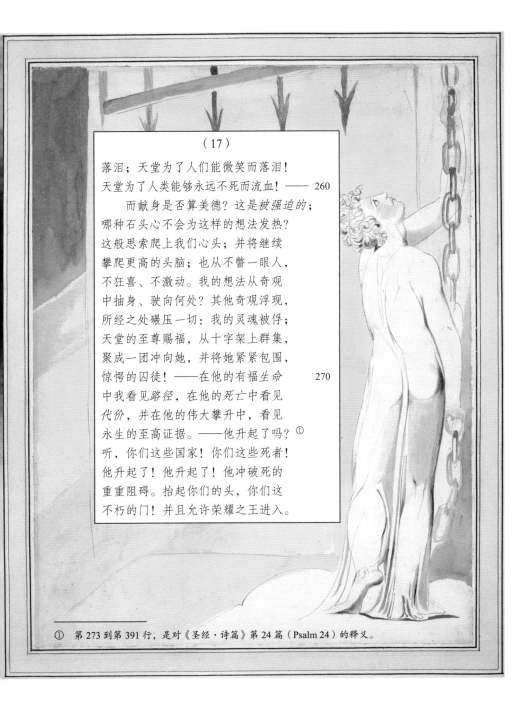

（17）

落泪；天堂为了人们能微笑而落泪！
天堂为了人类能够永远不死而流血！—— 260
　　而献身是否算美德？这是*被强迫的*；
哪种石头心不会为这样的想法发热？
这般思索爬上我们心头；并将继续
攀爬更高的头脑；也从不瞥一眼人，
不狂喜、不激动。我的想法从奇观
中抽身、驶向何处？其他奇观浮现，
所经之处碾压一切：我的灵魂被俘；
天堂的至尊赐福，从十字架上群集，
聚成一团冲向她，并将她紧紧包围，
惊愕的囚徒！——在他的有福生命　　　　270
中我看见*路径*，在他的死亡中看见
代价，并在他的伟大攀升中，看见
永生的至高证据。——他升起了吗？①
听，你们这些国家！你们这些死者！
他升起了！他升起了！他冲破死的
重重阻碍。抬起你们的头，你们这
不朽的门！并且允许荣耀之王进入。

---

① 第 273 到第 391 行，是对《圣经·诗篇》第 24 篇（Psalm 24）的释义。

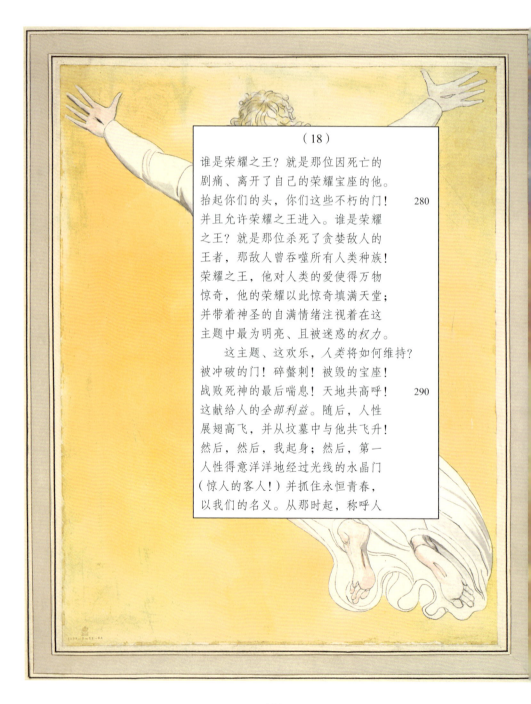

（18）

谁是荣耀之王？就是那位因死亡的
剧痛、离开了自己的荣耀宝座的他。
抬起你们的头，你们这些不朽的门！　　280
并且允许荣耀之王进入。谁是荣耀
之王？就是那位杀死了贪婪敌人的
王者，那敌人曾吞噬所有人类种族！
荣耀之王，他对人类的爱使得万物
惊奇，他的荣耀以此惊奇填满天堂；
并带着神圣的自满情绪注视着在这
主题中最为明亮、且被迷惑的权力。

　　这主题、这欢乐，人类将如何维持？
被冲破的门！碎螯刺！被毁的宝座！
战败死神的最后喘息！天地共高呼　　290
这献给人的全部利益。随后，人性
展翅高飞，并从坟墓中与他共飞升！
然后，然后，我起身；然后，第一
人性得意洋洋地经过光线的水晶门
（惊人的客人！）并抓住永恒青春，
以我们的名义。从那时起，称呼人

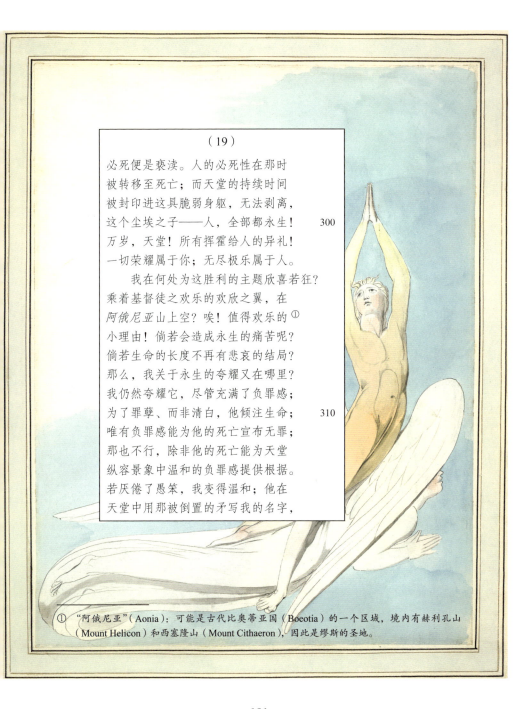

（19）

必死便是亵渎。人的必死性在那时
被转移至死亡；而天堂的持续时间
被封印进这具脆弱身躯，无法剥离，
这个尘埃之子——人，全部都永生！　　300
万岁，天堂！所有挥霍给人的异礼！
一切荣耀属于你；无尽极乐属于人。

　　我在何处为这胜利的主题欣喜若狂？
乘着基督徒之欢乐的欢欣之翼，在
*阿俄尼亚*山上空？唉！值得欢乐的 ①
小理由！倘若会造成永生的痛苦呢？
倘若生命的长度不再有悲哀的结局？
那么，我关于永生的夸耀又在哪里？
我仍然夸耀它，尽管充满了负罪感；
为了罪孽、而非清白，他倾注生命；　　310
唯有负罪感能为他的死亡宣布无罪；
那也不行，除非他的死亡能为天堂
纵容景象中温和的负罪感提供根据。
若厌倦了愚笨，我变得温和；他在
天堂中用那被倒置的矛写我的名字，

① "阿俄尼亚"（Aonia）：可能是古代比奥蒂亚国（Boeotia）的一个区域，境内有赫利孔山
（Mount Helicon）和西塞隆山（Mount Cithaeron），因此是缪斯的圣地。

（20）

（一柄浸染血水的矛！）那矛刺穿
他的侧腹，他仍在那里为努力打击
犯罪、求水生存的全人类开辟泉源：
这个，唯有这能克制对死亡的恐惧。
　　　而这是什么？——考查奇妙的疗法：　320
并在每一步，允许更高的奇观升起！
"请原谅无穷的冒犯！还请通过能
表达自身无限价值的方式进行原谅！
用鲜血购来的原谅！带着神圣的血！
带着上帝的神圣鲜血我给自己树敌！
执意要去刺激！尽管被追求和敬畏，
被赐福和惩戒，却仍是一个残暴的
造反者！身处他宝座的阵阵雷声中！
我也并不孤独！一个造反者的宇宙！
我的同类们准备战斗！无一人例外！　330
但是为了恶毒中的极恶，他死去了，
为了从极度罪孽中摆脱的人而欢乐！
好似我们的种族被认为有最高等级；
好似上帝也对人变得更为亲近和善！"

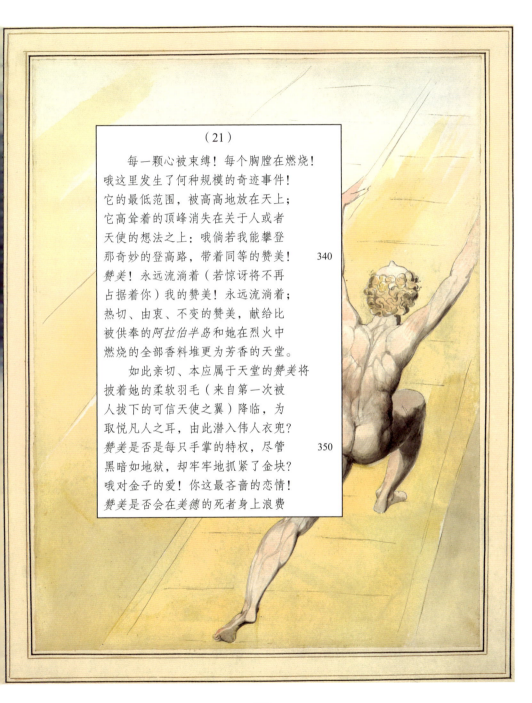

（21）

　　每一颗心被束缚！每个胸膛在燃烧！
哦这里发生了何种规模的奇迹事件！
它的最低范围，被高高地放在天上；
它高耸着的顶峰消失在关于人或者
天使的想法之上：哦倘若我能攀登
那奇妙的登高路，带着同等的赞美！　　340
赞美！永远流淌着（若惊讶将不再
占据着你）我的赞美！永远流淌着；
热切、由衷、不变的赞美，献给比
被供奉的*阿拉伯半岛*和她在烈火中
燃烧的全部香料堆更为芳香的天堂。

　　如此亲切、本应属于天堂的赞美将
披着她的柔软羽毛（来自第一次被
人拔下的可信天使之翼）降临，为
取悦凡人之耳，由此潜入伟人衣兜？
赞美是否是每只手掌的特权，尽管　　350
黑暗如地狱，却牢牢地抓紧了金块？
哦对金子的爱！你这最吝啬的恋情！
赞美是否会在美德的死者身上浪费

133

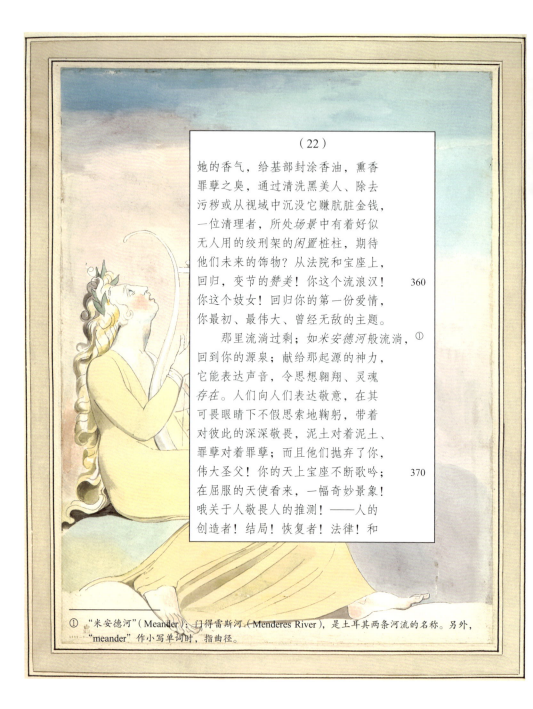

（22）

她的香气，给基部封涂香油，熏香
罪孽之臭，通过清洗黑美人、除去
污秽或从视域中沉没它赚肮脏金钱，
一位清理者，所处*场景*中有着好似
无人用的绞刑架的*闲置*桩柱，期待
他们未来的饰物？从法院和宝座上，
回归，变节的赞美！你这个流浪汉！ 360
你这个妓女！回归你的第一份爱情，
你最初、最伟大、曾经无敌的主题。

　　那里流淌过剩；如米安德河般流淌， ①
回到你的源泉；献给那起源的神力，
它能表达声音，令思想翱翔、灵魂
存在。人们向人们表达敬意，在其
可畏眼睛下不假思索地鞠躬，带着
对彼此的深深敬畏，泥土对着泥土、
罪孽对着罪孽；而且他们抛弃了你，
伟大圣父！你的天上宝座不断歌吟； 370
在屈服的天使看来，一幅奇妙景象！
哦关于人敬畏人的推测！——人的
创造者！结局！恢复者！法律！和

① "米安德河"（Meander）：门得雷斯河（Menderes River），是土耳其两条河流的名称。另外，"meander"作小写单词时，指曲径。

（23）

审判官！你拥有一切：白昼和夜的
这种阴郁及其所有财富与光辉世界。
怎样的永恒之夜，不过是你的蹙眉？
天堂的极盛荣耀，不过是你的微笑？
*赞美*岂不属于你？即便是人的赞美？
当天堂的高级天使以哈利路亚为生？

　　哦愿我的呼吸不要耽误我为了赞美　380
上帝而吐露灵魂，他赋予了我灵魂，
还有她所有无穷尽的美好前景，被
地狱的阴影、伟大的爱洞穿！经由
你，哦最讨人喜爱！偏又最不讨喜！
那永不会停息的赞美将在何处开启？
无论我去哪，是什么赢得所有掌声！
夜晚的黑貂披风如何令人费尽心思，
是被怎样地装饰以丰富的神圣属性！
怎样的*智慧*在发光？怎样的爱？这
午夜的排场、镶嵌金色世界的华丽　　390
拱门；靠神圣志向建成！于你无用；
服务他人的这一挥霍：你，孤立着，
在上方！更远处！哦告诉我，非凡

（24）

头脑！你在哪？我是否要潜入*深渊*？
呼唤太阳、或恳求咆哮的风，为了
他们的造物主？我是否要大声质问
雷鸣，倘若全能上帝在此居住？或
他在被束缚的情感中收容狂怒风暴，
并恳求凶猛的旋风转动他急速的车？

　　这些问题是什么意思？——颤抖着，400
我撤回；我的灵魂跪拜当下的上帝；
我在赞美一位遥远的神吗？他调准
我的嗓音（若合调）；维系创作的
神经；被他的存在所笼罩，我回应
他的赞美。他的实体穿越弥漫开的
*万物*却不停留；他的宝座在*此*（且
恰如其分），为了聚集散开的人群
（如军旗唤来远处的应征者）以便
修复一个中心点，他的子孙的集合，
因为万物皆生而有涯，除了他自己。　410
　　无名的他，其点头之举令*自然*诞生；
而*自然*的盾牌，正是他手下的阴影；

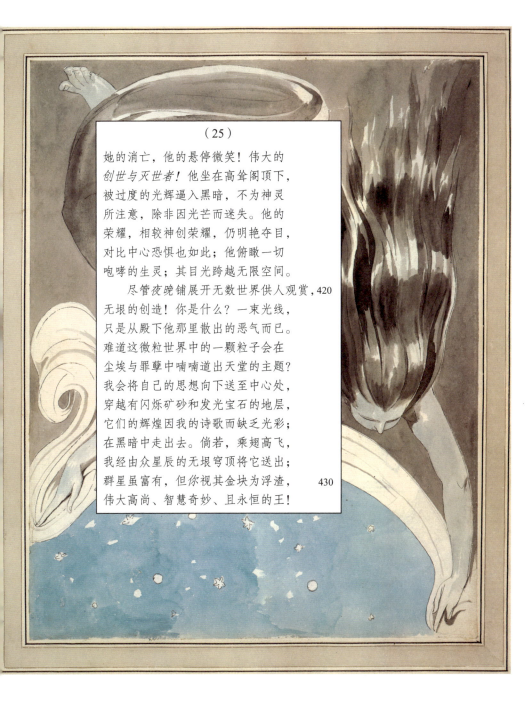

（25）

她的消亡，他的悬停微笑！伟大的
创世与灭世者！ 他坐在高耸阁顶下，
被过度的光辉逼入黑暗，不为神灵
所注意，除非因光芒而迷失。他的
荣耀，相较神创荣耀，仍明艳夺目，
对比中心恐惧也如此；他俯瞰一切
咆哮的生灵；其目光跨越无限空间。

　　尽管夜晚铺展开无数世界供人观赏，420
无垠的创造！你是什么？一束光线，
只是从殿下他那里散出的恶气而已。
难道这微粒世界中的一颗粒子会在
尘埃与罪孽中喃喃道出天堂的主题？
我会将自己的思想向下送至中心处，
穿越有闪烁矿砂和发光宝石的地层，
它们的辉煌因我的诗歌而缺乏光彩；
在黑暗中走出去。倘若，乘翅高飞，
我经由众星辰的无垠穹顶将它送出；
群星虽富有，但你视其金块为浮渣　430
伟大高尚、智慧奇妙、且永恒的王！

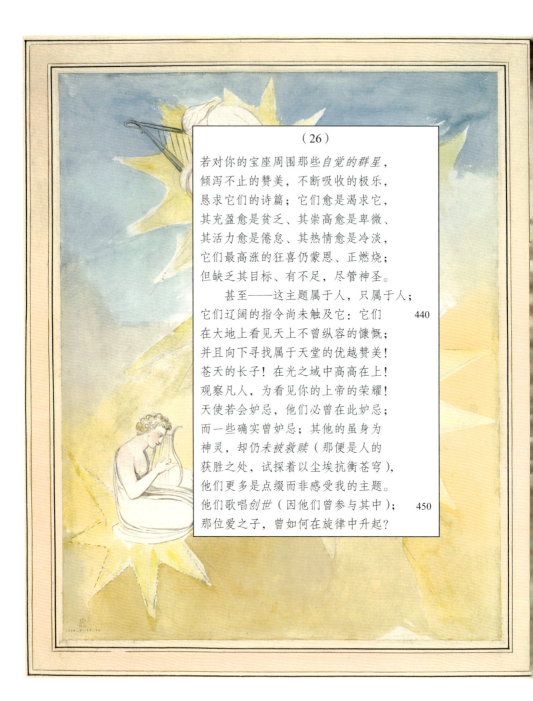

（26）

若对你的宝座周围那些*自觉的群星*，
倾泻不止的赞美，不断吸收的极乐，
恳求它们的诗篇；它们愈是渴求它，
其充盈愈是贫乏、其崇高愈是卑微、
其活力愈是倦怠、其热情愈是冷淡，
它们最高涨的狂喜仍蒙恩、正燃烧；
但缺乏其目标、有不足，尽管神圣。

　　甚至——这主题属于人，只属于人；
它们辽阔的指令尚未触及它：它们　　　　440
在大地上看见天上不曾纵容的慷慨；
并且向下寻找属于天堂的优越赞美！
苍天的长子！在光之域中高高在上！
观察凡人，为看见你的上帝的荣耀！
天使若会妒忌，他们必曾在此妒忌；
而一些确实曾妒忌；其他的虽身为
神灵，却仍*未被救赎*（那便是人的
获胜之处，试探着以尘埃抗衡苍穹），
他们更多是点缀而非感受我的主题。
他们歌唱*创世*（因他们曾参与其中）；　450
那位爱之子，曾如何在旋律中升起？

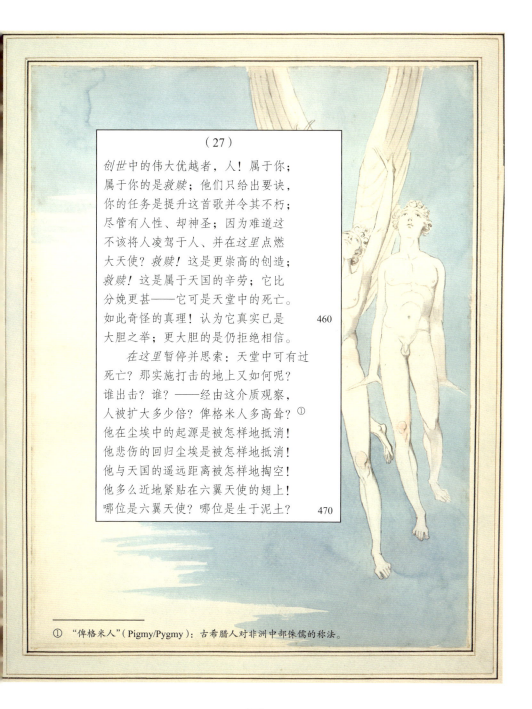

（27）

*创世*中的伟大优越者，人！属于你；
属于你的是*救赎*；他们只给出要诀，
你的任务是提升这首歌并令其不朽；
尽管有人性、却神圣；因为难道这
不该将人凌驾于人、并在*这里*点燃
大天使？*救赎*！这是更崇高的创造；
救赎！这是属于天国的辛劳；它比
分娩更甚——它可是天堂中的死亡。
如此奇怪的真理！认为它真实已是　　　　460
大胆之举；更大胆的是仍拒绝相信。

　　在这里暂停并思索：天堂中可有过
死亡？那实施打击的地上又如何呢？
谁出击？谁？——经由这介质观察，
人被扩大多少倍？俾格米人多高耸？①
他在尘埃中的起源是被怎样地抵消！
他悲伤的回归尘埃是被怎样地抵消！
他与天国的遥远距离被怎样地掏空！
他多么近地紧贴在六翼天使的翅上！
哪位是六翼天使？哪位是生于泥土？　　470

---

① "**俾格米人**"（Pigmy/Pygmy）：古希腊人对非洲中部侏儒的称法。

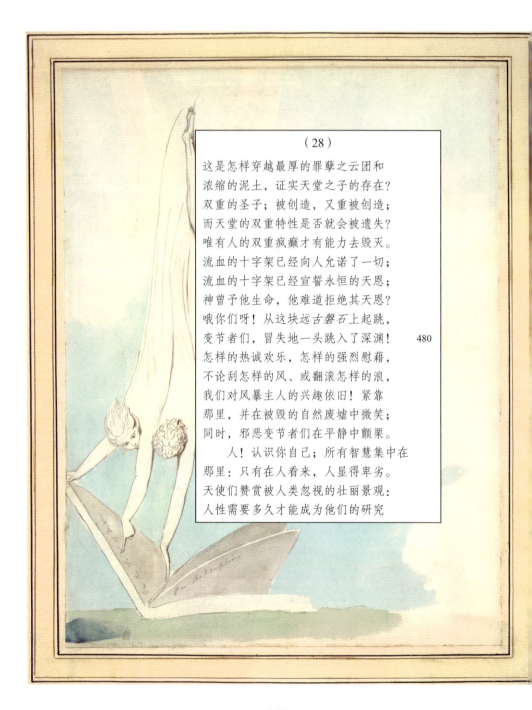

（28）

这是怎样穿越最厚的罪孽之云团和
浓缩的泥土，证实天堂之子的存在？
双重的圣子；被创造，又重被创造；
而天堂的双重特性是否就会被遗失？
唯有人的双重疯癫才有能力去毁灭。
流血的十字架已经向人允诺了一切；
流血的十字架已经宣誓永恒的天恩；
神曾予他生命，他难道拒绝其天恩？
哦你们呀！从这块远古磐石上起跳，
变节者们，冒失地一头跳入了深渊！　　480
怎样的热诚欢乐，怎样的强烈慰藉，
不论刮怎样的风、或翻滚怎样的浪，
我们对风暴主人的兴趣依旧！紧靠
那里，并在被毁的自然废墟中微笑；
同时，邪恶变节者们在平静中颤栗。

　　人！认识你自己；所有智慧集中在
那里：只有在人看来，人显得卑劣。
天使们赞赏被人类忽视的壮丽景观：
人性需要多久才能成为他们的研究

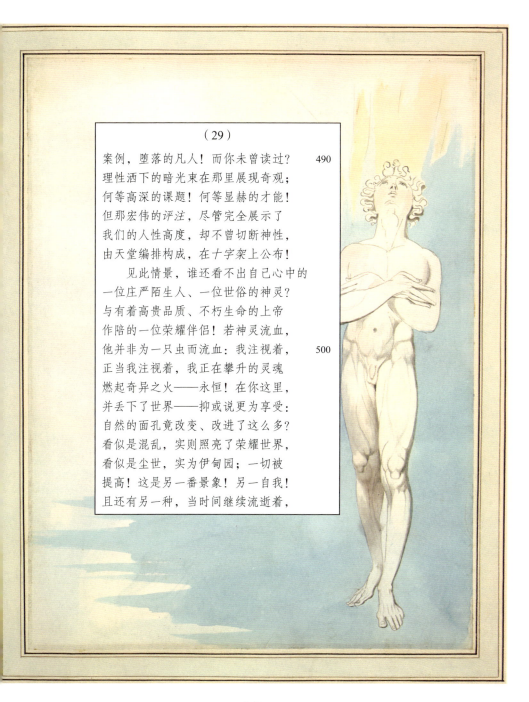

（29）

案例，堕落的凡人！而你未曾读过？　　490
理性洒下的暗光束在那里展现奇观；
何等高深的课题！何等显赫的才能！
但那宏伟的评注，尽管完全展示了
我们的人性高度，却不曾切断神性，
由天堂编排构成，在十字架上公布！

　　见此情景，谁还看不出自己心中的
一位庄严陌生人、一位世俗的神灵？
与有着高贵品质、不朽生命的上帝
作陪的一位荣耀伴侣！若神灵流血，
他并非为一只虫而流血：我注视着，　　500
正当我注视着，我正在攀升的灵魂
燃起奇异之火——永恒！在你这里，
并丢下了世界——抑或说更为享受：
自然的面孔竟改变、改进了这么多？
看似是混乱，实则照亮了荣耀世界，
看似是尘世，实为伊甸园；一切被
提高！这是另一番景象！另一自我！
且还有另一种，当时间继续流逝着，

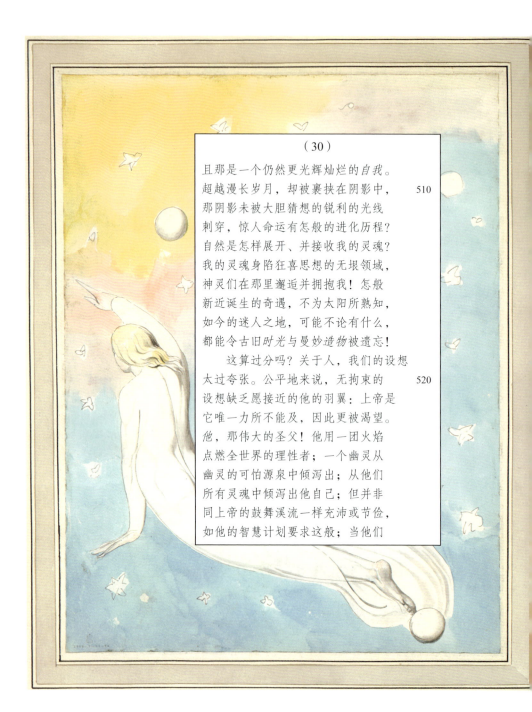

（30）

且那是一个仍然更光辉灿烂的*自我*。
超越漫长岁月，却被裹挟在阴影中，　　　510
那阴影未被大胆猜想的锐利的光线
刺穿，惊人命运有怎般的进化历程？
自然是怎样展开、并接收我的灵魂？
我的灵魂身陷狂喜思想的无垠领域，
神灵们在那里邂逅并拥抱我！怎般
新近诞生的奇遇，不为太阳所熟知，
如今的迷人之地，可能不论有什么，
都能令古旧*时光*与曼妙造物被遗忘！

　　这算过分吗？关于人，我们的设想
太过夸张。公平地来说，无拘束的　　　520
设想缺乏愿接近的他的羽翼：上帝是
它唯一力所不能及，因此更被渴望。
他，那伟大的圣父！他用一团火焰
点燃全世界的理性者；一个幽灵从
幽灵的可怕源泉中倾泻出；从他们
所有灵魂中倾泻出他自己；但并非
同上帝的鼓舞溪流一样充沛或节俭，
如他的智慧计划要求这般；当他们

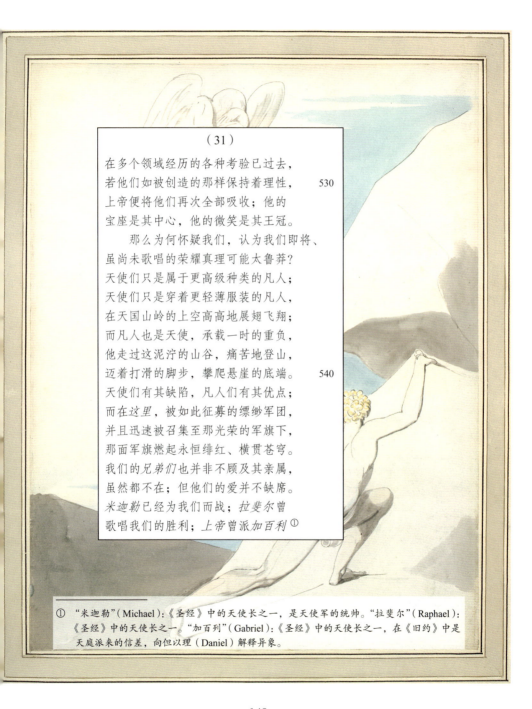

（31）

在多个领域经历的各种考验已过去，
若他们如被创造的那样保持着理性，　　530
上帝便将他们再次全部吸收；他的
宝座是其中心，他的微笑是其王冠。

　　那么为何怀疑我们，认为我们即将、
虽尚未歌唱的荣耀真理可能太鲁莽？
天使们只是属于更高级种类的凡人；
天使们只是穿着更轻薄服装的凡人，
在天国山岭的上空高高地展翅飞翔；
而凡人也是天使，承载一时的重负，
他走过这泥泞的山谷，痛苦地登山，
迈着打滑的脚步，攀爬悬崖的底端。　　540
天使们有其缺陷，凡人们有其优点；
而在这里，被如此征募的缥缈军团，
并且迅速被召集至那光荣的军旗下，
那面军旗燃起永恒绯红、横贯苍穹。
我们的兄弟们也并非不顾及其亲属，
虽然都不在；但他们的爱并不缺席。
*米迦勒已经为我们而战；拉斐尔曾
歌唱我们的胜利；上帝曾派加百利* ①

---

① "米迦勒"（Michael）：《圣经》中的天使长之一，是天使军的统帅。"拉斐尔"（Raphael）：
《圣经》中的天使长之一。"加百列"（Gabriel）：《圣经》中的天使长之一，在《旧约》中是
天庭派来的信差，向但以理（Daniel）解释异象。

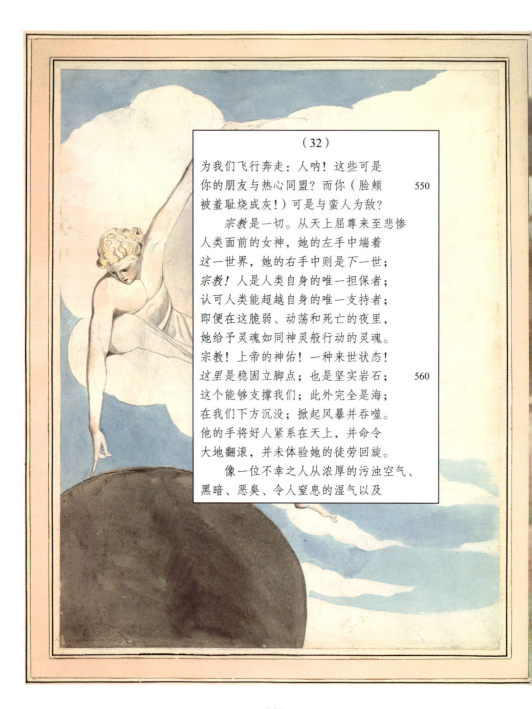

（32）

为我们飞行奔走：人呐！这些可是
你的朋友与热心同盟？而你（脸颊　　　550
被羞耻烧成灰！）可是与蛮人为敌？

　　宗教是一切。从天上屈尊来至悲惨
人类面前的女神，她的左手中端着
这一世界，她的右手中则是下一世；
宗教！人是人类自身的唯一担保者；
认可人类能超越自身的唯一支持者；
即便在这脆弱、动荡和死亡的夜里，
她给予灵魂如同神灵般行动的灵魂。
宗教！上帝的神佑！一种来世状态！
这里是稳固立脚点；也是坚实岩石　　560
这个能够支撑我们；此外完全是海；
在我们下方沉没；掀起风暴并吞噬。
他的手将好人紧系在天上，并命令
大地翻滚，并未体验她的徒劳回旋。
　　像一位不幸之人从浓厚的污浊空气、
黑暗、恶臭、令人窒息的湿气以及

（33）

地牢的恐怖中，被和善的命运解放，
攀爬某座美丽的高地，那里有纯粹
晴空围着他，极乐之地的期望升起，
他的心灵欢欣，他的情绪卸下重负；　　　570
仿佛是刚降生，他在这变化中获胜；
灵魂如此欢乐，当她从不光彩目标
和污秽的甜酒、从世俗纽带的渣滓
和涎沫中获得自由，灵魂登上理性
的领地——属于她自己的组成部分，
呼吸着永生的希望，并且感动天空。

　　宗教！你是幸福的灵魂；而呻吟的
耶稣受难像，也属于你！那里有最
尊贵的真理照耀、有最强烈的动机
蜇刺；那里有神圣的暴力袭击灵魂；　　　580
那里唯有冲动被抑制。爱能否诱惑
我们？抑或恐惧是否能令我们敬畏？
他哭泣！ ——滴落的泪珠熄灭太阳；
他叹气！ ——叹气声动摇大地深基。
若为他所爱是如此可怖，他的怒火

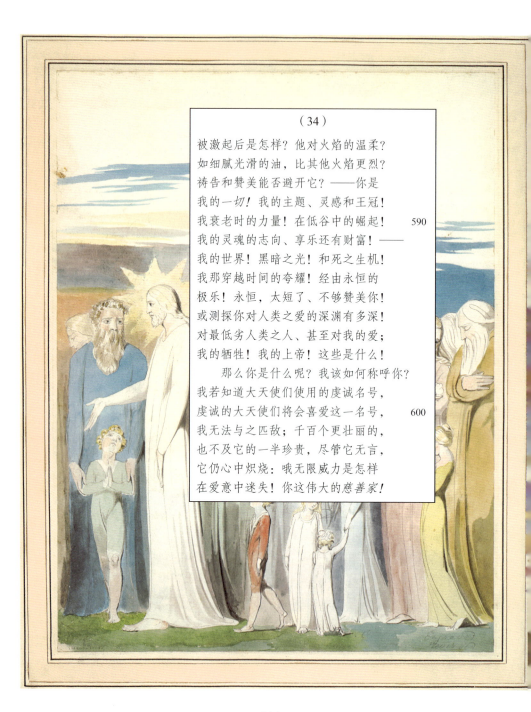

（34）

被激起后是怎样？他对火焰的温柔？
如细腻光滑的油，比其他火焰更烈？
祷告和赞美能否避开它？——你是
我的一切！我的主题、灵感和王冠！
我衰老时的力量！在低谷中的崛起！　　　590
我的灵魂的志向、享乐还有财富！——
我的世界！黑暗之光！和死之生机！
我那穿越时间的夸耀！经由永恒的
极乐！永恒，太短了、不够赞美你！
或测探你对人类之爱的深渊有多深！
对最低劣人类之人、甚至对我的爱；
我的牺牲！我的上帝！这些是什么！

　　那么你是什么呢？我该如何称呼你？
我若知道大天使们使用的虔诚名号，
虔诚的大天使们将会喜爱这一名号，　　　600
我无法与之匹敌；千百个更壮丽的，
也不及它的一半珍贵，尽管它无言，
它仍心中炽烧：哦无限威力是怎样
在爱意中迷失！你这伟大的慈善家！

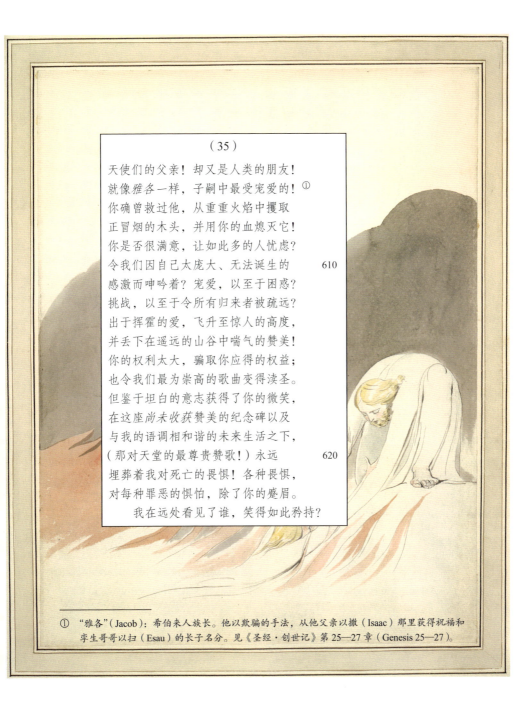

（35）

天使们的父亲！却又是人类的朋友！
就像雅各一样，子嗣中最受宠爱的！①
你确曾救过他，从重重火焰中攫取
正冒烟的木头，并用你的血熄灭它！
你是否很满意，让如此多的人忧虑？
令我们因自己太庞大、无法诞生的　　　610
感激而呻吟着？宠爱，以至于困惑？
挑战，以至于令所有归来者被疏远？
出于挥霍的爱，飞升至惊人的高度，
并丢下在遥远的山谷中喘气的赞美！
你的权利太大，骗取你应得的权益；
也令我们最为崇高的歌曲变得渎圣。
但鉴于坦白的意志获得了你的微笑，
在这座尚未收获赞美的纪念碑以及
与我的语调相和谐的未来生活之下，
（那对天堂的最尊贵赞歌！）永远　　　620
埋葬着我对死亡的畏惧！各种畏惧，
对每种罪恶的惧怕，除了你的蹙眉。

　　我在远处看见了谁，笑得如此矜持？

---

① "雅各"（Jacob）：希伯来人族长。他以欺骗的手法，从他父亲以撒（Isaac）那里获得祝福和孪生哥哥以扫（Esau）的长子名分。见《圣经·创世记》第25—27章（Genesis 25—27）。

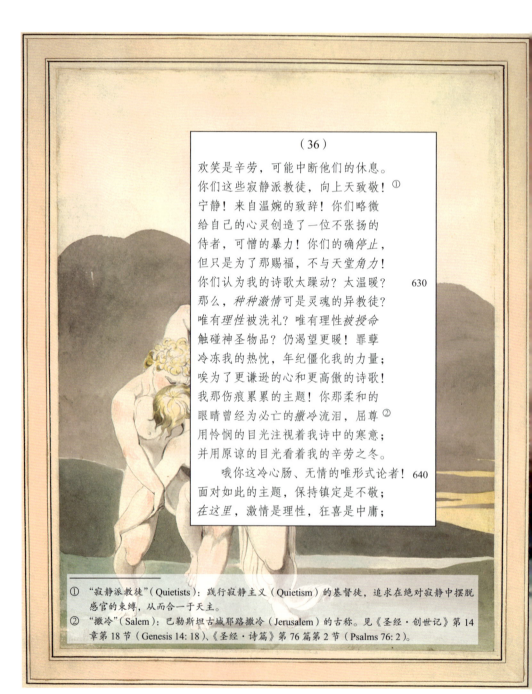

（36）

欢笑是辛劳，可能中断他们的休息。
你们这些寂静派教徒，向上天致敬！①
宁静！来自温婉的致辞！你们略微
给自己的心灵创造了一位不张扬的
侍者，可憎的暴力！你们的确*停止*，
但只是为了那赐福，不*与天堂角力*！
你们认为我的诗歌太躁动？太温暖？　　630
那么，*种种激情*可是灵魂的异教徒？
唯有*理性被洗礼*？唯有理性*被授命*
触碰神圣物品！仍渴望更暖！罪孽
冷冻我的热忱，年纪僵化我的力量；
唉为了更谦逊的心和更高傲的诗歌！
我那伤痕累累的主题！你那柔和的
眼睛曾经为必亡的*撒冷*流泪，屈尊②
用怜悯的目光注视着我诗中的寒意；
并用原谅的目光看着我的辛劳之冬。

　　哦你这冷心肠、无情的唯形式论者！640
面对如此的主题，保持镇定是不敬；
在这里，激情是理性，狂喜是中庸；

① "寂静派教徒"（Quietists）：践行寂静主义（Quietism）的基督徒，追求在绝对寂静中摆脱感官的束缚，从而合一于天主。
② "撒冷"（Salem）：巴勒斯坦古城耶路撒冷（Jerusalem）的古称。见《圣经·创世记》第14章第18节（Genesis 14: 18）、《圣经·诗篇》第76篇第2节（Psalms 76: 2）。

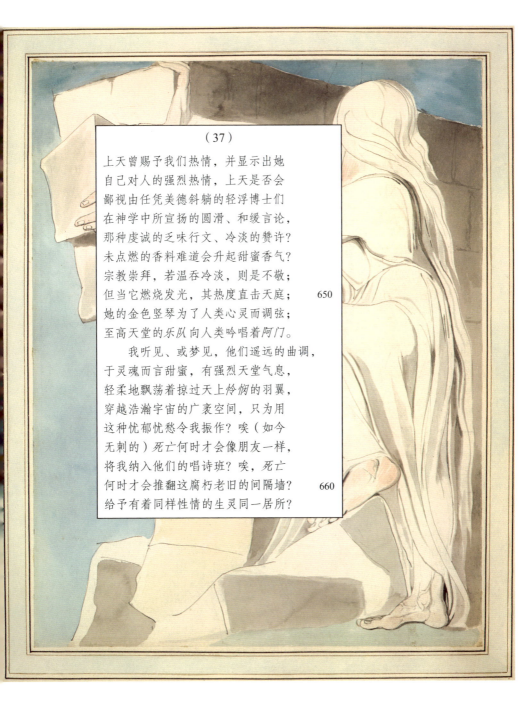

（37）

上天曾赐予我们热情，并显示出她
自己对人的强烈热情，上天是否会
鄙视由任凭美德斜躺的轻浮博士们
在神学中所宣扬的圆滑、和缓言论，
那种虔诚的乏味行文、冷淡的赞许？
未点燃的香料难道会升起甜蜜香气？
宗教崇拜，若温吞冷淡，则是不敬；
但当它燃烧发光，其热度直击天庭；　　650
她的金色竖琴为了人类心灵而调弦；
至高天堂的乐队向人类吟唱着阿门。

　　我听见、或梦见，他们遥远的曲调，
于灵魂而言甜蜜，有强烈天堂气息，
轻柔地飘荡着掠过天上怜悯的羽翼，
穿越浩瀚宇宙的广袤空间，只为用
这种忧郁忧愁令我振作？唉（如今
无刺的）死亡何时才会像朋友一样，
将我纳入他们的唱诗班？唉，死亡
何时才会推翻这腐朽老旧的间隔墙？　　660
给予有着同样性情的生灵同一居所？

149

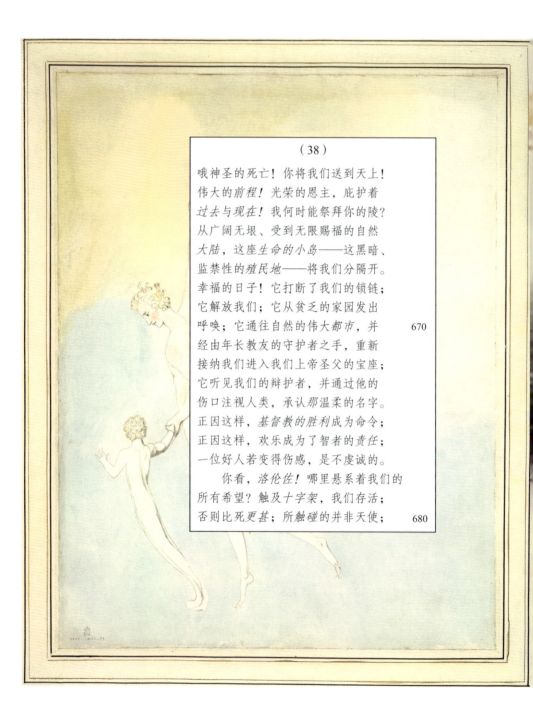

（38）

哦神圣的死亡！你将我们送到天上！
伟大的*前程*！光荣的恩主，庇护着
过去与现在！我何时能祭拜你的陵？
从广阔无垠、受到无限赐福的自然
大陆，这座生命的小岛——这黑暗、
监禁性的*殖民地*——将我们分隔开。
幸福的日子！它打断了我们的锁链；
它解放我们；它从贫乏的家园发出
呼唤；它通往自然的伟大都市，并　　　670
经由年长教友的守护者之手，重新
接纳我们进入我们上帝圣父的宝座；
它听见我们的辩护者，并通过他的
伤口注视人类，承认那温柔的名字。
正因这样，*基督教*的胜利成为命令；
正因这样，欢乐成为了智者的责任；
一位好人若变得伤感，是不虔诚的。

　　你看，*洛伦佐*！哪里悬系着我们的
所有希望？触及十字架，我们存活；
否则比死更甚；所触碰的并非天使；　　680

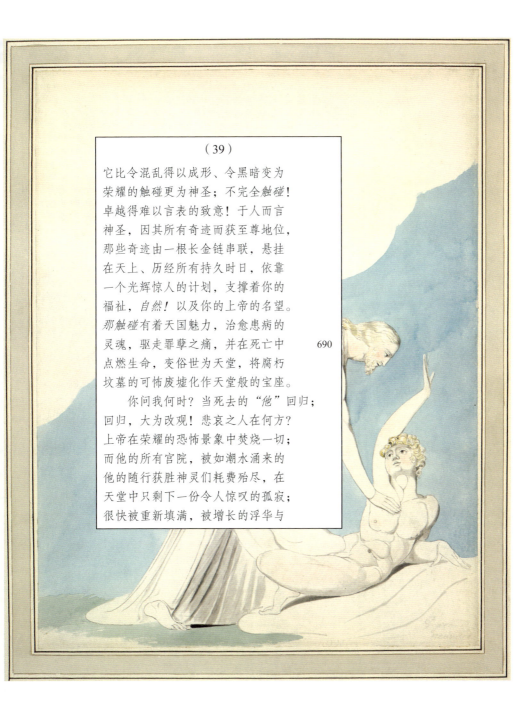

（39）

它比令混乱得以成形、令黑暗变为
荣耀的触碰更为神圣；不完全*触碰*！
卓越得难以言表的致意！于人而言
神圣，因其所有奇迹而获至尊地位，
那些奇迹由一根长金链串联，悬挂
在天上、历经所有持久时日，依靠
一个光辉惊人的计划，支撑着你的
福祉，*自然！*以及你的上帝的名望。
*那触碰*有着天国魅力，治愈患病的
灵魂，驱走罪孽之痛，并在死亡中　　690
点燃生命，变俗世为天堂，将腐朽
坟墓的可怖废墟化作天堂般的宝座。

　　你问我何时？当死去的"*他*"回归；
回归，大为改观！悲哀之人在何方？
上帝在荣耀的恐怖景象中焚烧一切；
而他的所有官院，被如潮水涌来的
他的随行获胜神灵们耗费殆尽，在
天堂中只剩下一份令人惊叹的孤寂；
很快被重新填满，被增长的浮华与

（40）

拥挤人群重新填满；一群光芒四射　　　700
的新晋天使们；来自坟墓的天使们。

　　这景象是否被幻想抛至远方？并在
诺言和事件之间显现黑暗质疑？我
并非为了治愈你而令你读浩瀚书卷。
阅读自然；自然是真理的一位好友；
自然信奉基督教；向人类布道；并
命令死去的物质帮助我们确立信念。
你难道从未看见过彗星的发光飞行？
这位光辉的陌生来客经过时，恐惧
席卷了正凝视的国度；乘着极长的　　　710
喷火尾翼，他信步巡视宽广深厚的
苍穹；沿着无以计数、比太阳更为
灿烂的世界前行；将天堂的大岬角
扩为两倍宽；然后再重新访问大地，
从一千年的漫长旅途归来。就这样，
在命中注定的阶段，曾经居于世上、
命令彗星闪耀的*他*将会归来：伴随
他的，是我们征服坟墓的全部胜利。　　720

（41）

　　*自然*在这一关键的要点上缄默不言；
或以低声细语悄悄说着渺茫的希望。
*信仰*大声发言、吐字清晰；连毒蛇
也能听见；但转身、再次冲入黑暗。
*信仰*建起一座桥梁、横跨死亡之谷，
为了打破盲目自然无法躲避的震惊，
并令思想顺利地在更远的海岸登陆。
死亡的恐怖是*信仰*移除的一座大山；
这座大山是隔离人类与和平的屏障。
是*信仰*解除了毁灭的威胁；并且为　　730
无罪的坟墓赦免每一项喧嚷的控诉。

　　为何不相信？洛伦佐！"*理性*下令，
全圣的*理性*。"——仍认为她神圣；
你在你的如火激情中将不会缺对手。
全圣的*理性*！是源头与灵魂，属于
一切苛求的赞美，在人间、或天上！
我的心是你的：在它的最深褶缝中，
你与生命共存；在两者中活得更好。
命运在消极性情上戳盖神圣十字架，

153

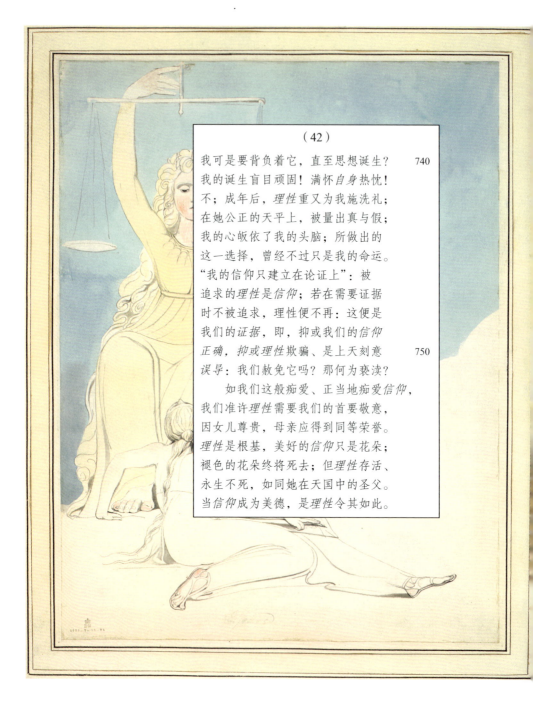

（42）

我可是要背负着它，直至思想诞生？　　740
我的诞生盲目顽固！满怀*自身*热忱！
不；成年后，*理性*重又为我施洗礼；
在她公正的天平上，被量出真与假；
我的心皈依了我的头脑；所做出的
这一选择，曾经不过只是我的命运。
"我的信仰只建立在论证上"：被
追求的*理性*是信仰；若在需要证据
时不被追求，理性便不再：这便是
我们的*证据*，即，抑或我们的*信仰*
正确，抑或理性欺骗、是上天刻意　　750
误导：我们赦免它吗？那何为亵渎？

　　如我们这般痴爱、正当地痴爱信仰，
我们准许*理性*需要我们的首要敬意，
因女儿尊贵，母亲应得到同等荣誉。
*理性*是根基，美好的*信仰*只是花朵；
褪色的花朵终将死去；但理性存活、
永生不死，同如她在天国中的圣父。
当信仰成为美德，是理性令其如此。

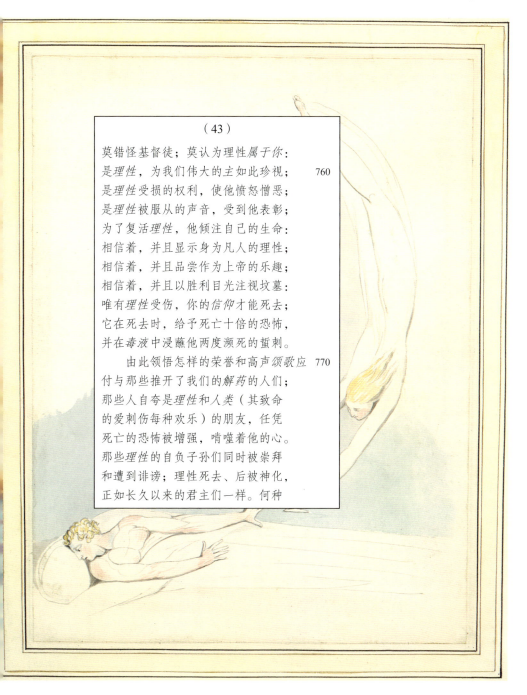

（43）

莫错怪基督徒；莫认为理性属于你：
是*理性*，为我们伟大的主如此珍视；　　760
是*理性*受损的权利，使他愤怒憎恶；
是*理性*被服从的声音，受到他表彰；
为了复活*理性*，他倾注自己的生命：
相信着，并且显示身为凡人的理性；
相信着，并且品尝作为上帝的乐趣；
相信着，并且以胜利目光注视坟墓：
唯有*理性*受伤，你的*信仰*才能死去；
它在死去时，给予死亡十倍的恐怖，
并在*毒液*中浸蘸他两度濒死的蜇刺。

　　由此领悟怎样的荣誉和高声颂歌应　770
付与那些推开了我们的*解药*的人们；
那些人自夸是*理性*和人类（其致命
的爱刺伤每种欢乐）的朋友，任凭
死亡的恐怖被增强，啃噬着他的心。
那些*理性*的自负子孙们同时被崇拜
和遭到诽谤；理性死去、后被神化，
正如长久以来的君主们一样。何种

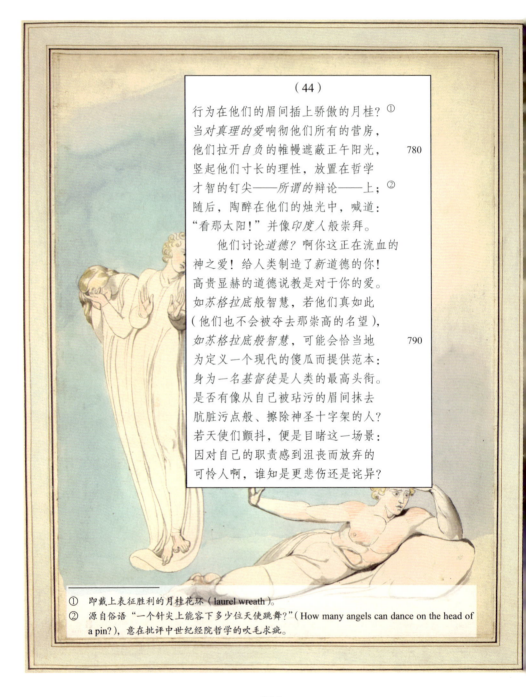

（44）

行为在他们的眉间插上骄傲的月桂？①
当对*真理*的*爱*响彻他们所有的营房，
他们拉开*自负*的帷幔遮蔽正午阳光，　　780
竖起他们寸长的理性，放置在哲学
才智的钉尖——*所谓的辩论*——上；②
随后，陶醉在他们的烛光中，喊道：
"看那太阳！"并像*印度*人般崇拜。

　　　　他们讨论*道德*？啊你这正在流血的
神之爱！给人类制造了新道德的你！
高贵显赫的道德说教是对于你的爱。
如苏格拉底般智慧，若他们真如此
（他们也不会被夺去那崇高的名望），
如苏格拉底般智慧，可能会恰当地　　790
为定义一个现代的傻瓜而提供范本：
身为一名*基督徒*是人类的最高头衔。
是否有像从自己被玷污的眉间抹去
肮脏污点般、擦除神圣十字架的人？
若天使们颤抖，便是目睹这一场景：
因对自己的职责感到沮丧而放弃的
可怜人啊，谁知是更悲伤还是诧异？

---

①　即戴上表征胜利的月桂花环（laurel wreath）。
②　源自俗语 "一个针尖上能容下多少位天使跳舞？"（How many angels can dance on the head of
　　a pin?），意在批评中世纪经院哲学的吹毛求疵。

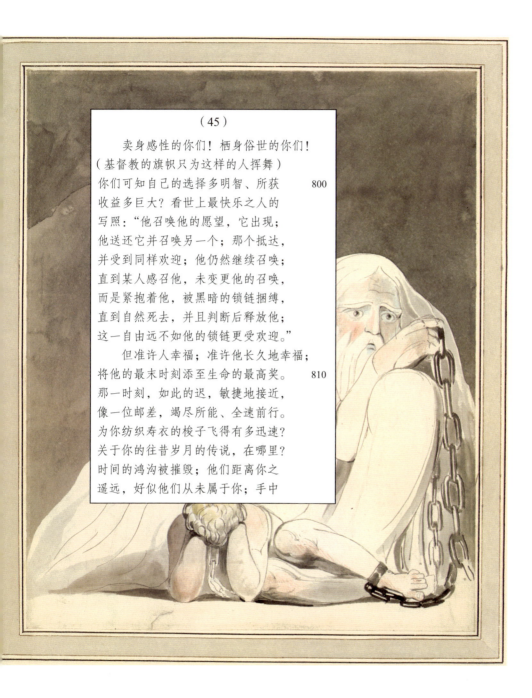

（45）

　　卖身感性的你们！栖身俗世的你们！
（基督教的旗帜只为这样的人挥舞）
你们可知自己的选择多明智、所获　　　　800
收益多巨大？看世上最快乐之人的
写照："他召唤他的愿望，它出现；
他送还它并召唤另一个；那个抵达，
并受到同样欢迎；他仍然继续召唤；
直到某人感召他，未变更他的召唤，
而是紧抱着他，被黑暗的锁链捆缚，
直到自然死去，并且判断后释放他；
这一自由远不如他的锁链更受欢迎。"

　　但准许人幸福；准许他长久地幸福；
将他的最末时刻添至生命的最高奖。　810
那一时刻，如此的迟，敏捷地接近，
像一位邮差，竭尽所能、全速前行。
为你纺织寿衣的梭子飞得有多迅速？
关于你的往昔岁月的传说，在哪里？
时间的鸿沟被摧毁；他们距离你之
遥远，好似他们从未属于你；手中

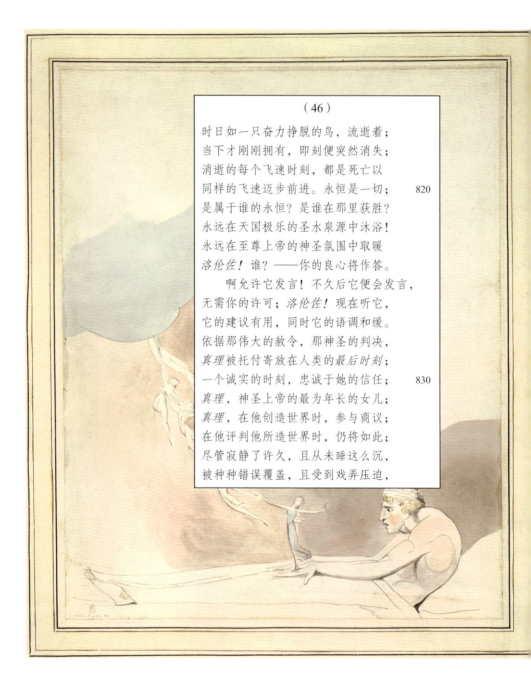

（46）

时日如一只奋力挣脱的鸟，流逝着；
当下才刚刚拥有，即刻便突然消失；
消逝的每个飞速时刻，都是死亡以
同样的飞速迈步前进。永恒是一切；　　　820
是属于谁的永恒？是谁在那里获胜？
永远在天国极乐的圣水泉源中沐浴！
永远在至尊上帝的神圣氛围中取暖
洛伦佐！ 谁？——你的良心将作答。

　　啊允许它发言！不久后它便会发言，
无需你的许可；*洛伦佐！* 现在听它，
它的建议有用，同时它的语调和缓。
依据那伟大的赦令，那神圣的判决，
真理 被托付寄放在人类的*最后时刻*；
一个诚实的时刻，忠诚于她的信任，　　　830
真理，神圣上帝的最为年长的女儿；
真理，在他创造世界时，参与商议；
在他评判他所造世界时，仍将如此；
尽管寂静了许久，且从未睡这么沉，
被种种错误覆盖，且受到戏弄压迫，

158

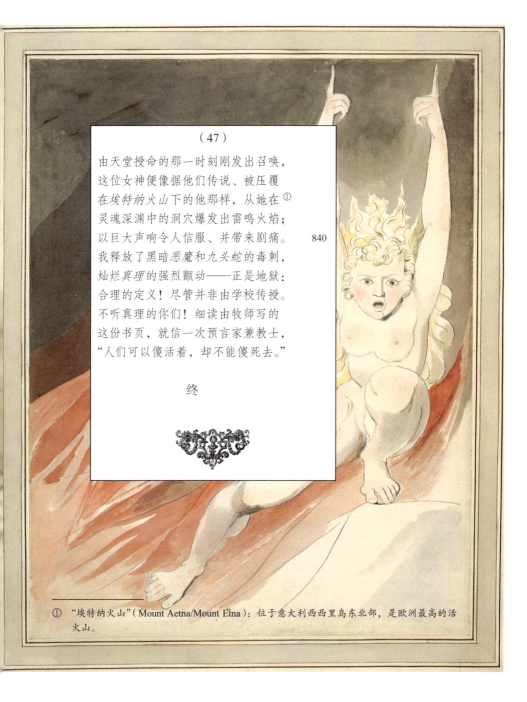

（47）

由天堂授命的那一时刻刚发出召唤，
这位女神便像据他们传说、被压覆
在*埃特纳火山*下的他那样，从她在①
灵魂深渊中的洞穴爆发出雷鸣火焰；
以巨大声响令人信服、并带来剧痛。　　840
我释放了黑暗恶魔和九头蛇的毒刺，
灿烂真理的强烈颤动——正是地狱：
合理的定义！尽管并非由学校传授。
不听真理的你们！细读由牧师写的
这份书页，就信一次预言家兼教士，
"人们可以傻活着，却不能傻死去。"

终

① "埃特纳火山"（Mount Aetna/Mount Etna）：位于意大利西西里岛东北部，是欧洲最高的活火山。

一份提议

　　鉴于我们的所有旧剧，除了莎士比亚、琼生、博蒙特和弗莱切的剧作外，都已经变得非常罕见且极为昂贵，我提议，如果我能获得 200 名订户，我将从我们的老剧作家们当中挑选出大约四十至五十部有一定名声的剧本，以每部戏不超过六便士的低廉价格，用精美的方式印刷成口袋书。① 我将从每位作家的最佳作品中，只挑选一本或两本，作为展现他们风格，及其所处时代气质的范例样本。此外，还有很多值得保存的独立剧作，例如巴克赫斯特勋爵的《高布达克》、福克兰勋爵的《婚夜》等等。②

　　在制作这个合集时，我将不会依据我自己的观点，而是咨询我那些最为审慎明智的朋友们，他们已经向我保证，会尽最大努力协助这项工作。而且，为了让愿意促成这项工作的人们不会有任何风险，在这本书交付之前，我不会收费。

R · 多兹莱

① 威廉·莎士比亚（William Shakespeare）、本·琼生（Ben Jonson，此处误作 Johnson）、弗朗西斯·博蒙特（Francis Beaumont）和约翰·弗莱切（John Fletcher）都是英国文艺复兴时期的知名文人兼剧作家。
② 巴克赫斯特勋爵即多塞特伯爵托马斯·萨克维尔（Thomas Sackville, 1st Earl of Dorset）。福克兰勋爵即福克兰子爵亨利·卡里（Henry Cary, lst Viscount Falkland）。

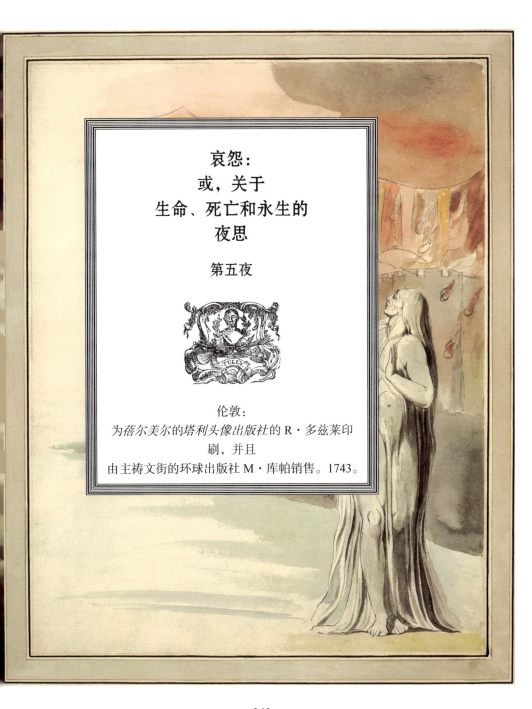

哀怨：
或，关于
生命、死亡和永生的
夜思

第五夜

伦敦：
为蓓尔美尔的塔利头像出版社的 R·多兹莱印
刷，并且
由主祷文街的环球出版社 M·库帕销售。1743。

夜　思

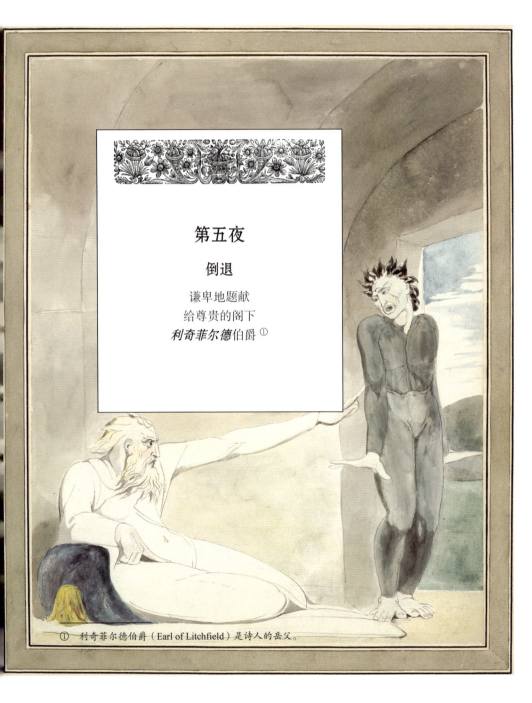

第五夜

倒退

谦卑地题献
给尊贵的阁下
利奇菲尔德伯爵 [①]

① 利奇菲尔德伯爵（Earl of Litchfield）是诗人的岳父。

广告 ①

　　由于作者目前不在，他希望由我来纠正印刷；而我又被偶然地耽搁了，于是造成了以下错误。

R·多兹莱

第 9 页，第 18 行："fills" 应作 "fill"

第 12 页，第 11 行："them" 应作 "it"

第 14 页，第 17 行："firmer" 应作 "former"

第 17 页，第 11 行："Actions" 应作 "Action"

第 21 页，第 11 行：冒号应作分号

第 22 页，第 11 行：应作 "And first the Importance of our End survey'd"

第 22 页，第 15 行："Erran" 应作 "Errand"

第 30 页，第 20 行："arth" 应作 "Earth"

第 33 页，第 16 行："Breast" 应作 "Hearts"

第 40 页，第 21 行："Of " 应作 "If"

第 45 页，第 18 行："We" 应作 "Me"

第 50 页，第 1 行："Tochpeers" 应作 "Compeers" ②

第 53 页， 第 8 行："plum'd with ev'ry Bliss," 应作 "bloom'd with every Bliss."

第 55 页，第 7 行："Tasket" 应作 "Casket"

同一页，第 13 行：应作 "Still more ador'd, to snatch the golden Shower."

---

①　依据这份勘误表，诗作译文亦作出相应修改。
②　实际应为第 18 行。

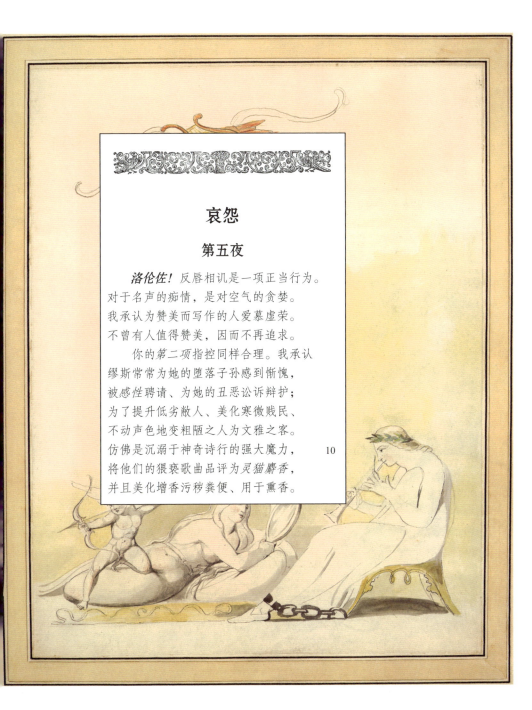

哀怨

第五夜

洛伦佐! 反唇相讥是一项正当行为。
对于名声的痴情,是对空气的贪婪。
我承认为赞美而写作的人爱慕虚荣。
不曾有人值得赞美,因而不再追求。

　　你的第二项指控同样合理。我承认
缪斯常常为她的堕落子孙感到惭愧,
被感性聘请、为她的丑恶讼诉辩护;
为了提升低劣敝人、美化寒微贱民、
不动声色地变粗陋之人为文雅之客。
仿佛是沉溺于神奇诗行的强大魔力,　　10
将他们的猥亵歌曲品评为灵猫麝香,
并且美化增香污秽粪便、用于熏香。

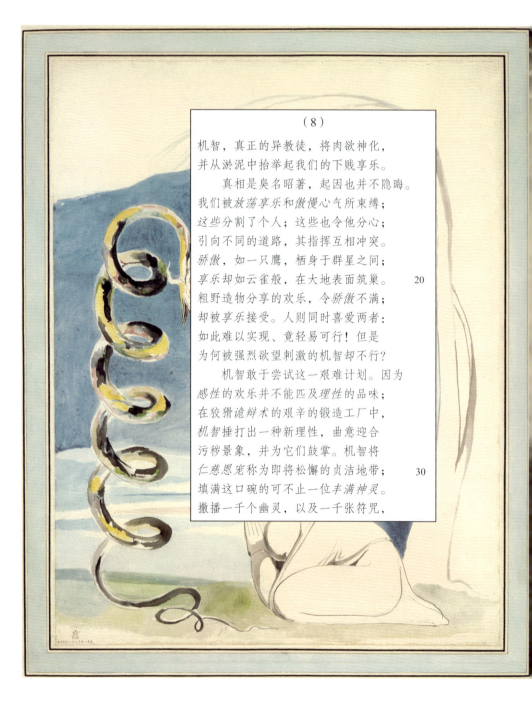

（8）

机智，真正的异教徒，将肉欲神化，
并从淤泥中抬举起我们的下贱享乐。

　　真相是臭名昭著，起因也并不隐晦。
我们被放荡享乐和傲慢心气所束缚；
这些分割了个人；这些也令他分心；
引向不同的道路，其指挥互相冲突。
骄傲，如一只鹰，栖身于群星之间；
享乐却如云雀般，在大地表面筑巢。　　　20
粗野造物分享的欢乐，令骄傲不满；
却被享乐接受。人则同时喜爱两者：
如此难以实现、竟轻易可行！但是
为何被强烈欲望刺激的机智却不行？

　　机智敢于尝试这一艰难计划。因为
感性的欢乐并不能匹及理性的品味；
在狡猾诡辩术的艰辛的锻造工厂中，
机智捶打出一种新理性，曲意迎合
污秽景象，并为它们鼓掌。机智将
仁慈恩宠称为即将松懈的贞洁地带；　　30
填满这口碗的可不止一位*丰满神灵*。
撒播一千个幽灵，以及一千张符咒，

（9）

和一千剂麻醉药，为了欺骗、蛊惑、
灌醉、埋葬被愚弄的头脑，并通过
愉悦的方式令其混乱困惑。正因此，
曾经令*判断力*震惊的，已不再震惊；
曾经令*骄傲*被冒犯的，已不再冒犯。
*享乐*与*骄傲*，天生是不共戴天之敌，
永远在交战，这状态将盛行于人间，
通过机智的演说，拼凑致死的和平　　　　　40
并且联合起来率领可恶的荒淫行径，
将粗俗可恶的改良为精致且欢快的。
艺术，万恶的艺术！从自然的脸颊
上拭去蒙恩赧颜，对每种耻辱无感。
人在废墟中微笑，视其罪孽为荣耀，
而臭名昭著则追求并有望得到赞美。

　　人类因为支持灵魂而写下的这一切，
被这些*感性伦理*深远、大量地超越。
滔滔雄辩的花朵，被慷慨地倾泻在
斑驳罪行上，填满了半个文字世界。①　　50
天资的力量能否为他们的书页驱魔，
并且用歌曲为犯下的滔天罪行献祭？

---

① 据勘误表，此句的"fills"应作"fill"，所以是"雄辩的花朵""填满了半个文字世界"，而
不是"罪行""填满"。

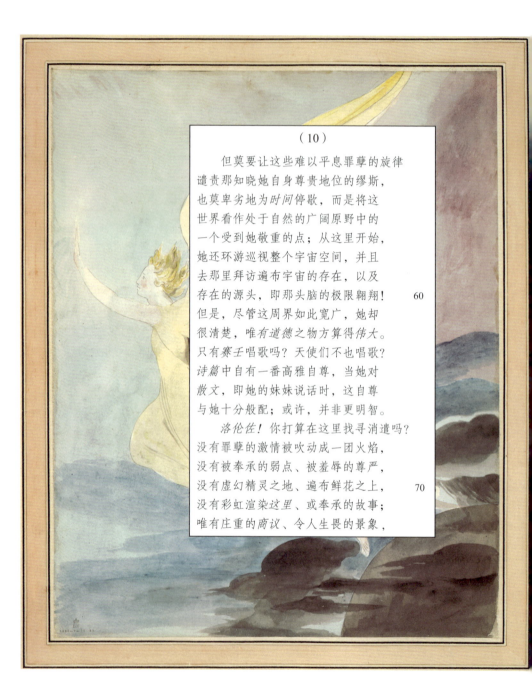

（10）

　　但莫要让这些难以平息罪孽的旋律
谴责那知晓她自身尊贵地位的缪斯，
也莫卑劣地为*时间*停歇，而是将这
世界看作处于自然的广阔原野中的
一个受到她敬重的点；从这里开始，
她还环游巡视整个宇宙空间，并且
去那里拜访遍布宇宙的存在，以及
存在的源头，即那头脑的极限翔翔！　　60
但是，尽管这周界如此宽广，她却
很清楚，唯有道德之物方算得伟大。
只有赛壬唱歌吗？天使们不也唱歌？
*诗篇*中自有一番高雅自尊，当她对
散文，即她的妹妹说话时，这自尊
与她十分般配；或许，并非更明智。

　　洛伦佐！ 你打算在这里找寻消遣吗？
没有罪孽的激情被吹动成一团火焰，
没有被奉承的弱点、被羞辱的尊严，
没有虚幻精灵之地、遍布鲜花之上，　　70
没有彩虹渲染这里、或奉承的故事；
唯有庄重的商议、令人生畏的景象，

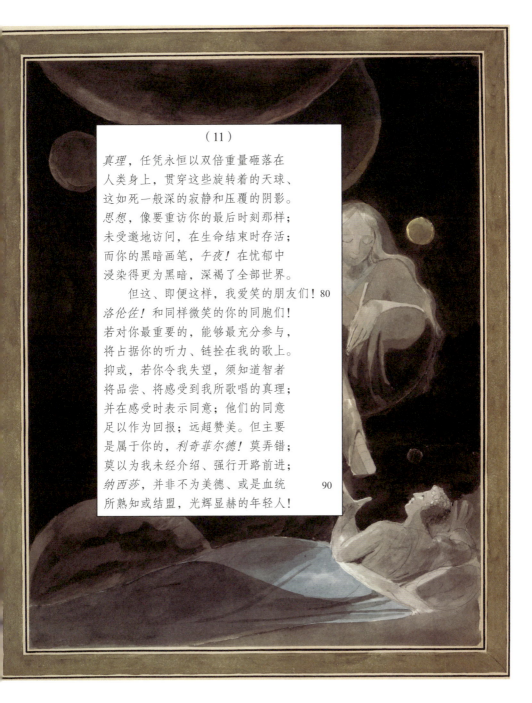

（11）

真理，任凭永恒以双倍重量砸落在
人类身上，贯穿这些旋转着的天球、
这如死一般深的寂静和压覆的阴影。
思想，像要重访你的最后时刻那样；
未受邀地访问，在生命结束时存活；
而你的黑暗画笔，午夜！在忧郁中
浸染得更为黑暗，深褐了全部世界。

　　但这、即便这样，我爱笑的朋友们！80
洛伦佐！和同样微笑的你的同胞们！
若对你最重要的，能够最充分参与，
将占据你的听力、链拴在我的歌上。
抑或，若你令我失望，须知道智者
将品尝、将感受到我所歌唱的真理；
并在感受时表示同意；他们的同意
足以作为回报；远超赞美。但主要
是属于你的，利奇菲尔德！莫弄错；
莫以为我未经介绍、强行开路前进；
纳西莎，并非不为美德、或是血统　90
所熟知或结盟，光辉显赫的年轻人！

夜　思

（12）

从盛开着不凋花的树荫中，*和谐*从①
所有的语言中降临（虽然未被邀请），
并且请求允许缪斯进入。一位不会
强求你的赞美、以此折磨你的缪斯；
丢弃你的赞美，她被更尊贵者鼓舞。

　　*你啊！神圣的精神！不论是至尊的、*②
创世前的伟大圣父！你的胸中曾有
未成熟的创造、未出世的存在居住，
它全部的各种变革滚滚驶过了现在，　　　100
未来依然如此；早于这些变革自身；
你的呼吸能够将它再度吹散为虚无；③
还是某个被从他的宝座上派来的神，
你，全心致力于我们的和平，的确
将思想由空虚可憎转变为坚实崇高！
以无人察觉的方式，你引领我来到
灵感的甘美泉饮，源自一条更纯洁、
更充满神性的溪流，胜过从著名的
*卡斯塔利亚*涌出的泉水；我对神的④
渴望尚未消除；尽管我的灵魂已经　　　110

① "amaranth" 是诗人们假想的一种永不凋谢的花。
② 此段的结构为：不论是伟大圣父，还是某个神，你的确……。
③ 据勘误表，此行的 "them" 应作 "it"。
④ "卡斯塔利亚"（Castalia）：希腊帕纳塞斯山（Mount Parnassus）上的神泉，相传饮用该泉水者，能获取诗歌创作灵感。

170

（13）

在*端正神圣*的愉快道路上长久徘徊，
由上帝你维持、并有*群星*照亮的路。

　　*群星*照得最亮的是思想之路；黑夜
是它们的*白昼*、它们最明亮的时刻。
在*白天*，被生命历程所压倒的灵魂，
因喧嚣而不知所措、因强光而眩晕，
蹒跚地远离了理性，被人群推搡着。
在*白天*，灵魂是被动的，她的所有
思绪被强压、不稳，未成熟便破碎。
在*夜晚*，脱离对象、从激情中冷却，　　120
思绪不受控制、不为所动，是纯粹
上帝选拔的诞生，随性变幻的范围，
并不受限于一个世界的疆界；而是
从*缥缈*的旅途突然降临尘世，好似
航海者们抛下船锚，为了休憩安歇。

　　让*印度人*，和像*印度人*一样喜爱穿
佩羽浮夸服饰的享乐者，崇拜太阳：
黑暗于我而言更具备神性；它向内
敲打思想；它驱使灵魂回归、栖止
在她自身处、我们的至高点！那里　　130

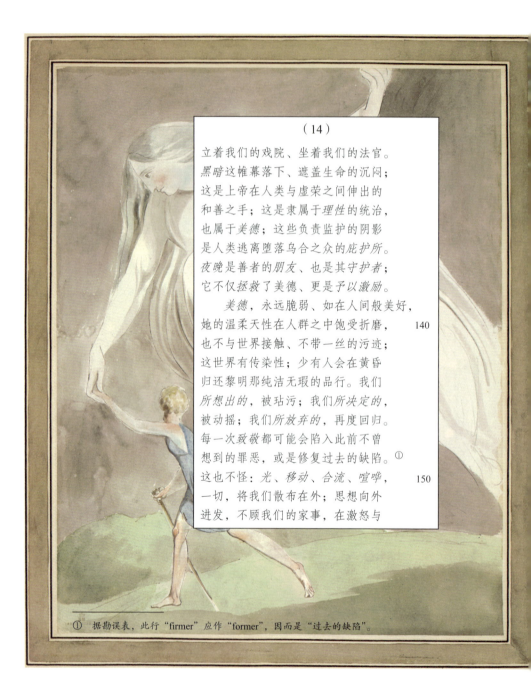

（14）

立着我们的戏院、坐着我们的法官。
黑暗这帷幕落下、遮盖生命的沉闷；
这是上帝在人类与虚荣之间伸出的
和善之手；这是隶属于*理性*的统治，
也属于*美德；*这些负责监护的阴影
是人类逃离堕落乌合之众的庇护所。
夜晚是善者的朋友、也是其守护者；
它不仅*拯救*了美德、更是予以激励。

　　美德，永远脆弱、如在人间般美好，　　140
她的温柔天性在人群之中饱受折磨，
也不与世界接触、不带一丝的污迹；
这世界有传染性；少有人会在黄昏
归还黎明那纯洁无瑕的品行。*我们*
所想出的，被玷污；我们所决定的，
被动摇；我们所放弃的，再度回归。
每一次致敬都可能会陷入此前不曾
想到的罪恶，或是修复过去的缺陷。①
这也不怪：光、移动、合流、喧哗，　　150
一切，将我们散布在外；思想向外
进发，不顾我们的家事，在激怒与

———
① 据勘误表，此行"firmer"应作"former"，因而是"过去的缺陷"。

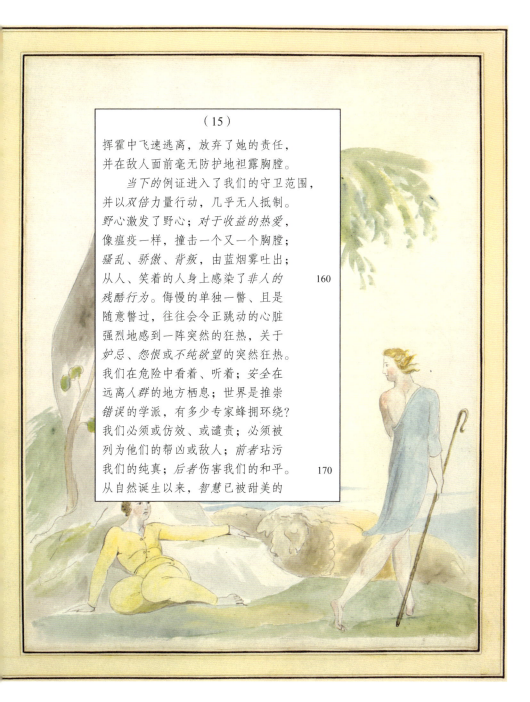

（15）

挥霍中飞速逃离，放弃了她的责任，
并在敌人面前毫无防护地袒露胸膛。

　　当下的例证进入了我们的守卫范围，
并以双倍力量行动，几乎无人抵制。
野心激发了野心；对于收益的热爱，
像瘟疫一样，撞击一个又一个胸膛；
骚乱、骄傲、背叛，由蓝烟雾吐出；
从人、笑着的人身上感染了非人的　　160
残酷行为。侮慢的单独一瞥、且是
随意瞥过，往往会令正跳动的心脏
强烈地感到一阵突然的狂热，关于
妒忌、怨恨或不纯欲望的突然狂热。
我们在危险中看着、听着；安全在
远离人群的地方栖息；世界是推崇
错误的学派，有多少专家蜂拥环绕？
我们必须或仿效、或谴责；必须被
列为他们的帮凶或敌人；前者玷污
我们的纯真；后者伤害我们的和平。　170
从自然诞生以来，智慧已被甜美的

夜　思

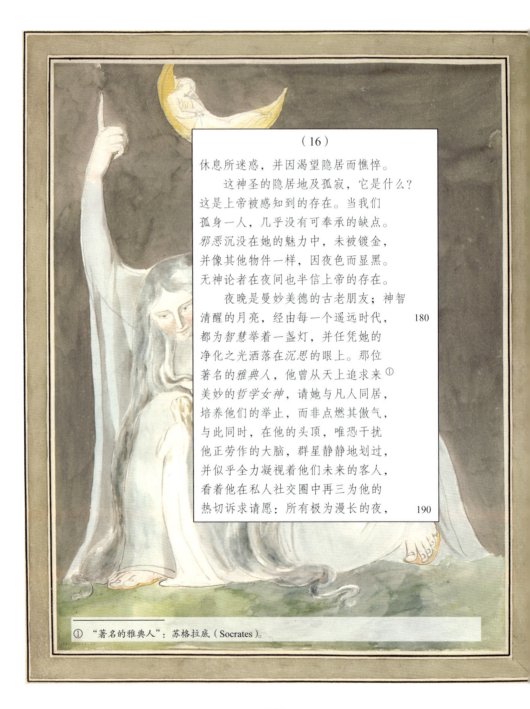

（16）

休息所迷惑，并因渴望隐居而憔悴。

　　这神圣的隐居地及孤寂，它是什么？
这是上帝被感知到的存在。当我们
孤身一人，几乎没有可奉承的缺点。
邪恶沉没在她的魅力中，未被镀金，
并像其他物件一样，因夜色而显黑。
无神论者在夜间也半信上帝的存在。

　　夜晚是曼妙美德的古老朋友；神智
清醒的月亮，经由每一个遥远时代，　　　　180
都为智慧举着一盏灯，并任凭她的
净化之光洒落在沉思的眼上。那位
著名的雅典人，他曾从天上追求来 ①
美妙的哲学女神，请她与凡人同居，
培养他们的举止，而非点燃其傲气，
与此同时，在他的头顶，唯恐干扰
他正劳作的大脑，群星静静地划过，
并似乎全力凝视着他们未来的客人，
看着他在私人社交圈中再三为他的
热切诉求请愿：所有极为漫长的夜，　　　190

---

① "著名的雅典人"：苏格拉底（Socrates）。

174

（17）

他站着不动，思维僵硬；既不放弃
他的主题也不故作姿态，直到太阳
（从沧海上红着脸升起的粗鲁醉汉！）
打扰了他比之更为尊贵的才智之光，
并将他献给了世界的喧闹。欢呼吧，
珍贵时刻！偷自时间被谋杀后遗留
下的黑废墟！吉祥的*午夜*！欢呼吧！
将世界排斥在外，令每种激情沉默，
并且与上帝展开了一段平静的交往，
在这里灵魂端坐着参与协商，思索　　　　200
过去，预定未来的行动；注视而非①
感受喧嚣的生命，并且与风暴论辩；
回答她的所有谎言，鄙弃她的妩媚。

　　多么可怕的欢乐！怎样的心智自由！
我并非被关禁在黑暗中；倒不妨说
（若不算太大胆）我是被黑暗遮盖。
愉快的阴郁！四周群集成簇的思绪
自发地升起，并在阴影下如花绽放；
但在白天时凋谢，并在*阳光*下患病。
思想从别处借来光；从那*第一团火*、　　210

---

① 据勘误表，此行"actions"应作"action"。

175

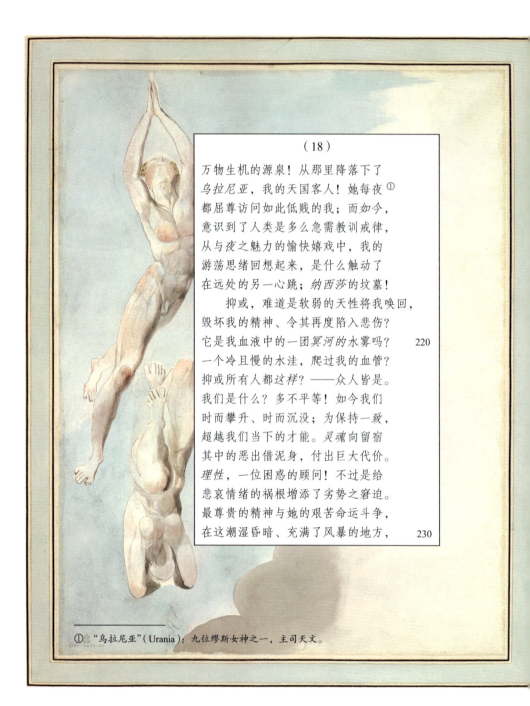

（18）

万物生机的源泉！从那里降落下了
乌拉尼亚，我的天国客人！她每夜 ①
都屈尊访问如此低贱的我；而如今，
意识到了人类是多么急需教训戒律，
从与夜之魅力的愉快嬉戏中，我的
游荡思绪回想起来，是什么触动了
在远处的另一心跳；纳西莎的坟墓！

　　抑或，难道是软弱的天性将我唤回，
毁坏我的精神、令其再度陷入悲伤？
它是我血液中的一团冥河的水雾吗？　　220
一个冷且慢的水洼，爬过我的血管？
抑或所有人都这样？——众人皆是。
我们是什么？多不平等！如今我们
时而攀升、时而沉没；为保持一致，
超越我们当下的才能。灵魂向留宿
其中的恶出借泥身，付出巨大代价。
理性，一位困惑的顾问！不过是给
悲哀情绪的祸根增添了劣势之窘迫。
最尊贵的精神与她的艰苦命运斗争，
在这潮湿昏暗、充满了风暴的地方，　　230

① "乌拉尼亚"（Urania）：九位缪斯女神之一，主司天文。

176

（19）

只能虚弱振翅、却不曾被教导飞翔；
即便飞翔着、也飞不远，必将跌落。
我们的极致力量，低落时又会升起；
虽被击败，仍坚守我们的全部赞美。

    在人群中寻找超越人性之处是徒劳。
尽管骄傲地承诺、也曾有宏大意图，
经验阻止了我们的胜利。我刚刚从
墓穴的重重阴影中现身，那里悲伤
将我作为囚犯拘留，悲痛攀至高处，
将永恒之日的诸多门扉宽敞地打开，   240
并且召唤人类获得荣耀、摆脱痛苦，
在纯粹的以太中，摆脱必死的属性， ①
并撞击群星；如今察觉我情绪衰退；
它们将我从天顶掷下；我向下冲去，
就像传说中身披蜡制双翼的他一样， ②
沉没在哀愁中——但并未迷失其中。
从未有过哀悼经历的人是多么悲惨！
我为找寻宝贵珍珠潜入哀愁的溪流：
只埋头于哀痛的轻率之人不会如此；
那种人承受所有的折磨、拒绝收益；   250

① "以太"（ether）：亚里士多德（Aristotle）设想的一种物质，古希腊人用该词泛指天空或上层大气。
② "伊卡洛斯"（Icarus）：希腊神话中工匠代达罗斯（Daedalus）之子。他与父亲以蜡翼粘身，飞离克里特岛（Crete），但他因飞得太高，被太阳融化蜡翼，坠入海中死去。

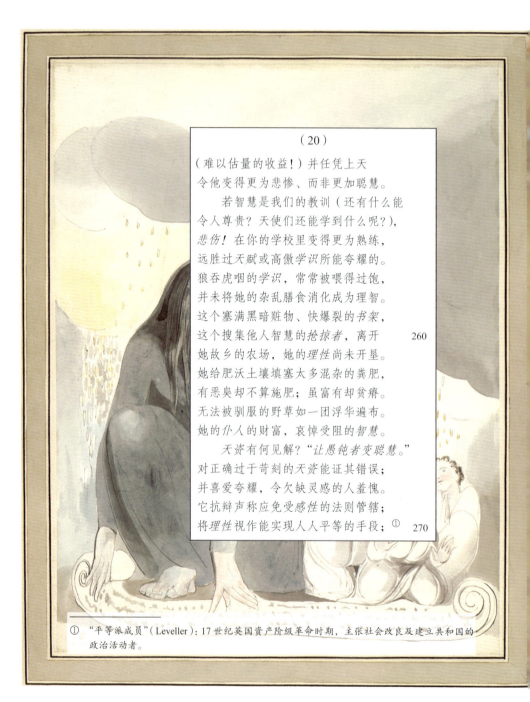

夜　思

（20）

（难以估量的收益！）并任凭上天
令他变得更为悲惨、而非更加聪慧。

　　若智慧是我们的教训（还有什么能
令人尊贵？天使们还能学到什么呢？），
悲伤！在你的学校里变得更为熟练，
远胜过天赋或高傲学识所能夸耀的。
狼吞虎咽的学识，常常被喂得过饱，
并未将她的杂乱膳食消化成为理智。
这个塞满黑暗赃物、快爆裂的书架，
这个搜集他人智慧的抢掠者，离开　　　　260
她故乡的农场，她的理性尚未开垦。
她给肥沃土壤填塞太多混杂的粪肥，
有恶臭却不算施肥；虽富有却贫瘠。
无法被驯服的野草如一团浮华遍布。
她的仆人的财富，哀悼受阻的智慧。

　　天资有何见解？"让愚钝者变聪慧。"
对正确过于苛刻的天资能证其错误，
并喜爱夸耀，令欠缺灵感的人羞愧。
它抗辩声称应免受感性的法则管辖；
将理性视作能实现人人平等的手段；①　　270

---

① "平等派成员"（Leveller）：17世纪英国资产阶级革命时期，主张社会改良及建立共和国的政治活动者。

178

（21）

并鄙视与人群共享一份赐福的行为。
它竟能变得聪慧，想出充分的理由
索取荣耀，并将剩余部分交付享乐。
克拉苏尚在休眠，*阿德琉*一败涂地。①
智慧更不会对愚人、甚至智者战栗。

　　　但智慧却微笑，当受贬的凡人哭泣。
当哀愁伤及胸膛，如犁铧刺入耕地，
铁石心肠感受到她柔化万物的细雨。
她的天国之籽随即播种愉快的*智慧*，
她的金色丰收在泥土中欢庆其胜利。　　280
若是如此，*纳西莎！* 欢迎我的*倒退*。②
我将对我自己的深重苦难征收赋税，
并且从我的痛苦中收获丰富的补偿。
我将在富饶的才智田野间游荡徘徊；
并收割积聚至尊权势的每一个想法，
以便能驱逐人类在伦理方面的弊病；
这些想法，也许需要被移植到天国，
尽管它们诞生于这粗劣的赤贫土壤，
并非完全*在那里*枯萎，那里有天使
在天堂唱歌，文雅、高贵、未被废。　　290

---

① 根据德文版《夜思》(*Klagen Oder Nachtgedanken: Über Leben, Tod und Unsterblichkeit Mit Konstruktionen und Erläuternden Anmerkungen Erleichtert*, 1800) 注释，"克拉苏"这个名字指愚蠢、无忧无虑的人，"阿德琉"这个名字指急躁鲁莽的笨蛋。(p.219) 1801 年由 C·惠廷厄姆（C. Whittingham）印刷出版的英文《夜思》在所附《批评与解释批注》(*Notes, Critical and Explanatory*) 中，解释这句话的意思是，忙碌积极、性情活泼的人比冷漠、迟钝的人更容易遭遇危险。(p.141)
② 据勘误表，此行的冒号需改为分号，但正文显然已作更正。

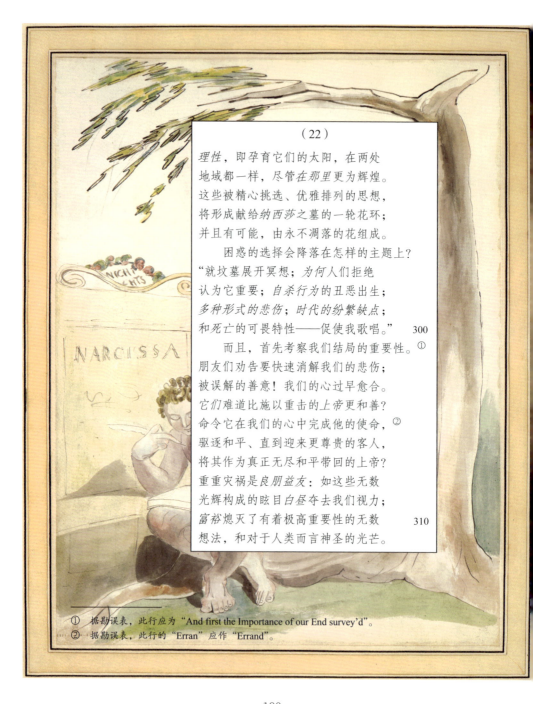

（22）

理性，即孕育它们的太阳，在两处
地域都一样，尽管在那里更为辉煌。
这些被精心挑选、优雅排列的思想，
将形成献给纳西莎之墓的一轮花环；
并且有可能，由永不凋落的花组成。

　　困惑的选择会降落在怎样的主题上？
"就坟墓展开冥想；为何人们拒绝
认为它重要；自杀行为的丑恶出生；
多种形式的悲伤；时代的纷繁缺点；
和死亡的可畏特性——促使我歌唱。"　　300

　　而且，首先考察我们结局的重要性。①
朋友们劝告要快速消解我们的悲伤；
被误解的善意！我们的心过早愈合。
它们难道比施以重击的上帝更和善？
命令它在我们的心中完成他的使命，②
驱逐和平、直到迎来更尊贵的客人，
将其作为真正无尽和平带回的上帝？
重重灾祸是良朋益友：如这些无数
光辉构成的眩目白昼夺去我们视力；
富裕熄灭了有着极高重要性的无数　　310
想法，和对于人类而言神圣的光芒。

① 据勘误表，此行应为 "And first the Importance of our End survey'd"。
② 据勘误表，此行的 "Erran" 应作 "Errand"。

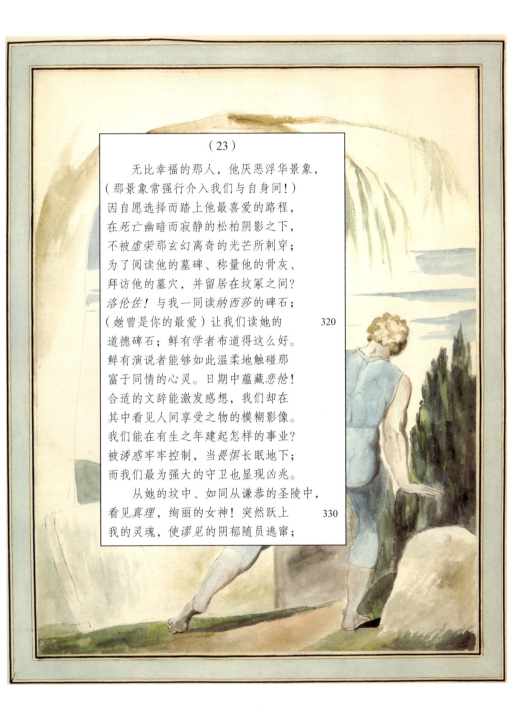

（23）

　　无比幸福的那人，他厌恶浮华景象，
（那景象常强行介入我们与自身间！）
因自愿选择而踏上他最喜爱的路程，
在*死亡*幽暗而寂静的松柏阴影之下，
不被*虚荣*那玄幻离奇的光芒所刺穿；
为了阅读他的墓碑、称量他的骨灰、
拜访他的墓穴，并留居在坟冢之间？
洛伦佐！ 与我一同读*纳西莎*的碑石；
（她曾是你的最爱）让我们读她的　　　　320
道德碑石；鲜有学者布道得这么好。
鲜有演说者能够如此温柔地触碰那
富于同情的心灵。日期中蕴藏*悲怆*！
合适的文辞能激发感想，我们却在
其中看见人间享受之物的模糊影像。
我们能在有生之年建起怎样的事业？
被*诱惑*牢牢控制，当*畏惧*长眠地下；
而我们最为强大的守卫也显现凶兆。

　　从她的坟中、如同从谦恭的圣陵中，
看见*真理*，绚丽的女神！突然跃上　　330
我的灵魂，使*谬见*的阴郁随员逃窜；

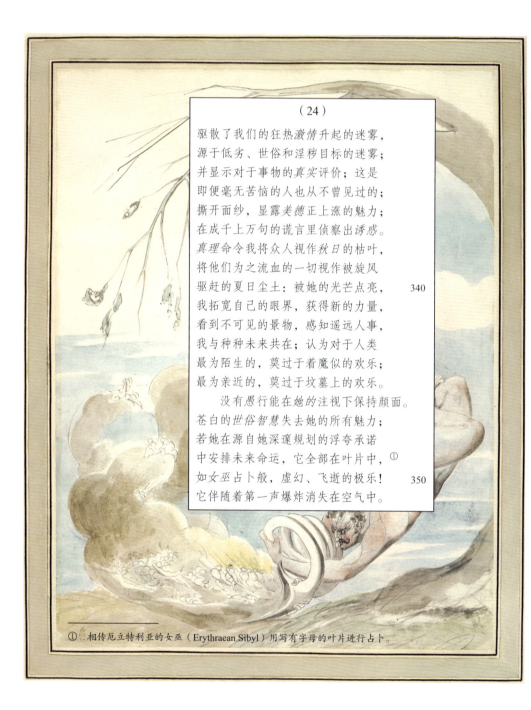

（24）

驱散了我们的狂热激情升起的迷雾，
源于低劣、世俗和淫秽目标的迷雾；
并显示对于事物的真实评价；这是
即便毫无苦恼的人也从不曾见过的；
撕开面纱，显露美德正上涨的魅力；
在成千上万句的谎言里侦察出诱惑。
真理命令我将众人视作秋日的枯叶，
将他们为之流血的一切视作被旋风
驱赶的夏日尘土：被她的光芒点亮，　　　340
我拓宽自己的眼界，获得新的力量，
看到不可见的景物，感知遥远人事，
我与种种未来共在；认为对于人类
最为陌生的，莫过于着魔似的欢乐；
最为亲近的，莫过于坟墓上的欢乐。

　　没有愚行能在她的注视下保持颜面。
苍白的世俗智慧失去她的所有魅力；
若她在源自她深邃规划的浮夸承诺
中安排未来命运，它全部在叶片中，①
如女巫占卜般，虚幻、飞逝的极乐！　　　350
它伴随着第一声爆炸消失在空气中。

① 相传厄立特利亚的女巫（Erythraean Sibyl）用写有字母的叶片进行占卜。

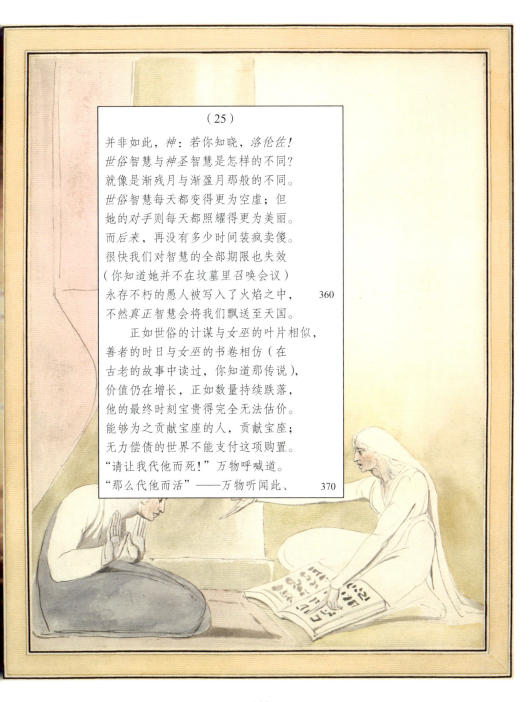

（25）

并非如此，*神*：*若你知晓，洛伦佐！*
世俗智慧与神圣智慧是怎样的不同？
就像是渐残月与渐盈月那般的不同。
*世俗智慧每天都变得更为空虚；*但
她的对手则每天都照耀得更为美丽。
而后来，再没有多少时间装疯卖傻。
很快我们对智慧的全部期限也失效
（你知道她并不在坟墓里召唤会议）
永存不朽的愚人被写入了火焰之中，　　　360
不然真正智慧会将我们飘送至天国。

　　正如世俗的计谋与女巫的叶片相似，
善者的时日与女巫的书卷相仿（在
古老的故事中读过，你知道那传说），
价值仍在增长，正如数量持续跌落，
他的最终时刻宝贵得完全无法估价。
能够为之贡献宝座的人，贡献宝座；
无力偿债的世界不能支付这项购置。
"请让我代他而死！"万物呼喊道。
"那么代他而活"——万物听闻此、　　　370

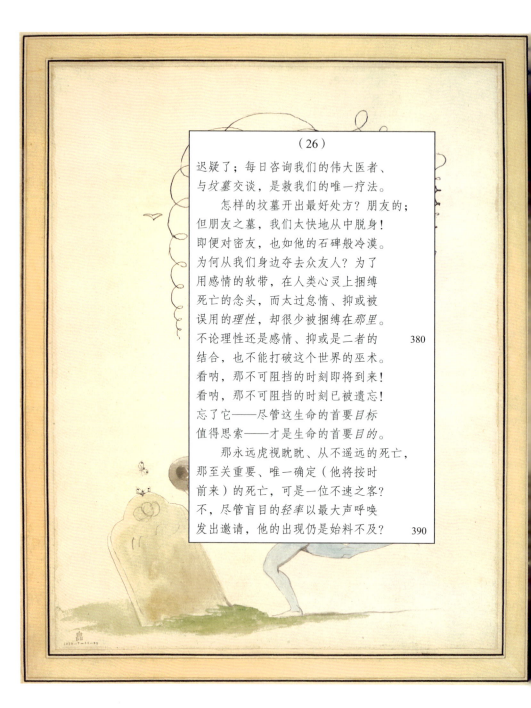

夜　思

（26）

迟疑了；每日咨询我们的伟大医者、
与坟墓交谈，是救我们的唯一疗法。

　　怎样的坟墓开出最好处方？朋友的；
但朋友之墓，我们太快地从中脱身！
即便对密友，也如他的石碑般冷漠。
为何从我们身边夺去众友人？为了
用感情的软带，在人类心灵上捆缚
死亡的念头，而太过怠惰、抑或被
误用的*理性*，却很少被捆缚在*那里*。
不论理性还是感情、抑或是二者的　　　380
结合，也不能打破这个世界的巫术。
看呐，那不可阻挡的时刻即将到来！
看呐，那不可阻挡的时刻已被遗忘！
忘了它——尽管这生命的首要*目标*
值得思索——才是生命的首要*目的*。

　　那永远虎视眈眈、从不遥远的死亡，
那至关重要、唯一确定（他将按时
前来）的死亡，可是一位不速之客？
不，尽管盲目的轻率以最大声呼唤
发出邀请，他的出现仍是始料不及？　　　390

184

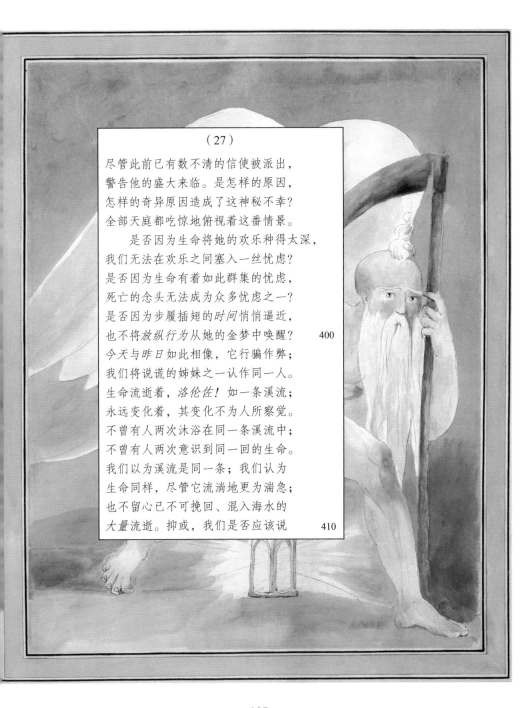

（27）

尽管此前已有数不清的信使被派出，
警告他的盛大来临。是怎样的原因，
怎样的奇异原因造成了这神秘不幸？
全部天庭都吃惊地俯视着这番情景。

　　是否因为生命将她的欢乐种得太深，
我们无法在欢乐之间塞入一丝忧虑？
是否因为生命有着如此群集的忧虑，
死亡的念头无法成为众多忧虑之一？
是否因为步履插翅的*时间*悄悄逼近，
也不将放纵行为从她的金梦中唤醒？　　400
今天与*昨日*如此相像，它行骗作弊；
我们将说谎的姊妹之一认作同一人。
生命流逝着，*洛伦佐！* 如一条溪流；
永远变化着，其变化不为人所察觉。
不曾有人两次沐浴在同一条溪流中；
不曾有人两次意识到同一回的生命。
我们以为溪流是同一条；我们认为
生命同样，尽管它流淌地更为湍急；
也不留心已不可挽回、混入海水的
大量流逝。抑或，我们是否应该说　　410

185

（28）

（依然保留这条溪流以便承载我们）
生命就如在河流上行驶的一艘巨轮？
已登上生命之船的我们沿着*时间*的
潮水平稳下降，却并不专注于*时间*；
感到有趣，并未意识到流逝的波浪；
直到突然间我们察觉到震惊；我们
惊起、醒来、往外望；看见了什么？
我们的易碎小船在卡隆的岸上炸裂。

　　这是死亡逃离一切人类思想的原因？
或是因为*判断力*，它被志向——那　　　　420
盛气凌人的灵魂女主人——刺瞎眼！
像如此强壮的*他*因美人大利拉失明？②
或是因为畏惧，令受惊的理性转身，
不再去俯视如此陡峭的悬崖？这很
可畏；而这畏惧被知晓人类性情的
自然、以明智的方式加以妥当安置。
它是一位可畏的朋友，和善的恐怖，
一把熊熊燃烧、守卫生命之树的剑。
若在生命最笑逐颜开的时刻对其无
敬畏，善者会抱怨；会遭欢乐折磨，　　430

① "卡隆"（Charon）：希腊神话中黑暗之神厄瑞玻斯（Erebus）和夜女神尼克斯（Nyx）的儿子，在冥河上摆渡死者的亡灵。
②《圣经·士师记》第16章（Judges 16）中记载了参孙（Samson）与大利拉（Dalilah/Delilah）的故事。参孙是一名拥有天生神力的犹太士师，他的情人大利拉受到非利士人的贿赂，诱惑参孙说出自己神力的来源、并串通非利士人制服了他，参孙因此被剜去双眼、成为囚徒。

（29）

并热切地急于得到他被允诺的天堂。
恶者会放纵狂怒，令其控制每一份
谨小慎微的高傲愠怒、或阴郁脾性；
纵身跃过了屏障、冲进了深深黑暗，
并毁坏了上帝对于人间的种种规划。

　　那曾是怎样的呻吟，*洛伦佐！* 起来，
复仇女神们！在你们略拙劣的吼叫
声中淹没不列颠尼亚的耻辱。那里 ①
她以狂暴之翅幽暗飞行，阴郁灵魂，
被炸出地狱，对死亡有骇人的欲望。　　440
你的朋友，无畏、英勇的*阿尔塔芒*，②
被认为人如其誉，然后他逃离战场。
害怕死亡不及害怕生命来得更卑鄙。
哦不列颠，因自杀行径而臭名昭著！
一座依你风格的岛屿！与除此之外
*理性*人类的全部世界遥远地分离着！
将你被污染的头颅插入四周的波浪，
洗涤那骇人的污渍，而非震惊欧陆。

　　但倘若你感到震惊，当我发觉造成
*自我抨击*的缘由，揭示怪物的诞生，　　450

———————————
① "不列颠尼亚"（Britannia）：象征英国、大不列颠、英帝国的女性形象。见第六夜第
　789行。
② "阿尔塔芒"的原型是尤斯顿勋爵乔治·菲茨罗伊（George Fitzroy, Lord Euston），一位恶贯
　满盈的贵族。

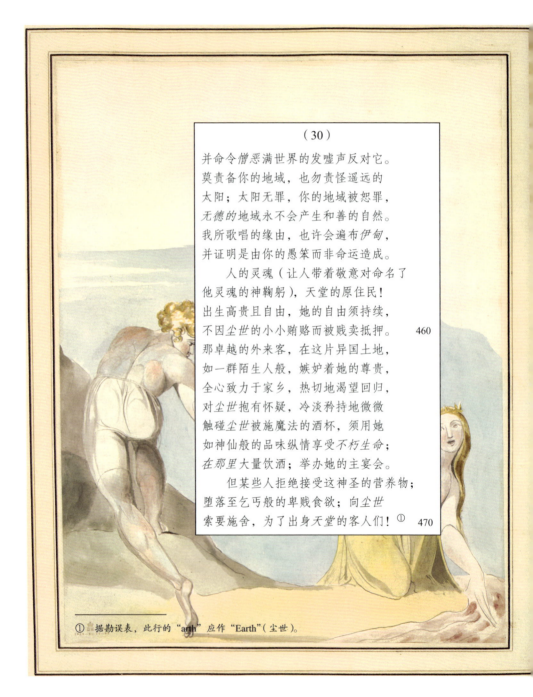

（30）

并命令*憎恶*满世界的发嘘声反对它。
莫责备你的地域，也勿责怪遥远的
太阳；太阳无罪，你的地域被恕罪，
无德的地域永不会产生和善的自然。
我所歌唱的缘由，也许会遍布*伊甸，*
并证明是由你的愚笨而非命运造成。

　　人的灵魂（让人带着敬意对命名了
他灵魂的神鞠躬），天堂的原住民！
出生高贵且自由，她的自由须持续，
不因*尘世*的小小贿赂而被贱卖抵押　　　　460
那卓越的外来客，在这片异国土地，
如一群陌生人般，嫉妒着她的尊贵，
全心致力于家乡，热切地渴望回归，
对*尘世*抱有怀疑，冷淡矜持地微微
触碰*尘世*被施魔法的酒杯，须用她
如神仙般的品味纵情享受不朽生命；
*在那里大量饮酒；*举办她的主宴会。

　　但某些人拒绝接受这神圣的营养物；
堕落至乞丐般的卑贱食欲；向尘世
索要施舍，为了出身天堂的客人们！①　　470

① 据勘误表，此行的 "arh" 应作 "Earth"（尘世）。

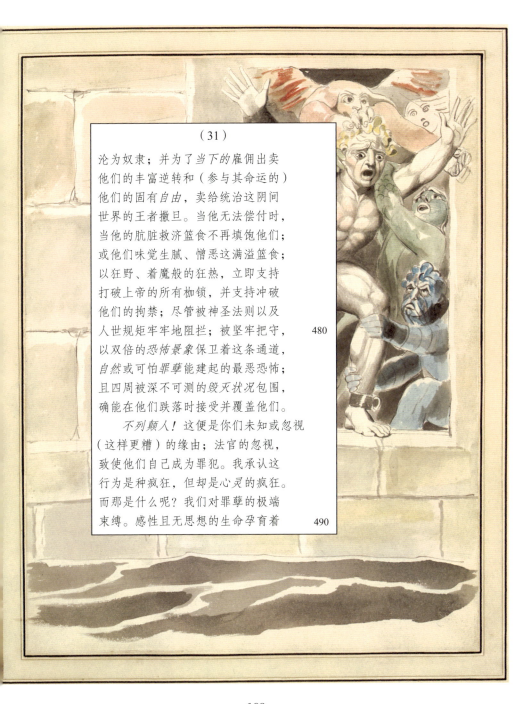

（31）

沦为奴隶；并为了当下的雇佣出卖
他们的丰富逆转和（参与其命运的）
他们的固有*自由*，卖给统治这阴间
世界的王者撒旦。当他无法偿付时，
当他的肮脏救济篮食不再填饱他们；
或他们味觉生腻、憎恶这满溢篮食；
以狂野、着魔般的狂热，立即支持
打破上帝的所有枷锁，并支持冲破
他们的拘禁；尽管被神圣法则以及
人世规矩牢牢地阻拦；被坚牢把守，　　480
以双倍的恐怖景象保卫着这条通道，
*自然*或可怕罪孽能建起的最恶恐怖；
且四周被深不可测的毁灭状况包围，
确能在他们跌落时接受并覆盖他们。

　　不列颠人！ 这便是你们未知或忽视
（这样更糟）的缘由；法官的忽视，
致使他们自己成为罪犯。我承认这
行为是种疯狂，但却是心灵的疯狂。
而那是什么呢？我们对罪孽的极端
束缚。感性且无思想的生命孕育着　　490

（32）

各种怪异畸形的诞生，还有可称冠
黑色地狱同伙的*自杀*。勇者敢打破
天堂的至高法则，并通过谋杀神圣
自然，绝望地冲向对其自身的谋杀，
因为他们从未想起死亡，只是死去。
这同样是人类的职责、荣耀与收益，
一方面躲避、同时也沉思他的终结。
当我们靠近衰弱之床坐下（*智慧的
宝座*！若由我们而非命运选择）或
看着我们濒死的朋友，坚持着悲痛，　　500
拭去寒冷的露水，或保持头颅低垂，
数着他们的时刻，并在每次钟鸣时，
因听见宣告一段永恒的声响而受惊；
看着昏暗的生命之灯正微弱地举起
一束痛苦的光线，为了能凝视我们，
随后便再度沉没，颤动着进入死亡，
那个属于我们自身最为可悲的使者；
我们该如何解读这悲哀景象？好似
赐予人类的完美报复？不；是怜悯，
为了熔化他，像熔蜡一样，然后将　　510

（33）

死神的肖像永久地压印在他的心上；
为了他人而流血，为了自己而发抖，
我们流血、发抖；我们忘记、微笑。
大脑变成了傻瓜，在脸颊泪干之前。
我们快速回归的愚笨宣告一切无效；
正如急涌的潮水摧毁写在绵软沙土
上的一切，令带字的海滩重归平坦。

　　洛伦佐！你可曾称过一声叹息多重？
可曾研究过滴滴泪水中蕴藏的哲学？
（尚未在我们的学院中教授的科学。）　　520
你可曾屈尊下降、深入胸膛，并且
窥视他们的根源？若没有，请与我
降落，并追踪这些咸水溪流的源泉。

　　我们在葬礼上的眼泪源自不同起因，
好似源自灵魂中分离的水窖，它们
以各种方式流淌。从脆弱的心灵中，①
被蔓延的柔情感召，一些立即爆裂，
并且顺从地涌向了引导的眼。一些
需要更多时间，用奇特的技艺提纯。
一些心灵本会严守秘密、不易融化，　　530

---

① 据勘误表，此行的 "Breast" 应作 "Hearts"。

191

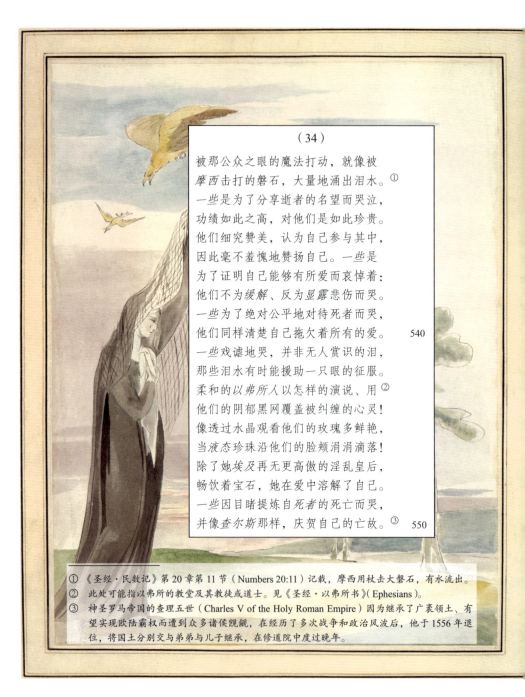

夜 思

（34）

被那公众之眼的魔法打动，就像被
*摩西*击打的磐石，大量地涌出泪水。①
一些是为了分享逝者的名望而哭泣，
功绩如此之高，对他们是如此珍贵。
他们细究赞美，认为自己参与其中，
因此毫不羞愧地赞扬自己。一些是
为了证明自己能够有所爱而哀悼着：
他们不为缓解、反为显露悲伤而哭。
一些为了绝对公平地对待死者而哭，
他们同样清楚自己拖欠着所有的爱。　　540
一些戏谑地哭，并非无人赏识的泪，
那些泪水有时能援助一只眼的征服。
柔和的*以弗所*人以怎样的演说、用②
他们的阴郁黑网覆盖被纠缠的心灵！
像透过水晶观看他们的玫瑰多鲜艳，
当液态珍珠沿他们的脸颊涓涓滴落！
除了她埃及再无更高傲的淫乱皇后，
畅饮着宝石，她在爱中溶解了自己。
一些因目睹提炼自死者的死亡而哭，
并像查尔斯那样，庆贺自己的亡故。③　550

① 《圣经·民数记》第 20 章第 11 节（Numbers 20:11）记载，摩西用杖击大磐石，有水流出。
② 此处可能指以弗所的教堂及其教徒或道士。见《圣经·以弗所书》（Ephesians）。
③ 神圣罗马帝国的查理五世（Charles V of the Holy Roman Empire）因为继承了广袤领土、有
望实现欧陆霸权而遭到众多诸侯觊觎，在经历了多次战争和政治风波后，他于 1556 年退
位，将国土分别交与弟弟与儿子继承，在修道院中度过晚年。

192

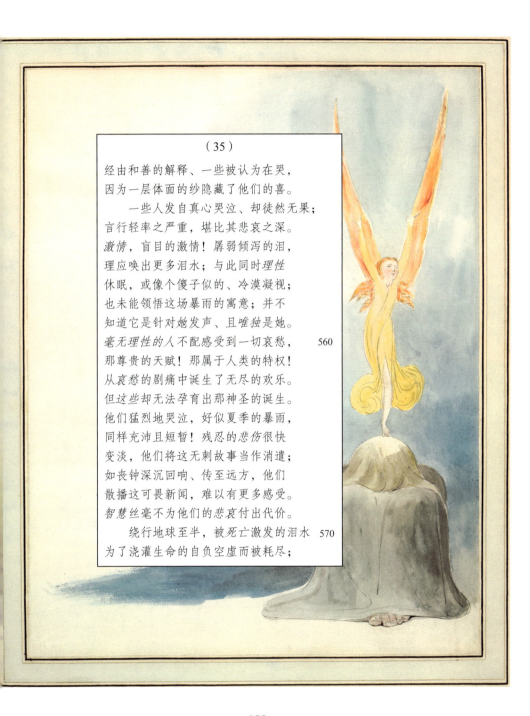

（35）

经由和善的解释、一些被认为在哭,
因为一层体面的纱隐藏了他们的喜。

　　一些人发自真心哭泣、却徒然无果;
言行轻率之严重,堪比其悲哀之深。
激情,盲目的激情! 屏弱倾泻的泪,
理应唤出更多泪水;与此同时*理性*
休眠,或像个傻子似的、冷漠凝视;
也未能领悟这场暴雨的寓意;并不
知道它是针对*她*发声、且唯独是她。
毫无理性的人不配感受到一切哀愁 　　560
那尊贵的天赋! 那属于人类的特权!
从哀愁的剧痛中诞生了无尽的欢乐。
但这些却无法孕育出那神圣的诞生。
他们猛烈地哭泣,好似夏季的暴雨,
同样充沛且短暂! 残忍的悲伤很快
变淡,他们将这无刺故事当作消遣;
如丧钟深沉回响、传至远方,他们
散播这可畏新闻,难以有更多感受。
智慧丝毫不为他们的悲哀付出代价。

　　绕行地球至半,被死亡激发的泪水 　　570
为了浇灌生命的自负空虚而被耗尽;

193

夜　思

（36）

令愚笨繁盛得更为曼妙。与此同时，
患病的灵魂被收走了她的惯常支撑，
斜倚在泥土上，在尘埃中哀愁懊恼；
她并没有在那里习得她真正的支柱，
尽管为了学习而在那里扔下真支柱。
没有天堂的援助，急切希望被赐福，
她爬向下一丛灌木、或可憎的荆棘；
尽管她是从威严雪松的臂膀中跌落，
以作伪证的陈腐拥抱，重新依附着，　　580
与陌生人成婚、并如往常一样开花，
参与着生命中所有无果的浮华打扮：
在这舞会上呈现她制作精良的服饰，
并在圆形场地上为了骷髅像而抽彩。

　　*奥丽莉娅*曾这样哭泣，直到注定的 ①
少年介入，带着他制造微笑的收据；
还有将黑丧服漂白成婚庆花的收据。
*洛伦佐*曾这样为美丽的*克拉丽莎*的 ②
命运哭泣；她生下那天使般的男孩，
为他宠爱；她为生下那孤儿而死去！　　590
我对你的忧虑，*纳西莎*！并非如此。

---

① "奥丽莉娅"（Aurelia）：意思是蝴蝶，是埃及人在表现普绪咯（Psyche）时常用的象征。普
　绪咯是人类灵魂的化身，也是爱神丘比特（Cupid）的恋人，以长着蝴蝶翅膀的少女形象
　出现。
② "克拉丽莎"（Clarissa）：洛伦佐的妻子。见第八夜第248行。这个名字可能与塞缪尔·理
　查森（Samuel Richardson）的小说《克拉丽莎》（*Clarissa, or, the History of a Young Lady*）
　有关。

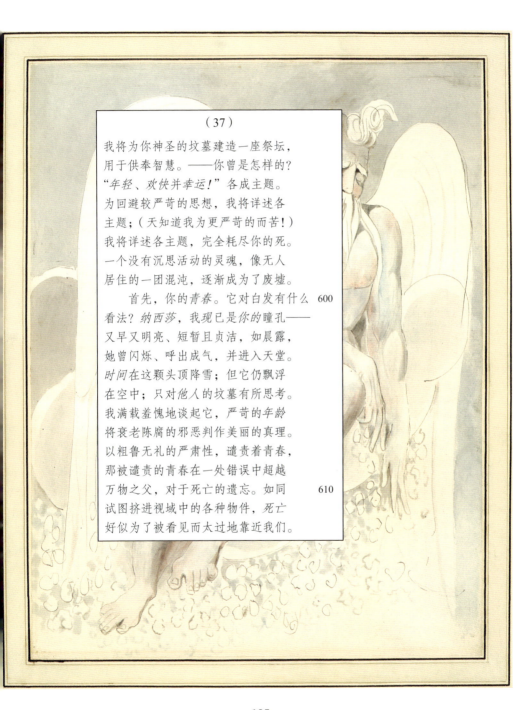

（37）

我将为你神圣的坟墓建造一座祭坛，
用于供奉智慧。——你曾是怎样的?
"年轻、欢快并幸运！" 各成主题。
为回避较严苛的思想，我将详述各
主题；(天知道我为更严苛的而苦！)
我将详述各主题，完全耗尽你的死。
一个没有沉思活动的灵魂，像无人
居住的一团混沌，逐渐成为了废墟。

　　首先，你的青春。它对白发有什么　600
看法? *纳西莎，我现已是你的瞳孔*——
又早又明亮、短暂且贞洁，如晨露，
她曾闪烁、呼出成气、并进入天堂。
时间 在这颗头顶降雪；但它仍飘浮
在空中；只对 *他人的* 坟墓有所思考。
我满载羞愧地谈起它，严苛的 *年龄*
将衰老陈腐的邪恶判作美丽的真理。
以粗鲁无礼的严肃性，谴责着青春，
那被谴责的青春在一处错误中超越
万物之父，对于死亡的遗忘。如同　　610
试图挤进视域中的各种物件，死亡
好似为了被看见而太过地靠近我们。

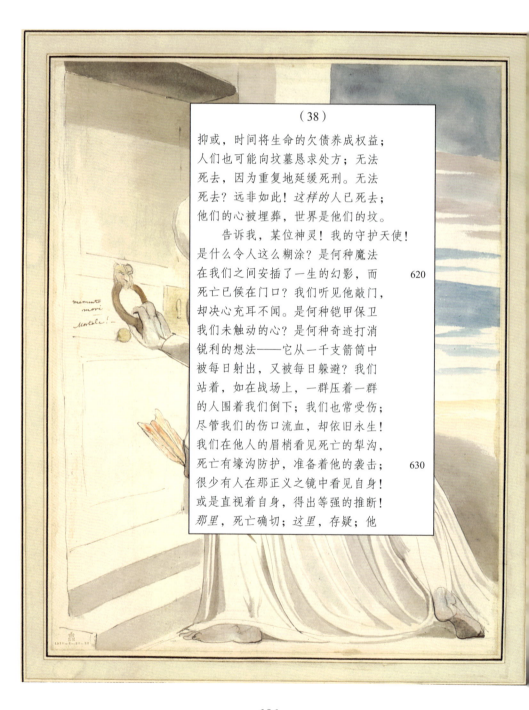

夜　思

（38）

抑或，时间将生命的欠债养成权益；
人们也可能向坟墓恳求处方；无法
死去，因为重复地延缓死刑。无法
死去？远非如此！这样的人已死去；
他们的心被埋葬，世界是他们的坟。

　　告诉我，某位神灵！我的守护天使！
是什么令人这么糊涂？是何种魔法
在我们之间安插了一生的幻影，而　　620
死亡已候在门口？我们听见他敲门，
却决心充耳不闻。是何种铠甲保卫
我们未触动的心？是何种奇迹打消
锐利的想法——它从一千支箭筒中
被每日射出，又被每日躲避？我们
站着，如在战场上，一群压着一群
的人围着我们倒下；我们也常受伤；
尽管我们的伤口流血，却依旧永生！
我们在他人的眉梢看见死亡的犁沟，
死亡有壕沟防护，准备着他的袭击；　630
很少有人在那正义之镜中看见自身！
或是直视着自身，得出等强的推断！
那里，死亡确切；这里，存疑；他

196

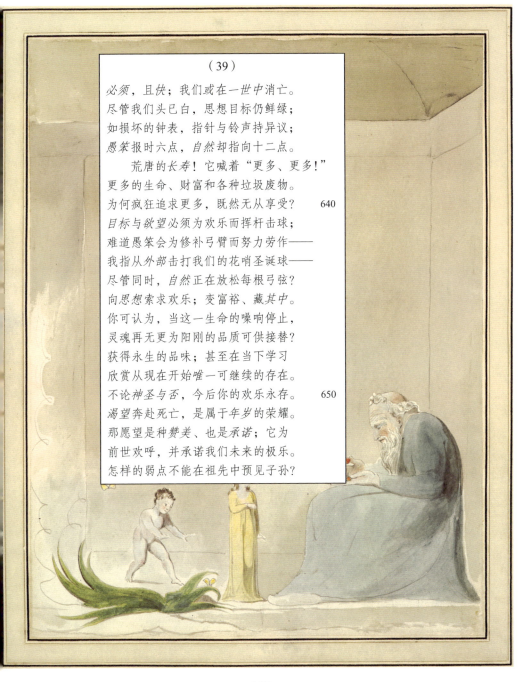

（39）

必须，且快；我们或在一世中消亡。
尽管我们头已白，思想目标仍鲜绿；
如损坏的钟表，指针与铃声持异议；
愚笨报时六点，*自然*却指向十二点。

　　荒唐的长寿！它喊着"更多、更多！"
更多的生命、财富和各种垃圾废物。
为何疯狂追求更多，既然无从享受？　　　640
目标与欲望必须为欢乐而挥杆击球；
难道愚笨会为修补弓臂而努力劳作——
我指从外部击打我们的花哨圣诞球——
尽管同时，*自然*正在放松每根弓弦？
向思想索求欢乐；变富裕、藏其中。
你可认为，当这一生命的噪响停止，
灵魂再无更为阳刚的品质可供接替？
获得永生的品味；甚至在当下学习
欣赏从现在开始唯一可继续的存在。
不论神圣与否，今后你的欢乐永存。　　　650
渴望奔赴死亡，是属于*年岁*的荣耀。
那愿望是种赞美、也是承诺；它为
前世欢呼，并承诺我们未来的极乐。
怎样的弱点不能在祖先中预见子孙？

（40）

在七九年华这关键时刻遭遇的荒谬！①
比照青年的缺点，白发老人的权威
是多么骇人！它令愚笨变得三倍蠢；
我们最初的童年可能会蔑视最末的。②
和平与敬重是暮年所能希望的一切。
最初的童年所能赐予的，唯有智慧；　　　　660
最末的只能赐予号称有智慧的名誉。
愚笨阻拦两者；我们的暮年颇败落。

　　还能有怎样更可恶的愚笨？我们的
愿望如人影般，伴随着日落而延长。
于是，没有愿望应在坟墓这边游荡。
我们的心也应离开这俗世，在丧钟
呼唤着我们的尸体去改善土壤之前。
在风暴中存活、停泊中死去，足矣；
暮年应当逃避人流，在撤退时遮掩
判断力的种种缺陷；并且克制意愿，　　　　670
思虑重重地在寂静阴沉的岸上散步，
它很快便必须在那辽阔海域上起航；
并在船边堆积善行；等待着风来临，
那风不久便将我们吹至未知的世界；
若那也没考虑过，真是幅可畏景象！③

① "grand climacteric" 指 63 岁。
② 最末的童年，即愚蠢的暮年时期。
③ 据勘误表，此行的 "Of" 应作 "If"。人如果没有思考过自己临死前该怎样度日，那可真是恐怖啊。

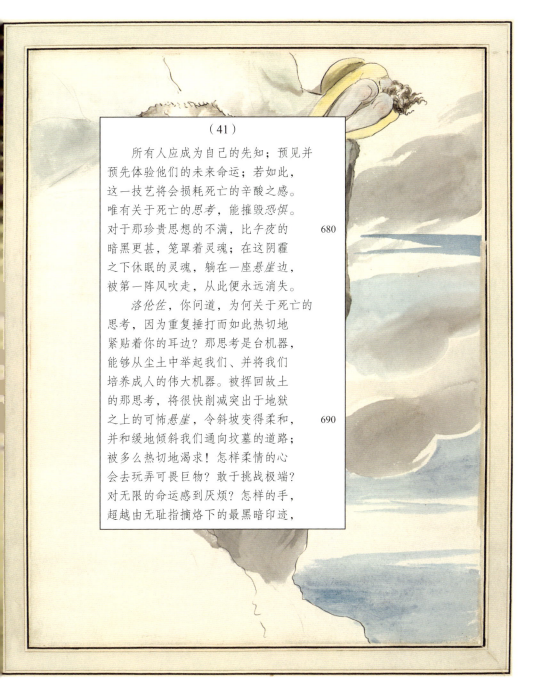

（41）

　　所有人应成为自己的先知；预见并
预先体验他们的未来命运；若如此，
这一技艺将会损耗死亡的辛酸之感。
唯有关于死亡的思考，能摧毁恐惧。
对于那珍贵思想的不满，比午夜的　　　　680
暗黑更甚，笼罩着灵魂；在这阴霾
之下休眠的灵魂，躺在一座悬崖边，
被第一阵风吹走，从此便永远消失。

　　洛伦佐，你问道，为何关于死亡的
思考，因为重复捶打而如此热切地
紧贴着你的耳边？那思考是台机器，
能够从尘土中举起我们、并将我们
培养成人的伟大机器。被挥回故土
的那思考，将很快削减突出于地狱
之上的可怖悬崖，令斜坡变得柔和，　　　690
并和缓地倾斜我们通向坟墓的道路；
被多么热切地渴求！怎样柔情的心
会去玩弄可畏巨物？敢于挑战极端？
对无限的命运感到厌烦？怎样的手，
超越由无耻指摘烙下的最黑暗印迹，

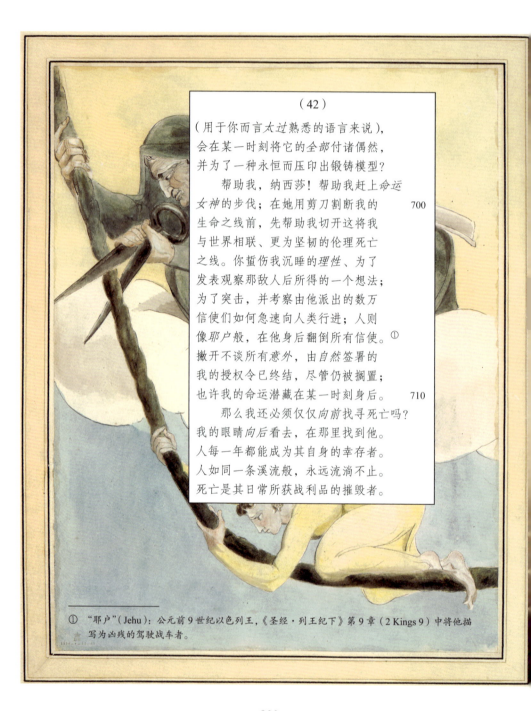

（42）

（用于你而言*太过熟悉*的语言来说），
会在某一时刻将它的全部付诸偶然，
并为了一种永恒而压印出锻铸模型？

　　帮助我，纳西莎！帮助我赶上命运
女神的步伐；在她用剪刀割断我的　　　　　　700
生命之线前，先帮助我切开这将我
与世界相联、更为坚韧的伦理死亡
之线。你蜇伤我*沉睡的*理性、为了
发表观察那敌人后所得的一个想法；
为了突击，并考察由他派出的数万
信使们如何急速向人类行进；人则
像耶户般，在他身后翻倒所有信使。①
撇开不谈所有意外，由*自然*签署的
我的授权令已终结，尽管仍被搁置；
也许我的命运潜藏在某一时刻身后。　　　710
　　那么我还必须仅仅*向前*找寻死亡吗？
我的眼睛*向后*看去，在那里找到他。
人每一年都能成为其自身的幸存者。
人如同一条溪流般，永远流淌不止。
死亡是其日常所获战利品的摧毁者。

---

① "耶户"（Jehu）：公元前9世纪以色列王，《圣经·列王纪下》第9章（2 Kings 9）中将他描写为凶残的驾驶战车者。

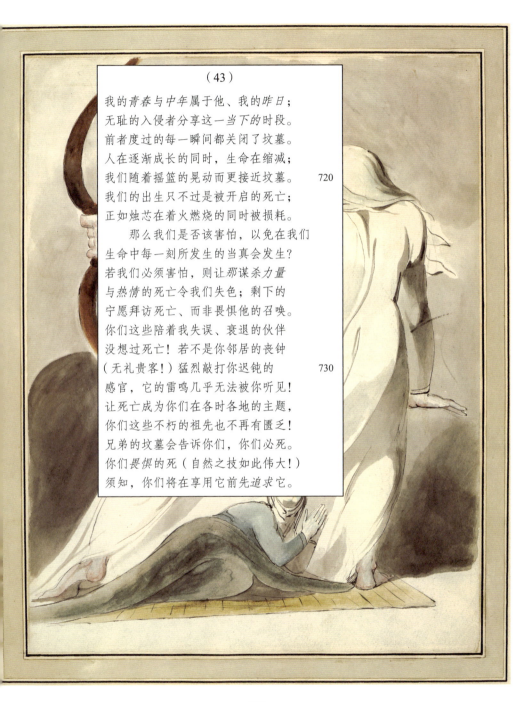

（43）

我的*青春*与*中年*属于他、我的*昨日*；
无耻的入侵者分享这一*当下*的时段。
前者度过的每一瞬间都关闭了坟墓。
人在逐渐成长的同时，生命在缩减；
我们随着摇篮的晃动而更接近坟墓。　　　720
我们的出生只不过是被开启的死亡；
正如烛芯在着火燃烧的同时被损耗。

　　那么我们是否该害怕，以免在我们
生命中每一刻所发生的当真会发生？
若我们必须害怕，则让那*谋杀力量*
*与热情的*死亡令我们失色；剩下的
宁愿拜访死亡、而非畏惧他的召唤。
你们这些陪着我失误、衰退的伙伴
没想过死亡！若不是你邻居的丧钟
（无礼贵客！）猛烈敲打你迟钝的　　　730
感官，它的雷鸣几乎无法被你听见！
让死亡成为你们在各时各地的主题，
你们这些不朽的祖先也不再有匮乏！
兄弟的坟墓会告诉你们，你们必死。
你们*畏惧*的死（自然之技如此伟大！）
须知，你们将在享用它前先*追求*它。

201

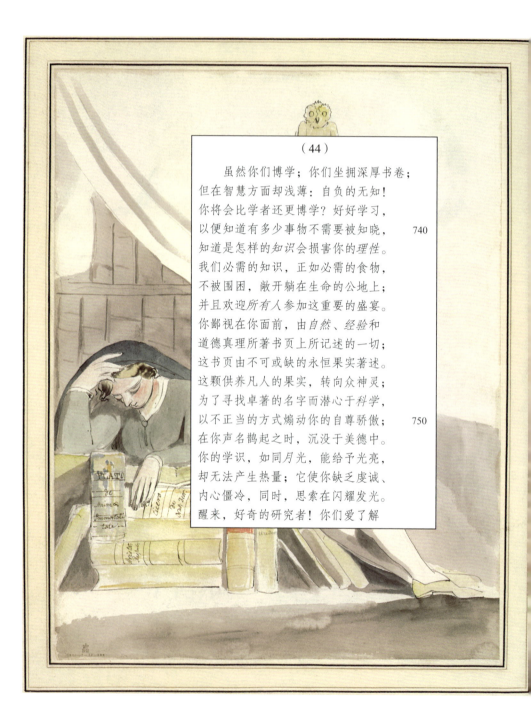

（44）

　　虽然你们博学；你们坐拥深厚书卷；
但在智慧方面却浅薄：自负的无知！
你将会比学者还更博学？好好学习，
以便知道有多少事物不需要被知晓，　　　740
知道是怎样的*知识*会损害你的*理性*。
我们必需的知识，正如必需的食物，
不被围困，敞开躺在生命的公地上；
并且欢迎*所有人*参加这重要的盛宴。
你鄙视在你面前，由*自然、经验*和
*道德真理*所著书页上所记述的一切；
这书页由不可或缺的永恒果实著述。
这颗供养凡人的果实，转向众神灵；
为了寻找卓著的名字而潜心于*科学*，　　750
以不正当的方式煽动你的自尊骄傲；
在你声名鹊起之时，沉没于美德中。
你的学识，如同*月光*，能给予光亮，
却无法产生热量；它使你缺乏虔诚、
内心僵冷，同时，思索在闪耀发光。
醒来，好奇的研究者！你们爱了解

（45）

一切，除了已知对你们有益的学识。
若你愿学习*死亡的特性*，那么注意。
行为的一切性质，健康的一切程度，
财富的一切锻模，年龄的一切日期，
曾同在他不偏不倚的骨灰缸中摇晃，　　　　760
随机地出现。抑或，若已做出选择，
那选择则颇为讽刺，并且侮辱一切
大胆的设想，和人类所痴情的希望。
多少数不尽的人群不仅离开，而且
借由他们的死亡，令我们极其失望！
我们的哀愁尽管剧烈，惊讶却更甚。

　　　像其他的暴君一样，死亡乐于严惩，
被其严惩的，最能宣告权力的得意，
以及专横的认可。他那至尊的欢乐，
下令让不幸之人活得比幸运儿更久；　　　　770
令虚弱之人为健壮者裹上他的寿衣；
哭泣着的父亲们建造其子孙的坟墓；
我建你的，*纳西莎！* 你短命又如何？①
令头脑成熟的是美德而非更迭年岁。②
能回应生命的首要目标，便是长寿。

① 据勘误表，此行的 "We" 应作 "Me"。
② 此处的 "rolling suns" 指太阳沿黄道带环绕地球一周的时长，即一年。

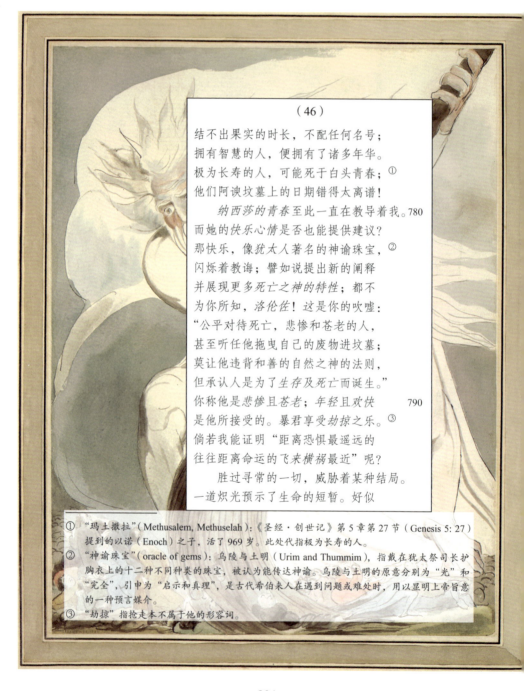

（46）

结不出果实的时长，不配任何名号；

拥有智慧的人，便拥有了诸多年华。

极为长寿的人，可能死于白头青春；①

他们阿谀坟墓上的日期错得太离谱！

　　纳西莎的青春至此一直在教导着我。780

而她的快乐心情是否也能提供建议？

那快乐，像犹太人著名的神谕珠宝，②

闪烁着教诲；譬如说提出新的阐释

并展现更多死亡之神的特性；都不

为你所知，洛伦佐！这是你的吹嘘：

"公平对待死亡，悲惨和苍老的人，

甚至听任他拖曳自己的废物进坟墓；

莫让他违背和善的自然之神的法则，

但承认人是为了生存及死亡而诞生。"

你称他是悲惨且苍老；年轻且欢快　　790

是他所接受的。暴君享受劫掠之乐。③

倘若我能证明"距离恐惧最遥远的

往往距离命运的飞来横祸最近"呢？

　　胜过寻常的一切，威胁着某种结局。

一道炽光预示了生命的短暂。好似

---

① "玛土撒拉"（Methusalem, Methuselah）：《圣经·创世记》第5章第27节（Genesis 5: 27）提到的以诺（Enoch）之子，活了969岁。此处代指极为长寿的人。

② "神谕珠宝"（oracle of gems）：乌陵与土明（Urim and Thummim），指戴在犹太祭司长护胸衣上的十二种不同种类的珠宝，被认为能传达神谕。乌陵与土明的原意分别为"光"和"完全"，引申为"启示和真理"，是古代希伯来人在遇到问题或难处时，用以显明上帝旨意的一种预言媒介。

③ "劫掠"指抢走本不属于他的形容词。

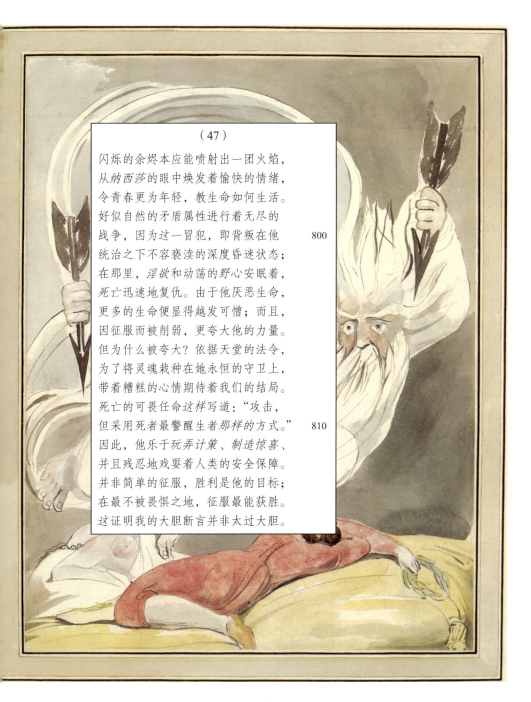

（47）

闪烁的余烬本应能喷射出一团火焰，
从**纳西莎**的眼中焕发着愉快的情绪，
令青春更为年轻，教生命如何生活。
好似自然的矛盾属性进行着无尽的
战争，因为这一冒犯，即背叛在他　　　　800
统治之下不容亵渎的深度昏迷状态；
在那里，淫欲和动荡的野心安眠着，
死亡迅速地复仇。由于他厌恶生命，
更多的生命便显得越发可憎；而且，
因征服而被削弱，更夸大他的力量。
但为什么被夸大？依据天堂的法令，
为了将灵魂栽种在她永恒的守卫上，
带着糟糕的心情期待着我们的结局。
死亡的可畏任命这样写道："攻击，
但采用死者最警醒生者那样的方式。"　810
因此，他乐于玩弄计策、制造惊喜、
并且残忍地戏耍着人类的安全保障。
并非简单的征服，胜利是他的目标；
在最不被畏惧之地，征服最能获胜
这证明我的大胆断言并非太过大胆。

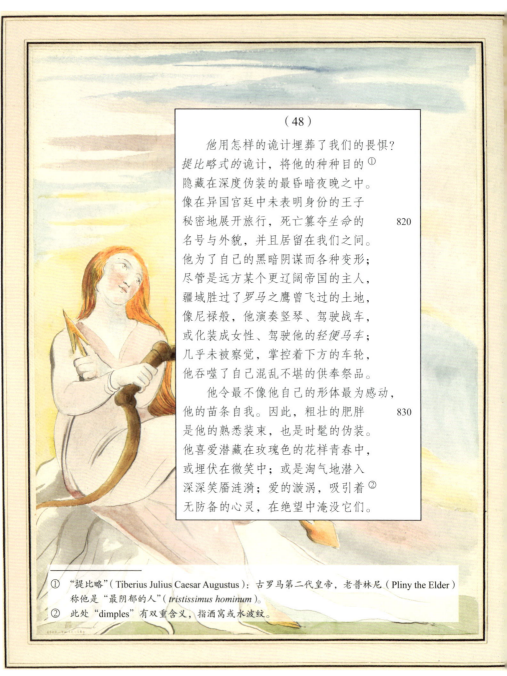

（48）

　　他用怎样的诡计埋葬了我们的畏惧？
提比略式的诡计，将他的种种目的 ①
隐藏在深度伪装的最昏暗夜晚之中。
像在异国宫廷中未表明身份的王子
秘密地展开旅行，死亡篡夺生命的　　　　820
名号与外貌，并且居留在我们之间。
他为了自己的黑暗阴谋而各种变形；
尽管是远方某个更辽阔帝国的主人，
疆域胜过了罗马之鹰曾飞过的土地，
像尼禄般，他演奏竖琴、驾驶战车，
或化装成女性、驾驶他的*轻便*马车；
几乎未被察觉，掌控着下方的车轮，
他吞噬了自己混乱不堪的供奉祭品。

　　他令最不像他自己的形体最为感动，
他的苗条自我。因此，粗壮的肥胖　　　830
是他的熟悉装束，也是时髦的伪装。
他喜爱潜藏在玫瑰色的花样青春中，
或埋伏在微笑中；或是淘气地潜入
深深笑靥涟漪；爱的漩涡，吸引着 ②
无防备的心灵，在绝望中淹没它们。

---

①　"提比略"（Tiberius Julius Caesar Augustus）：古罗马第二代皇帝，老普林尼（Pliny the Elder）
　　称他是"最阴郁的人"（*tristissimus hominum*）。
②　此处"dimples"有双重含义，指酒窝或水波纹。

206

（49）

他像这样在*纳西莎*的卧榻上长久地
消磨时光，不为人知；即便被察觉，
仍*微笑着*；这样的和平死时也纯真！
　　最难被他的诡计欺骗的他们最幸福！
一只眼注视死亡，另一只紧盯天堂，　　　　840
成为了生而有涯却又永生不死的人。
带着盛怒和嫉妒长久监视他的奸计，
我已看见、或梦中看见，暴君更衣；
斜倚着他的恐惧，并摆出他的笑容。
缪斯呀，你记得的，把它回想起来，
并向*洛伦佐*展现这令人震惊的景象；
若这是场梦，他的天资能做出解释。
　　我曾在一圈欢快之人的围困中站着。
死亡本可进入；*自然*把他推了回去；
在一位知名学者的支持下，他赢得　　　　850
自己的观点。然后狡诈地打发走了
那哲人，因为死亡本就企图被隐藏。
他曾给一位年老、活泼的高利贷者
他的贫瘦外貌，以及他的赤裸骨头；
感谢对方丰盈他的猎物——一个被

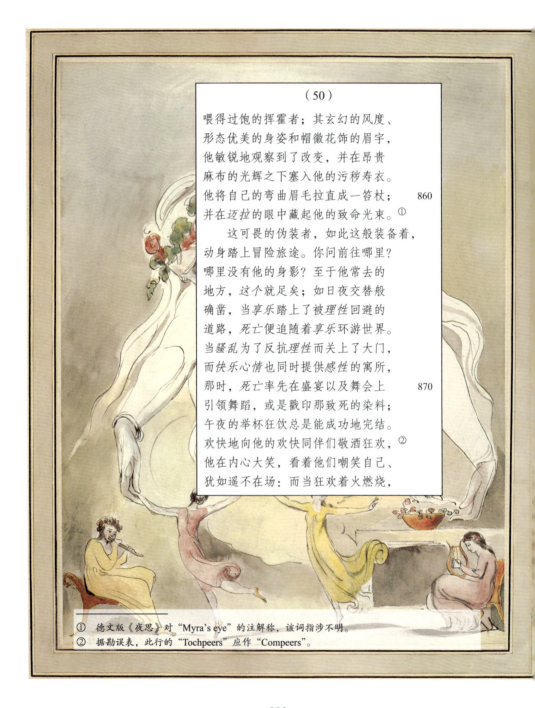

（50）

喂得过饱的挥霍者；其玄幻的风度、
形态优美的身姿和帽徽花饰的眉宇，
他敏锐地观察到了改变，并在昂贵
麻布的光辉之下塞入他的污秽寿衣。
他将自己的弯曲眉毛拉直成一笞杖；　　860
并在迈拉的眼中藏起他的致命光束。①

　　这可畏的伪装者，如此这般装备着，
动身踏上冒险旅途。你问前往哪里？
哪里没有他的身影？至于他常去的
地方，这个就足矣；如日夜交替般
确凿，当享乐踏上了被理性回避的
道路，死亡便追随着享乐环游世界。
当骚乱为了反抗理性而关上了大门，
而快乐心情也同时提供感性的寓所，
那时，死亡率先在盛宴以及舞会上　　870
引领舞蹈，或是戳印那致死的染料；
午夜的举杯狂饮总是能成功地完结。
欢快地向他的欢快同伴们敬酒狂欢，②
他在内心大笑，看着他们嘲笑自己、
犹如遥不在场：而当狂欢着火燃烧，

---

① 德文版《夜思》对 "Myra's eye" 的注解称，该词指涉不明。
② 据勘误表，此行的 "Tochpeers" 应作 "Compeers"。

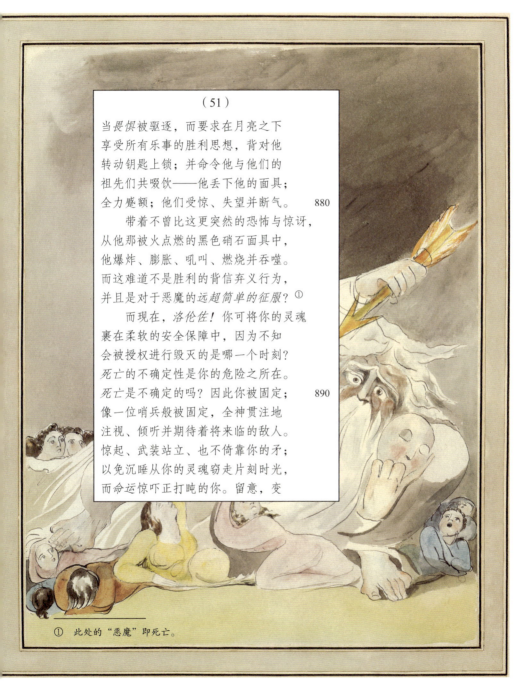

（51）

当*畏惧*被驱逐，而要求在月亮之下
享受所有乐事的胜利思想，背对他
转动钥匙上锁；并命令他与他们的
祖先们共啜饮——他丢下他的面具；
全力*蹙额*；他们受惊、失望并断气。　　880

　　带着不曾比这更突然的恐怖与惊讶，
从他那被火点燃的黑色硝石面具中，
他爆炸、膨胀、吼叫、燃烧并吞噬。
而这难道不是胜利的背信弃义行为，
并且是对于恶魔的*远超*简单的征服？①

　　而现在，*洛伦佐*！你可将你的灵魂
裹在柔软的安全保障中，因为不知
会被授权进行毁灭的是哪一个时刻？
死亡的不确定性是你的危险之所在。
死亡是不确定的吗？因此你被固定；　　890
像一位哨兵般被固定，全神贯注地
注视、倾听并期待着将来临的敌人。
惊起、武装站立、也不倚靠你的矛；
以免沉睡从你的灵魂窃走片刻时光，
而*命运*惊吓正打盹的你。留意，变

———————
①　此处的"恶魔"即死亡。

209

（52）

坚强：由此给予每一天得以善终的
功绩与名望；尽管已注定必有一死。
也莫让被隐藏的（不被众人所知的）
生命周期向你隐瞒生命的珍贵用途。

　　纳西莎的命运结束得早、而非突然。900
死亡前来拜访得很迅速，并不惊奇。
她的思想已出发去他的路上迎接他，
快乐心情也并没有忘记它即将死去。
尽管命运女神（我们第三且最末的
主题）也作为共犯，在她的注视下
玩弄她的艳丽羽饰和各种闪光摆设，
为了眩惑、并诱奸它脱离它的目标。
死亡的可畏来临是人类的目标；而
错失它的每一个思想，都是盲目的。
命运女神，携青春与快乐，曾密谋　　　910
编织一柄幸福的三重花圈（若凡世
有幸福）为她加冕、戴在眉梢。而
死亡能否攻击穿透这样的闪耀盾牌？
　　那块闪耀的盾牌吸引着暴君的长矛。
好似为了制止我们的种种高尚意图，

（53）

并且向全人类布道宣讲谦卑的教义。
啊，繁荣昌盛是多么不祥且又自负！①
它多么像彗星，在恐吓的同时闪耀！
少有年份能向我们证明死亡的野心！
从最美的信徒中挑选出他的受害者！　　920
以生命的全部自豪把他的矛柄入鞘。
命运被充盈淹没，全身挂满近来的
尊贵荣誉，因每一种极乐焕发生机；②
被公众之眼凝视着的浮华艳丽中心
自命不凡地卖弄、吸引愕然的目光；
当此般命运将她的孩子抛至空中时
（从谦卑国度的掩蔽处夺来的孩子），
我已经多少次看见他立刻坠落下来，
我们的晨之妒忌！我们的夜之哀叹！
好似她的慷慨恩赐皆是特定的信号，　　930
是绚丽的花冠、用作表示祭献牺牲，
并呼唤死亡的箭矢击中注定的猎物。

　　　傲慢的好运似乎与命数残忍地合作。
你问为何？为了令他对人类的作战
显得更为可畏、能有更显赫的赃物；

---

① "portentous" 有多重含义，可指预兆的、凶兆的、不祥的，也可指可惊的、奇特的、不寻常的，或是指自负的、自命不凡的。

② 据勘误表，此行的 "plum'd with ev'ry Bliss," 应作 "bloom'd with every Bliss."。这段的大意是说造化弄人，原本享受荣华富贵、举世瞩目的幸运儿突然失去命运的恩宠，人生大起大落。

（54）

由此令大胆的凡人们依旧更为敬畏。
洛伦佐是否仍为生命的壮丽而燃烧？
为了将他虚无缥缈的巢穴挂在高处，
悬挂在那最顶端树枝的纤细木条上，
被每一阵风摇晃，时刻威胁着跌落？　　　940
准许凶残死亡在*那里*相隔同等距离；
但是和平的开始，正值野心的结束。
是什么令人变得悲惨？*受阻的幸福？*
洛伦佐！ 不：是*被鄙弃的幸福*。她
前来时衣着太破旧，难令我们微笑；
自称她为"满足"，多粗陋的名字！
我们为狂喜燃烧，满足被我们鄙视。
*野心*转过身，并背对着她关上了门，
且迎娶暴风雨般的*劳作*，来取代她；
那暴风雨能令狂喜的近亲温暖升温。　　　950
因不知我们的必死状态有什么资格，
我们在升起的同时、毁灭了生命最
谦逊的欢乐；我们的所有兴奋是对
和平的伤害；和平是世间人的全部。

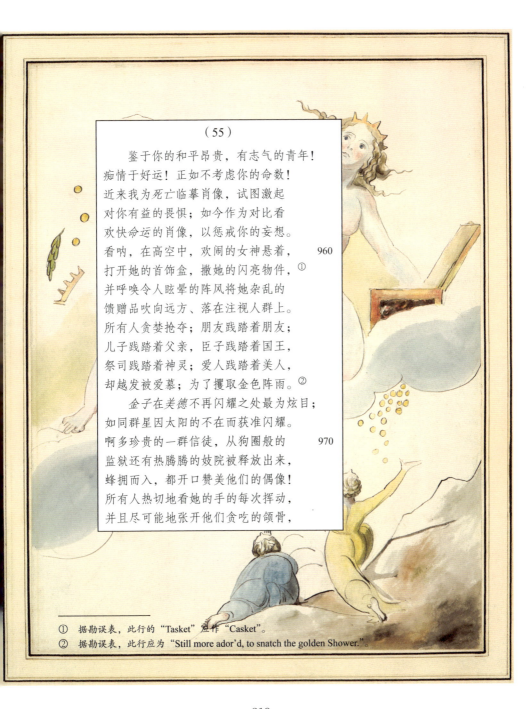

（55）

　　鉴于你的和平昂贵，有志气的青年！
痴情于好运！正如不考虑你的命数！
近来我为死亡临摹肖像，试图激起
对你有益的畏惧；如今作为对比看
欢快命运的肖像，以惩戒你的妄想。
看呐，在高空中，欢闹的女神悬着　　　　960
打开她的首饰盒，撒她的闪亮物件；①
并呼唤令人眩晕的阵风将她杂乱的
馈赠品吹向远方、落在注视人群上。
所有人贪婪抢夺；朋友践踏着朋友；
儿子践踏着父亲，臣子践踏着国王，
祭司践踏着神灵，爱人践踏着美人，
却越发被爱慕；为了攫取金色阵雨。②

　　金子在美德不再闪耀之处最为炫目；
如同群星因太阳的不在而获准闪耀。
啊多珍贵的一群信徒，从狗圈般的　　　970
监狱还有热腾腾的妓院被释放出来，
蜂拥而入，都开口赞美他们的偶像！
所有人热切地看她的手的每次挥动，
并且尽可能地张开他们贪吃的颌骨，

① 据勘误表，此行的"Tasket"应作"Casket"。
② 据勘误表，此行应为"Still more ador'd, to snatch the golden Shower."

213

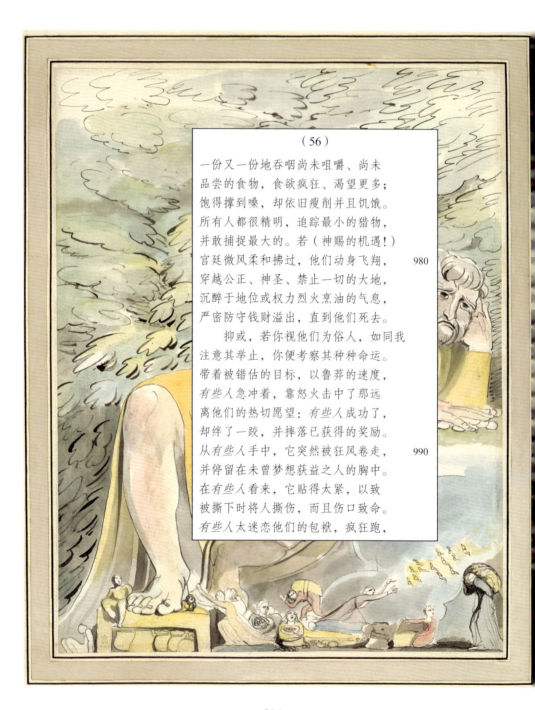

（56）

一份又一份地吞咽尚未咀嚼、尚未
品尝的食物，食欲疯狂、渴望更多；
饱得撑到嗓，却依旧瘦削并且饥饿。
所有人都很精明，追踪最小的猎物，
并敢捕捉最大的。若（神赐的机遇！）
宫廷微风柔和拂过，他们动身飞翔，　　　980
穿越公正、神圣、禁止一切的大地，
沉醉于地位或权力烈火烹油的气息，
严密防守钱财溢出，直到他们死去。

　　抑或，若你视他们为俗人，如同我
注意其举止，你便考察其种种命运。
带着被错估的目标，以鲁莽的速度，
有些人急冲着，靠怒火击中了那远
离他们的热切愿望：有些人成功了，
却绊了一跤，并摔落已获得的奖励。
从有些人手中，它突然被狂风卷走，　　　990
并停留在未曾梦想获益之人的胸中。
在有些人看来，它贴得太紧，以致
被撕下时将人撕伤，而且伤口致命。
有些人太迷恋他们的包袱，疯狂跑，

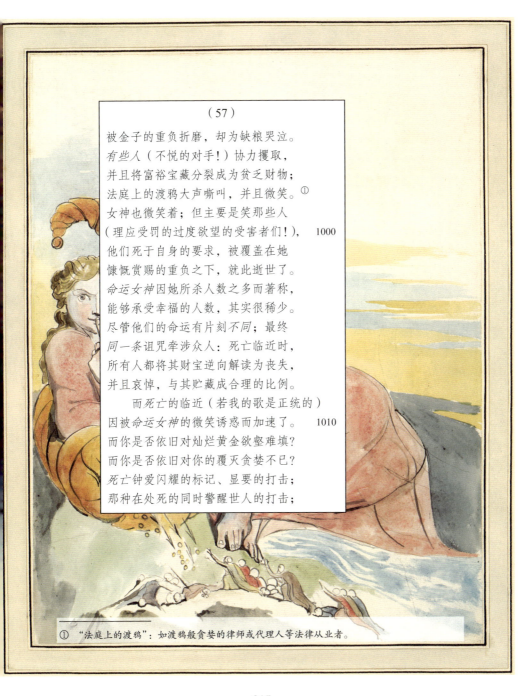

（57）

被金子的重负折磨，却为缺粮哭泣。
有些人（不悦的对手！）协力攫取，
并且将富裕宝藏分裂成为贫乏财物；
*法庭上的渡鸦大声嘶叫，并且微笑。*①
女神也微笑着；但主要是笑那些人
（理应受罚的过度欲望的受害者们！），　　1000
他们死于自身的要求，被覆盖在她
慷慨赏赐的重负之下，就此逝世了。
命运女神因她所杀人数之多而著称，
能够承受幸福的人数，其实很稀少。
尽管他们的命运有片刻不同；最终
同一条诅咒牵涉众人：死亡临近时，
所有人都将其财宝逆向解读为丧失，
并且哀悼，与其贮藏成合理的比例。

　　　而死亡的临近（若我的歌是正统的）
因被命运女神的微笑诱惑而加速了。　　1010
而你是否依旧对灿烂黄金欲壑难填？
而你是否依旧对你的覆灭贪婪不已？
死亡钟爱闪耀的标记、显要的打击；
那种在处死的同时警醒世人的打击；

① "法庭上的渡鸦"：如渡鸦般贪婪的律师或代理人等法律从业者。

（58）

并且仅凭一次跌落就震惊数千万人。
像栎树或松树某种雄伟气派的长势，
高高地点头示意，骄傲地铺开阴影，
公然对抗着太阳！为羊群提供庇护！
被农场工人劳作时的强壮砍击制服，
她最后大声一叹，从高处疾驰而下，　　　1020
化作笨重的废墟，雷鸣着冲向地面，
神志清醒的森林被震惊地摇晃发抖，
山岭、河流和远方的溪谷传来回响。

　　这些目标高远的死亡之箭，我若是
集齐它们，仅需这些便能填满箭囊。
这个箭囊，被悬吊在半空中，或是
靠近天堂的射手、被挂在黄道带上，
（因而可以）应当能吸引公众目光，
乃至全人类的注目凝视和冥想思虑！
一个庄严可怕、却慈祥和善的星座，　　　1030
引领欢快之人穿越生命的汹涌波涛；
也令他们免受敲击寻常纺纱锭之苦，
"从更大的危难中成长得更为牢靠，
并且被幸福包围，忘记他们的命运。"

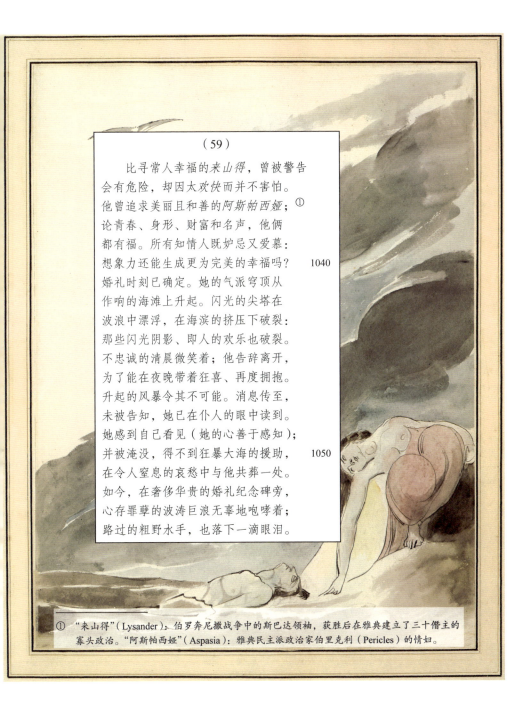

（59）

　　比寻常人幸福的*来山得*，曾被警告
会有危险，却因太欢快而并不害怕。
他曾追求美丽且和善的*阿斯帕西娅*；①
论青春、身形、财富和名声，他俩
都有福。所有知情人既妒忌又爱慕：
想象力还能生成更为完美的幸福吗？　　1040
婚礼时刻已确定。她的气派穹顶从
作响的海滩上升起。闪光的尖塔在
波浪中漂浮，在海滨的挤压下破裂：
那些闪光阴影、即人的欢乐也破裂。
不忠诚的清晨微笑着；他告辞离开，
为了能在夜晚带着狂喜、再度拥抱。
升起的风暴令其不可能。消息传至，
未被告知，她已在仆人的眼中读到。
她感到自己看见（她的心善于感知）；
并被淹没，得不到狂暴大海的援助，　　1050
在令人窒息的哀愁中与他共葬一处。
如今，在奢侈华贵的婚礼纪念碑旁，
心存罪孽的波涛巨浪无辜地咆哮着；
路过的粗野水手，也落下一滴眼泪。

① "来山得"（Lysander）：伯罗奔尼撒战争中的斯巴达领袖，获胜后在雅典建立了三十僭主的
　寡头政治。"阿斯帕西娅"（Aspasia）：雅典民主派政治家伯里克利（Pericles）的情妇。

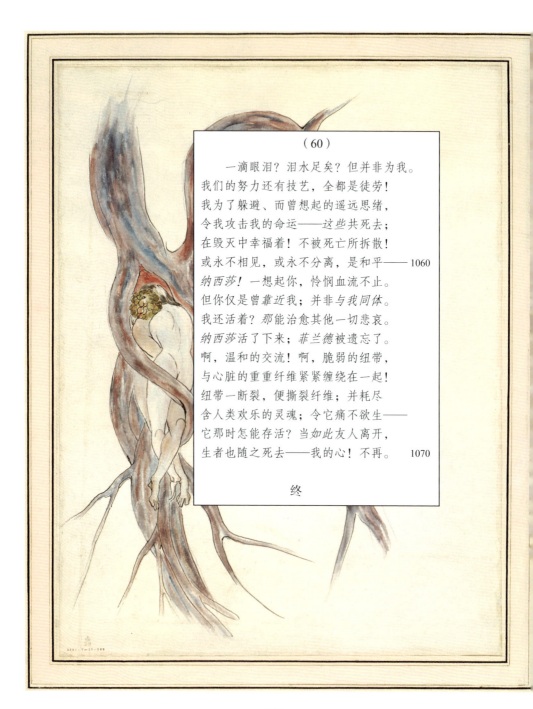

（60）

　　一滴眼泪？泪水足矣？但并非为我。
我们的努力还有技艺，全都是徒劳！
我为了躲避、而曾想起的遥远思绪，
令我攻击我的命运——这些共死去；
在毁灭中幸福着！不被死亡所拆散！
或永不相见，或永不分离，是和平——1060
纳西莎！ 一想起你，怜悯血流不止。
但你仅是曾靠近我；并非与我同体。
我还活着？那能治愈其他一切悲哀。
纳西莎活了下来；菲兰德被遗忘了。
啊，温和的交流！啊，脆弱的纽带，
与心脏的重重纤维紧紧缠绕在一起！
纽带一断裂，便撕裂纤维；并耗尽
含人类欢乐的灵魂；令它痛不欲生——
它那时怎能存活？当如此友人离开，
生者也随之死去——我的心！不再。　　1070

终

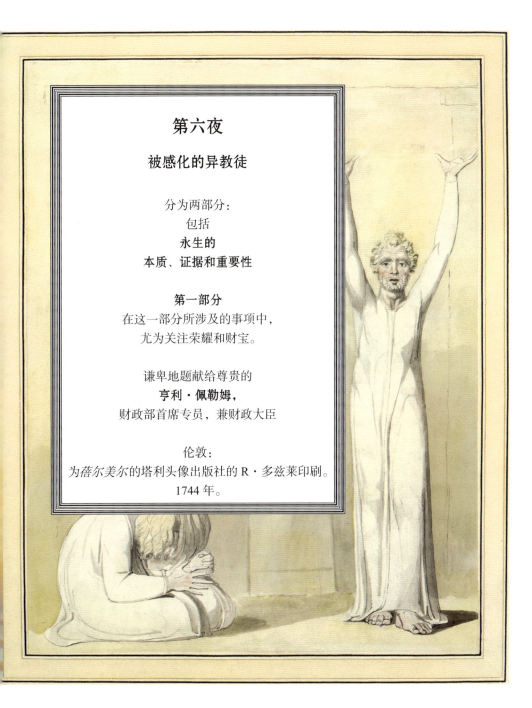

第六夜

被感化的异教徒

分为两部分：
包括
永生的
本质、证据和重要性

第一部分
在这一部分所涉及的事项中，
尤为关注荣耀和财宝。

谦卑地题献给尊贵的
亨利·佩勒姆，
财政部首席专员，兼财政大臣

伦敦：
为蓓尔美尔的塔利头像出版社的 R·多兹莱印刷。
1744 年。

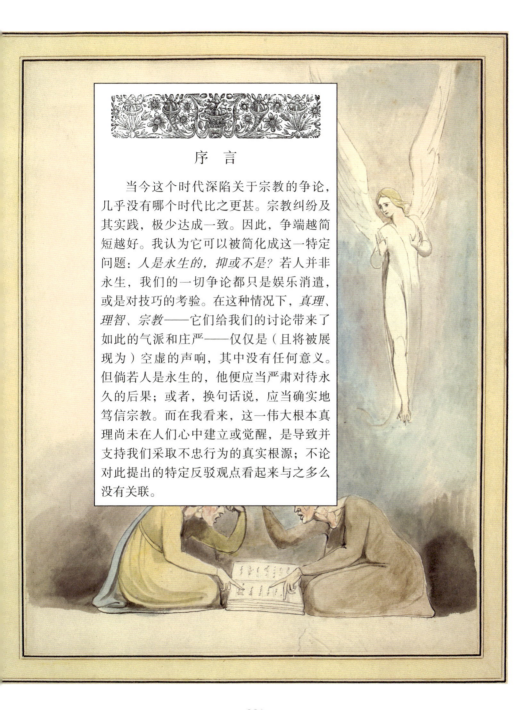

序　言

　　当今这个时代深陷关于宗教的争论，几乎没有哪个时代比之更甚。宗教纠纷及其实践，极少达成一致。因此，争端越简短越好。我认为它可以被简化成这一特定问题：*人是永生的，抑或不是？* 若人并非永生，我们的一切争论都只是娱乐消遣，或是对技巧的考验。在这种情况下，*真理、理智、宗教*——它们给我们的讨论带来了如此的气派和庄严——仅仅是（且将被展现为）空虚的声响，其中没有任何意义。但倘若人是永生的，他便应当严肃对待永久的后果；或者，换句话说，应当确实地笃信宗教。而在我看来，这一伟大根本真理尚未在人们心中建立或觉醒，是导致并支持我们采取不忠行为的真实根源；不论对此提出的特定反驳观点看起来与之多么没有关联。

*理性的外表比抽象的推理*更能影响大多数人；我们每天都能看见*凡身*坠落在我们周围，但却看不见*灵魂*。癖好对于*判断力*的影响，比那些未曾有此经历的人们所能想象到的更甚；而且认为灵魂不能存活、有着这种可悲兴趣的人，其数量又有多少？异教徒的世界承认，他们宁可对永生抱有*希望*、而不是坚定地*相信*永生；我们当中仍然有着多少异教徒？神圣的书页向我们保证，福音书揭示了生命和永生；但有多少人拒绝或忽视了福音书？这些考虑，以及我在偶然情况下知晓的某些特定人物的情绪，使得我长久以来相信，我们的大多数——如果不是所有——异教徒们（不论他们采用什么名号，也不论他们为了争论、为了给自己保留颜面而庇护什么规划），经由某种对于他们*永生性*的质疑，真正地得到了对于他们那糟糕错误的支持。令我十分满意的是，一旦人们彻底相信自己能够永生，距离他们成为基督徒也就不远了。因为实在难以想象，一个人既然完全知晓永恒的痛苦或幸福将必然成为其命运，竟然不会认真且中立地去询问最有把握摆脱一种命运、并获得另一种命运的手段。而且，关于这般认真且中立的询问，我非常清楚其结果。

222

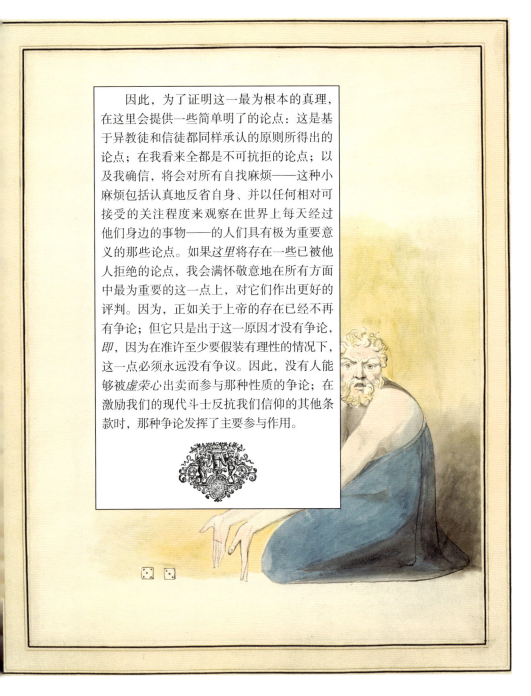

　　因此，为了证明这一最为根本的真理，在这里会提供一些简单明了的论点：这是基于异教徒和信徒都同样承认的原则所得出的论点；在我看来全都是不可抗拒的论点；以及我确信，将会对所有自找麻烦——这种小麻烦包括认真地反省自身、并以任何相对可接受的关注程度来观察在世界上每天经过他们身边的事物——的人们具有极为重要意义的那些论点。如果这里将存在一些已被他人拒绝的论点，我会满怀敬意地在所有方面中最为重要的这一点上，对它们作出更好的评判。因为，正如关于上帝的存在已经不再有争论；但它只是出于这一原因才没有争论，*即*，因为在准许至少要假装有理性的情况下，这一点必须永远没有争议。因此，没有人能够被*虚荣心*出卖而参与那种性质的争论；在激励我们的现代斗士反抗我们信仰的其他条款时，那种争论发挥了主要参与作用。

夜　思

第六夜

被感化的异教徒

　　她（因我尚且不知她在天堂的名讳），①
既不像*纳西莎*那样，早早离开舞台；
也不像*菲兰德*那样突然。有什么用？
这表面上的缓和反倒成了火上浇油；
这被渴求的药剂反倒令病症更严重。
越是被长久知晓，她就变得越亲近；
而逐渐的离别就是一种逐渐的死亡。
那凶残暴君如一台机器，通过不断
增加拖延压力的砝码重量，从最为
坚硬的心灵那里勒索对忧虑的忏悔。　　10

　　唉，历经多年痛苦的漫长黑暗途径，
死亡的走廊！（愿我敢这么称呼它）
带着忧心*疑点*和阴郁恐怖，悬挂着

---

①　此处的"她"可能是杨的妻子。

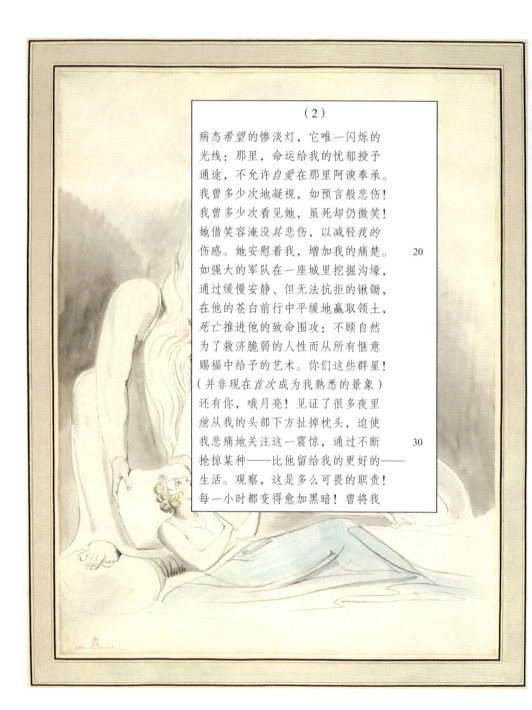

（2）

病态希望的惨淡灯，它唯一闪烁的
光线：那里，命运给我的忧郁授予
通途，不允许自爱在那里阿谀奉承。
我曾多少次地凝视，如预言般悲伤！
我曾多少次看见她，虽死却仍微笑！
她借笑容淹没其悲伤，以减轻我的
伤感。她安慰着我，增加我的痛楚。　　20
如强大的军队在一座城里挖掘沟壕，
通过缓慢安静、但无法抗拒的锹锄，
在他的苍白前行中平缓地赢取领土，
死亡推进他的致命围攻：不顾自然
为了救济脆弱的人性而从所有惬意
赐福中给予的艺术。你们这些群星！
（并非现在首次成为我熟悉的景象）
还有你，哦月亮！见证了很多夜里
他从我的头部下方扯掉枕头，迫使
我悲痛地关注这一震惊，通过不断　　30
抢掠某种——比他留给我的更好的——
生活。观察，这是多么可畏的职责！
每一小时都变得愈加黑暗！曾将我

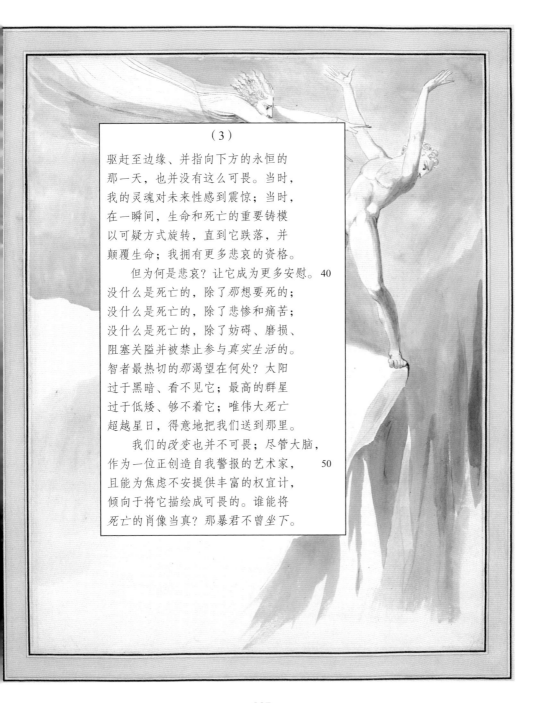

（3）

驱赶至边缘、并指向下方的永恒的
那一天，也并没有这么可畏。当时，
我的灵魂对未来性感到震惊；当时，
在一瞬间，生命和死亡的重要铸模
以可疑方式旋转，直到它跌落，并
颠覆生命；我拥有更多悲哀的资格。

　　但为何是悲哀？让它成为更多安慰。　40
没什么是死亡的，除了那想要死的；
没什么是死亡的，除了悲惨和痛苦；
没什么是死亡的，除了妨碍、磨损、
阻塞关隘并被禁止参与真实生活的。
智者最热切的那渴望在何处？太阳
过于黑暗、看不见它；最高的群星
过于低矮、够不着它；唯伟大死亡
超越星日，得意地把我们送到那里。

　　我们的改变也并不可畏；尽管大脑，
作为一位正创造自我警报的艺术家，　　　50
且能为焦虑不安提供丰富的权宜计，
倾向于将它描绘成可畏的。谁能将
死亡的肖像当真？那暴君不曾坐下。

夜 思

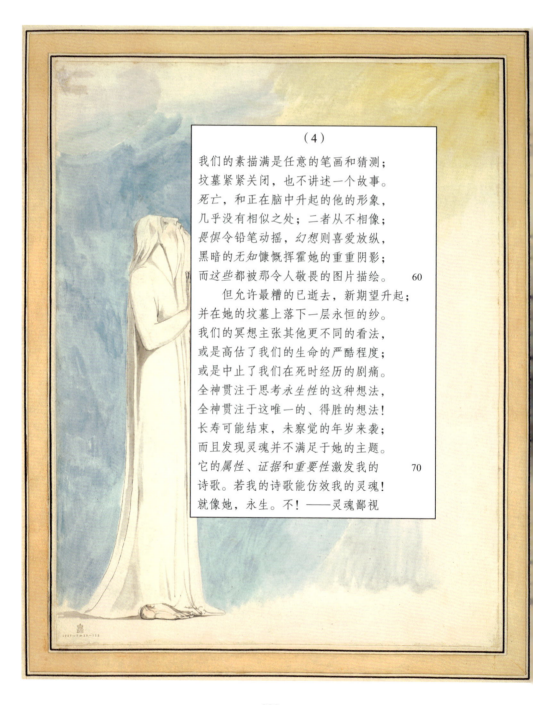

（4）

我们的素描满是任意的笔画和猜测；
坟墓紧紧关闭，也不讲述一个故事。
死亡，和正在脑中升起的他的形象，
几乎没有相似之处；二者从不相像；
畏惧令铅笔动摇，幻想则喜爱放纵，
黑暗的无知慷慨挥霍她的重重阴影；
而这些都被那令人敬畏的图片描绘。 60

　　但允许最糟的已逝去，新期望升起；
并在她的坟墓上落下一层永恒的纱。
我们的冥想主张其他更不同的看法，
或是高估了我们的生命的严酷程度；
或是中止了我们在死时经历的剧痛。
全神贯注于思考永生性的这种想法，
全神贯注于这唯一的、得胜的想法！
长寿可能结束，未察觉的年岁来袭；
而且发现灵魂并不满足于她的主题。
它的属性、证据和重要性激发我的 70
诗歌。若我的诗歌能仿效我的灵魂！
就像她，永生。不！——灵魂鄙视

228

（5）

如此简陋的印迹；点燃更为尊贵的
希望；若无尽年岁能比一个小时更
有价值，让棕榈而非月桂赋予灵感。

　　你的属性，永生！谁知道呢？然而
谁不知道它呢？它不过是生命，由
更灿烂的色彩、更强韧的丝线织成，
并被永久织就；被残忍的命运浸入
冥河般的染料，这里多么黑黢易碎！　　80
我们与太阳的交流多么短暂！且在
交流时，不光彩！我们的最佳行为，
多么缺乏影响力！我们的最高欢乐，
仅是在痛苦中支撑我们的微薄甜酒，
给予我们力量去受苦。但多伟大啊，
将兴趣、交谈、和睦关系与理性的
全部子孙混合，不论在宜居空间内
广泛散落的这些子孙出生何处或是
获得多少资助！活成有普遍本质的
自由公民！通过比虚弱信仰更甚的　　90
方式抓紧上帝！将天堂丰富且高深
莫测的矿藏（在大天使们的国度中

夜　思

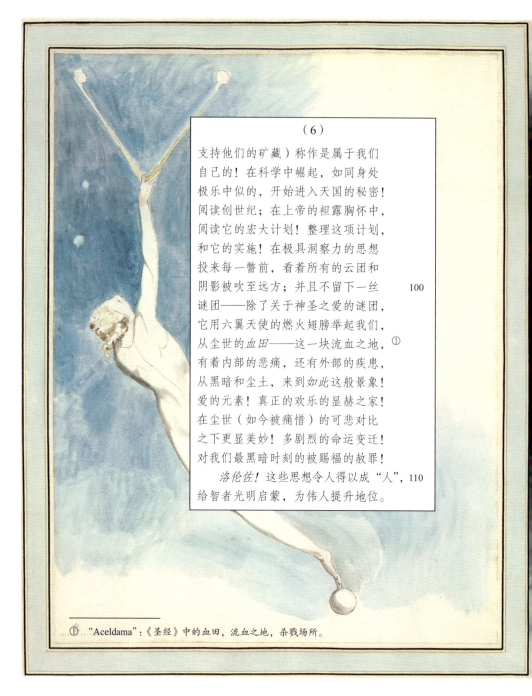

（6）

支持他们的矿藏）称作是属于我们
自己的！在科学中崛起，如同身处
极乐中似的，开始进入天国的秘密！
阅读创世纪；在上帝的袒露胸怀中，
阅读它的宏大计划！整理这项计划，
和它的实施！在极具洞察力的思想
投来每一瞥前，看着所有的云团和
阴影被吹至远方；并且不留下一丝　　100
谜团——除了关于神圣之爱的谜团，
它用六翼天使的燃火翅膀举起我们，
从尘世的*血田*——这一块流血之地，①
有着内部的悲痛，还有外部的疾患，
从黑暗和尘土，来到*如此*这般景象！
爱的元素！真正的欢乐的显赫之家！
在尘世（如今被痛惜）的可悲对比
之下更显美妙！多剧烈的命运变迁！
对我们最黑暗时刻的被赐福的赦罪！

　　洛伦佐！这些思想令人得以成"人"，110
给智者光明启蒙，为伟人提升地位。

① "Aceldama"：《圣经》中的血田，流血之地，杀戮场所。

230

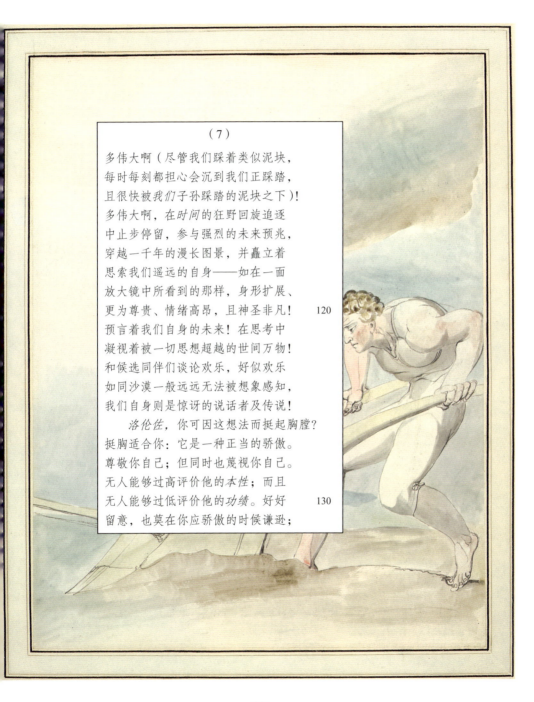

（7）

多伟大啊（尽管我们踩着类似泥块，
每时每刻都担心会沉到我们正踩踏，
且很快被*我们子孙踩踏的泥块之下*）！
多伟大啊，在*时间*的狂野回旋追逐
中止步停留，参与强烈的未来预兆，
穿越一千年的漫长图景，并矗立着
思索我们遥远的自身——如在一面
放大镜中所看到的那样，身形扩展、
更为尊贵、情绪高昂，且神圣非凡！　　120
预言着我们自身的未来！在思考中
凝视着被一切思想超越的世间万物！
和候选同伴们谈论欢乐，好似欢乐
如同沙漠一般远远无法被想象感知，
我们自身则是惊讶的说话者及传说！

　　洛伦佐，你可因这想法而挺起胸膛？
挺胸适合你：它是一种正当的骄傲。
尊敬你自己；但同时也蔑视你自己。
无人能够过高评价他的*本性*；而且
无人能够过低评价他的*功绩*。好好　　130
留意，也莫在你应骄傲的时候谦逊；

231

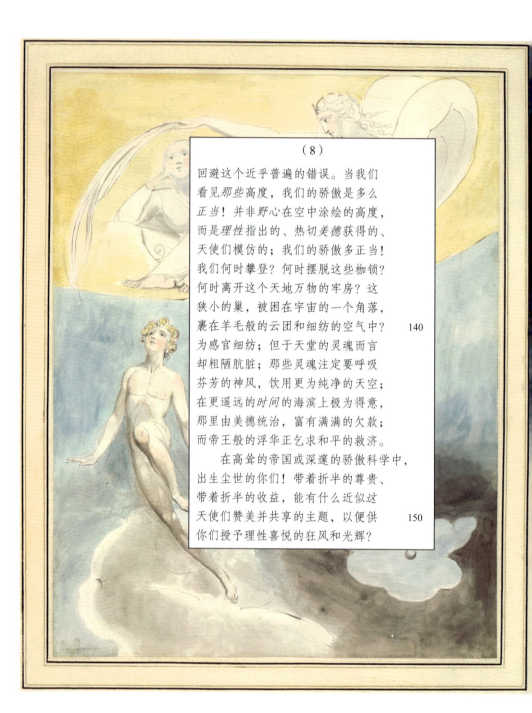

（8）

回避这个近乎普遍的错误。当我们
看见*那些*高度，我们的骄傲是多么
正当！并非*野*心在空中涂绘的高度，
而是*理性*指出的、热切*美德*获得的、
天使们模仿的；我们的骄傲多正当！
我们何时攀登？何时摆脱这些枷锁？
何时离开这个天地万物的牢房？这
狭小的巢，被困在宇宙的一个角落，
裹在羊毛般的云团和细纺的空气中？　　140
为感官细纺；但于天堂的灵魂而言
却粗陋肮脏；那些灵魂注定要呼吸
芬芳的神风，饮用更为纯净的天空；
在更遥远的*时间*的海滨上极为得意，
那里由美德统治，富有满满的欠款；
而帝王般的浮华正乞求和平的救济。

　　在高耸的帝国或深邃的骄傲科学中，
出生尘世的你们！带着折半的尊贵、
带着折半的收益，能有什么近似这
天使们赞美并共享的主题，以便供　　150
你们授予理性喜悦的狂风和光辉？

（9）

人类的命运和喜好是天堂中的主题。

怎样的悲惨重复在这里令我们腻烦？
怎样的周期性药酒被供给病人服用？
被扰乱的身体！还有被扰乱的头脑！
在永恒状态下，将爆发怎样的景象？
冒险怎般复杂？新奇事物怎般惊人？
怎样的奇观之网将在那里解开缠绕？
怎样的完整一日倾泻在天堂的全部
路径上，并在深处照亮上帝的脚步？　　160
我们被赐福的遣散解脱之日将如何
立刻解开命运的重重迷宫，并且将
它那纠缠难解的迷惑曲径拉直变正？

如果要知晓人心中无法遏制的渴望；
我们*在这里*的盛宴是多么富足充实！
在这里，伸展开的不仅是*道德*世界；
近来被看见栖于阴影下的*物质*世界，
和在那些阴影中——只能通过碎片
看见，而且那些碎片需用眼费力看——
此时尚未破裂、显赫辉煌且完整的　　170
它的广阔领域，它如宇宙般的框架

夜　思

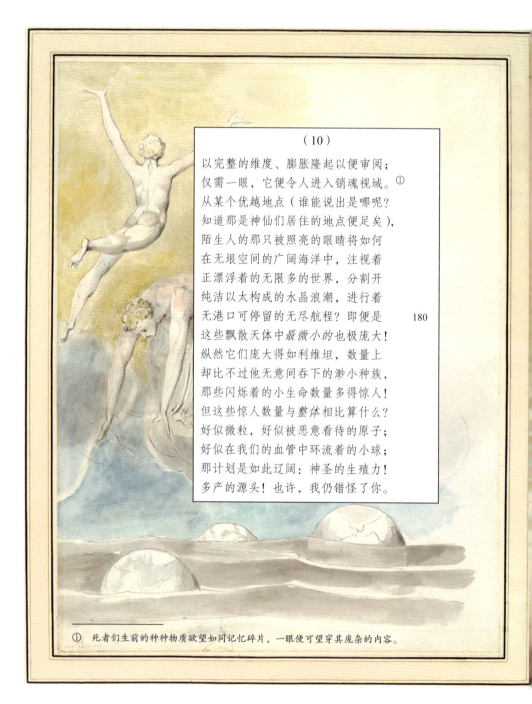

（10）

以完整的维度、膨胀隆起以便审阅；
仅需一眼，它便令人进入销魂视域。①
从某个优越地点（谁能说出是哪呢？
知道那是神仙们居住的地点便足矣），
陌生人的那只被照亮的眼睛将如何
在无垠空间的广阔海洋中，注视着
正漂浮着的无限多的世界，分割开
纯洁以太构成的水晶浪潮，进行着
无港口可停留的无尽航程？即便是　　　180
这些飘散天体中最微小的也极庞大！
纵然它们庞大得如利维坦，数量上
却比不过他无意间吞下的渺小种族，
那些闪烁着的小生命数量多得惊人！
但这些惊人数量与整体相比算什么？
好似微粒，好似被恶意看待的原子；
好似在我们的血管中环流着的小球；
那计划是如此辽阔：神圣的生殖力！
多产的源头！也许，我仍错怪了你。

---

① 死者们生前的种种物质欲望如同记忆碎片，一眼便可望穿其庞杂的内容。

（11）

　　倘若赞赏是欢乐的源头，由此会有
怎样的激动！但这只是天堂的末类。
这怎能与上帝穿的那显赫长袍相比？　　190
他曾从手中抛出这充满奇才的团块，①
作为一件样品，他的力量的保证金。
是为了那荣耀——所有荣耀的来源，
像草地上最卑贱的小花为了曾赐它
生命的太阳。但又如何，这天堂的
太阳？这受到至高赐福的无上极乐？
死亡，唯有死亡，能解决这一难题。
经由死亡，我们欢乐的想法被廉价
购得；赤裸裸的想法！坚实的幸福
距它在下方被追逐的阴影如此遥远。　　200
　　而我们仍在追逐那幽影，穿越烈焰，
跨越泥沼、刑架、悬崖，直至死亡？
而我们仍在为凡俗薪俸而辛苦劳作？
对田野与洪水的种种危险不屑一顾，
或是如蜘蛛般耗尽我们珍贵的一切，
将我们比要害器官更甚的一切织进
（倘若不顾伟大的未来性）由机智

———————
① 指上帝造人。

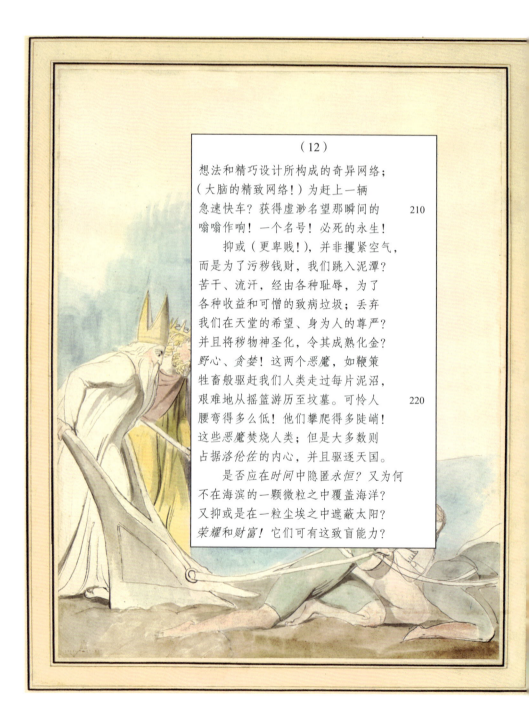

（12）

想法和精巧设计所构成的奇异网络；
（大脑的精致网络！）为赶上一辆
急速快车？获得虚渺名望那瞬间的　　　　　210
嗡嗡作响！一个名号！必死的永生！
　　抑或（更卑贱！），并非攫紧空气，
而是为了污秽钱财，我们跳入泥潭？
苦干、流汗，经由各种耻辱，为了
各种收益和可憎的致病垃圾；丢弃
我们在天堂的希望、身为人的尊严？
并且将秽物神圣化，令其成熟化金？
野心、贪婪！这两个恶魔，如鞭策
牲畜般驱赶我们人类走过每片泥沼，
艰难地从摇篮游历至坟墓。可怜人　　　　220
腰弯得多低！他们攀爬得多陡峭！
这些恶魔焚烧人类；但是大多数则
占据洛伦佐的内心，并且驱逐天国。
　　是否应在*时间*中隐匿永恒？又为何
不在海滨的一颗微粒之中覆盖海洋？
又抑或是在一粒尘埃之中遮蔽太阳？
*荣耀*和*财富*！它们可有这致盲能力？

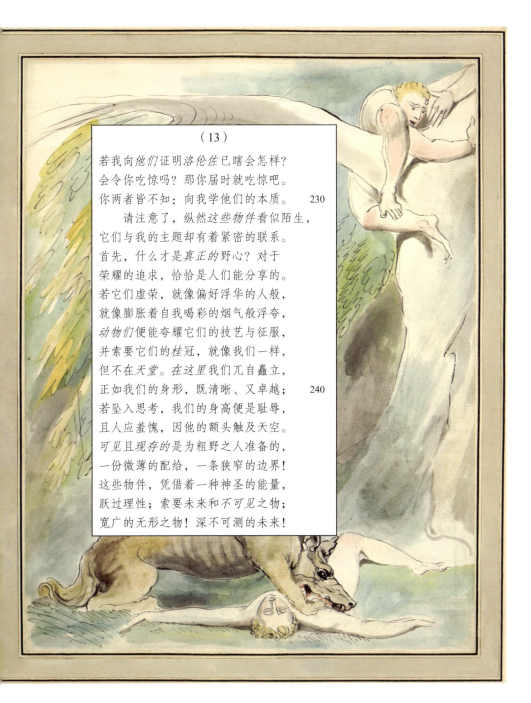

（13）

若我向*他们*证明洛伦佐已瞎会怎样？
会令你吃惊吗？那你届时就吃惊吧。
你两者皆不知：向我学他们的本质。　　230
　　请注意了，纵然这些*物件*看似陌生，
它们与我的主题却有着紧密的联系。
首先，什么才是*真正的野心*？对于
荣耀的追求，恰恰是人们能分享的。
若它们虚荣，就像偏好浮华的人般，
就像膨胀着自我喝彩的烟气般浮夸，
*动物们*便能夸耀它们的技艺与征服，
并索要它们的桂冠，就像我们一样，
但不在天堂。在这里我们兀自矗立，
正如我们的身形，既清晰、又卓越；　　240
若坠入思考，我们的身高便是耻辱，
且人应羞愧，因他的额头触及天空。
可见且现存的是为粗野之人准备的，
一份微薄的配给，一条狭窄的边界！
这些物件，凭借着一种神圣的能量，
跃过理性；索要未来和不可见之物；
宽广的无形之物！深不可测的未来！

237

夜　思

（14）

当伟大的灵魂浮起升到这高耸位置，
将粗野*自然*的沉淀渣滓遗留在下方，
那时，且唯有那时，亚当的后代会　　　250
离开主掌田野与树林的哲人兼英雄，
宣称他的显贵地位，并且起身成人。
这便是勃勃野心：这便是人类之火。

　　或这或*那的部件*（两个大胆冒充者！）①
能否令洛伦佐变得伟大、出类拔萃？

　　天资与技艺，野心得到夸耀的双翼，
却并不值得我们夸耀。微弱的援助！
代达罗斯的机械！若唯有这些能助②
我们飞翔，*名声飞升之时荣耀陨落*。
心灵缺少功绩，我们不曾爬这么高，　　260
我们的高度不过是我们名姓的绞架。
一个著名的不幸之人，当我注视着，
当我注视着一个聪慧且卑鄙的天才，
有着极高的才能，以及世俗的目标；
我以为自己看见，像从她的高空中
被抛出，一个永生灵魂的光辉碎片，
掺杂着废物，并在尘土中闪闪发亮。

---

①　"部件"即下段的"双翼"，"天资与技艺"。
②　"代达罗斯"（Daedalus）：希腊神话中的建筑师、雕刻家和发明家。相传他造出蜡翼，与儿子伊卡洛斯共同逃离克里特岛，途中伊卡洛斯不幸坠海。见第五夜第 245 行。

238

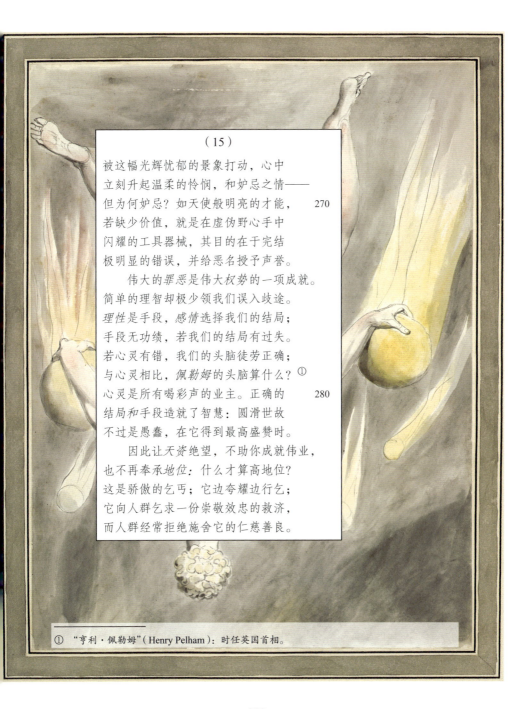

（15）

被这幅光辉忧郁的景象打动，心中
立刻升起温柔的怜悯，和妒忌之情——
但为何妒忌？如天使般明亮的才能，　　270
若缺少价值，就是在虚伪野心手中
闪耀的工具器械，其目的在于完结
极明显的错误，并给恶名授予声誉。

　　伟大的罪恶是伟大权势的一项成就。
简单的理智却极少领我们误入歧途。
理性是手段，感情选择我们的结局；
手段无功绩，若我们的结局有过失。
若心灵有错，我们的头脑徒劳正确；
与心灵相比，佩勒姆的头脑算什么？①
心灵是所有喝彩声的业主。正确的　　280
结局和手段造就了智慧：圆滑世故
不过是愚蠢，在它得到最高盛赞时。

　　因此让天资绝望，不助你成就伟业，
也不再奉承地位：什么才算高地位？
这是骄傲的乞丐；它边夸耀边行乞；
它向人群乞求一份崇敬效忠的救济，
而人群经常拒绝施舍它的仁慈善良。

① "亨利·佩勒姆"（Henry Pelham）：时任英国首相。

239

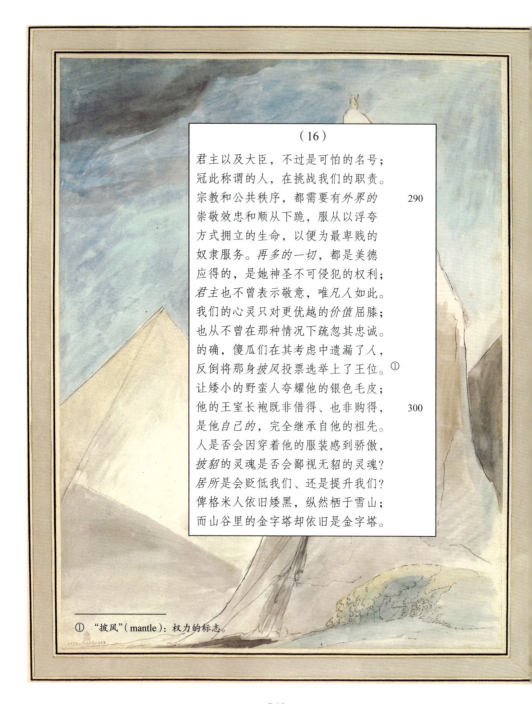

夜　思

（16）

君主以及大臣，不过是可怕的名号；
冠此称谓的人，在挑战我们的职责。
宗教和公共秩序，都需要有外界的　　　　　290
崇敬效忠和顺从下跪，服从以浮夸
方式拥立的生命，以便为最卑贱的
奴隶服务。再多的一切，都是美德
应得的，是她神圣不可侵犯的权利；
君主也不曾表示敬意，唯凡人如此。
我们的心灵只对更优越的价值屈膝；
也从不曾在那种情况下疏忽其忠诚。
的确，傻瓜们在其考虑中遗漏了人，
反倒将那身披风投票选举上了王位。①
让矮小的野蛮人夸耀他的银色毛皮；
他的王室长袍既非借得、也非购得，　　300
是他自己的，完全继承自他的祖先。
人是否会因穿着他的服装感到骄傲，
披貂的灵魂是否会鄙视无貂的灵魂？
居所是会贬低我们、还是提升我们？
俾格米人依旧矮黑，纵然栖于雪山；
而山谷里的金字塔却依旧是金字塔。

① "披风"（mantle）：权力的标志。

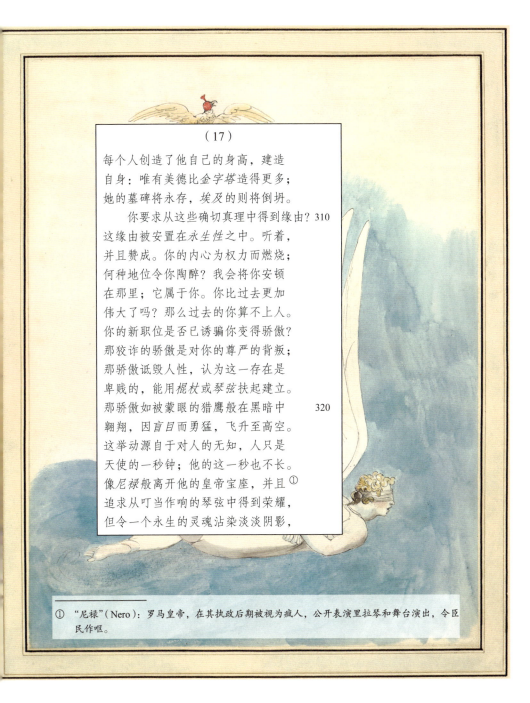

（17）

每个人创造了他自己的身高，建造
自身：唯有美德比金字塔造得更多；
她的墓碑将永存，埃及的则将倒坍。

　　你要求从这些确切真理中得到缘由？310
这缘由被安置在永生性之中。听着，
并且赞成。你的内心为权力而燃烧；
何种地位令你陶醉？我会将你安顿
在那里；它属于你。你比过去更加
伟大了吗？那么过去的你算不上人。
你的新职位是否已诱骗你变得骄傲？
那狡诈的骄傲是对你的尊严的背叛；
那骄傲诋毁人性，认为这一存在是
卑贱的，能用棍杖或琴弦扶起建立。
那骄傲如被蒙眼的猎鹰般在黑暗中　　320
翱翔，因盲目而勇猛，飞升至高空。
这举动源自于对人的无知，人只是
天使的一秒钟；他的这一秒也不长。
像尼禄般离开他的皇帝宝座，并且①
追求从叮当作响的琴弦中得到荣耀，
但令一个永生的灵魂沾染淡淡阴影，

---

① "尼禄"（Nero）：罗马皇帝，在其执政后期被视为疯人，公开表演里拉琴和舞台演出，令臣
民作呕。

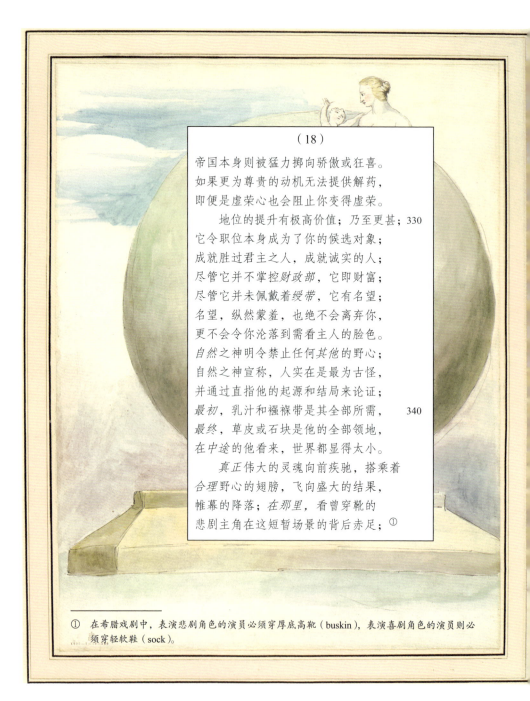

（18）

帝国本身则被猛力掷向骄傲或狂喜。
如果更为尊贵的动机无法提供解药，
即便是虚荣心也会阻止你变得虚荣。

　　地位的提升有极高价值；乃至更甚；330
它令职位本身成为了你的候选对象；
成就胜过君主之人，成就诚实的人；
尽管它并不掌控财政部，它即财富；
尽管它并未佩戴着绶带，它有名望；
名望，纵然蒙羞，也绝不会离弃你，
更不会令你沦落到需看主人的脸色。
*自然*之神明令禁止任何*其他*的野心；
自然之神宣称，人实在是最为古怪，
并通过直指他的起源和结局来论证；
最初，乳汁和褓褓带是其全部所需，　　340
最终，草皮或石块是他的全部领地，
在*中途*的他看来，世界都显得太小。

　　真正伟大的灵魂向前疾驰，搭乘着
合理野心的翅膀，飞向盛大的结果，
帷幕的降落；*在那里*，看曾穿靴的
悲剧主角在这短暂场景的背后赤足；①

---

① 在希腊戏剧中，表演悲剧角色的演员必须穿厚底高靴（buskin），表演喜剧角色的演员则必
　须穿轻软鞋（sock）。

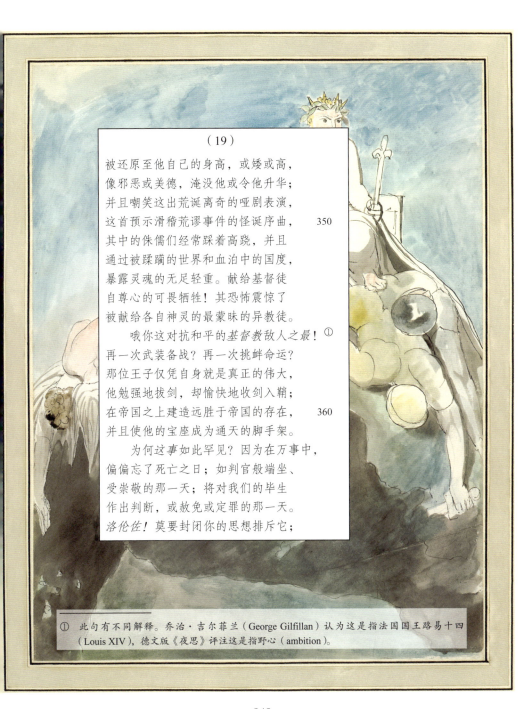

（19）

被还原至他自己的身高，或矮或高，
像邪恶或美德，淹没他或令他升华；
并且嘲笑这出荒诞离奇的哑剧表演，
这首预示滑稽荒谬事件的怪诞序曲，　　350
其中的侏儒们经常踩着高跷，并且
通过被踩躏的世界和血泊中的国度，
暴露灵魂的无足轻重。献给基督徒
自尊心的可畏牺牲！其恐怖震惊了
被献给各自神灵的最蒙昧的异教徒。

　　哦你这对抗和平的基督教敌人之最！①
再一次武装备战？再一次挑衅命运？
那位王子仅凭自身就是真正的伟大，
他勉强地拔剑，却愉快地收剑入鞘；
在帝国之上建造远胜于帝国的存在，　　360
并且使他的宝座成为通天的脚手架。

　　为何这事如此罕见？因为在万事中，
偏偏忘了死亡之日；如判官般端坐、
受崇敬的那一天；将对我们的毕生
作出判断，或赦免或定罪的那一天。
洛伦佐！莫要封闭你的思想排斥它；

---

① 此句有不同解释。乔治·吉尔菲兰（George Gilfillan）认为这是指法国国王路易十四（Louis XIV），德文版《夜思》评注这是指野心（ambition）。

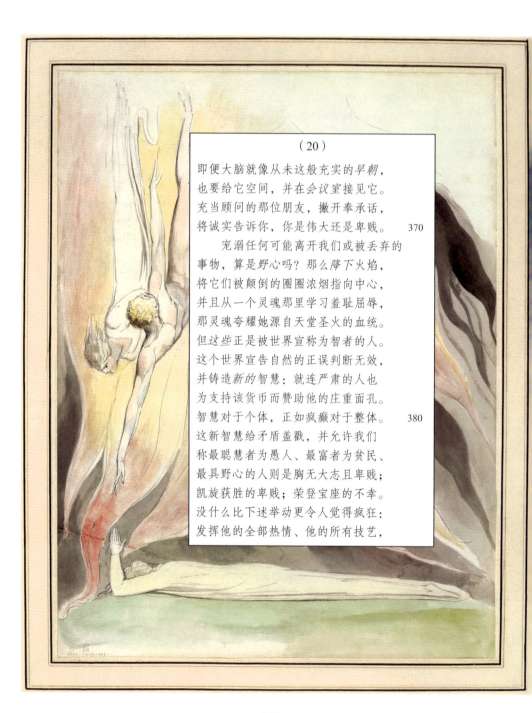

（20）

即便大脑就像从未这般充实的*早朝*，
也要给它空间，并在会议室接见它。
充当顾问的那位朋友，撇开奉承话，
将诚实告诉你，你是伟大还是卑贱。　　　370

　　宠溺任何可能离开我们或被丢弃的
事物，算是*野心*吗？那么降下火焰，
将它们被颠倒的圈圈浓烟指向中心，
并且从一个灵魂那里学习羞耻屈辱，
那灵魂夸耀她源自天堂圣火的血统。
但这*些*正是被世界宣称为智者的人。
这个世界宣告自然的正误判断无效，
并铸造*新*的智慧：就连严肃的人也
为支持该货币而赞助他的庄重面孔。
智慧对于个体，正如疯癫对于整体。　　　380
这新智慧给矛盾盖戳，并允许我们
称最聪慧者为愚人、最富者为贫民、
最具野心的人则是胸无大志且卑贱；
凯旋获胜的卑贱；荣登宝座的不幸。
没什么比下述举动更令人觉得疯狂：
发挥他的全部热情、他的所有技艺，

244

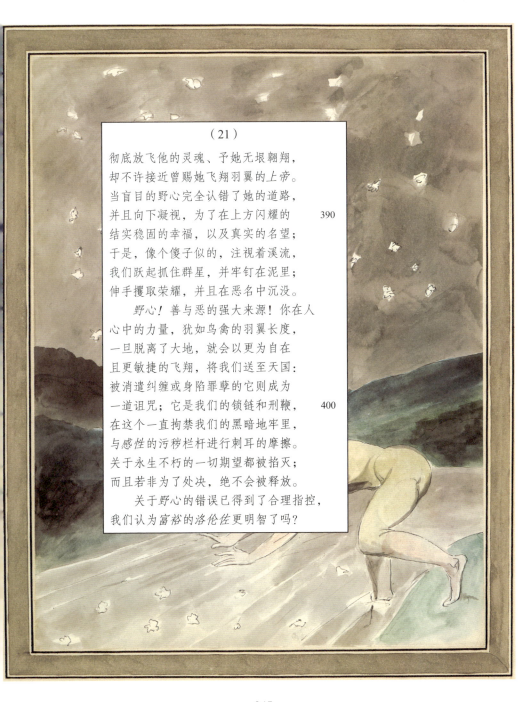

（21）

彻底放飞他的灵魂、予她无垠翱翔，
却不许接近曾赐她飞翔羽翼的*上帝*。
当盲目的野心完全认错了她的道路，
并且向下凝视，为了在上方闪耀的　　　390
结实稳固的幸福，以及真实的名望；
于是，像个傻子似的，注视着溪流，
我们跃起抓住群星，并牢钉在泥里；
伸手攫取荣耀，并且在恶名中沉没。

　　野心！善与恶的强大来源！你在人
心中的力量，犹如鸟禽的羽翼长度，
一旦脱离了大地，就会以更为自在
且更敏捷的飞翔，将我们送至天国：
被消遣纠缠或身陷罪孽的它则成为
一道诅咒；它是我们的锁链和刑鞭，　　400
在这个一直拘禁我们的黑暗地牢里，
与感性的污秽栏杆进行刺耳的摩擦。
关于永生不朽的一切期望都被掐灭；
而且若非为了处决，绝不会被释放。

　　关于野心的错误已得到了合理指控，
我们认为富裕的洛伦佐更明智了吗？

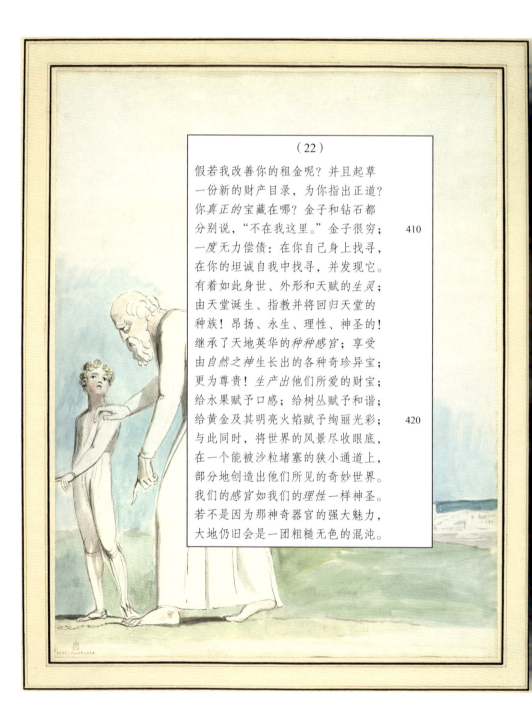

夜　思

（22）

假若我改善你的租金呢？并且起草
一份新的财产目录，为你指出正道？
你真正的宝藏在哪？金子和钻石都
分别说，"不在我这里。"金子很穷；　　　410
一度无力偿债：在你自己身上找寻，
在你的坦诚自我中找寻，并发现它。
有着如此身世、外形和天赋的*生灵*；
由天堂诞生、指教并将回归天堂的
种族！昂扬、永生、理性、神圣的！
继承了天地英华的*种种感官*；享受
由*自然之神*生长出的各种奇珍异宝；
更为尊贵！*生产出*他们所爱的财宝；
给水果赋予口感；给树丛赋予和谐；
给黄金及其明亮火焰赋予绚丽光彩；　　420
与此同时，将世界的风景尽收眼底，
在一个能被沙粒堵塞的狭小通道上，
部分地创造出他们所见的奇妙世界。
我们的感官如我们的*理性*一样神圣。
若不是因为那神奇器官的强大魅力，
大地仍旧会是一团粗糙无色的混沌。

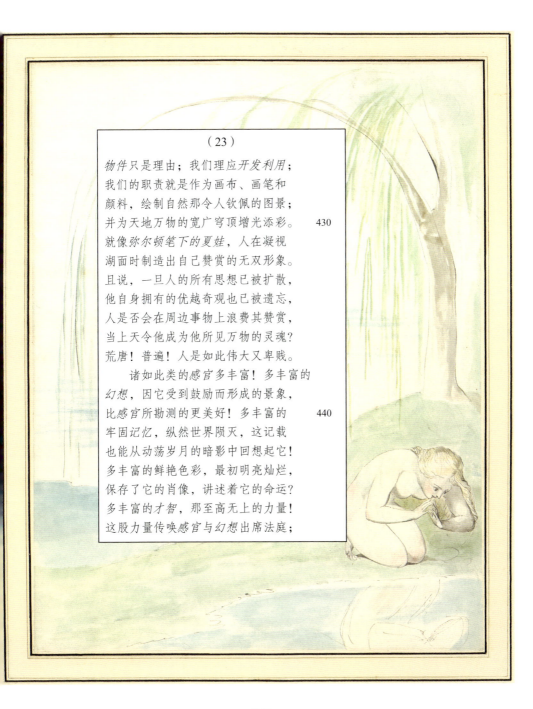

（23）

物件只是理由；我们理应开发利用；
我们的职责就是作为画布、画笔和
颜料，绘制自然那令人钦佩的图景；
并为天地万物的宽广穹顶增光添彩。　　430
就像弥尔顿笔下的夏娃，人在凝视
湖面时制造出自己赞赏的无双形象。
且说，一旦人的所有思想已被扩散，
他自身拥有的优越奇观也已被遗忘，
人是否会在周边事物上浪费其赞赏，
当上天令他成为他所见万物的灵魂？
荒唐！普遍！人是如此伟大又卑贱。

　　诸如此类的感官多丰富！多丰富的
幻想，因它受到鼓励而形成的景象，
比感官所勘测的更美好！多丰富的　　440
牢固记忆，纵然世界陨灭，这记载
也能从动荡岁月的暗影中回想起它！
多丰富的鲜艳色彩，最初明亮灿烂，
保存了它的肖像，讲述着它的命运？
多丰富的才智，那至高无上的力量！
这股力量传唤感官与幻想出席法庭；

夜　思

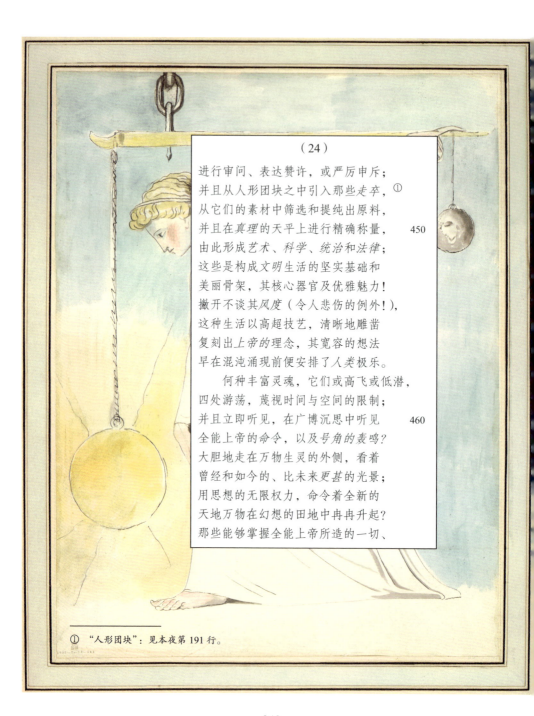

（24）

进行审问、表达赞许，或严厉申斥；
并且从人形团块之中引入那些走卒，①
从它们的素材中筛选和提纯出原料，
并且在真理的天平上进行精确称量，　　450
由此形成艺术、科学、统治和法律；
这些是构成文明生活的坚实基础和
美丽骨架，其核心器官及优雅魅力！
撇开不谈其风度（令人悲伤的例外！），
这种生活以高超技艺，清晰地雕凿
复刻出上帝的理念，其宽容的想法
早在混沌涌现前便安排了人类极乐。

　　何种丰富灵魂，它们或高飞或低潜，
四处游荡，蔑视时间与空间的限制；
并且立即听见，在广博沉思中听见　　460
全能上帝的命令，以及号角的轰鸣？
大胆地走在万物生灵的外侧，看着
曾经和如今的、比未来更甚的光景；
用思想的无限权力，命令着全新的
天地万物在幻想的田地中冉冉升起？
那些能够掌握全能上帝所造的一切、

―――――――
① "人形团块"：见本夜第191行。

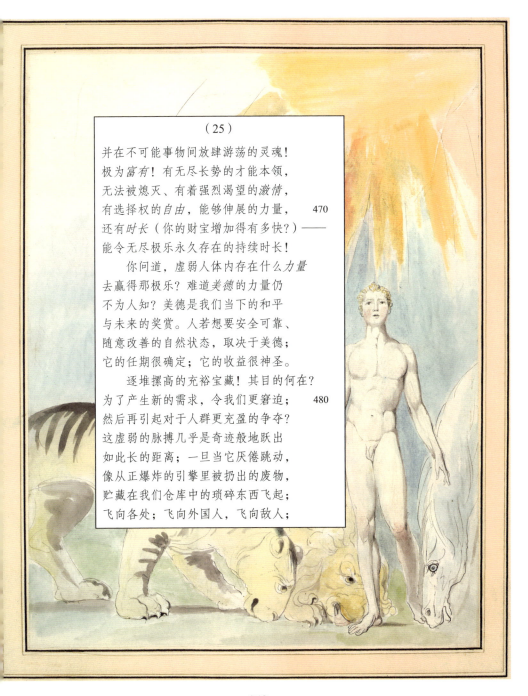

（25）

并在不可能事物间放肆游荡的灵魂！
极为*富有*！有无尽长势的才能本领，
无法被熄灭、有着强烈渴望的*激情*，
有选择权的*自由*，能够伸展的力量，　　470
还有*时长*（你的财宝增加得有多快？）——
能令无尽极乐永久存在的持续时长！

　　你问道，虚弱人体内存在什么力量
去赢得那极乐？难道美德的力量仍
不为人知？美德是我们当下的和平
与未来的奖赏。人若想要安全可靠、
随意改善的自然状态，取决于美德；
它的任期很确定；它的收益很神圣。

　　逐堆摞高的充裕宝藏！其目的何在？
为了产生新的需求，令我们更窘迫；　　480
然后再引起对于人群更充盈的争夺？
这虚弱的脉搏几乎是奇迹般地跃出
如此长的距离；一旦当它厌倦跳动，
像从正爆炸的引擎里被扔出的废物，
贮藏在我们仓库中的琐碎东西飞起；
飞向各处；飞向外国人，飞向敌人；

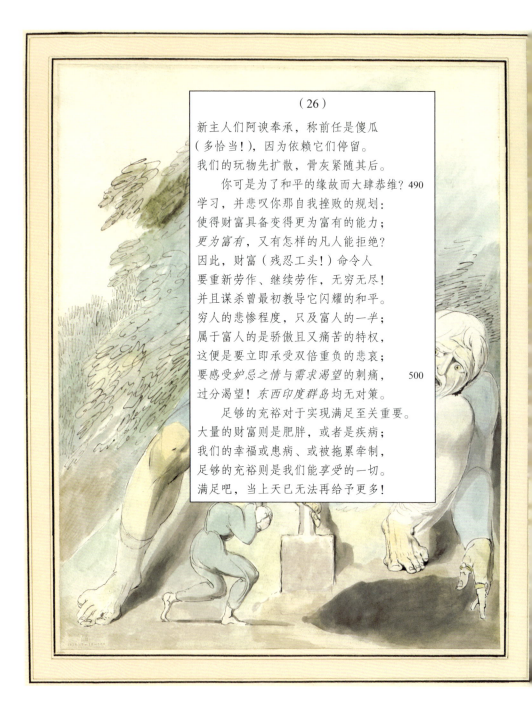

（26）

新主人们阿谀奉承，称前任是傻瓜
（多恰当！），因为依赖它们停留。
我们的玩物先扩散，骨灰紧随其后。
　　你可是为了和平的缘故而大肆恭维？490
学习，并悲叹你那自我挫败的规划：
使得财富具备变得更为富有的能力；
更为富有，又有怎样的凡人能拒绝？
因此，财富（残忍工头！）命令人
要重新劳作、继续劳作，无穷无尽！
并且谋杀曾最初教导它闪耀的和平。
穷人的悲惨程度，只及富人的一半；
属于富人的是骄傲且又痛苦的特权，
这便是要立即承受双倍重负的悲哀；
要感受妒忌之情与需求渴望的刺痛，　　500
过分渴望！*东西印度群岛均无对策。*
　　足够的充裕对于实现满足至关重要。
大量的财富则是肥胖，或者是疾病；
我们的幸福或患病、或被拖累牵制，
足够的充裕则是我们能享受的一切。
满足吧，当上天已无法再给予更多！

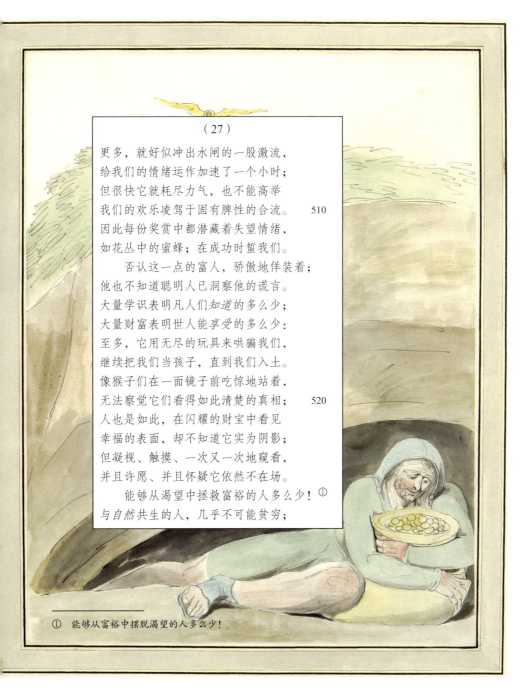

（27）

更多，就好似冲出水闸的一股激流，
给我们的情绪运作加速了一个小时；
但很快它就耗尽力气，也不能高举
我们的欢乐凌驾于固有脾性的合流。　　510
因此每份奖赏中都潜藏着失望情绪，
如花丛中的蜜蜂；在成功时蜇我们。

　　否认这一点的富人，骄傲地伴装着；
他也不知道聪明人已洞察他的谎言。
大量学识表明凡人们*知道*的多么少；
大量财富表明世人能*享受*的多么少：
至多，它用无尽的玩具来哄骗我们，
继续把我们当孩子，直到我们入土。
像猴子们在一面镜子前吃惊地站着，
无法察觉它们看得如此清楚的真相；　　520
人也是如此，在闪耀的财宝中看见
幸福的表面，却不知道它实为阴影；
但凝视、触摸、一次又一次地窥看，
并且许愿、并且怀疑它依然不在场。

　　能够从渴望中拯救富裕的人多么少！①
与*自然*共生的人，几乎不可能贫穷；

① 能够从富裕中摆脱渴望的人多么少！

251

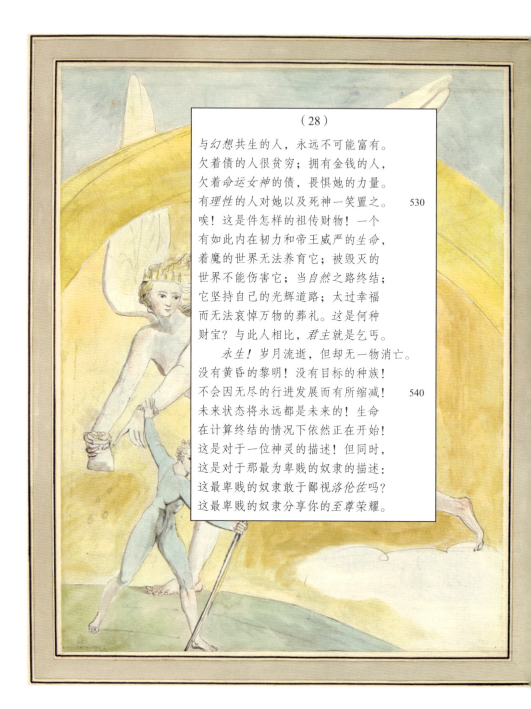

（28）

与*幻想*共生的人，永远不可能富有。
欠着债的人很贫穷；拥有金钱的人，
欠着*命运女神*的债，畏惧她的力量。
有*理性*的人对她以及死神一笑置之。　　530
唉！这是件怎样的祖传财物！一个
有如此内在韧力和帝王威严的生命，
着魔的世界无法养育它；被毁灭的
世界不能伤害它；当*自然*之路终结；
它坚持自己的光辉道路；太过幸福
而无法哀悼万物的葬礼。这是何种
财宝？与此人相比，*君主*就是乞丐。

　　永生！岁月流逝，但却无一物消亡。
没有黄昏的黎明！没有目标的种族！
不会因无尽的行进发展而有所缩减！　　540
未来状态将永远都是未来的！生命
在计算终结的情况下依然正在开始！
这是对于一位神灵的描述！但同时，
这是对于那最为卑贱的奴隶的描述：
这最卑贱的奴隶敢于鄙视*洛伦佐*吗？
这最卑贱的奴隶分享你的至尊荣耀。

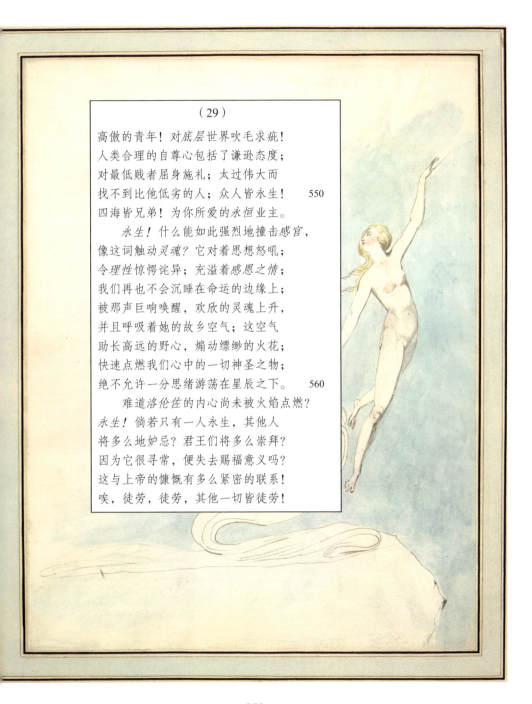

（29）

高傲的青年！对底层世界吹毛求疵！
人类合理的自尊心包括了谦逊态度；
对最低贱者屈身施礼；太过伟大而
找不到比他低劣的人；众人皆永生！　　550
四海皆兄弟！为你所爱的永恒业主。

　　永生！什么能如此强烈地撞击感官，
像这词触动灵魂？它对着思想怒吼；
令理性惊愕诧异；充溢着感恩之情；
我们再也不会沉睡在命运的边缘上；
被那声巨响唤醒，欢欣的灵魂上升，
并且呼吸着她的故乡空气；这空气
助长高远的野心，煽动缥缈的火花；
快速点燃我们心中的一切神圣之物；
绝不允许一分思绪游荡在星辰之下。　　560
　　难道洛伦佐的内心尚未被火焰点燃？
永生！倘若只有一人永生，其他人
将多么地妒忌？君王们将多么崇拜？
因为它很寻常，便失去赐福意义吗？
这与上帝的慷慨有多么紧密的联系！
唉，徒劳，徒劳，其他一切皆徒劳！

253

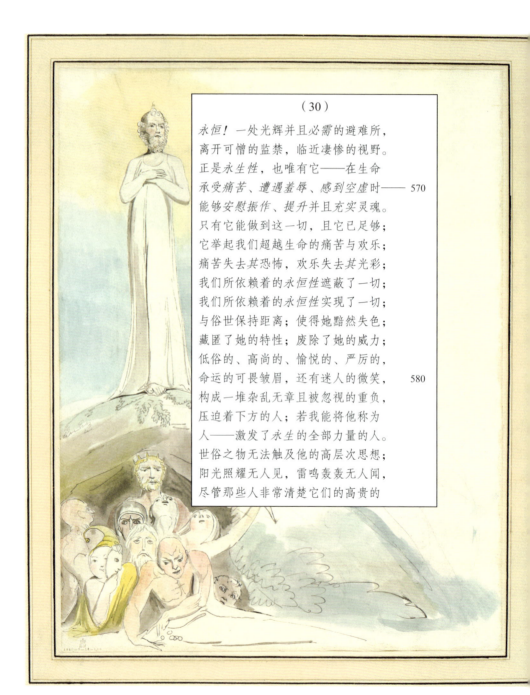

（30）

永恒！一处光辉并且必需的避难所，
离开可憎的监禁，临近凄惨的视野。
正是永生性，也唯有它——在生命
承受痛苦、遭遇羞辱、感到空虚时——　　570
能够安慰振作、提升并且充实灵魂。
只有它能做到这一切，且它已足够；
它举起我们超越生命的痛苦与欢乐；
痛苦失去其恐怖，欢乐失去其光彩；
我们所依赖着的永恒性遮蔽了一切；
我们所依赖着的永恒性实现了一切；
与俗世保持距离；使得她黯然失色；
藏匿了她的特性；废除了她的威力；
低俗的、高尚的、愉悦的、严厉的、
命运的可畏皱眉，还有迷人的微笑，　　580
构成一堆杂乱无章且被忽视的重负，
压迫着下方的人；若我能将他称为
人——激发了永生的全部力量的人。
世俗之物无法触及他的高层次思想；
阳光照耀无人见，雷鸣轰轰无人闻，
尽管那些人非常清楚它们的高贵的

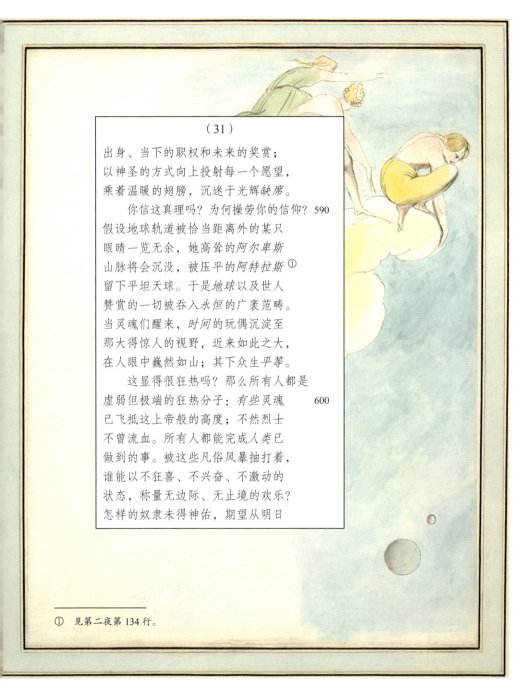

（31）

出身、当下的职权和未来的奖赏；
以神圣的方式向上投射每一个愿望，
乘着温暖的翅膀，沉迷于光辉缺席。

　　你信这真理吗？为何操劳你的信仰？590
假设地球轨道被恰当距离外的某只
眼睛一览无余，她高耸的*阿尔卑斯*
*山脉*将会沉没，被压平的*阿特拉斯* ①
留下平坦天球。于是地球以及世人
赞赏的一切被吞入永恒的广袤范畴。
当灵魂们醒来，*时间*的玩偶沉淀至
那大得惊人的视野，近来如此之大，
在人眼中巍然如山；其下众生平等。

　　这显得很狂热吗？那么所有人都是
虚弱但极端的狂热分子：*有些灵魂*　　600
已飞抵这上帝般的高度；不然烈士
不曾流血。所有人都能完成人类已
做到的事。被这些凡俗风暴抽打着，
谁能以不狂喜、不兴奋、不激动的
状态，称量无边际、无止境的欢乐？
怎样的奴隶未得神佑，期望从明日

① 见第二夜第134行。

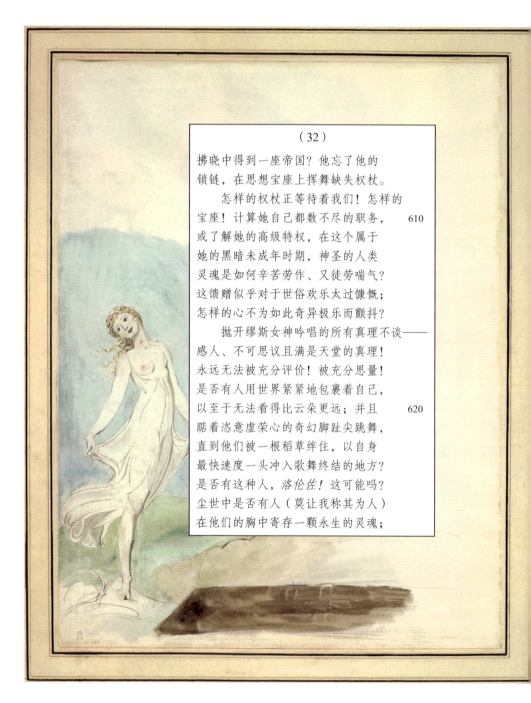

（32）

拂晓中得到一座帝国？他忘了他的
锁链，在思想宝座上挥舞缺失权杖。

怎样的权杖正等待着我们！怎样的
宝座！计算她自己都数不尽的职务，　　　610
或了解她的高级特权，在这个属于
她的黑暗未成年时期，神圣的人类
灵魂是如何辛苦劳作、又徒劳喘气？
这馈赠似乎对于世俗欢乐太过慷慨；
怎样的心不为如此奇异极乐而颤抖？

抛开缪斯女神吟唱的所有真理不谈——
感人、不可思议且满是天堂的真理！
永远无法被充分评价！被充分思量！
是否有人用世界紧紧地包裹着自己，
以至于无法看得比云朵更远；并且　　　620
踮着恣意虚荣心的奇幻脚趾尖跳舞，
直到他们被一根稻草绊住，以自身
最快速度一头冲入歌舞终结的地方？
是否有这种人，*洛伦佐*！这可能吗？
尘世中是否有人（莫让我称其为人）
在他们的胸中寄存一颗永生的灵魂；

（33）

就像山岳不知其矿石般的毫无意识；
或像岩石不知自己是无价宝石似的？
待到岩石融化、山岳消逝，*这些*将
认清自身宝藏；那时，宝藏已不再。　　630

　　是否有人（更为惊人！）抵制这正
崛起的思想？在其萌芽状态就扼杀
光辉的真理？挣扎着成为粗野之人？
从这胸口的阻碍中冲出他们的道路，
并以逆向的野心，努力试图沉下去？
经由本能、理性和反对他们的世界
这三者间的互斥力量，向下苦干着，
以求阴郁的希望，并在无尽夜晚的
震惊中寻求庇护；比坟墓更暗的夜？
是否有人与永生的种种证据作斗争？　640
带着骇人的热忱，以及可憎的技艺，
动用所有的器械，拉平他们的黑烟，
以便从人的视野中抹去这神圣品质
（在智者看来比生命之血更为珍贵），
渎神者，及随心所欲的可恶异教徒？

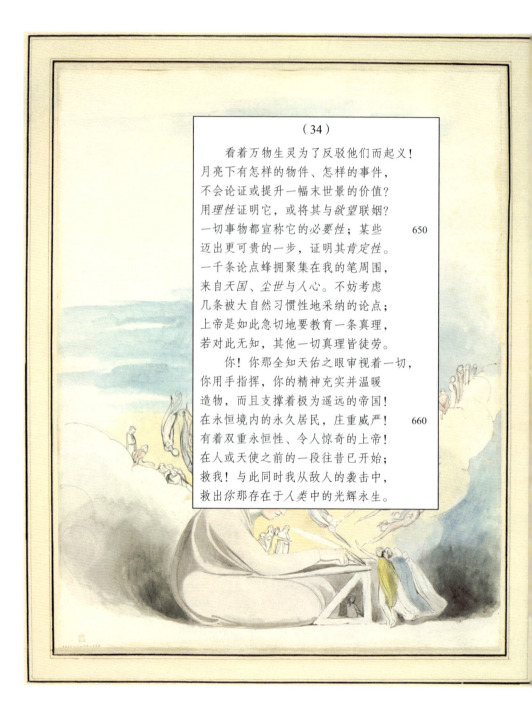

（34）

看着万物生灵为了反驳他们而起义！
月亮下有怎样的物件、怎样的事件，
不会论证或提升一幅末世景的价值？
用*理性*证明它，或将其与*欲望*联姻？
一切事物都宣称它的*必要性*；某些　　　　　650
迈出更可贵的一步，证明其*肯定性*。
一千条论点蜂拥聚集在我的笔周围，
来自天国、尘世与人心。不妨考虑
几条被大自然习惯性地采纳的论点；
上帝是如此急切地要教育一条真理，
若对此无知，其他一切真理皆徒劳。

你！你那全知天佑之眼审视着一切，
你用手指挥，你的精神充实并温暖
造物，而且支撑着极为遥远的帝国！
在永恒境内的永久居民，庄重威严！　　　　660
有着双重永恒性、令人惊奇的上帝！
在人或天使之前的一段往昔已开始；
救我！与此同时我从敌人的袭击中，
救出你那存在于人类中的光辉永生。

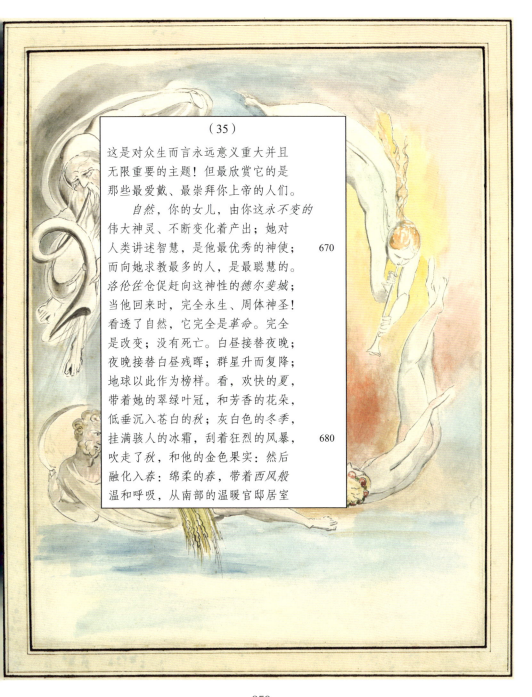

（35）

这是对众生而言永远意义重大并且
无限重要的主题！但最欣赏它的是
那些最爱戴、最崇拜你上帝的人们。

　　自然，你的女儿，由你这永不变的
伟大神灵、不断变化着产出；她对
人类讲述智慧，是他最优秀的神使；　　670
而向她求教最多的人，是最聪慧的。
洛伦佐仓促赶向这神性的德尔斐城；
当他回来时，完全永生、周体神圣！
看透了自然，它完全是革命。完全
是改变；没有死亡。白昼接替夜晚；
夜晚接替白昼残晖；群星升而复降；
地球以此作为榜样。看，欢快的夏，
带着她的翠绿叶冠，和芳香的花朵，
低垂沉入苍白的秋；灰白色的冬季，
挂满骇人的冰霜，刮着狂烈的风暴，　　680
吹走了秋，和他的金色果实：然后
融化入春：绵柔的春，带着西风般
温和呼吸，从南部的温暖官邸居室

259

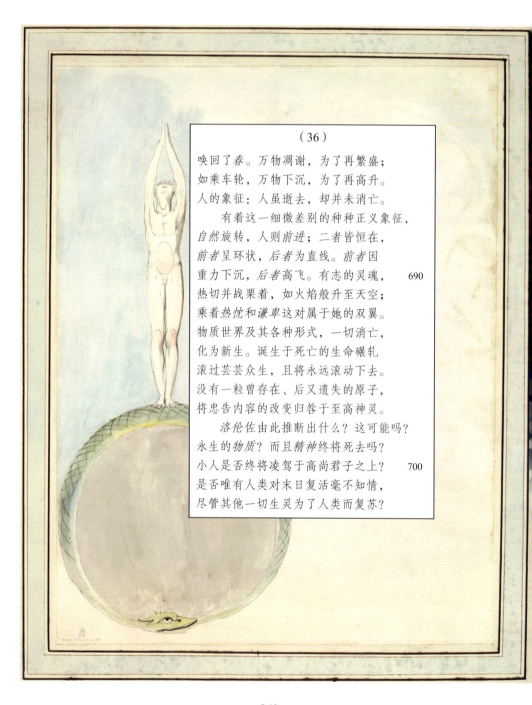

（36）

唤回了春。万物凋谢，为了再繁盛；
如乘车轮，万物下沉，为了再高升。
人的象征：人虽逝去，却并未消亡。

　　有着这一细微差别的种种正义象征，
自然旋转，人则前进；二者皆恒在，
前者呈环状，后者为直线。前者因
重力下沉，后者高飞。有志的灵魂，　　690
热切并战栗着，如火焰般升至天空；
乘着热忱和谦卑这对属于她的双翼。
物质世界及其各种形式，一切消亡，
化为新生。诞生于死亡的生命碾轧
滚过芸芸众生，且将永远滚动下去。
没有一粒曾存在、后又遗失的原子，
将忠告内容的改变归咎于至高神灵。

　　洛伦佐由此推断出什么？这可能吗？
永生的物质？而且精神终将死去吗？
小人是否终将凌驾于高尚君子之上？　　700
是否唯有人类对末日复活毫不知情，
尽管其他一切生灵为了人类而复苏？

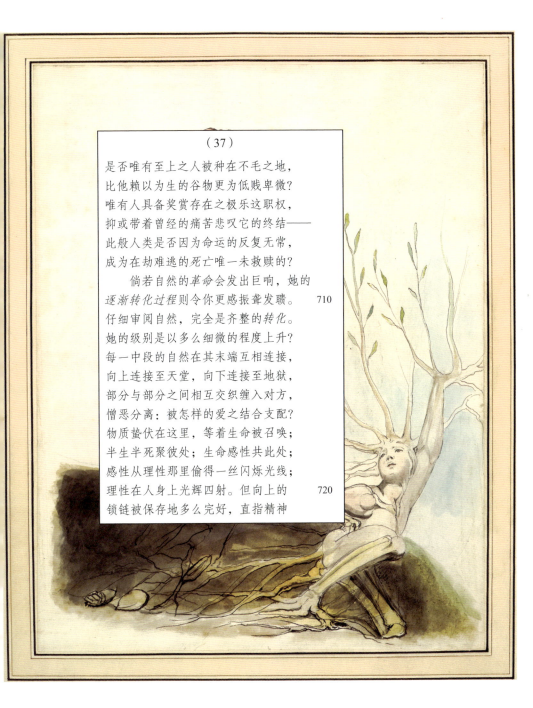

（37）

是否唯有至上之人被种在不毛之地，
比他赖以为生的谷物更为低贱卑微？
唯有人具备奖赏存在之极乐这职权，
抑或带着曾经的痛苦悲叹它的终结——
此般人类是否因为命运的反复无常，
成为在劫难逃的死亡唯一未救赎的？

　　倘若自然的革命会发出巨响，她的
*逐渐转化过程*则令你更感振聋发聩。　　710
仔细审阅自然，完全是齐整的*转化*。
她的级别是以多么细微的程度上升？
每一中段的自然在其末端互相连接，
向上连接至天堂，向下连接至地狱，
部分与部分之间相互交织缠入对方，
憎恶分离：被怎样的爱之结合支配？
物质蛰伏在这里，等着生命被召唤；
半生半死聚彼处；生命感性共此处；
感性从理性那里偷得一丝闪烁光线；
理性在人身上光辉四射。但向上的　　720
锁链被保存地多么完好，直指精神

261

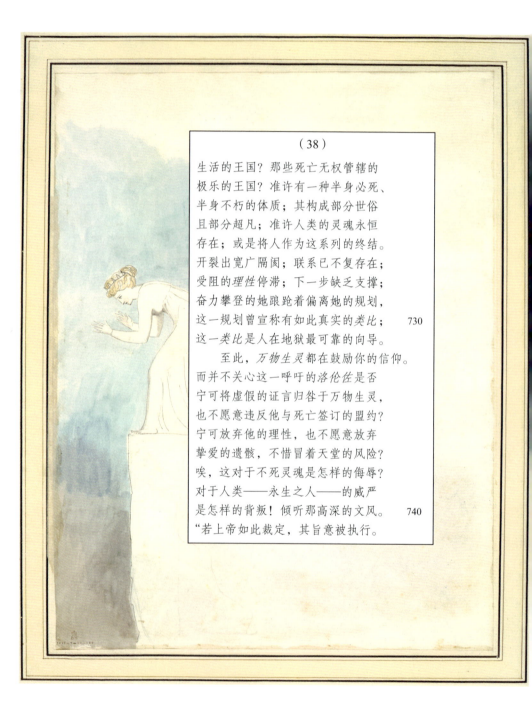

（38）

生活的王国？那些死亡无权管辖的
极乐的王国？准许有一种半身必死、
半身不朽的体质；其构成部分世俗
且部分超凡；准许人类的灵魂永恒
存在；或是将人作为这系列的终结。
开裂出宽广隔阂；联系已不复存在；
受阻的*理性*停滞；下一步缺乏支撑；
奋力攀登的她跟跄着偏离她的规划，
这一规划曾宣称有如此真实的类比；　　730
这一*类比*是人在地狱最可靠的向导。

　　至此，*万物生灵*都在鼓励你的信仰。
而并不关心这一呼吁的*洛伦佐*是否
宁可将虚假的证言归咎于万物生灵，
也不愿意违反他与死亡签订的盟约？
宁可放弃他的理性，也不愿意放弃
挚爱的遗骸，不惜冒着天堂的风险？
唉，这对于不死灵魂是怎样的侮辱？
对于人类——永生之人——的威严
是怎样的背叛！倾听那高深的文风。　　740
"若上帝如此裁定，其旨意被执行。

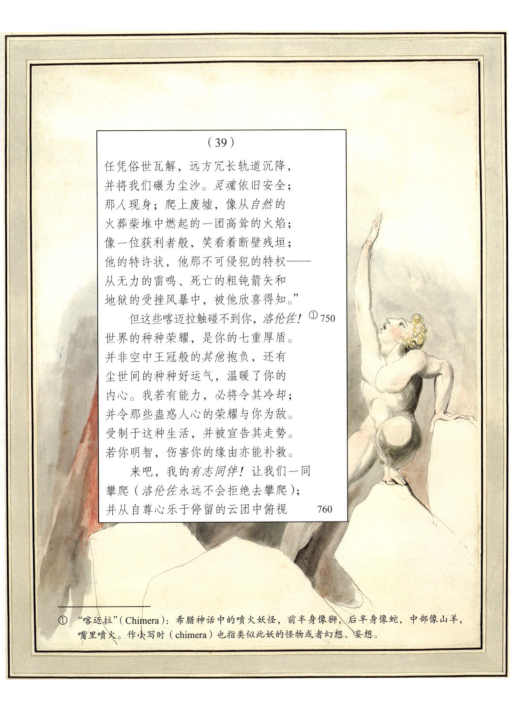

（39）

任凭俗世瓦解，远方冗长轨道沉降，
并将我们碾为尘沙。灵魂依旧安全；
那人现身；爬上废墟，像从*自然*的
火葬柴堆中燃起的一团高耸的火焰；
像一位获利者般，笑看着断壁残垣；
他的特许状，他那不可侵犯的特权——
从无力的雷鸣、死亡的粗钝箭矢和
地狱的受挫风暴中，被他欣喜得知。"

　　但这些喀迈拉触碰不到你，*洛伦佐*！^①750
世界的种种荣耀，是你的七重厚盾。
并非空中王冠般的*其他*抱负，还有
尘世间的种种好运气，温暖了你的
内心。我若有能力，必将令其冷却；
并令那些蛊惑人心的荣耀与你为敌。
受制于这种生活，并被宣告其走势。
若你明智，伤害你的缘由亦能补救。

　　来吧，我的有志同伴！让我们一同
攀爬（*洛伦佐*永远不会拒绝去攀爬）；
并从自尊心乐于停留的云团中俯视　　760

① "喀迈拉"（Chimera）：希腊神话中的喷火妖怪，前半身像狮，后半身像蛇，中部像山羊，嘴里喷火。作小写时（chimera）也指类似此妖的怪物或者幻想、妄想。

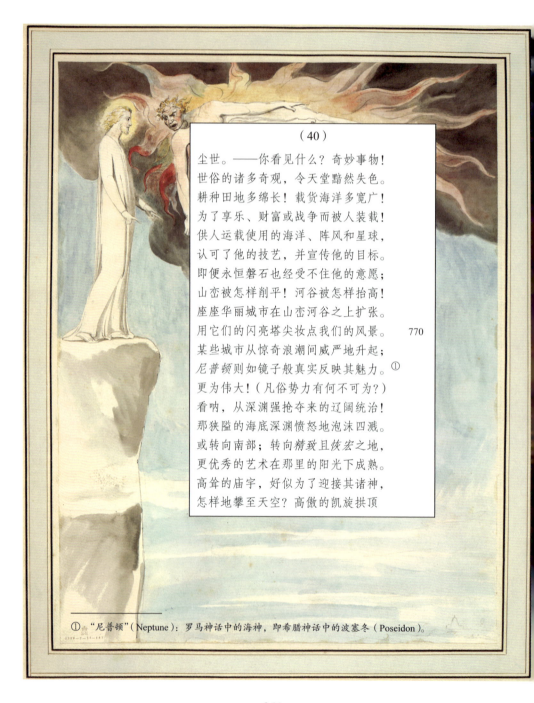

（40）

尘世。——你看见什么？奇妙事物！
世俗的诸多奇观，令天堂黯然失色。
耕种田地多绵长！载货海洋多宽广！
为了享乐、财富或战争而被人装载！
供人运载使用的海洋、阵风和星球，
认可了他的技艺，并宣传他的目标。
即便永恒磐石也经受不住他的意愿；
山峦被怎样削平！河谷被怎样抬高！
座座华丽城市在山峦河谷之上扩张。
用它们的闪亮塔尖妆点我们的风景。　　770
某些城市从惊奇浪潮间威严地升起；
尼普顿则如镜子般真实反映其魅力。①
更为伟大！（凡俗势力有何不可为？）
看呐，从深渊强抢夺来的辽阔统治！
那狭隘的海底深渊愤怒地泡沫四溅。
或转向南部；转向精致且恢宏之地，
更优秀的艺术在那里的阳光下成熟。
高耸的庙宇，好似为了迎接其诸神，
怎样地攀至天空？高傲的凯旋拱顶

---

① "尼普顿"（Neptune）：罗马神话中的海神，即希腊神话中的波塞冬（Poseidon）。

264

（41）

向我们显示宽敞曲面下的半个天堂。　　　　780
经由这里的高空，溪流学会了流淌；
那里的全部河流，被置于港湾休眠。
这里，平原化海；那里，浩海交汇，
经由被深邃航道逐岸相连的各王国；
万物从人类那里得到被改观的呈现。
击打你的勇敢胸膛，为了可畏场景——
在那里，名声与帝国寄希望于刀剑！
看鲜血染红田野；听海军炮如雷起；
*不列颠尼亚之音！令世界起敬安宁。*①
远处突出的巨型防波堤是如何打碎　　　790
外海的狂怒波涛！在它们的轰鸣中，
上帝公开宣布，并说道："啊沧海！
至此即可，无需更远；服从新管束。"
大地被破肚开膛！天空被权衡测量！
群星则在其深幽隐蔽之处被人察觉！
造物范畴扩张着！败北的*自然*屈服！
她的秘密被强夺！艺术则占据上风！
纪念天资、精神与权力的座座丰碑！

---

① "不列颠尼亚"（Britannia）：对英国的拟人化称呼，以头戴钢盔手持盾牌及三叉戟的女子为
　象征。见第五夜第 438 行。

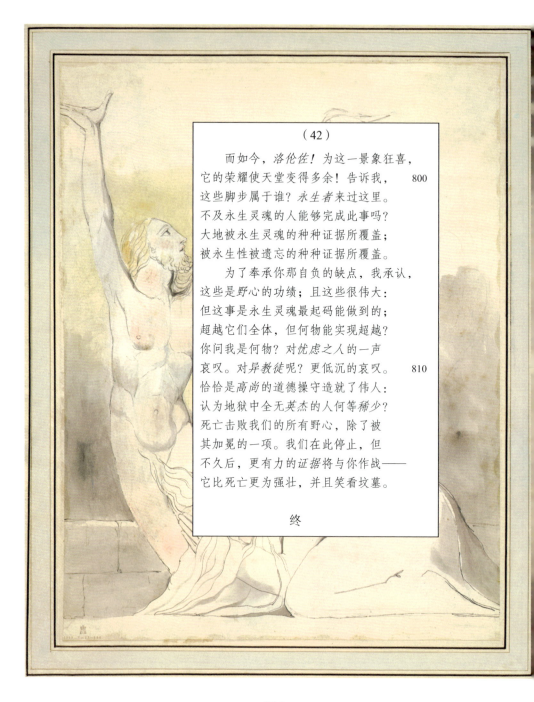

（42）

　　而如今，*洛伦佐！* 为这一景象狂喜，
它的荣耀使天堂变得多余！告诉我，　　800
这些脚步属于谁？*永生者*来过这里。
不及永生灵魂的人能够完成此事吗？
大地被永生灵魂的种种证据所覆盖；
被永生性被遗忘的种种证据所覆盖。

　　为了奉承你那自负的缺点，我承认，
这些是*野心*的功绩；且这些很伟大：
但这事是永生灵魂最起码能做到的；
超越它们全体，但何物能实现超越？
你问我是何物？对*忧虑之人*的一声
哀叹。对*异教徒*呢？更低沉的哀叹。　　810
恰恰是*高尚的道德*操守造就了伟人：
认为地狱中全无*英杰*的人何等*稀少*？
死亡击败我们的所有野心，除了被
其加冕的一项。我们在此停止，但
不久后，更有力的*证据*将与你作战——
它比死亡更为强壮，并且笑看坟墓。

　　　　终

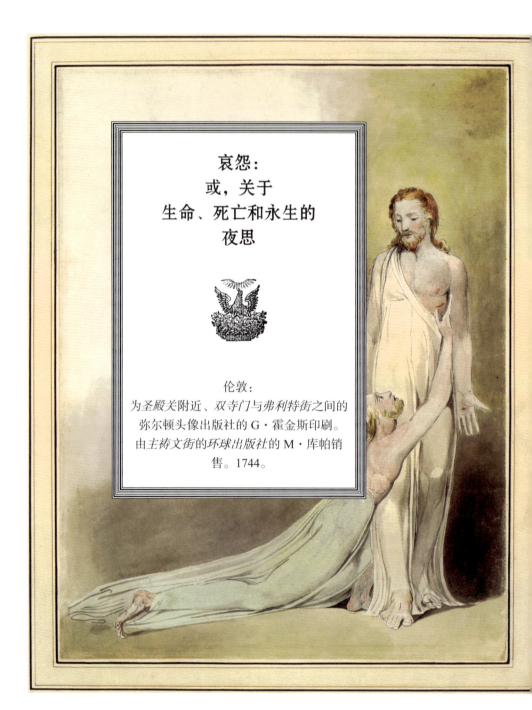

哀怨:
或，关于
生命、死亡和永生的
夜思

伦敦:
为圣殿关附近、双寺门与弗利特街之间的
弥尔顿头像出版社的 G·霍金斯印刷。
由主祷文街的环球出版社的 M·库帕销
售。1744。

269

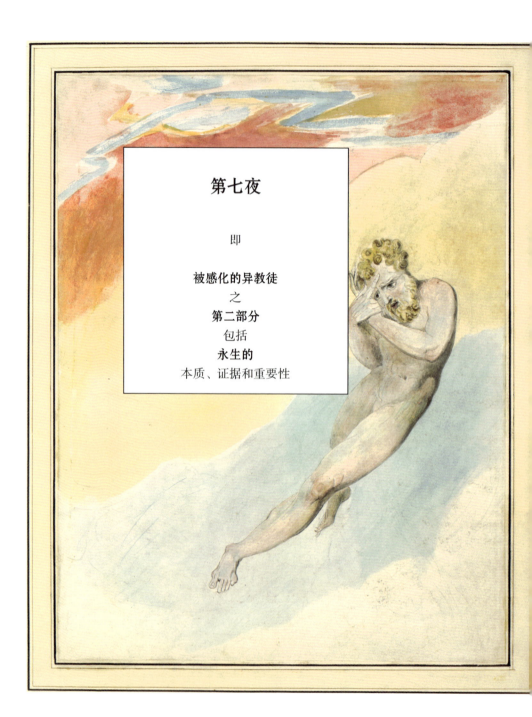

第七夜

即

被感化的异教徒
之
第二部分
包括
永生的
本质、证据和重要性

271

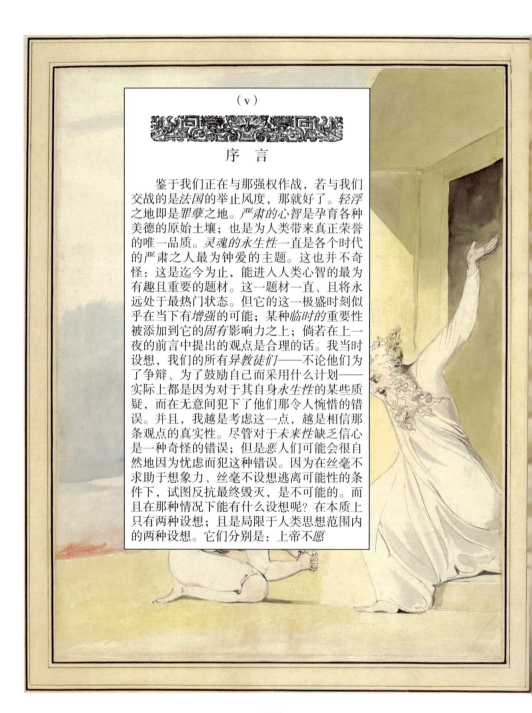

（v）

序　言

　　鉴于我们正在与那强权作战，若与我们交战的是*法国*的举止风度，那就好了。*轻浮之地*即是*罪孽之地*。*严肃的心智*是孕育各种美德的原始土壤；也是为人类带来真正荣誉的唯一品质。*灵魂的永生性*一直是各个时代的严肃之人最为钟爱的主题。这也并不奇怪：这是迄今为止，能进入人类心智的最为有趣且重要的题材。这一题材一直、且将永远处于最热门状态。但它的这一极盛时刻似乎在当下有*增强*的可能；某种*临时的*重要性被添加到它的*固有*影响力之上；倘若在上一夜的前言中提出的观点是合理的话。我当时设想，我们的所有*异教徒们*——不论他们为了争辩、为了鼓励自己而采用什么计划——实际上都是因为对于其自身*永生性*的某些质疑，而在无意间犯下了他们那令人惋惜的错误。并且，我越是考虑这一点，越是相信那条观点的真实性。尽管对于*未来性*缺乏信心是一种奇怪的错误；但是恶人们可能会很自然地因为忧虑而犯这种错误。因为在*丝毫*不求助于想象力、*丝毫*不设想逃离可能性的条件下，试图反抗最终毁灭，是不可能的。而且在那种情况下能有什么设想呢？在本质上只有两种设想；且是局限于人类思想范围内的两种设想。它们分别是：上帝不愿

惩罚，或是*不能*惩罚。考虑到神的属性，*前一种*设想太过粗野，即便是我们最强烈的愿望也无法容忍。而且鉴于*无限权力*就像圣洁一样是一种神圣属性，认为上帝*不能*惩罚的假设，就像前者一样荒唐。只要邪恶的人们还存在着，上帝就必然有能力进行惩罚。于是，不存在性便是他们的唯一庇护；因此，不存在性也是他们最强烈的愿望。而且，强烈的愿望会对我们的观点产生奇怪的影响；它们以一种几乎难以置信的方式歪曲了判断力。并且，鉴于这*两种设想*，一种只有非常稀少的受宠迹象，*另一种*则完全没有此类迹象，它们便试图抓住这作诗的芦笛、控制这如妖的幻想，以便从对于*当前绝对失落*的震惊和恐惧中拯救他们自身。

　　经由这一论点以及其他有相似倾向的论点对我的题材所进行的阐释，我在回顾我的题材时，比以前更愿意对此继续进行探讨，因为在我看来，它直击我们一切叛教行为的主要根源。因此，接下来的数页诗篇将详尽地探讨这一题材；其中还会冒险表达一些——至少对于我而言是新颖的——支持永生性的论点。本文作者还试图用一种（我认为）比别处所能见到的更为全面、更为感人的视角来看待湮灭的全部荒谬和恐怖。

　　那些绅士们是进行这一尝试的主要缘由，他们自称极为赞赏古代异教徒们的智慧：多么可惜呀，他们并不真诚！倘若他们是真诚的，那么他们又怎会感到受辱，当他们想到自己如此赞赏的*那些*古人们竟会以怎样的轻蔑和憎恶对待自己的观点！何种程度的轻蔑和憎恶将落到他们身上，可以通过下述（据我看来）极其难忘的事实加以推测。在所有得到他们敬重的异教徒中，*苏格拉底*——这是广为人知的——是最为谨慎、冷静和沉着的：但这位控制情绪的大师却曾愤怒着；在他的最后时刻愤怒；对他的朋友愤

273

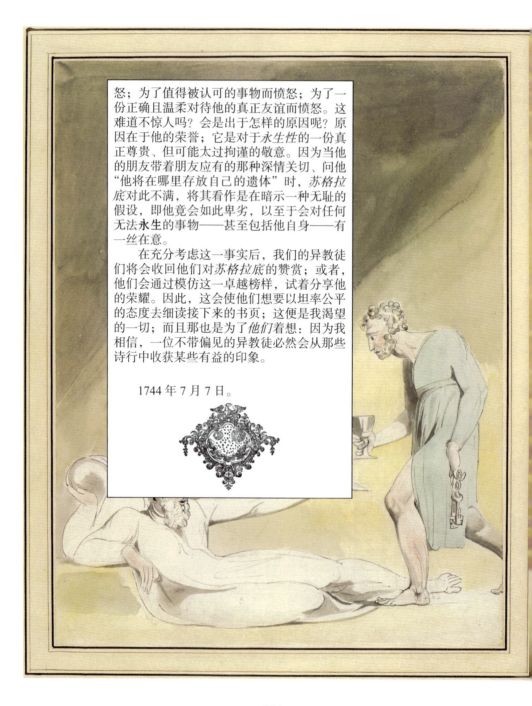

怒；为了值得被认可的事物而愤怒；为了一份正确且温柔对待他的真正友谊而愤怒。这难道不惊人吗？会是出于怎样的原因呢？原因在于他的荣誉；它是对于永生性的一份真正尊贵、但可能太过拘谨的敬意。因为当他的朋友带着朋友应有的那种深情关切、问他"他将在哪里存放自己的遗体"时，苏格拉底对此不满，将其看作是在暗示一种无耻的假设，即他竟会如此卑劣，以至于会对任何无法永生的事物——甚至包括他自身——有一丝在意。

　　在充分考虑这一事实后，我们的异教徒们将会收回他们对苏格拉底的赞赏；或者，他们会通过模仿这一卓越榜样，试着分享他的荣耀。因此，这会使他们想要以坦率公平的态度去细读接下来的书页；这便是我渴望的一切；而且那也是为了他们着想；因为我相信，一位不带偏见的异教徒必然会从那些诗行中收获某些有益的印象。

1744 年 7 月 7 日。

目录

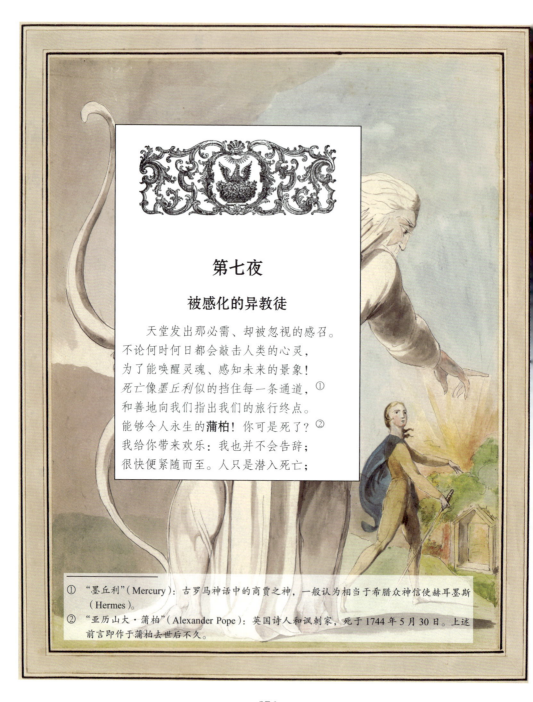

第七夜

被感化的异教徒

　　天堂发出那必需、却被忽视的感召。
不论何时何日都会敲击人类的心灵，
为了能唤醒灵魂、感知未来的景象！
死亡像**墨丘利**似的挡住每一条通道，①
和善地向我们指出我们的旅行终点。
能够令人永生的**蒲柏**！你可是死了？②
我给你带来欢乐：我也并不会告辞；
很快便紧随而至。人只是潜入死亡；

---

① "墨丘利"（Mercury）：古罗马神话中的商贾之神，一般认为相当于希腊众神信使赫耳墨斯
（Hermes）。
② "亚历山大·蒲柏"（Alexander Pope）：英国诗人和讽刺家，死于 1744 年 5 月 30 日。上述
前言即作于蒲柏去世后不久。

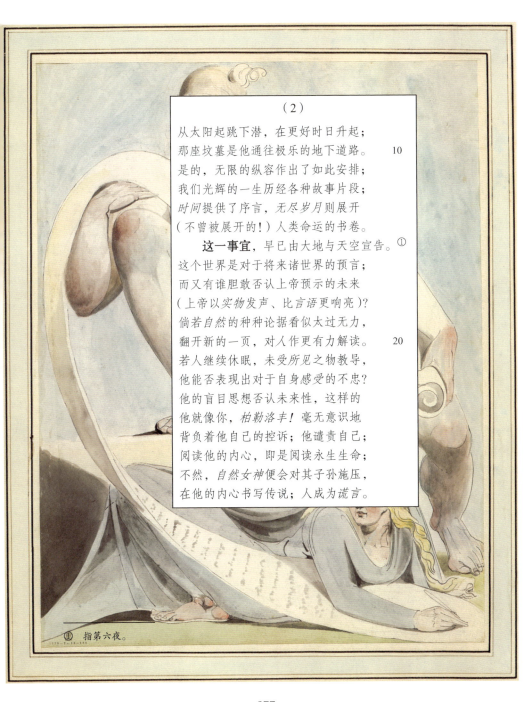

（2）

从太阳起跳下潜，在更好时日升起；
那座坟墓是他通往极乐的地下道路。　　　10
是的，无限的纵容作出了如此安排；
我们光辉的一生历经各种故事片段；
时间提供了序言，无尽岁月则展开
（不曾被展开的！）人类命运的书卷。

这一事宜，早已由大地与天空宣告。①
这个世界是对于将来诸世界的预言；
而又有谁胆敢否认上帝预示的未来
（上帝以*实物*发声、比言语更响亮）？
倘若*自然*的种种论据看似太过无力，
翻开新的一页，对人作更有力解读。　　　20
若人继续休眠，未受所见之物教导，
他能否表现出对于自身感受的不忠？
他的盲目思想否认未来性，这样的
他就像你，*柏勒洛丰！* 毫无意识地
背负着他自己的控诉；他谴责自己；
阅读他的内心，即是阅读永生生命；
不然，*自然女神*便会对其子孙施压，
在他的内心书写传说；人成为谎言。

① 指第六夜。

277

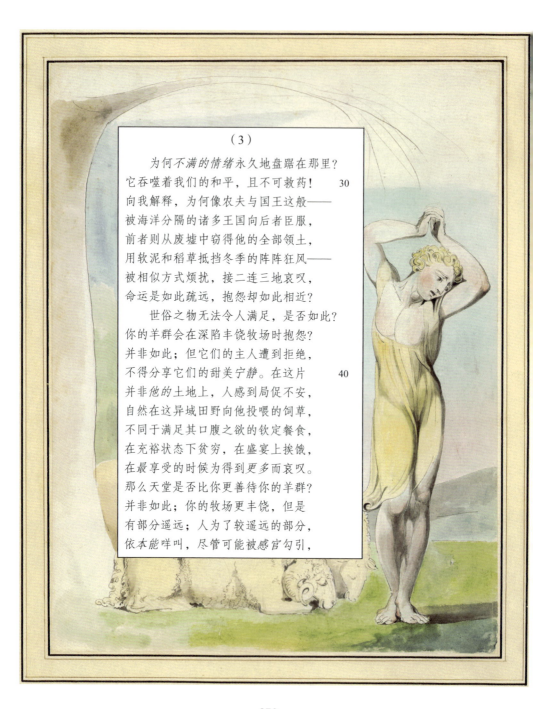

（3）

　　为何不满的情绪永久地盘踞在那里？
它吞噬着我们的和平，且不可救药！　　30
向我解释，为何像农夫与国王这般——
被海洋分隔的诸多王国向后者臣服，
前者则从废墟中窃得他的全部领土，
用软泥和稻草抵挡冬季的阵阵狂风——
被相似方式烦扰，接二连三地哀叹，
命运是如此疏远，抱怨却如此相近？
　　世俗之物无法令人满足，是否如此？
你的羊群会在深陷丰饶牧场时抱怨？
并非如此；但它们的主人遭到拒绝，
不得分享它们的甜美宁静。在这片　　40
并非他的土地上，人感到局促不安，
自然在这异域田野向他投喂的饲草，
不同于满足其口腹之欲的钦定餐食，
在充裕状态下贫穷，在盛宴上挨饿，
在最享受的时候为得到更多而哀叹。
那么天堂是否比你更善待你的羊群？
并非如此；你的牧场更丰饶，但是
有部分遥远；人为了较遥远的部分，
依本能咩叫，尽管可能被感官勾引，

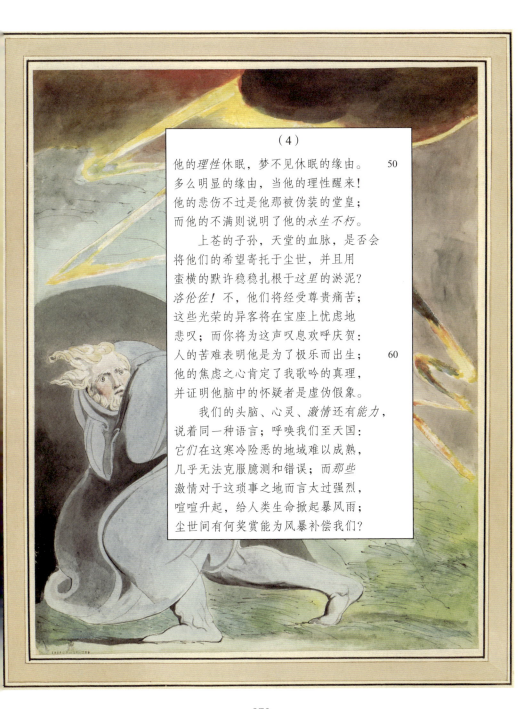

（4）

他的*理性*休眠，梦不见休眠的缘由。　　　50
多么明显的缘由，当他的理性醒来！
他的悲伤不过是他那被伪装的堂皇；
而他的不满则说明了他的*永生不朽*。

　　上苍的子孙，天堂的血脉，是否会
将他们的希望寄托于尘世，并且用
蛮横的默许稳稳扎根于*这里*的淤泥？
洛伦佐！ 不，他们将经受尊贵痛苦；
*这些*光荣的异客将在宝座上忧虑地
悲叹；而你将为这声叹息欢呼庆贺：
人的苦难表明他是为了极乐而出生；　　60
他的焦虑之心肯定了我歌吟的真理，
并证明他脑中的怀疑者是虚伪假象。

　　我们的头脑、心灵、激情还有*能力*，
说着同一种语言；呼唤我们至天国：
它们在这寒冷险恶的地域难以成熟，
几乎无法克服臆测和错误；而*那些*
激情对于这琐事之地而言太过强烈，
喧喧升起，给人类生命掀起暴风雨；
尘世间有何奖赏能为风暴补偿我们？

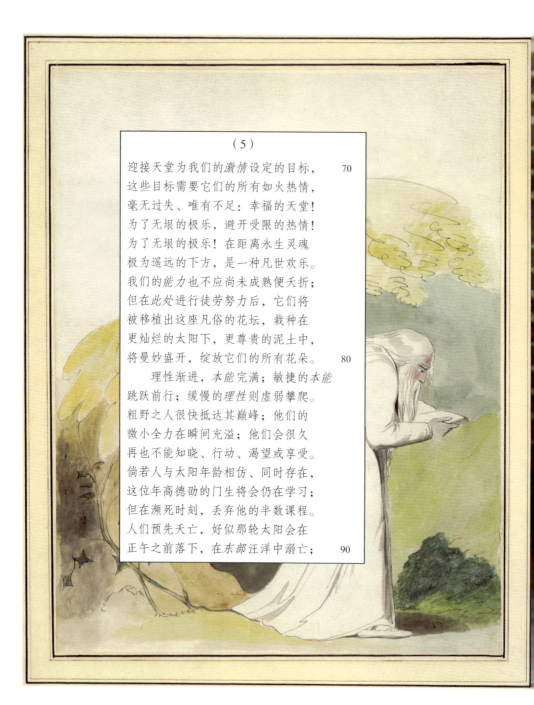

（5）

迎接天堂为我们的*激情*设定的目标，　　　　70
这些目标需要它们的所有如火热情，
毫无过失、唯有不足：幸福的天堂！
为了无垠的极乐，避开受限的热情！
为了无垠的极乐！在距离永生灵魂
极为遥远的下方，是一种凡世欢乐。
我们的*能力*也不应尚未成熟便夭折；
但在*此处*进行徒劳努力后，它们将
被移植出这座凡俗的花坛，栽种在
更灿烂的太阳下，更尊贵的泥土中，
将曼妙盛开，绽放它们的所有花朵。　　80

　　*理性*渐进，*本能*完满；敏捷的本能
跳跃前行；缓慢的*理性*则虚弱攀爬。
粗野之人很快抵达其巅峰；他们的
微小全力在瞬间充溢；他们会很久
再也不能知晓、行动、渴望或享受。
倘若人与太阳年龄相仿、同时存在，
这位年高德劭的门生将会仍在学习；
但在濒死时刻，丢弃他的半数课程。
人们预先夭亡，好似那轮太阳会在
正午之前落下，在东部汪洋中溺亡；　　90

（6）

若我能有资格将昏暗与显赫作比较，
将太阳的最高点与人的灵魂作比较。
为何身为继母的*自然*对人如此严苛？
为何将你完成至半的巨著扔在一旁，
更卑贱的努力却享用你的最后润色？
倘若贫贱的人必须以夭折方式死去，
且不能触及本可触及的，为何心怀
畏惧死去？被预见所苦？知晓苦难？①
为何成为他那高傲特权的擒获猎物？
为何在排名方面不及痛苦更为卓越？　　100
唯有他的永生性能够对此作出解释，
完备充足的贮藏，能平衡一切偏差，
并且将局势扭转，偏向正义的一方！

　　唯有他的永生性能够解决众多谜团
之中最为黑暗的——即人类的希望；
黑暗之最，若我们确在灭世中死去。
希望，热切希望，刺杀我们的欢乐，
将一切现存的赐福踩在脚下踩躏着，
这位暴君并不比绝望显得更为温和。
不满足于往昔劳作，仍计划新苦活，　　110
希望将我们转交给死亡，只为安逸。

---

① "被预见所苦"：因有预见力而遭到诅咒，可能是指卡桑德拉（Cassandra），希腊神话中有
预言能力、但不被人相信的女子。

夜 思

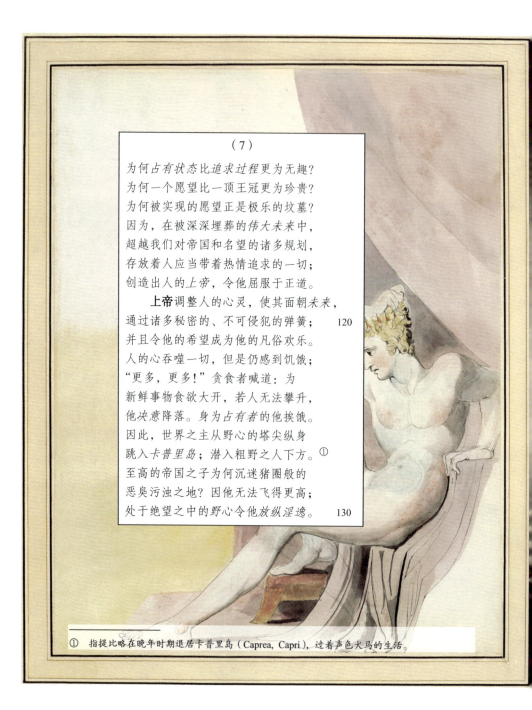

（7）

为何占有状态比追求过程更为无趣？
为何一个愿望比一顶王冠更为珍贵？
为何被实现的愿望正是极乐的坟墓？
因为，在被深深埋葬的伟大未来中，
超越我们对帝国和名望的诸多规划，
存放着人应当带着热情追求的一切；
创造出人的上帝，令他屈服于正道。

　　上帝调整人的心灵，使其面朝未来，
通过诸多秘密的、不可侵犯的弹簧；　　　120
并且令他的希望成为他的凡俗欢乐。
人的心吞噬一切，但是仍感到饥饿；
"更多，更多！"贪食者喊道：为
新鲜事物食欲大开，若人无法攀升，
他决意降落。身为占有者的他挨饿。
因此，世界之主从野心的塔尖纵身
跳入卡普里岛；潜入粗野之人下方。①
至高的帝国之子为何沉迷猪圈般的
恶臭污浊之地？因他无法飞得更高；
处于绝望之中的野心令他放纵淫逸。　　130

① 指提比略在晚年时期退居卡普里岛（Caprea, Capri），过着声色犬马的生活。

282

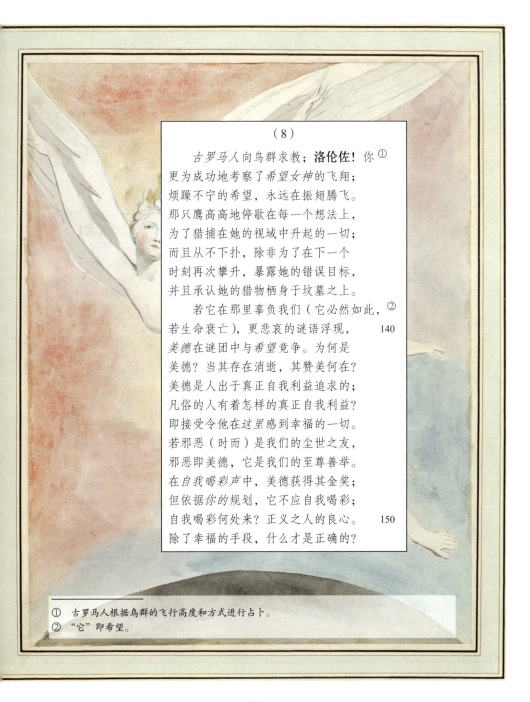

（8）

　　古罗马人向鸟群求教；**洛伦佐**！你 ①
更为成功地考察了*希望女神*的飞翔；
烦躁不宁的希望，永远在振翅腾飞。
那只鹰高高地停歇在每一个想法上，
为了猎捕在她的视域中升起的一切；
而且从不下扑，除非为了在下一个
时刻再次攀升，暴露她的错误目标，
并且承认她的猎物栖身于坟墓之上。

　　若它在那里辜负我们（它必然如此，②
若生命衰亡），更悲哀的谜语浮现，　　　140
*美德*在谜团中与希望竞争。为何是
美德？当其存在消逝，其赞美何在？
美德是人出于真正自我利益追求的；
凡俗的人有着怎样的真正自我利益？
即接受令他在这里感到幸福的一切。
若邪恶（时而）是我们的尘世之友，
邪恶即美德，它是我们的至尊善举。
在*自我喝彩*声中，美德获得其金奖；
但依据你的规划，它不应自我喝彩；
自我喝彩何处来？正义之人的良心。　　150
除了幸福的手段，什么才是正确的？

———————————
① 古罗马人根据鸟群的飞行高度和方式进行占卜。
② "它"即希望。

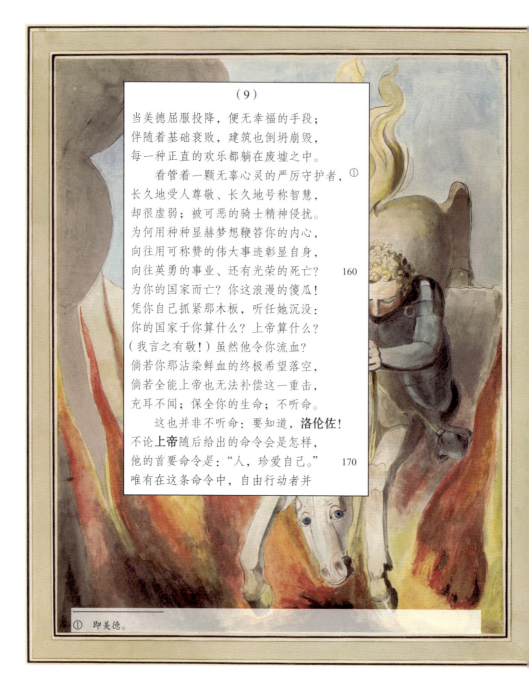

（9）

当美德屈服投降，便无幸福的手段；
伴随着基础衰败，建筑也倒坍崩毁，
每一种正直的欢乐都躺在废墟之中。

    看管着一颗无辜心灵的严厉守护者，①
长久地受人尊敬、长久地号称智慧，
却很虚弱；被可恶的骑士精神侵扰。
为何用种种显赫梦想鞭笞你的内心，
向往用可称赞的伟大事迹彰显自身，
向往英勇的事业、还有光荣的死亡？   160
为你的国家而亡？你这浪漫的傻瓜！
凭你自己抓紧那木板，听任她沉没：
你的国家于你算什么？上帝算什么？
（我言之有敬！）虽然他令你流血？
倘若你那沾染鲜血的终极希望落空，
倘若全能上帝也无法补偿这一重击，
充耳不闻；保全你的生命；不听命。

    这也并非不听命：要知道，**洛伦佐**！
不论**上帝**随后给出的命令会是怎样，
他的首要命令是："人，珍爱自己。"   170
唯有在这条命令中，自由行动者并

_____

① 即美德。

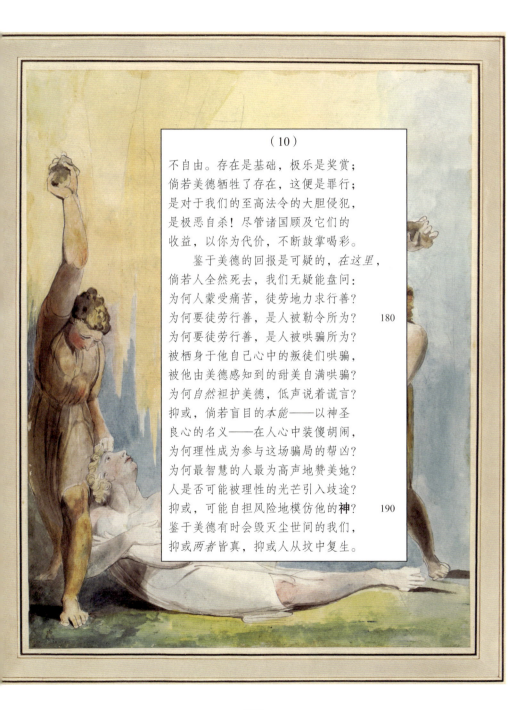

（10）

不自由。存在是基础，极乐是奖赏；
倘若美德牺牲了存在，这便是罪行；
是对于我们的至高法令的大胆侵犯，
是极恶自杀！尽管诸国顾及它们的
收益，以你为代价，不断鼓掌喝彩。

　　鉴于美德的回报是可疑的，*在这里*，
倘若人全然死去，我们无疑能盘问：
为何人蒙受痛苦，徒劳地力求行善？
为何要徒劳行善，是人被勒令所为？　　　180
为何要徒劳行善，是人被哄骗所为？
被栖身于他自己心中的叛徒们哄骗，
被他由美德感知到的甜美自满哄骗？
为何*自然*袒护美德，低声说着谎言？
抑或，倘若盲目的*本能*——以神圣
良心的名义——在人心中装傻胡闹，
为何理性成为参与这场骗局的帮凶？
为何最智慧的人最为高声地赞美她？
人是否可能被理性的光芒引入歧途？
抑或，可能自担风险地模仿他的**神**？　　190
鉴于美德有时会毁灭尘世间的我们，
抑或*两者*皆真，抑或人从坟中复生。

夜　思

（11）

　　抑或人从坟中复生，抑或，**洛伦佐**！
承认你的极度夸耀，疯狂且又荒谬。
你的精神无所畏惧；懦夫被你鄙视。
若你准许人永生，你的鄙视即正义。
永生之人，具备*理性*的勇气，敢于
冲向死亡——因为他根本不会死去。
但倘若人失去一切，在失去生命时，
他便或苟活如懦夫，或消亡如傻瓜。　　200
一位大胆的异教徒（诸如此类，被
自尊、榜样、钱财、盛怒、报复心，
或是纯粹英雄式的思想缺陷所摒弃），
在全世间的疯人中，最应该被监禁。

　　当我们跟随那著名的人物来到坟墓——
他因英勇、美德、知识、我们热爱
并赞美的一切而著称；他的价值如
正午阳光，令我们能以更高的品味
思考，纠正我们对超凡力量的印象；
我们是否认为，道德世界的光辉会①　210
在恶臭中熄灭，并且最终化作腐尸？
为何他聪慧地知晓、并热烈地赞美、

———————————
①　此"伦理世界的光辉"即"那著名的人物"。

286

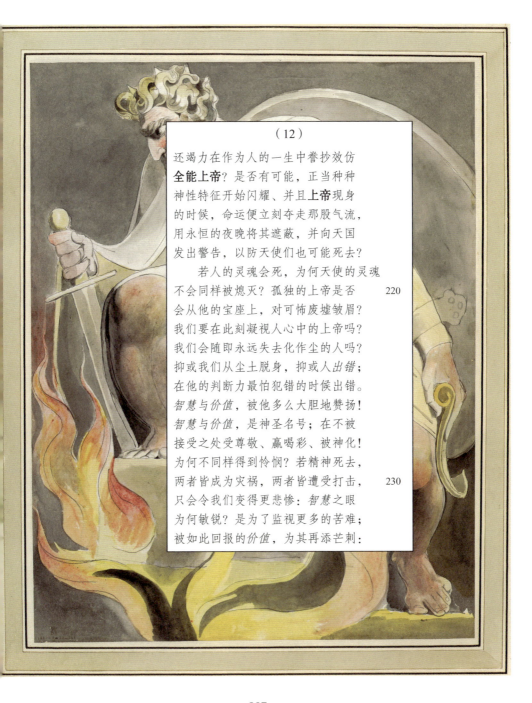

（12）

还竭力在作为人的一生中誊抄效仿
全能上帝？是否有可能，正当种种
神性特征开始闪耀、并且**上帝**现身
的时候，命运便立刻夺走那股气流，
用永恒的夜晚将其遮蔽，并向天国
发出警告，以防天使们也可能死去？

　　若人的灵魂会死，为何天使的灵魂
不会同样被熄灭？孤独的上帝是否　　　220
会从他的宝座上，对可怖废墟皱眉？
我们要在此刻凝视人心中的上帝吗？
我们会随即永远失去化作尘的人吗？
抑或我们从尘土脱身，抑或人*出错*；
在他的判断力最怕犯错的时候出错。
智慧与价值，被他多么大胆地赞扬！
智慧与价值，是神圣名号；在不被
接受之处受尊敬、赢喝彩、被神化！
为何不同样得到怜悯？若精神死去，
两者皆成为灾祸，两者皆遭受打击，　220... 230
只会令我们变得更悲惨：智慧之眼
为何敏锐？是为了监视更多的苦难；
被如此回报的价值，为其再添芒刺：

287

（13）

抑或人越过坟墓，抑或收益即损失，
而被提升的价值，令我们更为谦卑。
倘若有一种规划，能令弱点和邪恶
成为人类的庇护，你绝不会支持它。

　　"因此，美德无欢乐?"不然，有
昂贵的欢乐。莫在这不完美状态下
长久地讨论，美德与邪恶永久交战，　　240
美德是斗争；谁没有可为之战斗的?
或为了珍贵之物，或为了微薄酬金?
如此大声传颂美德的自我酬赏的人，
将会在人世间获得如*天使般的*地位，
并在他们恭维*美德*的同时，背叛它，
通过无力的动机，和不忠诚的守卫。
王冠，不衰的王冠，激励她的灵魂;
是它，并且唯有它，有能力去对抗
肉体的背信弃义，世界的侵犯袭击:
我们的美德因尘世的贫乏报酬饿死。　　250
不容置疑的真理! 不顾如培尔之流
布道、或如**伏尔泰**之流相信的一切。①
　　我们越是潜心研究人，越是能看见

────────
① "皮埃尔·培尔"（Pierre Bayle）: 法国哲学家。培尔深信哲学的推理会导致全面的怀疑论，
但人的本性却迫使人们接受盲目的信仰。伏尔泰（Voltaire），法国作家，持自由宗教观点。

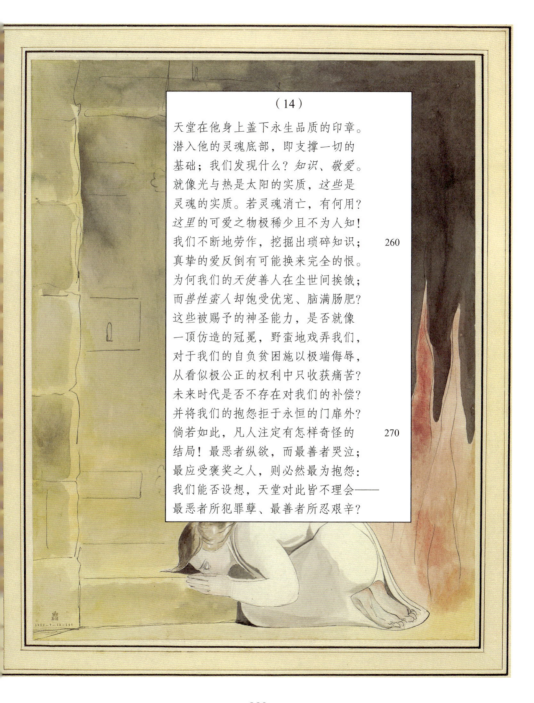

（14）

天堂在他身上盖下永生品质的印章。
潜入他的灵魂底部，即支撑一切的
基础；我们发现什么？*知识、敬爱*。
就像光与热是太阳的实质，*这些*是
灵魂的实质。若灵魂消亡，有何用？
这里的可爱之物极稀少且不为人知！
我们不断地劳作，挖掘出琐碎知识；　　260
真挚的爱反倒有可能换来完全的恨。
为何我们的天使善人在尘世间挨饿；
而兽性蛮人却饱受优宠、脑满肠肥？
这些被赐予的神圣能力，是否就像
一顶仿造的冠冕，野蛮地戏弄我们，
对于我们的自负贫困施以极端侮辱，
从看似极公正的权利中只收获痛苦？
未来时代是否不存在对我们的补偿？
并将我们的抱怨拒于永恒的门扉外？
倘若如此，凡人注定有怎样奇怪的　　270
结局！最恶者纵欲，而最善者哭泣；
最应受褒奖之人，则必然最为抱怨：
我们能否设想，天堂对此皆不理会——
最恶者所犯罪孽、最善者所忍艰辛？

（15）

　　这不可能。作为人，去敬爱并知晓，
便是无垠的欲望，以及无垠的力量；
而这些也都说明，存在着无垠对象。
对象、力量、欲望，皆与天堂相称；
贯穿始终的自然也从不曾奏响她的
协调琴弦，扰乱这甜美的永恒和谐。　　　280
是否唯有人被排除在她的法则之外？
一旦永恒性被从人类的希望中删去
（我在用事实说话，但也带着敬意），
人便成为一种怪物，对天堂的羞辱，
一处污渍，一团穿不透的浓厚黑云，
遮挡自然的美丽外貌；并且扭曲她
（惊人污点！），扭曲她与她的主。
如果这是人的宿命，天堂宿命如何？
或承认灵魂永生，或发表亵渎言论。
　　或承认灵魂永生，或颠倒一切秩序。290
出发吧，模仿的威严！出发吧，人！
并且向你身处畜舍中的前辈们鞠躬；
在各种感官场合，它们都远优于你：
它们啃食的草地未经耕作，畅饮的

（16）

溪流未经酿造，且不因永远饱含着
怀疑、畏惧、无果的希望、遗憾与
绝望而苦涩；人类的特权！*理性的*
珍贵天资！它们既不为自己的衣袍
洗劫异国；兄弟间也不会对簿公堂；
它们的善心完整、纯粹、未受损害；　　　300
它们在各处田野皆能发现一片天堂，
没有诅咒悬挂在那里的被禁树枝上；
它们的不幸仅仅令感性震惊；不因
此前的畏惧加剧，或是在后方低语；
当*最糟糕*的降临，它们并无所畏惧；
一记重击开启并结束了它们的悲哀：
它们只死去一次；独享的幸福特权！
统治地球、并解读群星的高傲之人——
或哲学家，或英雄，为此徒劳哀叹。

　　请对禽兽身上的这项特权作出解释。310
没有日光、哪怕是其微闪，能解开
这道难题，唯有永恒射向它的光芒。
啊独有且甜蜜的解法！松开难解的
捆缚，柔化严峻的局势；驱除散尽
那盘踞在*自然*的美丽面庞上的云团；

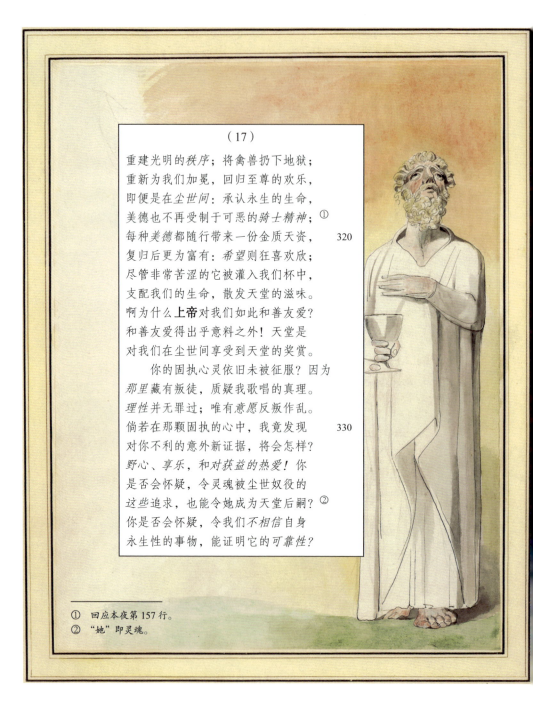

（17）

重建光明的*秩序*；将禽兽扔下地狱；
重新为我们加冕，回归至尊的欢乐，
即便是在*尘世间*：承认永生的生命，
美德也不再受制于可恶的*骑士精神*；①
每种美德都随行带来一份金质天资，　　320
复归后更为富有：希望则狂喜欢欣；
尽管非常苦涩的它被灌入我们杯中，
支配我们的生命，散发天堂的滋味。
啊为什么**上帝**对我们如此和善友爱？
和善友爱得出乎意料之外！天堂是
对我们在尘世间享受到天堂的奖赏。

　　你的固执心灵依旧未被征服？因为
*那里*藏有叛徒，质疑我歌唱的真理。
*理性*并无罪过；唯有意愿反叛作乱。
倘若在那颗固执的心中，我竟发现　　330
对你不利的意外新证据，将会怎样？
野心、享乐，和对获益的热爱！你
是否会怀疑，令灵魂被尘世奴役的
*这些*追求，也能令她成为天堂后嗣？②
你是否会怀疑，令我们不相信自身
永生性的事物，能证明它的可靠性？

---

① 回应本夜第 157 行。
② "她"即灵魂。

292

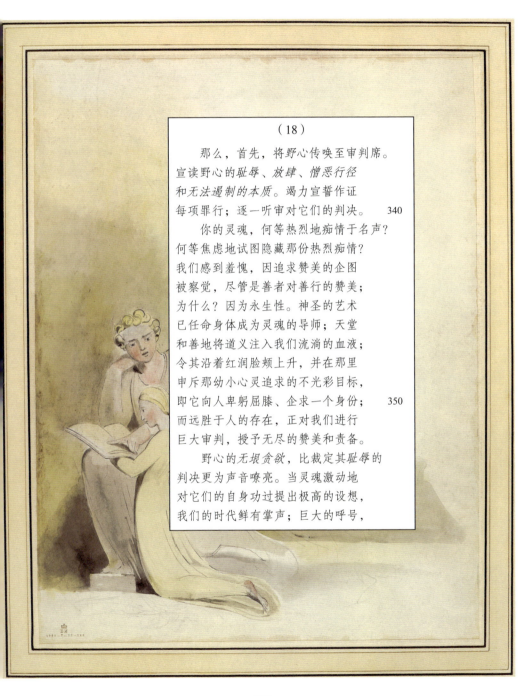

（18）

　　那么，首先，将野心传唤至审判席。
宣读野心的耻辱、放肆、憎恶行径
和无法遏制的本质。竭力宣誓作证
每项罪行；逐一听审对它们的判决。　　340
　　你的灵魂，何等热烈地痴情于名声？
何等焦虑地试图隐藏那份热烈痴情？
我们感到羞愧，因追求赞美的企图
被察觉，尽管是善者对善行的赞美；
为什么？因为永生性。神圣的艺术
已任命身体成为灵魂的导师；天堂
和善地将道义注入我们流淌的血液；
令其沿着红润脸颊上升，并在那里
申斥那幼小心灵追求的不光彩目标，
即它向人卑躬屈膝、企求一个身份；　　350
而远胜于人的存在，正对我们进行
巨大审判，授予无尽的赞美和责备。
　　野心的无垠贪欲，比裁定其耻辱的
判决更为声音嘹亮。当灵魂激动地
对它们的自身功过提出极高的设想，
我们的时代鲜有掌声；巨大的呼号，

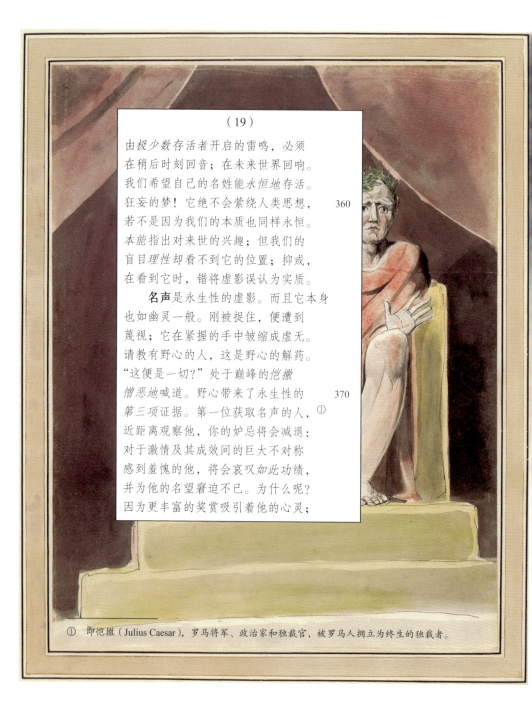

（19）

由*极少数*存活者开启的雷鸣，必须
在稍后时刻回音；在未来世界回响。
我们希望自己的名姓能永恒地存活。
狂妄的梦！它绝不会萦绕人类思想，　　360
若不是因为我们的本质也同样永恒。
*本能*指出对来世的兴趣；但我们的
盲目*理性*却看不到它的位置；抑或，
在看到它时，错将虚影误认为实质。

　　名声是永生性的虚影。而且它本身
也如幽灵一般。刚被捉住，便遭到
蔑视；它在紧握的手中皱缩成虚无。
请教有野心的人，这是野心的解药。
"这便是一切？"处于巅峰的*恺撒*
*憎恶地*喊道。野心带来了永生性的　　370
第三项证据。第一位获取名声的人，①
近距离观察他，你的妒忌将会减退：
对于激情及其成效间的巨大不对称
感到羞愧的他，将会哀叹如此功绩，
并为他的名望窘迫不已。为什么呢？
因为更丰富的奖赏吸引着他的心灵；

① *即恺撒*（Julius Caesar），罗马将军、政治家和独裁官，被罗马人拥立为终生的独裁者。

（20）

更显赫的荣耀发出呼唤；纵然它以
低声细语呼唤，最聋的人也能听见。
　　　　而野心能否向我们提供*第四项证据*？
它能，且比前三项证据更为强有力；　　　380
但被某些号称智慧的人们完全忽视。
尽管受挫的野心令我们痛苦，尽管
成功令我们*憎恶*；但**洛伦佐**！我们
仍徒劳地力求从我们的心中拔下它；
它是自然为了最尊贵结局而种下的。
献给*皮洛士*的那条著名建议很荒谬，
广受赞美、却少被思索，华而不实；
因此，早在理性镇压他的野心之前，
英雄之剑已平息世界。人必须高飞。
心中的一番冥顽不化的活力，一股　　　390
无法抑制的动力，会将他向上抛起，
不顾*命运*的重负。并非唯君王独有，
每一个村夫也都有着他自己的野心，
苏丹与他那戴脚镣的奴隶同样高傲：
奴隶们用稻草建起他们的小巴比伦，
在他们的心中回应那高傲的*亚述人*，②
喊道："看我的能力创造出的奇观！"

---

① "皮洛士"（Pyrrhus）：古希腊伊庇鲁斯（Epirus）国王。根据菲茨罗伊的注释，曾有哲学家
　告诫皮洛士，留守家中比追求征服事业会更令他幸福，但他并未听从这条建议，后来在征
　战生涯中付出巨大代价才取得了一些胜利，由此衍生出一个词"皮洛士的胜利"（Pyrrhic
　victory）。
② 指尼布甲尼撒王（Nebuchadnezzar），见《圣经·但以理书》第 4 章第 28—37 节（Daniel
　4:28—37）。

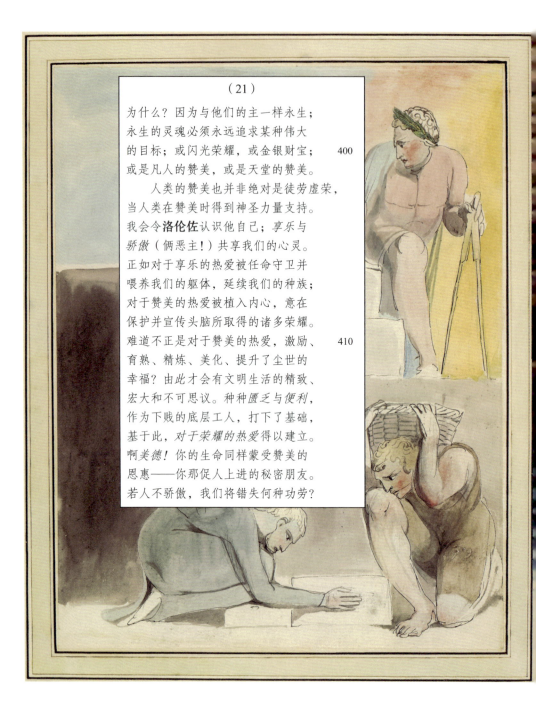

（21）

为什么？因为与他们的主一样永生；
永生的灵魂必须永远追求某种伟大
的目标；或闪光荣耀，或金银财宝；　　　　400
或是凡人的赞美，或是天堂的赞美。
　　人类的赞美也并非绝对是徒劳虚荣，
当人类在赞美时得到神圣力量支持。
我会令**洛伦佐**认识他自己；享乐与
骄傲（俩恶主！）共享我们的心灵。
正如对于享乐的热爱被任命守卫并
喂养我们的躯体，延续我们的种族，
对于赞美的热爱被植入内心，意在
保护并宣传头脑所取得的诸多荣耀。
难道不正是对于赞美的热爱，激励、　　　410
育熟、精炼、美化、提升了尘世的
幸福？由*此*才会有文明生活的精致、
宏大和不可思议。种种*匮乏与便利*，
作为下贱的底层工人，打下了基础，
基于此，*对于荣耀的热爱*得以建立。
啊*美德*！你的生命同样蒙受赞美的
恩惠——你那促人上进的秘密朋友。
若人不骄傲，我们将错失何种功劳？

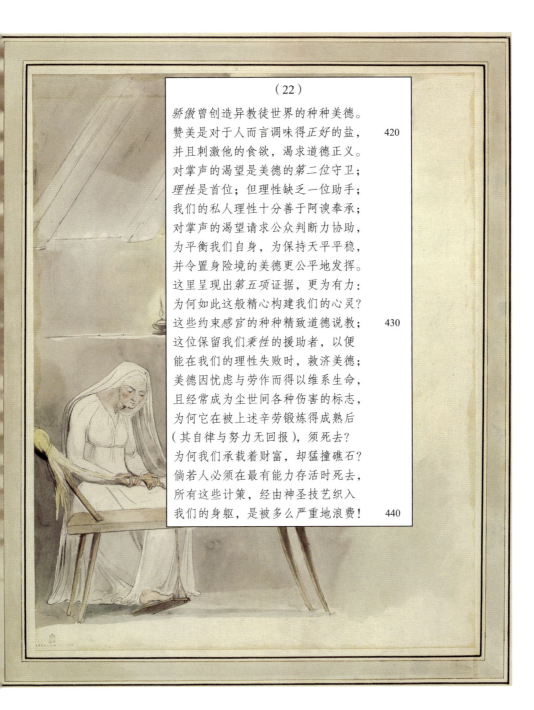

（22）

骄傲曾创造异教徒世界的种种美德。
赞美是对于人而言调味得*正好的*盐，　　　420
并且刺激他的食欲，渴求道德正义。
对掌声的渴望是美德的*第二位*守卫；
*理性*是首位；但理性缺乏一位助手；
我们的私人理性十分善于阿谀奉承；
对掌声的渴望请求公众判断力协助，
为平衡我们自身，为保持天平平稳，
并令置身险境的美德更公平地发挥。
这里呈现出*第五项*证据，更为有力：
为何如此这般精心构建我们的心灵？　　　430
这些约束感官的种种精致道德说教，
这位保留我们秉性的援助者，以便
能在我们的理性失败时，救济美德；
美德因忧虑与劳作而得以维系生命，
且经常成为尘世间各种伤害的标志，
为何它在被上述辛劳锻炼得成熟后
（其自律与努力无回报），须死去？
为何我们承载着财富，却猛撞礁石？
倘若人必须在最有能力存活时死去，
所有这些计策，经由神圣技艺织入
我们的身躯，是被多么严重地浪费！　　　440

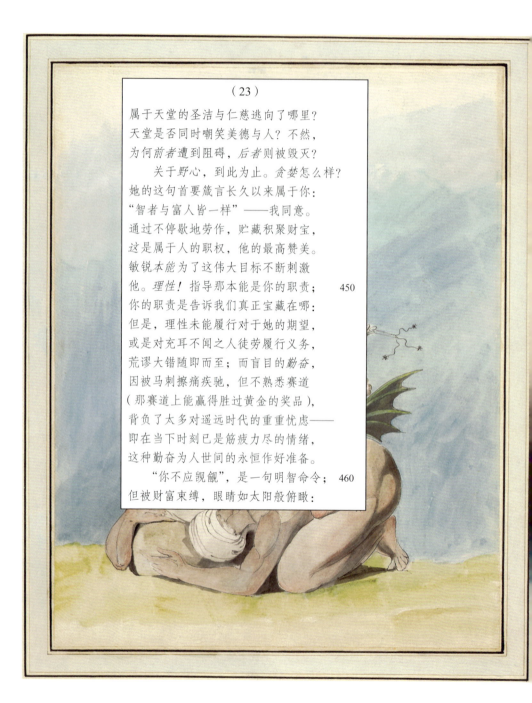

（23）

属于天堂的圣洁与仁慈逃向了哪里？
天堂是否同时嘲笑美德与人？不然，
为何*前者*遭到阻碍，*后者*则被毁灭？

　　关于*野心*，到此为止。贪婪怎么样？
她的这句首要箴言长久以来属于你：
"智者与富人皆一样"——我同意。
通过不停歇地劳作，贮藏积聚财宝，
这是属于人的职权，他的最高赞美。
敏锐*本能*为了这伟大目标不断刺激
他。*理性！*指导那本能是你的职责；　　450
你的职责是告诉我们真正宝藏在哪：
但是，理性未能履行对于她的期望，
或是对充耳不闻之人徒劳履行义务，
荒谬大错随即而至；而盲目的*勤奋*，
因被马刺擦痛疾驰，但不熟悉赛道
（那赛道上能赢得胜过黄金的奖品），
背负了太多对遥远时代的重重忧虑——
即在当下时刻已是筋疲力尽的情绪，
这种勤奋为人世间的永恒作好准备。

　　"你不应觊觎"，是一句明智命令；　　460
但被财富束缚，眼睛如太阳般俯瞰：

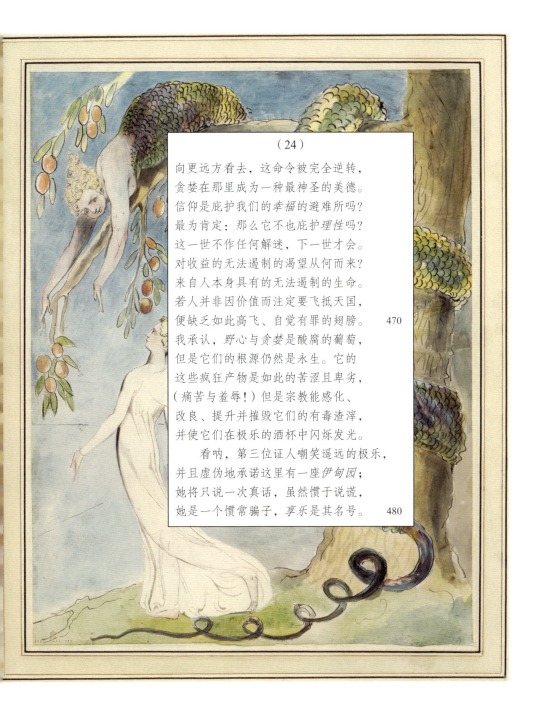

（24）

向更远方看去，这命令被完全逆转，
贪婪在那里成为一种最神圣的美德。
信仰是庇护我们的幸福的避难所吗？
最为肯定：那么它不也庇护理性吗？
这一世不作任何解迷，下一世才会。
对收益的无法遏制的渴望从何而来？
来自人本身具有的无法遏制的生命。
若人并非因价值而注定要飞抵天国，
便缺乏如此高飞、自觉有罪的翅膀。　　　470
我承认，野心与贪婪是酸腐的葡萄，
但是它们的根源仍然是永生。它的
这些疯狂产物是如此的苦涩且卑劣，
（痛苦与羞辱！）但是宗教能感化、
改良、提升并摧毁它们的有毒渣滓，
并使它们在极乐的酒杯中闪烁发光。

　　　看呐，第三位证人嘲笑遥远的极乐，
并且虚伪地承诺这里有一座*伊甸园*；
她将只说一次真话，虽然惯于说谎，
她是一个惯常骗子，享乐是其名号。　　　480

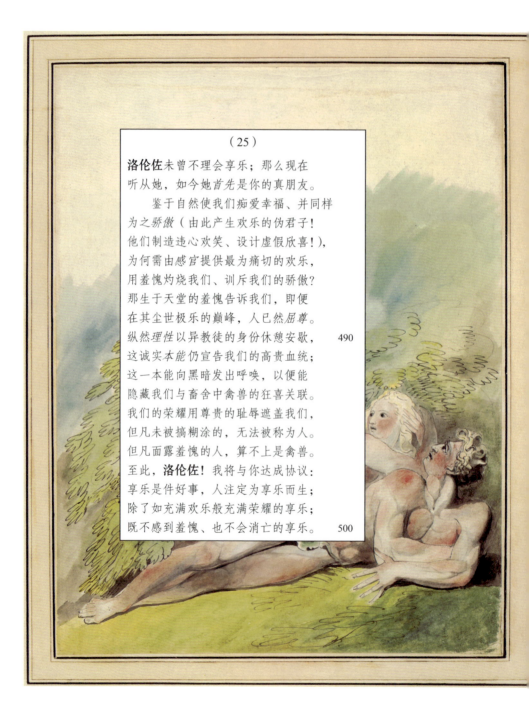

（25）

洛伦佐未曾不理会享乐；那么现在
听从她，如今她首先是你的真朋友。

　　鉴于自然使我们痴爱幸福、并同样
为之骄傲（由此产生欢乐的伪君子！
他们制造违心欢笑、设计虚假欣喜！），
为何需由感官提供最为痛切的欢乐，
用羞愧灼烧我们、训斥我们的骄傲？
那生于天堂的羞愧告诉我们，即便
在其尘世极乐的巅峰，人已然屈尊。
纵然理性以异教徒的身份休憩安歇　　　　490
这诚实本能仍宣告我们的高贵血统；
这一本能向黑暗发出呼唤，以便能
隐藏我们与畜舍中禽兽的狂喜关联。
我们的荣耀用尊贵的耻辱遮盖我们，
但凡未被搞糊涂的，无法被称为人。
但凡面露羞愧的人，算不上是禽兽。
至此，**洛伦佐！**我将与你达成协议：
享乐是件好事，人注定为享乐而生；
除了如充满欢乐般充满荣耀的享乐；
既不感到羞愧、也不会消亡的享乐。　　　500

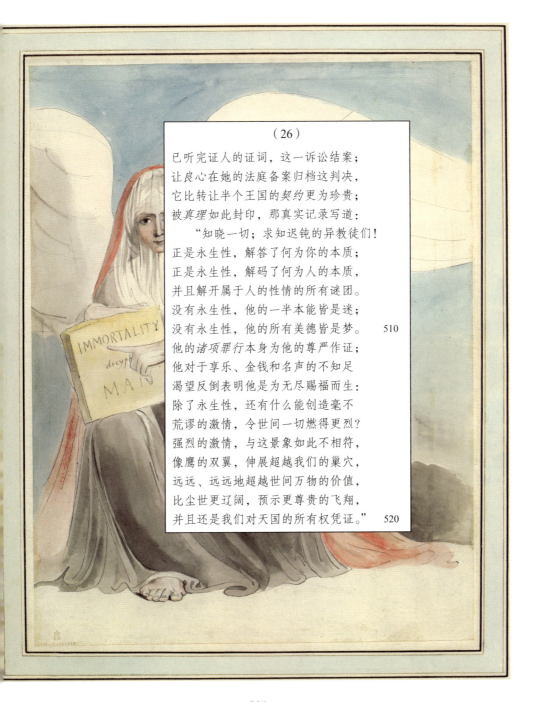

（26）

已听完证人的证词，这一诉讼结案；
让良心在她的法庭备案归档这判决，
它比转让半个王国的契约更为珍贵；
被*真理*如此封印，那真实记录写道：

　　"知晓一切；求知迟钝的异教徒们！
正是永生性，解答了何为你的本质；
正是永生性，解码了何为人的本质，
并且解开属于人的性情的所有谜团。
没有永生性，他的一半本能皆是迷；
没有永生性，他的所有美德皆是梦。　　　510
他的*诸项罪行*本身为他的尊严作证；
他对于享乐、金钱和名声的不知足
渴望反倒表明他是为无尽赐福而生：
除了永生性，还有什么能创造毫不
荒谬的激情，令世间一切燃得更烈？
强烈的激情，与这景象如此不相符，
像鹰的双翼，伸展超越我们的巢穴，
远远、远远地超越世间万物的价值，
比尘世更辽阔，预示更尊贵的飞翔，
并且还是我们对天国的所有权凭证。"　　520

301

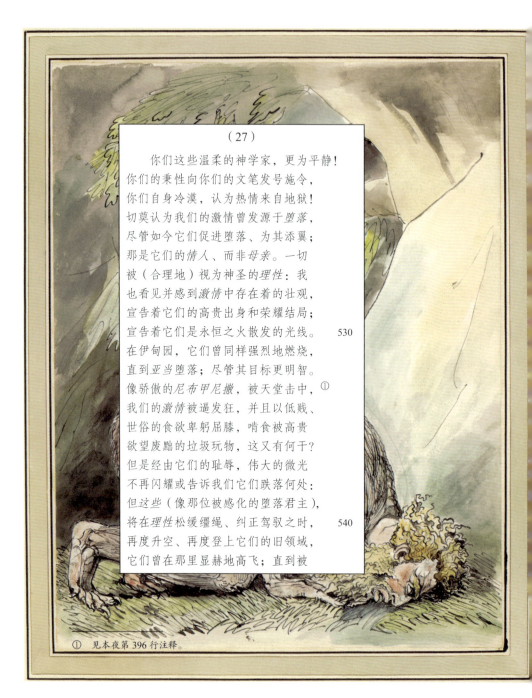

（27）

　　你们这些温柔的神学家，更为平静！
你们的秉性向你们的文笔发号施令，
你们自身冷漠，认为热情来自地狱！
切莫认为我们的激情曾发源于堕落，
尽管如今它们促进堕落、为其添翼；
那是它们的情人、而非母亲。一切
被（合理地）视为神圣的理性：我
也看见并感到激情中存在着的壮观，
宣告着它们的高贵出身和荣耀结局；
宣告着它们是永恒之火散发的光线。　　530
在伊甸园，它们曾同样强烈地燃烧，
直到亚当堕落；尽管其目标更明智。
像骄傲的尼布甲尼撒，被天堂击中，①
我们的激情被逼发狂，并且以低贱、
世俗的食欲卑躬屈膝，啃食被高贵
欲望废黜的垃圾玩物，这又有何干？
但是经由它们的耻辱，伟大的微光
不再闪耀或告诉我们它们跌落何处：
但这些（像那位被感化的堕落君主），
将在理性松缓缰绳、纠正驾驭之时，　　540
再度升空、再度登上它们的旧领域，
它们曾在那里显赫地高飞；直到被

① 见本夜第 396 行注释。

（28）

淫乱夏娃的放荡行径诱惑，在人间
漫步流浪，并且放火燃烧凡俗世界。

　　但是准许它们的狂乱持续；它们的
狂乱未能令那唯一的天佑结局失望；①
若理性沉寂，无垠的激情便会宣告
一个也由无垠对象组成的未来景象，
并且带来关于永恒之日的愉快消息。
永恒之日！正是它启蒙了世间万物；　　550
而得到它启蒙的万物，证明它可靠。
不妨考虑，将人看作一种永生存在，
可以被万物理解；而且万物皆伟大；
某种水晶般清澈的透明性质正盛行，
令天堂光辉得以充分穿透人类领域；
若将人看作必死存在，万物皆黑暗
且悲惨；见此概观的理性落泪哭泣。

　　博学的**洛伦佐**喊道，"就让她哭吧，
现代理性很脆弱；远古年代则明智。
远古年代的权威，那位可敬的向导，　　560
站在我这边；著名的雅典芝诺柱廊②
（有谁像他们那样因智慧如此著名？）

① 即"它们的狂乱"太过脆弱无力，不能改变上帝为人类安排的"天佑结局"。
② "雅典芝诺柱廊"（Athenian porch）：斯多葛派哲学家芝诺（Zeno of Elea）在雅典讲学的柱
　廊，代指斯多葛学派。

（29）

否认人类有这种永生性。"我承认
人永生；但的确他们也已证实这点。
这是个谜！——耐心些；我将解释。

　　怎样的尊贵虚荣，怎样的道德溃逃，
闪烁着遍布他们那浪漫智慧的书页，
令我们既蔑视、却又同时赞赏他们？
对于这些极老练的祖先，谎言无效；
他们将诗歌的放肆词句留在了人间。　　570
"肉体不应感知；不然感知会享用
短剑刺伤或是拉肢刑罚；对于他们，
玫瑰花床、或铜牛焚刑，皆是一样。"①
在人群中驳倒关于身后一切的信念，
这奇怪的教义！作为*教义*固然奇怪，
但作为*预言*便不然；因为此般情景
被证实已实现，也令他们自己惊奇：
他们佯装了*基督徒*无需佯装的坚定。
那位在火焰中真正地获胜的*基督徒*：
斯多葛派学者看见，感到双倍诧异，　　580
既对他们诧异，也对于他自身诧异，
发现他那大胆冒险的思想并不大胆，
他费力编织的谎言，竟是一场徒劳。

---

① "玫瑰花床"指亨利八世执政期间，一位殉道者在被焚烧时的呼喊，"在这火焰中我感到的痛苦，与我在玫瑰花床上感到的无异"。"铜牛焚刑"指古希腊暴君法拉里斯（Phalaris）下令建造的刑具，在空心铜牛中关人、并将铜牛放在火上烧烤，受刑者发出的呼号好似牛鸣。详见《批评与解释批注》(p.147)。

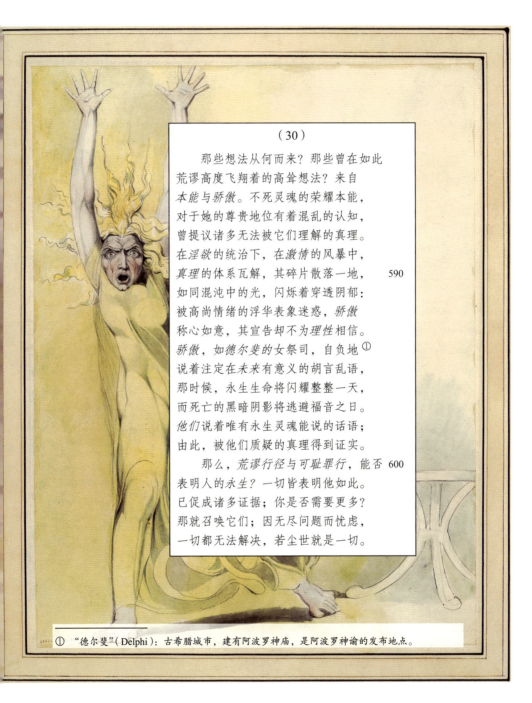

（30）

　　那些想法从何而来？那些曾在如此
荒谬高度飞翔着的高耸想法？来自
本能与骄傲。不死灵魂的荣耀本能，
对于她的尊贵地位有着混乱的认知，
曾提议诸多无法被它们理解的真理。
在淫欲的统治下，在激情的风暴中，
真理的体系瓦解，其碎片散落一地，　　590
如同混沌中的光，闪烁着穿透阴郁：
被高尚情绪的浮华表象迷惑，骄傲
称心如意，其宣告却不为理性相信。
骄傲，如德尔斐的女祭司，自负地①
说着注定在未来有意义的胡言乱语，
那时候，永生生命将闪耀整整一天，
而死亡的黑暗阴影将逃避福音之日。
他们说着唯有永生灵魂能说的话语；
由此，被他们质疑的真理得到证实。

　　那么，荒谬行径与可耻罪行，能否　600
表明人的永生？一切皆表明他如此。
已促成诸多证据；你是否需要更多？
那就召唤它们；因无尽问题而忧虑，
一切都无法解决，若尘世就是一切。

---

① "德尔斐"（Delphi）：古希腊城市，建有阿波罗神庙，是阿波罗神谕的发布地点。

305

夜　思

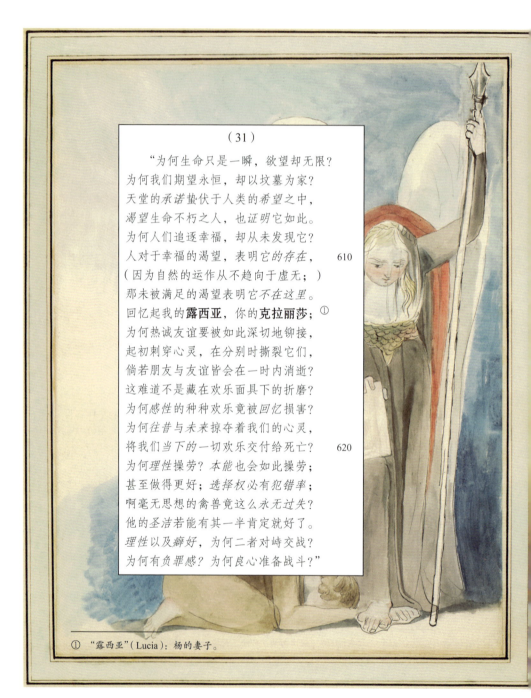

（31）

　　"为何生命只是一瞬，欲望却无限？
为何我们期望永恒，却以坟墓为家？
天堂的承诺蛰伏于人类的希望之中，
渴望生命不朽之人，也证明它如此。
为何人们追逐幸福，却从未发现它？
人对于幸福的渴望，表明它的存在，　　610
（因为自然的运作从不趋向于虚无；）
那未被满足的渴望表明它不在这里。
回忆起我的**露西亚**，你的**克拉丽莎**；①
为何热诚友谊要被如此深切地铆接，
起初刺穿心灵，在分别时撕裂它们，
倘若朋友与友谊皆会在一时内消逝？
这难道不是藏在欢乐面具下的折磨？
为何感性的种种欢乐竟被回忆损害？
为何往昔与未来掠夺着我们的心灵，
将我们当下的一切欢乐交付给死亡？　　620
为何理性操劳？本能也会如此操劳；
甚至做得更好；选择权必有犯错率；
啊毫无思想的禽兽竟这么永无过失？
他的圣洁若能有其一半肯定就好了。
理性以及癖好，为何二者对峙交战？
为何有负罪感？为何良心准备战斗？"

① "露西亚"（Lucia）：杨的妻子。

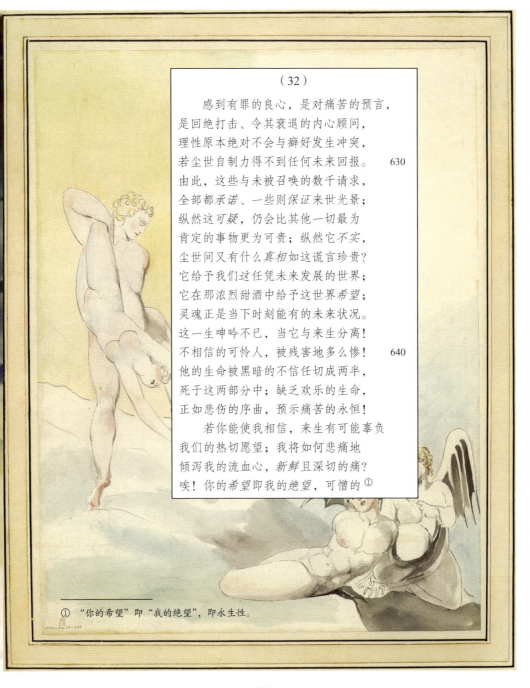

（32）

感到有罪的良心，是对痛苦的预言，
是回绝打击、令其衰退的内心顾问，
理性原本绝对不会与癖好发生冲突，
若尘世自制力得不到任何未来回报。　　630
由此，这些与未被召唤的数千请求，
全部都*承诺*、一些则*保证*来世光景；
纵然这可疑，仍会比其他一切最为
肯定的事物更为可贵；纵然它不实，
尘世间又有什么*真相*如这谎言珍贵？
它给予我们这任凭未来发展的世界；
它在那浓烈甜酒中给予这世界希望；
灵魂正是当下时刻能有的未来状况。
这一生呻吟不已，当它与来生分离！
不相信的可怜人，被残害地多么惨！　　640
他的生命被黑暗的不信任切成两半，
死于这两部分中；缺乏欢乐的生命，
正如悲伤的序曲，预示痛苦的永恒！

　　若你能使我相信，来生有可能辜负
我们的热切愿望；我将如何悲痛地
倾泻我的流血心，*新鲜且深切的痛*？
唉！你的希望即我的绝望，可憎的①

---

① "你的希望"即"我的绝望"，即永生性。

307

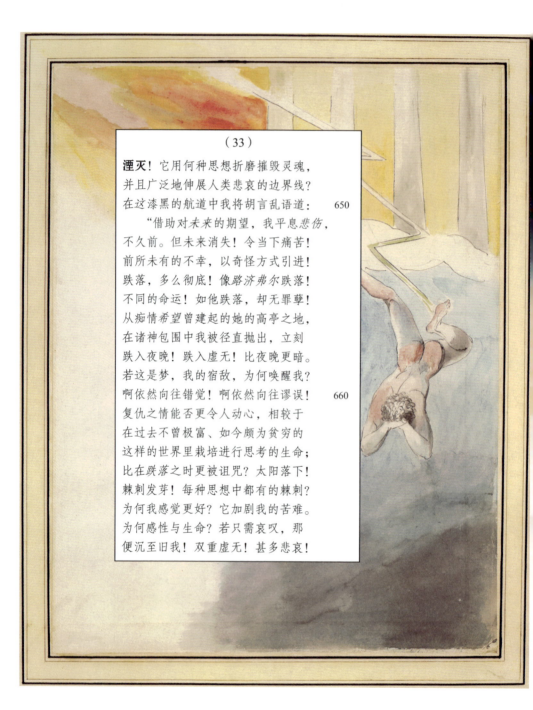

（33）

湮灭！它用何种思想折磨摧毁灵魂，
并且广泛地伸展人类悲哀的边界线？
在这漆黑的航道中我将胡言乱语道：　　650
　　"借助对未来的期望，我平息悲伤，
不久前。但未来消失！令当下痛苦！
前所未有的不幸，以奇怪方式引进！
跌落，多么彻底！像路济弗尔跌落！
不同的命运！如他跌落，却无罪孽！
从痴情希望曾建起的她的高亭之地，
在诸神包围中我被径直抛出，立刻
跌入夜晚！跌入虚无！比夜晚更暗。
若这是梦，我的宿敌，为何唤醒我？
啊依然向往错觉！啊依然向往谬误！　　660
复仇之情能否更令人动心，相较于
在过去不曾极富、如今颇为贫穷的
这样的世界里栽培进行思考的生命；
比在*跌落*之时更被诅咒？太阳落下！
棘刺发芽！每种思想中都有的棘刺？
为何我感觉更好？它加剧我的苦难。
为何感性与生命？若只需哀叹，那
便沉至旧我！双重虚无！甚多悲哀！

（34）

悲哀，源自天堂的慷慨恩赐！源自
那最惯于奉承高位才智权势的做法。　　670

　　"思想、美德、知识！赐福全都被
你的规划毒害成痛苦。首先，知识，
曾是我灵魂的目标，如今却最令她
畏惧。认识我自己，是真的智慧吗？——
不，是回避那骇人科学、绝望之祖！
避开你的镜子：我若窥视，我必死。

　　"认识我的创造者？通过痛苦思索
攀爬他的神圣居所，刺穿那层面纱，
潜心研究他的本质，解读他的属性，
并且以赞赏目光凝视——一个敌人，　　680
将生命强加于我，却拒绝给予幸福？
即便从环绕他的宝座的满流河川中，
也绝不允许有一滴欢乐落在人身上；
人渴望获得一滴，为的是他能停止
诅咒他的出生、不再妒忌卑鄙之人！
阴郁云团！最黑暗的夜之阴影！请
你们永远将他藏匿，避开我的思想——
曾予我全部安慰的欢乐之源与灵魂！

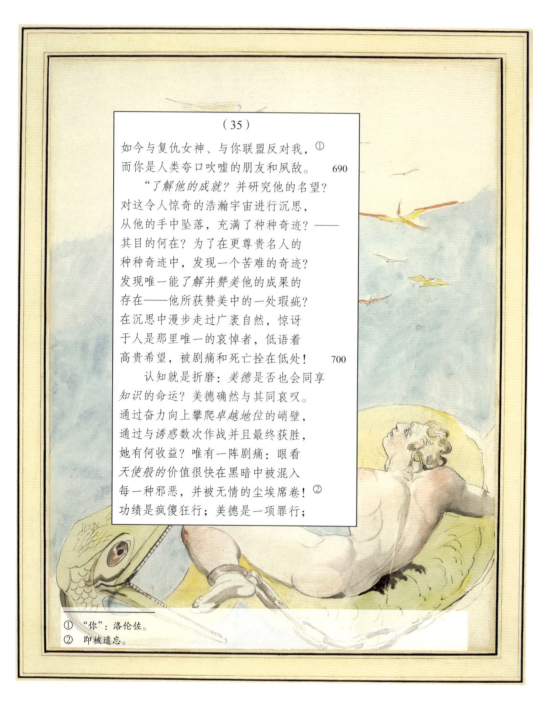

（35）

如今与复仇女神、与你联盟反对我，①
而你是人类夸口吹嘘的朋友和死敌。　　690

　　"了解他的成就？并研究他的名望？
对这令人惊奇的浩瀚宇宙进行沉思，
从他的手中坠落，充满了种种奇迹？——
其目的何在？为了在更尊贵名人的
种种奇迹中，发现一个苦难的奇迹？
发现唯一能了解并赞美他的成果的
存在——他所获赞美中的一处瑕疵？
在沉思中漫步走过广袤自然，惊讶
于人是那里唯一的哀悼者，低语着
高贵希望，被剧痛和死亡拴在低处！　　700

　　认知就是折磨：美德是否也会同享
知识的命运？美德确然与其同哀叹。
通过奋力向上攀爬卓越地位的峭壁，
通过与诱惑数次作战并且最终获胜，
她有何收益？唯有一阵剧痛：眼看
天使般的价值很快在黑暗中被混入
每一种邪恶，并被无情的尘埃席卷！②
功绩是疯傻狂行；美德是一项罪行；

①　"你"：洛伦佐。
②　即被遗忘。

310

（36）

对理性所犯之罪，若它令我们付出
毫无回报的痛苦：在数千痛苦之中，　　　710
想到最放纵之人在战胜更优秀对手
以后，会共用同样松软的死亡之枕、
化作同样肮脏的泥土，是多么痛苦！

　　"职责！宗教！当我们的职责已尽，
这些暗示着酬赏。宗教犯错。职责？——
除了它，没什么能抵挡对我的欺骗。①
走开，你们这些由我的骄傲产生的
骗子！佯装你们自己是天国的宠儿：
你们这些高耸的希望！夭折的活力！
在我那说谎的胸膛中摇荡着，努力　　　720
登上天国，并在那里建立狂妄设想，
好似我就是某种永恒存在的继承者；
徒劳、徒劳的野心！切莫再烦扰我。
为何远游跋涉，追寻着肯定的失败？
如同我的存在般受限，是我的愿望。
一切都被颠倒；智慧是傻瓜。感官！
驰缰指挥；盲目激情！驱我们前行；
无知！在我们的路途中与我们作伴；
我们和平的庇护者，新颖却最真诚！

① 即唯有职责能帮助我那满怀希望的灵魂抵挡上述欺骗。

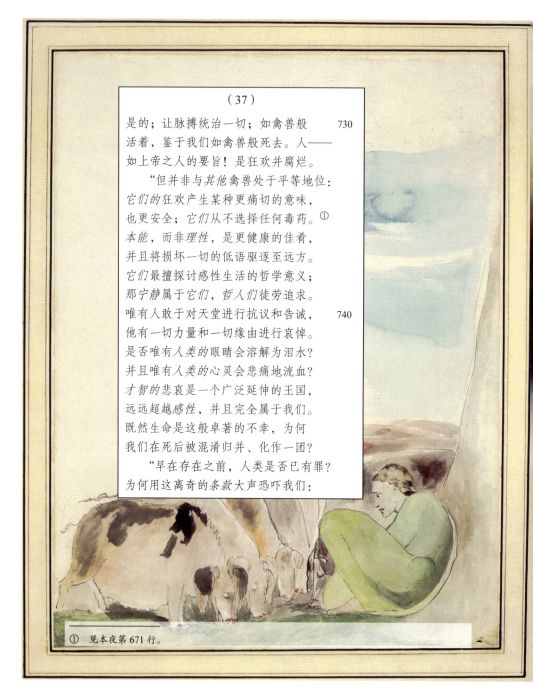

（37）

是的；让脉搏统治一切；如禽兽般　　　　730
活着，鉴于我们如禽兽般死去。人——
如上帝之人的要旨！是狂欢并腐烂。

　　"但并非与*其他*禽兽处于平等地位：
*它们的*狂欢产生某种更痛切的意味，
也更安全；它们从不选择任何毒药。①
本能，而非*理性*，是更健康的佳肴，
并且将损坏一切的低语驱逐至远方。
*它们*最擅探讨感性生活的哲学意义；
那宁静属于它们，*哲人们*徒劳追求。
唯有人敢于对天堂进行抗议和告诫，　　740
他有一切力量和一切缘由进行哀悼。
是否唯有人类的眼睛会溶解为泪水？
并且唯有人类的心灵会悲痛地流血？
*才智*的悲哀是一个广泛延伸的王国，
远远超越*感性*，并且完全属于我们。
既然生命是这般卓著的不幸，为何
我们在死后被混淆归并、化作一团？

　　"早在存在之前，人类是否已有罪？
为何用这离奇的条款大声恐吓我们：

---

①　见本夜第671行。

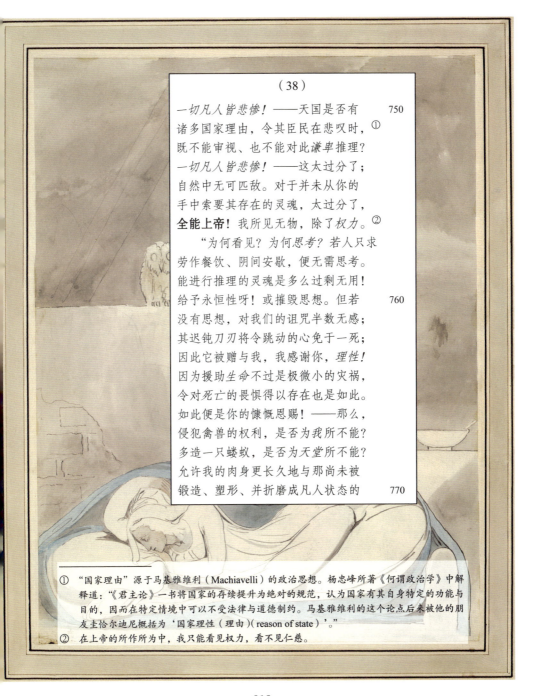

（38）

一切凡人皆悲惨！——天国是否有　　　750
诸多国家理由，令其臣民在悲叹时，①
既不能审视、也不能对此谦卑推理？
一切凡人皆悲惨！——这太过分了；
自然中无可匹敌。对于并未从你的
手中索要其存在的灵魂，太过分了，
全能上帝！我所见无物，除了权力。②

　　"为何看见？为何思考？若人只求
劳作餐饮、阴间安歇，便无需思考。
能进行推理的灵魂是多么过剩无用！
给予永恒性呀！或摧毁思想。但若　　760
没有思想，对我们的诅咒半数无感；
其迟钝刀刃将令跳动的心免于一死；
因此它被赠与我，我感谢你，*理性*！
因为援助生命不过是极微小的灾祸，
令对死亡的畏惧得以存在也是如此。
如此便是你的慷慨恩赐！——那么，
侵犯禽兽的权利，是否为我所不能？
多造一只蝼蚁，是否为天堂所不能？
允许我的肉身更长久地与那尚未被
锻造、塑形、并折磨成凡人状态的　770

① "国家理由"源于马基雅维利（Machiavelli）的政治思想。杨忠峰所著《何谓政治学》中解释道："《君主论》一书将国家的存续提升为绝对的规范，认为国家有其自身特定的功能与目的，因而在特定情境中可以不受法律与道德制约。马基雅维利的这个论点后来被他的朋友圭恰尔迪尼概括为'国家理性（理由）（reason of state）'。"
② 在上帝的所作所为中，我只能看见权力，看不见仁慈。

夜　思

（39）

灵魂精髓相守，是否为混沌所不能？
被晋升至这一轮的痛苦，多么悲惨！
思想即有能力发疯狂乱，多么悲惨！
生命即有能力逐渐死亡，多么悲惨！
生命、思想、价值、智慧，都曾是
（邪恶反叛！）和平之友，已通敌。

　　"因此，死亡也改变其本质：死亡！
天堂的绝佳赠礼，请你来到我怀中！
人的最佳好友！鉴于人已不再是人。
为何在这长满棘刺的荒野长久逗留？　　780
鉴于承诺的安乐之地并无芬芳树荫，①
用其蜂蜜安抚酬答我所遭遇的蜇伤。
倘若天堂的自私规划有必要令我们
被蜇得疼痛，为何奚落我们的苦难？
为何用这如此华贵的侮辱威胁我们？②
为何展示这顶凌驾我们的显赫华盖？③
为何绝望以如此壮丽的方式栖息着？④
这些荣耀的天体沿轨道盘旋，必然
在规定时期回归，以便凡人能计算
他们需辛劳并忍痛的时长；并完整　　790
测量他们的苦难？——永远丰饶的

①　"安乐之地"（Promised Land）：迦南（Canaan），上帝答应给亚伯拉罕（Abraham）及其后裔的土地。见《圣经·创世记》第17章第8节（Genesis 17:8）。作小写时（promised land）指理想中的幸福之地，安乐之地。
②　"over one's head"有在上方遮盖、庇护之意，也可指压迫性力量的笼罩、覆盖。
③　"华盖"：上一行中悬于我们头顶（"威胁我们"）的"华贵的侮辱"。
④　我们虽然绝望，却反倒以此为荣。

314

（40）

尘世，混杂着鲜花与果实，微笑着，
以便人能够在奢华景象中倦怠松懈，
并在一片*伊甸*中哀悼他的枯竭欢乐？
尘世和天国索求人的赞赏，本就是
*这般*喜悦所应得的！受赐福的动物！
太明智而不*诧异*，太幸福而不*抱怨*！
　“我们*命定的厄运*要求哀伤的景象：
为何*有罪之人*未被关入黑暗的地牢？
为何*有罪之人*未被关入供其嘶嚎的
恶龙的地下兽穴？为何*有罪之人*的
居所与他的命运并非同种阴郁色彩？
底比斯、*巴比伦*，消耗巨大的时间、
劳作、财宝和艺术建成，对于鸮蝰，
正如这高耸的穹顶对于人般的适当：
它激励骄傲思想，并点燃高昂欲望；
当骄傲思想膨胀、高傲欲望燃烧时，
倘若，从她在尘土中的卑贱居室里，
可怜的*尸虫*呼唤我们成为她的室友；
围绕着我们，不屈不挠的*死亡之手*
拉下黑暗帷幔；从此再不能被拉开。

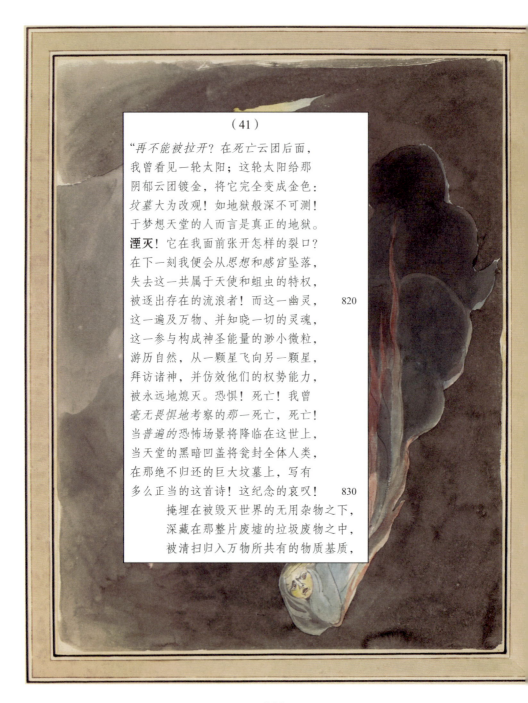

（41）

"再不能被拉开？在死亡云团后面，
我曾看见一轮太阳；这轮太阳给那
阴郁云团镀金，将它完全变成金色：
坟墓大为改观！如地狱般深不可测！
于梦想天堂的人而言是真正的地狱。
湮灭！它在我面前张开怎样的裂口？
在下一刻我便会从思想和感官坠落，
失去这一共属于天使和蛆虫的特权，
被逐出存在的流浪者！而这一幽灵　　820
这一遍及万物、并知晓一切的灵魂，
这一参与构成神圣能量的渺小微粒，
游历自然，从一颗星飞向另一颗星，
拜访诸神，并仿效他们的权势能力，
被永远地熄灭。恐惧！死亡！我曾
毫无畏惧地考察的那一死亡，死亡！
当普遍的恐怖场景将降临在这世上，
当天堂的黑暗凹盖将瓮封全体人类，
在那绝不归还的巨大坟墓上，写有
多么正当的这首诗！这纪念的哀叹！　　830
　　掩埋在被毁灭世界的无用杂物之下，
　　深藏在那整片废墟的垃圾废物之中，
　　被清扫归入万物所共有的物质基质，

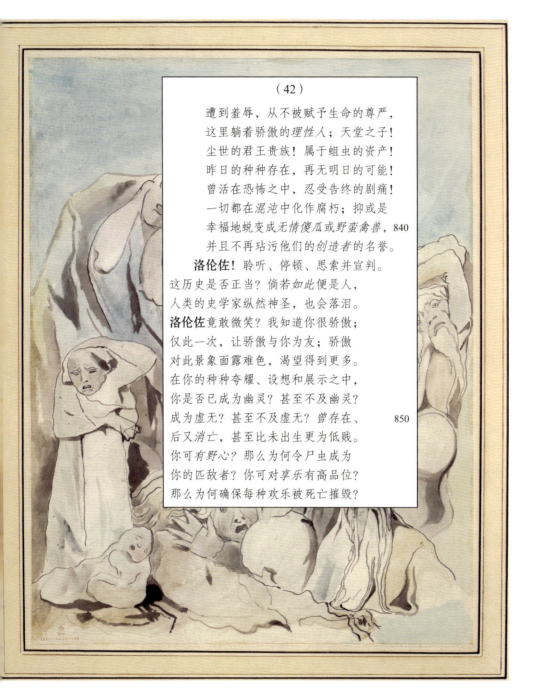

（42）

遭到羞辱，从不被赋予生命的尊严，
这里躺着骄傲的*理性人*；天堂之子！
尘世的君王贵族！属于蛆虫的资产！
昨日的种种存在，再无明日的可能！
曾活在恐怖之中，忍受告终的剧痛！
一切都在混沌中化作腐朽；抑或是
幸福地蜕变成无情傻瓜或野蛮禽兽，840
并且不再玷污他们的*创造者*的名誉。

洛伦佐！聆听、停顿、思索并宣判。
这历史是否正当？倘若如此便是人，
人类的史学家纵然神圣，也会落泪。
洛伦佐竟敢微笑？我知道你很骄傲；
仅此一次，让骄傲与你为友；骄傲
对此景象面露难色，渴望得到更多。
在你的种种夸耀、设想和展示之中，
你是否已成为幽灵？甚至不及幽灵？
成为虚无？甚至不及虚无？曾存在　　850
后又消亡，甚至比未出生更为低贱。
你可有野心？那么为何令尸虫成为
你的匹敌者？你可对享乐有高品位？
那么为何确保每种欢乐被死亡摧毁？

（43）

为财宝动心？为何选择在墓中行乞，
令每种希望破产！并选择永远如此？
生命的欢乐如此之多，你不愿更多？
野心、享乐、贪婪，正如此前所证，①
劝说你将那个由荣耀、狂喜和财富
组成的世界，变成灵魂的终极欲望。　　860

　　你由什么构成？抑或，如何拆解你？
伟大自然的主要欲望，被你毁灭了！
无尽的生命还有幸福，是否被蔑视？
或在没有它们的凡间，被人们渴求？
这便是人与天堂之战，任性且永恒！
你可敢坚持？尘世间难道别无他物，
除了长长的一系列瞬息即逝的形态，
在一小时中数以百万计地升起破灭？
一位奇幻神灵的泡沫，以玩弄态度
被相继吹胀，然后再被残忍地毁灭！　　870
唉！为了什么罪名，无情的**洛伦佐**！
你的规划竟然毁灭了整个人类种族？
残暴的路济弗尔与你相比反倒仁慈：
唉！放过这无用的、半神圣的存在；
并转而为天堂的组织构造进行辩护。

① "此前所证"（lately proved）：指第六夜。

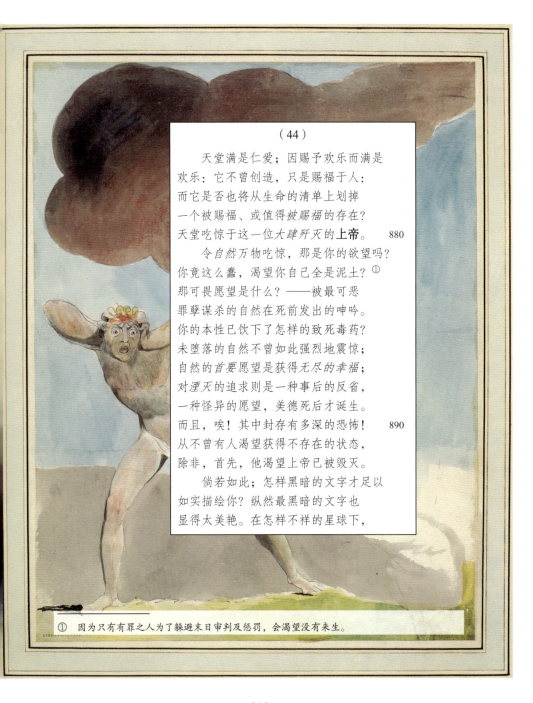

（44）

天堂满是仁爱；因赐予欢乐而满是
欢乐：它不曾创造，只是赐福于人：
而它是否也将从生命的清单上划掉
一个被赐福、或值得*被赐福*的存在？
天堂吃惊于这一位*大肆歼灭*的**上帝**。　　880
　　令*自然万物*吃惊，那是你的欲望吗？
你竟这么蠢，渴望你自己全是泥土？①
那可畏愿望是什么？——被最可恶
罪孽谋杀的自然在死前发出的呻吟。
你的本性已饮下了怎样的致死毒药？
未堕落的自然不曾如此强烈地震惊；
自然的首要愿望是获得无尽的幸福；
对湮灭的追求则是一种事后的反省，
一种怪异的愿望，美德死后才诞生。
而且，唉！其中封存有多深的恐怖！　　890
从不曾有人渴望获得不存在的状态，
除非，首先，他渴望上帝已被毁灭。
　　倘若如此；怎样黑暗的文字才足以
如实描绘你？纵然最黑暗的文字也
显得太美艳。在怎样不祥的星球下，

---

① 因为只有有罪之人为了躲避末日审判及惩罚，会渴望没有来生。

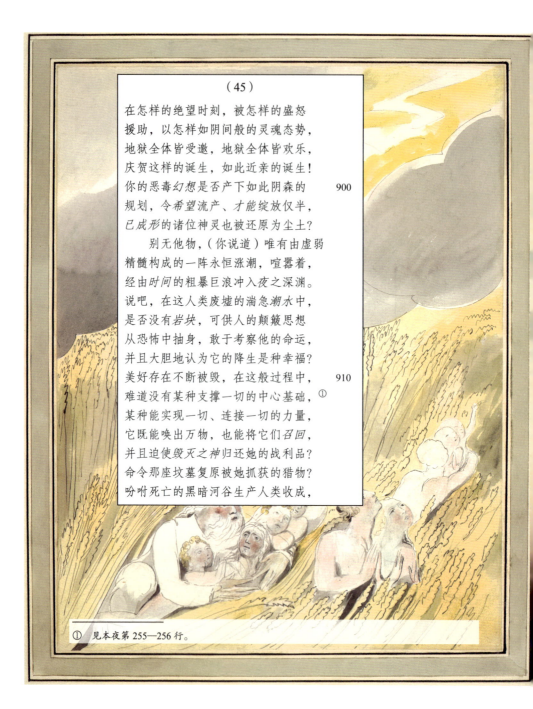

（45）

在怎样的绝望时刻，被怎样的盛怒
援助，以怎样如阴间般的灵魂态势，
地狱全体皆受邀，地狱全体皆欢乐，
庆贺这样的诞生，如此近亲的诞生！
你的恶毒*幻想*是否产下如此阴森的　　　　900
规划，令希望流产、才能绽放仅半，
已成形的诸位*神灵*也被还原为尘土？

　　别无他物，（你说道）唯有由虚弱
精髓构成的一阵永恒涨潮，喧嚣着，
经由*时间*的粗暴巨浪冲入夜之深渊。
说吧，在这人类废墟的湍急潮水中，
是否没有*岩块*，可供人的颠簸思想
从恐怖中抽身，敢于考察他的命运，
并且大胆地认为它的降生是种幸福？
美好存在不断被毁，在这般过程中，　　　910
难道没有某种支撑一切的中心基础，①
某种能实现一切、连接一切的力量，
它既能唤出万物，也能将它们*召回*，
并且迫使毁灭之*神*归还她的战利品？
命令那座坟墓复原被她抓获的猎物？
吩咐死亡的黑暗河谷生产人类收成，

---

① 见本夜第 255—256 行。

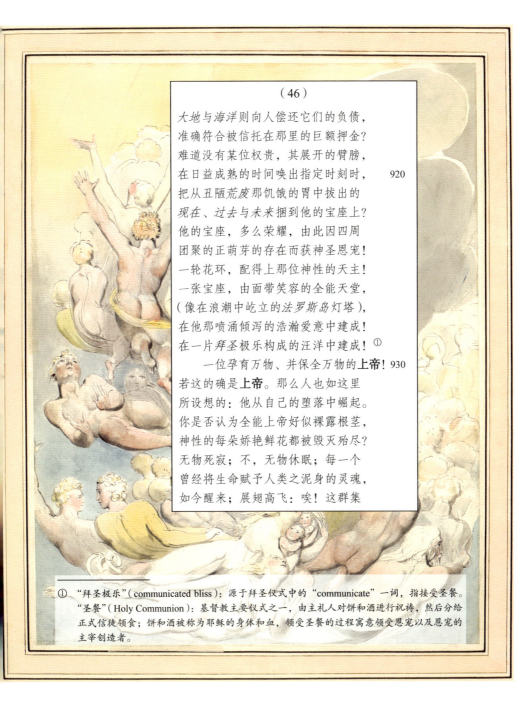

（46）

大地与海洋则向人偿还它们的负债，
准确符合被信托在那里的巨额押金？
难道没有某位权贵，其展开的臂膀，
在日益成熟的时间唤出指定时刻时，　　　920
把从丑陋荒废那饥饿的胃中拔出的
现在、过去与未来捆到他的宝座上？
他的宝座，多么荣耀，由此因四周
团聚的正萌芽的存在而获神圣恩宠！
一轮花环，配得上那位神性的天主！
一张宝座，由面带笑容的全能天堂，
（像在浪潮中屹立的法罗斯岛灯塔），
在他那喷涌倾泻的浩瀚爱意中建成！
在一片拜圣极乐构成的汪洋中建成！①

　　一位孕育万物、并保全万物的**上帝**！930
若这的确是**上帝**。那么人也如这里
所设想的：他从自己的堕落中崛起。
你是否认为全能上帝好似裸露根茎，
神性的每朵娇艳鲜花都被毁灭殆尽？
无物死寂；不，无物休眠；每一个
曾经将生命赋予人类之泥身的灵魂，
如今醒来；展翅高飞：唉！这群集

---

① "拜圣极乐"（communicated bliss）：源于拜圣仪式中的 "communicate" 一词，指接受圣餐。
"圣餐"（Holy Communion）：基督教主要仪式之一，由主礼人对饼和酒进行祝祷，然后分给
正式信徒领食；饼和酒被称为耶稣的身体和血，领受圣餐的过程寓意领受恩宠以及恩宠的
主宰创造者。

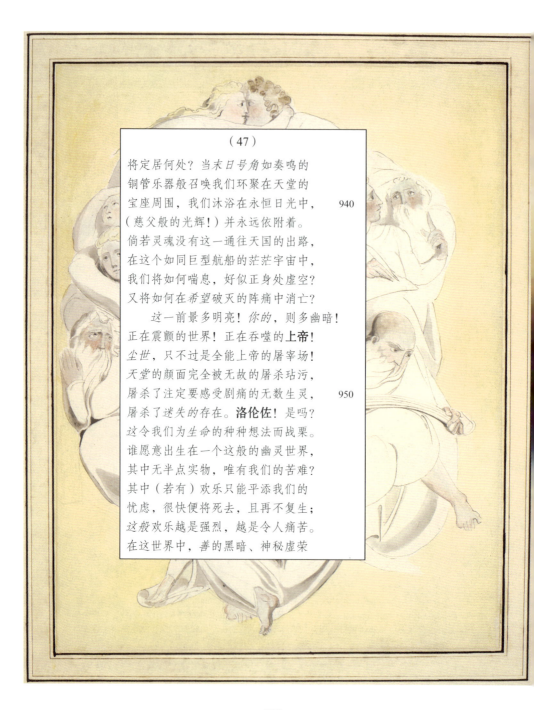

（47）

将定居何处？当末日*号角*如奏鸣的
铜管乐器般召唤我们环聚在天堂的
宝座周围，我们沐浴在永恒日光中，　　940
（慈父般的光辉！）并永远依附着。
倘若灵魂没有这一通往天国的出路，
在这个如同巨型航船的茫茫宇宙中，
我们将如何喘息，好似正身处虚空？
又将如何在希望破灭的阵痛中消亡？

　　这一前景多明亮！*你的*，则多幽暗！
正在震颤的世界！正在吞噬的**上帝**！
尘世，只不过是全能上帝的屠宰场！
天堂的颜面完全被无故的屠杀玷污，
屠杀了注定要感受剧痛的无数生灵，　　950
屠杀了迷失的存在。**洛伦佐**！是吗？
这令我们为生命的种种想法而战栗。
谁愿意出生在一个这般的幽灵世界，
其中无半点实物，唯有我们的苦难？
其中（若有）欢乐只能平添我们的
忧虑，很快便将死去，且再不复生；
这般欢乐越是强烈，越是令人痛苦。
在这世界中，善的黑暗、神秘虚荣

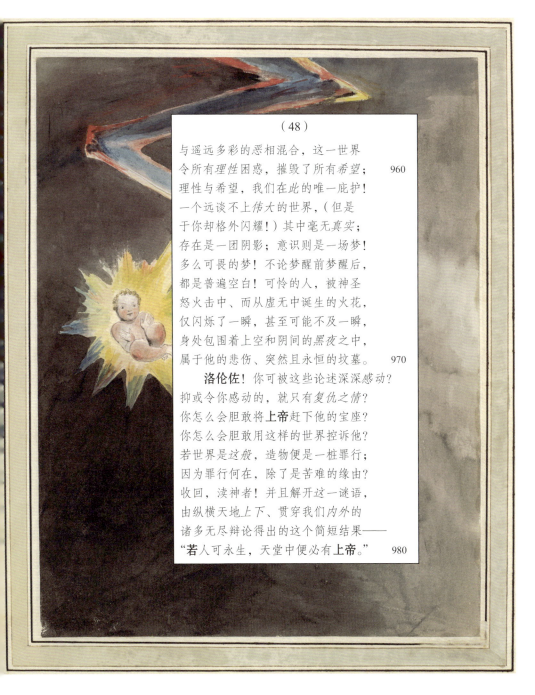

（48）

与遥远多彩的恶相混合，这一世界
令所有理性困惑，摧毁了所有希望；　　　960
理性与希望，我们在此的唯一庇护！
一个远谈不上伟大的世界，（但是
于你却格外闪耀！）其中毫无真实；
存在是一团阴影；意识则是一场梦！
多么可畏的梦！不论梦醒前梦醒后，
都是普遍空白！可怜的人，被神圣
怒火击中、而从虚无中诞生的火花，
仅闪烁了一瞬，甚至可能不及一瞬，
身处包围着上空和阴间的黑夜之中，
属于他的悲伤、突然且永恒的坟墓。　　　970

洛伦佐！你可被这些论述深深感动？
抑或令你感动的，就只有复仇之情？
你怎么会胆敢将**上帝**赶下他的宝座？
你怎么会胆敢用这样的世界控诉他？
若世界是*这般*，造物便是一桩罪行；
因为罪行何在，除了是苦难的缘由？
收回，渎神者！并且解开这一谜语，
由纵横天地*上下*、贯穿我们*内外*的
诸多无尽辩论得出的这个简短结果——
"若人可永生，天堂中便必有**上帝**。"　　　980

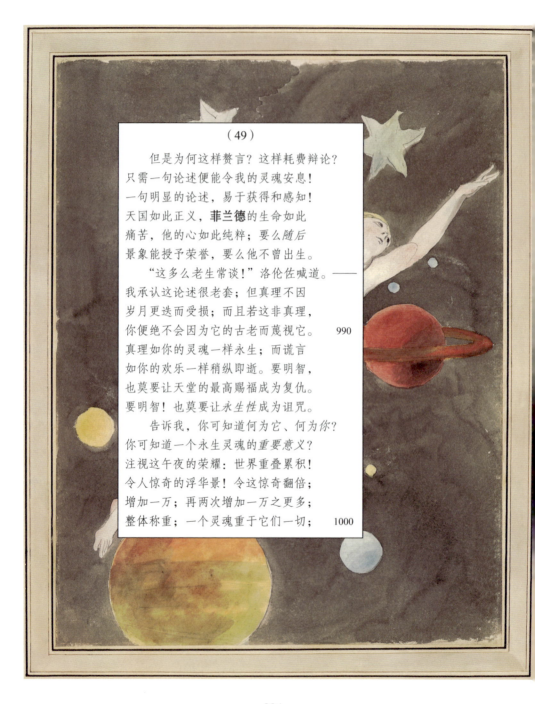

（49）

　　但是为何这样赘言？这样耗费辩论？
只需一句论述便能令我的灵魂安息！
一句明显的论述，易于获得和感知！
天国如此正义，**菲兰德**的生命如此
痛苦，他的心如此纯粹；要么随后
景象能授予荣誉，要么他不曾出生。

　　"这多么老生常谈！"洛伦佐喊道。——
我承认这论述很老套；但真理不因
岁月更迭而受损；而且若这非真理，
你便绝不会因为它的古老而蔑视它。　　990
真理如你的灵魂一样永生；而谎言
如你的欢乐一样稍纵即逝。要明智，
也莫要让天堂的最高赐福成为复仇。
要明智！也莫要让永生性成为诅咒。

　　告诉我，你可知道何为它、何为你？
你可知道一个永生灵魂的重要意义？
注视这午夜的荣耀：世界重叠累积！
令人惊奇的浮华景！令这惊奇翻倍；
增加一万；再两次增加一万之更多；
整体称重；一个灵魂重于它们一切；　　1000

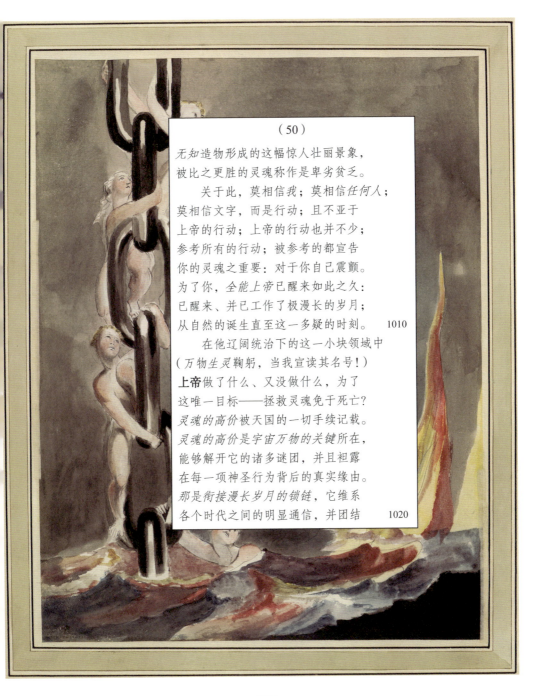

（50）

无知造物形成的这幅惊人壮丽景象，
被比之更胜的灵魂称作是卑劣贫乏。

　　关于此，莫相信我；莫相信任何人；
莫相信文字，而是行动；且不亚于
上帝的行动；上帝的行动也并不少；
参考所有的行动；被参考的都宣告
你的灵魂之重要：对于你自己震颤。
为了你，全能上帝已醒来如此之久：
已醒来、并已工作了极漫长的岁月；
从自然的诞生直至这一多疑的时刻。　　1010

　　在他辽阔统治下的这一小块领域中
（万物生灵鞠躬，当我宣读其名号！）
上帝做了什么、又没做什么，为了
这唯一目标——拯救灵魂免于死亡？
灵魂的高价被天国的一切手续记载。
灵魂的高价是宇宙万物的关键所在，
能够解开它的诸多谜团，并且袒露
在每一项神圣行为背后的真实缘由。
*那是*衔接漫长岁月的锁链，它维系
各个时代之间的明显通信，并团结　　1020

（51）

最为遥远的时期成为一项神圣规划；
*那是*一副巨大的铰链，在其合页上
翻转旋动着所有的革命，不论我们
考虑的是*自然、世俗*抑或*宗教*世界。
前两者只不过是服侍第三者的仆人，
一旦完成它们的职责，便双双消亡，
其团块被重铸，其知名功绩被遗忘；
天使问："曾如此美艳的它们何在？"

　　为了将我们从*这种*凄惨提升至崇高；
从这流变至永久；从这黑暗至白日；　　1030
从这邪秽至纯粹；从这混乱至宁静；
从这卑贱至强大！为了这荣耀目标，
上帝打破了他的悠长安息日并起身。
这世界曾被造出；被毁灭；被复原；
来自天国的法则曾被公布；被废止；
君王与王国曾在*尘世*崛起；曾衰落；
著名的哲人们曾点亮这异教徒世界；
来自大卫城的先知们曾敏锐地瞥视 ①
遥远时代；圣徒游历；殉道者流血；
经由种种奇观，神圣本质依旧受控；　　1040
生者曾活着升天；死者曾复活重生；②

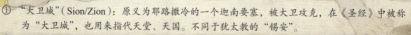

① "大卫城"（Sion/Zion）：原义为耶路撒冷的一个迦南要塞，被大卫攻克，在《圣经》中被称
　　为"大卫城"，也用来指代天堂、天国。不同于犹太教的"锡安"。
② "translate"：指使肉体不死而升天。

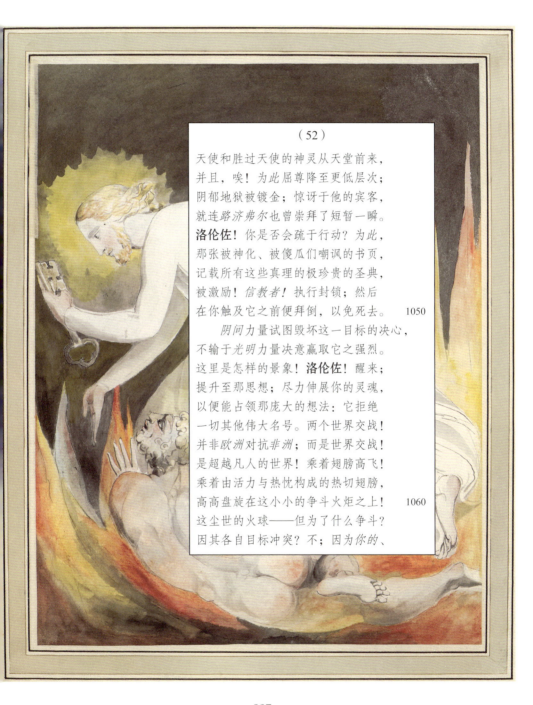

（52）

天使和胜过天使的神灵从天堂前来，
并且，唉！为*此*屈尊降至更低层次；
阴郁地狱被镀金；惊讶于他的宾客，
就连*路济弗尔*也曾崇拜了短暂一瞬。
洛伦佐！你是否会疏于行动？为此，
那张被神化、被傻瓜们嘲讽的书页，
记载所有这些真理的极珍贵的圣典，
被激励！*信教者！*执行封锁；然后
在你触及它之前便拜倒，以免死去。　　1050

　　阴间力量试图毁坏这一目标的决心，
不输于光明力量决意赢取它之强烈。
这里是怎样的景象！**洛伦佐！**醒来；
提升至那思想；尽力伸展你的灵魂，
以便能占领那庞大的想法：它拒绝
一切其他伟大名号。两个世界交战！
并非*欧洲*对抗*非洲*；而是世界交战！
是超越凡人的世界！乘着翅膀高飞！
乘着由活力与热忱构成的热切翅膀，
高高盘旋在这小小的争斗火炬之上！　　1060
这尘世的火球——但为了什么争斗？
因其各自目标冲突？不；因为你的、

327

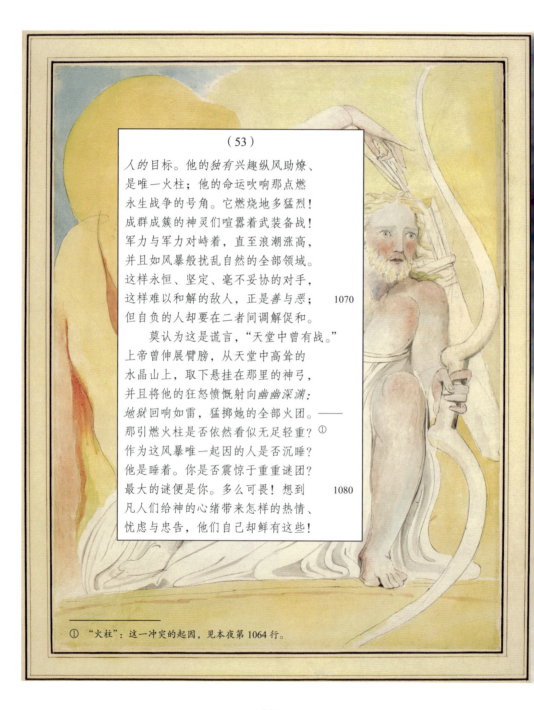

（53）

人的目标。他的*独有兴趣纵风助燎、*
是唯一火柱；他的命运吹响那点燃
永生战争的号角。它燃烧地多猛烈！
成群成簇的神灵们喧嚣着武装备战！
军力与军力对峙着，直至浪潮涨高，
并且如风暴般扰乱自然的全部领域。
这样永恒、坚定、毫不妥协的对手，
这样难以和解的敌人，正是善与恶；　　1070
但自负的人却要在二者间调解促和。

　　莫认为这是谎言，"天堂中曾有战。"
上帝曾伸展臂膀，从天堂中高耸的
水晶山上，取下悬挂在那里的神弓，
并且将他的狂怒愤慨射向*幽幽深渊：*
地狱回响如雷，猛掷她的全部火团。——
那引燃火柱是否依然看似无足轻重？①
作为这风暴唯一起因的人是否沉睡？
他是睡着。你是否震惊于重重谜团？
最大的谜便是你。多么可畏！想到　　1080
凡人们给神的心绪带来怎样的热情、
忧虑与忠告，他们自己却鲜有这些！

①　"火柱"：这一冲突的起因，见本夜第 1064 行。

328

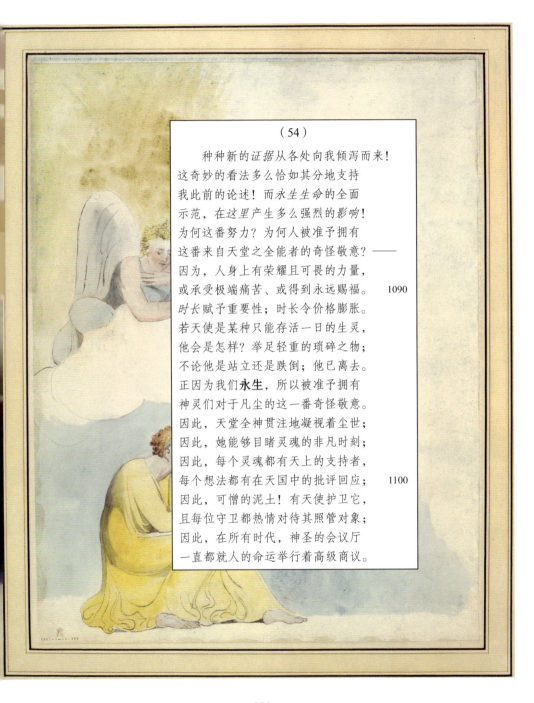

（54）

　　种种新的*证据*从各处向我倾泻而来！
这奇妙的看法多么恰如其分地支持
我此前的论述！而*永生生命*的全面
示范，在这里产生多么强烈的影响！
为何这番努力？为何人被准予拥有
这番来自天堂之全能者的奇怪敬意？——
因为，人身上有荣耀且可畏的力量，
或承受极端痛苦、或得到永远赐福。　　1090
*时长*赋予重要性；时长令价格膨胀。
若天使是某种只能存活一日的生灵，
他会是怎样？举足轻重的琐碎之物；
不论他是站立还是跌倒；他已离去。
正因为我们**永生**，所以被准予拥有
神灵们对于凡尘的这一番奇怪敬意。
因此，天堂全神贯注地凝视着尘世；
因此，她能够目睹灵魂的非凡时刻；
因此，每个灵魂都有天上的支持者，
每个想法都有在天国中的批评回应；　　1100
因此，可憎的泥土！有天使护卫它，
且每位守卫都热情对待其照管对象；
因此，在所有时代，神圣的会议厅
一直都就人的命运举行着高级商议。

夜　思

（55）

　　云团也从不曾隐藏那些仁慈的商议。
天使也从不曾拉开遮盖宝座的帷幔，
上帝也从不曾主动现身、直面人类。
他曾以各种各样的强调与敬畏方式，
宣告他的意愿，被震颤的自然听见；
他曾大声宣告，以雷鸣风暴的方式。　　　　1110
见证，*西奈山！* 你被云遮蔽的高度、①
被动摇的根基，曾拥有在场的**上帝**。
见证，*波涛巨浪！* 你们的退却潮水，②
打破了将它固定在空中的那条锁链，
曾将埃及和她的种种威胁卷入地狱。
见证，*团团火焰！* 你们被亚述暴君③
鼓吹至七重狂热，既无力、又猛烈。
还有你，*大地！* 见证，你张开着的
颌骨曾经吞噬狂妄设想的渎圣子孙：④
每种元素难道不都曾经相继认可了　　　1120
灵魂的高价，然后就此向智者发誓？
火焰、海洋、以太、地震，难道不
都曾努力用这一真理击穿固执之人？
若并非完全坚不可摧，**洛伦佐！** 听：
抑或一切都是错觉；在十重黑夜中，

---

① "西奈山"（Mount Sinai），上帝授摩西十诫处。见《圣经·出埃及记》第19—20章（Exodus 19—20）。
② 即淹没法老及其随从的红海海水。见《出埃及记》第14章第27节（Exodus 14:27）。
③ 即尼布甲尼撒王，见本夜第395行，即第20页第20行。《但以理书》第3章第19至第27节（Daniel 3:19—27）记载他试图在火窑中焚烧基督徒，但他们安然无恙。
④ "张开的下颚"：指可拉（Korah）及其叛党被地震吞噬，见《民数记》第16章第32节（Numbers 16:32）。比较第五夜第974行。

330

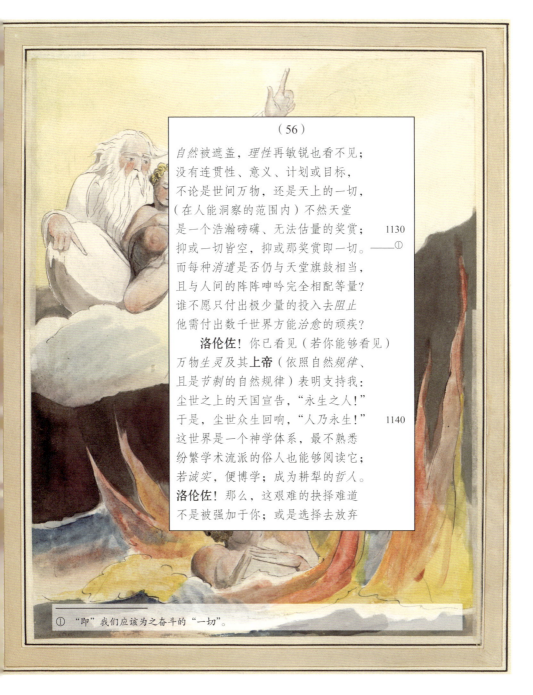

（56）

自然被遮盖，理性再敏锐也看不见；
没有连贯性、意义、计划或目标，
不论是世间万物，还是天上的一切，
（在人能洞察的范围内）不然天堂
是一个浩瀚磅礴、无法估量的奖赏；　　1130
抑或一切皆空，抑或那奖赏即一切。——①
而每种消遣是否仍与天堂旗鼓相当，
且与人间的阵阵呻吟完全相配等量？
谁不愿只付出极少量的投入去*阻止*
他需付出数千世界方能治愈的顽疾？

　　洛伦佐！ 你已看见（若你能够看见）
万物生灵及其**上帝**（依照自然规律、
且是*节制*的自然规律）表明支持我：
尘世之上的天国宣告，"永生之人！"
于是，尘世众生回响，"人乃永生！"　　1140
这世界是一个神学体系，最不熟悉
纷繁学术流派的俗人也能够阅读它；
若诚实，便博学；成为耕犁的*哲人*。
洛伦佐！ 那么，这艰难的抉择难道
不是被强加于你；或是选择去放弃

———————
① "即"我们应该为之奋斗的"一切"。

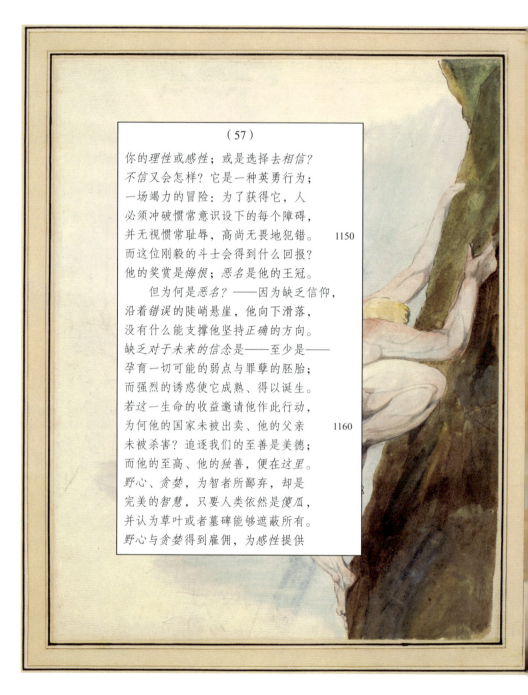

（57）

你的*理性*或*感性*；或是选择去相信？
不信又会怎样？它是一种英勇行为；
一场竭力的冒险：为了获得它，人
必须冲破惯常意识设下的每个障碍，
并无视惯常耻辱，高尚无畏地犯错。　　1150
而这位刚毅的斗士会得到什么回报？
他的奖赏是*悔恨*；恶名是他的王冠。

　　但为何是*恶名*？——因为缺乏信仰，
沿着*错误*的陡峭悬崖，他向下滑落，
没有什么能支撑他坚持正确的方向。
缺乏对于未来的信念是——至少是——
孕育一切可能的弱点与罪孽的胚胎；
而强烈的诱惑使它成熟、得以诞生。
若这一生命的收益邀请他作此行动，
为何他的国家未被出卖、他的父亲　　1160
未被杀害？追逐我们的*至善*是美德；
而他的至高、他的*独善*，便在这里。
野心、贪婪，为智者所鄙弃，却是
完美的智慧，只要人类依然是*傻瓜*，
并认为草叶或者墓碑能够遮蔽所有。
野心与贪婪得到雇佣，为感性提供

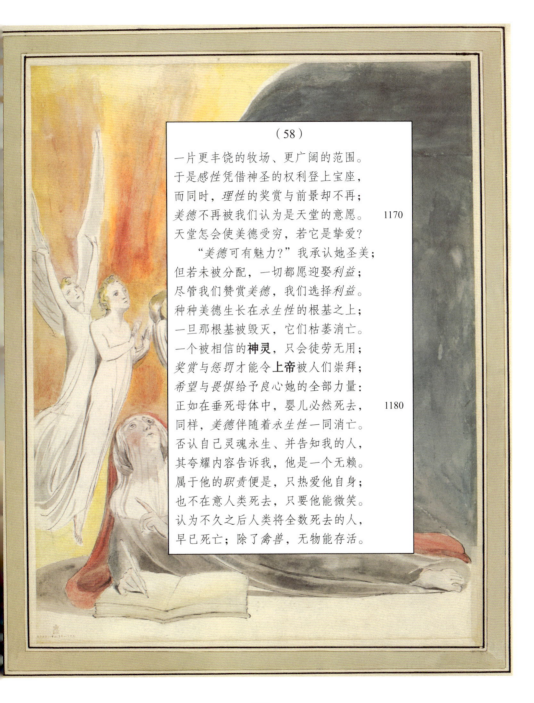

（58）

一片更丰饶的牧场、更广阔的范围。
于是*感性*凭借神圣的权利登上宝座，
而同时，*理性的奖赏*与前景却不再；
*美德*不再被我们认为是天堂的意愿。　　1170
天堂怎会使美德受穷，若它是挚爱？

　　"*美德可有魅力？*"我承认她圣美；
但若未被分配，一切都愿迎娶*利益*；
尽管我们赞赏*美德*，我们选择*利益*。
种种美德生长在永生性的根基之上；
一旦那根基被毁灭，它们枯萎消亡。
一个被相信的**神灵**，只会徒劳无用；
奖赏与惩罚才能令**上帝**被人们崇拜；
希望与畏惧给予良心她的全部力量：
正如在垂死母体中，婴儿必然死去，　　1180
同样，*美德*伴随着永生性一同消亡。
否认自己灵魂永生、并告知我的人，
其夸耀内容告诉我，他是一个无赖。
属于他的*职责*便是，只热爱他自身；
也不在意人类死去，只要他能微笑。
认为不久之后人类将全数死去的人，
早已死亡；除了禽兽，无物能存活。

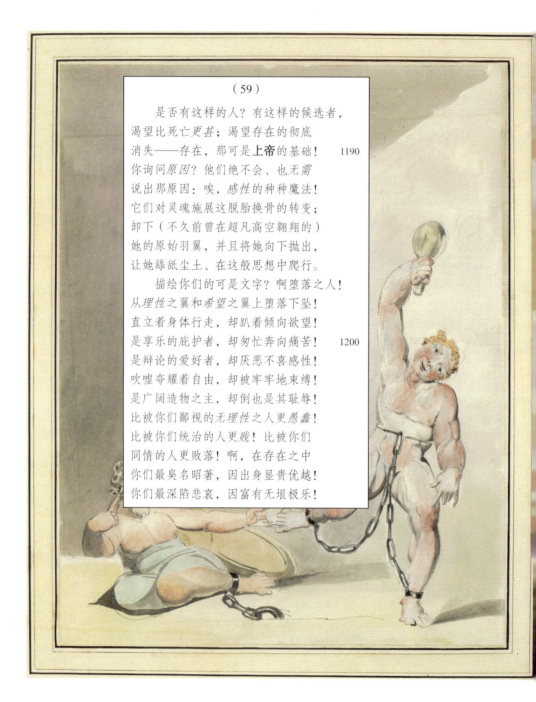

（59）

是否有这样的人？有这样的候选者，
渴望比死亡更甚；渴望存在的彻底
消失——存在，那可是**上帝**的基础！　　1190
你询问*原因*？他们绝不会、也无需
说出那原因：唉，*感性*的种种魔法！
它们对灵魂施展这脱胎换骨的转变；
卸下（不久前曾在超凡高空翱翔的）
她的原始羽翼，并且将她向下抛出，
让她舔舐尘土、在这般思想中爬行。

描绘你们的可是文字？啊堕落之人！
从*理性*之翼和*希望*之翼上堕落下坠！
直立着身体行走，却趴着倾向欲望！
是享乐的庇护者，却匆忙奔向痛苦！　　1200
是辩论的爱好者，却厌恶不喜感性！
吹嘘夸耀着自由，却被牢牢地束缚！
是广阔造物之主，却倒也是其耻辱！
比被你们鄙视的无理性之人更愚蠢！
比被你们统治的人更贱！比被你们
同情的人更败落！啊，在存在之中
你们最臭名昭著，因出身显贵优越！
你们最深陷悲哀，因富有无垠极乐！

（60）

被无限赐福诅咒的你们！因为虽是
最高度受宠之人，却也最彻底迷失！　　1210
你们这群有着强烈冲突的乌合之众！
你们是否也坚信，你们的灵魂飞散
在轻柔的吐气中，并在空气中死去，
鉴于上述这些反对你们的滔滔证据？
在粗劣的乏味苦工和感性的阴沟中，
你们的灵魂已完全磨灭天堂的品质，
被邪恶重新铸就，成为自身的傀儡：
尽管你能使它变形，却不能摧毁它；
诅咒而非毁灭，便是你的全部能力。

　　洛伦佐！ 放弃这一极恶的兄弟情谊；1220
放弃圣埃夫勒蒙，转而阅读圣保罗。①
在着迷于奇迹和乘翅高飞的理性前，
他那攀升的头脑已长久地定居天堂。
这便是*自由思考*，并不受限于*局部*，
而是依照灵魂决意的奇特游历方式，
派遣她去遍览人类思想的所有领域；
从最初到最末，（但是不会有最末！）
助她疾飞，穿越属于人的整片领域；
在这浩瀚宇宙中完成她的观光巡视；

① "圣埃夫勒蒙"（St. Evremont），法国作家、自由思想者。圣保罗（St. Paul），基督教早期的
传教士和神学家，非犹太人称之为使徒。

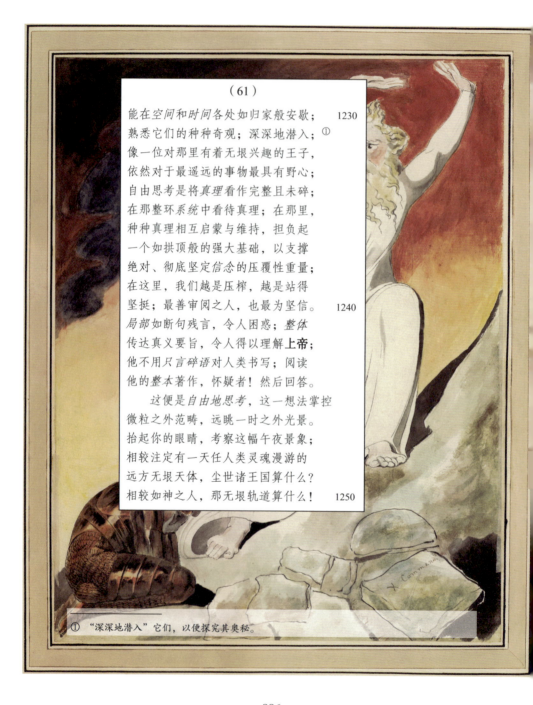

（61）

能在*空间*和*时间*各处如归家般安歇；　　1230
熟悉它们的种种奇观；深深地潜入；①
像一位对那里有着无垠兴趣的王子，
依然对于最遥远的事物最具有野心；
自由思考是将*真理*看作完整且未碎；
在那整环系统中看待真理；在那里，
种种真理相互启蒙与维持，担负起
一个如拱顶般的强大基础，以支撑
绝对、彻底坚定信念的压覆性重量；
在这里，我们越是压榨，越是站得
坚挺；最善审阅之人，也最为坚信。　　1240
*局部*如断句残言，令人困惑；*整体*
传达真义要旨，令人得以理解**上帝**；
他不用只言碎语对人类书写；阅读
他的整本著作，怀疑者！然后回答。

　　这便是*自由地思考*，这一想法掌控
微粒之外范畴，远眺一时之外光景。
抬起你的眼睛，考察这幅午夜景象；
相较注定有一天任人类灵魂漫游的
远方无垠天体，尘世诸王国算什么？
相较如神之人，那无垠轨道算什么！　　1250

①　"深深地潜入"它们，以便探究其奥秘。

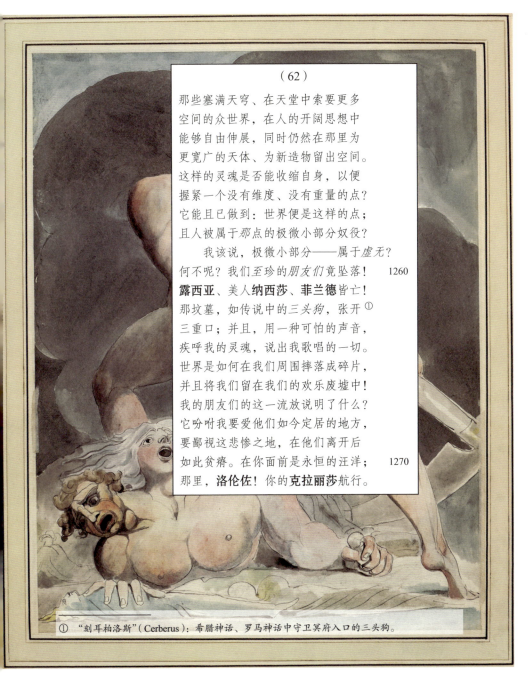

（62）

那些塞满天穹、在天堂中索要更多
空间的众世界，在人的开阔思想中
能够自由伸展，同时仍然在那里为
更宽广的天体、为新造物留出空间。
这样的灵魂是否能收缩自身，以便
握紧一个没有维度、没有重量的点？
它能且已做到：世界便是这样的点；
且人被属于那点的极微小部分奴役？

我该说，极微小部分——属于虚无？
何不呢？我们至珍的朋友们竟坠落！　　1260
露西亚、美人**纳西莎**、**菲兰德**皆亡！
那坟墓，如传说中的三头狗，张开①
三重口；并且，用一种可怕的声音，
疾呼我的灵魂，说出我歌唱的一切。
世界是如何在我们周围摔落成碎片，
并且将我们留在我们的欢乐废墟中！
我的朋友们的这一流放说明了什么？
它吩咐我要爱他们如今定居的地方，
要鄙视这悲惨之地，在他们离开后
如此贫瘠。在你面前是永恒的汪洋；　　1270
那里，**洛伦佐**！你的**克拉丽莎**航行。

① "刻耳柏洛斯"（Cerberus）：希腊神话、罗马神话中守卫冥府入口的三头狗。

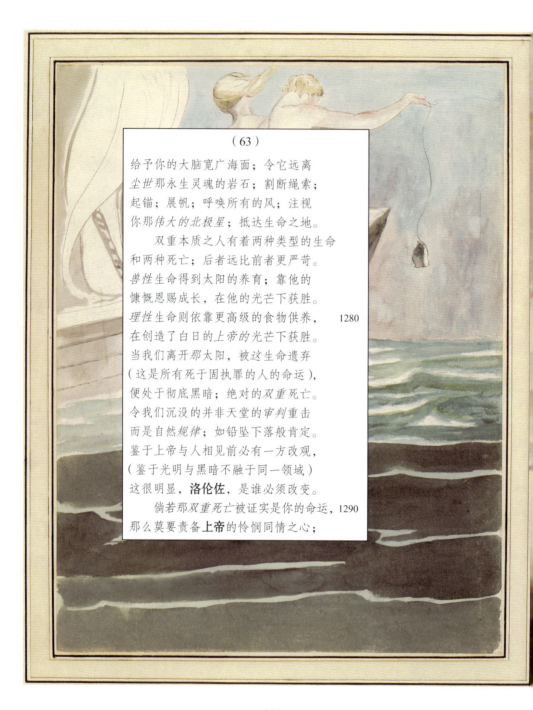

（63）

给予你的大脑宽广海面；令它远离
尘世那永生灵魂的岩石；割断绳索；
起锚；展帆；呼唤所有的风；注视
你那伟大的北极星；抵达生命之地。
　　双重本质之人有着两种类型的生命
和两种死亡；后者远比前者更严苛。
*兽性*生命得到太阳的养育；靠他的
慷慨恩赐成长，在他的光芒下获胜。
*理性*生命则依靠更高级的食物供养，　　　1280
在创造了白日的上帝的光芒下获胜。
当我们离开那太阳，被这生命遗弃
（这是所有死于固执罪的人的命运），
便处于彻底黑暗；绝对的*双重死亡*。
令我们沉没的并非天堂的*审判*重击
而是*自然规律*；如铅坠下落般肯定。
鉴于上帝与人相见前必有一方改观，
（鉴于光明与黑暗不融于同一领域）
这很明显，**洛伦佐**，是谁必须改变。
　　倘若那*双重死亡*被证实是你的命运，1290
那么莫要责备**上帝**的怜悯同情之心；

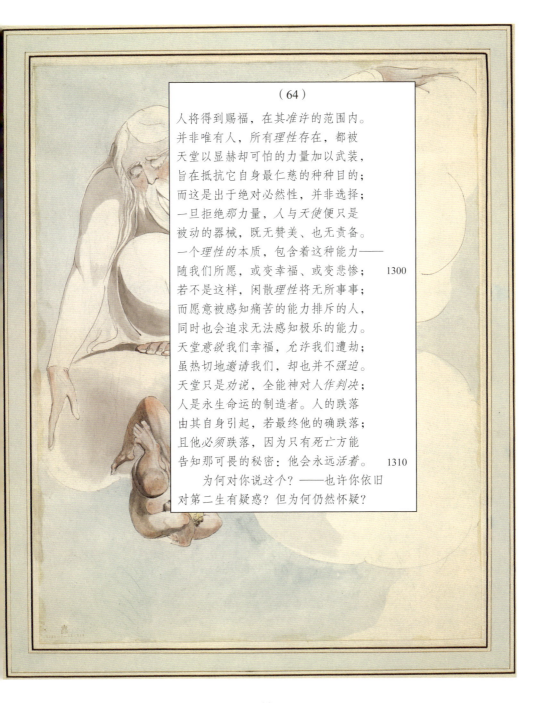

（64）

人将得到赐福，在其*准许*的范围内。
并非唯有人，所有*理性*存在，都被
天堂以显赫却可怕的力量加以武装，
旨在抵抗它自身最仁慈的种种目的；
而这是出于绝对必然性，并非选择；
一旦拒绝那力量，人与*天使*便只是
被动的器械，既无赞美、也无责备。
一个*理性*的本质，包含着这种能力——
随我们所愿，或变幸福、或变悲惨；　　1300
若不是这样，闲散*理性*将无所事事；
而愿意被感知痛苦的能力排斥的人，
同时也会追求无法感知极乐的能力。
天堂意欲我们幸福，允许我们遭劫；
虽热切地邀请我们，却也并不*强迫*。
天堂只是劝说，全能神对人作*判决*；
人是永生命运的制造者。人的跌落
由其自身引起，若最终他的确跌落；
且他必须跌落，因为只有死亡方能
告知那可畏的秘密：他会永远*活着*。　　1310
　　为何对你说这个？——也许你依旧
对第二生有疑惑？但为何仍然怀疑？

（65）

永恒生命是本质的热切愿望：但凡
我们热切渴望的，*很快被我们相信。*
你的*拖沓信仰*表明那愿望已被毁灭；
是什么毁灭了它？我应该告诉你吗？
当未来遭人畏惧，它便不再被渴望；
而一旦不被渴望，我们便努力不信。
"因此是不忠行为泄露我们的罪孽。"
那并非唯一暴露！羞愧吧，**洛伦佐**！　　　1320
为了虚伪而羞愧，若不是为了罪孽。
对未来感到畏惧？不忠者竟会害怕？
*畏惧什么？梦魇？谎言？*你的畏惧，
作为不情愿、却因此*强有力*的证据，
是如何为我的目标给予无意的支持？
怀疑态度是如何承认了被它否认的？
"它并未察觉到自己肯定永生生命。"——
令人震惊！*不忠行为*反倒成为一种
信条、一种对我们种种罪孽的忏悔：
因此，变节者们是正统的神职人员。　　　1330

洛伦佐！莫要再与**洛伦佐**发生冲突；
莫要再佩戴着一张*透明的*护面盔甲。
你认为，唯有**宗教**有属于她的面具？
我们的异教徒们都是*撒旦*的伪君子，

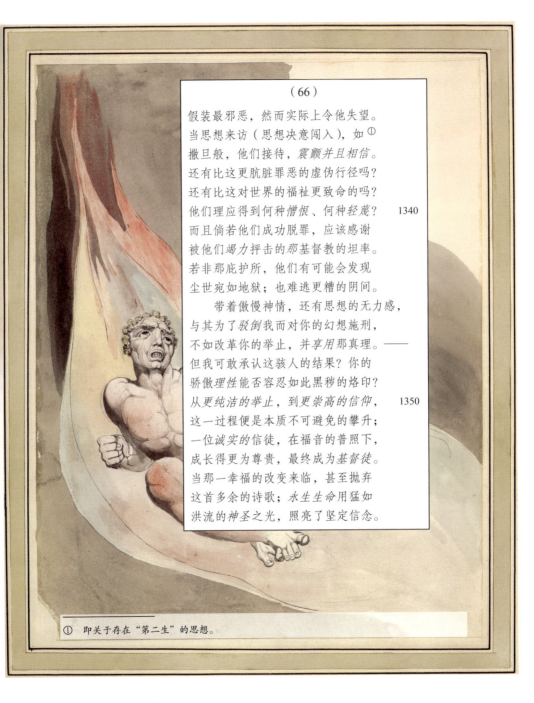

（66）

假装最邪恶，然而实际上令他失望。
当思想来访（思想决意闯入），如 ①
撒旦般，他们接待，震颤并且相信。
还有比这更肮脏罪恶的虚伪行径吗？
还有比这对世界的福祉更致命的吗？
他们理应得到何种*憎恨*、何种*轻蔑*？　　1340
而且倘若他们成功脱罪，应该感谢
被他们竭力抨击的*那*基督教的坦率。
若非那庇护所，他们有可能会发现
尘世宛如地狱；也难逃更糟的阴间。

　　带着傲慢神情，还有思想的无力感，
与其为了*驳倒*我而对你的幻想施刑，
不如改革你的举止，并享用那真理。——
但我可敢承认这骇人的结果？你的
骄傲理性能否容忍如此黑秽的烙印？
从更纯洁的举止，到更崇高的信仰，　　1350
这一过程便是本质不可避免的攀升；
一位诚实的信徒，在福音的普照下，
成长得更为尊贵，最终成为*基督徒*。
当那一幸福的改变来临，甚至抛弃
这首多余的诗歌；永生生命用猛如
洪流的*神圣之光*，照亮了坚定信念。

① 即关于存在"第二生"的思想。

夜　思

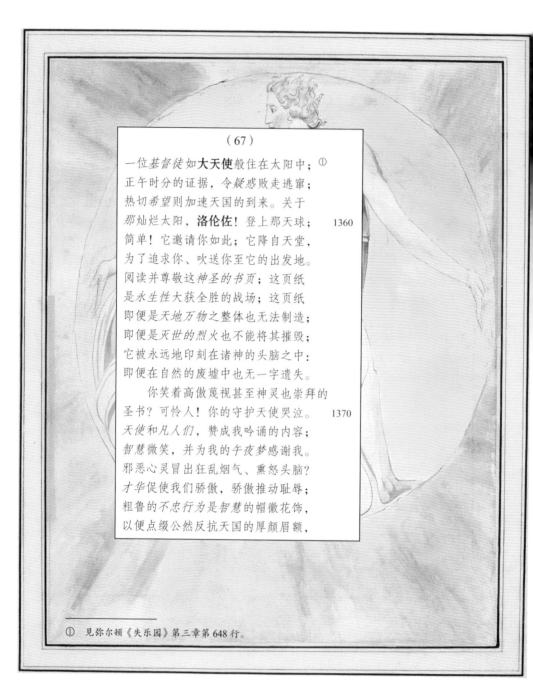

（67）

一位基督徒如**大天使**般住在太阳中；①
正午时分的证据，令疑惑败走逃窜；
热切希望则加速天国的到来。关于
那灿烂太阳，**洛伦佐**！登上那天球；　　1360
简单！它邀请你如此；它降自天堂，
为了追求你、吹送你至它的出发地。
阅读并尊敬这*神圣的书页*；这页纸
是*永生性大获全胜*的战场；这页纸
即便是*天地万物之整体*也无法制造；
即便是*灭世的烈火*也不能将其摧毁；
它被永远地印刻在诸神的头脑之中：
即便在*自然的废墟*中也无一字遗失。

　　你笑着高傲蔑视甚至神灵也崇拜的
圣书？可怜人！你的守护天使哭泣。　　1370
天使和凡人们，赞成我吟诵的内容；
智慧微笑，并为我的午夜梦感谢我。
邪恶心灵冒出狂乱烟气、熏怒头脑？
才华促使我们骄傲，骄傲推动耻辱；
粗鲁的不忠行为是智慧的帽徽花饰，
以便点缀公然反抗天国的厚颜眉额，

① 见弥尔顿《失乐园》第三章第648行。

342

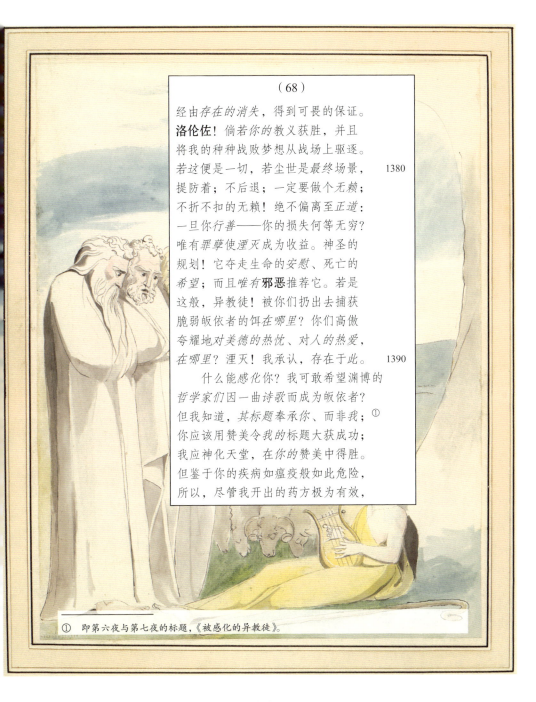

（68）

经由*存在*的*消失*，得到可畏的保证。

洛伦佐！*倘若你的教义获胜，并且
将我的种种战败梦想从战场上驱逐。
若这便是一切，若尘世是最终场景，　　1380
提防着；不后退；一定要做个无赖；
不折不扣的无赖！绝不偏离至正道：
一旦你行善——你的损失何等无穷？
唯有罪孽使湮灭成为收益。神圣的
规划！它夺走生命的安慰、死亡的
希望；而且唯有**邪恶**推荐它。若是
这般，异教徒！被你们扔出去捕获
脆弱皈依者的饵在哪里？你们高傲
夸耀地对美德的热忱、对人的热爱，
在哪里？湮灭！我承认，存在于此。　　1390*

　　什么能感化你？我可敢希望渊博的
哲学家们因一曲诗歌而成为皈依者？
但我知道，其标题奉承你、而非我；①
你应该用赞美令我的标题大获成功；
我应神化天堂，在你的赞美中得胜。
但鉴于你的疾病如瘟疫般如此危险，
所以，尽管我开出的药方极为有效，

———
① 即第六夜与第七夜的标题，《被感化的异教徒》。

夜　思

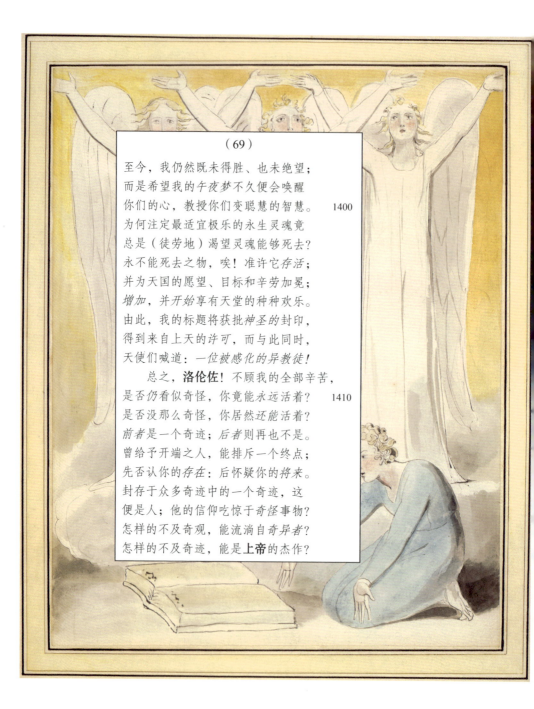

（69）

至今，我仍然既未得胜、也未绝望；
而是希望我的午夜梦不久便会唤醒
你们的心，教授你们变聪慧的智慧。　　1400
为何注定最适宜极乐的永生灵魂竟
总是（徒劳地）渴望灵魂能够死去？
永不能死去之物，唉！准许它存活；
并为天国的愿望、目标和辛劳加冕；
增加，并开始享有天堂的种种欢乐。
由此，我的标题将获批神圣的封印，
得到来自上天的许可，而与此同时，
天使们喊道：一位被感化的异教徒！

　　总之，洛伦佐！不顾我的全部辛苦，
是否仍看似奇怪，你竟能永远活着？　　1410
是否没那么奇怪，你居然还能活着？
前者是一个奇迹；后者则再也不是。
曾给予开端之人，能排斥一个终点；
先否认你的存在：后怀疑你的将来。
封存于众多奇迹中的一个奇迹，这
便是人；他的信仰吃惊于奇怪事物？
怎样的不及奇观，能流淌自奇异者？
怎样的不及奇迹，能是上帝的杰作？

344

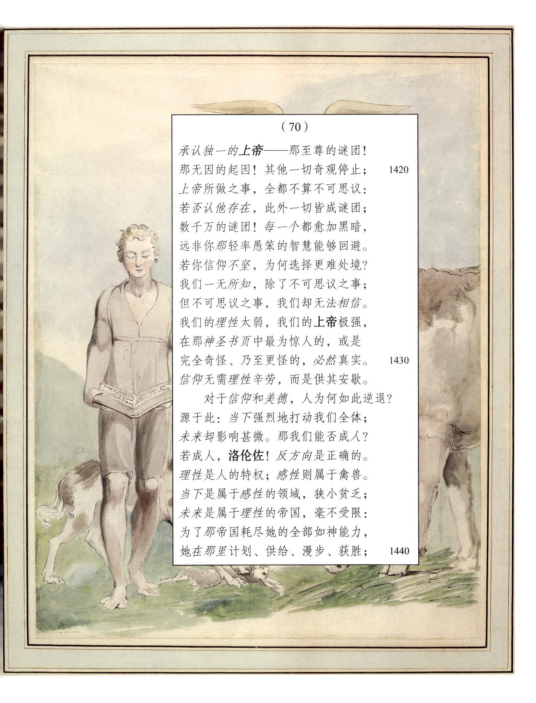

（70）

承认独一的**上帝**——那至尊的谜团！
那无因的起因！其他一切奇观停止；　　　　　1420
上帝所做之事，全都不算不可思议：
若否认他存在，此外一切皆成谜团；
数千万的谜团！每一个都愈加黑暗，
远非你那轻率愚笨的智慧能够回避。
若你信仰不坚，为何选择更难处境？
我们一无所知，除了不可思议之事；
但不可思议之事，我们却无法相信。
我们的*理性*太弱，我们的**上帝**极强，
在那神圣书页中最为惊人的，或是
完全奇怪、乃至更怪的，必然真实。　　　　　1430
信仰无需理性辛劳，而是供其安歇。

　　对于信仰和美德，人为何如此逆退？
源于此：当下强烈地打动我们全体；
未来却影响甚微。那我们能否成人？
若成人，**洛伦佐**！反方向是正确的。
理性是人的特权；感性则属于禽兽。
当下是属于感性的领域，狭小贫乏；
未来是属于理性的帝国，毫不受限：
为了那帝国耗尽她的全部如神能力，
她在那里计划、供给、漫步、获胜；　　　　　1440

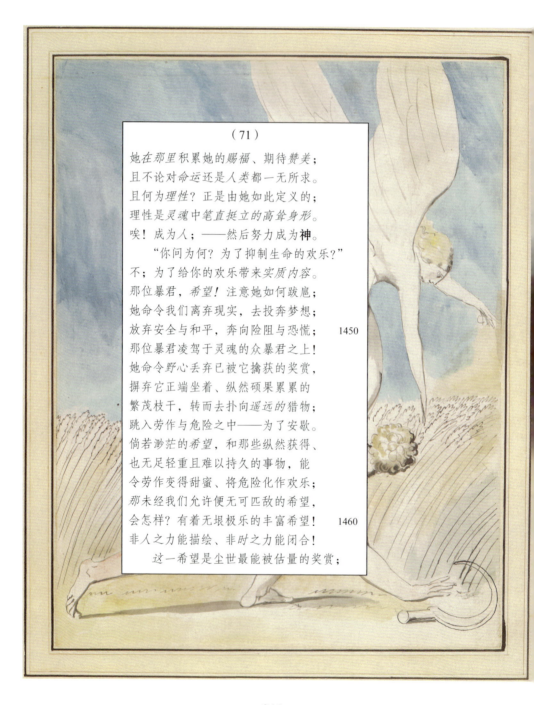

（71）

她在那里积累她的赐福、期待赞美；
且不论对命运还是人类都一无所求。
且何为理性？正是由她如此定义的；
理性是灵魂中笔直挺立的高耸身形。
唉！成为人；——然后努力成为**神**。

　　"你问为何？为了抑制生命的欢乐？"
不；为了给你的欢乐带来实质内容。
那位暴君，希望！注意她如何跋扈；
她命令我们离弃现实，去投奔梦想；
放弃安全与和平，奔向险阻与恐慌；　　　1450
那位暴君凌驾于灵魂的众暴君之上！
她命令野心丢弃已被它擒获的奖赏，
摒弃它正端坐着、纵然硕果累累的
繁茂枝干，转而去扑向遥远的猎物，
跳入劳作与危险之中——为了安歇。
倘若渺茫的希望，和那些纵然获得
也无足轻重且难以持久的事物，能
令劳作变得甜蜜、将危险化作欢乐；
那未经我们允许便无可匹敌的希望，
会怎样？有着无垠极乐的丰富希望！　　1460
非人之力能描绘、非时之力能闭合！

　　这一希望是尘世最能被估量的奖赏；

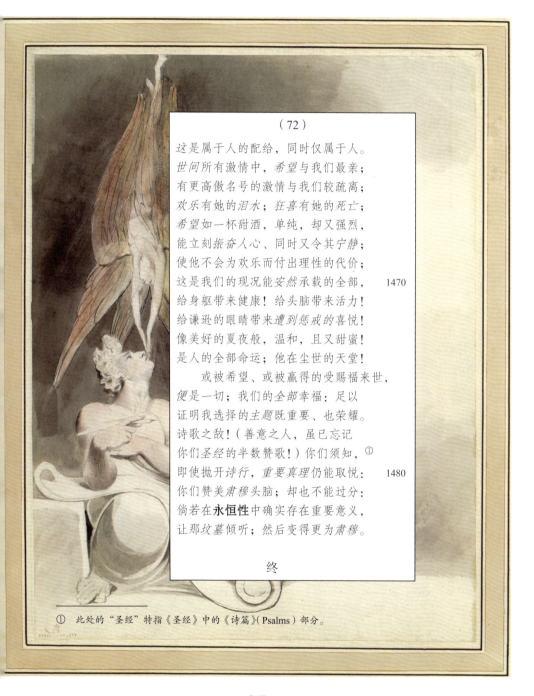

（72）

这是属于人的配给，同时仅属于人。
世间所有激情中，希望与我们最亲；
有更高傲名号的激情与我们较疏离；
欢乐有她的泪水；狂喜有她的死亡；
希望如一杯甜酒，单纯，却又强烈，
能立刻振奋人心、同时又令其宁静，
使他不会为欢乐而付出理性的代价；
这是我们的现况能安然承载的全部，　　1470
给身躯带来健康！给头脑带来活力！
给谦逊的眼睛带来遭到惩戒的喜悦！
像美好的夏夜般，温和，且又甜蜜！
是人的全部命运；他在尘世的天堂！

　或被希望、或被赢得的受赐福来世，
便是一切；我们的全部幸福：足以
证明我选择的主题既重要、也荣耀。
诗歌之敌！（善意之人，虽已忘记
你们圣经的半数赞歌！）你们须知，①
即使抛开诗行，重要真理仍能取悦：　　1480
你们赞美肃穆头脑；却也不能过分：
倘若在**永恒性**中确实存在重要意义，
让那坟墓倾听；然后变得更为*肃穆*。

终

---

① 此处的"圣经"特指《圣经》中的《诗篇》(Psalms) 部分。

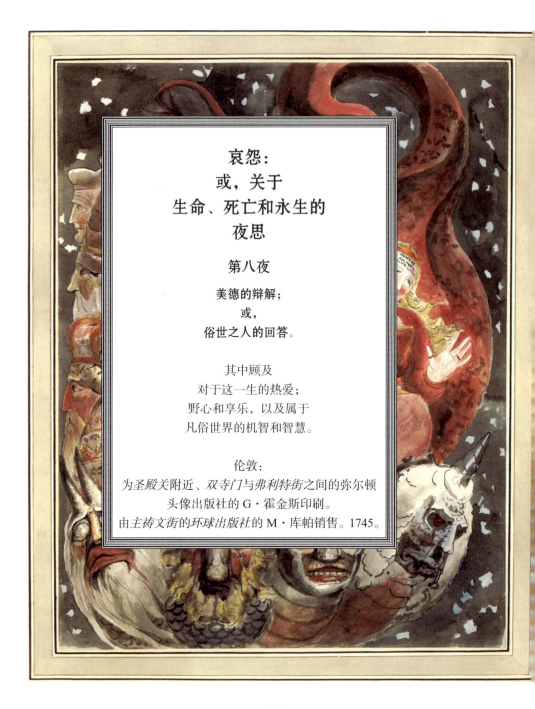

哀怨：
或，关于
生命、死亡和永生的
夜思

第八夜

美德的辩解；
或，
俗世之人的回答。

其中顾及
对于这一生的热爱；
野心和享乐，以及属于
凡俗世界的机智和智慧。

伦敦：
为圣殿关附近、双寺门与弗利特街之间的弥尔顿
头像出版社的 G·霍金斯印刷。
由主祷文街的环球出版社的 M·库帕销售。1745。

夜　思

349

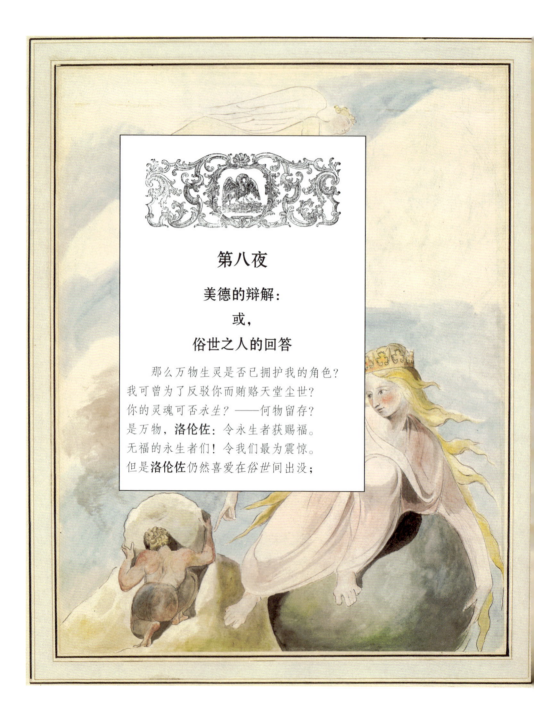

第八夜

美德的辩解：

或，

俗世之人的回答

那么万物生灵是否已拥护我的角色？
我可曾为了反驳你而贿赂天堂尘世？
你的灵魂可否永生？——何物留存？
是万物，**洛伦佐**：令永生者获赐福。
无福的永生者们！令我们最为震惊。
但是**洛伦佐**仍然喜爱在俗世间出没；

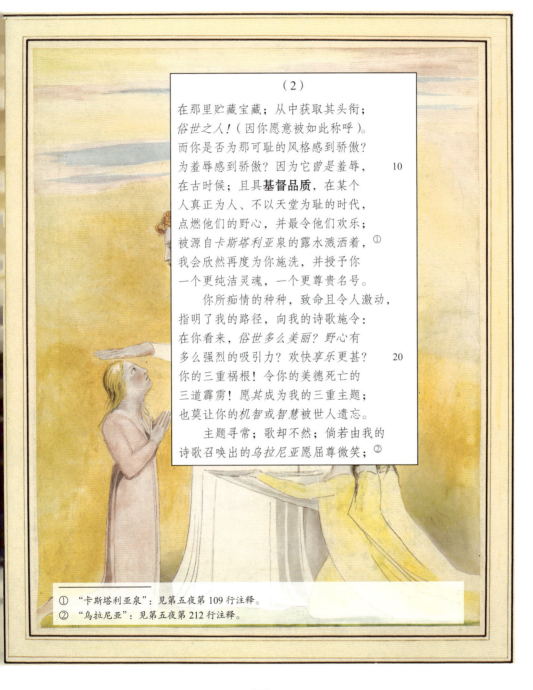

（2）

在那里贮藏宝藏；从中获取其头衔；
俗世之人！（因你愿意被如此称呼）。
而你是否为那可耻的风格感到骄傲？
为羞辱感到骄傲？因为它曾是羞辱，　　　10
在古时候；且具**基督品质**，在某个
人真正为人、不以天堂为耻的时代，
点燃他们的野心，并最令他们欢乐；
被源自卡斯塔利亚泉的露水溅洒着，①
我会欣然再度为你施洗，并授予你
一个更纯洁灵魂，一个更尊贵名号。

　　你所痴情的种种，致命且令人激动，
指明了我的路径，向我的诗歌施令：
在你看来，*俗世多么美丽？* 野心有
多么强烈的吸引力？欢快享乐更甚？　　20
你的三重祸根！令你的美德死亡的
三道霹雳！愿其成为我的三重主题；
也莫让你的机智或智慧被世人遗忘。

　　主题寻常；歌却不然；倘若由我的
诗歌召唤出的乌拉尼亚愿屈尊微笑；②

---

① "卡斯塔利亚泉"：见第五夜第 109 行注释。
② "乌拉尼亚"：见第五夜第 212 行注释。

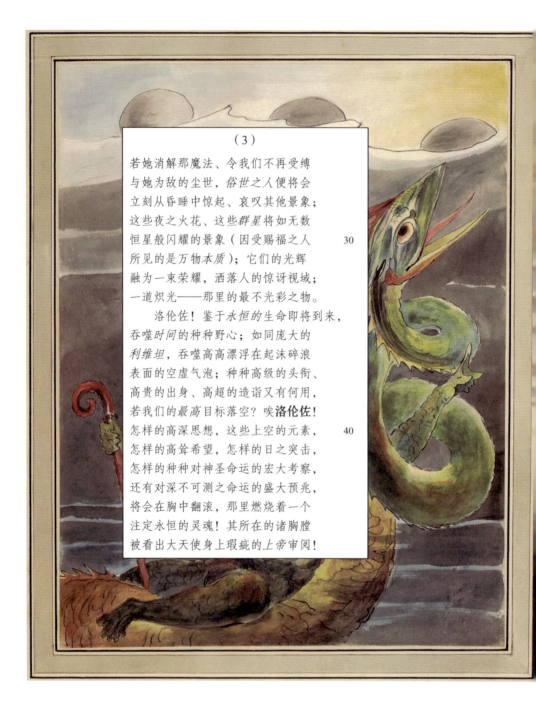

（3）

若她消解那魔法、令我们不再受缚
与她为敌的尘世，*俗世之人*便将会
立刻从昏睡中惊起、哀叹其他景象；
这些夜之火花、这些*群星*将如无数
恒星般闪耀的景象（因受赐福之人　　　30
所见的是万物本质）；它们的光辉
融为一束荣耀，洒落人的惊讶视域；
一道炽光——那里的最不光彩之物。

　　洛伦佐！鉴于永恒的生命即将到来，
吞噬*时间*的种种野心；如同庞大的
利维坦，吞噬高高漂浮在起沫碎浪
表面的空虚气泡；种种高级的头衔、
高贵的出身、高超的造诣又有何用，
若我们的最高目标落空？唉**洛伦佐**！
怎样的高深思想，这些上空的元素，　　40
怎样的高耸希望，怎样的日之突击，
怎样的种种对神圣命运的宏大考察，
还有对深不可测之命运的盛大预兆，
将会在胸中翻滚，那里燃烧着一个
注定永恒的灵魂！其所在的诸胸膛
被看出大天使身上瑕疵的上帝审阅！

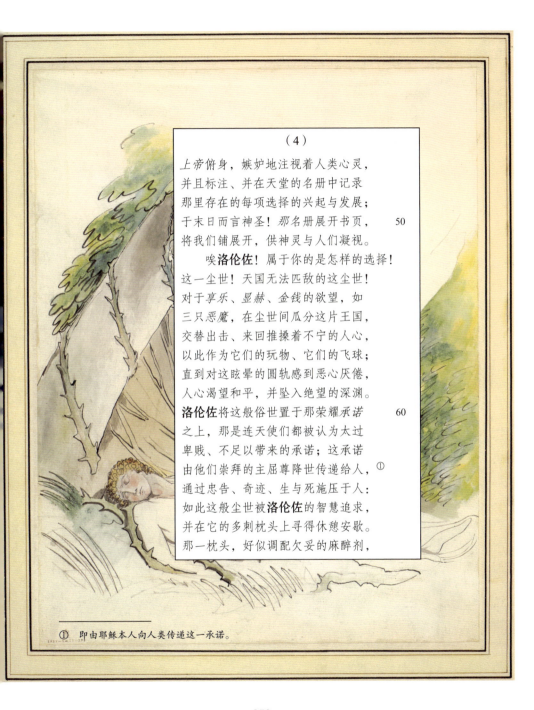

（4）

上帝俯身，嫉妒地注视着人类心灵，
并且标注、并在天堂的名册中记录
那里存在的每项选择的兴起与发展；
于末日而言神圣！*那名册展开书页，*　　50
将我们铺展开，供神灵与人们凝视。

　　　唉**洛伦佐**！属于你的是怎样的选择！
这一尘世！天国无法匹敌的这尘世！
对于享乐、*显赫*、金钱的欲望，如
三只**恶魔**，在尘世间瓜分这片王国，
交替出击、来回推搡着不宁的人心，
以此作为它们的玩物、它们的飞球；
直到对这眩晕的圆轨感到恶心厌倦，
人心渴望和平，并坠入绝望的深渊。

洛伦佐将这般俗世置于那荣耀*承诺*　　60
之上，那是连天使们都被认为太过
卑贱、不足以带来的承诺；这承诺①
由他们崇拜的主屈尊降世传递给人，
通过忠告、奇迹、生与死施压于人：
如此这般尘世被**洛伦佐**的智慧追求，
并在它的多刺枕头上寻得休憩安歇。
那一枕头，好似调配欠妥的麻醉剂，

---

① 即由耶稣本人向人类传递这一承诺。

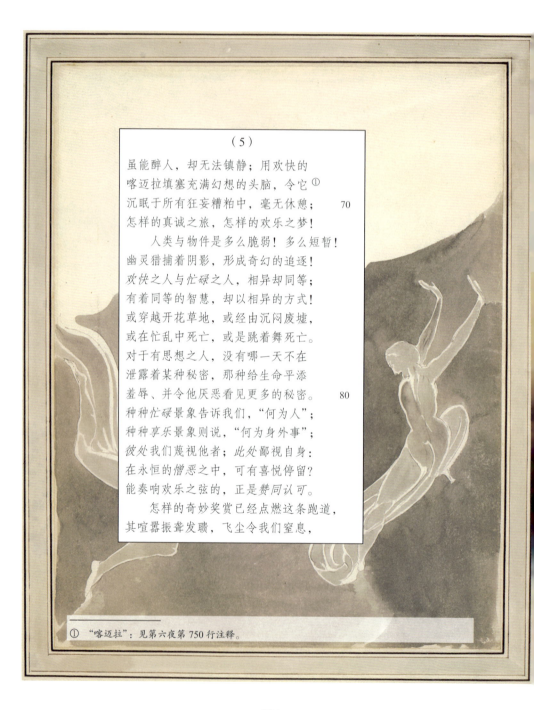

夜　思

（5）

虽能醉人，却无法镇静；用欢快的
喀迈拉填塞充满幻想的头脑，令它 ①
沉眠于所有狂妄糟粕中，毫无休憩；　　70
怎样的真诚之旅，怎样的欢乐之梦！
　　人类与物件是多么脆弱！多么短暂！
幽灵猎捕着阴影，形成奇幻的追逐！
欢快之人与忙碌之人，相异却同等；
有着同等的智慧，却以相异的方式！
或穿越开花草地，或经由沉闷废墟，
或在忙乱中死亡，或是跳着舞死亡。
对于有思想之人，没有哪一天不在
泄露着某种秘密，那种给生命平添
羞辱、并令他厌恶看见更多的秘密。　　80
种种忙碌景象告诉我们，"何为人"；
种种享乐景象则说，"何为身外事"；
彼处我们蔑视他者；*此处鄙视自身*：
在永恒的*憎恶*之中，可有喜悦停留？
能奏响欢乐之弦的，正是*赞同认可*。
　　怎样的奇妙奖赏已经点燃这条跑道，
其喧嚣振聋发聩，飞尘令我们窒息，

①　"喀迈拉"：见第六夜第 750 行注释。

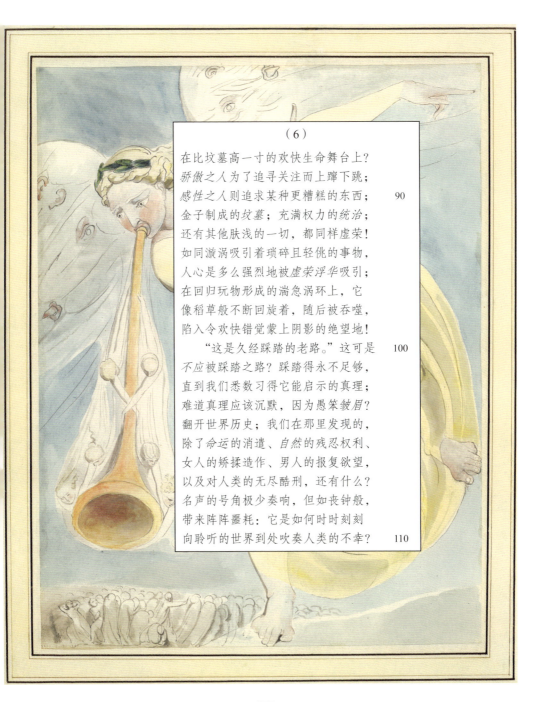

（6）

在比坟墓高一寸的欢快生命舞台上？
*骄傲之人*为了追寻关注而上蹿下跳；
*感性之人*则追求某种更糟糕的东西；　　90
金子制成的坟墓；充满权力的统治；
还有其他肤浅的一切，都同样虚荣！
如同漩涡吸引着琐碎且轻佻的事物，
人心是多么强烈地被*虚荣浮华*吸引；
在回归玩物形成的湍急涡环上，它
像稻草般不断回旋着，随后被吞噬，
陷入令欢快错觉蒙上阴影的绝望地！

　　"这是久经踩踏的老路。"这可是　　100
不应被踩踏之路？踩踏得永不足够，
直到我们悉数习得它能启示的真理；
难道真理应该沉默，因为愚笨皱眉？
翻开世界历史；我们在那里发现的，
除了*命运*的消遣、*自然*的残忍权利、
女人的矫揉造作、男人的报复欲望，
以及对人类的无尽酷刑，还有什么？
名声的号角极少奏响，但如丧钟般，
带来阵阵噩耗：它是如何时时刻刻
向聆听的世界到处吹奏人类的不幸？　　110

夜　思

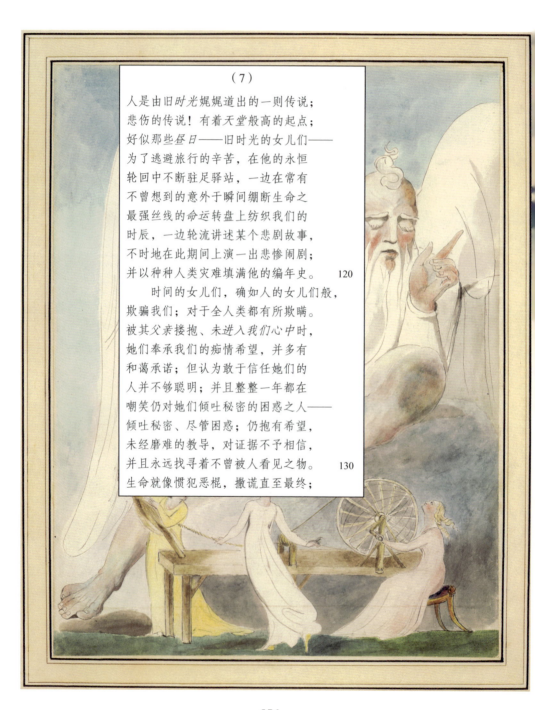

（7）

人是由*旧时光*娓娓道出的一则传说；
悲伤的传说！有着*天堂般*高的起点；
好似那些*昼日*——旧时光的女儿们——
为了逃避旅行的辛苦，在他的永恒
轮回中不断驻足驿站，一边在常有
不曾想到的意外于瞬间绷断生命之
最强丝线的*命运转盘*上纺织我们的
时辰，一边轮流讲述某个悲剧故事，
不时地在此期间上演一出悲惨闹剧；
并以种种人类灾难填满他的编年史。　　120

　　时间的女儿们，确如人的女儿们般，
欺骗我们；对于全人类都有所欺瞒。
被其父亲搂抱、未进入*我们*心中时，
她们奉承我们的痴情希望，并多有
和蔼承诺；但认为敢于信任她们的
人并不够聪明；并且整整一年都在
嘲笑仍对她们倾吐秘密的困惑之人——
倾吐秘密、尽管困惑；仍抱有希望，
未经磨难的教导，对证据不予相信，
并且永远找寻着不曾被人看见之物。　　130
生命就像惯犯恶棍，撒谎直至最终；

356

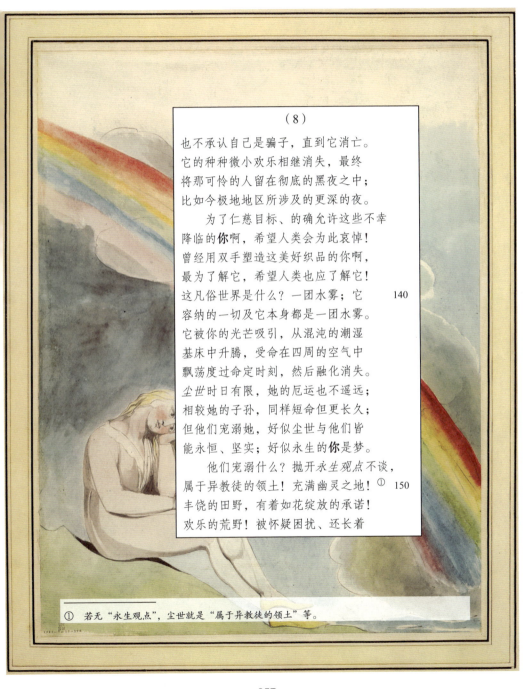

（8）

也不承认自己是骗子，直到它消亡。
它的种种微小欢乐相继消失，最终
将那可怜的人留在彻底的黑夜之中；
比如今极地地区所涉及的更深的夜。

　　为了仁慈目标、的确允许这些不幸
降临的**你**啊，希望人类会为此哀悼！
曾经用双手塑造这美好织品的你啊，
最为了解它，希望人类也应了解它！
这凡俗世界是什么？一团水雾；它　　　　140
容纳的一切及它本身都是一团水雾。
它被你的光芒吸引，从混沌的潮湿
基床中升腾，受命在四周的空气中
飘荡度过命定时刻，然后融化消失。
*尘世*时日有限，她的厄运也不遥远；
相较她的子孙，同样短命但更长久；
但他们宠溺她，好似尘世与他们皆
能永恒、坚实；好似永生的**你**是梦。

　　他们宠溺什么？抛开永生观点不谈，
属于异教徒的领土！充满幽灵之地！①　150
丰饶的田野，有着如花绽放的承诺！
欢乐的荒野！被怀疑困扰、还长着

---

① 若无"永生观点"，尘世就是"属于异教徒的领土"等。

357

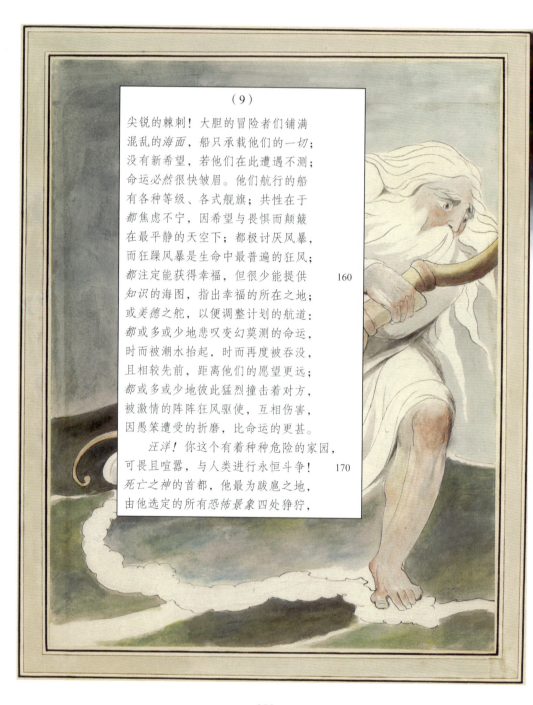

（9）

尖锐的棘刺！大胆的冒险者们铺满
混乱的海面，船只承载他们的一切；
没有新希望，若他们在此遭遇不测；
命运必然很快皱眉。他们航行的船
有各种等级、各式舰旗；共性在于
都焦虑不宁，因希望与畏惧而颠簸
在最平静的天空下；都极讨厌风暴，
而狂躁风暴是生命中最普遍的狂风；
都注定能获得幸福，但很少能提供　　　160
知识的海图，指出幸福的所在之地；
或美德之舵，以便调整计划的航道：
都或多或少地悲叹变幻莫测的命运，
时而被潮水抬起，时而再度被吞没，
且相较先前，距离他们的愿望更远；
都或多或少地彼此猛烈撞击着对方，
被激情的阵阵狂风驱使，互相伤害，
因愚笨遭受的折磨，比命运的更甚。

　　汪洋！你这个有着种种危险的家园，
可畏且喧嚣，与人类进行永恒斗争！　　170
死亡之神的首都，他最为跋扈之地，
由他选定的所有恐怖景象四处狰狞，

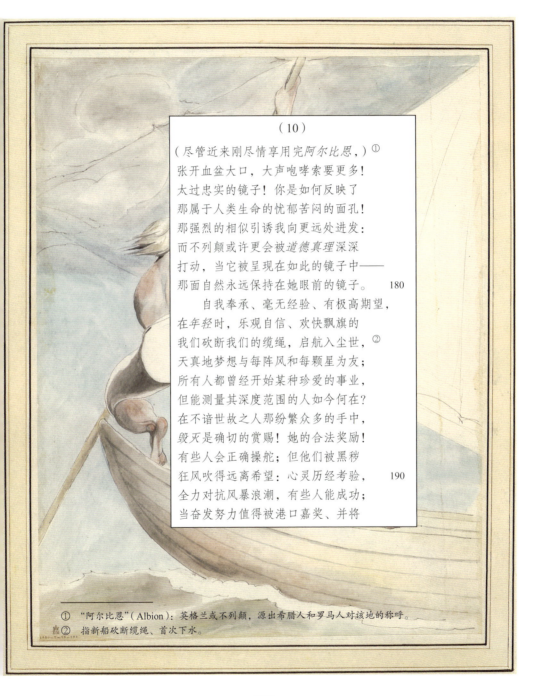

（10）

（尽管近来刚尽情享用完阿尔比恩，）①
张开血盆大口，大声咆哮索要更多！
太过忠实的镜子！你是如何反映了
那属于人类生命的忧郁苦闷的面孔！
那强烈的相似引诱我向更远处进发：
而不列颠或许更会被道德真理深深
打动，当它被呈现在如此的镜子中——
那面自然永远保持在她眼前的镜子。　　180

　　自我奉承、毫无经验、有极高期望，
在年轻时，乐观自信、欢快飘旗的
我们砍断我们的缆绳，启航入尘世，②
天真地梦想与每阵风和每颗星为友；
所有人都曾经开始某种珍爱的事业，
但能测量其深度范围的人如今何在？
在不谙世故之人那纷繁众多的手中，
毁灭是确切的赏赐！她的合法奖励！
有些人会正确操舵；但他们被黑秽
狂风吹得远离希望：心灵历经考验，　　190
全力对抗风暴浪潮，有些人能成功；
当奋发努力值得被港口嘉奖、并将

────────
①　"阿尔比恩"（Albion）：英格兰或不列颠，源出希腊人和罗马人对该地的称呼。
②　指新船砍断缆绳、首次下水。

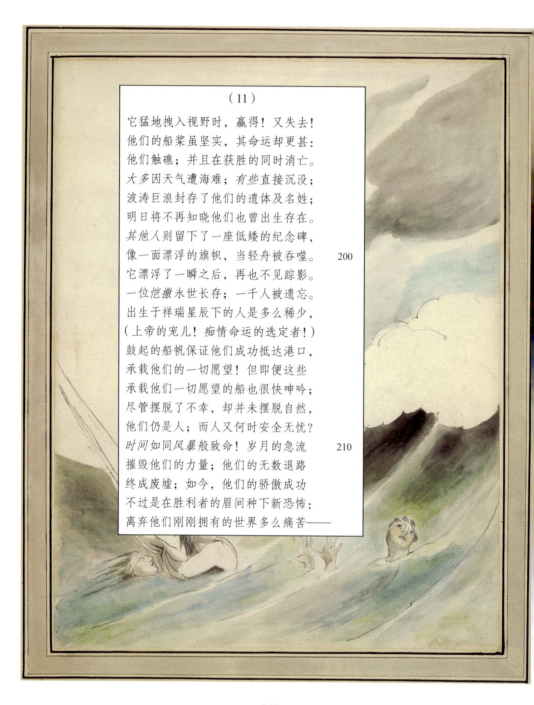

（11）

它猛地拽入视野时，赢得！又失去！
他们的船桨虽坚实，其命运却更甚：
他们触礁；并且在获胜的同时消亡。
大多因天气遭海难；有些直接沉没；
波涛巨浪封存了他们的遗体及名姓；
明日将不再知晓他们也曾出生存在。
*其他人*则留下了一座低矮的纪念碑，
像一面漂浮的旗帜，当轻舟被吞噬　　　　200
它漂浮了一瞬之后，再也不见踪影。
一位*恺撒*永世长存；一千人被遗忘。
出生于祥瑞星辰下的人是多么稀少，
（上帝的宠儿！痴情命运的选定者！）
鼓起的船帆保证他们成功抵达港口，
承载他们的一切愿望！但即便这些
承载他们一切愿望的船也很快呻吟；
尽管摆脱了不幸，却并未摆脱自然，
他们仍是人；而人又何时安全无忧？
时间如同风暴般致命！岁月的急流　　　210
摧毁他们的力量；他们的无数退路
终成废墟；如今，他们的骄傲成功
不过是在胜利者的眉间种下新恐怖：
离弃他们刚刚拥有的世界多么痛苦——

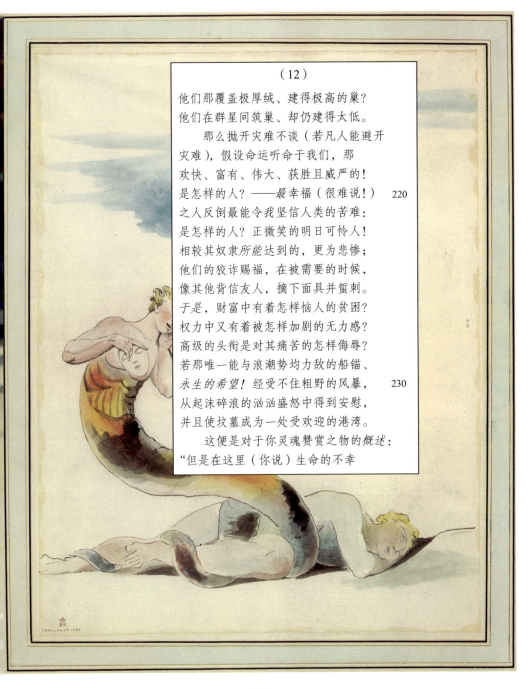

（12）

他们那覆盖极厚绒、建得极高的巢？
他们在群星间筑巢、却仍建得太低。

　　那么抛开灾难不谈（若凡人能避开
灾难），假设命运听命于我们，那
欢快、富有、伟大、获胜且威严的！
是怎样的人？——*最幸福（很难说！）*　220
之人反倒最能令我坚信人类的苦难：
是怎样的人？正微笑的明日可怜人！
相较其奴隶所能达到的，更为悲惨；
他们的狡诈赐福，在被需要的时候，
像其他背信友人，摘下面具并蜇刺。
于是，财富中有着怎样恼人的贫困？
权力中又有着被怎样加剧的无力感？
高级的头衔是对其痛苦的怎样侮辱？
若那唯一能与浪潮势均力敌的船锚，
*永生的希望！*经受不住粗野的风暴，　230
从起沫碎浪的汹汹盛怒中得到安慰，
并且使坟墓成为一处受欢迎的港湾。

　　这便是对于你灵魂赞赏之物的*概述：*
"但是在这里（你说）生命的不幸

（13）

被聚集成为一类。"一项更明晰的
考察，也许能为你带来更好的消息。
看着生命诸阶段：它们讲得更明白；
它们讲得越明白，你的哀叹越深长。
看着你的可爱男孩；在他身上注视
能降临在人间最佳者身上的最佳事；　　　240
这男孩从他的*母亲*那里继承了美德。
是，看着*弗洛雷洛*；一颗为父之心 ①
是温柔的，尽管那人有着铁石心肠。
经由这般介质看来，真理或能留下
深刻印象，而痴情被证实与你为友。

　　弗洛雷洛近来流落至这荒凉的海岸，
曾是无助的婴儿；现为冒失的孩童；
你的照顾接续可怜克拉丽莎的剧痛；
充满爱意的照顾，但与恨同等严苛：
你的痴情多次对你灵魂的欢乐皱眉！　　　250
种种必需的艰苦朴素管束他的意愿；
如娇弱植物中的棘刺为它抵御伤害。
至今，他的*理性*依然无法独自行进；
而是请一位更苛刻的护士引领前行。
他的幼小心灵时常受惊；那清晨的

---

① "弗洛雷洛"（Florello）：洛伦佐与克拉丽莎的儿子。克拉丽莎在诞下他后死去。见第五夜第588—589行。

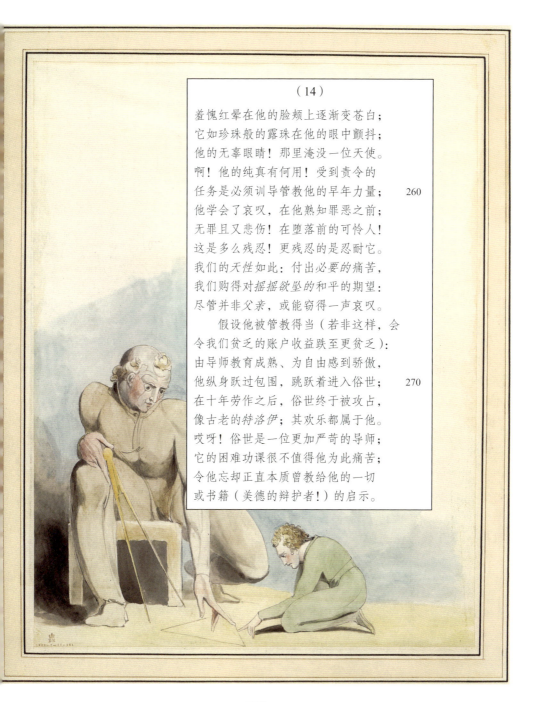

（14）

羞愧红晕在他的脸颊上逐渐变苍白；
它如珍珠般的露珠在他的眼中颤抖；
他的无辜眼睛！那里淹没一位天使。
啊！他的纯真有何用！受到责令的
任务是必须训导管教他的早年力量；　　260
他学会了哀叹，在他熟知罪恶之前；
无罪且又悲伤！在堕落前的可怜人！
这是多么残忍！更残忍的是忍耐它。
我们的无性如此：付出必要的痛苦，
我们购得对摇摇欲坠的和平的期望：
尽管并非父亲，或能窃得一声哀叹。

　　假设他被管教得当（若非这样，会
令我们贫乏的账户收益跌至更贫乏）：
由导师教育成熟、为自由感到骄傲，
他纵身跃过包围，跳跃着进入俗世；　　270
在十年劳作之后，俗世终于被攻占，
像古老的*特洛伊*；其欢乐都属于他。
哎呀！俗世是一位更加严苛的导师；
它的困难功课很不值得他为此痛苦；
令他忘却正直本质曾教给他的一切
或书籍（美德的辩护者！）的启示。

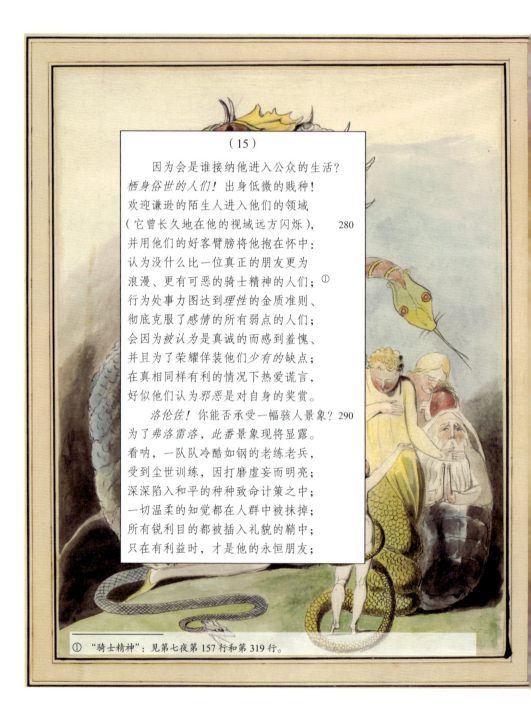

（15）

　　因为会是谁接纳他进入公众的生活？
栖身俗世的人们！ 出身低微的贱种！
欢迎谦逊的陌生人进入他们的领域
（它曾长久地在他的视域远方闪烁），　　　　280
并用他们的好客臂膀将他抱在怀中：
认为没什么比一位真正的朋友更为
浪漫、更有可恶的骑士精神的人们；①
行为处事力图达到*理性*的金质准则、
彻底克服了*感情*的所有弱点的人们；
会因为*被认为*是真诚的而感到羞愧、
并且为了荣耀伴装他们少有的缺点；
在真相同样有利的情况下热爱谎言，
好似他们认为邪恶是对自身的奖赏。

　　洛伦佐！ 你能否承受一幅骇人景象？290
为了*弗洛雷洛*，此番景象现将显露。
看呐，一队队冷酷如钢的老练老兵，
受到尘世训练，因打磨虚妄而明亮；
深深陷入和平的种种致命计策之中；
一切温柔的知觉都在人群中被抹掉；
所有锐利目的都被插入礼貌的鞘中；
只在有利益时，才是他的永恒朋友；

① "骑士精神"：见第七夜第 157 行和第 319 行。

364

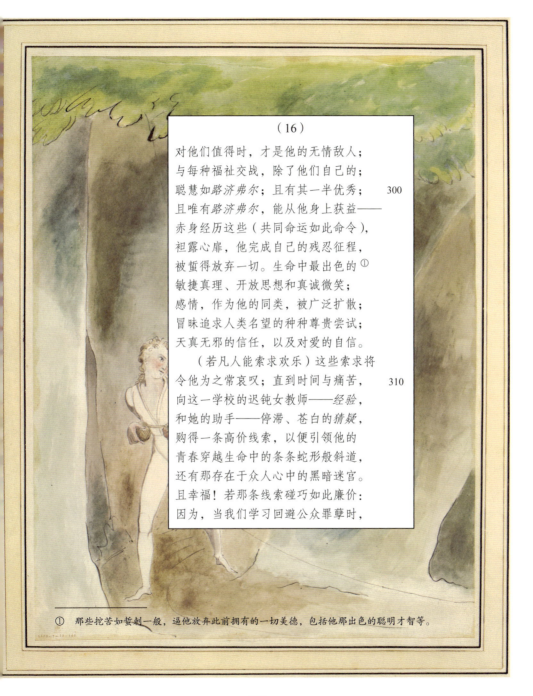

（16）

对他们值得时，才是他的无情敌人；
与每种福祉交战，除了他们自己的；
聪慧如路济弗尔；且有其一半优秀；　　　300
且唯有路济弗尔，能从他身上获益——
赤身经历这些（共同命运如此命令），
袒露心扉，他完成自己的残忍征程，
被蜇得放弃一切。生命中最出色的 ①
敏捷真理、开放思想和真诚微笑；
感情，作为他的同类，被广泛扩散；
冒昧追求人类名望的种种尊贵尝试；
天真无邪的信任，以及对爱的自信。

　（若凡人能索求欢乐）这些索求将
令他为之常哀叹；直到时间与痛苦，　　　310
向这一学校的迟钝女教师——经验，
和她的助手——停滞、苍白的猜疑，
购得一条高价线索，以便引领他的
青春穿越生命中的条条蛇形般斜道，
还有那存在于众人心中的黑暗迷宫。
且幸福！若那条线索碰巧如此廉价：
因为，当我们学习回避公众罪孽时，

① 那些挖苦如蜇刺一般，逼他放弃此前拥有的一切美德，包括他那出色的聪明才智等。

365

夜　思

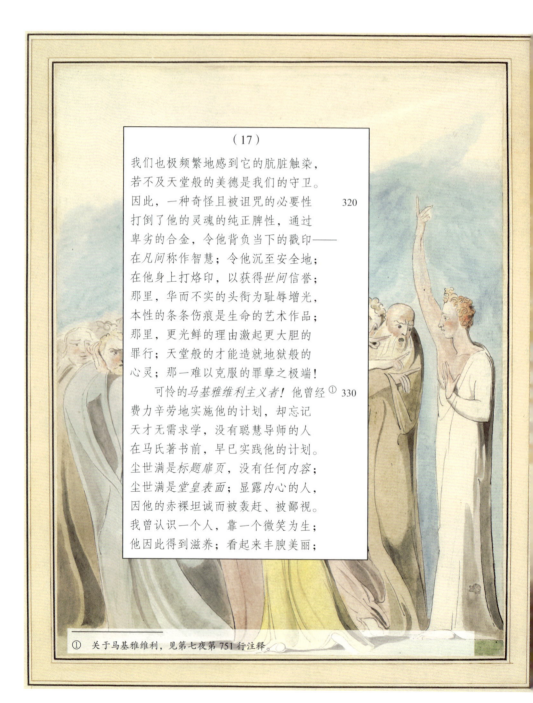

（17）

我们也极频繁地感到它的肮脏触染，
若不及天堂般的美德是我们的守卫。
因此，一种奇怪且被诅咒的必要性　　　320
打倒了他的灵魂的纯正牌性，通过
卑劣的合金，令他背负当下的戳印——
在*凡间*称作智慧；令他沉至安全地；
在他身上打烙印，以获得*世间*信誉；
那里，华而不实的头衔为耻辱增光，
本性的条条伤痕是生命的艺术作品；
那里，更光鲜的理由激起更大胆的
罪行；天堂般的才能造就地狱般的
心灵；那一难以克服的罪孽之极端！

　　可怜的*马基雅维利主义者！*他曾经①330
费力辛劳地实施他的计划，却忘记
天才无需求学，没有聪慧导师的人
在马氏著书前，早已实践他的计划。
尘世满是*标题扉页*，没有任何*内容*；
尘世满是*堂皇表面*；显露内心的人，
因他的赤裸坦诚而被轰赶、被鄙视。
我曾认识一个人，靠一个微笑为生；
他因此得到滋养；看起来丰腴美丽；

① 关于马基雅维利，见第七夜第751行注释。

366

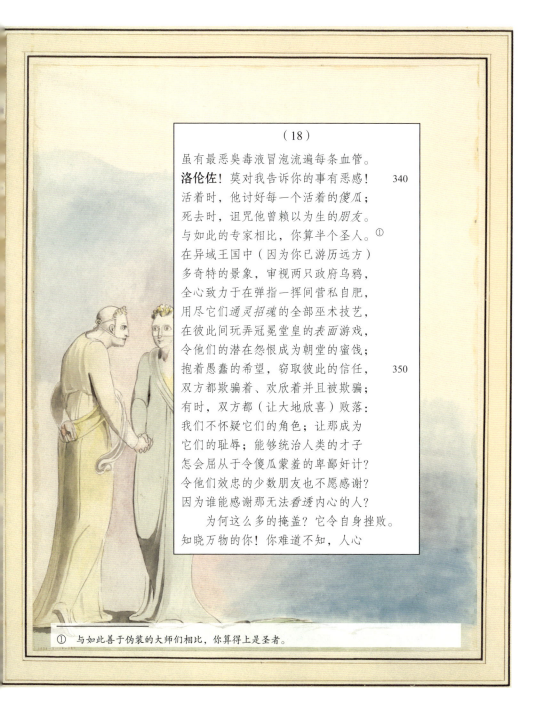

（18）

虽有最恶臭毒液冒泡流遍每条血管。

洛伦佐！ 莫对我告诉你的事有恶感！　　　340
活着时，他讨好每一个活着的*傻瓜*；
死去时，诅咒他曾赖以为生的*朋友*。
与如此的专家相比，你算半个圣人。①
在异域王国中（因为你已游历远方）
多奇特的景象，审视两只政府乌鸦，
全心致力于在弹指一挥间营私自肥，
用尽它们*通灵招魂*的全部巫术技艺，
在彼此间玩弄冠冕堂皇的表面游戏，
令他们的潜在怨恨成为朝堂的蜜饯；
抱着愚蠢的希望，窃取彼此的信任，　　350
双方都欺骗着、欢欣着并且被欺骗；
有时，双方都（让大地欣喜）败落：
我们不怀疑它们的角色；让那成为
它们的耻辱；能够统治人类的才子
怎会屈从于令傻瓜蒙羞的卑鄙奸计？
令他们效忠的少数朋友也不愿感谢？
因为谁能感谢那无法看透内心的人？

　　为何这么多的掩盖？它令自身挫败。
知晓万物的你！你难道不知，人心

① 与如此善于伪装的大师们相比，你算得上是圣者。

夜　思

（19）

会因此被知晓，*因为它们被隐藏着？*　360
为何被隐藏呢？它们无需讲述原因。
对于谎言难堪的人，我给予他欢乐，
他的虚弱本质仍然对*真理*保持敬畏；
他的无能之处，正是他的名望所在。
鄙视*伪装*，是伟大且阳刚的；它能
显示我们的志气或证明我们的实力。
你说这是*必需的*：因此它是*正确的*？
但我承认它是天恩的某种小小征兆，
为竭力找个借口：然后你是否便会
逃避那残忍*需求*？你可以轻松做到；　370
但凡需要无赖的职位，都并非必需。
在我们的文明之舵近来易手的时候，
*普尔特尼*这么想：你尽力想得更好。①

　　但这是多么罕见！生命的公共路径
是污秽的；然而平心而论，那污渍
确有价值，它令尊贵头脑更为尊贵。
尘世并非中立：它或伤人、或救人；
或熄灭美德、或点燃愤怒。你说过，
这广为人知的俗世将会使我们成熟：——

① 版画中为"P—"。1880 年德文版《夜思》认为指的可能是 Pitt，即查塔姆伯爵威廉·皮特（William Pitt, 1st Earl of Chatham），或者是蒲柏。1853 年吉尔菲兰编的版本中将名字补全为"Pulteney"，可能指巴斯伯爵威廉·普尔特尼（William Pulteney, 1st earl of Bath）。

（20）

这俗世会将我们的心灵敬献给天堂，　　　　380
或很早就使我们在死去前成为恶魔。

　　为了显示尘世闪耀地有多美，你的
女教师在确切厄运的陪伴下，选择
两角色之一；随后必有不同的损害。
美德本身也并非在人间被奉若神明；
*美德*有她的旧病复发、冲突、敌人；
那些敌人总能令她感到他们的憎恨；
*美德*有她的一系列独特伤痛。的确，
朋友总是最后、且最少向美德抱怨；
但若他们悲叹，他人怎能有望微笑？　　390
若智慧有着她的种种不幸需要哀悼，
可怜的愚笨又怎能过上幸福的生活？
若*两者*皆受苦，人间又有何可夸耀？
在这人间，悲叹最少的人最为幸福；
在这人间，最好的朋友需要*极多*的
耐心（*最遭妒*的状态）和些许谅解。
因为不论是朋友、还是幸福的生活，
短视之人都无法在这里寻得其阴影。

　　宣过誓的尘世的辩护者，不收酬金，
面带微笑，巧妙地向**洛伦佐**回答道：　　400

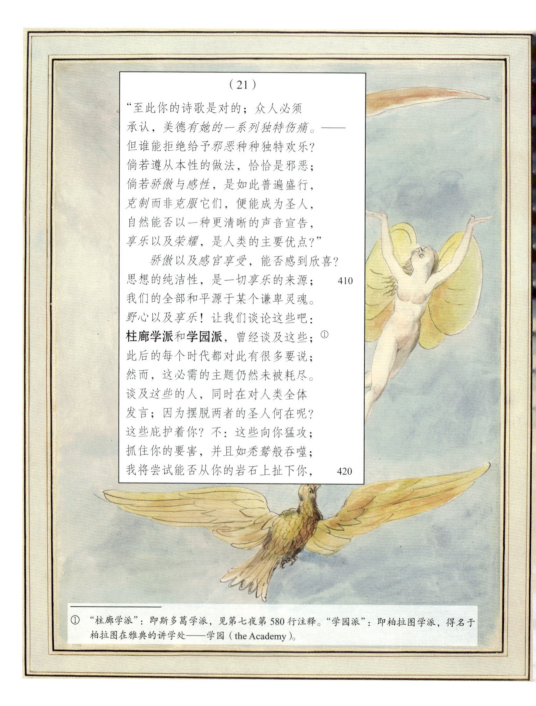

（21）

"至此你的诗歌是对的；众人必须
承认，美德有她的一系列独特伤痛。——
但谁能拒绝给予邪恶种种独特欢乐？
倘若遵从本性的做法，恰恰是邪恶；
倘若骄傲与感性，是如此普遍盛行，
克制而非克服它们，便能成为圣人，
自然能否以一种更清晰的声音宣告，
享乐以及荣耀，是人类的主要优点？"

　　骄傲以及感官享受，能否感到欣喜？
思想的纯洁性，是一切享乐的来源；　　410
我们的全部和平源于某个谦卑灵魂。
野心以及享乐！让我们谈论这些吧：
柱廊学派和**学园派**，曾经谈及这些；①
此后的每个时代都对此有很多要说；
然而，这必需的主题仍然未被耗尽。
谈及这些的人，同时在对人类全体
发言；因为摆脱两者的圣人何在呢？
这些庇护着你？不：这些向你猛攻；
抓住你的要害，并且如秃鹫般吞噬；
我将尝试能否从你的岩石上扯下你，　　420

① "柱廊学派"：即斯多葛学派，见第七夜第580行注释。"学园派"：即柏拉图学派，得名于
柏拉图在雅典的讲学处——学园（the Academy）。

370

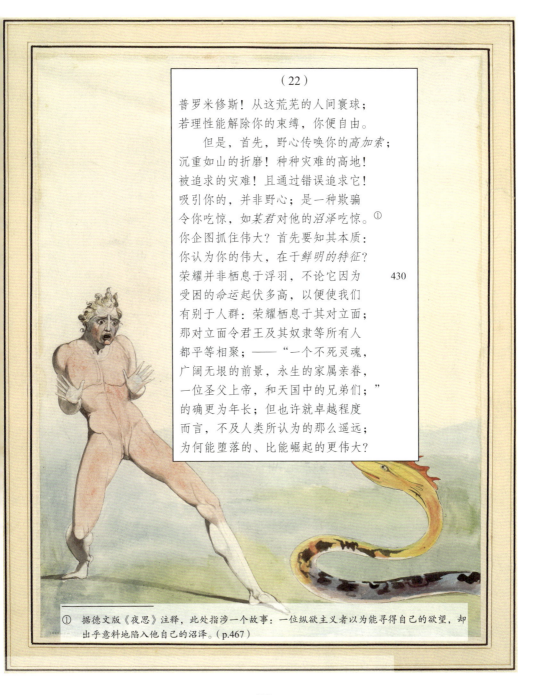

（22）

普罗米修斯！从这荒芜的人间寰球；
若理性能解除你的束缚，你便自由。

　　但是，首先，野心传唤你的高加索；
沉重如山的折磨！种种灾难的高地！
被追求的灾难！且通过错误追求它！
吸引你的，并非野心；是一种欺骗
令你吃惊，如某君对他的*沼泽*吃惊。①
你企图抓住伟大？首先要知其本质：
你认为你的伟大，在于鲜明的特征？
荣耀并非栖息于浮羽，不论它因为　　　　430
受困的命运起伏多高，以便使我们
有别于人群：荣耀栖息于其对立面；
那对立面令君王及其奴隶等所有人
都平等相聚；——"一个不死灵魂，
广阔无垠的前景，永生的家属亲眷，
一位圣父上帝，和天国中的兄弟们；"
的确更为年长；但也许就卓越程度
而言，不及人类所认为的那么遥远；
为何能堕落的、比能崛起的更伟大？

① 据德文版《夜思》注释，此处指涉一个故事：一位纵欲主义者以为能寻得自己的欲望，却出乎意料地陷入他自己的沼泽。（p.467）

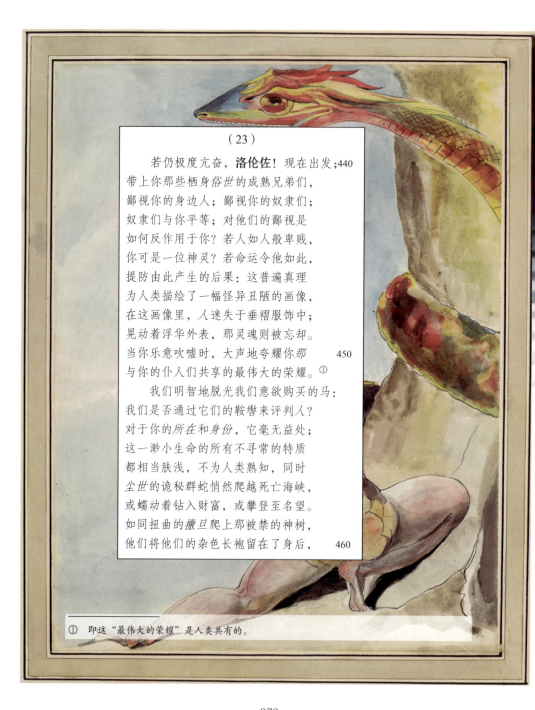

夜 思

（23）

　　若仍极度亢奋，**洛伦佐**！现在出发；440
带上你那些栖身*俗世*的成熟兄弟们，
鄙视你的身边人；鄙视你的奴隶们；
奴隶们与你平等；对他们的鄙视是
如何反作用于你？若人如人般卑贱，
你可是一位神灵？若命运令他如此，
提防由此产生的后果：这普遍真理
为人类描绘了一幅怪异丑陋的画像，
在这画像里，人迷失于垂褶服饰中；
晃动着浮华外表，那灵魂则被忘却。
当你乐意吹嘘时，大声地夸耀你那　　450
与你的仆人们共享的最伟大的荣耀。①

　　我们明智地脱光我们意欲购买的马：
我们是否通过它们的鞍辔来评判人？
对于你的*所在*和*身份*，它毫无益处；
这一渺小生命的所有不寻常的特质
都相当肤浅，不为人类熟知，同时
*尘世*的诡秘群蛇悄然爬越死亡海峡，
或蠕动着钻入财富，或攀登至名望。
如同扭曲的*撒旦*爬上那被禁的神树，
他们将他们的杂色长袍留在了身后，　　460

────────
① 即这"最伟大的荣耀"是人类共有的。

372

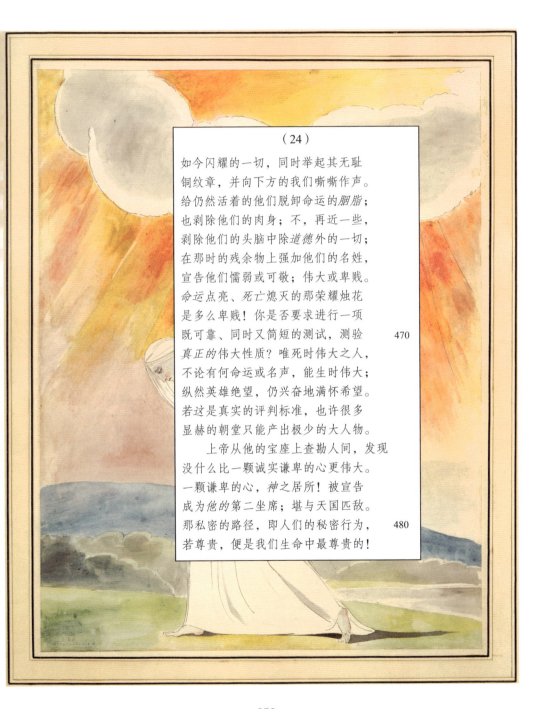

（24）

如今闪耀的一切，同时举起其无耻
铜纹章，并向下方的我们嘶嘶作声。
给仍然活着的他们脱卸命运的*胭脂*；
也剥除他们的肉身；不，再近一些，
剥除他们的头脑中除*道德*外的一切；
在那时的残余物上强加他们的名姓，
宣告他们懦弱或可敬；伟大或卑贱。
命运点亮、死亡熄灭的那荣耀烛花
是多么卑贱！你是否要求进行一项
既可靠、同时又简短的测试，测验　　　　470
真正的伟大性质？唯死时伟大之人，
不论有何命运或名声，能生时伟大；
纵然英雄绝望，仍兴奋地满怀希望。
若这是真实的评判标准，也许很多
显赫的朝堂只能产出极少的大人物。

　　上帝从他的宝座上查勘人间，发现
没什么比一颗诚实谦卑的心更伟大。
一颗谦卑的心，*神之居所*！被宣告
成为*他的*第二坐席；堪与天国匹敌。
那私密的路径，即人们的秘密行为，　　480
若尊贵，便是我们生命中最尊贵的！

夜　思

（25）

远高于**洛伦佐**的荣耀之上，端坐着
那位显赫的天主，其名号不为人知；
其价值无可匹敌、未被见证，热爱
可供神灵与人们交谈的生命之圣荫；
超越尘世设想的和平则微笑？当下
蒙昧的你会在我们分别前见到那笑。

　　但你的伟大灵魂鄙视这隐伏的荣耀。
当**洛伦佐**不为人所见时，他患着病；
当他对公众事宜不屑时，他平躺着；　　490
被公众的注视、公众的赞美声抛弃，
好似依靠他人的呼吸活着，他死去。
他宁愿使这尘世成为他的雕塑基座；
使人类凝视着这唯一的塑像，即他。
他可知道，人类的赞美违背其意愿，
并且尽他们所能地混杂更多的诋毁？
他可知道，不忠诚的名声既有她的
低语、也有嘹亮号鸣？他的虚荣心
因听不见全部而得到如此大的满足？
可知这位全知者，会在他闪耀之时，　　500
因为渴望赞美、或渴望更污秽之物，
通过说服半数议会，控制他的国家，①

―――――
①　英国议会共有585名议员席位。

374

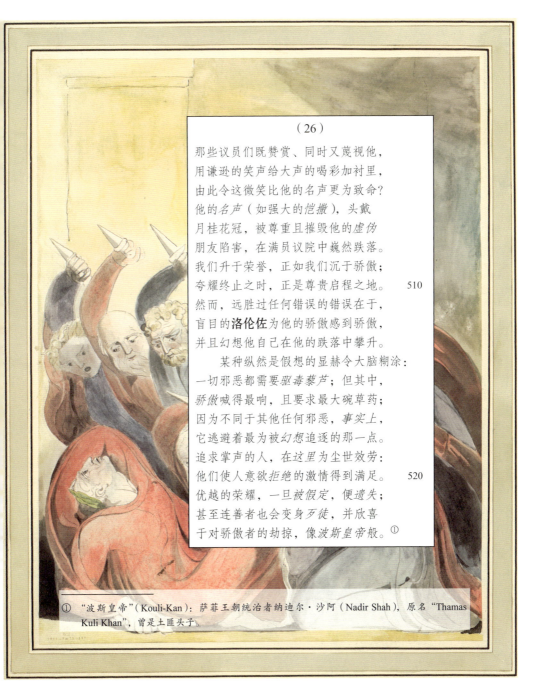

（26）

那些议员们既赞赏、同时又蔑视他，
用谦逊的笑声给大声的喝彩加衬里，
由此令这微笑比他的名声更为致命？
他的名声（如强大的*恺撒*），头戴
月桂花冠，被尊重且摧毁他的*虚伪*
朋友陷害，在满员议院中巍然跌落。
我们升于荣誉，正如我们沉于骄傲；
夸耀终止之时，正是尊贵启程之地。　　510
然而，远胜过任何错误的错误在于，
盲目的**洛伦佐**为他的骄傲感到骄傲，
并且幻想他自己在他的跌落中攀升。

　　某种纵然是假想的显赫令大脑糊涂：
一切邪恶都需要驱毒藜芦；但其中，
*骄傲*喊得最响，且要求最大碗草药；
因为不同于其他任何邪恶，事实上，
它逃避着最为被*幻想*追逐的那一点。
追求掌声的人，在这里为尘世效劳：
他们使人意欲拒绝的激情得到满足。　　520
优越的荣耀，一旦被*假定*，便遗失；
甚至连善者也会变身歹徒，并欣喜
于对骄傲者的劫掠，像波斯皇帝般。①

① "波斯皇帝"（Kouli-Kan）：萨菲王朝统治者纳迪尔·沙阿（Nadir Shah），原名 "Thamas Kuli Khan"，曾是土匪头子。

375

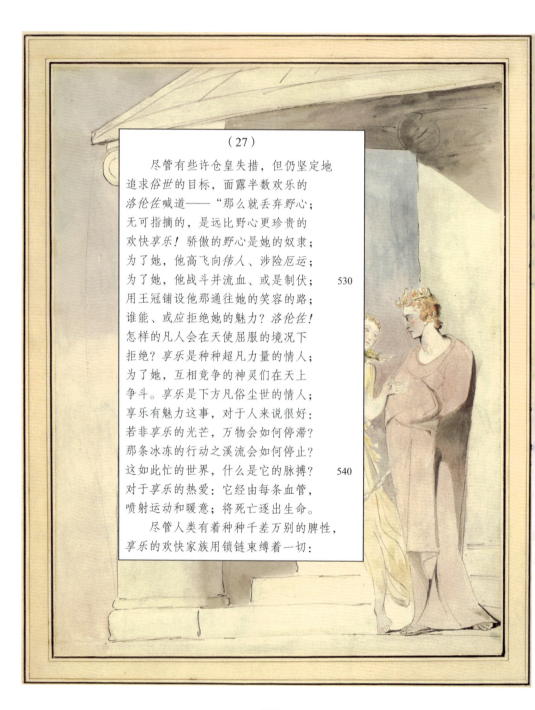

（27）

　　尽管有些许仓皇失措，但仍坚定地
追求*俗世*的目标，面露半数欢乐的
*洛伦佐*喊道——"那么就丢弃野心；
无可指摘的，是远比野心更珍贵的
欢快享乐！骄傲的野心是她的奴隶；
为了她，他高飞向*伟人*、涉险厄运；
为了她，他战斗并流血、或是制伏；　　530
用王冠铺设他那通往她的笑容的路；
谁能、或应拒绝她的魅力？*洛伦佐*！
怎样的凡人会在天使屈服的境况下
拒绝？享乐是种种超凡力量的情人；
为了她，互相竞争的神灵们在天上
争斗。享乐是下方凡俗尘世的情人；
享乐有魅力这事，对于人来说很好：
若非享乐的光芒，万物会如何停滞？
那条冰冻的行动之溪流会如何停止？
这如此忙的世界，什么是它的脉搏？　　540
对于享乐的热爱：它经由每条血管，
喷射运动和暖意；将死亡逐出生命。
　　尽管人类有着种种千差万别的脾性，
享乐的欢快家族用锁链束缚着一切：

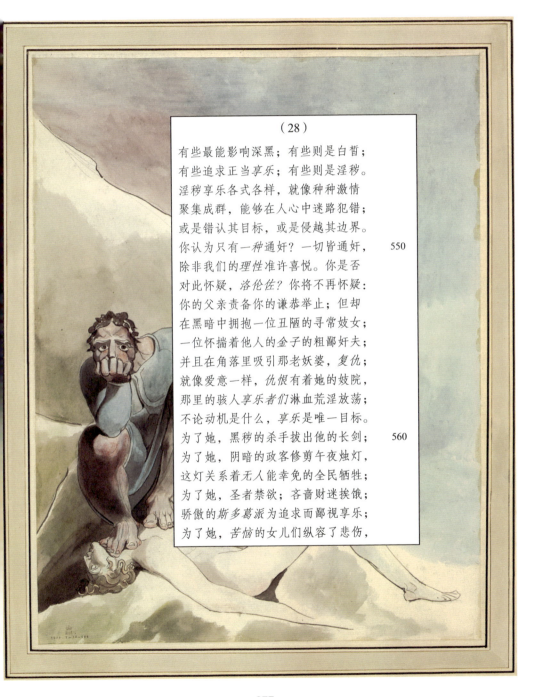

（28）

有些最能影响深黑；有些则是白皙；
有些追求正当享乐；有些则是淫秽。
淫秽享乐各式各样，就像种种激情
聚集成群，能够在人心中迷路犯错；
或是错认其目标，或是侵越其边界。
你认为只有一种通奸？一切皆通奸，　　550
除非我们的理性准许喜悦。你是否
对此怀疑，洛伦佐？你将不再怀疑：
你的父亲责备你的谦恭举止；但却
在黑暗中拥抱一位丑陋的寻常妓女；
一位怀揣着他人的金子的粗鄙奸夫；
并且在角落里吸引那老妖婆，复仇，
就像爱意一样，仇恨有着她的妓院，
那里的骇人享乐者们淋血荒淫放荡，
不论动机是什么，享乐是唯一目标。
为了她，黑秽的杀手拔出他的长剑；　　560
为了她，阴暗的政客修剪午夜烛灯，
这灯关系着无人能幸免的全民牺牲；
为了她，圣者禁欲；吝啬财迷挨饿；
骄傲的斯多葛派为追求而鄙视享乐；
为了她，苦恼的女儿们纵容了悲伤，

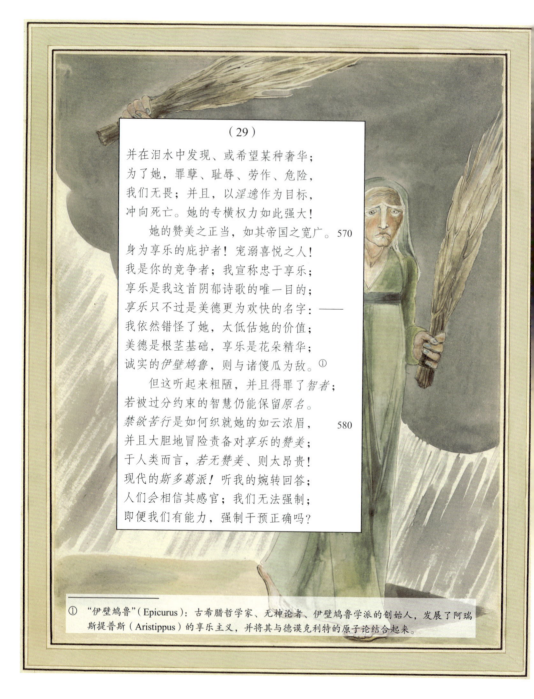

（29）

并在泪水中发现、或希望某种奢华；
为了她，罪孽、耻辱、劳作、危险，
我们无畏；并且，以淫逸作为目标，
冲向死亡。她的专横权力如此强大！

　　她的赞美之正当，如其帝国之宽广。570
身为享乐的庇护者！宠溺喜悦之人！
我是你的竞争者；我宣称忠于享乐；
享乐是我这首阴郁诗歌的唯一目的；
享乐只不过是美德更为欢快的名字：——
我依然错怪了她，太低估她的价值；
美德是根茎基础，享乐是花朵精华；
诚实的*伊壁鸠鲁*，则与诸傻瓜为敌。①

　　但这听起来粗陋，并且得罪了*智者*；
若被过分约束的智慧仍能保留原名。
禁欲苦行是如何织就她的如云浓眉，　　580
并且大胆地冒险责备对享乐的赞美；
于人类而言，若无赞美、则太昂贵！
现代的*斯多葛派*！听我的婉转回答；
人们会相信其感官；我们无法强制；
即便我们有能力，强制干预正确吗？

────
① "伊壁鸠鲁"（Epicurus）：古希腊哲学家、无神论者、伊壁鸠鲁学派的创始人，发展了阿瑞斯提普斯（Aristippus）的享乐主义，并将其与德谟克利特的原子论结合起来。

（30）

承认蜂蜜*甘甜*；但添加这如*刺*真理；
"当与毒药混合时，它也是致命的。"
真理从来不曾对某个谎言心存感激。
是否唯*美德*能得到善如真理的赞美？
那么为何健康比疾病更能讨人欢心？　　590
自然所爱之物*皆善*，无需我们批准。
尽管并非源于美德，享乐却能盛行，
那里不会有未来的障碍喊道"小心！"。①
这是对生命的慰藉、对天堂的感恩；
我们多么冷淡地感谢未享用的馈赠？
对享乐的热爱，是人的最年长之子，
在他的摇篮中出生、活到他进坟墓。
*智慧*身为她的妹妹，尽管更为*肃穆*，
却曾被指定要*服侍*、而非损毁贵为
帝王的享乐；统治种种人心的皇后。　　600

洛伦佐！你是享乐殿下的知名顾问，
尽管没戴律师帽，却深谙*俗世世故*！
认为自己有**默里**的雄辩之才，或能②
鄙视地看我。然而，我的狄摩西尼！③
你能否像我一样为享乐的目标辩护？
你可知道她的本质、目的以及*出身*？

---

① 尽管享乐并非源美德，它却能决定你的意愿。
② 曼斯菲尔德伯爵威廉·默里（William Murray, 1st Earl of Mansfield），英国法学家，以法学知识和能言善辩著称。
③ "狄摩西尼"（Demosthenes），古雅典雄辩家，民主派政治家。

夜　思

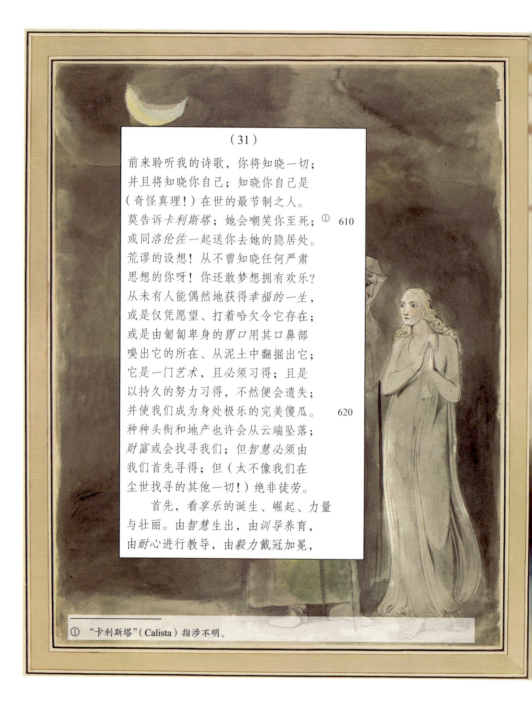

（31）

前来聆听我的诗歌，你将知晓一切；
并且将知晓你自己；知晓你自己是
（奇怪真理！）在世的最节制之人。
莫告诉*卡利斯塔*；她会嘲笑你至死；　① 610
或同*洛伦佐*一起送你去她的隐居处。
荒谬的设想！从不曾知晓任何严肃
思想的你呀！你还敢梦想拥有欢乐？
从未有人能偶然地获得幸福的一生，
或是仅凭愿望、打着哈欠令它存在；
或是由匍匐卑身的胃口用其口鼻部
嗅出它的所在、从泥土中翻掘出它；
它是一门艺术，且必须习得；且是
以持久的努力习得，不然便会遗失；
并使我们成为身处极乐的完美傻瓜　　620
种种头衔和地产也许会从云端坠落；
财富或会找寻我们；但*智慧*必须由
我们首先寻得；但（太不像我们在
尘世找寻的其他一切！）绝非徒劳。

　　首先，看享乐的诞生、崛起、力量
与壮丽。由*智慧*生出，由*训导*养育，
由*耐心*进行教导，由*毅力*戴冠加冕，

---
① "卡利斯塔"（Calista）指涉不明。

380

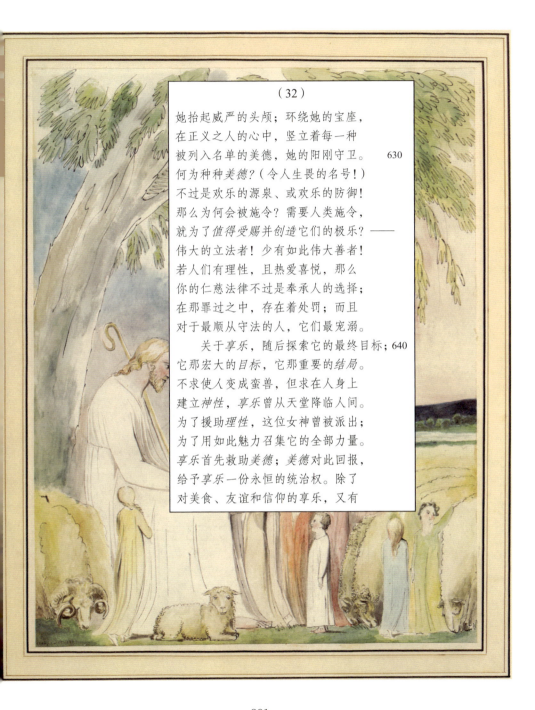

（32）

她抬起威严的头颅；环绕她的宝座，
在正义之人的心中，竖立着每一种
被列入名单的美德，她的阳刚守卫。　　630
何为种种美德？（令人生畏的名号！）
不过是欢乐的源泉、或欢乐的防御！
那么为何会被施令？需要人类施令，
就为了值得受赐并创造它们的极乐？——
伟大的立法者！少有如此伟大善者！
若人们有理性，且热爱喜悦，那么
你的仁慈法律不过是奉承人的选择；
在那罪过之中，存在着处罚；而且
对于最顺从守法的人，它们最宠溺。

　　关于享乐，随后探索它的最终目标；640
它那宏大的目标，它重要的结局。
不求使人变成蛮兽，但求在人身上
建立神性，享乐曾从天堂降临人间。
为了援助理性，这位女神曾被派出；
为了用如此魅力召集它的全部力量。
享乐首先救助美德；美德对此回报，
给予享乐一份永恒的统治权。除了
对美食、友谊和信仰的享乐，又有

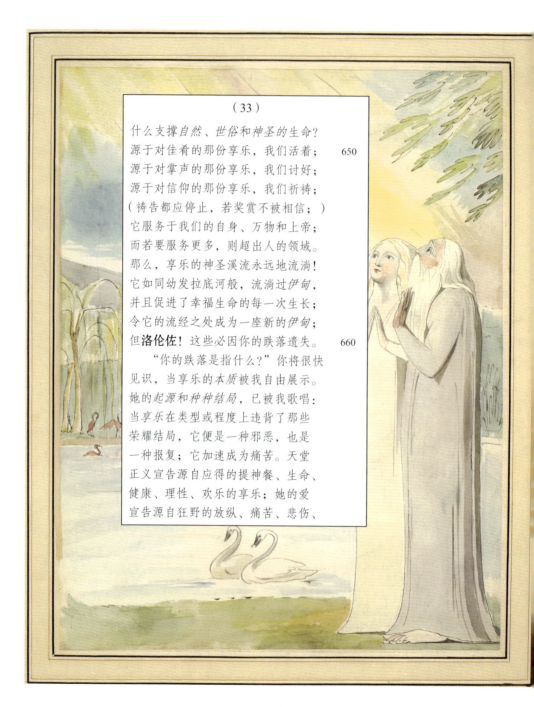

（33）

什么支撑*自然*、*世俗*和*神圣*的生命？
源于对佳肴的那份享乐，我们活着；　　　650
源于对掌声的那份享乐，我们讨好；
源于对信仰的那份享乐，我们祈祷；
（祷告都应停止，若奖赏不被相信；）
它服务于我们的自身、万物和上帝；
而若要服务更多，则超出人的领域。
那么，享乐的神圣溪流永远地流淌！
它如同幼发拉底河般，流淌过*伊甸*，
并且促进了幸福生命的每一次生长；
令它的流经之处成为一座新的*伊甸*；
但**洛伦佐**！这些必因你的跌落遗失。　　660

　　"你的跌落是指什么？"你将很快
见识，当享乐的本质被我自由展示。
她的*起源*和种种*结局*，已被我歌唱：
当享乐在类型或程度上违背了那些
荣耀结局，它便是一种邪恶，也是
一种报复；它加速成为痛苦。天堂
正义宣告源自应得的提神餐、生命、
健康、理性、欢乐的享乐；她的爱
宣告源自狂野的放纵、痛苦、悲伤、

（34）

分心、死亡的享乐。我对于敌人的　　　　670
最邪恶愿望，莫过于他的全部享乐，
倾倒这份酒的桶未被公正权威凿穿、
未被*自制力*测量、且未被*理性*提炼！
在沉渣中潜藏着一千只恶魔：天堂，
他人，及我们自身！这些未受伤害，
畅饮浓酒；愈是神圣，便愈是浓烈；
天使是天使，因为得到*那里*的纵容；
不思悔改的享乐使人成为一位神灵。

　　　你是否认为自己是因其他欢乐成神？
反倒是一个受害者！很快必将流血。　　680
犯错者必哀悼；天堂的指令会失败？
人能否用计谋击败全能上帝？删去
一种并非由上帝*他*预定的自制幸福？
他曾造出我们和我们将享受的俗世；
他塑造了一种乐器，并且由此决定
它将要发出不和谐或是和谐的音乐。
天堂命令灵魂给这必死身躯以灵感；
命令美德的神圣光芒给灵魂以灵感，
用致命欢乐的条条稳定可靠的光流；

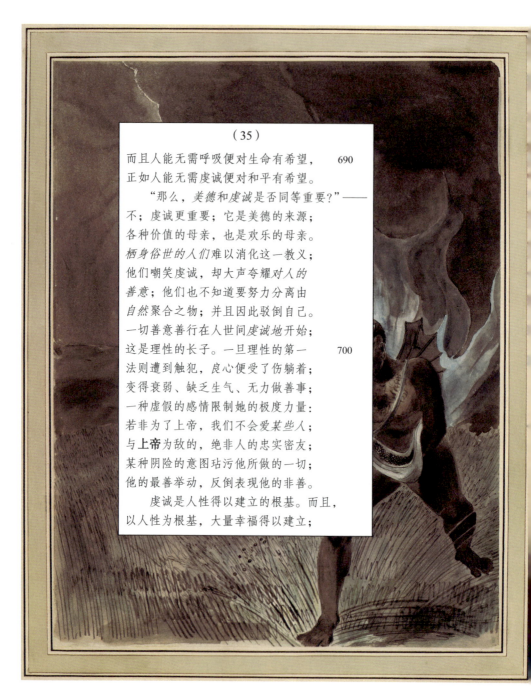

（35）

而且人能无需呼吸便对生命有希望，　　　690
正如人能无需虔诚便对和平有希望。

　　"那么，*美德和虔诚是否同等重要？*"——
不；虔诚更重要；它是美德的来源；
各种价值的母亲，也是欢乐的母亲。
栖身俗世的人们难以消化这一教义；
他们嘲笑虔诚，却大声夸耀对人的
善意；他们也不知道要努力分离由
自然聚合之物；并且因此驳倒自己。
一切善意善行在人世间*虔诚*地开始；
这是理性的长子。一旦理性的第一　　　700
法则遭到触犯，良心便受了伤躺着；
变得衰弱、缺乏生气、无力做善事，
一种虚假的感情限制她的极度力量：
若非为了上帝，我们不会爱某些人；
与**上帝**为敌的，绝非人的忠实密友；
某种阴险的意图玷污他所做的一切；
他的最善举动，反倒表现他的非善。

　　虔诚是人性得以建立的根基。而且，
以人性为根基，大量幸福得以建立；

（36）

但还是更多地建立在虔诚本身之上。　　710
灵魂若与她的**上帝**交易，即是天堂。
不再感受到生命的种种骚乱与震惊，
激情的重重漩涡与心灵的阵阵打击。
神灵得到信任之时，欢乐已被开启；
神灵得到崇拜之时，欢乐已被推进；
神灵得到爱戴之时，欢乐已被熟育。
虔诚的每个分枝都给喜悦赋予灵感；
信念建立一座从今生通往来世的桥，
跨越死亡的暗沟及其恐怖藏匿的
一切。我们的欢乐散发甜蜜的赞美，　　720
不但提升那欢乐、还令它更为甜蜜；
热切的祷告打开天堂，让溪流般的
荣耀在人被神圣化的时刻倾泻而下，
当时人正在觐见上帝。崇拜这*伟大*
*神灵*的人，他在那一瞬间成为加入
天堂中的首位住客，并且访问地狱。

　　洛伦佐！*你此前是什么时候在教堂？* ——
你认为礼拜仪式冗长：但它公正吗？
虽公正，却不受欢迎；你更愿踩踏
不神圣的土地；为了赢得你的聆听，　　730

（37）

缪斯必须减弱庄重神态。她遵从了：
无愧的良心！ 听此声响，俗世退隐；
诗行令它感到不满，**洛伦佐**则微笑；
但良心也有着她那充满魅力的宫闱；
而且将因年岁增强、并不受其损害。
你情绪低落吗？你的头脑阴沉沮丧？
在她的众美人中，你挑选了最美的，
为驱散你的阴郁。"走，稳固某种
重要的*真理*；拴住某种*激情*；做些
普遍善事；教无知明理、悲伤微笑　　740
纠正你的*朋友*；亲近你的最强劲敌；
或凭借热心与神圣的自信一跃而起
并强有力地控制着曾造出你的*上帝*。"——
你的阴郁被散落，流淌着活跃情绪；
尽管你的血管已枯萎、竖琴也断弦。

　　你称呼滚木球、提琴和舞蹈是喧闹
且疯狂的欢笑？这些是悲惨的安慰！
这些是医师！造成了你的大半疾病。
笑声，尽管不曾像罪孽般遭到指摘
（原谅一个只是*看起来严苛*的想法），　750
是半永生的：它是否得到太多纵容？

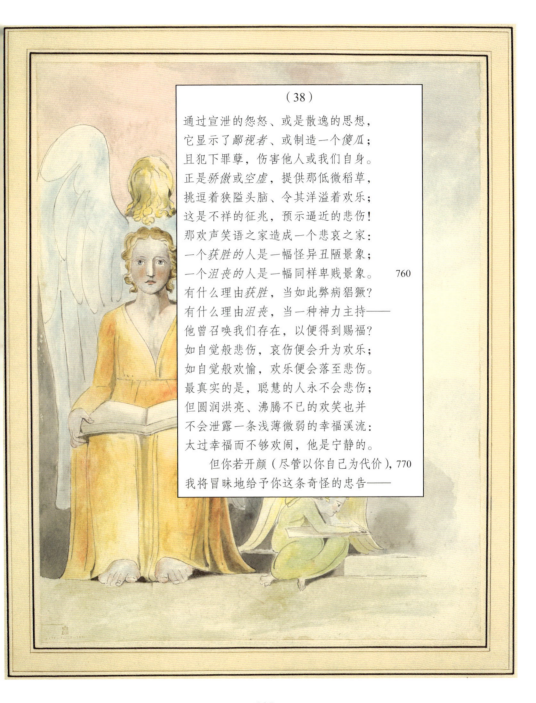

（38）

通过宣泄的怨怒、或是散逸的思想，
它显示了*鄙视者*、或制造一个*傻瓜*；
且犯下罪孽，伤害他人或我们自身。
正是*骄傲*或*空虚*，提供那低微稻草，
挑逗着狭隘头脑、令其洋溢着欢乐；
这是不祥的征兆，预示逼近的悲伤！
那欢声笑语之家造成一个悲哀之家：
一个*获胜*的人是一幅怪异丑陋景象；
一个*沮丧*的人是一幅同样卑贱景象。　　760
有什么理由*获胜*，当如此弊病猖獗？
有什么理由*沮丧*，当一种神力主持——
他曾召唤我们存在，以便得到赐福？
如自觉般悲伤，哀伤便会升为欢乐；
如自觉般欢愉，欢乐便会落至悲伤。
最真实的是，聪慧的人永不会悲伤；
但圆润洪亮、沸腾不已的欢笑也并
不会泄露一条浅薄微弱的幸福溪流：
太过幸福而不够欢闹，他是宁静的。

　　但你若开颜（尽管以你自己为代价），770
我将冒昧地给予你这条奇怪的忠告——

387

（39）

"退隐并读你的*圣经*，为了变欢快。"
*那里*有给和平至尊援助的大量真理；
啊！莫因得到神启而不够珍视它们，
像你和你同伴易于引以为傲的那般。
即便*未得神启*，那丰富书页仍存在，
是*时间*的宝藏！和属于智者的奇观！
也许你会认为，唯你的灵魂有风险；
哎呀！——若人们错将你当作傻瓜；——
何种能欣赏天资、智慧、真理的人，　　　780
虽爱惜你的名声，竟可以进行干预？
相信我，理智*在这里*扮演双重角色，
而那真正的*批评者*也是一位*基督徒*。

　　但你认为这些是通往欢乐的阴郁路；——
阳光下的真正欢乐不曾被最先发现；
它们首先冒犯极力讨人喜欢的自身；①
而旅途只会给我们带来酣畅的憩息。
天堂售卖所有享乐；努力是其代价；
征服的种种欢乐，是人的种种欢乐；
而*荣耀*则铺开胜利的*月桂叶*，覆盖　　　790
属于享乐的纯洁、永恒、平静溪流。

---

① 它们先是冒犯我们，随后讨我们欢心。

388

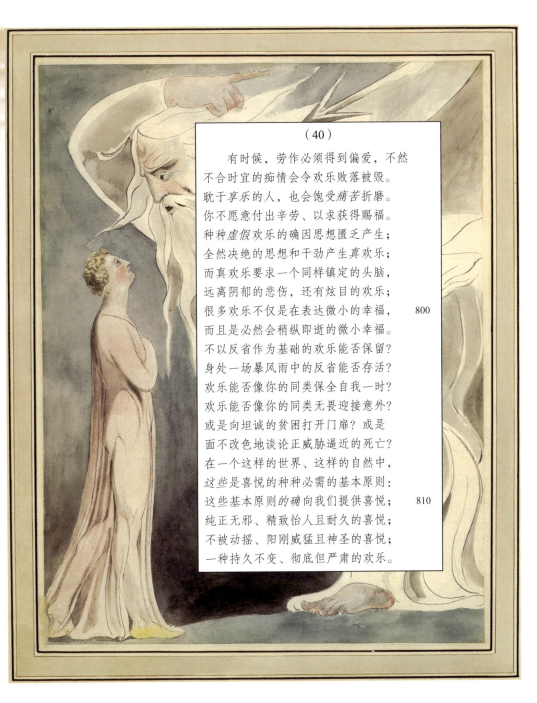

（40）

　　有时候，劳作必须得到偏爱，不然
不合时宜的痴情会令欢乐败落被毁。
耽于享乐的人，也会饱受痛苦折磨。
你不愿意付出辛劳、以求获得赐福。
种种*虚假*欢乐的确因思想匮乏产生；
全然决绝的思想和干劲产生真欢乐；
而真欢乐要求一个同样镇定的头脑，
远离阴郁的悲伤，还有炫目的欢乐；
很多欢乐不仅是在表达微小的幸福，　　　　800
而且是必然会稍纵即逝的微小幸福。
不以反省作为基础的欢乐能否保留？
身处一场暴风雨中的反省能否存活？
欢乐能否像你的同类保全自我一时？
欢乐能否像你的同类无畏迎接意外？
或是向坦诚的贫困打开门扉？或是
面不改色地谈论正威胁逼近的死亡？
在一个这样的世界、这样的自然中，
这些是喜悦的种种必需的基本原则：
*这些基本原则的确*向我们提供喜悦；　　　　810
纯正无邪、精致怡人且耐久的喜悦；
不被动摇、阳刚威猛且神圣的喜悦；
一种持久不变、彻底但严肃的欢乐。

（41）

　　欢乐是严苛性质的女儿吗？它是的：——
但我的教义却远远算不上艰难严苛。
"永远欣喜！"它与人类十分相配；
提升他，并且使他更接近诸位神灵。
"永远欣喜！"*自然*喊道，"欣喜！"；
并向人敬酒，用她的那杯琼浆玉液，
由取悦每种感官的诸多佳酿调制成；　　　　820
向这场慷慨盛宴的伟大创建者敬酒，
她饮下荣耀、感恩心、永恒的赞美；
而不愿对她宣誓的人，是粗鲁贱民。
坚定地支持*罪恶*，彻底地品尝善意，
便是获得快乐幸福的全部知识技巧。
但略去宣誓：*她*的那碗酒并非人类
所能夸耀的最佳。"一份理性佳肴；
努力，警惕状态，一个武装的头脑，
一种思想上的军事制度、为了能在
可疑的战场中挫败诱惑；还有为了　　　　830
*正义*永远清醒着的热情。"是这些，
首先给予、然后守卫一颗欢乐的心，
认为*正义之事*绝非小事；十分清楚
理性命令、即**上帝**命令；*神*的施令
多么夸大吹捧我们做的最微小之事？

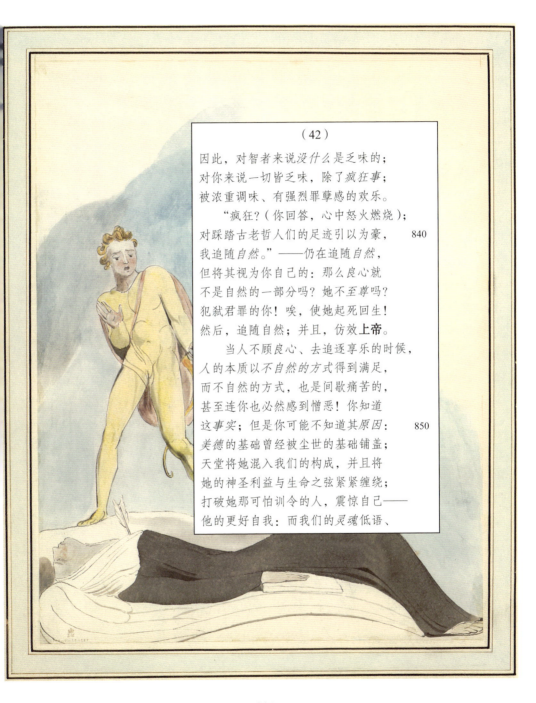

（42）

因此，对智者来说没什么是乏味的；
对你来说一切皆乏味，除了*疯狂事*；
被浓重调味、有强烈罪孽感的欢乐。

　　"疯狂？（你回答，心中怒火燃烧）；
对踩踏古老哲人们的足迹引以为豪，　　　840
我追随*自然*。"——仍在追随*自然*，
但将其视为你自己的：那么良心就
不是自然的一部分吗？她不至尊吗？
犯弑君罪的你！唉，使她起死回生！
然后，追随自然；并且，仿效**上帝**。

　　当人不顾良心、去追逐享乐的时候，
人的本质以*不自然*的方式得到满足，
而*不自然*的方式，也是间歇痛苦的，
甚至连你也必然感到憎恶！你知道
这事实；但是你可能不知道其原因：　　　850
美德的基础曾经被尘世的基础铺盖；
天堂将她混入我们的构成，并且将
她的神圣利益与生命之弦紧紧缠绕；
打破她那可怕训令的人，震惊自己——
他的更好自我：而我们的灵魂低语、

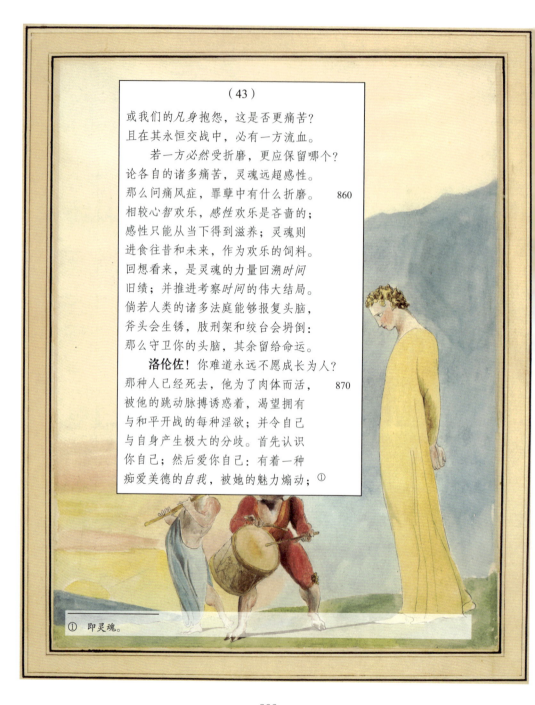

（43）

或我们的*凡身*抱怨，这是否更痛苦？
且在其永恒交战中，必有一方流血。

　　若一方必然受折磨，更应保留哪个？
论各自的诸多痛苦，灵魂远超感性。
那么问痛风症，罪孽中有什么折磨。　　860
相较心智欢乐，感性欢乐是吝啬的；
感性只能从当下得到滋养；灵魂则
进食往昔和未来，作为欢乐的饲料。
回想看来，是灵魂的力量回溯*时间*
旧绩；并推进考察*时间*的伟大结局。
倘若人类的诸多法庭能够报复头脑，
斧头会生锈，肢刑架和绞台会坍倒：
那么守卫你的头脑，其余留给命运。

　　洛伦佐! 你难道永远不愿成长为人？
那种人已经死去，他为了肉体而活，　　870
被他的跳动脉搏诱惑着，渴望拥有
与和平开战的每种淫欲；并令自己
与自身产生极大的分歧。首先认识
你自己；然后爱你自己：有着一种
痴爱美德的*自我*，被她的魅力煽动；①

---
① 即灵魂。

392

（44）

有一种*自我*，同样痴爱着每种邪恶，①
且在此期间，被每种美德直击要害；
谦卑贬黜它，正义抢劫它，神圣的
恩赐使它受穷，美丽的真理背叛它，
而如同神灵般的宽宏大量则摧毁它。　　　880
当这一自我与前者为敌时，蔑视它；
当二者并非对手时，和善地对待它，
保卫它，喂养它；但当美德下令时，
或将它抛向禽鸟、或将它抛向火焰。
为何呢？对享乐的热爱命令你流血；
遵从，不然承认自爱已灭绝或盲目。

　　因为什么是*邪恶*？犯下错误的自爱；
一位可怜的盲目商人买太贵的欢乐。
而*美德*又是什么？神智清醒的自爱，
在交易喜悦的市场上颇为游刃有余　　　890
自爱的明智之处即热爱那可畏力量，
这爱源自她本人及她能享受的一切。
另一自爱不过是被伪装的自我仇恨，
相较敌人们对我们的怨恨更为致命。
如今它鲜被察觉；*彼时感到极疼痛*——

————————
① 即肉体凡身。

393

（45）

当时，存在被诅咒，大声恳求灭绝，
每种事物都比我们本身更得到偏爱。①

　　然而这一自爱是**洛伦佐**自己的选择；
他在这一选择中获胜，并夸耀欢乐：
他正缺乏幸福的状况，是如何因为　　　　900
他对当下时刻的不满情绪而被泄露？
想象力离开故土、漫游远方。它令
未来满意：为什么？它令当下痛苦。——
"但那是个秘密。"是，众人皆知；
且是从你这里得知，被无意地发现。
你那不间断的焦虑，驱使你焦躁地
在欺骗中来回翻滚，无法忍受停歇。
它是什么？——它正是灵魂的摇篮，
由*本能*送来，为了在疾病中摇晃她，
连她的医师——*理性*——也治不好；　　910
可怜的权宜之计！然而是你最好的；
它减轻你的痛苦，但也*控制*这痛苦。

　　这便是属于**洛伦佐**的种种悲惨药剂！
弱者有种种药剂；智者有种种欢乐。
优越超群的智慧是优越超群的极乐；

----

① 我们会感受到这一自我仇恨带来的全部疼痛，当我们诅咒自己的存在，当我们大声乞求消
灭自己，还有当我们希望成为了我们自身以外的任何事物时。

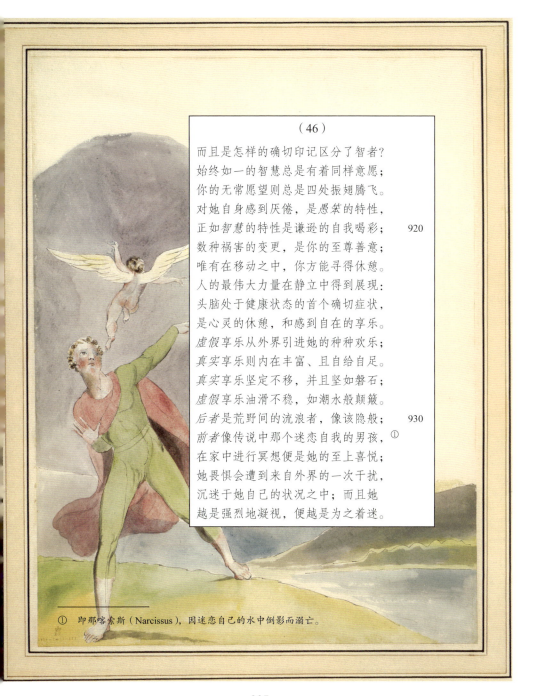

（46）

而且是怎样的确切印记区分了智者？
始终如一的智慧总是有着同样意愿；
你的无常愿望则总是四处振翅腾飞。
对她自身感到厌倦，是愚笨的特性，
正如智慧的特性是谦逊的自我喝彩；　　920
数种祸害的变更，是你的至尊善意；
唯有在移动之中，你方能寻得休憩。
人的最伟大力量在静立中得到展现：
头脑处于健康状态的首个确切症状，
是心灵的休憩，和感到自在的享乐。
虚假享乐从外界引进她的种种欢乐；
真实享乐则内在丰富、且自给自足。
真实享乐坚定不移，并且坚如磐石；
虚假享乐油滑不稳，如潮水般颠簸。
后者是荒野间的流浪者，像该隐般；　　930
前者像传说中那个迷恋自我的男孩， ①
在家中进行冥想便是她的至上喜悦；
她畏惧会遭到来自外界的一次干扰，
沉迷于她自己的状况之中；而且她
越是强烈地凝视，便越是为之着迷。

①　即那喀索斯（Narcissus），因迷恋自己的水中倒影而溺亡。

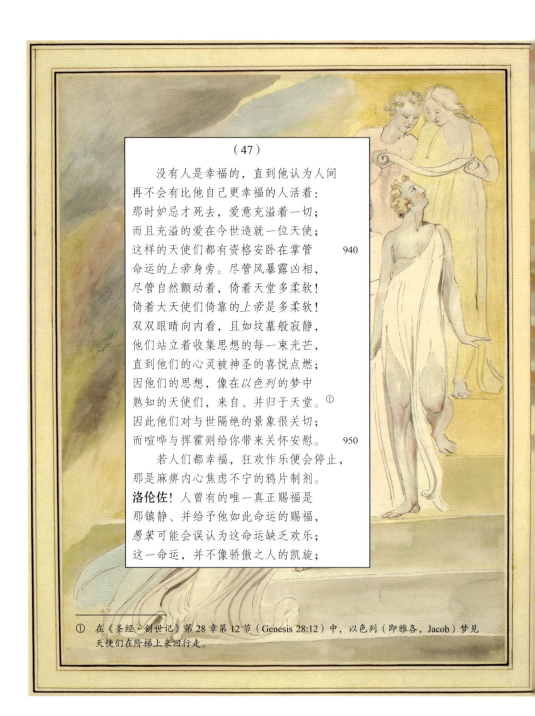

（47）

　　没有人是幸福的，直到他认为人间
再不会有比他自己更幸福的人活着：
那时妒忌才死去，爱意充溢着一切；
而且充溢的爱在今世造就一位天使；
这样的天使们都有资格安卧在掌管　　　　　940
命运的上帝身旁。尽管风暴露凶相，
尽管自然颤动着，倚着天堂多柔软！
倚着大天使们倚靠的上帝是多柔软！
双双眼睛向内看，且如坟墓般寂静，
他们站立着收集思想的每一束光芒，
直到他们的心灵被神圣的喜悦点燃；
因他们的思想，像在以色列的梦中
熟知的天使们，来自、并归于天堂。①
因此他们对与世隔绝的景象很关切；
而喧哗与挥霍则给你带来关怀安慰。　　950

　　若人们都幸福，狂欢作乐便会停止，
那是麻痹内心焦虑不宁的鸦片制剂。

洛伦佐！人曾有的唯一真正赐福是
那镇静、并给予他如此命运的赐福，
愚笨可能会误认为这命运缺乏欢乐；
这一命运，并不像骄傲之人的凯旋；

---

① 在《圣经·创世记》第28章第12节（Genesis 28:12）中，以色列（即雅各，Jacob）梦见
天使们在阶梯上来回行走。

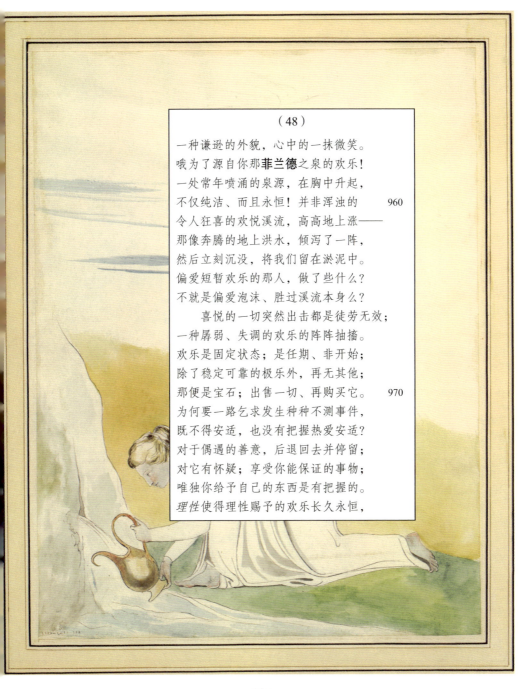

（48）

一种谦逊的外貌，心中的一抹微笑。
哦为了源自你那**菲兰德**之泉的欢乐！
一处常年喷涌的泉源，在胸中升起，
不仅纯洁、而且永恒！并非浑浊的　　960
令人狂喜的欢悦溪流，高高地上涨——
那像奔腾的地上洪水，倾泻了一阵，
然后立刻沉没，将我们留在淤泥中。
偏爱短暂欢乐的那人，做了些什么？
不就是偏爱泡沫、胜过溪流本身么？

　　喜悦的一切突然出击都是徒劳无效；
一种孱弱、失调的欢乐的阵阵抽搐。
欢乐是固定状态；是任期、非开始；
除了稳定可靠的极乐外，再无其他；
那便是宝石；出售一切、再购买它。　　970
为何要一路乞求发生种种不测事件，
既不得安适，也没有把握热爱安适？
对于偶遇的善意，后退回去并停留；
对它有怀疑；享受你能保证的事物；
唯独你给予自己的东西是有把握的。
理性使得理性赐予的欢乐长久永恒，

（49）

使它成为和她自己一样的永生存在：
于凡人而言，唯有他们的价值永生。

　　价值、自觉的价值！应是绝对主宰；
其他欢乐则应为觐见它而请求许可；　　　　980
而且也绝不能未经检查便获得许可。
你全然是无政府状态；由种种欢乐
构成的暴民发动战争，死于内讧中；
没有哪怕一丝关于内部和平的承诺！
既无内心的安慰、也无本有的极乐！
你的想法浪荡不定；全都向外进发，
为了寻得享乐而游弋在沙石风暴中；
宁可必须高价购得、也好于错过它；
为此付出很多痛苦，必由痛苦补偿。①
从一处污染的滨岸，幻想以及感性　　　990
带来你的货物，和作为奖赏的瘟疫。
因你有这般渴望（无法满足的渴望！
反倒被痴情纵容激起更强烈的欲望！）
幻想仍在游弋，可怜的感性已疲劳。

　　想象力是帕福斯人的商店，在那里②
虚弱的幸福像**伍尔坎**一样，瘸着腿，③

---

① 人们为了寻得享乐而付出很多痛苦，最终得到的只是欲望带来的痛苦。
② "帕福斯"（Paphos）：祭祀美神阿芙洛狄忒（Aphrodite）的塞浦路斯西南部古城。伍尔坎（Vulcan），罗马神话中跛足的火与锻冶之神，相当于希腊神话中的赫菲斯托斯（Hephaestus）。
③ 虚弱的幸福指欲望，即欲望是幸福的幽灵／弱影。

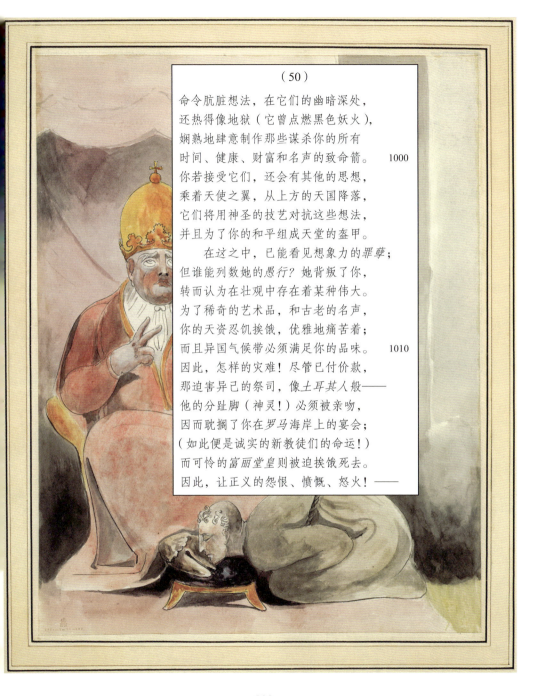

（50）

命令肮脏想法，在它们的幽暗深处，
还热得像地狱（它曾点燃黑色妖火），
娴熟地肆意制作那些谋杀你的所有
时间、健康、财富和名声的致命箭。　　1000
你若接受它们，还会有其他的思想，
乘着天使之翼，从上方的天国降落，
它们将用神圣的技艺对抗这些想法，
并且为了你的和平组成天堂的盔甲。

　　在这之中，已能看见想象力的*罪孽*；
但谁能列数她的*愚行*？她背叛了你，
转而认为在壮观中存在着某种伟大。
为了稀奇的艺术品，和古老的名声，
你的天资忍饥挨饿，优雅地痛苦着；
而且异国气候带必须满足你的品味。　　1010
因此，怎样的灾难！尽管已付价款，
那迫害异己的祭司，像*土耳其人*般——
他的分趾脚（神灵！）必须被亲吻，
因而耽搁了你在*罗马海岸*上的宴会；
（如此便是诚实的新教徒们的命运！）
而可怜的富丽堂皇则被迫挨饿死去。
因此，让正义的怨恨、愤慨、怒火！——

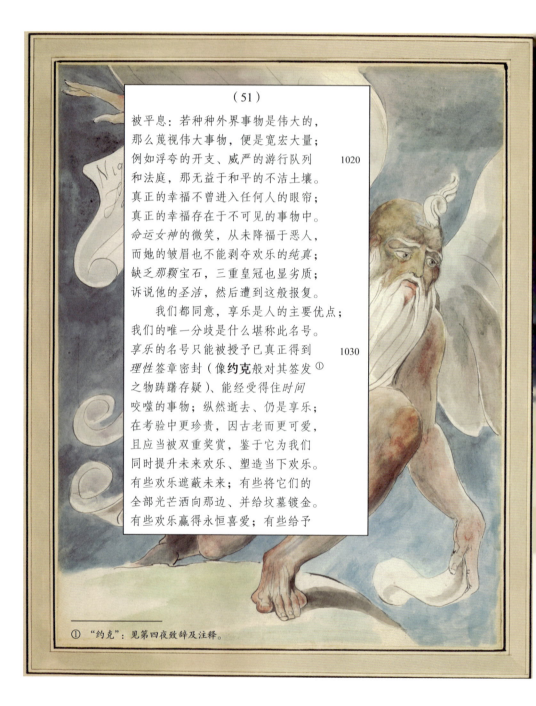

（51）

被平息：若种种外界事物是伟大的，
那么蔑视伟大事物，便是宽宏大量；
例如浮夸的开支、威严的游行队列　　　　　1020
和法庭，那无益于和平的不洁土壤。
真正的幸福不曾进入任何人的眼帘；
真正的幸福存在于不可见的事物中。
命运女神的微笑，从未降福于恶人，
而她的皱眉也不能剥夺欢乐的纯真；
缺乏那颗宝石，三重皇冠也显劣质；
诉说他的圣洁，然后遭到这般报复。

　　我们都同意，享乐是人的主要优点；
我们的唯一分歧是什么堪称此名号。
享乐的名号只能被授予已真正得到　　　　　1030
*理性*签章密封（像**约克**般对其签发 ①
之物踌躇存疑）、能经受得住*时间*
咬噬的事物；纵然逝去、仍是享乐；
在考验中更珍贵，因古老而更可爱，
且应当被双重奖赏，鉴于它为我们
同时提升未来欢乐、塑造当下欢乐。
有些欢乐遮蔽未来；有些将它们的
全部光芒洒向那边、并给坟墓镀金。
有些欢乐赢得永恒喜爱；有些给予

① "约克"：见第四夜致辞及注释。

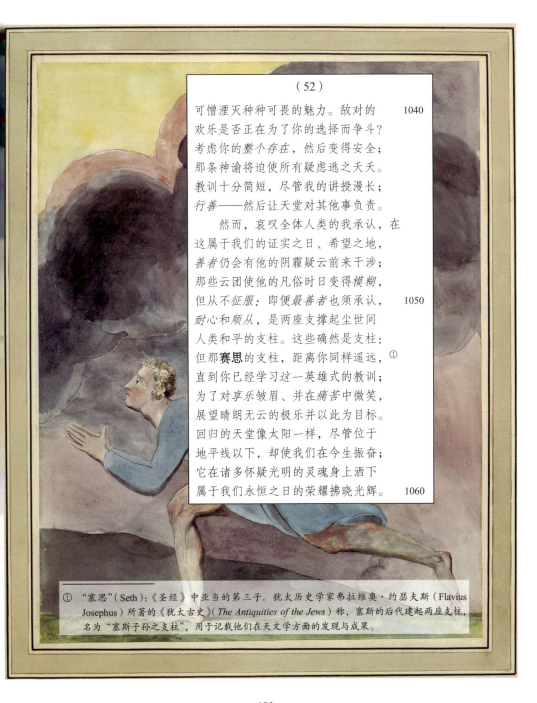

（52）

可憎湮灭种种可畏的魅力。敌对的　　　　　　1040
欢乐是否正在为了你的选择而争斗？
考虑你的整个*存在*，然后变得安全；
那条神谕将迫使所有疑虑逃之夭夭。
教训十分简短，尽管我的讲授漫长；
行善——然后让天堂对其他事负责。

　　　然而，哀叹全体人类的我承认，在
这属于我们的证实之日、希望之地，
*善者*仍会有他的阴霾疑云前来干涉；
那些云团使他的凡俗时日变得*模糊*，
但从不*征服*：即便最善者也须承认，　　　　1050
耐心和顺从，是两座支撑起尘世间
人类和平的支柱。这些确然是支柱：
但那**赛思**的支柱，距离你同样遥远，①
直到你已经学习这一英雄式的教训；
为了对享乐皱眉、并在痛苦中微笑，
展望晴朗无云的极乐并以此为目标。
回归的天堂像太阳一样，尽管位于
地平线以下，却使我们在今生振奋；
它在诸多怀疑光明的灵魂身上洒下
属于我们永恒之日的荣耀拂晓光辉。　　　　1060

---

① "塞思"（Seth）：《圣经》中亚当的第三子。犹太历史学家弗拉维奥·约瑟夫斯（Flavius Josephus）所著的《犹太古史》（*The Antiquities of the Jews*）称，塞斯的后代建起两座支柱，名为"塞斯子孙之支柱"，用于记载他们在天文学方面的发现与成果。

夜　思

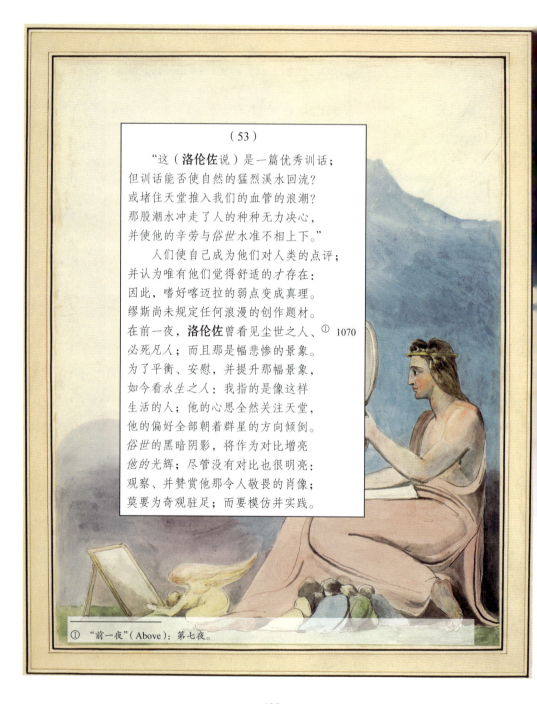

（53）

　　"这（**洛伦佐**说）是一篇优秀训话；
但训话能否使自然的猛烈溪水回流？
或堵住天堂推入我们的血管的浪潮？
那股潮水冲走了人的种种无力决心，
并使他的辛劳与*俗世*水准不相上下。"

　　人们使自己成为他们对人类的点评；
并认为唯有他们觉得舒适的才存在：
因此，嗜好喀迈拉的弱点变成真理。
缪斯尚未规定任何浪漫的创作题材。
在前一夜，**洛伦佐**曾看见尘世之人、① 1070
必死凡人；而且那是幅悲惨的景象。
为了平衡、安慰，并提升那幅景象，
如今看永生之人：我指的是像这样
生活的人；他的心思全然关注天堂，
他的偏好全部朝着群星的方向倾倒。
*俗世*的黑暗阴影，将作为对比增亮
*他的*光辉；尽管没有对比也很明亮：
观察、并赞赏他那令人敬畏的肖像；
莫要为奇观驻足；而要模仿并实践。

① "前一夜"（Above）：第七夜。

402

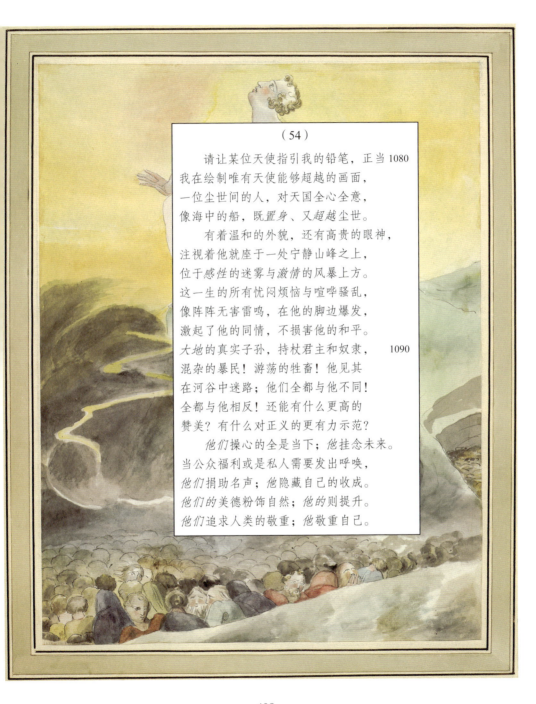

（54）

　　　请让某位天使指引我的铅笔，正当 1080
我在绘制唯有天使能够超越的画面，
一位尘世间的人，对天国全心全意，
像海中的船，既置身、又超越尘世。

　　　有着温和的外貌，还有高贵的眼神，
注视着他就座于一处宁静山峰之上，
位于感性的迷雾与激情的风暴上方。
这一生的所有忧闷烦恼与喧哗骚乱，
像阵阵无害雷鸣，在他的脚边爆发，
激起了他的同情，不损害他的和平。
大地的真实子孙，持杖君主和奴隶，　　1090
混杂的暴民！游荡的牲畜！他见其
在河谷中迷路；他们全都与他不同！
全都与他相反！还能有什么更高的
赞美？有什么对正义的更有力示范？

　　　他们操心的全是当下；他挂念未来。
当公众福利或是私人需要发出呼唤，
他们捐助名声；他隐藏自己的收成。
他们的美德粉饰自然；他的则提升。
他们追求人类的敬重；他敬重自己。

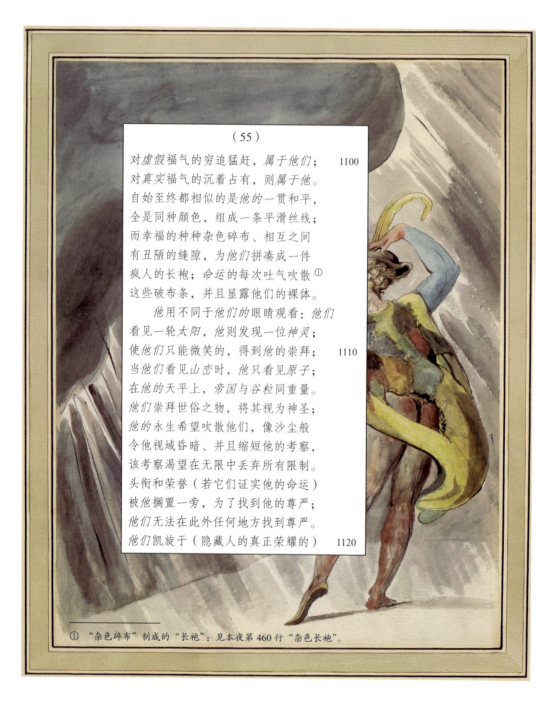

（55）

对虚假福气的穷追猛赶，属于他们；　　　　1100
对真实福气的沉着占有，则属于他。
自始至终都相似的是他的一贯和平，
全是同种颜色，组成一条平滑丝线；
而幸福的种种杂色碎布、相互之间
有丑陋的缝隙，为他们拼凑成一件
疯人的长袍；命运的每次吐气吹散①
这些破布条，并且显露他们的裸体。

　　他用不同于他们的眼睛观看：他们
看见一轮太阳，他则发现一位神灵；
使他们只能微笑的，得到他的崇拜；　　　　1110
当他们看见山峦时，他只看见原子；
在他的天平上，帝国与谷粒同重量。
他们崇拜世俗之物，将其视为神圣；
他的永生希望吹散他们，像沙尘般
令他视域昏暗、并且缩短他的考察，
该考察渴望在无限中丢弃所有限制。
头衔和荣誉（若它们证实他的命运）
被他搁置一旁，为了找到他的尊严；
他们无法在此外任何地方找到尊严。
他们凯旋于（隐藏人的真正荣耀的）　　　　1120

_____
① "杂色碎布"制成的"长袍"：见本夜第460行"杂色长袍"。

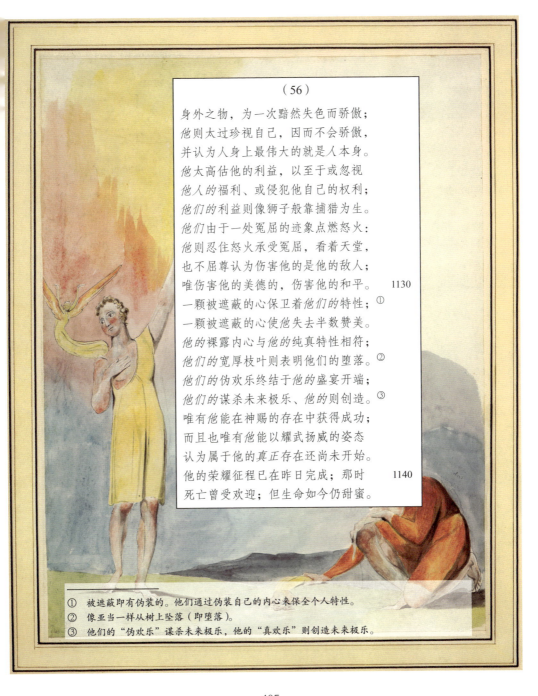

（56）

身外之物，为一次黯然失色而骄傲；
他则太过珍视自己，因而不会骄傲，
并认为人身上最伟大的就是人本身。
他太高估他的利益，以至于或忽视
他人的福利、或侵犯他自己的权利；
他们的利益则像狮子般靠捕猎为生。
他们由于一处冤屈的迹象点燃怒火：
他则忍住怒火承受冤屈，看着天堂，
也不屈尊认为伤害他的是他的敌人；
唯伤害他的美德的，伤害他的和平。　　　1130
一颗被遮蔽的心保卫着*他们*的特性；①
一颗被遮蔽的心使*他*失去半数赞美。
他的裸露内心与他的纯真特性相符；
*他们的宽厚枝叶则表明他们的堕落。*②
他们的伪欢乐终结于他的盛宴开端；
*他们的谋杀未来极乐、他的则创造。*③
唯有他能在神赐的存在中获得成功；
而且也唯有他能以耀武扬威的姿态
认为属于他的真正存在还尚未开始。
他的荣耀征程已在昨日完成；那时　　　1140
死亡曾受欢迎；但生命如今仍甜蜜。

---

① 被遮蔽即有伪装的。他们通过伪装自己的内心来保全个人特性。
② 像亚当一样从树上坠落（即堕落）。
③ 他们的"伪欢乐"谋杀未来极乐，他的"真欢乐"则创造未来极乐。

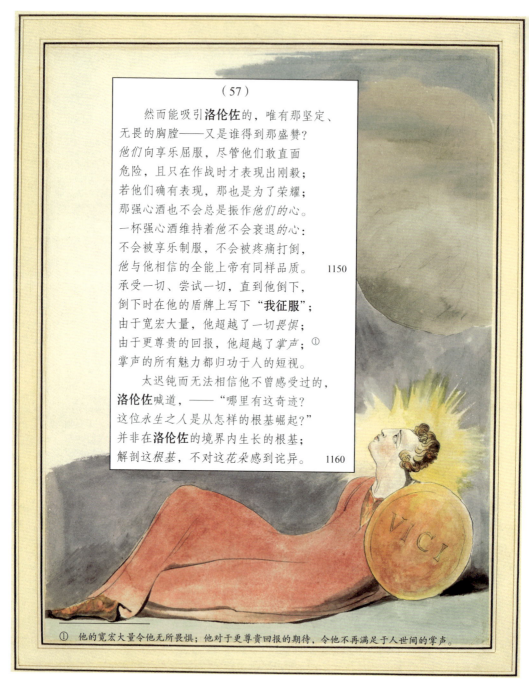

（57）

　　然而能吸引**洛伦佐**的，唯有那坚定、
无畏的胸膛——又是谁得到那盛赞？
*他们*向享乐屈服，尽管他们敢直面
危险，且只在作战时才表现出刚毅；
若他们确有表现，那也是为了荣耀；
那强心酒也不会总是振作*他们的*心。
一杯强心酒维持着*他*不会衰退的心：
不会被享乐制服，不会被疼痛打倒，
*他与他*相信的全能上帝有同样品质。　　　　1150
承受一切、尝试一切，直到他倒下，
倒下时在他的盾牌上写下**"我征服"**；
由于宽宏大量，他超越了一切*畏惧*；
由于更尊贵的回报，他超越了掌声；①
掌声的所有魅力都归功于人的短视。

　　太迟钝而无法相信他不曾感受过的，
洛伦佐喊道，——"哪里有这奇迹？
这位永生之人是从怎样的根基崛起？"
并非在**洛伦佐**的境界内生长的根基；
解剖这*根基*，不对这花朵感到诧异。　　　　1160

---

①　他的宽宏大量令他无所畏惧；他对于更尊贵回报的期待，令他不再满足于人世间的掌声。

（58）

　　他追随自然（不像你）并且向我们 ①
显示一套未被倒置的个人组织系统。
他的欲望胃口戴着理性的金链枷锁，
并且在适当的克制中发现它的奢侈；
他的激情，像一只被妥善感化的鹰，
受到教育，只能飞向无穷无限之物；
他的希望有耐心，他的烦恼不焦虑，
他的谨慎很无畏，而他的悲伤（若
诸神命令悲伤）则对绝望一无所知。
为什么呢？——因为再强烈的感情　　　1170
也不能使他的智慧从天堂松开脱离。
那些在人世间面带笑容的次要商品，
他依据其价值按比例施予平和的爱；
最享受尘世的人、也最不赞赏尘世。
他的理解力逃脱了充满烟气的寻常
云雾，从一个正沸腾的胸膛中升起；
他的头脑清晰，因为他的心灵冷静，
不因为种种世俗的比赛竞争而激动。
他的灵魂进行着适度的动作，接受
不寻常的想法，和已经成熟的辩论，　1180
公正的鉴赏力，和不偏不倚的衡量；

---
① 见本夜第 841 行。

407

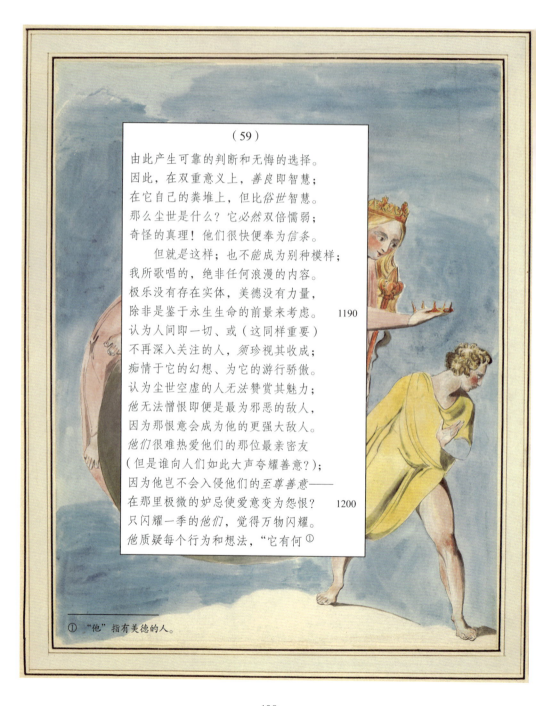

（59）

由此产生可靠的判断和无悔的选择。
因此，在双重意义上，*善良即智慧*；
在它自己的粪堆上，但比*俗世*智慧。
那么尘世是什么？它必然双倍懦弱；
奇怪的真理！他们很快便奉为信条。

　　但就是这样；也不能成为别种模样；
我所歌唱的，绝非任何浪漫的内容。
极乐没有存在实体，美德没有力量，
除非是鉴于永生生命的前景来考虑。　　　　1190
认为人间即一切、或（这同样重要）
不再深入关注的人，须珍视其收成；
痴情于它的幻想、为它的游行骄傲。
认为尘世空虚的人无法赞赏其魅力；
他无法憎恨即便是最为邪恶的敌人，
因为那恨意会成为他的更强大敌人。
*他们*很难热爱他们的那位最亲密友
（但是谁向人们如此大声夸耀善意？）；
因为他岂不会入侵他们的至尊善意——
在那里极微的妒忌使爱意变为怨恨？　　　1200
只闪耀一季的*他们*，觉得万物闪耀。
*他*质疑每个行为和想法，"它有何 ①

---
① "他"指有美德的人。

408

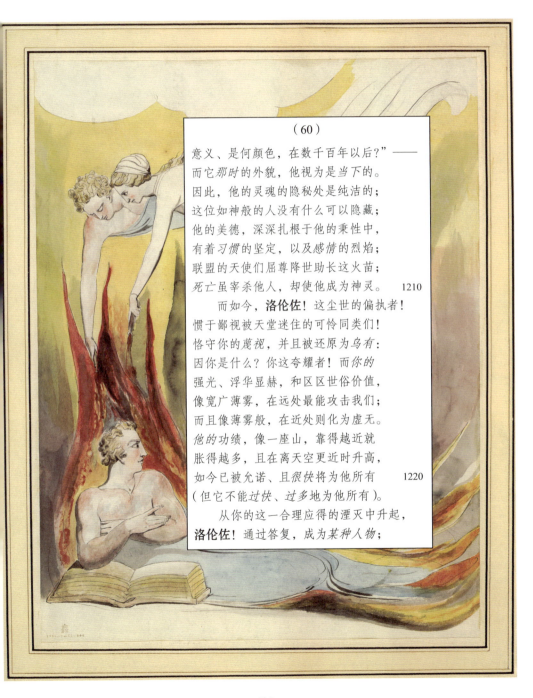

（60）

意义、是何颜色，在数千百年以后？"——
而它*那时*的外貌，他视为是当下的。
因此，他的灵魂的隐秘处是纯洁的；
这位如神般的人没有什么可以隐藏；
他的美德，深深扎根于他的秉性中，
有着习惯的坚定，以及感情的烈焰；
联盟的天使们屈尊降世助长这火苗；
死亡虽宰杀他人，却使他成为神灵。　　1210

而如今，**洛伦佐**！这尘世的偏执者！
惯于鄙视被天堂迷住的可怜同类们！
恪守你的蔑视，并且被还原为乌有：
因你是什么？你这夸耀者！而你的
强光、浮华显赫，和区区世俗价值，
像宽广薄雾，在远处最能攻击我们；
而且像薄雾般，在近处则化为虚无。
*他*的功绩，像一座山，靠得越近就
胀得越多，且在离天空更近时升高，
如今已被允诺、且*很快*将为他所有　　1220
（但它不能过快、过多地为他所有）。

从你的这一合理应得的湮灭中升起，
洛伦佐！通过答复，成为某种人物；

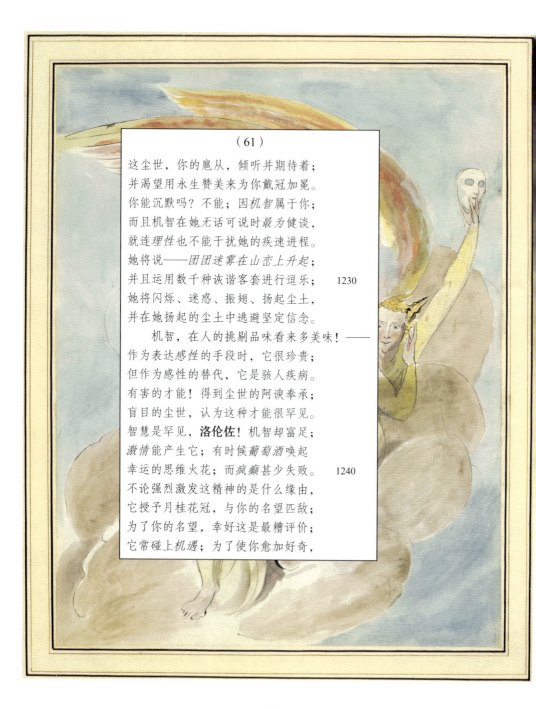

（61）

这尘世，你的扈从，倾听并期待着；
并渴望用永生赞美来为你戴冠加冕。
你能沉默吗？不能；因*机智*属于你；
而且机智在她无话可说时*最为健谈*，
就连*理性*也不能干扰她的疾速进程。
她将说——*团团迷雾在山峦上升起*；
并且运用数千种诙谐客套进行逗乐；　　　1230
她将闪烁、迷惑、振翅、扬起尘土，
并在她扬起的尘土中逃避坚定信念。

　　机智，在人的挑剔品味看来多美味！——
作为表达感性的手段时，它很珍贵；
但作为感性的替代，它是骇人疾病。
有害的才能！得到尘世的阿谀奉承；
盲目的尘世，认为这种才能很罕见。
智慧是罕见，**洛伦佐**！机智却富足；
*激情*能产生它；有时候*葡萄酒*唤起
幸运的思维火花；而*疯癫*甚少失败。　　　1240
不论强烈激发这精神的是什么缘由，
它授予月桂花冠，与你的名望匹敌；
为了你的名望，幸好这是最糟评价；
它常碰上*机遇*；为了使你愈加好奇，

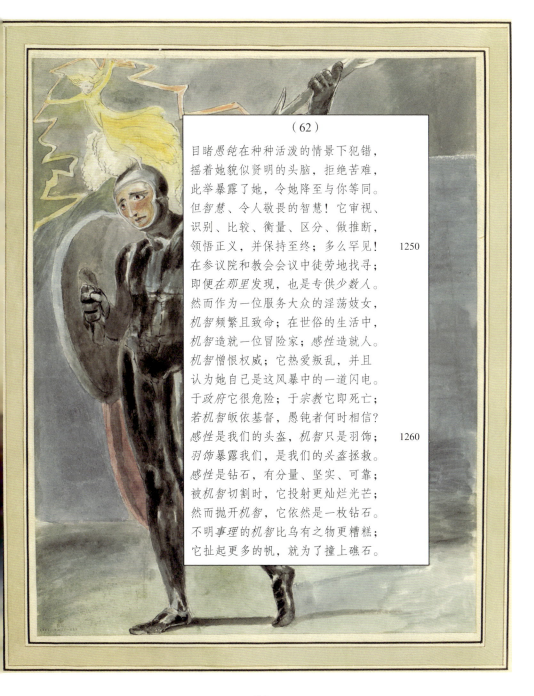

（62）

目睹愚钝在种种活泼的情景下犯错，
摇着她貌似贤明的头脑，拒绝苦难，
此举暴露了她，令她降至与你等同。
但智慧、令人敬畏的智慧！它审视、
识别、比较、衡量、区分、做推断，
领悟正义，并保持至终；多么罕见！　　1250
在参议院和教会会议中徒劳地找寻；
即便在那里发现，也是专供少数人。
然而作为一位服务大众的淫荡妓女，
机智频繁且致命；在世俗的生活中，
机智造就一位冒险家；感性造就人。
机智憎恨权威；它热爱叛乱，并且
认为她自己是这风暴中的一道闪电。
于政府它很危险；于宗教它即死亡；
若机智皈依基督，愚钝者何时相信？
感性是我们的头盔，机智只是羽饰　　1260
羽饰暴露我们，是我们的头盔拯救。
感性是钻石，有分量、坚实、可靠；
被机智切割时，它投射更灿烂光芒；
然而抛开机智，它依然是一枚钻石。
不明事理的机智比乌有之物更糟糕；
它扯起更多的帆，就为了撞上礁石。

夜　思

（63）

因此，半个**切斯特菲尔德**就是傻瓜；①
蔑视愚钝的傻瓜，颂扬他们的无智。

　　我警告你回避的礁石多么有毁灭性，
那里坐着**塞壬**们，用歌声送你赴死！　　　1270
一种欢乐，若没有我们的*理性*参与，
不过是一种哀愁，在蠢人前逗笑着。
莫让这*俗世*的种种柔情低语诱惑你；
她的众多恋人中，有谁认为她忠贞？
幸福！ 对这邪恶世道知之甚少的人；——
然而，我们必须熟知她，以求*自保*。
知晓俗世、却不爱她，是你的观点；
她能给予的极少，那极少也不漫长。
存在着，我承认，一种脉搏的胜利；
情绪的一支舞蹈，只是欢乐的浮渣　　　1280
我们的无思想焦虑生出的闲散孩子，
在高处展翅伸腿、闪烁、然后消亡，②
听任灵魂变得比以前更为枯燥乏味；
一场肉欲的欢呼！像那种与我们的
*理性*没有交流、但通过富有弹性的
管道、靠优质过滤的体液生存的人；
一架出色的机器！很少被调整得当；

① 切斯特菲尔德伯爵"菲利普·斯坦诺普"（Philip Stanhope, 4th Earl of Chesterfield），英国外交家、作家，著有《致儿家书》（Letters to His Son）等。
② "mantle"指（鹰）展翅伸腿。

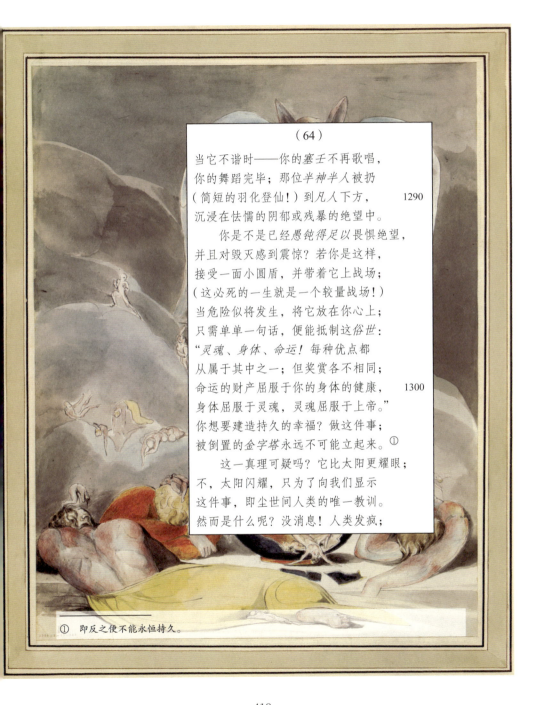

（64）

当它不谐时——你的*塞壬*不再歌唱，
你的舞蹈完毕；那位*半神半人*被扔
（简短的*羽化登仙*！）到凡人下方，　　　1290
沉浸在怯懦的阴郁或残暴的绝望中。

　　你是不是已经愚钝得足以畏惧绝望，
并且对毁灭感到震惊？若你是这样，
接受一面小圆盾，并带着它上战场；
（这必死的一生就是一个较量战场！）
当危险似将发生，将它放在你心上；
只需单单一句话，便能抵制这*俗世*：
"*灵魂、身体、命运*！每种优点都
从属于其中之一；但奖赏各不相同；
命运的财产屈服于你的身体的健康，　　　1300
身体屈服于灵魂，灵魂屈服于上帝。"
你想要建造持久的幸福？做这件事；
被倒置的金字塔永远不可能立起来。①

　　这一真理可疑吗？它比太阳更耀眼；
不，太阳闪耀，只为了向我们显示
这件事，即尘世间人类的唯一教训。
然而是什么呢？没消息！人类发疯；

_____
① 即反之便不能永恒持久。

413

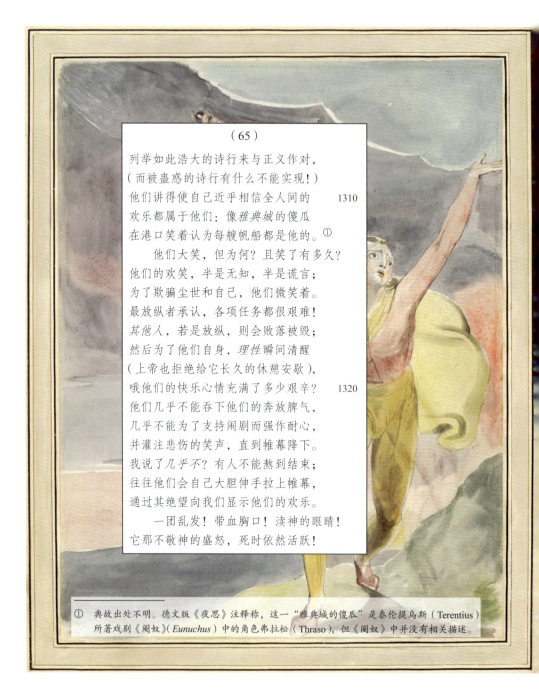

（65）

列举如此浩大的诗行来与正义作对，
（而被蛊惑的诗行有什么不能实现！）
他们讲得使自己近乎相信全人间的　　　　1310
欢乐都属于他们：像*雅典城的傻瓜*
在港口笑着认为每艘帆船都是他的。①

　　　他们大笑，但为何？且笑了有多久？
他们的欢笑，半是无知，半是谎言；
为了欺骗尘世和自己，他们微笑着。
最放纵者承认，各项任务都很艰难！
其他人，若是放纵，则会败落被毁；
然后为了他们自身，*理性瞬间清醒*
（上帝也拒绝给它长久的休憩安歇），
哦他们的快乐心情充满了多少艰辛？　　1320
他们几乎不能吞下他们的奔放脾气，
几乎不能为了支持闹剧而强作耐心，
并灌注悲伤的笑声，直到帷幕降下。
我说了*几乎不*？有人不能熬到结束；
往往他们会自己大胆伸手拉上帷幕，
通过其绝望向我们显示他们的欢乐。

　　　一团乱发！带血胸口！渎神的眼睛！
它那不敬神的盛怒，死时依然活跃！

---

① 典故出处不明。德文版《夜思》注释称，这一"雅典城的傻瓜"是泰伦提乌斯（Terentius）
所著戏剧《阉奴》（*Eunuchus*）中的角色弗拉松（Thraso），但《阉奴》中并没有相关描述。

（66）

封闭那骇人景象。——但天堂拒绝
给如此罪孽遮羞；而人也应当如此。　　　1330
看四周，**洛伦佐**！看那发臭的刀刃；
沾满毒液的药管，还有致命的弹丸；
勒死人的绳索，与使人窒息的溪流；
令人憎恶的腐尸，和肮脏的腐败物，
源自激烈猖獗的骚乱（更慢的自杀！）；
而为这些感到骄傲的人，更是恶劣！——
一切想来多骇人！但正是这些恐怖
为真理作担保；援助我的虚弱诗歌。

　　邪恶、感性、幻想，无人获其赐福。
极乐太过伟大，无法宿于一时之内；　　　1340
当一个永生的生命以极乐作为目标，
持续的时长便对于其名声至关重要。
哦为了源自理性的欢乐！这一源头
令人成为男子汉；而且被锻炼得当，
会令他更甚：一种慷慨的欢乐！它
赐予并承诺；用神圣的技艺，它将
最富饶的前景织入当下的和平之中：
一种有野心的欢乐！与种种超凡的
君王及其更伟大神灵所共有的欢乐！

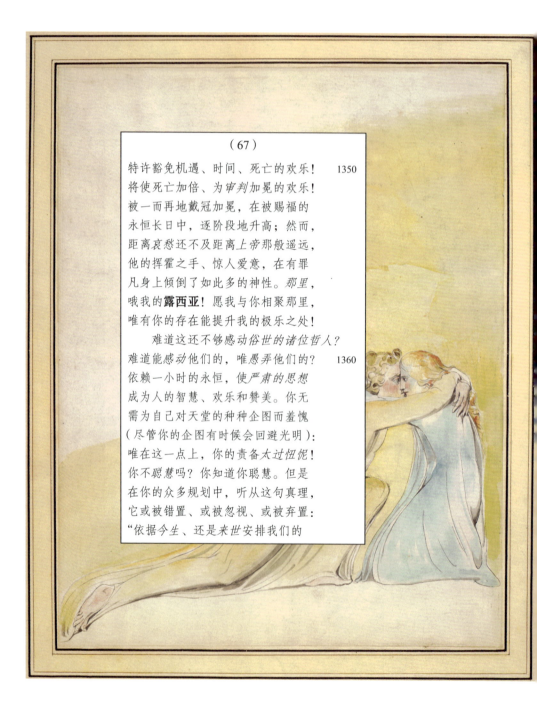

（67）

特许豁免机遇、时间、死亡的欢乐！　　　1350
将使死亡加倍、为*审判*加冕的欢乐！
被一而再地戴冠加冕，在被赐福的
永恒长日中，逐阶段地升高；然而，
距离哀愁还不及距离上帝那般遥远，
他的挥霍之手、惊人爱意，在有罪
凡身上倾倒了如此多的神性。那里，
哦我的**露西亚**！愿我与你相聚那里，
唯有你的存在能提升我的极乐之处！

　　难道这还不够感动俗世的诸位哲人？
难道能感动他们的，唯愚弄他们的？　　　1360
依赖一小时的永恒，使严肃的思想
成为人的智慧、欢乐和赞美。你无
需为自己对天堂的种种企图而羞愧
（尽管你的企图有时候会回避光明）：
唯在这一点上，你的责备太过*忸怩*！
你不聪慧吗？你知道你聪慧。但是
在你的众多规划中，听从这句真理，
它或被错置、或被忽视、或被弃置：
"依据今生、还是*来世*安排我们的

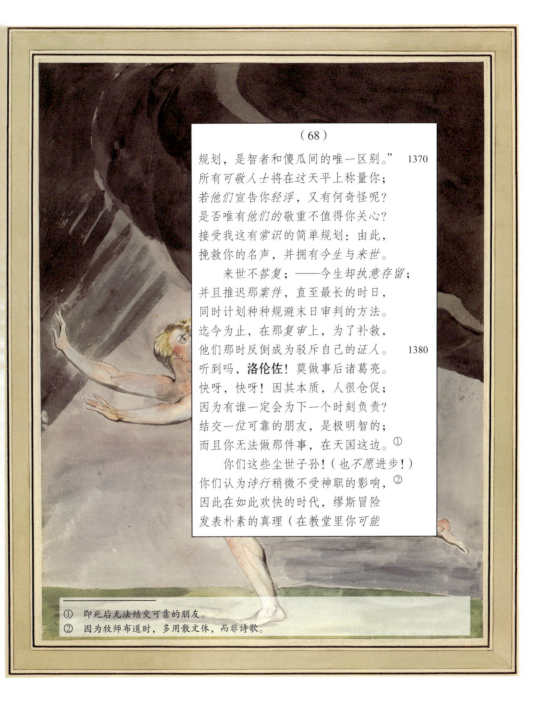

（68）

规划，是智者和傻瓜间的唯一区别。"　1370
所有可敬人士将在这天平上称量你；
若他们宣告你轻浮，又有何奇怪呢？
是否唯有*他们*的敬重不值得你关心？
接受我这有常识的简单规划：由此，
挽救你的名声，并拥有今生与来世。

　　　来世不答复；——今生却*执意存留*；
并且推迟那案件，直至最长的时日，
同时计划种种规避末日审判的方法。
迄今为止，在那复审上，为了补救，
他们那时反倒成为驳斥自己的证人。　1380
听到吗，**洛伦佐**！莫做事后诸葛亮。
快呀，快呀！因其本质，人很仓促；
因为有谁一定会为下一个时刻负责？
结交一位可靠的朋友，是极明智的；
而且你无法做那件事，在天国这边。①

　　　你们这些尘世子孙！（也不愿进步！）
你们认为诗行稍微不受神职的影响，②
因此在如此欢快的时代，缪斯冒险
发表朴素的真理（在教堂里你可能

_____
① 即死后无法结交可靠的朋友。
② 因为牧师布道时，多用散文体，而非诗歌。

夜　思

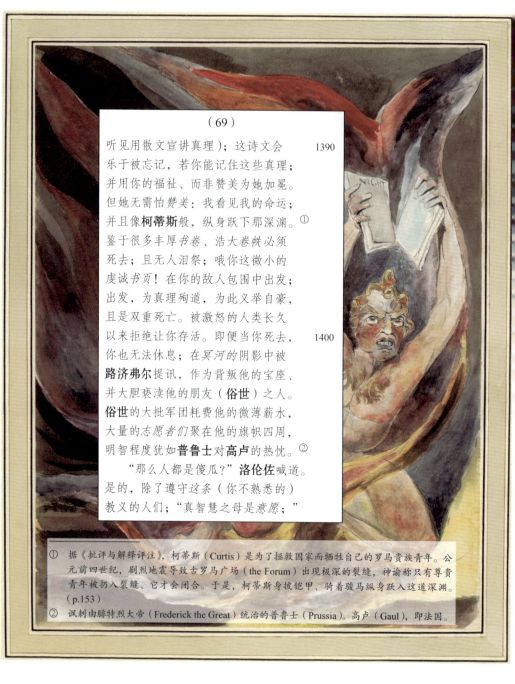

（69）

听见用散文宣讲真理）；这诗文会　　　　1390
乐于被忘记，若你能记住这些真理；
并用你的福祉、而非赞美为她加冕。
但她无需怕赞美：我看见我的命运；
并且像**柯蒂斯**般，纵身跃下那深渊。①
鉴于很多丰厚书卷、浩大卷帙必须
死去；且无人泪祭；哦你这微小的
虔诚书页！在你的敌人包围中出发；
出发，为真理殉道，为此义举自豪，
且是双重死亡。被激怒的人类长久
以来拒绝让你存活。即便当你死去，　　1400
你也无法休息；在冥河的阴影中被
路济弗尔提讯，作为背叛他的宝座，
并大胆亵渎他的朋友（**俗世**）之人。
俗世的大批军团耗费他的微薄薪水，
大量的志愿者们聚在他的旗帜四周，
明智程度犹如**普鲁士**对**高卢**的热忱。②
　　"那么人都是傻瓜？"**洛伦佐**喊道。
是的，除了遵守这条（你不熟悉的）
教义的人们；"真智慧之母是意愿；"

① 据《批评与解释评注》，柯蒂斯（Curtis）是为了拯救国家而牺牲自己的罗马贵族青年。公
元前四世纪，剧烈地震导致古罗马广场（the Forum）出现极深的裂缝，神谕称只有尊贵
青年被扔入裂缝、它才会闭合。于是，柯蒂斯身披铠甲、骑着骏马纵身跃入这道深渊。
（p.153）
② 讽刺由腓特烈大帝（Frederick the Great）统治的普鲁士（Prussia）。高卢（Gaul），即法国。

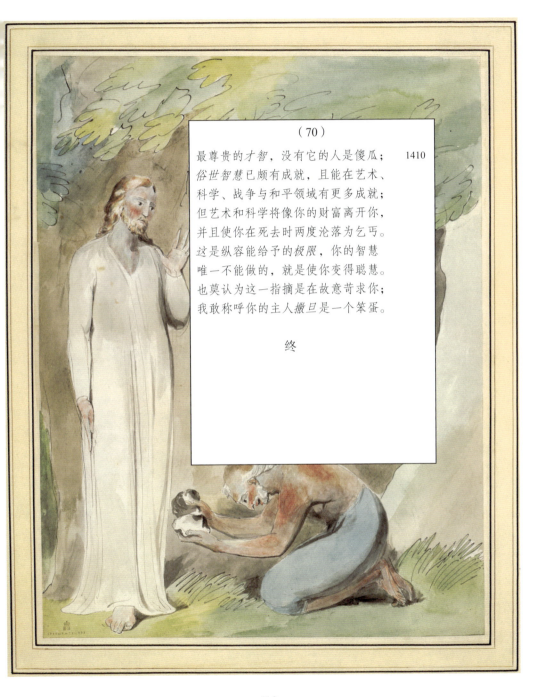

（70）

最尊贵的*才智*，没有它的人是傻瓜；　　1410
*俗世智慧*已颇有成就，且能在艺术、
科学、战争与和平领域有更多成就；
但艺术和科学将像你的财富离开你，
并且使你在死去时两度沦落为乞丐。
这是纵容能给予的*极限*，你的智慧
唯一不能做的，就是使你变得聪慧。
也莫认为这一指摘是在故意苛求你；
我敢称呼你的主人*撒旦*是一个笨蛋。

终

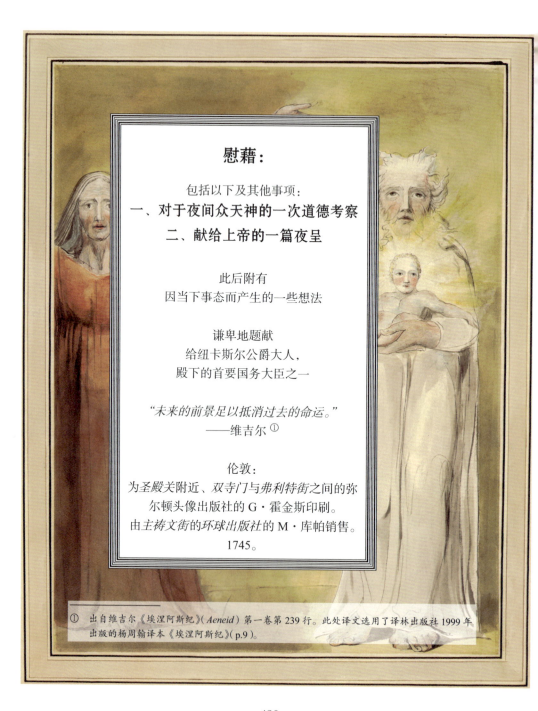

慰藉：

包括以下及其他事项：

一、对于夜间众天神的一次道德考察
二、献给上帝的一篇夜呈

此后附有
因当下事态而产生的一些想法

谦卑地题献
给纽卡斯尔公爵大人，
殿下的首要国务大臣之一

"未来的前景足以抵消过去的命运。"
——维吉尔 ①

伦敦：
为圣殿关附近、双寺门与弗利特街之间的弥
尔顿头像出版社的 G・霍金斯印刷。
由主祷文街的环球出版社的 M・库帕销售。
1745。

① 出自维吉尔《埃涅阿斯纪》（*Aeneid*）第一卷第239行。此处译文选用了译林出版社1999年
出版的杨周翰译本《埃涅阿斯纪》（p.9）。

勘误

第 13 页，FELIX 应为 PILATE。还有一些无足轻重的错误，读者若愿意，可以自行用笔修改。

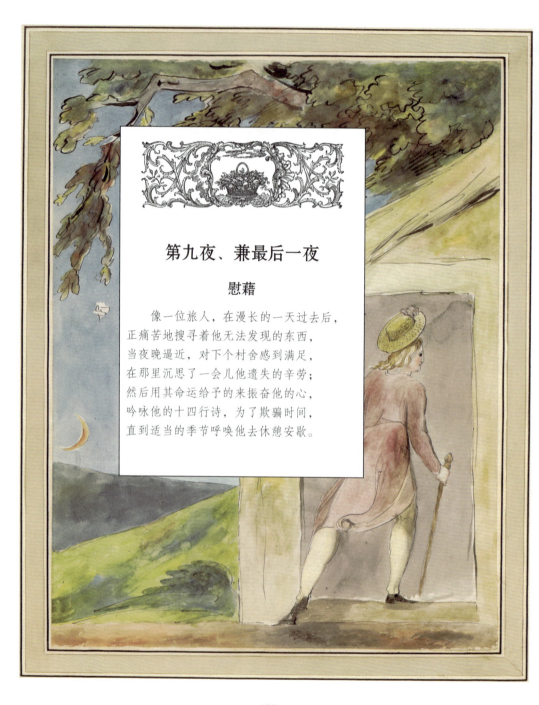

第九夜、兼最后一夜

慰藉

　　像一位旅人，在漫长的一天过去后，
正痛苦地搜寻着他无法发现的东西，
当夜晚逼近，对下个村舍感到满足，
在那里沉思了一会儿他遗失的辛劳；
然后用其命运给予的来振奋他的心，
吟咏他的十四行诗，为了欺骗时间，
直到适当的季节呼唤他去休憩安歇。

（2）

因此我，长久游历人们的种种癖性，
与其他人跳着令人眩晕的复杂舞蹈，①
在错综舞步中失望嘲笑希望的进程，②　　10
生命的夜之光慵懒无力地发出警告，
最终我在一座简陋棚屋中寻得住处。
那里，未来的游荡被逐出我的思想，
并且，耐心地等待甜美的休息时光；
我用一首严肃的诗歌追逐那些时刻。
诗歌为我们镇痛；痛苦则源自年岁。

　　当年岁、烦恼、罪行和从我的流血
胸膛夺走的交心朋友，与在我头顶
盘旋的死亡黑影，熄灭超凡的火焰；
哦夜晚！你能否再多纵容一次辛劳？　　20
多纵容一次：然后睡吧，我的劳损！
直到偶然被拉斐尔的金里拉琴惊醒，
琴声终止夜晚、死亡、年岁、烦恼、
罪行与哀愁，为了参与不朽的歌曲；
尽管目标被设地极为高远，我相信，
它们与此处这首卑微序曲协调一致。

---

① 像其他人一样，跳着愚行的眩晕舞蹈（即做种种复杂的蠢事）。
② 充满希望的追求（进程）以失望告终。

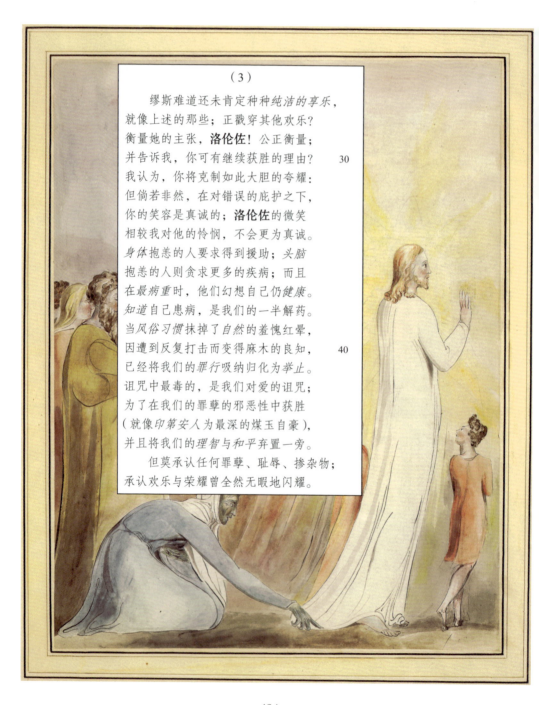

（3）

　　缪斯难道还未肯定种种纯洁的享乐，
就像上述的那些；正戳穿其他欢乐？
衡量她的主张，**洛伦佐**！公正衡量；
并告诉我，你可有继续获胜的理由？　　　　30
我认为，你将克制如此大胆的夸耀：
但倘若非然，在对错误的庇护之下，
你的笑容是真诚的，**洛伦佐**的微笑
相较我对他的怜悯，不会更为真诚。
身体抱恙的人要求得到援助；头脑
抱恙的人则贪求更多的疾病；而且
在最病重时，他们幻想自己仍健康。
知道自己患病，是我们的一半解药。
当风俗习惯抹掉了*自然*的羞愧红晕，
因遭到反复打击而变得麻木的良知，　　　40
已经将我们的罪行吸纳归化为*举止*。
诅咒中最毒的，是我们对爱的诅咒；
为了在我们的罪孽的邪恶性中获胜
（就像*印第安人*为最深的煤玉自豪），
并且将我们的理智与和平弃置一旁。

　　但莫承认任何罪孽、耻辱、掺杂物；
承认欢乐与荣耀曾全然无暇地闪耀。

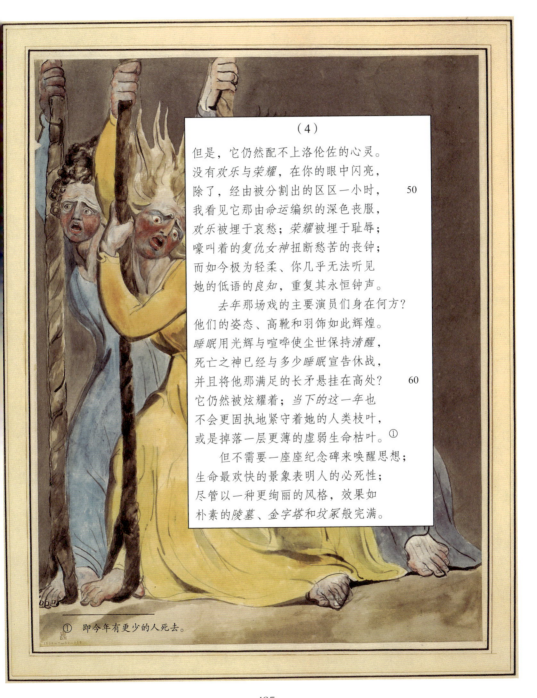

（4）

但是，它仍然配不上洛伦佐的心灵。
没有欢乐与荣耀，在你的眼中闪亮，
除了，经由被分割出的区区一小时，　　　50
我看见它那由命运编织的深色丧服，
欢乐被埋于哀愁；荣耀被埋于耻辱；
嚎叫着的复仇女神扭断愁苦的丧钟；
而如今极为轻柔、你几乎无法听见
她的低语的良知，重复其永恒钟声。

　　去年那场戏的主要演员们身在何方？
他们的姿态、高靴和羽饰如此辉煌。
睡眠用光辉与喧哗使尘世保持清醒，
死亡之神已经与多少睡眠宣告休战，
并且将他那满足的长矛悬挂在高处？　　60
它仍然被炫耀着；当下的这一年也
不会更固执地紧守着她的人类枝叶，
或是掉落一层更薄的虚弱生命枯叶。①

　　但不需要一座座纪念碑来唤醒思想；
生命最欢快的景象表明人的必死性；
尽管以一种更绚丽的风格，效果如
朴素的陵墓、金字塔和坟冢般完满。

① 即今年有更少的人死去。

425

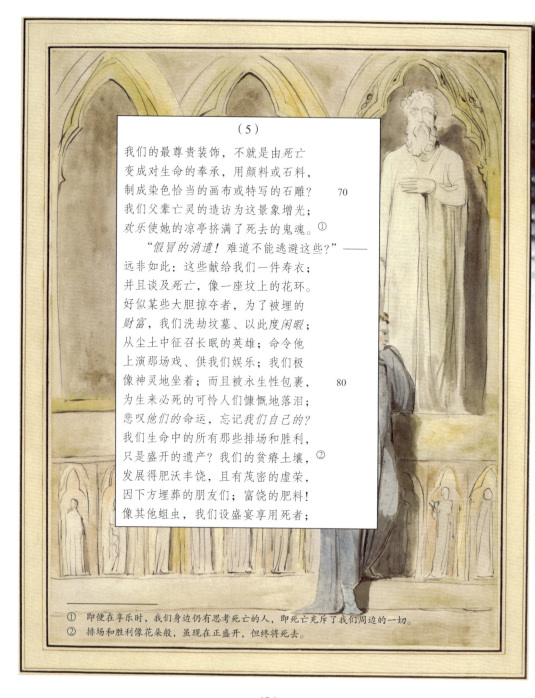

（5）

我们的最尊贵装饰，不就是由死亡
变成对生命的奉承，用颜料或石料，
制成染色恰当的画布或特写的石雕？　　70
我们父辈亡灵的造访为这景象增光；
欢乐使她的凉亭挤满了死去的鬼魂。①

　　"假冒的消遣！难道不能逃避这些？"——
远非如此：这些献给我们一件寿衣；
并且谈及死亡，像一座坟上的花环。
好似某些大胆掠夺者，为了被埋的
财富，我们洗劫坟墓、以此度闲暇；
从尘土中征召长眠的英雄；命令他
上演那场戏、供我们娱乐；我们极
像神灵地坐着；而且被永生性包裹，　　80
为生来必死的可怜人们慷慨地落泪；
悲叹他们的命运，忘记我们自己的？
我们生命中的所有那些排场和胜利，
只是盛开的遗产？我们的贫瘠土壤，②
发展得肥沃丰饶，且有茂密的虚荣，
因下方埋葬的朋友们；富饶的肥料！
像其他蛆虫，我们设盛宴享用死者；

①　即便在享乐时，我们身边仍有思考死亡的人，即死亡充斥了我们周边的一切。
②　排场和胜利像花朵般，虽现在正盛开，但终将死去。

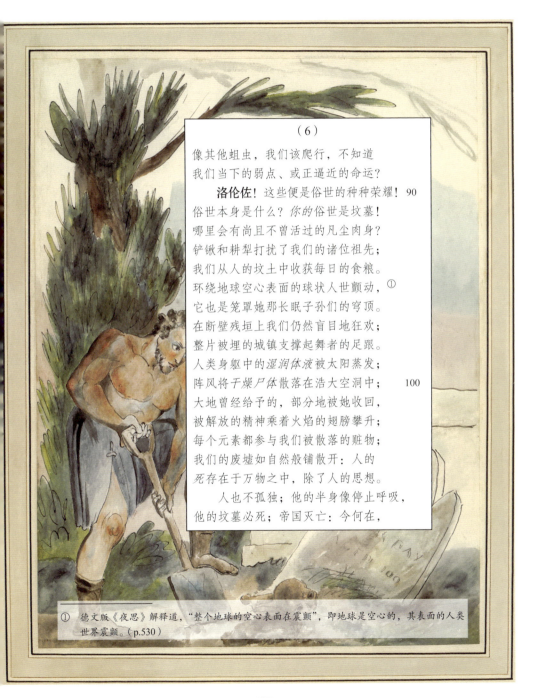

（6）

像其他蛆虫，我们该爬行，不知道
我们当下的弱点、或正逼近的命运？

　　洛伦佐！ 这些便是俗世的种种荣耀！　90
俗世本身是什么？*你的俗世是坟墓！*
哪里会有尚且不曾活过的凡尘肉身？
铲锹和耕犁打扰了我们的诸位祖先；
我们从人的坟土中收获每日的食粮。
环绕地球空心表面的球状人世颤动，①
它也是笼罩她那长眠子孙们的穹顶。
在断壁残垣上我们仍然盲目地狂欢；
整片被埋的城镇支撑起舞者的足跟。
人类身躯中的*湿润体液*被太阳蒸发；
阵风将干燥尸体散落在浩大空洞中；　100
大地曾经给予的，部分地被她收回，
被解放的精神乘着火焰的翅膀攀升；
每个元素都参与我们被散落的赃物；
我们的废墟如自然般铺散开：人的
*死存*在于万物之中，除了人的思想。

　　人也不孤独；他的半身像停止呼吸，
他的坟墓必死；帝国灭亡：今何在，

① 德文版《夜思》解释道，"整个地球的空心表面在震颤"，即地球是空心的，其表面的人类
　世界震颤。（p.530）

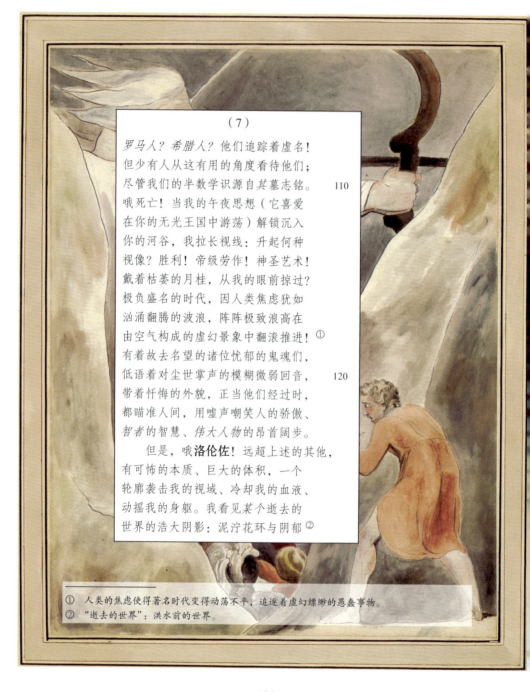

（7）

罗马人？希腊人？他们追踪着虚名！
但少有人从这有用的角度看待他们；
尽管我们的半数学识源自其墓志铭。　　　110
哦死亡！当我的午夜思想（它喜爱
在你的无光王国中游荡）解锁沉入
你的河谷，我拉长视线：升起何种
视像？胜利！帝级劳作！神圣艺术！
戴着枯萎的月桂，从我的眼前掠过？
极负盛名的时代，因人类焦虑犹如
汹涌翻腾的波浪，阵阵极致浪高在
由空气构成的虚幻景象中翻滚推进！①
有着故去名望的诸位忧郁的鬼魂们，
低语着对尘世掌声的模糊微弱回音，　　120
带着忏悔的外貌，正当他们经过时，
都瞄准人间，用嘘声嘲笑人的骄傲、
智者的智慧、伟大人物的昂首阔步。

　　但是，哦**洛伦佐**！远超上述的其他，
有可怖的本质、巨大的体积，一个
轮廓袭击我的视域、冷却我的血液、
动摇我的身躯。我看见某个逝去的
世界的浩大阴影：泥泞花环与阴郁②

① 人类的焦虑使得著名时代变得动荡不平，追逐着虚幻缥缈的愚蠢事物。
② "逝去的世界"：洪水前的世界。

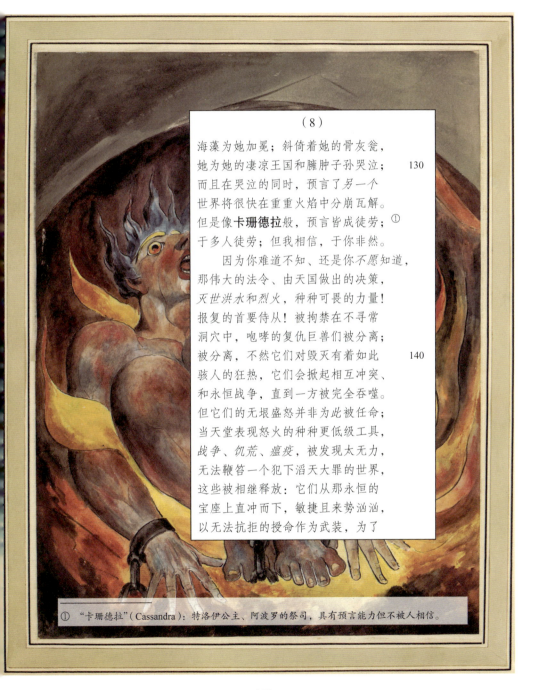

（8）

海藻为她加冕；斜倚着她的骨灰瓮，
她为她的凄凉王国和臃肿子孙哭泣；　　　130
而且在哭泣的同时，预言了另一个
世界将很快在重重火焰中分崩瓦解。
但是像**卡珊德拉**般，预言皆成徒劳；①
于多人徒劳；但我相信，于你非然。

　　因为你难道不知、还是你不愿知道，
那伟大的法令、由天国做出的决策，
灭世洪水和烈火，种种可畏的力量！
报复的首要侍从！被拘禁在不寻常
洞穴中，咆哮的复仇巨兽们被分离；
被分离，不然它们对毁灭有着如此　　　140
骇人的狂热，它们会掀起相互冲突、
和永恒战争，直到一方被完全吞噬。
但它们的无垠盛怒并非为*此*被任命；
当天堂表现怒火的种种更低级工具，
战争、饥荒、瘟疫，被发现太无力，
无法鞭笞一个犯下滔天大罪的世界，
这些被相继释放：它们从那永恒的
宝座上直冲而下，敏捷且来势汹汹，
以无法抗拒的授命作为武装，为了

_____

① "卡珊德拉"（Cassandra）：特洛伊公主、阿波罗的祭司，具有预言能力但不被人相信。

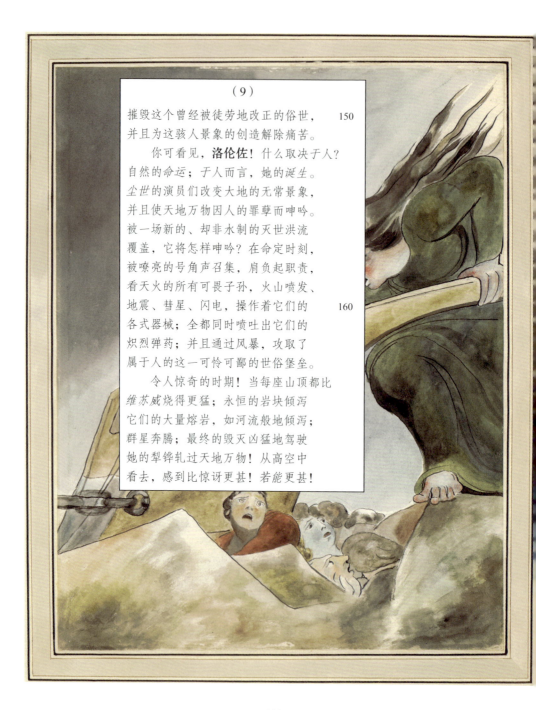

（9）

摧毁这个曾经被徒劳地改正的俗世，　　150
并且为这骇人景象的创造解除痛苦。

　　你可看见，**洛伦佐**！什么取决于人？
自然的*命运*；于人而言，她的*诞生*。
尘世的演员们改变大地的无常景象，
并且使天地万物因人的罪孽而呻吟。
被一场新的、却非水制的灭世洪流
覆盖，它将怎样呻吟？在命定时刻，
被嘹亮的号角声召集，肩负起职责，
看天火的所有可畏子孙，火山喷发、
地震、彗星、闪电，操作着它们的　　160
各式器械；全都同时喷吐出它们的
炽烈弹药；并且通过风暴，攻取了
属于人的这一可怜可鄙的世俗堡垒。

　　令人惊奇的时期！当每座山顶都比
*维苏威*烧得更猛，永恒的岩块倾泻
它们的大量熔岩，如河流般地倾泻；
群星奔腾；最终的毁灭凶猛地驾驶
她的犁铧轧过天地万物！从高空中
看去，感到比惊讶更甚！若能更甚！

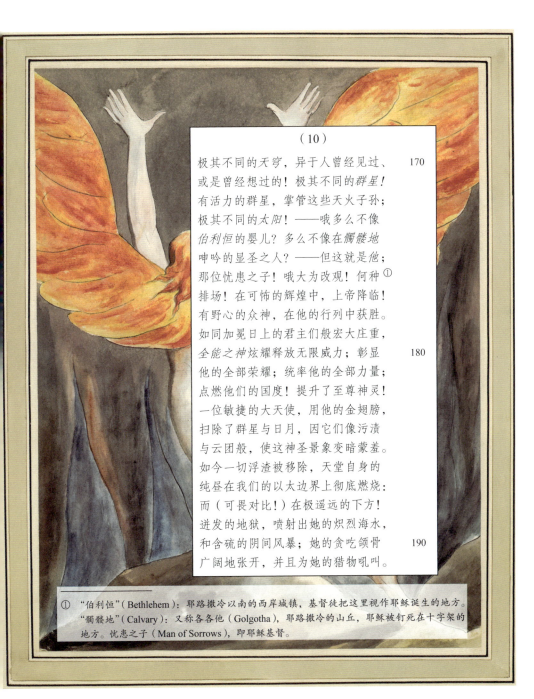

（10）

极其不同的天穹，异于人曾经见过、　　170
或是曾经想过的！极其不同的*群星*！
有活力的群星，掌管这些天火子孙；
极其不同的*太阳*！——哦多么不像
伯利恒的婴儿？多么不像在*髑髅地*
呻吟的显圣之人？——但这就是*他*；
那位忧患之子！哦大为改观！何种①
排场！在可怕的辉煌中，上帝降临！
有野心的众神，在他的行列中获胜。
如同加冕日上的君主们般宏大庄重，
全能之神炫耀释放无限威力；彰显　　180
他的全部荣耀；统率他的全部力量；
点燃他们的国度！提升了至尊神灵！
一位敏捷的大天使，用他的金翅膀，
扫除了群星与日月，因它们像污渍
与云团般，使这神圣景象变暗蒙羞。
如今一切浮渣被移除，天堂自身的
纯昼在我们的以太边界上彻底燃烧：
而（可畏对比！）在极遥远的下方！
迸发的地狱，喷射出她的炽烈海水，
和含硫的阴间风暴；她的贪吃颌骨　　190
广阔地张开，并且为她的猎物吼叫。

① "伯利恒"（Bethlehem）：耶路撒冷以南的西岸城镇，基督徒把这里视作耶稣诞生的地方。
"髑髅地"（Calvary）：又称各各他（Golgotha），耶路撒冷的山丘，耶稣被钉死在十字架的
地方。忧患之子（Man of Sorrows），即耶稣基督。

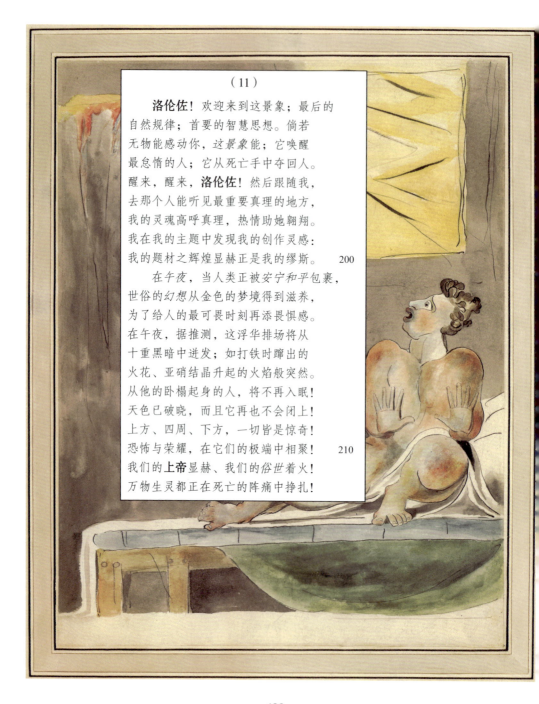

夜　思

（11）

　　洛伦佐！欢迎来到这景象；最后的
自然规律；首要的智慧思想。倘若
无物能感动你，这景象能；它唤醒
最怠惰的人；它从死亡手中夺回人。
醒来，醒来，**洛伦佐**！然后跟随我，
去那个人能听见最重要真理的地方，
我的灵魂高呼真理，热情助她翱翔。
我在我的主题中发现我的创作灵感：
我的题材之辉煌显赫正是我的缪斯。　　200

　　在*午夜*，当人类正被安宁和平包裹，
世俗的*幻想*从金色的梦境得到滋养，
为了给人的最可畏时刻再添畏惧感。
在*午夜*，据推测，这浮华排场将从
十重黑暗中迸发；如打铁时蹿出的
火花、亚硝结晶升起的火焰般突然。
从他的卧榻起身的人，将不再入眠！
天色已破晓，而且它再也不会闭上！
上方、四周、下方，一切皆是惊奇！
恐怖与荣耀，在它们的极端中相聚！　　210
我们的**上帝**显赫、我们的*俗世*着火！
万物生灵都正在死亡的阵痛中挣扎！

432

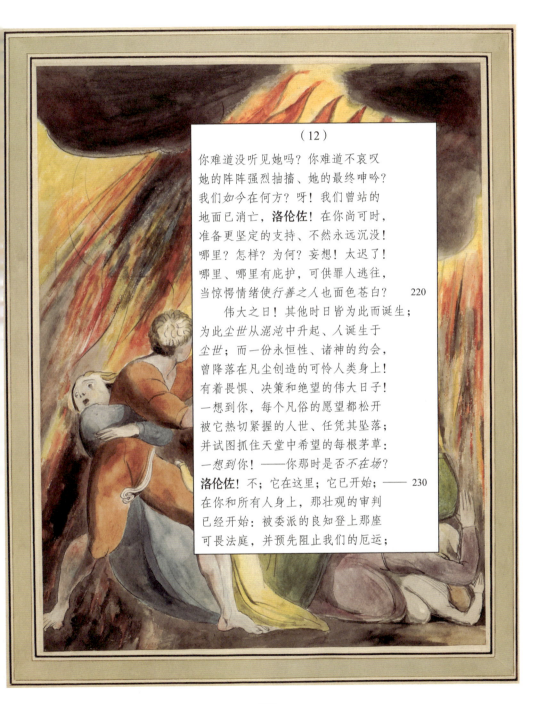

（12）

你难道没听见她吗？你难道不哀叹
她的阵阵强烈抽搐、她的最终呻吟？
我们如今在何方？呀！我们曾站的
地面已消亡，**洛伦佐**！在你尚可时，
准备更坚定的支持、不然永远沉没！
哪里？怎样？为何？妄想！太迟了！
哪里、哪里有庇护，可供罪人逃往，
当惊愕情绪使行善之人也面色苍白？　　　220
　　伟大之日！其他时日皆为此而诞生；
为此尘世从混沌中升起、人诞生于
尘世；而一份永恒性、诸神的约会，
曾降落在凡尘创造的可怜人类身上！
有着畏惧、决策和绝望的伟大日子！
一想到你，每个凡俗的愿望都松开
被它热切紧握的人世、任凭其坠落；
并试图抓住天堂中希望的每根茅草：
一想到你！——你那时是否不在场？
洛伦佐！不；它在这里；它已开始；——　230
在你和所有人身上，那壮观的审判
已经开始：被委派的良知登上那座
可畏法庭，并预先阻止我们的厄运；

（13）

预先阻止；并由此证明它的*可靠性*。
为何人要对他自身宣布无效的评判？
闲散的*自然*可是正在嘲笑她的子孙？
曾派出*良知*的人，将支持她的判决，
天上的**上帝**肯定人心中的这位**上帝**。①

　　天堂在人心中开设法庭，那些如今
入席的人们有三重幸福：但是哎哟，　　　　240
多么罕见！那宽宏大量，多么罕见！
何种英雄，会像容忍自身的人一样！
敢于独自面对他那颗赤诚之心的人！
能无畏地承担由它提出的全部指控、
决意压制那里的未来低语声音的人！
懦夫逃离自己的心；在逃离中败落。
（你是懦夫吗？不）懦夫逃离内心；
思考，但思甚少；询问，但怕知道；
与彼拉多同问"何为真理？"；并②
退隐；解散法庭，混入人群；脱离　　　　250
理性、希望还有天堂的悲伤庇护所！

　　除了人，是否众生都将用热切目光，
留意那已被判定属于人的伟大日子？

① 德文版《夜思》指出，柏拉图称良知是人心中的上帝。（p.538）
② 见《圣经·约翰福音》第 18 章第 38 节（John 18:38）。据本夜的勘误说明（《注意》），此处
的"FELIX"应为"PILATE"。

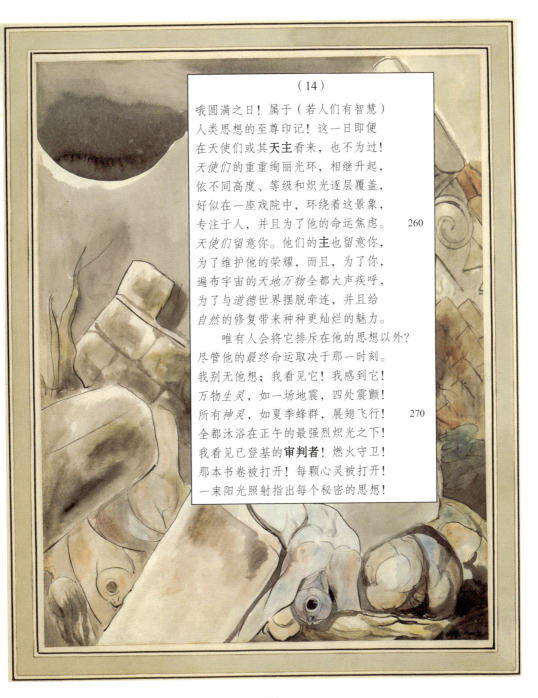

（14）

哦圆满之日！属于（若人们有智慧）
人类思想的至尊印记！这一日即便
在天使们或其**天主**看来，也不为过！
天使们的重重绚丽光环，相继升起，
依不同高度、等级和炽光逐层覆盖，
好似在一座戏院中，环绕着这景象，
专注于人，并且为了他的命运焦虑。　　　260
天使们留意你。他们的主也留意你，
为了维护他的荣耀，而且，为了你，
遍布宇宙的天地万物全都大声疾呼，
为了与道德世界摆脱牵连，并且给
自然的修复带来种种更灿烂的魅力。

　　　　唯有人会将它排斥在他的思想以外？
尽管他的最终命运取决于那一时刻。
我别无他想；我看见它！我感到它！
万物生灵，如一场地震，四处震颤！
所有神灵，如夏季蜂群，展翅飞行！　　　270
全都沐浴在正午的最强烈炽光之下！
我看见已登基的**审判者**！燃火守卫！
那本书卷被打开！每颗心灵被打开！
一束阳光照射指出每个秘密的思想！

（15）

没有庇护者！毫无调解者！如今已
逝去，那甜美、那温和的调解时刻！
不为罪孽申诉！不因痛苦停留！无
止境！一切无动于衷！一切皆极端！
并非唯有人；那位**上帝**与人的宿敌，
口中渎神，从他的阴暗渊薮中�拽出　　　　280
他的锁链，举起他那被雷劈的铜甲，
收到了他的判决，并开始他的地狱。
过去的报复如今都看似充裕的恩惠！
像风暴天空中的颗颗流星，他怎样
转动不祥的眼睛？他诅咒他畏惧的
神灵；将它视为他堕落的第一时刻。

　　它总在我的思绪中浮现！但它在哪？
*天使们*不能告诉我；天使们猜不出
那个被锁在黑暗中、不为*被创造的*
生灵所知晓的*时期*。但过程及地点，　　290
没那么模糊；人可以询问这些信息。
告诉我，结束人类希望与畏惧的你！
伟大的心灵破解者！命运的终结者！
伟大的结局！伟大的开端！告诉我，
你在哪？你是身处*时间*、还是*永恒*？

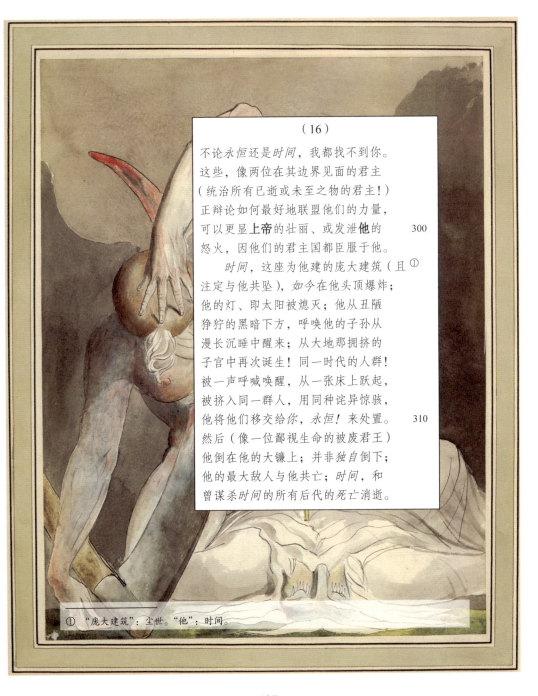

（16）

不论永恒还是*时间*，我都找不到你。
这些，像两位在其边界见面的君主
（统治所有已逝或未至之物的君主！）
正辩论如何最好地联盟他们的力量，
可以更显**上帝**的壮丽、或发泄**他**的　　　　300
怒火，因他们的君主国都臣服于他。

　　　时间，这座为他建的庞大建筑（且 ①
注定与他共坠），如今在他头顶爆炸；
他的灯、即太阳被熄灭；他从丑陋
狰狞的黑暗下方，呼唤他的子孙从
漫长沉睡中醒来；从大地那拥挤的
子宫中再次诞生！同一时代的人群！
被一声呼喊唤醒，从一张床上跃起，
被挤入同一群人，用同种诧异惊骇，
他将他们移交给你，*永恒！* 来处置。　　310
然后（像一位鄙视生命的被废君王）
他倒在他的大镰上；并非*独自*倒下；
他的最大敌人与他共亡；*时间*，和
曾谋杀*时间*的所有后代的死亡消逝。

---

① "庞大建筑"：尘世。"他"：时间。

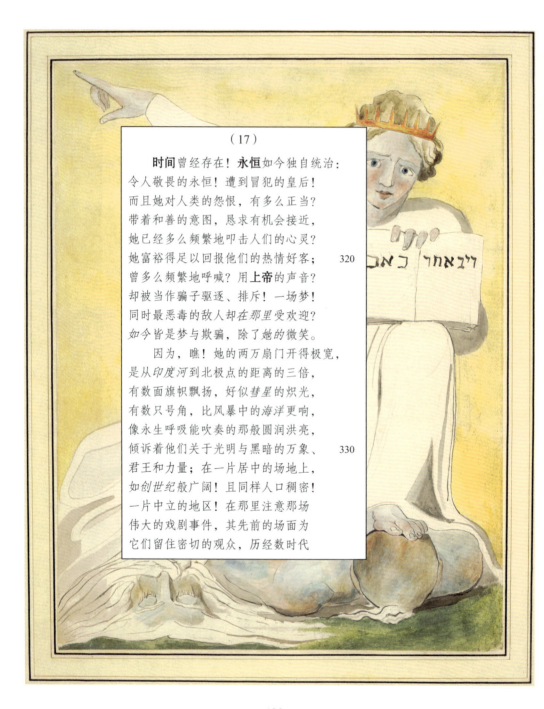

（17）

　　时间曾经存在！**永恒**如今独自统治：
令人敬畏的永恒！遭到冒犯的皇后！
而且她对人类的怨恨，有多么正当？
带着和善的意图，恳求有机会接近，
她已经多么频繁地叩击人们的心灵？
她富裕得足以回报他们的热情好客；　　　　320
曾多么频繁地呼喊？用**上帝**的声音？
却被当作骗子驱逐、排斥！一场梦！
同时最恶毒的敌人却*在那里*受欢迎？
如今皆是梦与欺骗，除了*她*的微笑。

　　因为，瞧！她的两万扇门开得极宽，
是从*印度河*到北极点的距离的三倍，
有数面旗帜飘扬，好似彗星的炽光，
有数只号角，比风暴中的*海洋*更响，
像永生呼吸能吹奏的那般圆润洪亮，
倾诉着他们关于光明与黑暗的万象、　　　　330
君王和力量；在一片居中的场地上，
如*创世纪*般广阔！且同样人口稠密！
一片中立的地区！在那里注意那场
伟大的戏剧事件，其先前的场面为
它们留住密切的观众，历经数时代

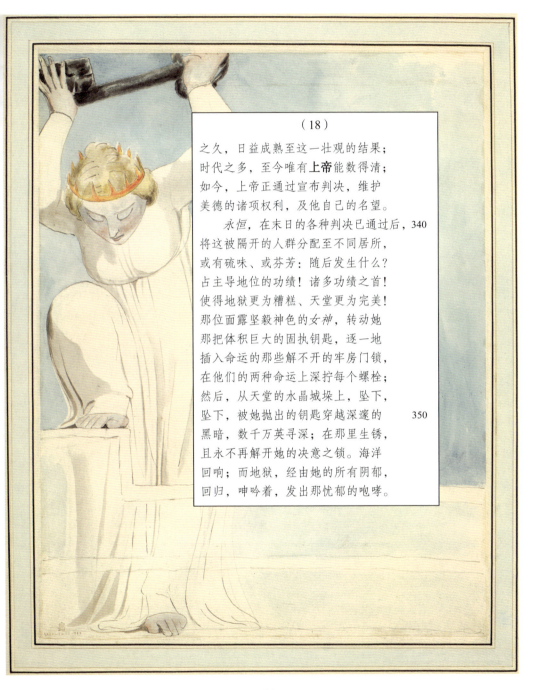

（18）

之久，日益成熟至这一壮观的结果；
时代之多，至今唯有**上帝**能数得清；
如今，上帝正通过宣布判决，维护
美德的诸项权利，及他自己的名望。

　　永恒，在末日的各种判决已通过后，340
将这被隔开的人群分配至不同居所，
或有硫味、或芬芳：随后发生什么？
占主导地位的功绩！诸多功绩之首！
使得地狱更为糟糕、天堂更为完美！
那位面露坚毅神色的女神，转动她
那把体积巨大的固执钥匙，逐一地
插入命运的那些解不开的牢房门锁，
在他们的两种命运上深拧每个螺栓；
然后，从天堂的水晶城垛上，坠下，
坠下，被她抛出的钥匙穿越深邃的　　　350
黑暗，数千万英寻深；在那里生锈，
且永不再解开她的决意之锁。海洋
回响；而地狱，经由她的所有阴郁，
回归，呻吟着，发出那忧郁的咆哮。

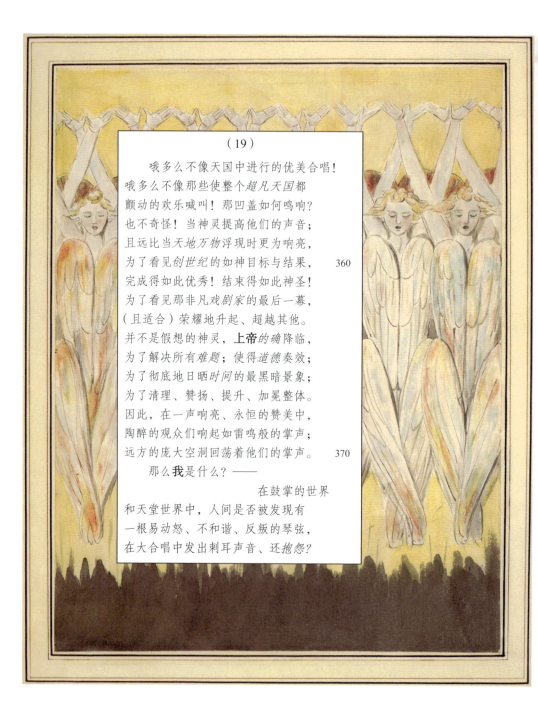

（19）

哦多么不像天国中进行的优美合唱！
哦多么不像那些使整个*超凡天国*都
颤动的欢乐喊叫！那凹盖如何鸣响？
也不奇怪！当神灵提高他们的声音；
且远比当*天地万物*浮现时更为响亮，
为了看见*创世纪*的如神目标与结果，　　　360
完成得如此优秀！结束得如此神圣！
为了看见那非凡*戏剧家*的最后一幕，
（且适合）荣耀地升起、超越其他。
并不是假想的神灵，**上帝**的确降临，
为了解决所有难题；使得*道德*奏效；
为了彻底地日晒*时间*的最黑暗景象；
为了清理、赞扬、提升、加冕整体。
因此，在一声响亮、永恒的赞美中，
陶醉的观众们响起如雷鸣般的掌声；
远方的庞大空洞回荡着他们的掌声。　　　370
　　那么**我**是什么？——
　　　　　　　　　在鼓掌的世界
和天堂世界中，人间是否被发现有
一根易动怒、不和谐、反叛的琴弦，
在大合唱中发出刺耳声音、还抱怨？

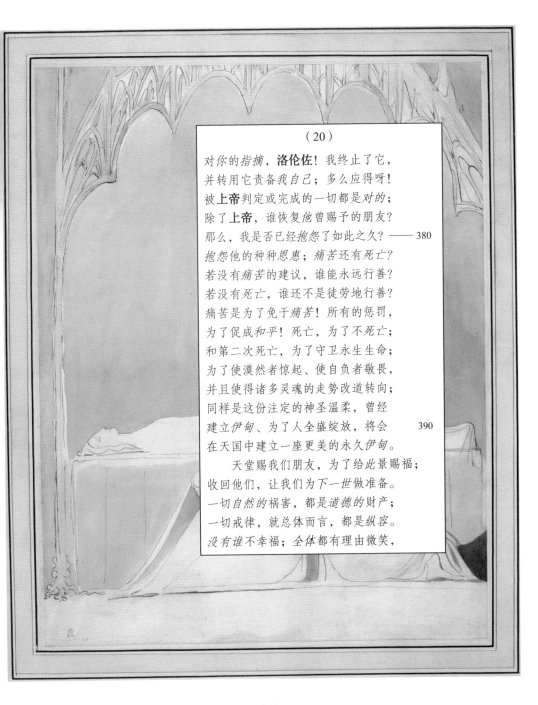

（20）

对你的指摘，**洛伦佐**！我终止了它，
并转用它责备我自己；多么应得呀！
被**上帝**判定或完成的一切都是对的；
除了**上帝**，谁恢复他曾赐予的朋友？
那么，我是否已经抱怨了如此之久？—— 380
抱怨他的种种恩惠；痛苦还有死亡？
若没有痛苦的建议，谁能永远行善？
若没有死亡，谁还不是徒劳地行善？
痛苦是为了免于痛苦！所有的惩罚，
为了促成和平！死亡，为了不死亡；
和第二次死亡，为了守卫永生生命；
为了使漠然者惊起、使自负者敬畏，
并且使得诸多灵魂的走势改道转向；
同样是这份注定的神圣温柔，曾经
建立伊甸、为了人全盛绽放，将会 　　390
在天国中建立一座更美的永久伊甸。

　　天堂赐我们朋友，为了给此景赐福；
收回他们，让我们为下一世做准备。
一切自然的祸害，都是道德的财产；
一切戒律，就总体而言，都是纵容。
没有谁不幸福；全体都有理由微笑，

夜　思

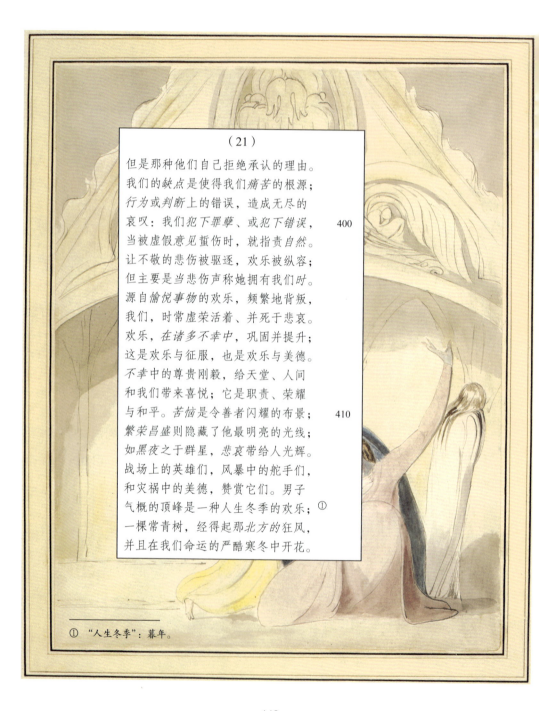

（21）

但是那种他们自己拒绝承认的理由。
我们的*缺点*是使得我们*痛苦*的根源；
行为或判断上的错误，造成无尽的
哀叹：我们犯下罪孽、或犯下错误，　　　400
当被虚假意见蜇伤时，就指责自然。
让不敬的悲伤被驱逐，欢乐被纵容；
但主要是当悲伤声称她拥有我们*时*。
源自*愉悦事物*的欢乐，频繁地背叛，
我们，时常虚荣活着、并死于悲哀。
欢乐，*在诸多不幸中*，巩固并提升；
这是欢乐与征服，也是欢乐与美德。
不幸中的尊贵刚毅，给天堂、人间
和我们带来喜悦；它是职责、荣耀
与和平。苦恼是令善者闪耀的布景；　　　410
繁荣昌盛则隐藏了他最明亮的光线；
如黑夜之于群星，悲哀带给人光辉。
战场上的英雄们，风暴中的舵手们，
和灾祸中的美德，赞赏它们。男子
气概的顶峰是一种人生冬季的欢乐；①
一棵常青树，经得起那北方的狂风，
并且在我们命运的严酷寒冬中开花。

① "人生冬季"：暮年。

442

（22）

　　幸福的一个首要组成部分，是知道
我们的命运必然体验多少的不幸福；
少有人知道！我将承担生命的重负，　　　420
从这一刻起，没有一声反叛的低语，
也不认为生而为人是苦难；而认为
它是苦难的人，将永远无法成为*神*。
当我们愿活着，我们渴望某些不幸。

　　骄傲的激情曾说什么？"愿我死去！"①
放肆自负！亵渎！荒谬！并且虚假！
我的灵魂的胜利就是——我正*存在*；
及我能因此成为——*什么*？**洛伦佐**！
向内看，且深入地看；且更为深入；
我们的宝藏深不可测，在条条金色　　　430
血管中蔓延流淌，遍及所有的永恒！
时代复又时代，随后仍是新的时代，
那时候，这个只能存活一时的幽影，②
每个夜晚都需沉睡以便恢复的幽影，
将醒来、并诧异、并欢欣、并赞美，
并飞翔穿越无穷，并解锁一切秘密；
并（若值得）通过天堂的过剩爱意，

————————
①　"愿我死去"：见第一夜。
②　即人。

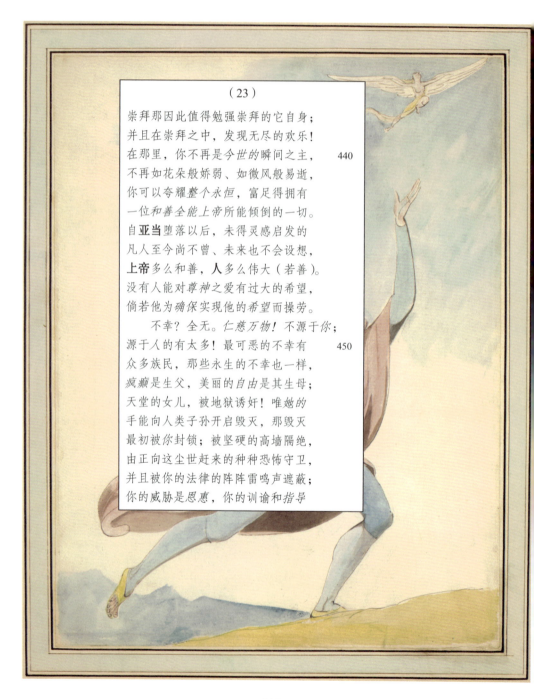

（23）

崇拜那因此值得勉强崇拜的它自身；
并且在崇拜之中，发现无尽的欢乐！
在那里，你不再是今*世*的瞬间之主，　　　　440
不再如花朵般娇弱、如微风般易逝，
你可以夸耀*整*个永恒，富足得拥有
一位和*善全能上帝*所能倾倒的一切。
自**亚当**堕落以后，未得灵感启发的
凡人至今尚不曾、未来也不会设想，
上帝多么和善、**人**多么伟大（若善）。
没有人能对尊*神之爱*有过大的希望，
倘若他为确保实现他的*希望*而操劳。

　　不幸？全无。仁慈万物！不源于你；
源于人的有太多！最可恶的不幸有　　　　450
众多族民，那些永生的不幸也一样，
疯癫是生父，美丽的自由是其生母；
天堂的女儿，被地狱诱奸！唯*她*的
手能向人类子孙开启毁灭，那毁灭
最初被你封锁；被坚硬的高墙隔绝，
由正向这尘世赶来的种种恐怖守卫，
并且被你的法律的阵阵雷鸣声遮蔽；
你的威胁是恩惠，你的训谕和指导

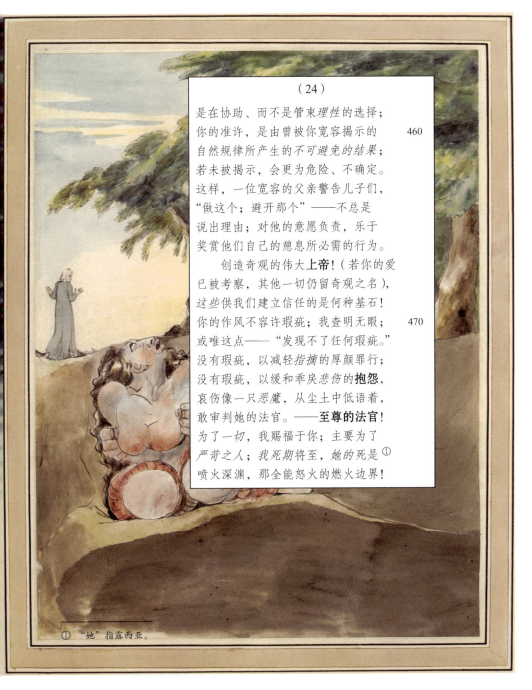

（24）

是在协助、而不是管束理性的选择；
你的准许，是由曾被你宽容揭示的　　　460
自然规律所产生的不可避免的结果；
若未被揭示，会更为危险、不确定。
这样，一位宽容的父亲警告儿子们，
"做这个；避开那个"——不总是
说出理由；对他的意愿负责，乐于
奖赏他们自己的憩息所必需的行为。

　　创造奇观的伟大**上帝**！（若你的爱
已被考察，其他一切仍留奇观之名），
这些供我们建立信任的是何种基石！
你的作风不容许瑕疵；我查明无暇；　　470
或唯这点——"发现不了任何瑕疵。"
没有瑕疵，以减轻指摘的厚颜罪行；
没有瑕疵，以缓和乖戾悲伤的**抱怨**，
哀伤像一只恶魔，从尘土中低语着，
敢审判她的法官。——**至尊的法官**！
为了一切，我赐福于你；主要为了
严苛之人；我死期将至，她的死是 ①
喷火深渊，那全能怒火的燃火边界！

①　"她"指露西亚。

445

（25）

它雷鸣作响；但它雷鸣是为了保全；
它增强被它击中的；它的健康畏惧　　　　　480
避开那可畏的痛苦！它的难听呻吟
与天堂甜美的哈利路亚一起赞美你，
独善的伟大来源！万事皆善？报复
亦善！**拯救**痛苦、死亡、欣嫩子谷。

　　因此，在你的物质世界中，*伟大的
头脑*！并非唯有抚慰和照耀那粗野
阴郁之人的存在，挑战我们的赞美；
冬季同春季一样，是人们所必需的；
雷声同太阳一样；一团呆滞的雾气
孕育出一种会传播疾病的瘟疫空气；　　490
*弗浮纽斯*般的和煦微风，不比净化 ①
涤罪的风暴更加有利于自然的健康；
令人生畏的火山为善终而给予援助，
它被闷熄的火焰也许能侵蚀这世界；
数座埃特纳出于爱意、大声呵斥人；
彗星是好征兆，当它们被充分审视；
日月食在被使用的过程中学会闪耀。

---

① "弗浮纽斯"（Favonius）：罗马神话中的西风神，指温和的微风。

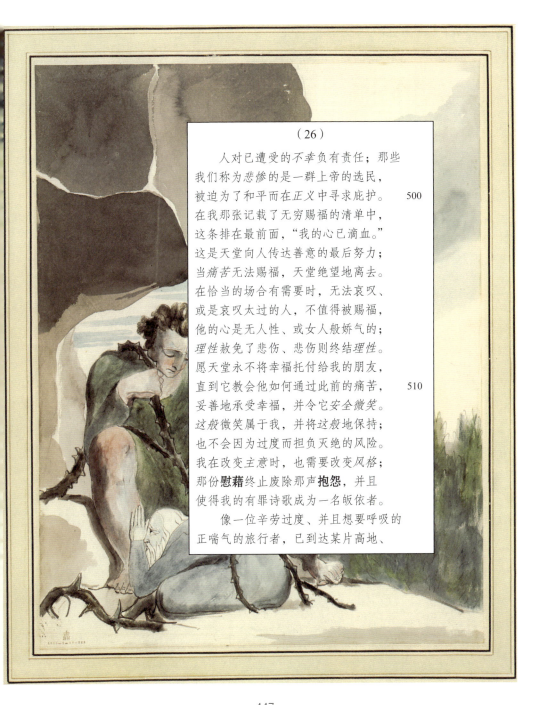

（26）

　　　人对已遭受的不幸负有责任；那些
我们称为悲惨的是一群上帝的选民，
被迫为了和平而在正义中寻求庇护。　　　500
在我那张记载了无穷赐福的清单中，
这条排在最前面，"我的心已滴血。"
这是天堂向人传达善意的最后努力；
当痛苦无法赐福，天堂绝望地离去。
在恰当的场合有需要时，无法哀叹、
或是哀叹太过的人，不值得被赐福，
他的心是无人性、或女人般娇气的；
理性赦免了悲伤、悲伤则终结理性。
愿天堂永不将幸福托付给我的朋友，
直到它教会他如何通过此前的痛苦，　　　510
妥善地承受幸福，并令它安全微笑。
这般微笑属于我，并将这般地保持；
也不会因为过度而担负灭绝的风险。
我在改变主意时，也需要改变风格；
那份慰藉终止废除那声抱怨，并且
使得我的有罪诗歌成为一名皈依者。
　　　像一位辛劳过度、并且想要呼吸的
正喘气的旅行者，已到达某片高地、

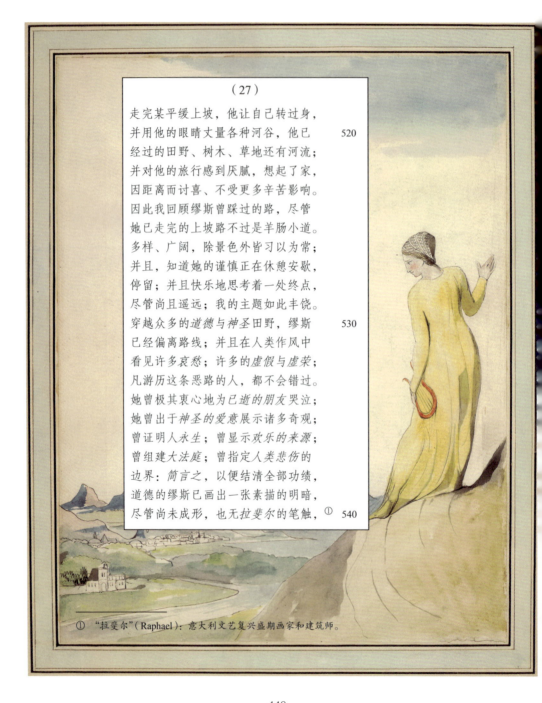

（27）

走完某平缓上坡，他让自己转过身，
并用他的眼睛丈量各种河谷，他已　　　　520
经过的田野、树木、草地还有河流；
并对他的旅行感到厌腻，想起了家，
因距离而讨喜、不受更多辛苦影响。
因此我回顾缪斯曾踩过的路，尽管
她已走完的上坡路不过是羊肠小道。
多样、广阔，除景色外皆习以为常；
并且，知道她的谨慎正在休憩安歇，
停留；并且快乐地思考着一处终点，
尽管尚且遥远；我的主题如此丰饶。
穿越众多的道德与神圣田野，缪斯　　　530
已经偏离路线；并且在人类作风中
看见许多哀愁；许多的虚假与虚荣；
凡游历这条恶路的人，都不会错过。
她曾极其衷心地为已逝的朋友哭泣；
她曾出于神圣的爱意展示诸多奇观；
曾证明人永生；曾显示欢乐的来源；
曾组建大法庭；曾指定人类悲伤的
边界：简言之，以便结清全部功绩，
道德的缪斯已画出一张素描的明暗，
尽管尚未成形，也无拉斐尔的笔触，①　540

① "拉斐尔"（Raphael）：意大利文艺复兴盛期画家和建筑师。

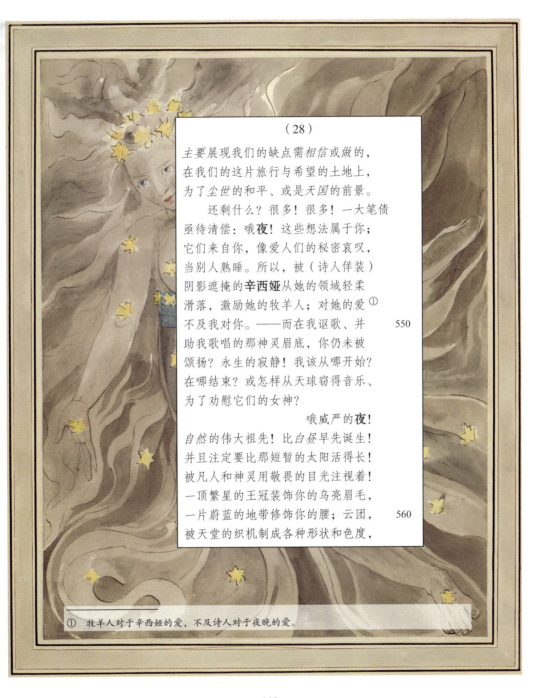

（28）

主要展现我们的缺点需相信或做的，
在我们的这片旅行与希望的土地上，
为了尘世的和平、或是天国的前景。

　　还剩什么？很多！很多！一大笔债
亟待清偿：哦**夜**！这些想法属于你；
它们来自你，像爱人们的秘密哀叹，
当别人熟睡。所以，被（诗人伴装）
阴影遮掩的**辛西娅**从她的领域轻柔
滑落，激励她的牧羊人；对她的爱①
不及我对你。——而在我讴歌、并　　　550
助我歌唱的那神灵眉底，你仍未被
颂扬？永生的寂静！我该从哪开始？
在哪结束？或怎样从天球窃得音乐、
为了劝慰它们的女神？

　　　　　　　　　　哦威严的**夜**！
自然的伟大祖先！比白昼早先诞生！
并且注定要比那短暂的太阳活得长！
被凡人和神灵用敬畏的目光注视着！
一顶繁星的王冠装饰你的乌亮眉毛，
一片蔚蓝的地带修饰你的腰；云团，　　560
被天堂的织机制成各种形状和色度，

———————————————
① 牧羊人对于辛西娅的爱，不及诗人对于夜晚的爱。

（29）

成为神圣垂褶服饰的宽衣裥，形成
你那飘垂的披风；并且在天堂各处
恣意倾泻你那肥大宽松的浮夸裙裾。
你的种种阴郁壮丽（*自然的最威严、
鼓舞的外表*！）索取一篇感恩诗行；
而且，像一张碎金密布的深色帷幕，
隐匿我的往日辛劳，将结束这场戏。

　　哦人！是什么如此可敬、值得歌颂？
还有什么使我们准备好聆听天堂的　　　570
颂歌？*创世纪*，是大天使们的主题！
有什么待唱主题如此必要？有什么
能让天堂欢乐助我们如此预备维持？
人的灵魂，曾决意一睹**上帝的**尊容，
因*上帝*曾赐予这些奇观、供人瞻仰，
在今*世*拥有前一幕伟大目标的戏景，
并凝视它；为了伸展至那种思想的
广阔浩瀚，为了崛起至那种赞赏的
显贵高度，为了限制缩小那种敬畏，
并且给她的所有能力赋予那种力量，　　580
也许能最好地符合终极欢乐的力量。

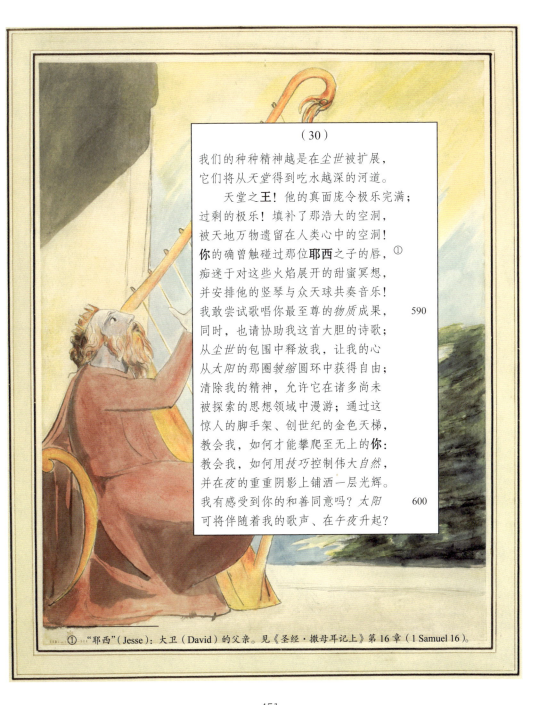

（30）

我们的种种精神越是在*尘世*被扩展，
它们将从天堂得到吃水越深的河道。

　　天堂之**王**！他的真面庞令极乐完满；
过剩的极乐！填补了那浩大的空洞，
被天地万物遗留在人类心中的空洞！
你的确曾触碰过那位**耶西**之子的唇，　①
痴迷于对这些火焰展开的甜蜜冥想，
并安排他的竖琴与众天球共奏音乐！
我敢尝试歌唱你最至尊的*物质*成果，　　590
同时，也请协助我这首大胆的诗歌；
从*尘世*的包围中释放我，让我的心
从太阳的那圈*皱缩*圆环中获得自由；
清除我的精神，允许它在诸多尚未
被探索的思想领域中漫游；通过这
惊人的脚手架、创世纪的金色天梯，
教会我，如何才能攀爬至无上的**你**：
教会我，如何用*技巧*控制伟大*自然*，
并在*夜*的重重阴影上铺洒一层光辉。
我有感受到你的和善同意吗？太阳　　600
可将伴随着我的歌声、在午夜升起？

① "耶西"（Jesse）：大卫（David）的父亲。见《圣经·撒母耳记上》第16章（1 Samuel 16）。

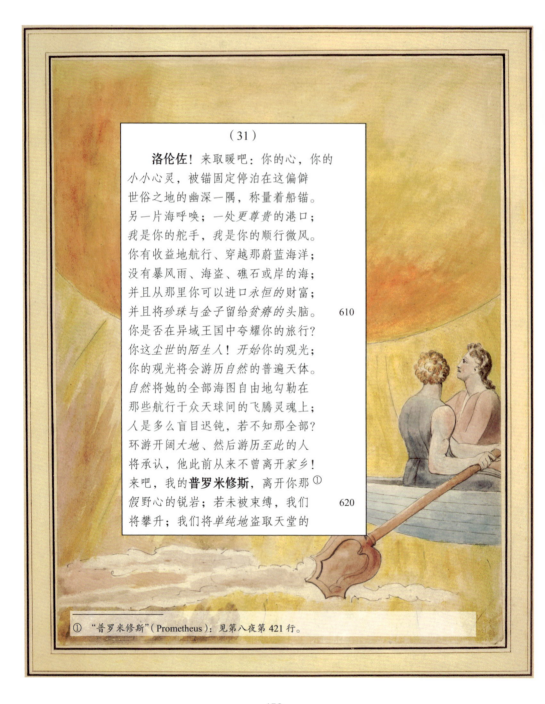

（31）

　　洛伦佐！来取暖吧：你的心，你的
小小心灵，被锚固定停泊在这偏僻
世俗之地的幽深一隅，称量着船锚。
另一片海呼唤；一处更尊贵的港口；
我是你的舵手，我是你的顺行微风。
你有收益地航行、穿越那蔚蓝海洋；
没有暴风雨、海盗、礁石或岸的海；
并且从那里你可以进口永恒的财富；
并且将珍珠与金子留给贫瘠的头脑。　　610
你是否在异域王国中夸耀你的旅行？
你这尘世的陌生人！开始你的观光；
你的观光将会游历自然的普遍天体。
自然将她的全部海图自由地勾勒在
那些航行于众天球间的飞腾灵魂上；
人是多么盲目迟钝，若不知那全部？
环游开阔大地、然后游历至此的人
将承认，他此前从来不曾离开家乡！
来吧，我的**普罗米修斯**，离开你那 ①
假野心的锐岩；若未被束缚，我们　　620
将攀升；我们将单纯地盗取天堂的

① "普罗米修斯"（Prometheus）：见第八夜第 421 行。

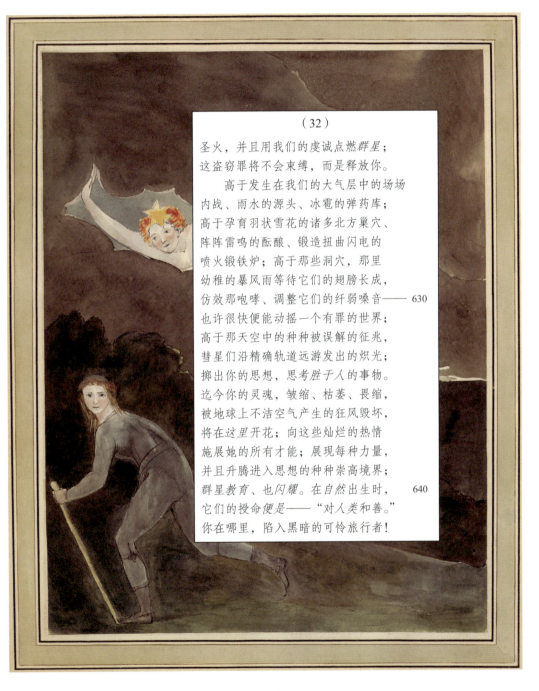

（32）

圣火，并且用我们的虔诚点燃*群星*；
这盗窃罪将不会束缚，而是释放你。

　　高于发生在我们的大气层中的场场
内战、雨水的源头、冰雹的弹药库；
高于孕育羽状雪花的诸多北方巢穴、
阵阵雷鸣的酝酿、锻造扭曲闪电的
喷火锻铁炉；高于那些洞穴，那里
幼稚的暴风雨等待它们的翅膀长成，
仿效那咆哮、调整它们的纤弱嗓音——　630
也许很快便能动摇一个有罪的世界；
高于那天空中的种种被误解的征兆，
彗星们沿精确轨道远游发出的炽光；
掷出你的思想，思考胜于人的事物。
迄今你的灵魂、皱缩、枯萎、畏缩，
被地球上不洁空气产生的狂风毁坏，
将在这里开花；向这些灿烂的热情
施展她的所有才能；展现每种力量，
并且升腾进入思想的种种崇高境界；
群星教育、也闪耀。在*自然出生时*，　640
它们的授命便是——"对人类和善。"
你在哪里，陷入黑暗的可怜旅行者！

夜 思

（33）

群星将为你点灯，当月亮消失不见。
你在哪里，陷入更深黑暗！更迷路！
在不道德的路上？群星呼唤你回头；
听从它们的忠告，你便将走上正道。
你在何方，美德斗士？群星是你的
同盟，都在你这一边升起；以成千
上万的数量，他们派出他们的明亮
军团，为了曼妙美德的缘故；并且　　　650
严密监视，每夜都点亮他们的火把，
警示的火把，为了警告你敌人进犯；
那位敌人，声称这些地区归他所有；
大胆篡位者！穿着时新的空中王子！①
在夜晚的可怕旗帜下，让我们拔出
恒星智慧那令人敬畏的长剑，并且
将他径直送入遥远的别处火焰之中。
唯有米迦勒用他那有力的臂膀、从②
山上的金色圆柱上拔下来的那把剑——
在那天国之山上，上帝的子孙们在　　660
远高于群星、高于半人马座的谦卑
弓箭的地方，挂起天堂的复仇之心——
唯此能给黝黑恶魔造成更深的伤口。

① 《圣经·以弗所书》第 2 章第 2 节（Ephesians 2:2）将撒旦称为"空中掌权者的首领"（prince of the power of the air）。
② 米迦勒（Michael），《圣经》中的天使长。

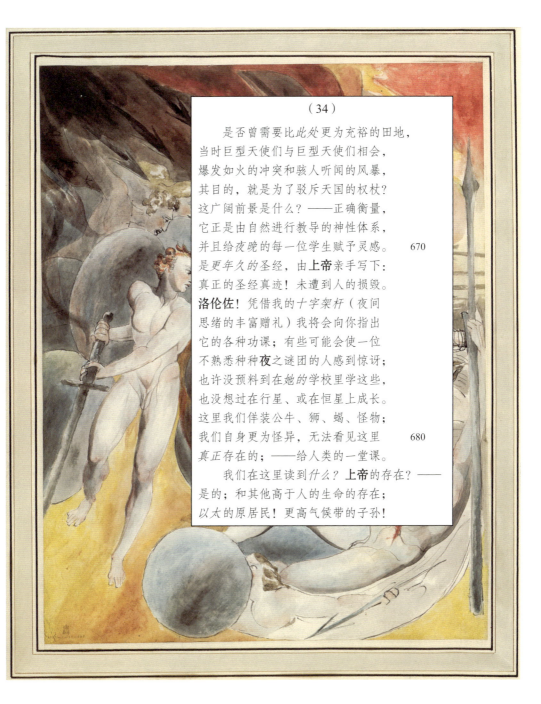

（34）

　　是否曾需要比*此处*更为充裕的田地，
当时巨型天使们与巨型天使们相会，
爆发如火的冲突和骇人听闻的风暴，
其目的，就是为了驳斥天国的权杖？
这广阔前景是什么？——正确衡量，
它正是由自然进行教导的神性体系，
并且给夜晚的每一位学生赋予灵感。　　670
是更年久的圣经，由**上帝**亲手写下：
真正的圣经真迹！未遭到人的损毁。
洛伦佐！凭借我的*十字架杆*（夜间
思绪的丰富赠礼）我将会向你指出
它的各种功课；有些可能会使一位
不熟悉种种**夜**之谜团的人感到惊讶；
也许没预料到在她的学校里学这些，
也没想过在行星、或在恒星上成长。
这里我们伴装公牛、狮、蝎、怪物；
我们自身更为怪异，无法看见这里　　680
真正存在的；——给人类的一堂课。
　　我们在这里读到*什么*？**上帝**的存在？——
是的；和其他高于人的生命的存在；
以太的原居民！更高气候带的子孙！

（35）

永生光线！它掌控这些火焰的子孙！
而且，更能引起**洛伦佐**诧异的，是
被写在天国之中的**永恒属性**。且是
属于谁的永恒属性？**洛伦佐**！你的；
属于人类的永恒属性。不只有**信仰**，
美德也长于此；这里惊现至尊解药，　　690
能治愈几乎每种邪恶；但多为你的；
怒火、骄傲、野心，与不纯的欲望。
你问道："为何我在这么晚呼唤你，
此时，全知的自然都已注定要休憩？"——
是的，为了使我们适应这比绒羽能
给予、尘世之人能享用的更甜美的
休憩：承认全知自然在其中更明智。
洛伦佐！你也能在午夜醒来，尽管
并非是因为关注道德：野心、享乐！
我近来才刚刚为你迎战的那些暴君，①　700
只给他们的疲惫奴隶提供甚少休息。
于你而言，午夜就是*不道德的中午*，
太阳的正午炽光是一天的全盛拂晓！
并非是你的风气，而是多变的罪行，

① "刚刚为你迎战"：指第八夜。

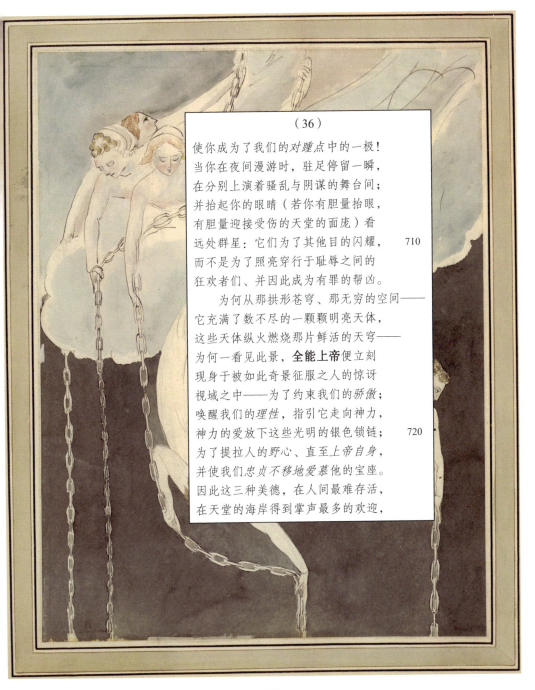

（36）

使你成为了我们的*对蹠点*中的一极！
当你在夜间漫游时，驻足停留一瞬，
在分别上演着骚乱与阴谋的舞台间；
并抬起你的眼睛（若你有胆量抬眼，
有胆量迎接受伤的天堂的面庞）看
远处群星：它们为了其他目的闪耀，　　　　710
而不是为了照亮穿行于耻辱之间的
狂欢者们、并因此成为有罪的帮凶。

　　为何从那拱形苍穹、那无穷的空间——
它充满了数不尽的一颗颗明亮天体，
这些天体纵火燃烧那片鲜活的天穹——
为何一看见此景，**全能上帝**便立刻
现身于被如此奇景征服之人的惊讶
视域之中——为了约束我们的*骄傲*；
唤醒我们的*理性*，指引它走向神力，
神力的爱放下这些光明的银色锁链；　　　　720
为了提拉人的野心、直至上帝自身，
并使我们忠贞不移地爱慕他的宝座。
因此这三种美德，在人间最难存活，
在天堂的海岸得到掌声最多的欢迎，

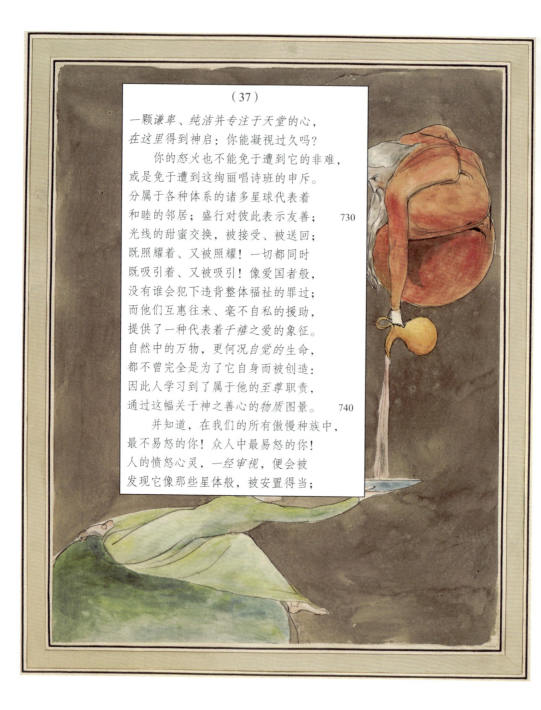

（37）

一颗谦卑、纯洁并专注于天堂的心，
在这里得到神启：你能凝视过久吗？

　　你的怒火也不能免于遭到它的非难，
或是免于遭到这绚丽唱诗班的申斥。
分属于各种体系的诸多星球代表着
和睦的邻居；盛行对彼此表示友善；　　730
光线的甜蜜交换，被接受、被送回；
既照耀着、又被照耀！一切都同时
既吸引着、又被吸引！像爱国者般，
没有谁会犯下违背整体福祉的罪过；
而他们互惠往来、毫不自私的援助，
提供了一种代表着千禧之爱的象征。
自然中的万物，更何况*自觉的*生命，
都不曾完全是为了它自身而被创造：
因此人学习到了属于他的至尊职责，
通过这幅关于神之善心的物质图景。　　740

　　并知道，在我们的所有傲慢种族中，
最不易怒的你！众人中最易怒的你！
人的愤怒心灵，一经审视，便会被
发现它像那些星体般，被安置得当；

（38）

是*自然*的结构，被固执的意愿损坏，
孕育了*那里*的所有非天堂的不和谐。
你难道不愿感受*自然*曾给予的偏好？
你难道能在与天国进行交谈时降落，
并掐住你兄弟的咽喉？——为什么？——
一块*土*，一*寸地*？星球哭喊"克制！"　　750
他们驱逐我们的双重黑暗；自然的
阴郁和我们（更善！）的*才智*之夜。

　　并看着，*白昼*的和蔼姊妹发出她的
邀请，沐浴在低亮度光辉的最柔和
光线中；她向你的目光献殷勤，而
她的暴君兄弟用炽光折磨你的眼睛。
*夜晚*授予你在天国巡视的全部自由，
也不会粗鲁地训斥你那抬起的眼睛；
用*收益*和欢乐，她哄着你要变聪慧。
*夜晚*开启最尊贵的景象，散发一种　　760
敬畏，使那些景象在被柔化的心中
得到充分的重视，获得深刻的接纳。
当光亮像一个间谍，从黑暗中窥视；
黑暗则是通过光亮、显示它的壮丽。
那份增益也并不比那份欢乐更伟大，

夜　思

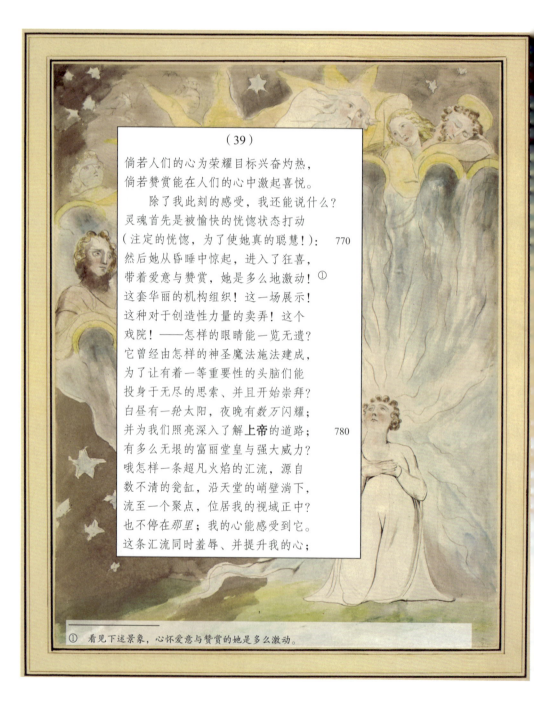

（39）

倘若人们的心为荣耀目标兴奋灼热，
倘若赞赏能在人们的心中激起喜悦。

　　除了我此刻的感受，我还能说什么？
灵魂首先是被愉快的恍惚状态打动
（注定的恍惚，为了使她真的聪慧！）：　770
然后她从昏睡中惊起，进入了狂喜，
带着爱意与赞赏，她是多么地激动！①
这套华丽的机构组织！这一场展示！
这种对于创造性力量的卖弄！这个
戏院！——怎样的眼睛能一览无遗？
它曾经由怎样的神圣魔法施法建成，
为了让有着一等重要性的头脑们能
投身于无尽的思索、并且开始崇拜？
白昼有一轮太阳，夜晚有数万闪耀；
并为我们照亮深入了解**上帝**的道路；　780
有多么无垠的富丽堂皇与强大威力？
哦怎样一条超凡火焰的汇流，源自
数不清的瓮缸，沿天堂的峭壁淌下，
流至一个聚点，位居我的视域正中？
也不停在那里；我的心能感受到它。
这条汇流同时羞辱、并提升我的心；

---

① 看见下述景象，心怀爱意与赞赏的她是多么激动。

460

（40）

将它埋入尘埃、又呼唤它升至天国。
看见此景的人，谁不兴奋？不敬畏？
看见此景的人，谁能满足于所见的？
由**全能上帝**创造的物质形态的后代！① 790
并无生命、但赋予万物生命的孩子！
配得上创造者的成果！配得上赞美！
所有赞美！*超人的赞美*！也不否认
你的*神圣赞美*！但尽管人沉于睡眠，
拒给他的崇敬效忠，并非唯我清醒；
明亮的军团在暗中聚集，唱着凡人
无法听见的歌，赞美荣耀的建筑师，
在这片天国中悬挂着他的普世庙宇，
有着灿烂光辉，有着数不清的烛火，
在灵魂上倾洒宗教光芒；身兼双职，　　800
既是庙宇，也是*传道士*！哦它多么
大声地呼喊虔诚！*夜晚的真实成长*！

　　虔诚！是研究星象的天文学的女儿！②
一位不敬神灵的天文学家是疯癫的。
的确；一切都表明**上帝**存在；但是
人在小处追踪神；神在大处俘获人；
俘获，并且提升、遮掩、使之充满
种种新的询问，置于新的伙伴之中。

---

① 即天空。
② 我们如今所谓的星相学（astrology），在当时被称作天文学（astronomy）。布莱克版画版本此处接续上一段，但其他《夜思》版本这里另起一段。

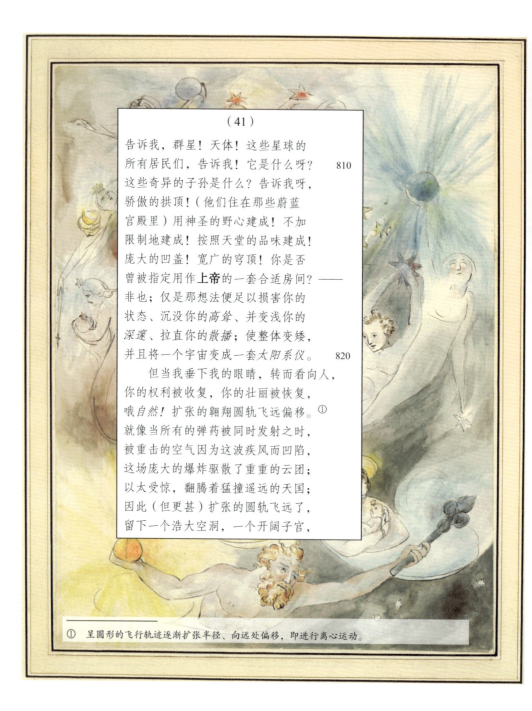

（41）

告诉我，群星！天体！这些星球的
所有居民们，告诉我！它是什么呀？　　810
这些奇异的子孙是什么？告诉我呀，
骄傲的拱顶！（他们住在那些蔚蓝
宫殿里）用神圣的野心建成！不加
限制地建成！按照天堂的品味建成！
庞大的凹盖！宽广的穹顶！你是否
曾被指定用作**上帝**的一套合适房间？——
非也；仅是那想法便足以损害你的
状态、沉没你的高耸、并变浅你的
深邃、拉直你的*散播*；使整体变矮，
并且将一个宇宙变成一套*太阳系仪*。　　820

　　但当我垂下我的眼睛，转而看向人，
你的权利被收复，你的壮丽被恢复，
哦*自然*！扩张的翱翔圆轨飞远偏移。①
就像当所有的弹药被同时发射之时，
被重击的空气因为这波疾风而凹陷，
这场庞大的爆炸驱散了重重的云团；
以太受惊，翻腾着猛撞遥远的天国；
因此（但更甚）扩张的圆轨飞远了，
留下一个浩大空洞，一个开阔子宫，

---

①　星圆形的飞行轨迹逐渐扩张半径、向远处偏移，即进行离心运动。

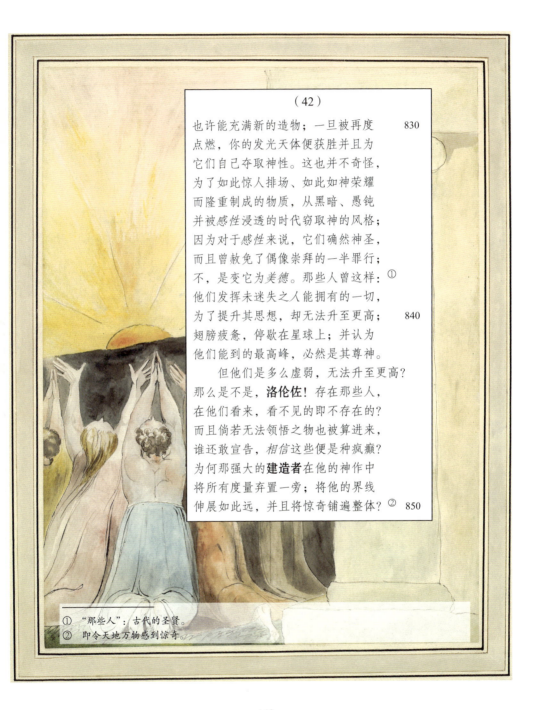

（42）

也许能充满新的造物；一旦被再度　　　　　830
点燃，你的发光天体便获胜并且为
它们自己夺取神性。这也并不奇怪，
为了如此惊人排场、如此如神荣耀
而隆重制成的物质，从黑暗、愚钝
并被*感性*浸透的时代窃取神的风格；
因为对于感性来说，它们确然神圣，
而且曾赦免了偶像崇拜的一半罪行；
不，是变它为美德。那些人曾这样：①
他们发挥未迷失之人能拥有的一切，
为了提升其思想，却无法升至更高；　　　840
翅膀疲惫，停歇在星球上；并认为
他们能到的最高峰，必然是其尊神。

　　但他们是多么虚弱，无法升至更高？
那么是不是，**洛伦佐**！存在那些人，
在他们看来，看不见的即不存在的？
而且倘若无法领悟之物也被算进来，
谁还敢宣告，*相信这些*便是种疯癫？
为何那强大的**建造者**在他的神作中
将所有度量弃置一旁；将他的界线
伸展如此远，并且将惊奇铺遍整体？②　850

① "那些人"：古代的圣贤。
② 即令天地万物感到惊奇。

463

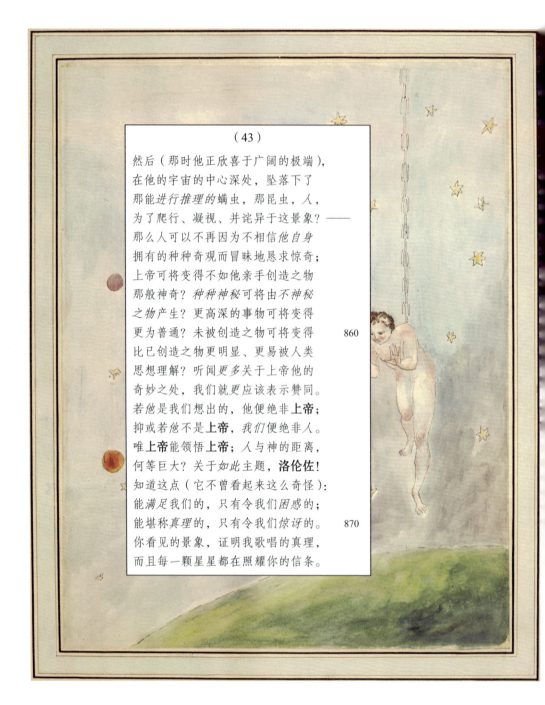

夜 思

（43）

然后（那时他正欣喜于广阔的极端），
在他的宇宙的中心深处，坠落下了
那能*进行推理*的螨虫，那昆虫，人，
为了爬行、凝视、并诧异于这景象？——
那么人可以不再因为不相信*他自身*
拥有的种种奇观而冒昧地恳求惊奇；
上帝可将变得不如他亲手创造之物
那般神奇？*种种神秘可将由不神秘*
之物产生？更高深的事物可将变得
更为普通？未被创造之物可将变得 860
比已创造之物更明显、更易被人类
思想理解？听闻更多关于上帝他的
奇妙之处，我们就更应该表示赞同。
若他是我们想出的，他便绝非**上帝**；
抑或*若他不是***上帝**，*我们*便绝非人。
唯**上帝**能领悟**上帝**；人与神的距离，
何等巨大？关于如此主题，**洛伦佐！**
知道这点（它不曾看起来这么奇怪）：
能满足我们的，只有令我们*困惑*的；
能堪称真理的，只有令我们*惊讶*的。 870
你看见的景象，证明我歌唱的真理，
而且每一颗星星都在照耀你的信条。

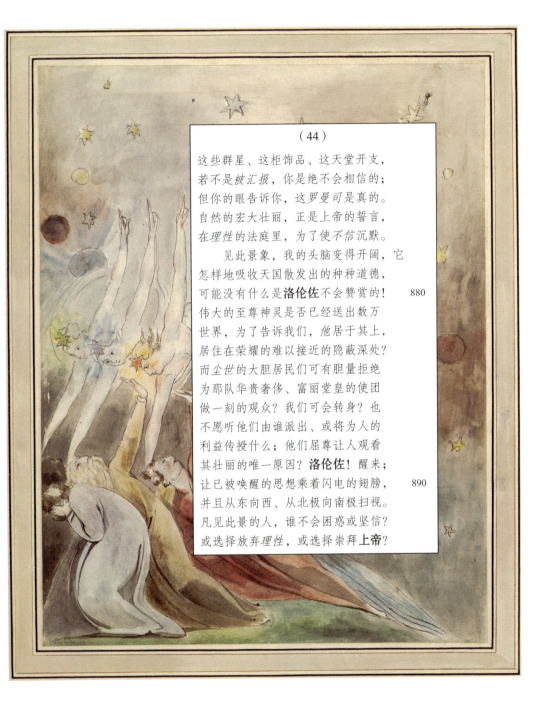

（44）

这些群星、这柜饰品、这天堂开支，
若不是*被汇报*，你是绝不会相信的；
但你的眼告诉你，这罗曼司是真的。
自然的宏大壮丽，正是上帝的誓言，
在*理性*的法庭里，为了使不信沉默。

　　见此景象，我的头脑变得开阔，它
怎样地吸收天国散发出的种种道德，
可能没有什么是**洛伦佐**不会赞赏的！　　880
伟大的至尊神灵是否已经送出数万
世界，为了告诉我们，*他*居于其上，
居住在荣耀的难以接近的隐蔽深处？
而*尘世*的大胆居民们可有胆量拒绝
为那队华贵奢侈、富丽堂皇的使团
做一刻的观众？我们可会转身？也
不愿听他们由谁派出、或将为人的
利益传授什么；他们屈尊让人观看
其壮丽的唯一原因？**洛伦佐**！醒来；
让已被唤醒的思想乘着闪电的翅膀，　　890
并且从东向西、从北极向南极扫视。
凡见此景的人，谁不会困惑或坚信？
或选择放弃理性，或选择崇拜**上帝**？

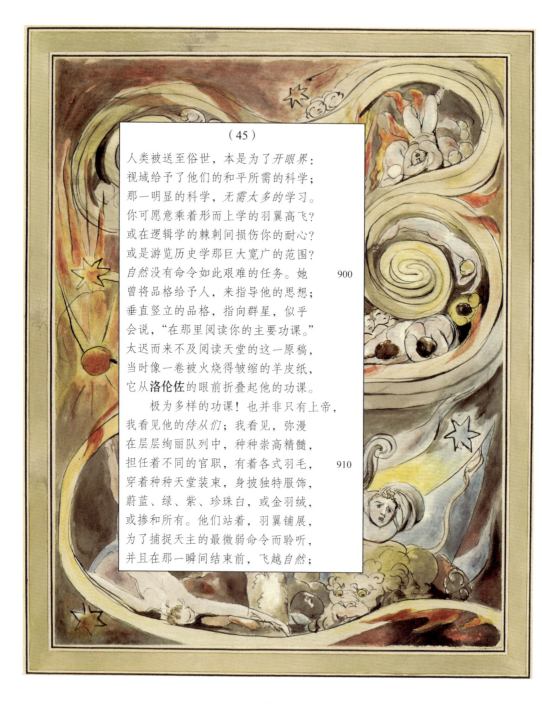

（45）

人类被送至俗世，本是为了开眼界：
视域给予了他们的和平所需的科学；
那一明显的科学，*无需太多的学习*。
你可愿意乘着形而上学的羽翼高飞？
或在逻辑学的棘刺间损伤你的耐心？
或是游览历史学那巨大宽广的范围？
自然没有命令如此艰难的任务。她　　900
曾将品格给予人，来指导他的思想；
垂直竖立的品格，指向群星，似乎
会说，"在那里阅读你的主要功课。"
太迟而来不及阅读天堂的这一原稿，
当时像一卷被火烧得皱缩的羊皮纸，
它从**洛伦佐**的眼前折叠起他的功课。

　极为多样的功课！也并非只有上帝，
我看见他的*侍从们*；我看见，弥漫
在层层绚丽队列中，种种崇高精髓，
担任着不同的官职，有着各式羽毛，　　910
穿着种种天堂装束，身披独特服饰，
蔚蓝、绿、紫、珍珠白，或金羽绒，
或掺和所有。他们站着，羽翼铺展，
为了捕捉天主的最微弱命令而聆听，
并且在那一瞬间结束前，飞越*自然*；

（46）

数量数不清！——异教徒与基督徒
对此十分理解！在每个天球上都有
一位天使居住，以便指挥它的航向，
并且维持或助长它的火焰；或履行
其他未知的高级受托义务。因为谁　　　　920
能够看见如此的物质排场，并想象
头脑——无生命的物质仅为它制造——
被更吝惜地分配？那更尊贵的儿子，①
更可能是伟大的**父亲**！因此，天国
告知我们有着难以计数的优越神灵，
就卓越程度而言，远超人类，正如
就重要程度而言，众天球远超尘世。
这些目击者像一团云悬在我们上方；
一个拥塞戏院里，全是我们的功绩；
也许，有一千位次神从我们看见的　　　930
每束光芒上降临，为了与人们同行。
令人敬畏的反省！对恶的强烈克制！
但在这里，从感官查勘的这些超凡
荣耀中，我们的美德发现更强援助；
好似魔法，从这蓝色穹顶擦出电弧；
观看它时，关注恰当吗？我们感到
一阵突然的救济，未恳求、未想到。

① "被更吝惜地分配"：担心头脑、耶稣，乃至上帝会得到较少的关注份额，难以与物质世界
　　的豪华排场相媲美。

467

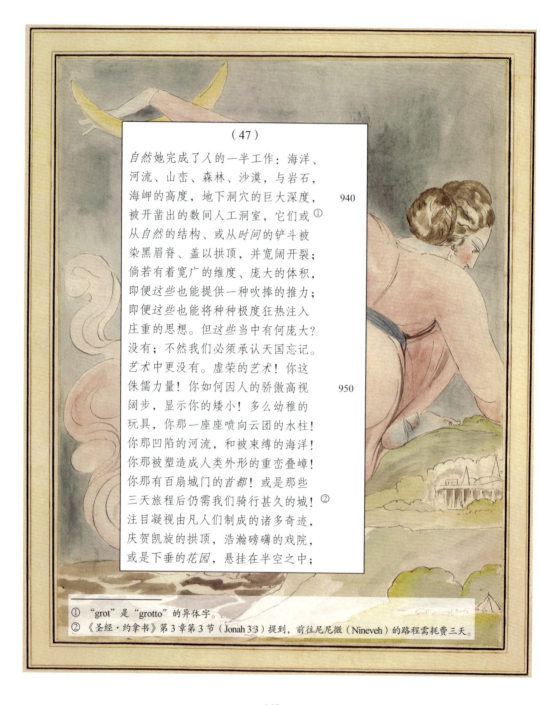

（47）

*自然*她完成了人的一半工作：海洋、
河流、山峦、森林、沙漠，与岩石，
海岬的高度，地下洞穴的巨大深度，　　　940
被开凿出的数间人工洞室，它们或①
从*自然*的结构、或从*时间*的铲斗被
染黑眉脊、盖以拱顶，并宽阔开裂；
倘若有着宽广的维度、庞大的体积，
即便*这些*也能提供一种吹捧的推力；
即便*这些*也能将种种极度狂热注入
庄重的思想。但这些当中有何庞大？
没有；不然我们必须承认天国忘记。
艺术中更没有。虚荣的艺术！你这
侏儒力量！你如何因人的骄傲高视　　　950
阔步，显示你的矮小！多么幼稚的
玩具，你那一座座喷向云团的水柱！
你那凹陷的河流，和被束缚的海洋！
你那被塑造成人类外形的重峦叠嶂！
你那有百扇城门的首都！或是那些
三天旅程后仍需我们骑行甚久的城！②
注目凝视由凡人们制成的诸多奇迹，
庆贺凯旋的拱顶，浩瀚磅礴的戏院，
或是下垂的花园，悬挂在半空之中；

① "grot" 是 "grotto" 的异体字。
② 《圣经·约拿书》第 3 章第 3 节（Jonah 3:3）提到，前往尼尼微（Nineveh）的路程需耗费三天。

（48）

或是骄傲的*庙宇*，在半途迎接神灵。　　960
但这些并非用寻常的方式感动我们。
那么如此优越景象有着怎样的力量？
进入一座庙宇，它将引起一种敬畏：
从**上帝**建成的这庙宇得到何种敬畏！
所见的善者，尽管沉默，给予忠告；
那位被触动的观众，渴望变得聪慧：
在上帝亲手制造的一面明亮镜子里，
这里我们看见某种近似**上帝**的面孔。
那时候，这样做看似不够，**洛伦佐**！
对放纵的人说，"你已见过天国吗？"　　970

　　然而，大胆之人仍极力阻碍自然的
和善规划，他将她的神圣敬畏（那
抵御邪恶的守卫）用作庇护，他被
远超寻常的罪孽诱惑，彻底倒置了
天堂艺术的意图。正在震颤的群星
看见巨大罪行昂首阔步地穿越阴郁、
厚颜无耻，在白天藏起他们的头颅，
通过他们的所作所为使夜晚*更黑暗*。
相连的*劫掠*与*谋杀*在掩蔽处沉睡着，
直到阴影降临，它们如今搜寻猎物。　　980

（49）

吝啬鬼将他的宝藏埋入土中；窃贼
注视着这鼹鼠，在黎明前使他损失
半数财产。现在，密谋和邪恶阴谋
醒来；用他们的种种恐怖蒙住月亮，
他们准备了灾害浩劫还有荒废毁灭，
和在浴血战场上摇摇欲坠的诸王国；
现在，骚乱的子孙们在狂欢中肆虐。
我该做什么？——镇压它？称颂它？——
为何雷休眠？现在，**洛伦佐**！现在，
他最好朋友的卧榻，被那粗鄙奸夫　　990
稳稳地登上；嘲笑诸位神灵与凡人。
荒唐疯人们，既不害怕、也不羞耻，
向那些天堂的贞洁眼睛袒露他们的
罪行！却在凡人的视域中皱缩战栗。
月亮与群星难道只为流氓恶棍而造？
为了用阴暗的光指引、却包庇他们？
非也；造出它们，是为了塑造人类
心中的崇高，并且使智者更为聪慧。

　　那些目标曾得到响应；当时凡人们
有更强壮的翅膀，能像鹰似的攀升　　1000
崇高理论。哦多么不像那些夜晚的

（50）

寄生害虫，在这瞬间被歌唱，他们
爬行大地，并从她的毒液得到滋养！
那些远古哲人，人类的明星！他们
曾在午夜时刻，遇见天国的兄弟们；
询问他们的忠告；服从他们的要求。
那斯塔吉拉人、柏拉图、曾经饮下
那碗毒药的人、和那图斯库卢姆人，
及科尔多瓦人，（诸多永生的名人！）
在这些无垠且埃律西昂式的领域中，① 1010
一片适合**神灵**及如神之人的区域中，
他们曾每夜巡行，穿越天使们曾经
踩过的绚丽路径；由此被主要指引，
要踩着他们在尘世这里的明亮足迹，
要走在比天国更有光明价值的路上。
在那里他们曾染上了对尘世的轻蔑；
在那里他们曾点燃永恒希望的火焰；
在那里他们曾因为靠近神灵而激动，
（伟大访客！）变得与**上帝**更亲密，
对人们更有价值，对自己更为愉悦。 1020
他们曾热情且快速地浏览多种美德，
以及他们的聪慧且显赫的生命周期。
在基督徒们心中，哦为了异教徒的

① "斯塔吉拉人"（the Stagirite）：古希腊哲学家和科学家亚里士多德（Aristotle）的别名。"曾经饮下那碗毒药的人"：指苏格拉底（Socrates）。图斯库卢姆（Tusculum）：意大利拉丁姆地区古城，雄辩家西塞罗（Cicero）的故乡。科尔多瓦（Corduba / Córdoba）：西班牙南部科尔多瓦省省会，古罗马哲学家、政治家和剧作家塞内加（Lucius Annaeus Seneca / Seneca the Younger）的出生地。埃律西昂式的（Elysian）：源自埃律西昂田野（Elysium / the Elysian Fields），指希腊神话中，获得不朽生命的英雄所去的乐园。

夜　思

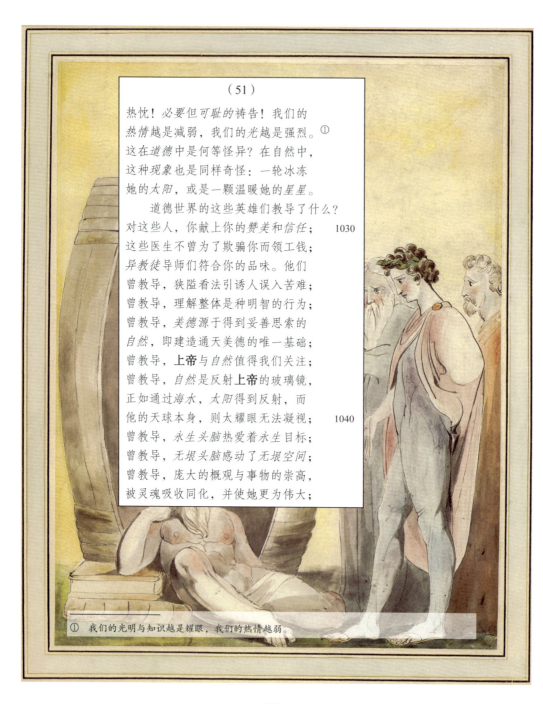

（51）

热忱！必要但可耻的祷告！我们的
*热情越是减弱，我们的光越是强烈。*①
这在*道德*中是何等怪异？在自然中，
这种现象也是同样奇怪：一轮冰冻
她的*太阳*，或是一颗温暖她的*星星*。

　　道德世界的这些英雄们教导了什么？
对*这些人*，你献上你的*赞美和信任*；　　1030
这些医生不曾为了欺骗你而领工钱；
*异教徒*导师们符合你的品味。他们
曾教导，狭隘看法引诱人误入苦难；
曾教导，理解整体是种明智的行为；
曾教导，美德源于得到妥善思索的
自然，即建造通天美德的唯一基础；
曾教导，**上帝**与*自然*值得我们关注；
曾教导，*自然*是反射**上帝**的玻璃镜，
正如通过海水，太阳得到反射，而
他的天球本身，则太耀眼无法凝视；　　1040
曾教导，永生头脑热爱着永生目标；
曾教导，无垠头脑感动了无垠空间；
曾教导，庞大的概观与事物的崇高，
被灵魂吸收同化，并使她更为伟大；

---

① 我们的光明与知识越是耀眼，我们的热情越弱。

（52）

曾教导，因天堂，她的荣耀，作为
灵感的储备，以此方式向人铺展开。
他们的教义如此；*夜晚的神祇如此*。

　　有什么更真？有什么更重要的真理？
人的灵魂被造出，为了在天国行走；
愉悦的出路，逃离她在这里的监狱！　　　　1050
那里，摆脱了她的锁链、那些世俗
玩物的束缚，她能自由地漂泊漫游；
那里，能自由地呼吸、膨胀、伸展，
以完整的比例释放出她的所有力量；
并且，*不被欺骗地*，抓住某种伟大。
她虽然身为陌生人，却不游荡那里；
而是因她自身奇妙，在奇观中迷路；
思索着*他们*的壮丽，发现*她自己*的；
深深地潜入他们那神圣的体制结构，
高踞审判席，评论他们的各种法律，　　　1060
像统治者般，审判时没有任何过错。
因此灵魂极为满意、且合理地骄傲，
逐渐意识到她的天堂出生；在她的
故乡空气中呼吸更多的生命与活力；

473

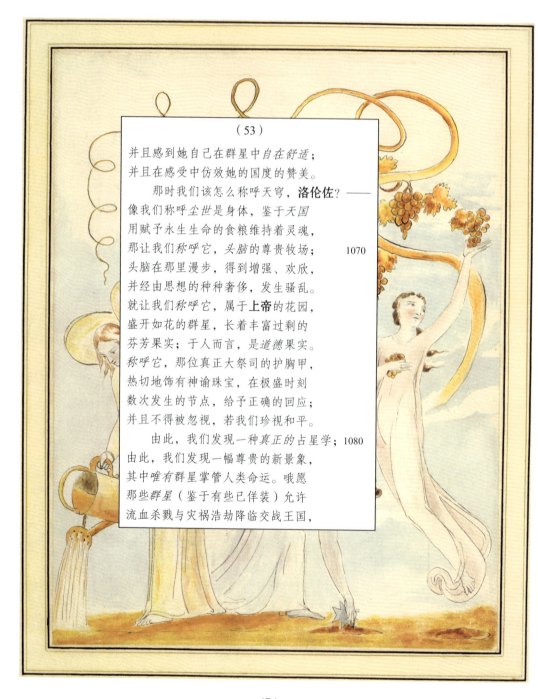

（53）

并且感到她自己在群星中*自在舒适*；
并且在感受中仿效她的国度的赞美。

　　那时我们该怎么称呼天穹，**洛伦佐**？——
像我们称呼*尘世*是身体，鉴于天国
用赋予永生生命的食粮维持着灵魂，
那让我们称呼它，头脑的尊贵牧场；　　　　　1070
头脑在那里漫步，得到增强、欢欣，
并经由思想的种种奢侈，发生骚乱。
就让我们*称呼*它，属于**上帝**的花园，
盛开如花的群星，长着丰富过剩的
芬芳果实；于人而言，是*道德果实*。
称呼它，那位真正大祭司的护胸甲，
热切地饰有神谕珠宝，在极盛时刻
数次发生的节点，给予正确的回应；
并且不得被忽视，若我们珍视和平。

　　由此，我们发现一种真正*的占星学*；1080
由此，我们发现一幅尊贵的新景象，
其中*唯有群星掌管人类命运*。哦愿
那些*群星*（鉴于有些已佯装）允许
流血杀戮与灾祸浩劫降临交战王国，

（54）

并且从如此可恶的罪孽中解救*君主*！
波旁！这愿望在敌人身上何等慷慨？ ①
你可愿变得伟大，你可愿成为神灵，
并且将你的不死名号粘贴在群星间，
纪念在一根针尖上获得的浩大征服？ ②
与其为外国人锻造锁链，倒不如将　　　　1090
你的导师关进巴士底狱：壮丽即你 ③
全部的目标？至今你仍不知其本质。
于是人的头脑看起来多么伟大荣耀，
当所有恒星与行星在这头脑中翻滚！
它的外表即其本质：伟大目标造就
伟大头脑，随着观点的扩展而扩展；
那些更像神灵，正如这些更为神圣。 ④

　　　比这些更为神圣的，你却无法看见。
被多样光辉构成的可口药剂给制伏，
头晕目眩的我是怎样踉跄着在各种　　　1100
思想间摇摆，酩酊大醉、没有尽头？
这是一座*伊甸*！未遗失的**极乐世界**！
我在每一处景色都遇见**上帝**，并且
为我在他面前的裸露状态恐惧震颤！
哦只愿我能抵达那生命之树！因为

① "波旁家族"（House of Bourbon）：欧洲过去最重要的统治家族之一，先后统治了法国、西班牙、那不勒斯和西西里。"Bourbon"指波旁家族成员。
② "一根针尖"：见第四夜第782行注释。
③ 巴士底狱（Bastile / Bastille）：巴黎中世纪要塞，在17—18世纪用作法国国家监狱，是关押要犯的地方。
④ 随着思想观点变得更像神灵，有这些观点的头脑也变得更为神圣。

夜　思

（55）

它在这里生长，并不防卫我们品尝；
没有燃火烈剑在这里阻挡我们进入；
倘若人能聚集，他便可能永远存活。

　　洛伦佐！你已经看到相当多的道德。
你更痴情于稀奇的艺术？那么注意　　　1110
天国的种种数学的荣耀，不论数量、
重量或尺度，全被规定。令**洛伦佐**
大为夸耀的建造者们，机遇和命运，
受到委托，完成他的那些缥缈塔楼；
智慧与机遇，它们的特性广为人知，
在这里深留印迹；并且声称拥有它。
尽管一切都辉煌，所有光辉都有用；
用途可与美匹敌；艺术与力量竞争；
在挥霍的开支中，没有轻率的浪费；
那位伟大的**管理者**调解整顿着一切，　1120
以便形成明智的排场、聪慧的壮观。
那景象多么丰富！并且永远崭新着！
且对于观其最多之人，它最是新颖！
因为在随后的无限中，仍将更新颖。
这些飘渺的参赛者们，哦多么敏捷！
从最强弓弦射出的箭也显得在游荡！
唯有精神能与那全速前进拉开距离。

476

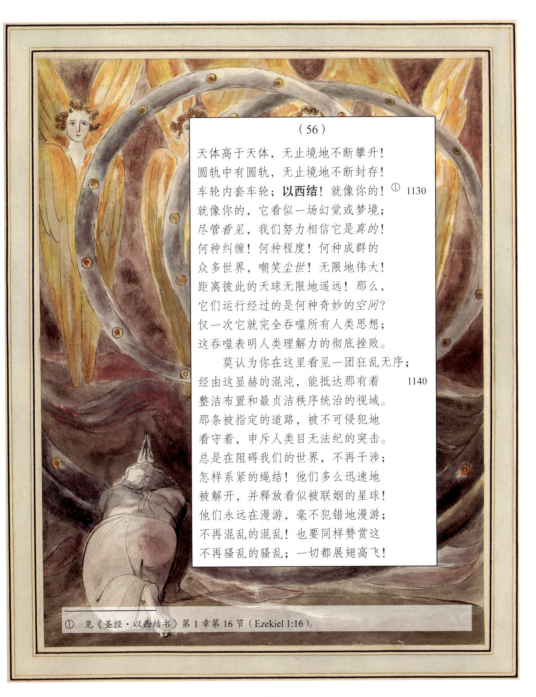

（56）

天体高于天体，无止境地不断攀升！
圆轨中有圆轨，无止境地不断封存！
车轮内套车轮；**以西结**！就像你的！① 1130
就像你的，它看似一场幻觉或梦境；
尽管看见，我们努力相信它是真的！
何种纠缠！何种程度！何种成群的
众多世界，嘲笑*尘世*！无限地伟大！
距离彼此的天球无限地遥远！那么，
它们运行经过的是何种奇妙的*空间*？
仅一次它就完全吞噬所有人类思想；
这吞噬表明人类理解力的彻底挫败。

莫认为你在这里看见一团狂乱无序；
经由这显赫的混沌，能抵达那有着　　　1140
整洁布置和最贞洁秩序统治的视域。
那条被指定的道路，被不可侵犯地
看守着，申斥人类目无法纪的突击。
总是在阻碍我们的世界，不再干涉；
怎样系紧的绳结！他们多么迅速地
被解开，并释放看似被联姻的星球！
他们永远在漫游，毫不犯错地漫游；
不再混乱的混乱！也要同样赞赏这
不再骚乱的骚乱；一切都展翅高飞！

① 见《圣经·以西结书》第 1 章第 16 节（Ezekiel 1:16）。

（57）

一切都正在运动！何种酣畅的憩息！　　　　　1150
何种激烈的动作，却无声响！好似
出于敬畏而沉默，在他们的**主**面前；
或被*他*命令安静，出于对人类的爱，
并吩咐用柔和光芒照射休憩的人类，
他们自身却不宁。你的天蓝平原上，
出于对*他们与你*共有的**上帝**的欢欣，
他们跳舞，他们歌唱永恒的大赦年，
为了对*上帝*的赞美举行永恒的庆祝。
但鉴于他们的*歌*无法传入我们耳中，
他们的*舞蹈*在我们眼中是杂乱表现，　　　　1160
记录*他*那无与伦比之力的美丽*符号*。
注意他们是如何跳出迷宫似的转弯，
错综复杂的圆环，还有玄妙的曲径，
织成全能上帝的宏大密码；于*神灵*
而言，多么伟大！于人而言多易读！

　　　如此多的奇观后，会有更伟大奇观？
支撑天国的支柱，它们如今在哪里？
何种比*阿特拉斯*更甚的肩膀撑起那①
压覆的重担？何种魔法、何种巫术，
在流动的空气中维持这些笨拙天体？　　　　1170

———
① 见第二夜第 134 行注释。

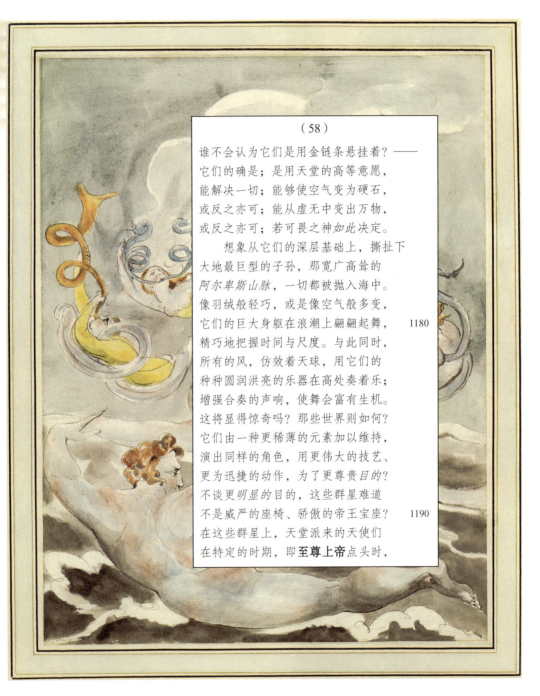

（58）

谁不会认为它们是用金链条悬挂着？——
它们的确是；是用天堂的高等意愿，
能解决一切；能够使空气变为硬石，
或反之亦可；能从虚无中变出万物，
或反之亦可；若可畏之神如此决定。
　　想象从它们的深层基础上，撕扯下
大地最巨型的子孙，那宽广高耸的
阿尔卑斯山脉，一切都被抛入海中。
像羽绒般轻巧，或是像空气般多变，
它们的巨大身躯在浪潮上翩翩起舞，　　　1180
精巧地把握时间与尺度。与此同时，
所有的风，仿效着天球，用它们的
种种圆润洪亮的乐器在高处奏着乐；
增强合奏的声响，使舞会富有生机。
这将显得惊奇吗？那些世界则如何？
它们由一种更稀薄的元素加以维持，
演出同样的角色，用更伟大的技艺、
更为迅捷的动作，为了更尊贵目的？
不谈更明显的目的，这些群星难道
不是威严的座椅、骄傲的帝王宝座？　　　1190
在这些群星上，天堂派来的天使们
在特定的时期，即**至尊上帝**点头时，

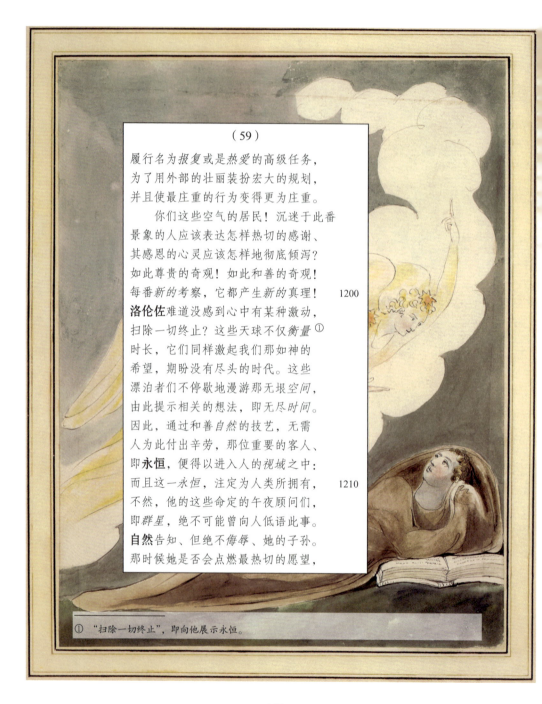

（59）

履行名为*报复*或是*热爱*的高级任务，
为了用外部的壮丽装扮宏大的规划，
并且使最庄重的行为变得更为庄重。

　　你们这些空气的居民！沉迷于此番
景象的人应该表达怎样热切的感谢、
其感恩的心灵应该怎样地彻底倾泻？
如此尊贵的奇观！如此和善的奇观！
每番新的考察，它都产生新的真理！　　　1200
洛伦佐难道没感到心中有某种激动，
扫除一切终止？这些天球不仅*衡量* ①
时长，它们同样激起我们那如神的
希望，期盼没有尽头的时代。这些
漂泊者们不停歇地漫游那无垠空间，
由此提示相关的想法，即*无尽时间*。
因此，通过和善*自然*的技艺，无需
人为此付出辛劳，那位重要的客人、
即**永恒**，便得以进入人的视域之中：
而且这一*永恒*，注定为人类所拥有，　　1210
不然，他的这些命定的午夜顾问们，
即*群星*，绝不可能曾向人低语此事。
自然告知、但绝不侮辱、她的子孙。
那时候她是否会点燃最热切的愿望，

① "扫除一切终止"，即向他展示永恒。

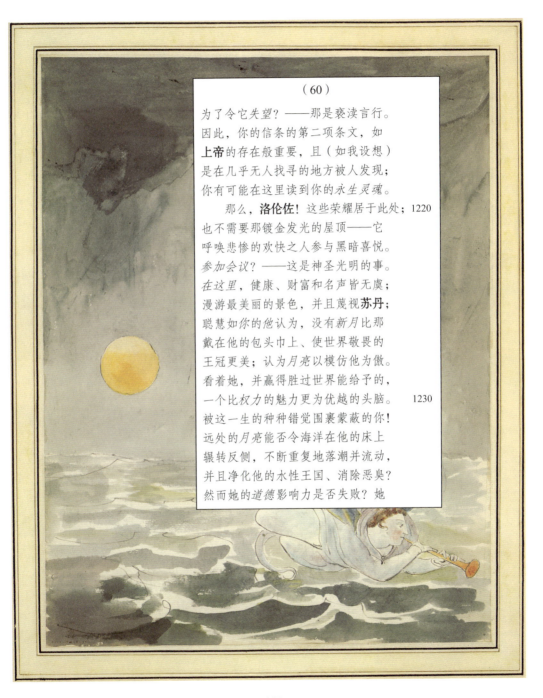

（60）

为了令它失望？——那是亵渎言行。
因此，你的信条的第二项条文，如
上帝的存在般重要，且（如我设想）
是在几乎无人找寻的地方被人发现；
你有可能在这里读到你的永生灵魂。

　　那么，**洛伦佐！** 这些荣耀居于此处；1220
也不需要那镀金发光的屋顶——它
呼唤悲惨的欢快之人参与黑暗喜悦。
参加会议？——这是神圣光明的事。
在这里，健康、财富和名声皆无虞；
漫游最美丽的景色，并且蔑视**苏丹**；
聪慧如你的他认为，没有新月比那
戴在他的包头巾上、使世界敬畏的
王冠更美；认为月亮以模仿他为傲。
看着她，并赢得胜过世界能给予的，
一个比权力的魅力更为优越的头脑　　　1230
被这一生的种种错觉围裹蒙蔽的你！
远处的月亮能否令海洋在他的床上
辗转反侧，不断重复地落潮并流动，
并且净化他的水性王国、消除恶臭？
然而她的道德影响力是否失败？她

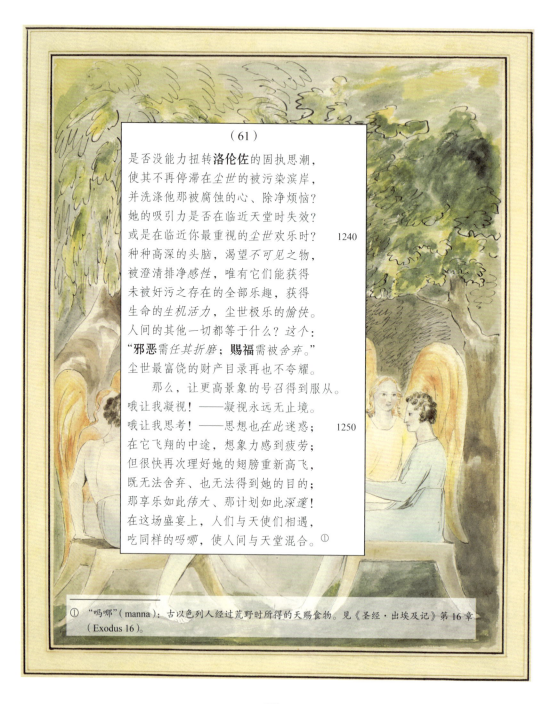

（61）

是否没能力扭转**洛伦佐**的固执思潮，
使其不再停滞在*尘世*的被污染滨岸，
并洗涤他那被腐蚀的心、除净烦恼？
她的吸引力是否在临近天堂时失效？
或是在临近你最重视的*尘世*欢乐时？　　　1240
种种高深的头脑，渴望不可见之物，
被澄清排净*感性*，唯有它们能获得
未被奸污之存在的全部乐趣，获得
生命的*生机活力*，尘世极乐的*愉快*。
人间的其他一切都等于什么？这个：
"**邪恶**需任其*折磨*；**赐福**需被*舍弃*。"
尘世最富饶的财产目录再也不夸耀。

　　那么，让更高景象的号召得到服从。
哦让我凝视！——凝视永远无止境。
哦让我思考！——思想也*在此*迷惑；　　　1250
在它飞翔的中途，想象力感到疲劳；
但很快再次理好她的翅膀重新高飞，
既无法舍弃、也无法得到她的目的；
那享乐如此伟大、那计划如此深邃！
在这场盛宴上，人们与天使们相遇，
吃同样的吗哪，使人间与天堂混合。①

① "吗哪"（manna）：古以色列人经过荒野时所得的天赐食物。见《圣经·出埃及记》第16章
　（Exodus 16）。

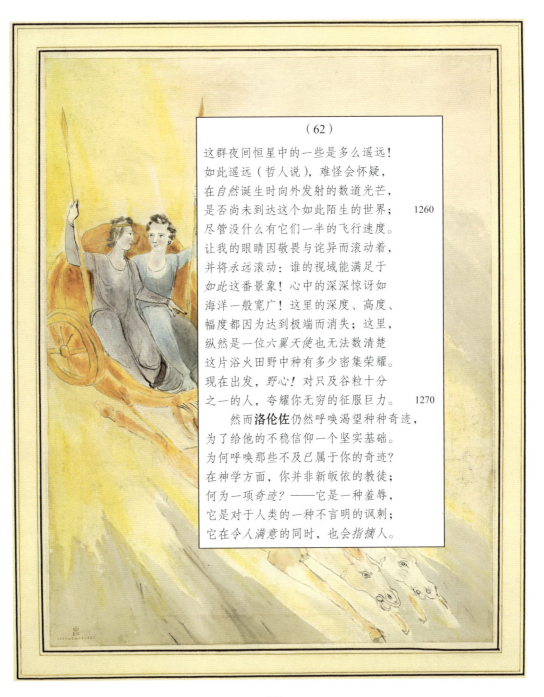

（62）

这群夜间恒星中的一些是多么遥远！
如此遥远（哲人说），难怪会怀疑，
在*自然*诞生时向外发射的数道光芒，
是否尚未到达这个如此陌生的世界；　　1260
尽管没什么有它们一半的飞行速度。
让我的眼睛因敬畏与诧异而滚动着，
并将永远滚动：谁的视域能满足于
*如此*这番景象！心中的深深惊讶如
海洋一般宽广！这里的深度、高度、
幅度都因为达到极端而消失；这里，
纵然是一位六翼天使也无法数清楚
这片浴火田野中种有多少密集荣耀。
现在出发，*野心*！对只及谷粒十分
之一的人，夸耀你无穷的征服巨力。　　1270

　　然而**洛伦佐**仍然呼唤渴望种种奇迹，
为了给他的不稳信仰一个坚实基础。
为何呼唤那些不及已属于你的奇迹？
在神学方面，你并非新皈依的教徒；
何为一项奇迹？——它是一种羞辱，
它是对于人类的一种不言明的讽刺；
它在令人满意的同时，也会指摘人。

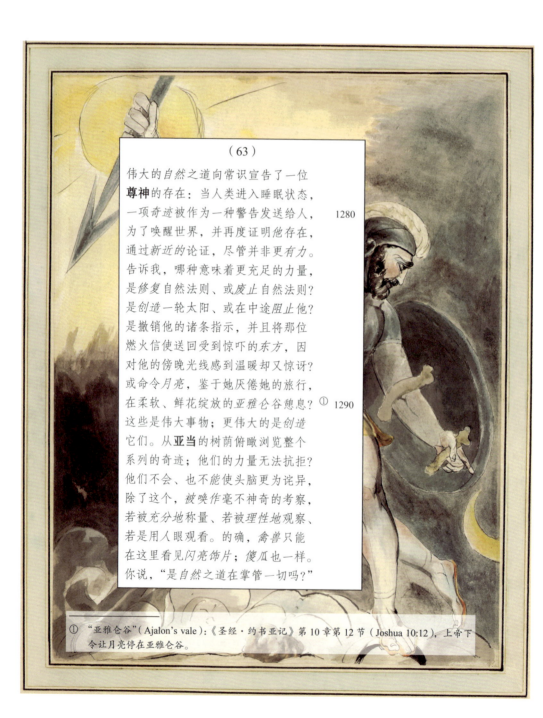

（63）

伟大的*自然*之道向常识宣告了一位
尊神的存在：当人类进入睡眠状态，
一项奇迹被作为一种警告发送给人，　　　1280
为了唤醒世界，并再度证明*他*存在，
通过新近的论证，尽管并非更有力。
告诉我，哪种意味着更充足的力量，
是*修复自然法则*、或*废止自然法则*？
是*创造一轮太阳*、或在中途*阻止他*？
是撤销他的诸条指示，并且将那位
燃火信使送回受到惊吓的东方，因
对他的傍晚光线感到温暖却又惊讶？
或命令月亮，鉴于她厌倦她的旅行，
在柔软、鲜花绽放的亚雅仑谷憩息？① 1290
这些是伟大事物；更伟大的是*创造*
它们。从**亚当**的树荫俯瞰浏览整个
系列的奇迹；他们的力量无法抗拒？
他们不会、也不能使头脑更为诧异，
除了这个，被唤作毫不神奇的考察，
若被充分地称量、若被理性地观察、
若是用人眼观看。的确，禽兽只能
在这里看见闪亮饰片；傻瓜也一样。
你说，"是*自然*之道在掌管一切吗？"

① "亚雅仑谷"（Ajalon's vale）：《圣经·约书亚记》第 10 章第 12 节（Joshua 10:12），上帝下
令让月亮停在亚雅仑谷。

（64）

这条*自然之道*，是属于**上帝**的艺术。　　1300
你呼唤的种种奇迹，由*此*得到证明；
因为试论，*自然*能控制*自然之道*吗？

　　但是，抛开种种奇迹，谁看不见**他**，
*自然*的**控制者**、**作者**、**向导**与**结局**？
凡是转而注视*自然*的午夜面孔之人，
必然询问——"是怎样的幕后之手、
怎样的全能臂膀，使得这些旋转的
星体运转，并给这庞大机器上发条？
是谁在其掌中完成这些开阔的圆轨？
是谁滚动燃火的它们穿越深邃黑暗？　1310
多得犹如清晨露珠形成的闪烁珠宝，
或是像一道炽光中拥挤城市燃起的
纷繁火花，令*年迈夜晚*的内心着火。
使她的沙漠住满人、并使恐怖微笑？"
抑或，倘若军事化的风格令你喜悦
（因为群星曾与人联盟、并肩作战），
"是谁统率这光明的军队？记录下
他们的名姓？在规定时间准时任命
其职位、行进与回归？是谁遣散了
这些已完成其最终职责的老兵部队，　1320

（65）

若曾被遣散？"——他的有力指示，
像嘹亮号角，首先在夜晚的不光彩
帝国中征召他们的力量，那里他们
安眠于黑暗的床榻：用猛烈的火焰
武装他们，排列、管教、身着金衣；
并且从泥沌中唤出他们，来到战场，
他们如今在这里与邪恶与不信作战。
哦让我们加入这支军队！加入这些，
会给予我们无畏的心，在那个时刻——
当更明亮的火焰将划破更黑暗的夜； 1330
当这些关于**上帝**的有力示范将藏起
他们的头颅、或从他们的天球滚落，
而一张永恒的帷幕将遮盖所有景象！

　　被那想法打动，好似重新醒来，我
抬起更开明的眼睛，阅读于人而言
更慈悲的群星；并恳求他们的援助
（尽管没犯偶像崇拜的罪过）；也
不再掠夺那属于他们的最尊贵名号。
哦分割我的时间的你们！你们这些
聪明的会计，计算着我的年月时日， 1340
在你们的公正日历上清楚地标记着！

（66）

鉴于那真实、绚丽的名册——虽然
人无法审视——完全反对他；鉴于
你与*年月*继续前行，而人静止站立；
教导我如何计算我的时日，并且使
我的震颤心灵专注于*智慧*；如今它
已摆脱了一切继续虚度光阴的借口。
*年纪*抚平我们通往谨慎的道路；它
消灭强烈欲望与激情为了捕捉迷路
灵魂而铺设的种种陷阱；让那用其　　　　1350
愚行毁坏岁月功绩的白发老人遭殃！
然后援助你们这些群星！更愿是你，
伟大的**艺术家！你**的手指妥善调好
这精巧的机器，它的所有齿轮、虽
互相盘绕、却位置精准；并且指出
迅捷且不可挽回的生命之飞逝，用
一根如此公正的*指针*，凡是抬起眼、
直到它闭合才入眠的人绝不会错过。
睁开我的眼睛，可畏之**神！**以便我
阅读你的著作中默示的教义；看见　　　　1360
事物的本质，未经种种俗世愿望的
镜子扭曲变形。*时间！永恒！*（是
这些，被错误衡量，毁灭整个人类）

（67）

将它们放在我面前；让我将这二者
放在平等的天平上，得知各自重量。
让*时间*以它的本质，显现一瞬时刻；
让*永恒*的完整轨道，同时推动我的
灵魂运转，并将它刺入天堂。何时
我将看见远胜过现在吸引我的事物？
凝视着在*你*袒露胸中的创世纪模型，　　1370
并且再也不对其残留影像感到诧异？
何时我将抖落这可憎、陌生的尘土？
它令游历尘世深谷的所有人都窒息。
何时我的灵魂将离开她的道成肉身，①
并且，再度被纳入你那神圣的拥抱，
在**上帝你**的身上获得她的羽化登仙？

　　你认为，**洛伦佐**！这是离题的远游？
不，它是正中靶心、直接切中目标；
要唤醒你的*敬去虔诚*曾是我的观点；②
而现在我如何赐福于*夜*的祝圣阴影　　1380
这些阴影使一座庙宇变为一个宇宙；
用种种伟大想法充实我们、全涉及
天堂，给我们对抗瘟疫人间的解药！

---

① 此处化用基督教典故。道成肉身（the Incarnation）：基督教认为基督是三位一体中的第二
　位，即圣子，他在世界尚未造出前便与上帝圣父同在；因世人犯罪无法自救，上帝乃差遣
　他来到人间，通过童真女马利亚（Mary）取肉身成人。
② 见本夜第 622 行。

（68）

在每一场或皱眉、或降落的风暴中，
进行祷告的灵魂有着怎样的庇护所？
而且这是怎样的神殿，在其中祷告？
而且如此神殿中必住着怎样的**上帝**？
啊呀，怎样的天才必定会告知天国？
然而在这些神圣火焰中，**洛伦佐**那
火蜥蜴般的心是否冰冷、未被触动？　　　1390
哦夜间火花！炽热余烬，在天堂的
宽广壁炉上！你们或燃烧、或不再、
或发光、或死亡，像伟大**耶和华**的
呼吸或吹动、或克制你；协助我的
诗歌；倾倒你的全部影响；为他那
长久着魔的心驱魔；使他恢复成人。

　　而**洛伦佐**仍是一个抗辩者？对你的
诸多才华的自豪，激起你争辩真理，
一经争辩的真理，使你的才华蒙羞。
它们令**洛伦佐**的头脑与心灵同蒙羞；　　　1400
一颗不忠诚的心，渺小得多么可鄙？
太狭窄，接受不了任何伟大或慷慨！
被一颗原子填满！被*自我*填满玷污！
且是犯错的自我！存活一时的自我！

（69）

种种本能与*激情*，是更尊贵的种类，
在那里被扼制着；抑或，唯有它*们*，
抛开*理性*，能唤醒高贵希望；并对
狂喜思想，打开那才智领域，那里
秩序、智慧、善良，与天道，展示
它们的那些无尽的爱之奇迹，并且　　　　1410
向所有人承诺那种真正伟大的欲望。
将会变幸福的头脑，必然是*伟大的*；
它的*愿望*，伟大；它的*考察*，伟大。
被扩展的种种观点扩展狭隘的头脑；
替换它那起皱、膨胀的构造，这在
不久后将拥抱*胜过*诸多星球的存在。
*有容乃大*之人，能成为有价值的人；
思忖*神圣*事宜，并且由此变得*神圣*。

　　正如人是为了荣耀和极乐而被创造，
所有渺小琐碎都是通往悲哀的途径；　　　1420
打开你的内心，把你的愿望放宽广，
允许*男子气概*进入；允许幸福进入；
接纳下至无物、上至**上帝**之思想的
无垠戏院；上述种种皆能使人成熟。
从*自然*中移去**上帝**，再无任何伟大；

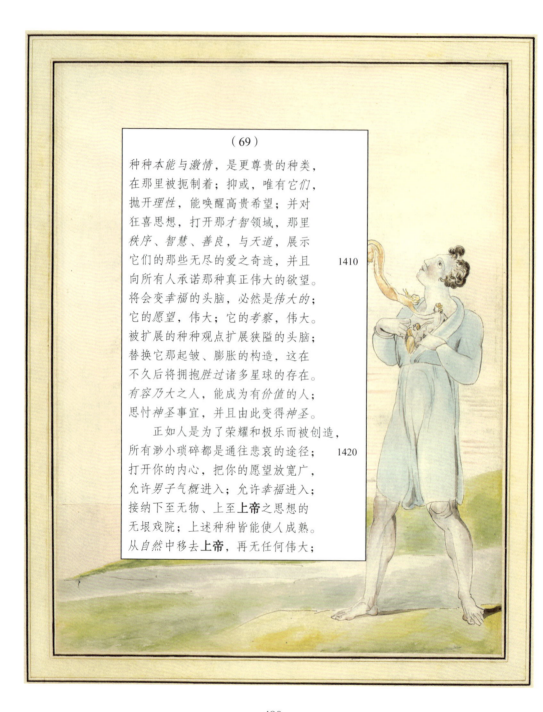

490

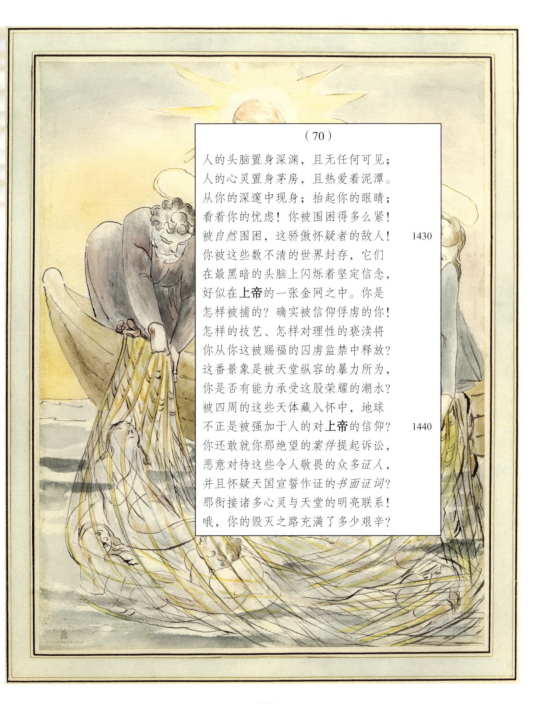

（70）

人的头脑置身深渊，且无任何可见；
人的心灵置身茅房，且热爱着泥潭。
从你的深邃中现身；抬起你的眼睛；
看着你的忧虑！你被围困得多么紧！
被*自然*围困，这骄傲怀疑者的敌人！　　1430
你被这些数不清的世界封存，它们
在最黑暗的头脑上闪烁着坚定信念，
好似在**上帝**的一张金网之中。你是
怎样被捕的？确实被信仰俘虏的你！
怎样的技艺、怎样对理性的亵渎将
你从你这被赐福的囚房监禁中释放？
这番景象是被天堂纵容的暴力所为，
你是否有能力承受这股荣耀的潮水？
被四周的这些天体藏入怀中，地球
不正是被强加于人的对**上帝**的信仰？　　1440
你还敢就你那绝望的案件提起诉讼，
恶意对待这些令人敬畏的众多证人，
并且怀疑天国宣誓作证的*书面证词*？
那衔接诸多心灵与天堂的明亮联系！
哦，你的毁灭之路充满了多少艰辛？

（71）

充满多少艰辛！它是相当地行不通；
在这场辩论中，我藐视那种为了能
毫无疑虑地信神、不惜动用其全部
智慧与意愿、犯下凶恶罪行的傻瓜。
有人愿以身试法；但无人不信上帝。① 1450
上帝是一种精神；精神并不能感动
这些粗野的物质感官；人能够看见
上帝的程度，正如**上帝**能够看见人，
在这些神力的惊人业绩中。怎样的
秩序、美丽、运动、距离以及体积！
设计制成的机械装置，是多么精致！②
它们的神圣治安管理，是多么复杂！
恰当手段！伟大目的！为共同利益！——
这些*物质神灵*的每种属性，只要能③
（且用似是而非的借口）得到崇拜，　　1460
便赢得对反叛思想的一次单独征服；
并且引领人类的整个思想获得胜利。

　　洛伦佐！在你看来，这可能是训话；
阻碍我们意愿的都易于被如此看待。
那么，你是否索要一份简单的证据，

---

① 有些人愿意通过上述方式以身试法，从而坚定不移（"毫无疑虑"）地笃信上帝，但这是不必要的，因为所有人都相信上帝。
② 即天体运行系统，见本夜第 1170 行与第 1353—1358 行。
③ "物质神灵"：天体。

（72）

证明这项伟大的天国中最重要道德，
在那里读起来是不熟练、不情愿的？
鉴于它是基础，而没有它万物坠落，
那么用一条完整无损的锁链拿着它。
这样的证据，一定要有人关注聆听；　　　1470
它不会使人置身于杂乱无章的思想，
也不会为了你的关注而与俗世争斗。

退隐；——排斥俗世；——唤你的
思想归家；——压制想象力的虚翼；——
锁好你的感性；——莫让激情活跃；——
让一切醒悟*理性*；并让她独自统治；——
然后，在你的灵魂的沉寂、在午夜
*这自然的沉寂中，*像我已做的那样，
提出这样的询问；并且将不再询问。
在自然的航道中，行驶着这些问题：　　　1480

　　"我是*何人？*来自*何方？*我都不知，
除了我的*存在；*而且，鉴于我*存在，*
得出某种永恒总结：若曾经有*虚无，*
那么它仍然是*虚无；*必然得有永恒。——
但什么是永恒？——为何不是*人类？*
为何**亚当**的祖先们不能无尽地活着？——

（73）

那是很难被理解的；因为那条漫长
链接的继承中的每一环都如此脆弱；
每个部分能悬垂，为何整体却不能？
纵然整体能悬垂；种种新困难浮现；　　1490
我仍在遥远海上；也看不见那滨岸。
何来地球和这些明亮天体？也永恒？
纵然物质曾永恒；这些天体却仍然
渴望得到某种别样的父亲；它们的
所有运动与品格中可看见甚多设计。
设计规划暗示才智与艺术；不可能
源自它们*自身*、或源自人。那艺术，
人几乎无法领悟，又怎么可能传授？
人获准可知的最伟大存在，正是人。——
那种运动，最微小谷粒也不可拥有，　　1500
是谁让它充满重量巨大的庞大团块？
是谁命令野蛮*物质*的焦躁团块呈现
如此多样的外形，并给它飞行之翼？
物质可有天生的运动？那么每一颗
原子，坚持着它那无可争议的舞蹈
权利，将形成一个*尘*之宇宙：物质
*无*运动？那么何来这些荣耀形式与
无垠飞行，难道来自*无形*与*静置物*？

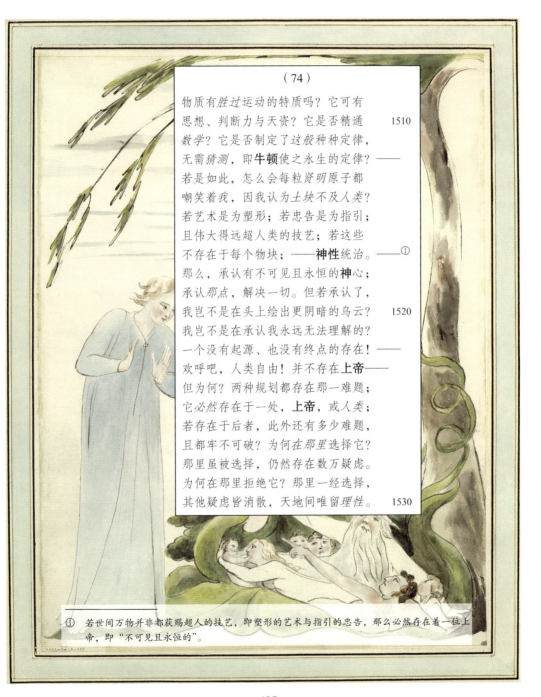

（74）

物质有胜过运动的特质吗？它可有
思想、判断力与天资？它是否精通　　　　1510
数学？它是否制定了这般种种定律，
无需猜测，即**牛顿**使之永生的定律？——
若是如此，怎么会每粒贤明原子都
嘲笑着我，因我认为土块不及人类？
若艺术是为塑形；若忠告是为指引；
且伟大得远超人类的技艺；若这些
不存在于每个物块；——**神性**统治。——①
那么，承认有不可见且永恒的**神**心；
承认那点，解决一切。但若承认了，
我岂不是在头上绘出更阴暗的乌云？　　　1520
我岂不是在承认我永远无法理解的？
一个没有起源、也没有终点的存在！——
欢呼吧，人类自由！并不存在**上帝**——
但为何？两种规划都存在那一难题；
它必然存在于一处，**上帝**，或人类；
若存在于后者，此外还有多少难题，
且都牢不可破？为何在那里选择它？
那里虽被选择，仍然存在数万疑虑。
为何在那里拒绝它？那里一经选择，
其他疑虑皆消散，天地间唯留理性。　　　1530

---

① 若世间万物并非都获赐超人的技艺，即塑形的艺术与指引的忠告，那么必然存在着一位上帝，即"不可见且永恒的"。

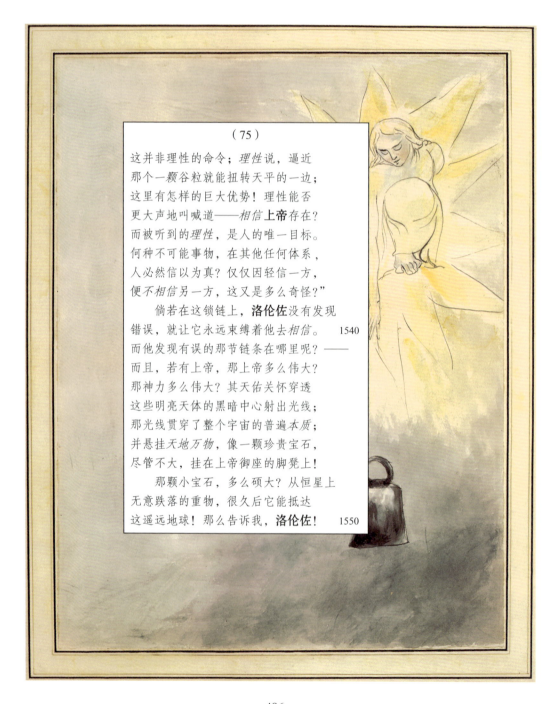

（75）

这并非理性的命令；*理性*说，逼近
那个一颗谷粒就能扭转天平的一边；
这里有怎样的巨大优势！理性能否
更大声地叫喊道——*相信**上帝**存在？*
而被听到的理性，是人的唯一目标。
何种不可能事物，在其他任何体系，
人必然信以为真？仅仅因轻信一方，
便不相信另一方，这又是多么奇怪？"

　　倘若在这锁链上，**洛伦佐**没有发现
错误，就让它永远束缚着他去*相信*。　　1540
而他发现有误的那节链条在哪里呢？——
而且，若有上帝，那上帝多么伟大？
那神力多么伟大？其天佑关怀穿透
这些明亮天体的黑暗中心射出光线；
那光线贯穿了整个宇宙的普遍本质；
并悬挂天地万物，像一颗珍贵宝石，
尽管不大，挂在上帝御座的脚凳上！

　　那颗小宝石，多么硕大？从恒星上
无意跌落的重物，很久后它能抵达
这遥远地球！那么告诉我，**洛伦佐**！　　1550

（76）

这座宏伟建筑在哪里终结？在哪里
开始天地万物的近郊住宅？哪里是
那堵墙，其城垛俯视不存在的河谷？
虚无的奇怪居所！可畏、深不见底
的惊奇！它怎样打着哈欠？战栗的
*幻想*如何厌恶并畏缩？是否在那里，
洛伦佐希望定居？告诉我，曾经在
哪一处空间，**耶和华**丢下他的松弛
铅垂线，并且将他的天平搁置一旁；
既不再称量*世界*、也不再度量无限？　1560
在哪里，他的终结支柱高高抬起其
超越人世的头部？并且用如太阳般
显赫的字符写成文稿，对众神说道：
"我是那计划的骄傲终止；我宣告
这项工作已完成；创世纪已经结束：
高呼，所有神灵！并非唯你们高呼；
所有活着或缺乏生命的，所有休憩
或翻滚的；高度与深度，你们回响！
回响回响！深度与高度，你们回响！"
　　那些问题难吗？——*更难的*是回答。1570
这难道是唯一英勇业绩，是独生子？

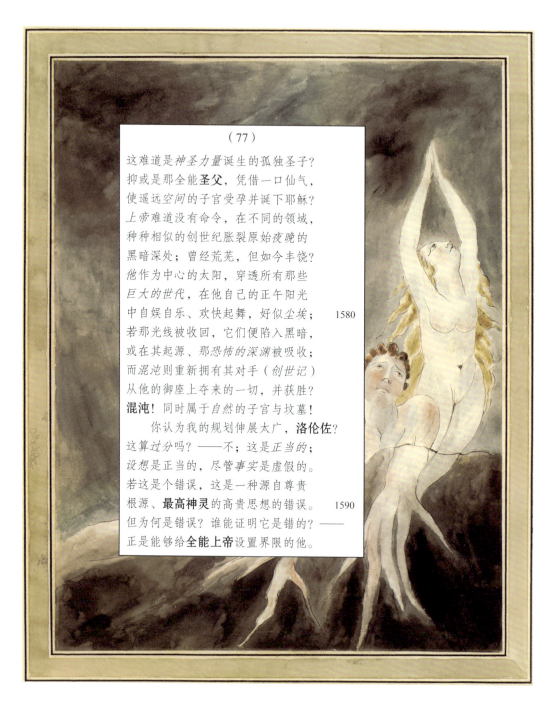

（77）

这难道是*神圣力量*诞生的孤独圣子？
抑或是那全能**圣父**，凭借一口仙气，
使遥远*空间*的子宫受孕并诞下耶稣？
*上帝*难道没有命令，在不同的领域，
种种相似的创世纪胀裂原始*夜晚*的
黑暗深处；曾经荒芜，但如今丰饶？
*他*作为中心的太阳，穿透所有那些
巨大的世代，在他自己的正午阳光
中自娱自乐、欢快起舞，好似尘埃；　　　　1580
若那光线被收回，它们便陷入黑暗，
或在其起源、那*恐怖的深渊*被吸收；
而*混沌*则重新拥有其对手（*创世记*）
从他的御座上夺来的一切，并获胜？
混沌！同时属于*自然*的子宫与坟墓！

　　你认为我的规划伸展太广，**洛伦佐**？
这算过分吗？——不；这是*正当的*；
*设想*是正当的，尽管事实是虚假的。
若这是个错误，这是一种源自尊贵
根源、**最高神灵**的高贵思想的错误。　　　　1590
但为何是错误？谁能证明它是错的？——
正是能够给**全能上帝**设置界限的他。

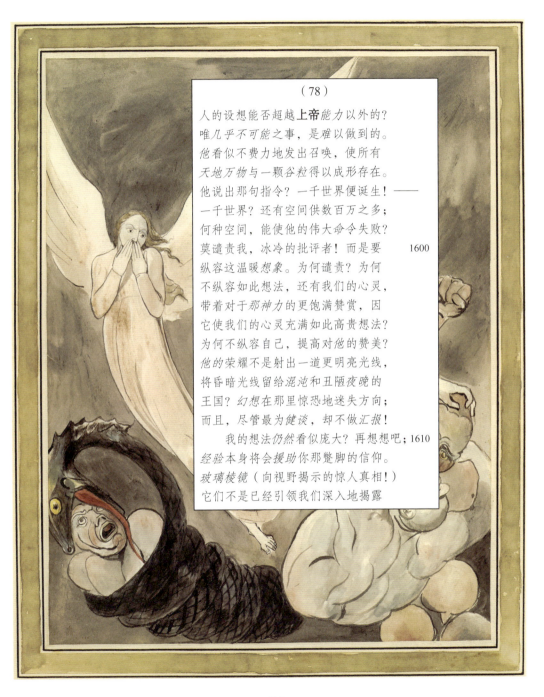

（78）

人的设想能否超越**上帝**能力以外的？
唯几乎不可能之事，是难以做到的。
*他*看似不费力地发出召唤，使所有
天地万物与一颗谷粒得以成形存在。
*他*说出那句指令？一千世界便诞生！——
一千世界？还有空间供数百万之多；
何种空间，能使他的*伟大命令*失败？
莫谴责我，冰冷的批评者！而是要　　　　1600
纵容这温暖想象。为何谴责？为何
不纵容如此想法，还有我们的心灵，
带着对于那*神力*的更饱满赞赏，因
它使我们的心灵充满如此高贵想法？
为何不纵容自己，提高对他的赞美？
*他*的荣耀不是射出一道更明亮光线，
将昏暗光线留给混沌和丑陋夜晚的
王国？幻想在那里惊恐地迷失方向；
而且，尽管最为*健谈*，却不做*汇报*！

　　我的想法仍然看似庞大？再想想吧；1610
经验本身将会*援助*你那*蹩脚*的信仰。
玻璃棱镜（向视野揭示的惊人真相！）
它们不是已经引领我们深入地揭露

（79）

被精细纺成的自然？它们精巧微小；
虽已*被示范*，却仍然被错误地理解！
那么，若与之相反，头脑愿意提升
重要程度，以便能保持平衡、稳定
天地万物，怎样的头脑会升得过远？
唯有*缺陷*能够在这一主题上犯错误；①
若我们考察原因，什么会过于伟大？　　1620
了不起的**建筑师**！**你，你**就是一切！
我的飞翔灵魂上下求索、思考着**你**，
却发现她自己仍然处于那中心位置！
我在是你的名号！*存在*，全属于你！
*创世纪*不算什么；多被奉承，若被
称为"稀薄、易逝的**上帝**之大气层。"

　　哦为了那声音——谁的？关于什么？——
何种声音能回应我的需求，用如此
上扬语调，好似敢于认为宇宙太小？
告诉我，**洛伦佐**！（因幻想正发光；　　1630
在全能神力的漩涡状光晕中被点燃）
这个家园的创世记，在普遍本质的
地图中，难道不是一颗微粒，正如
在我们小星球上的美丽**不列颠尼亚**，

① 指想象力的缺陷、不足。

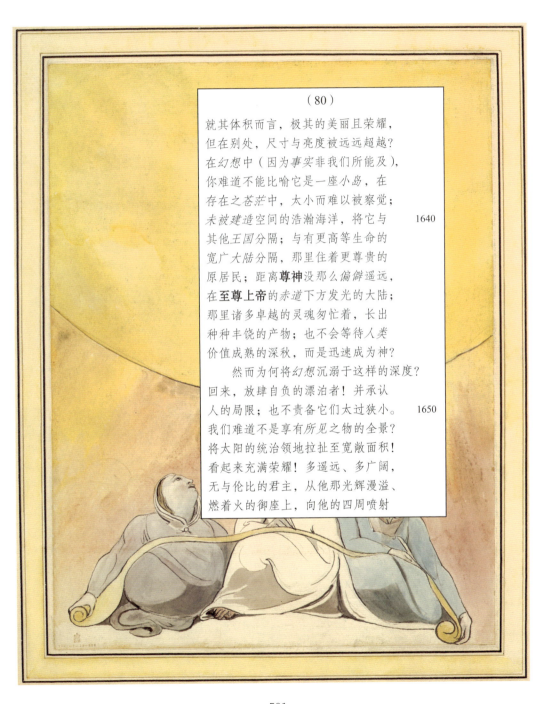

（80）

就其体积而言，极其的美丽且荣耀，
但在别处，尺寸与亮度被远远超越？
在*幻想*中（因为事实非我们所能及），
你难道不能比喻它是一座小岛，在
存在之苍茫中，太小而难以被察觉；
未被建造空间的浩瀚海洋，将它与　　　　1640
其他王国分隔；与有更高等生命的
宽广大陆分隔，那里住着更尊贵的
原居民；距离**尊神**没那么偏僻遥远，
在**至尊上帝**的赤道下方发光的大陆；
那里诸多卓越的灵魂匆忙着，长出
种种丰饶的产物；也不会等待人类
价值成熟的深秋，而是迅速成为神？

　　然而为何将幻想沉溺于这样的深度？
回来，放肆自负的漂泊者！并承认
人的局限；也不责备它们太过狭小。　　　　1650
我们难道不是享有所见之物的全景？
将太阳的统治领地拉扯至宽敞面积！
看起来充满荣耀！多遥远、多广阔，
无与伦比的君主，从他那光辉漫溢、
燃着火的御座上，向他的四周喷射

501

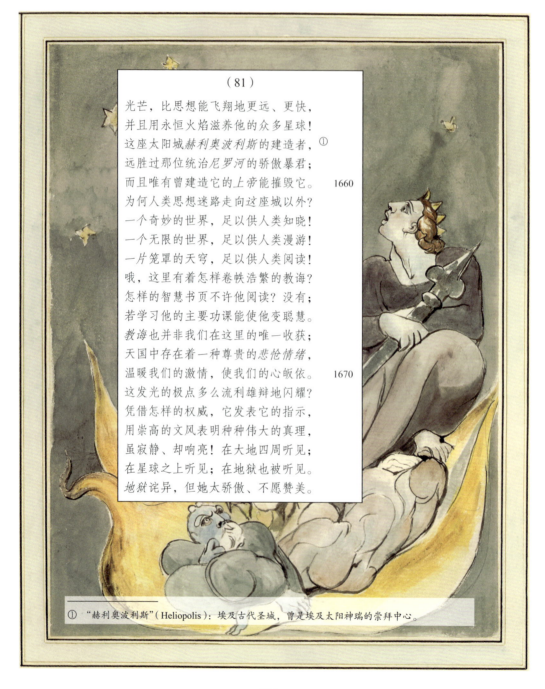

（81）

光芒，比思想能飞翔地更远、更快，
并且用永恒火焰滋养他的众多星球！
这座太阳城*赫利奥波利斯*的建造者，①
远胜过那位统治尼罗河的骄傲暴君；
而且唯有曾建造它的上帝能摧毁它。　　　1660
为何人类思想迷路走向这座城以外？
一个奇妙的世界，足以供人类知晓！
一个无限的世界，足以供人类漫游！
一片笼罩的天穹，足以供人类阅读！
哦，这里有着怎样卷帙浩繁的教诲？
怎样的智慧书页不许他阅读？没有；
若学习他的主要功课能使他变聪慧。
*教诲*也并非我们在这里的唯一收获；
天国中存在着一种尊贵的*悲怆情绪*，
温暖我们的激情，使我们的心皈依。　　　1670
这发光的极点多么流利雄辩地闪耀？
凭借怎样的权威，它发表它的指示，
用崇高的文风表明种种伟大的真理，
虽寂静、却响亮！在大地四周听见；
在星球之上听见；在地狱也被听见。
*地狱*诧异，但她太骄傲、不愿赞美。

① "赫利奥波利斯"（Heliopolis）：埃及古代圣城，曾是埃及太阳神瑞的崇拜中心。

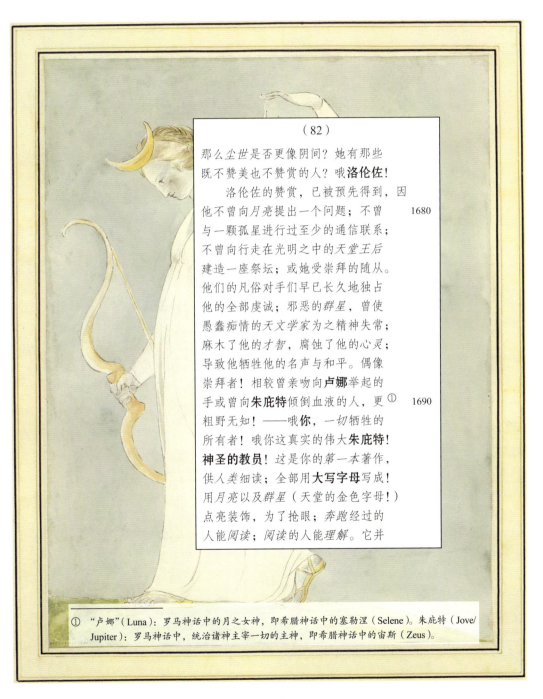

（82）

那么尘世是否更像阴间？她有那些
既不赞美也不赞赏的人？哦**洛伦佐**！

　　洛伦佐的赞赏，已被预先得到，因
他不曾向月亮提出一个问题；不曾　　　　1680
与一颗孤星进行过至少的通信联系；
不曾向行走在光明之中的天堂王后
建造一座祭坛；或她受崇拜的随从。
他们的凡俗对手们早已长久地独占
他的全部虔诚；邪恶的*群星*，曾使
愚蠢痴情的天文学家为之精神失常；
麻木了他的才智，腐蚀了他的心灵；
导致他牺牲他的名声与和平。偶像
崇拜者！相较曾亲吻向**卢娜**举起的　　①　1690
手或曾向**朱庇特**倾倒血液的人，更
粗野无知！——*你*，一切牺牲的
所有者！哦你这真实的伟大**朱庇特**！
神圣的教员！这是你的*第一本著作*，
供人类细读；全部用**大写字母**写成！
用*月亮*以及*群星*（天堂的金色字母！）
点亮装饰，为了抢眼；奔跑经过的
人能*阅读*；*阅读*的人能*理解*。它并

---

① "卢娜"（Luna）：罗马神话中的月之女神，即希腊神话中的塞勒涅（Selene）。朱庇特（Jove/
　Jupiter）：罗马神话中，统治诸神主宰一切的主神，即希腊神话中的宙斯（Zeus）。

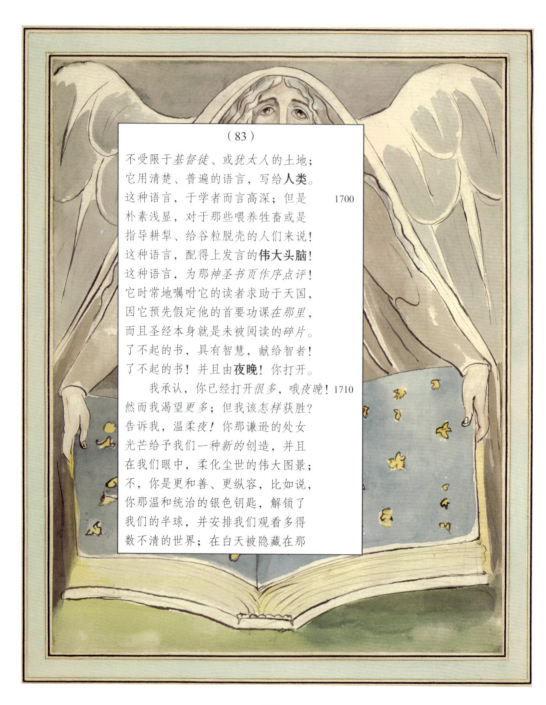

（83）

不受限于基督徒、或犹太人的土地；
它用清楚、普遍的语言，写给人类。
这种语言，于学者而言高深；但是　　1700
朴素浅显，对于那些喂养牲畜或是
指导耕犁、给谷粒脱壳的人们来说！
这种语言，配得上发言的伟大头脑！
这种语言，为那神圣书页作序点评！
它时常地嘱咐它的读者求助于天国，
因它预先假定他的首要功课在那里，
而且圣经本身就是未被阅读的碎片。
了不起的书，具有智慧，献给智者！
了不起的书！并且由夜晚！你打开。

　　我承认，你已经打开很多，哦夜晚！1710
然而我渴望更多；但我该怎样获胜？
告诉我，温柔夜！你那谦逊的处女
光芒给予我们一种新的创造，并且
在我们眼中，柔化尘世的伟大图景；
不，你是更和善、更纵容，比如说，
你那温和统治的银色钥匙，解锁了
我们的半球，并安排我们观看多得
数不清的世界；在白天被隐藏在那

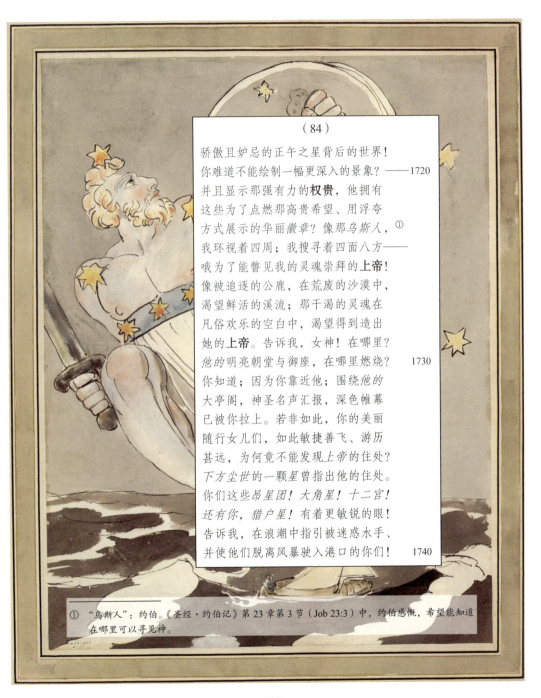

（84）

骄傲且妒忌的正午之星背后的世界！
你难道不能绘制一幅更深入的景象？ ——1720
并且显示那强有力的**权贵**，他拥有
这些为了点燃那高贵希望、用浮夸
方式展示的华丽徽章？像那乌斯人，①
我环视着四周；我搜寻着四面八方——
哦为了能瞥见我的灵魂崇拜的**上帝**！
像被追逐的公鹿，在荒废的沙漠中，
渴望鲜活的溪流；那干渴的灵魂在
凡俗欢乐的空白中，渴望得到造出
她的**上帝**。告诉我，女神！在哪里？
他的明亮朝堂与御座，在哪里燃烧？ 　　1730
你知道；因为你靠近他；围绕他的
大亭阁，神圣名声汇报，深色帷幕
已被你拉上。若非如此，你的美丽
随行女儿们，如此敏捷善飞、游历
甚远，为何竟不能发现上帝的住处？
下方尘世的一颗星曾指出他的住处。
你们这些*昂星团！大角星！十二宫！*
*还有你，猎户星！*有着更敏锐的眼！
告诉我，在浪潮中指引被迷惑水手、
并使他们脱离风暴驶入港口的你们！ 　　1740

① "乌斯人"：约伯。《圣经·约伯记》第 23 章第 3 节（Job 23:3）中，约伯感慨，希望能知道
在哪里可以寻见神。

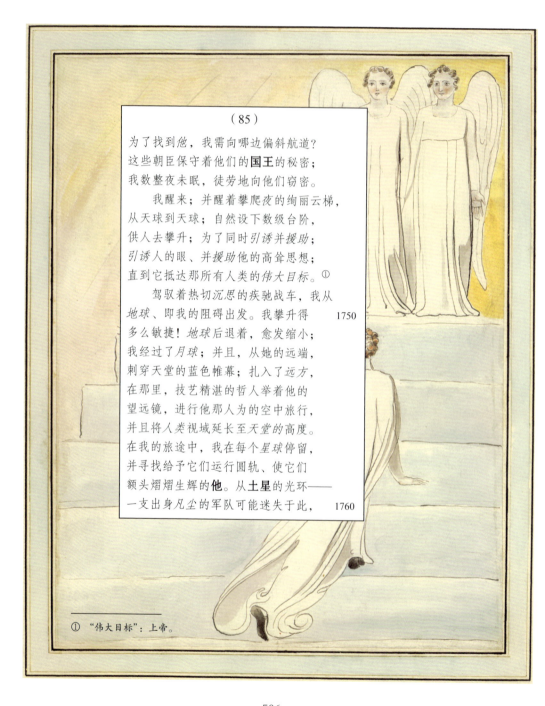

（85）

为了找到*他*，我需向哪边偏斜航道？
这些朝臣保守着他们的**国王**的秘密；
我数整夜未眠，徒劳地向他们窃密。

　　我醒来；并醒着攀爬夜的绚丽云梯，
从天球到天球；自然设下数级台阶，
供人去攀升；为了同时*引诱*并*援助*；
*引诱*人的眼、并*援助*他的高耸思想；
直到它抵达那所有人类的*伟大目标*。①

　　驾驭着热切沉思的疾驰战车，我从
地球、即我的阻碍出发。我攀升得　　　1750
多么敏捷！*地球*后退着，愈发缩小；
我经过了*月球*；并且，从她的远端，
刺穿天堂的蓝色帷幕；扎入了远方，
在那里，技艺精湛的哲人举着他的
望远镜，进行他那人为的空中旅行，
并且将人类视域延长至天堂的高度。
在我的旅途中，我在每个星球停留，
并寻找给予它们运行圆轨、使它们
额头熠熠生辉的**他**。从**土星**的光环——
一支出身凡尘的军队可能迷失于此，　　1760

① "伟大目标"：上帝。

506

（86）

带着大胆的彗星，我更大胆地飞行，
在天国的那些<u>至</u>尊荣耀之中，它们
散发独立的原生光辉，并为之骄傲；
诸体系的灵魂们！广阔帝国的君主，
统治遍布的生命！我现在看见什么？
一片奇迹的荒野，正在四周燃烧着；
那里众多更大的恒星栖于更高天球；
有可能是屈尊降落的神灵们的*别墅*！
我也不在此停留；我的劳作刚开始。
这不过是属于**尊神上帝**的门槛开端；　　1770
不然在它的遥远下方，我仍匍匐着，
在少有人能触及的天国高地匍匐着！
它也并不奇怪；我曾信赖一个错误；
他的功绩之壮丽（愚行曾向其求助），
在*理性*的审视下，愈加提升其荣耀；
曾为（于上帝而言只是）蛆虫筑此
高度的**建造者**，必居何处？**洛伦佐**！

　　那么，暂停；并且在这里呼吸一刻——
倘若人类思想能在这里保持其静止。
我在哪里？*地球在哪里*？不，你在　　1780
哪里？哦太阳？太阳变成隐士了吗？

507

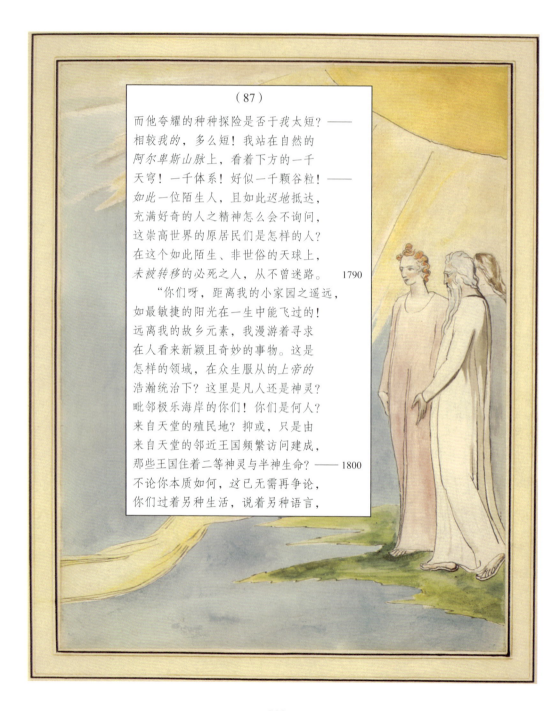

（87）

而他夸耀的种种探险是否于我太短？——
相较我的，多么短！我站在自然的
阿尔卑斯山脉上，看着下方的一千
天穹！一千体系！好似一千颗谷粒！——
如此一位陌生人，且如此迟地抵达，
充满好奇的人之精神怎么会不询问，
这崇高世界的原居民们是怎样的人？
在这个如此陌生、非世俗的天球上，
未被转移的必死之人，从不曾迷路。　　1790

　　"你们呀，距离我的小家园之遥远，
如最敏捷的阳光在一生中能飞过的！
远离我的故乡元素，我漫游着寻求
在人看来新颖且奇妙的事物。这是
怎样的领域，在众生服从的上帝的
浩瀚统治下？这里是凡人还是神灵？
毗邻极乐海岸的你们！你们是何人？
来自天堂的殖民地？抑或，只是由
来自天堂的邻近王国频繁访问建成，
那些王国住着二等神灵与半神生命？——1800
不论你本质如何，这已无需再争论，
你们过着另种生活，说着另种语言，

508

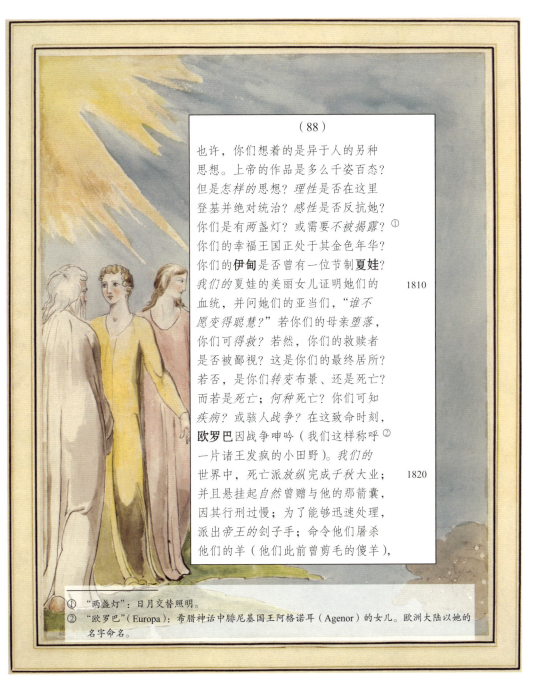

（88）

也许，你们想着的是异于人的另种
思想。上帝的作品是多么千姿百态？
但是怎样的思想？*理性*是否在这里
登基并绝对统治？*感性*是否反抗她？
你们是有*两盏灯*？*或需要不被揭露？* ①
你们的幸福王国正处于其金色年华？
你们的**伊甸**是否曾有一位节制**夏娃**？
我们的夏娃的美丽女儿证明她们的　　　　　1810
血统，并问她们的亚当们，*"谁不*
愿变得聪慧？" 若你们的母亲堕落，
你们可得救？若然，你们的救赎者
是否被鄙视？这是你们的最终居所？
若否，是你们*转变布景*、还是死亡？
而若是死亡，*何种死亡？* 你们可知
疾病？或骇人战争？ 在这致命时刻，
欧罗巴因战争呻吟（我们这样称呼 ②
一片诸王发疯的小田野）。我们的
世界中，死亡派放纵完成千秋大业，　　　　1820
并且悬挂起*自然*曾赠与他的那箭囊，
因其行刑过慢；为了能够迅速处理，
派出帝王的刽子手；命令他们屠杀
他们的羊（他们此前曾剪毛的傻羊），

---

① "两盏灯"：日月交替照明。
② "欧罗巴"（Europa）：希腊神话中腓尼基国王阿格诺耳（Agenor）的女儿。欧洲大陆以她的
　名字命名。

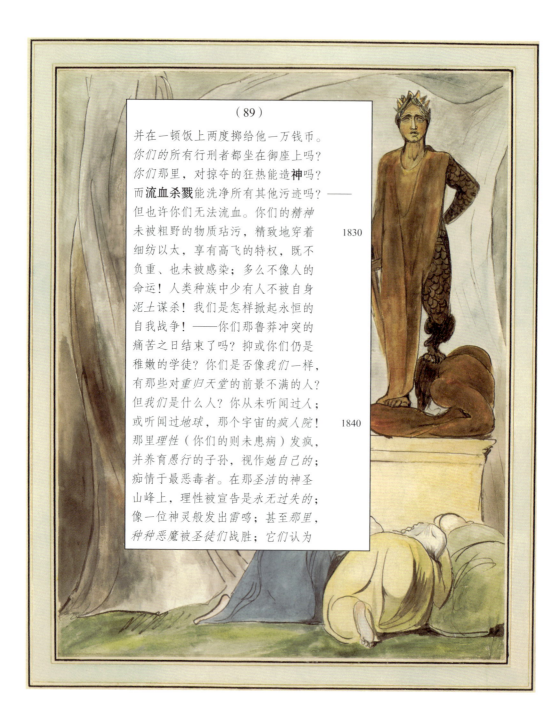

（89）

并在一顿饭上两度掷给他一万钱币。
你们的所有行刑者都坐在御座上吗？
*你们那里，对掠夺的狂热能造**神**吗？*
而**流血杀戮**能洗净所有其他污迹吗？——
但也许你们无法流血。你们的*精神*
未被粗野的物质玷污，精致地穿着　　　　1830
细纺以太，享有高飞的特权，既不
负重、也未被感染；多么不像人的
命运！人类种族中少有人不被自身
泥土谋杀！我们是怎样掀起永恒的
自我战争！——你们那鲁莽冲突的
痛苦之日结束了吗？抑或你们仍是
稚嫩的学徒？你们是否像我们一样，
有那些对*重归天堂*的前景不满的人？
但我们是什么人？你从未听闻过人；
或听闻过*地球*，那个宇宙的疯人院！　1840
那里*理性*（你们的则未患病）发疯，
并养育愚行的子孙，视作她自己的；
痴情于最恶毒者。在那圣洁的神圣
山峰上，理性被宣告是*永无过失的*；
像一位神灵般发出雷鸣；甚至那里，
种种恶魔*被圣徒们战胜*；它们认为

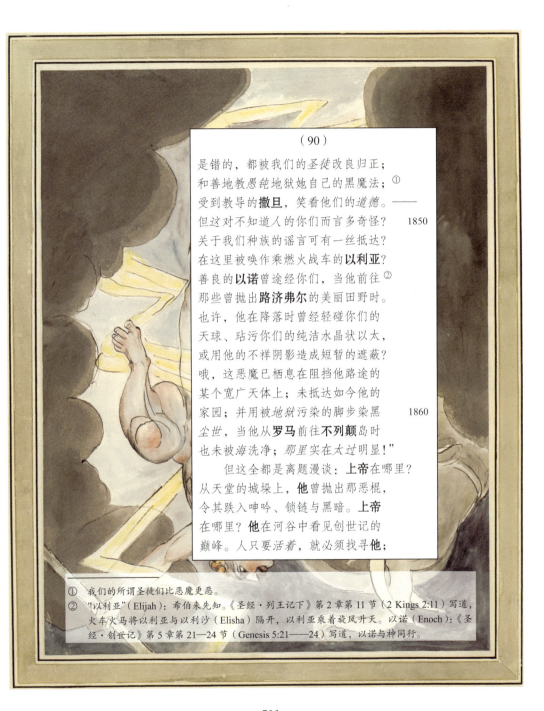

（90）

是错的，都被我们的圣徒改良归正；
和善地教愚钝地狱她自己的黑魔法；①
受到教导的**撒旦**，笑看他们的*道德*。——
但这对不知道人的你们而言多奇怪？　　1850
关于我们种族的谣言可有一丝抵达？
在这里被唤作乘燃火战车的**以利亚**？
善良的**以诺**曾途经你们，当他前往②
那些曾抛出**路济弗尔**的美丽田野时。
也许，他在降落时曾经轻碰你们的
天球、玷污你们的纯洁水晶状以太，
或用他的不祥阴影造成短暂的遮蔽？
哦，这恶魔已栖息在阻挡他路途的
某个宽广天体上；未抵达如今他的
家园；并用被*地狱*污染的脚步染黑　　1860
尘世，当他从**罗马**前往**不列颠**岛时
也未被海洗净；*那里实在太过明显！*"

　　但这全都是离题漫谈：**上帝**在哪里？
从天堂的城垛上，**他**曾抛出那恶棍，
令其跌入呻吟、锁链与黑暗。**上帝**
在哪里？**他**在河谷中看见创世记的
巅峰。人只要*活着*，就必须找寻**他**；

① 我们的所谓圣徒们比恶魔更恶。
② "以利亚"（Elijah）：希伯来先知。《圣经·列王记下》第2章第11节（2 Kings 2:11）写道，
　火车火马将以利亚与以利沙（Elisha）隔开，以利亚乘着旋风升天。以诺（Enoch）：《圣
　经·创世记》第5章第21—24节（Genesis 5:21——24）写道，以诺与神同行。

夜 思

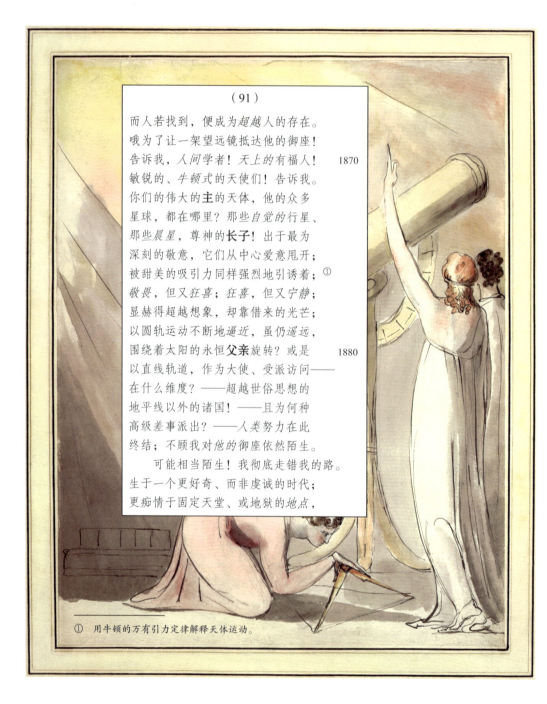

（91）

而人若找到，便成为*超越*人的存在。
哦为了让一架望远镜抵达他的御座！
告诉我，*人间学者*！天上的有福人！　　1870
敏锐的、*牛顿式的*天使们！告诉我。
你们的伟大的**主**的天体，他的众多
星球，都在哪里？那些*自觉的*行星、
那些*晨星*，尊神的**长子**！出于最为
深刻的敬意，它们从中心爱意甩开；
被甜美的吸引力同样强烈地引诱着；①
敬畏，但又狂喜；狂喜，但又宁静；
显赫得超越想象，却靠借来的光芒；
以圆轨运动不断地逼近，虽仍遥远，
围绕着太阳的永恒**父亲**旋转？或是　　1880
以直线轨道，作为大使、受派访问——
在什么维度？——超越世俗思想的
地平线以外的诸国！——且为何种
高级差事派出？——人类努力在此
终结；不顾我对*他的*御座依然陌生。

　　可能相当陌生！我彻底走错我的路。
生于一个更好奇、而非虔诚的时代；
更痴情于固定天堂、或地狱的*地点*，

---

① 用牛顿的万有引力定律解释天体运动。

512

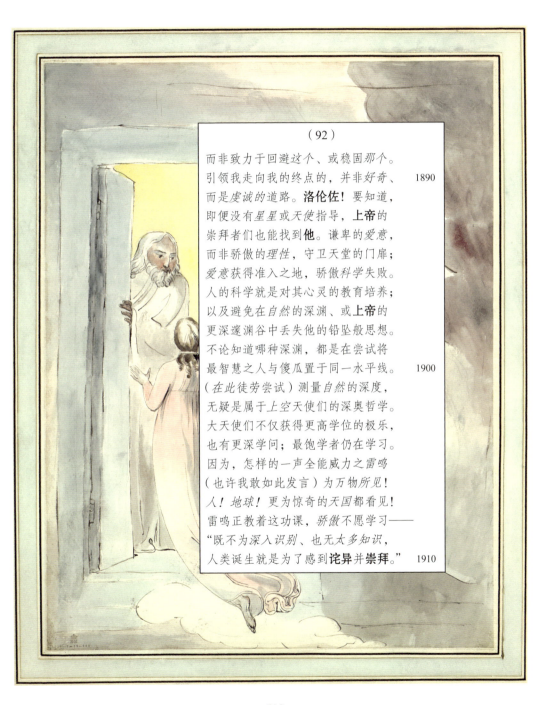

（92）

而非致力于回避这个、或稳固那个。
引领我走向我的终点的，并非好奇、　　1890
而是虔诚的道路。**洛伦佐**！要知道，
即便没有星星或天使指导，**上帝**的
崇拜者们也能找到**他**。谦卑的爱意，
而非骄傲的理性，守卫天堂的门扉；
爱意获得准入之地，骄傲科学失败。
人的科学就是对其心灵的教育培养；
以及避免在自然的深渊、或上帝的
更深邃渊谷中丢失他的铅坠般思想。
不论知道哪种深渊，都是在尝试将
最智慧之人与傻瓜置于同一水平线。　　1900
（在此徒劳尝试）测量自然的深度，
无疑是属于上空天使们的深奥哲学。
大天使们不仅获得更高学位的极乐，
也有更深学问；最饱学者仍在学习。
因为，怎样的一声全能威力之雷鸣
（也许我敢如此发言）为万物所见！
人！地球！更为惊奇的天国都看见！
雷鸣正教着这功课，骄傲不愿学习——
"既不为深入识别、也无太多知识，
人类诞生就是为了感到**诧异**并**崇拜**。"　　1910

513

（93）

　　是否仍然有理由创造更高大的*奇迹*，
比在此前的考察中打动我们的更胜？
是的；而且也创造了更深切的*崇拜*。
从我最近的自由高空行中，我什么
都没学到吗？**洛伦佐**！我学到这个：
这些群星中的每颗都是一座修道院；
我看见它们的祭台起烟、焚香升腾，
听见*和散那*的欢呼在每个天球回响，①
一所充满了未来的神灵们的神学院。
遍布*自然*的是被神圣化的多产大地，　　1920
长着种种永生且神圣的产物。那位
伟大**业主**的完全慷慨之手绝不浪费
任何事物；而是在这些喷火田野中
播撒理性的种子，它们将长成美*德*，
沐浴着*他的*和煦光线；而且，倘若
它们躲开固执意愿的阵阵瘟疫狂风，
待长成熟时，将被收割、送至天国。
而在*尘世*，*虔*诚是否被认为太过度，
鉴于诸多如此优越的存在夸耀崇敬，
并且因为在**尊神御座**前拜倒而获胜？　　1930

① "和散那"（hosanna）：用于赞美上帝的欢呼之声。

514

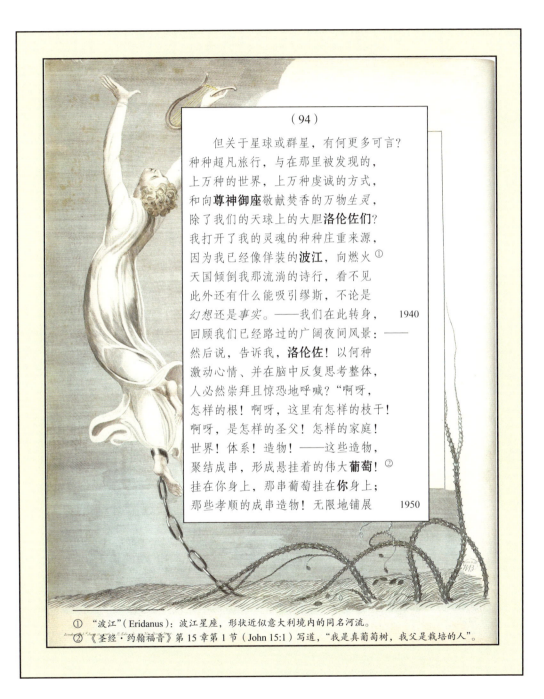

（94）

　　但关于星球或群星，有何更多可言？
种种超凡旅行，与在那里被发现的，
上万种的世界，上万种虔诚的方式，
和向**尊神御座**敬献焚香的万物生灵，
除了我们的天球上的大胆**洛伦佐们**？
我打开了我的灵魂的种种庄重来源，
因为我已经像伴装的**波江**，向燃火 ①
天国倾倒我那流淌的诗行，看不见
此外还有什么能吸引缪斯，不论是
幻想还是事实。——我们在此转身　　1940
回顾我们已经路过的广阔夜间风景：——
然后说，告诉我，**洛伦佐**！ 以何种
激动心情、并在脑中反复思考整体，
人必然崇拜且惊恐地呼喊？"啊呀，
怎样的根！啊呀，这里有怎样的枝干！
啊呀，是怎样的圣父！怎样的家庭！
世界！体系！造物！——这些造物，
聚结成串，形成悬挂着的伟大**葡萄**！ ②
挂在你身上，那串葡萄挂在**你**身上；
那些孝顺的成串造物！无限地铺展　　1950

　① "波江"（Eridanus）：波江星座，形状近似意大利境内的同名河流。
　② 《圣经·约翰福音》第 15 章第 1 节（John 15:1）写道，"我是真葡萄树，我父是栽培的人"。

515

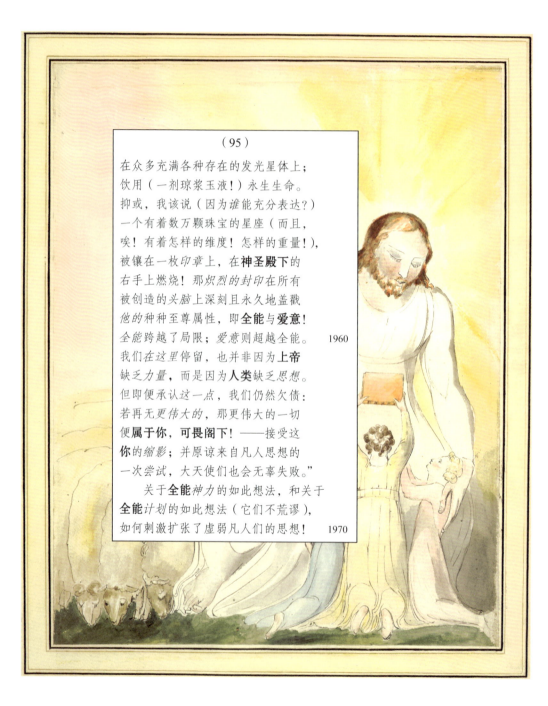

（95）

在众多充满各种存在的发光星体上；
饮用（一剂琼浆玉液！）永生生命。
抑或，我该说（因为谁能充分表达？）
一个有着数万颗珠宝的星座（而且，
唉！有着怎样的维度！怎样的重量！），
被镶在一枚印章上，在**神圣殿下**的
右手上燃烧！*那炽烈的封印*在所有
被创造的头脑上深刻且永久地盖戳
他的种种至尊属性，即**全能**与**爱意**！
全能跨越了局限；爱意则超越全能。　　　1960
我们*在这里*停留，也并非因为**上帝**
缺乏力量，而是因为**人类**缺乏思想。
但即便承认这一点，我们仍然欠债：
若再无更伟大的，那更伟大的一切
便**属于你，可畏阁下**！——接受这
你的缩影；并原谅来自凡人思想的
一次尝试，大天使们也会无辜失败。"
　　关于**全能**神力的如此想法，和关于
全能计划的如此想法（它们不荒谬），
如何刺激扩张了虚弱凡人们的思想！　　1970

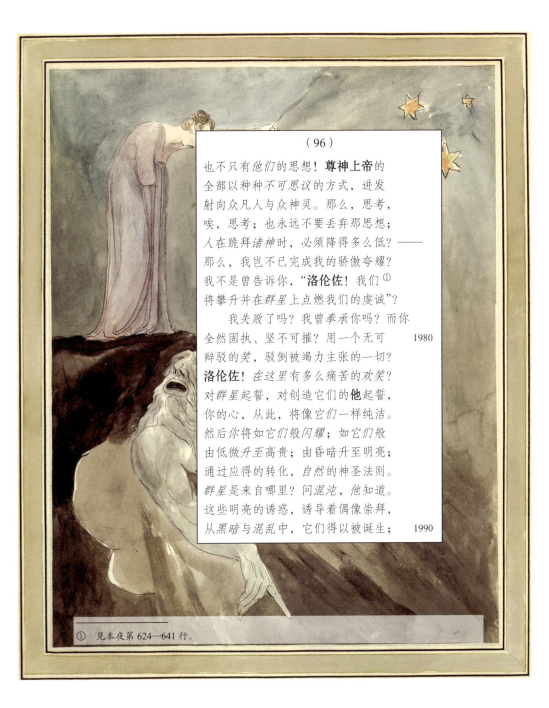

（96）

也不只有*他们*的思想！**尊神上帝**的
全部以种种不可思议的方式，迸发
射向众凡人与众神灵。那么，思考，
唉，思考；也永远不要丢弃那思想；
人在跪拜*诸神*时，必须降得多么低？——
那么，我岂不已完成我的骄傲夸耀？
我不是曾告诉你，"**洛伦佐**！我们 ①
将攀升并在*群星*上点燃我们的虔诚"？

　　我失败了吗？我曾奉承你吗？而你
全然固执、坚不可摧？用一个无可　　　　1980
辩驳的笑，驳倒被竭力主张的一切？
洛伦佐！*在这里有多么痛苦的欢笑？*
对*群星*起誓，对创造它们的*他*起誓，
你的心，从此，将像它们一样纯洁。
然后你将如*它们*般闪耀；如它们般
由低微升至高贵；由昏暗升至明亮；
通过应得的转化，*自然*的神圣法则。
*群星*是来自哪里？问*混沌*，*他*知道。
这些明亮的诱惑，诱导着偶像崇拜，
从*黑暗*与*混乱*中，它们得以被诞生；　　1990

---
① 见本夜第 624—641 行。

夜　思

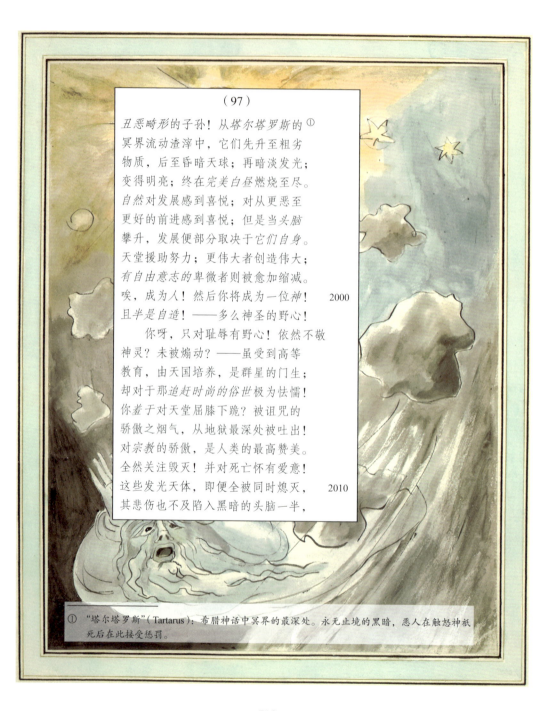

（97）

丑恶畸形的子孙！从塔尔塔罗斯的 ①
冥界流动渣滓中，它们先升至粗劣
物质，后至昏暗天球；再暗淡发光；
变得明亮；终在完美*白昼*燃烧至尽。
自然对发展感到喜悦；对从更恶至
更好的前进感到喜悦；但是当头脑
攀升，发展便部分取决于它们*自身*。
天堂援助努力；更伟大者创造伟大；
有自由意志的卑微者则被愈加缩减。
唉，成为人！然后你将成为一位*神*！　　2000
且半是*自造*！——多么神圣的野心！

　　　　你呀，只对耻辱有野心！依然不敬
神灵？未被煽动？——虽受到高等
教育，由天国培养，是群星的门生；
却对于那*追赶时尚的俗世*极为怯懦！
你羞于对天堂屈膝下跪？被诅咒的
骄傲之烟气，从地狱最深处被吐出！
对宗教的骄傲，是人类的最高赞美。
全然关注毁灭！并对死亡怀有爱意！
这些发光天体，即便全被同时熄灭，　　2010
其悲伤也不及陷入黑暗的头脑一半，

① "塔尔塔罗斯"（Tartarus）：希腊神话中冥界的最深处。永无止境的黑暗，恶人在触怒神祇
死后在此接受惩罚。

518

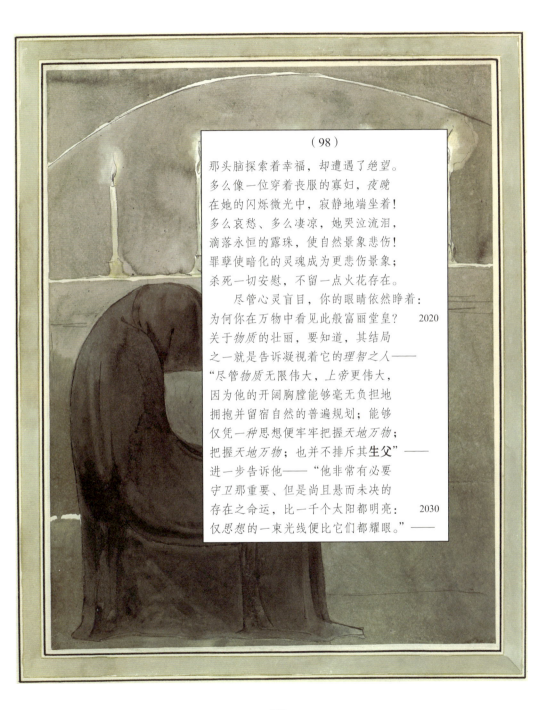

（98）

那头脑探索着幸福，却遭遇了绝望。
多么像一位穿着丧服的寡妇，夜晚
在她的闪烁微光中，寂静地端坐着！
多么哀愁、多么凄凉，她哭泣流泪，
滴落永恒的露珠，使自然景象悲伤！
罪孽使暗化的灵魂成为更悲伤景象；
杀死一切安慰，不留一点火花存在。

　　尽管心灵盲目，你的眼睛依然睁着：
为何你在万物中看见此般富丽堂皇？　2020
关于物质的壮丽，要知道，其结局
之一就是告诉凝视着它的理智之人——
"尽管物质无限伟大，上帝更伟大，
因为他的开阔胸膛能够毫无负担地
拥抱并留宿自然的普遍规划；能够
仅凭一种思想便牢牢把握天地万物；
把握天地万物；也并不排斥其**生父**"——
进一步告诉他——"他非常有必要
守卫那重要、但是尚且悬而未决的
存在之命运，比一千个太阳都明亮：　2030
仅思想的一束光线便比它们都耀眼。"——

519

（99）

若人听起来顺从，很快他便将高高
飞抵至尊的高度，乘着他的紫羽翼，
他的紫羽翼上点缀着众多金色眼睛，
升至如今思想不被允许升至的地方，
以*获胜者*姿态俯瞰这些炫目的天球。

　　那么为何坚持？凡人活着时不承认，
唯有在人之将死、其言也善的时候，
才宣告吸引你的一切都是绝对虚荣；
且更糟！与垂死者相伴，你思考着；　　2040
唉，屈尊像天使们那样思考！容许
一次获得幸福的机遇！我们的本质
如此，不良的机遇必有凶恶的命运；
即便没有上帝的存在，地狱仍存在。
你怎会不知道，我的新晋天文学家！
背离太阳的地球，给人类带来黑夜？
背离其**上帝**的人，带来无尽的黑夜；
那里，你无道德可读，无朋友可寻，
不改善任何举止，不期待任何和平。
那黑暗多么深沉！那呻吟多么大声！　　2050
这些火焰远非世俗摇曳火苗，远非！——
如此便是**洛伦佐**的购置！他的赞美！

（100）

那骄傲的、那精明的**洛伦佐**的赞美；
尽管在他耳中，并且对准他的心灵，
我已经通读了天国著作的一半内容。①

　　因为莫认为你已从我这里听到全部；
我的诗歌只是重复伟大*自然*的发言。
她说了些什么？那位女神如此发言，
如此永远发言：——"在自然头上
安置一位元首，对世间万物翻白眼，　　　2060
伸展他的翅膀，颁布他的种种命令，
但最重要的是，散播着无尽的善意。
为了确切补偿，被错怪者会飞*向他*；
可憎者为了仁慈；受苦者为了和平。
通过他，这些天球的各种租住者们——
有着多种多样的财富、地位与权利，
在享乐中长大——在其价值提升的
同时，最终抵达（若值得如此逼近）
那被赐福的源头，从那里他们流出。
那里，过去的冲突翻倍当下的欢乐；　　　2070
当下的欢乐则盼望增长；增长后的
仍盼望更多；没有终止！每迈一步
都是双恩惠！*既有承诺、也有极乐*。"

---

① 诗人已讲述了"天国著作"的全部内容，但鉴于他只是在"重复大自然的发言"，并非原创，因此只能算作"一半内容"。详见下一句。

（101）

这规划多么轻易地在人类心中就座？
它适合其品格；它缓解其巨大欲望；
激情得到满足；理性也不再有所求；
它理智！伟大！——但什么是*你的*？
它遮暗！震惊！拷打！并使人困惑！
任凭我们毫无防备地从恶劣沉落至
更糟，没有帮助与希望；先做几年　　　2080
*命运的玩物；*然后成为绝望的佳肴。

　　那么告诉我，**洛伦佐！**（因为你熟知）
何为邪恶？仅仅是指我们的思想中
缺乏罗盘。何为宗教？*常识*的证据；
在最无常识之地，你被怎样地轰赶？
若*这些*真理称你是*傻瓜*，这是我的
错吗？你将永远不会被我错误称呼。
是否不论*耻辱、*还是恐怖，都不能
与你为友？你*仍*是泥潭中的一只虫？
多么地像你的守护天使，我飞行着；　　2090
从尘世夺走你；护送你穿越所有的
超凡军队；牵引像神灵似的你走过
有一等重要性、被置于左右两边的
种种光辉；被扔到你脚下的众云团；

（102）

并紧靠着**上帝**的明亮极乐世界游弋；
几乎将你介绍给那位**御座**上的尊神！
而你是否仍在为了喜悦，狂饮恶臭
毒酒；首先，发酵成为纯粹的浮渣；
然后沉淀为最终的苦酒？对于有着
崇高、永生品格的存在来说，所有　　　2100
有着确切终点的欢乐，是多么骇人？
如此欢乐，越是*迷人*，就越是*骇人*！
你是否选择终止何物，在其开始前：
既臭名昭著、又短暂？你是否选择
（对*你*的味觉来说，*荣耀如此甜蜜*）
强行进入万劫不复之地，通过轻蔑——
不止源于可怜偏执者、还有你*自身*？
因为我已经窥视你那被遮蔽的心灵，
并且看见它在自夸的眉下羞愧发窘；
因为，在强烈罪孽的最猛烈袭击下，　　2110
良知不过是丧失能力，并未被摧毁。

　　哦你这个最可怕、且最虚荣的存在！①
你的意愿多*脆弱*？你的力量多*荣耀*？
尽管可畏的**永恒**已经在你那专横的
心中，种下她的极乐与悲哀的种子；

① 即灵魂。

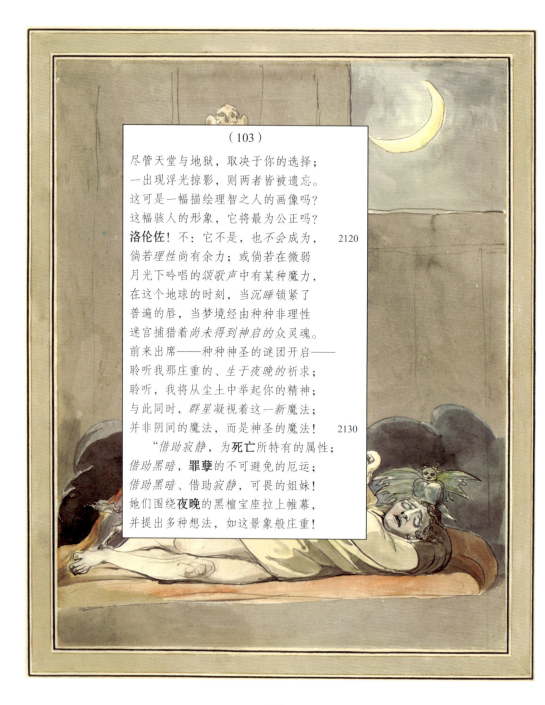

（103）

尽管天堂与地狱，取决于你的选择；
一出现浮光掠影，则两者皆被遗忘。
这可是一幅描绘理智之人的画像吗？
这幅骇人的形象，它将最为公正吗？
洛伦佐！不：它不是，也不会成为，　　2120
倘若*理性*尚有余力；或倘若在微弱
月光下吟唱的颂歌声中有某种*魔力*，
在这个地球的时刻，当*沉睡*锁紧了
普遍的唇，当*梦境*经由种种非理性
迷宫捕猎着*尚未得到神启*的众灵魂。
前来出席——种种神圣的谜团开启——
聆听我那庄重的、生于*夜晚*的祈求；
聆听，我将从尘土中举起你的精神，
与此同时，*群星*凝视着这一新魔法；
并非阴间的魔法，而是神圣的魔法！　　2130
　　"借助寂静，为**死亡**所特有的属性；
借助黑暗，**罪孽**的不可避免的厄运；
借助黑暗、借助寂静，可畏的姐妹！
她们围绕**夜晚**的黑檀宝座拉上帷幕，
并提出多种想法，如这景象般庄重！

524

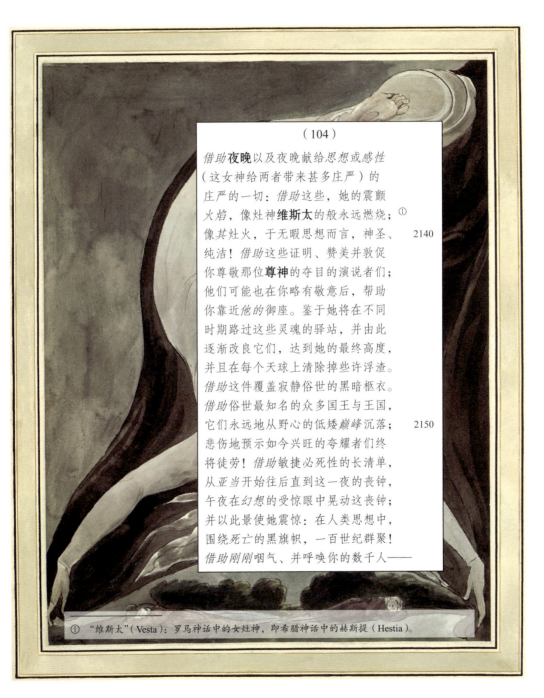

（104）

借助 **夜晚**以及夜晚献给思想或感性
（这女神给两者带来甚多庄严）的
庄严的一切：*借助*这些，她的震颤
火焰，像灶神**维斯太**的般永远燃烧；①
像其灶火，于无暇思想而言，神圣、　　2140
纯洁！*借助*这些证明、赞美并敦促
你尊敬那位**尊神**的夺目的演说者们；
他们可能也在你略有敬意后，帮助
你靠近他的御座。鉴于她将在不同
时期路过这些灵魂的驿站，并由此
逐渐改良它们，达到她的最终高度，
并且在每个天球上清除掉些许浮渣。
*借助*这件覆盖寂静俗世的黑暗枢衣。
*借助*俗世最知名的众多国王与王国，
它们永远地从野心的低矮巅峰沉落；　　2150
悲伤地预示如今兴旺的夸耀者们终
将徒劳！*借助*敏捷必死性的长清单，
从亚当开始往后直到这一夜的丧钟，
午夜在幻想的受惊眼中晃动这丧钟；
并以此景使她震惊：在人类思想中，
围绕死亡的黑旗帜，一百世纪群聚！
*借助*刚刚咽气、并呼唤你的数千人——

① "维斯太"（Vesta）：罗马神话中的女灶神，即希腊神话中的赫斯提（Hestia）。

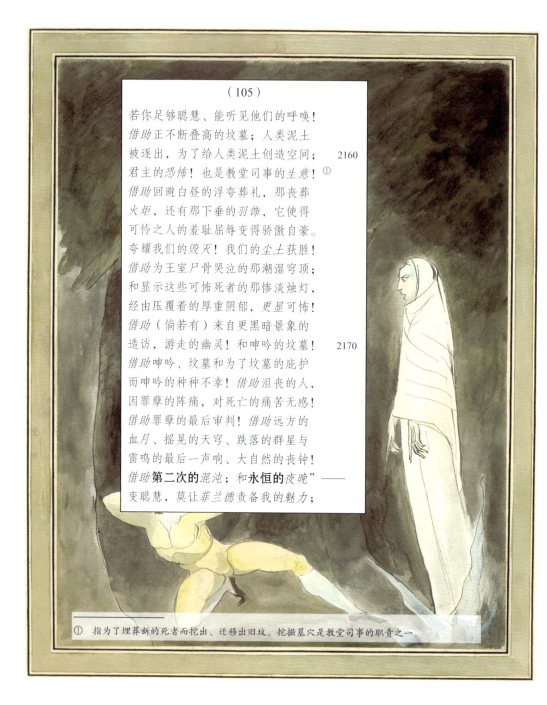

（105）

若你足够聪慧、能听见他们的呼唤！
*借助*正不断叠高的坟墓；人类泥土
被逐出，为了给人类泥土创造空间；　　2160
君主的*恐怖*！也是教堂司事的*生意*！①
*借助*回避白昼的浮夸葬礼，那*丧葬*
火炬，还有那下垂的*羽饰*，它使得
可怜之人的羞耻屈辱变得骄傲自豪。
夸耀我们的毁灭！我们的尘土获胜！
*借助*为王室尸骨哭泣的那潮湿穹顶；
和显示这些可怖死者的那惨淡烛灯，
经由压覆着的厚重阴郁，更显可怖！
借助（倘若有）来自更黑暗景象的
造访，游走的幽灵！和呻吟的坟墓！　　2170
*借助*呻吟、坟墓和为了坟墓的庇护
而呻吟的种种不幸！*借助*沮丧的人，
因罪孽的阵痛，对死亡的痛苦无感！
*借助*罪孽的最后审判！*借助*远方的
血月、摇晃的天穹、跌落的群星与
雷鸣的最后一声响、大自然的丧钟！
*借助***第二次的**泥沼；和**永恒的***夜晚*"——
变聪慧，莫让菲兰德责备我的魅力；

① 指为了埋葬新的死者而挖出、迁移出旧坟。挖掘墓穴是教堂司事的职责之一。

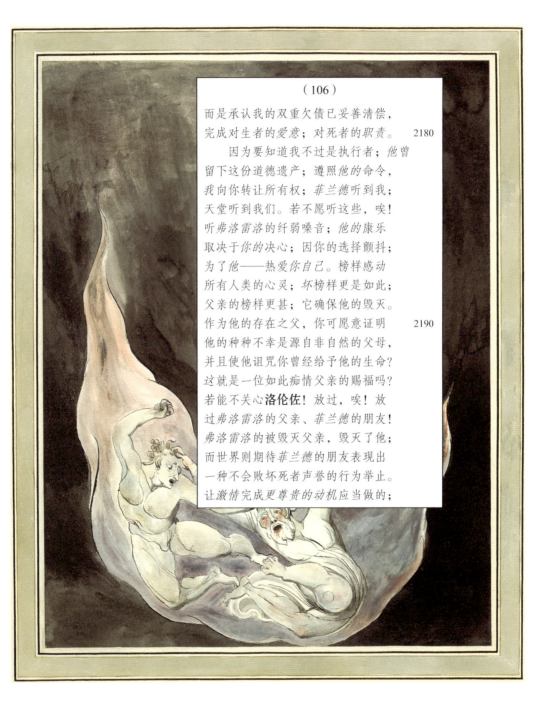

（106）

而是承认我的双重欠债已妥善清偿，
完成对生者的爱意；对死者的职责。　　2180

　　因为要知道我不过是执行者；*他曾*
留下这份道德遗产；遵照他的命令，
我向你转让所有权；菲兰德听到我；
天堂听到我们。若不愿听这些，唉！
听*弗洛雷洛的纤弱嗓音；他的康乐*
取决于你的决心；因你的选择颤抖；
为了他——热爱你自己。榜样感动
所有人类的心灵；坏榜样更是如此；
父亲的榜样更甚；它确保他的毁灭。
作为他的存在之父，你可愿意证明　　2190
他的种种不幸是源自非自然的父母，
并且使他诅咒你曾经给予他的生命？
这就是一位如此痴情父亲的赐福吗？
若能不关心**洛伦佐**！放过，唉！放
过*弗洛雷洛的父亲、菲兰德的朋友！*
弗洛雷洛的被毁灭父亲，毁灭了他；
而世界则期待*菲兰德*的朋友表现出
一种不会败坏死者声誉的行为举止。
让激情完成更尊贵的动机应当做的；

（107）

让爱意与*仿效*出现，并且援助*理性*；　　　2200
并劝说你要成为——获得赐福之人。

　　这看似并非一个会遭到拒绝的要求；
然而，如此便是人类的痴心！这是
人能对人所做之事中，*最无希望的*。
那时我可将起身，进行热烈的辩论？
并且从种种尚未进行讨论的话题中，
竭力主张菲兰德的死后建议？但是，
唉！我晕倒！我的活力衰退！也不
奇怪！飞得如此久，且在高耸地带；
我的伟大**造物主**的荣耀呼唤我至此　　2210
并呼唤——但如今是徒劳。睡眠的
露湿魔杖已轻抚我的双唇，并承诺
亏欠我的漫长休憩；*有绒羽的神灵*
（惯于与我们的回归和平一同回归）
不久便将支付，并用憩息赐福于我。
快点，甜美的陌生人！不论农民的
村舍、船上侍者的吊床、或战士的
茅草屋，哀愁不曾驱逐你离开那里；
携你带来的，并非近来的丑陋视像；
而是口感极佳、美味强心的休憩酒；　　2220

（108）

人的浓郁恢复剂。是他的香脂沐浴，
润滑这台如此频繁地需要修复期的
精密机器，使它变得柔软灵活，并
保持它的各种动作能够正常地进行。
当我们厌倦了白天的种种徒劳旋转，
*睡眠*为了随后的拂晓给我们上发条；
我们振作旋转，直到*疾病*阻塞齿轮，
或*死亡*彻底毁坏弹簧，并终止运动。
我的运动何时终止？
　　　　　　　——"**你**只知，　2230

你的宽广视力将未来及过去与当下
结合；凡人思想所见的，被你合三
为一！**你**知道，且唯有**你**，全知者！
——一切未知——与已广为人知的！
亲近，虽遥远！未被测，但能感知！
而且，尽管不可见，却永远被看见！
且在万物中被看见！不论*伟大微小*：
上方的每个星体，及其巨大的种族，
每朵花，每片叶，及其群聚的小人，
（那些见证**全能上帝**的弱小证人们！）　2240
对询问'*来自何处*'的第一个想法

529

夜　思

（109）

表明他们的同一来源。**你**那神圣的
源泉，在拜圣欢乐的河流中漫溢着！
是谁曾给我们更为谦逊的主题发言？
告诉我，我该冒昧地用何名号称呼
我看见在这些无数恒星中燃烧的**他**，
如*摩西*在*灌木丛*中看见的？**显赫的**①
头脑！所有造物都远不及你，正如
*那灌木丛*远不及创世纪的宽广范围。
我该如何为**你**取名？我的辛劳灵魂　　　2250
如何在那难产的巨型思想下喘着气？

　　"完美的伟大体系！众浩大起因的
浩大起因！无起因的起因！*自然*的
唯一根基，那属于**上帝**的丰饶产物！
诞下*种种*结果的首席圣父！它们是
一系列的无尽后裔；金链条的最后
一环在哪里接受终止，谁又能分辨？
一切被听见或可听见之存在的圣父！
一切被看见或可看见之存在的圣父！
一切已出现或将出现之存在的圣父！　　2260
圣父用多种形式的*物质*创造了这个
不可计量的团块；或稠密、或稀疏；

① 《圣经·出埃及记》第3章第2节（Exodus 3:2）中，摩西看见荆棘着火，却未被烧毁。

530

（110）

或阴暗、或透明；或疾驰、或静止；
或微小、或无垠！在人看来，上述
每种极端都有着相似的惊奇与神秘。
*夜晚*的这些数百万明亮星体的圣父！
其中最不饱满的神性星体已经宣告，
并且使那位凝视者跪下——或者说，
更高级的称号，是神圣的你的选择？
暂时统治*物质*的君主们，出自圣父！　　2270
*精神*的圣父！更尊贵的后代！出自
高贵父辈荣耀的火花；被赋予丰富
天资，包括各种程度、各种类型的
本能、*理性*、*直觉*；更惨淡的光芒，
或来自*神圣白昼*的明亮光芒，为了
打破有机物质（盛装所有*被创造的
精神*的器皿）的黑暗；这些光芒在
至尊的光亮中彼此覆盖着相继升起，
直到最后的一束成长为强烈的光辉，
最为逼近**神性**。圣父痴情于（远比　　2280
尘世上曾担起那名号的人更为痴情）
有才智的存在！这些存在受到赐福，
有能力取悦**你**；并非被动地屈从于

夜　思

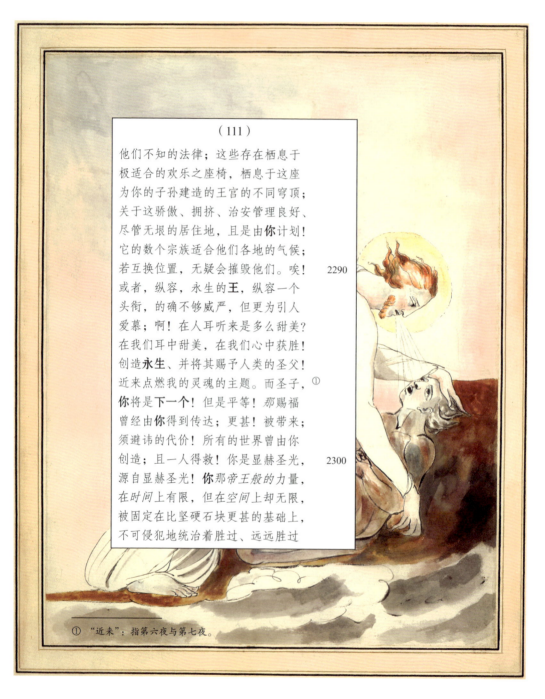

（111）

他们不知的法律；这些存在栖息于
极适合的欢乐之座椅，栖息于这座
为你的子孙建造的王宫的不同穹顶；
关于这骄傲、拥挤、治安管理良好、
尽管无垠的居住地，且是由**你**计划！
它的数个宗族适合他们各地的气候；
若互换位置，无疑会摧毁他们。唉！　　2290
或者，纵容，永生的**王**，纵容一个
头衔，的确不够威严，但更为引人
爱慕；啊！在人耳听来是多么甜美？
在我们耳中甜美，在我们心中获胜！
创造**永生**、并将其赐予人类的圣父！
近来点燃我的灵魂的主题。而圣子，①
你将是下一个！但是平等！那赐福
曾经由**你**得到传达；更甚！被带来；
须避讳的代价！所有的世界曾由你
创造；且一人得救！你是显赫圣光，　　2300
源自显赫圣光！**你**那帝王般的力量，
在*时间*上有限，但在*空间*上却无限，
被固定在比坚硬石块更甚的基础上，
不可侵犯地统治着胜过、远远胜过

① "近来"：指第六夜与第七夜。

532

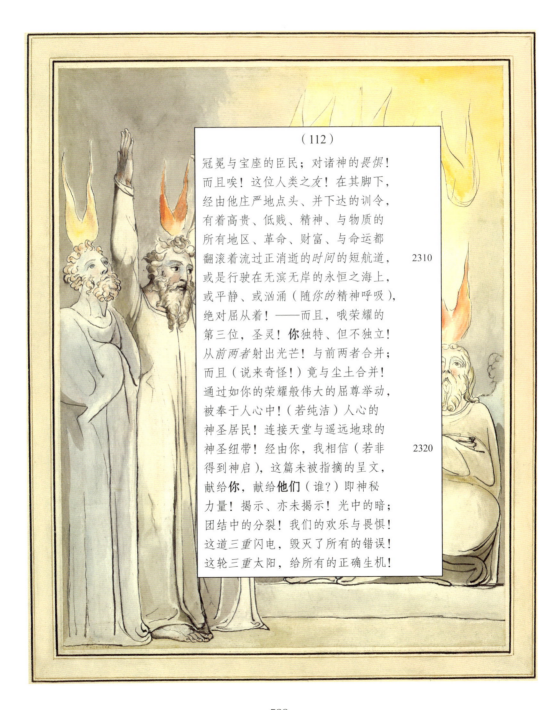

（112）

冠冕与宝座的臣民；对诸神的*畏惧*！
而且唉！这位人类之友！在其脚下，
经由他庄严地点头、并下达的训令，
有着高贵、低贱、精神、与物质的
所有地区、革命、财富、与命运都
翻滚着流过正消逝的*时间*的短航道，　　　2310
或是行驶在无滨无岸的永恒之海上，
或平静、或汹涌（随你的精神呼吸），
绝对屈从着！——而且，哦荣耀的
第三位，圣灵！**你**独特、但不独立！
从*前两者*射出光芒！与前两者合并；
而且（说来奇怪！）竟与尘土合并！
通过如你的荣耀般伟大的屈尊举动，
被奉于人心中！（若纯洁）人心的
神圣居民！连接天堂与遥远地球的
神圣纽带！经由你，我相信（若非　　　2320
得到神启），这篇未被指摘的呈文，
献给**你**，献给**他们**（谁？）即神秘
力量！揭示、亦未揭示！光中的暗；
团结中的分裂！我们的欢乐与畏惧！
这道三重闪电，毁灭了所有的错误！
这轮三重太阳，给所有的正确生机！

533

（113）

这三位一体，难以描述、难以设想，
隐匿着那依然显而易见的**伟大上帝**！
比最伟大者更甚！比最优秀者更甚！
比最和善者更甚！带着柔和的怜悯，　　　2330
或（说出来更强大）*你自身的威严*，
从你的明亮家园，从那高耸的天穹，
在那里**你**已定居，远离所有的永恒，
超越大天使们那*得不到协助*的视野；
从远高于凡人们能喊出的最高称呼；
从天国高地的巅峰；俯瞰着，遍及——
什么？令人混乱的间歇！遍及*辛劳*
*幻想*所能设想出的一切、乃至更多；
遍及种种未知精髓排成的绚丽行列；
遍及一队又一队的六班天使，他们　　　2340
被派遣至**全能上帝**的各种旗帜周围，
因不断变化的种种狂喜职责而激动；
遍及种种奇妙的存在，干预的群簇，
因那呼唤而全部团聚，为了居于**你**；
遍及这片世界的广阔废墟；这巨大
图景，布满如沙的恒星；相较你的
最微弱光芒，恒星即*黑夜*——俯瞰，
俯瞰一颗在尘土中*呼吸*的可怜微粒，

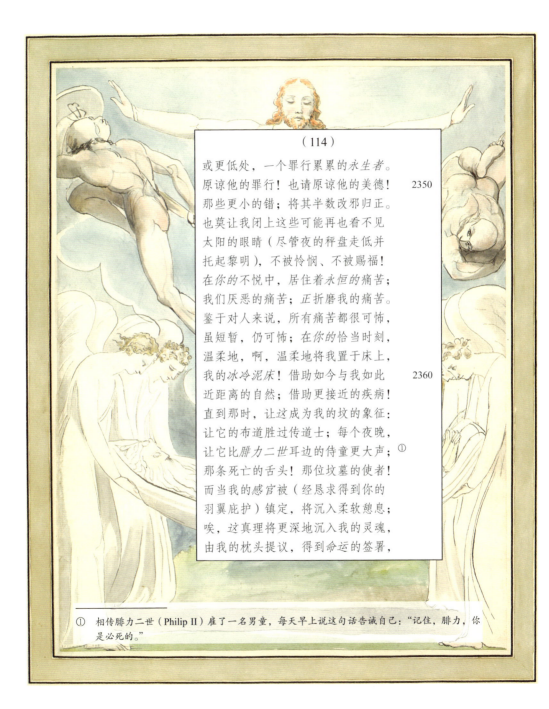

（114）

或更低处，一个罪行累累的永生者。
原谅他的罪行！也请原谅他的美德！　　2350
那些更小的错；将其半数改邪归正。
也莫让我闭上这些可能再也看不见
太阳的眼睛（尽管夜的秤盘走低并
托起黎明），不被怜悯、不被赐福！
在你的不悦中，居住着永恒的痛苦；
我们厌恶的痛苦；正折磨我的痛苦。
鉴于对人来说，所有痛苦都很可怖，
虽短暂，仍可怖；在你的恰当时刻，
温柔地，啊，温柔将我置于床上，
我的冰冷泥床！借助如今与我如此　　2360
近距离的自然；借助更接近的疾病！
直到那时，让这成为我的坟的象征：
让它的布道胜过传道士；每个夜晚，
让它比腓力二世耳边的侍童更大声，①
那条死亡的舌头！那位坟墓的使者！
而当我的感官被（经恳求得到你的
羽翼庇护）镇定，将沉入柔软憩息；
唉，这真理将更深地沉入我的灵魂，
由我的枕头提议，得到命运的签署，

———
① 相传腓力二世（Philip Ⅱ）雇了一名男童，每天早上说这句话告诫自己："记住，腓力，你是必死的。"

535

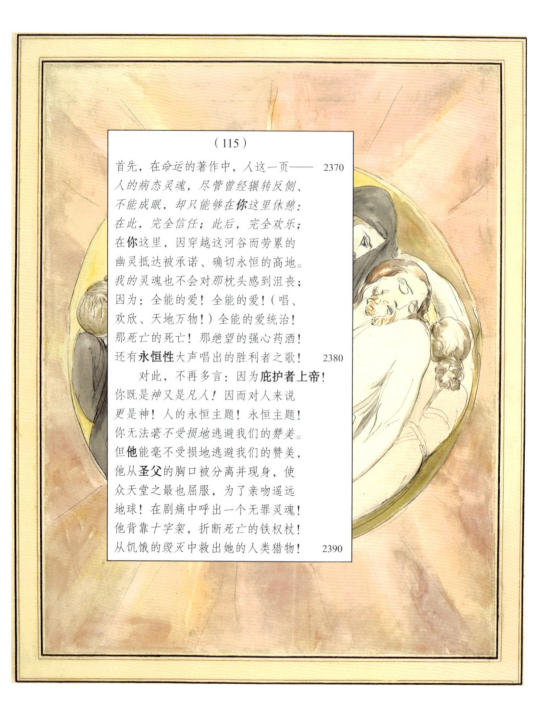

夜　思

（115）

首先，在命运的著作中，人这一页——　　2370
人的病态灵魂，尽管曾经辗转反侧、
不能成眠，却只能够在**你**这里休憩：
在此，完全信任；此后，完全欢乐；
在**你**这里，因穿越这河谷而劳累的
幽灵抵达被承诺、确切永恒的高地。
我的灵魂也不会对那枕头感到沮丧；
因为：全能的爱！全能的爱！（唱、
欢欣、天地万物！）全能的爱统治！
那死亡的死亡！那绝望的强心药酒！
还有**永恒性**大声唱出的胜利者之歌！　2380
　　对此，不再多言：因为**庇护者上帝**！
你既是**神又是凡人**！因而对人来说
更是神！人的永恒主题！永恒主题！
你无法毫不受损地逃避我们的赞美。
但**他**能毫不受损地逃避我们的赞美，
他从**圣父**的胸口被分离并现身，使
众天堂之最也屈服，为了亲吻遥远
地球！在剧痛中呼出一个无罪灵魂！
他背靠十字架，折断死亡的铁权杖！
从饥饿的毁灭中救出她的人类猎物！　2390

536

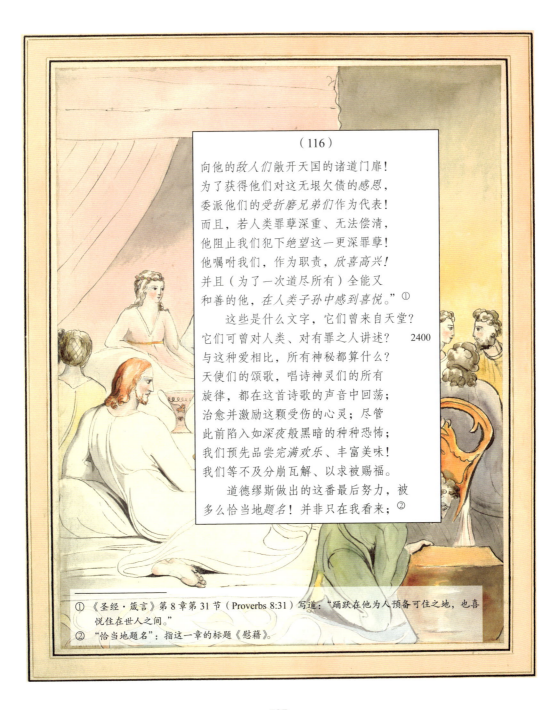

（116）

向他的*敌人们*敞开天国的诸道门扉！
为了获得他们对这无垠欠债的感恩，
委派他们的受折磨兄弟们作为代表！
而且，若人类罪孽深重、无法偿清，
他阻止我们犯下绝望这一更深罪孽！
他嘱咐我们，作为职责，*欣喜高兴*！
并且（为了一次道尽所有）全能又
和善的他，在人类子孙中感到喜悦。"①

　　这些是什么文字，它们曾来自天堂？
它们可曾对人类、对有罪之人讲述？　　2400
与这种爱相比，所有神秘都算什么？
天使们的颂歌，唱诗神灵们的所有
旋律，都在这首诗歌的声音中回荡；
治愈并激励这颗受伤的心灵；尽管
此前陷入如深夜般黑暗的种种恐怖；
我们预先品尝完满欢乐、丰富美味！
我们等不及分崩瓦解、以求被赐福。

　　道德缪斯做出的这番最后努力，被
多么恰当地题名！并非只在我看来；②

---

① 《圣经·箴言》第 8 章第 31 节（Proverbs 8:31）写道："踊跃在他为人预备可住之地，也喜悦住在世人之间。"
② "恰当地题名"：指这一章的标题《慰藉》。

（117）

而是所有的读者；怎样的精神支持，　　　2410
怎样的高度**慰藉**，为我的诗歌加冕！

　　那么永别了，**夜**！如今，再无黑暗：
欢乐破晓、闪耀、获胜；永恒白昼。
从虚无中诞生的存在，是否将抱怨
需忍受少数祸害，方换来无尽欢乐？
我的灵魂！从此，支持人类幸福的
昼夜组成最甜蜜的结合体，而某些
人则错误地认为这两者永不会相遇。
生命的真实滋味，对死的不断思考：
唯有对死的思考，战胜对它的*畏惧*！　　2420
让希望成为你的欢乐；*德行*，你的
技艺；你的庇护者，**他**（其冠冕掉
落那些天堂珠宝）；永恒，你的奖。①
并且听任*俗世*的参赛者们自生自灭，
为了他们的羽饰与浮渣而无尽劳作；
为了并非圣饼之物，他们摒弃一切；
他们因财富、名声与权力受辱挨饿；
并嘲笑那些有更高目标的人是傻瓜。
近来刚逃离凡尘的幽灵必然是这样
（假设是菲兰德、露西亚、纳西莎）：　　2430

————————————————
① 让德行成为你的技艺，让他成为你的庇护者，让永恒成为对你的奖赏。

538

（118）

事物的真理刚开始在它的眼中燃烧，
它惊讶地回望人们的路，其生命的
全部动向就是为了忘却他们的坟墓。
当我们现有的特权无效，为了鞭笞
我们、让我们充分体会对它的滥用，
同样的惊讶便将会控制我们所有人。
那时必令我们痛苦的，如今会保全
我们。**洛伦佐!** 尚且不晚；**洛伦佐!**
领悟智慧，在它变成一种折磨之前；
即，夺取智慧，在它能俘获你之前，　　2440
因为，我的小哲学家! 什么是地狱?
地狱不过是对真理的彻底了解，当
被长久抗拒的真理发誓与我们为敌；
并且同时传唤**永恒**来为她主持正义。

　　因此，黑暗正援助着才智之光，而
宗教式沉默正低语着种种神圣真理，
还有种种神圣真理正变痛苦为和平，
我的诗歌已经比午夜渡鸦飞得更高，
并且出于对无垠景象的野心，飞速
超越这俗世的种种燃火界限，进行　　2450
她的阴郁飞行。但这幻想的飞行有

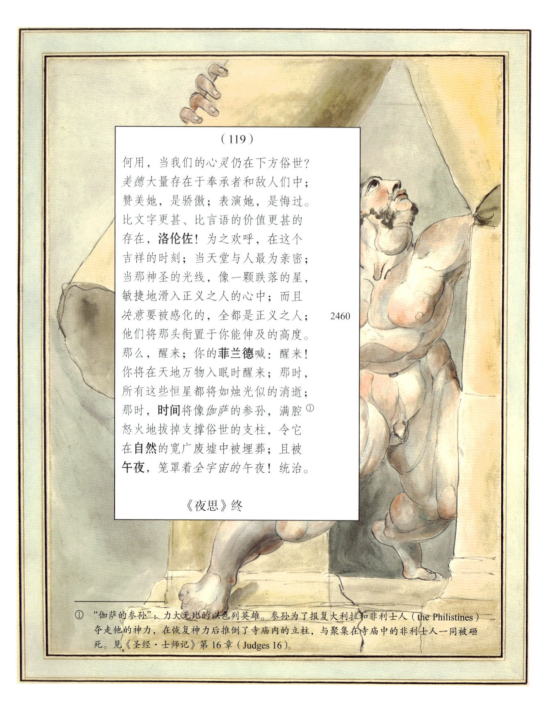

（119）

何用，当我们的心灵仍在下方俗世？
*美德*大量存在于奉承者和敌人们中；
赞美她，是骄傲；表演她，是悔过。
比文字更甚、比言语的价值更甚的
存在，**洛伦佐**！为之欢呼，在这个
吉祥的时刻；当天堂与人最为亲密；
当那神圣的光线，像一颗跌落的星，
敏捷地滑入正义之人心中；而且
*决意*要被感化的，全都是正义之人　　2460
他们将那头衔置于你能伸及的高度。
那么，醒来；你的**菲兰德**喊：醒来！
你将在天地万物入眠时醒来；那时，
所有这些恒星都将如烛光似的消逝；
那时，**时间**将像*伽萨*的参孙，满腔 ①
怒火地拔掉支撑俗世的支柱，令它
在**自然**的宽广废墟中被埋葬；且被
午夜，笼罩着全宇宙的午夜！统治。

《夜思》终

---

① "伽萨的参孙"：力大无比的以色列英雄。参孙为了报复大利拉和非利士人（the Philistines）夺走他的神力，在恢复神力后推倒了寺庙内的立柱，与聚集在寺庙中的非利士人一同被砸死。见《圣经·士师记》第 16 章（Judges 16）。

图书在版编目(CIP)数据

夜思/(英)爱德华·杨格著;于琰译. —上海：
上海三联书店,2024.12
ISBN 978 - 7 - 5426 - 8148 - 5

Ⅰ.①夜… Ⅱ.①爱… ②于… Ⅲ.①诗歌-英国-
近代 Ⅳ.①I561.24

中国国家版本馆 CIP 数据核字(2023)第 116609 号

夜　思

著　者／［英]爱德华·杨格
绘　者／［英]威廉·布莱克
译　者／于　琰

责任编辑／宋寅悦　徐心童
装帧设计／吴　昉　周清盈　徐　徐
监　制／姚　军
责任校对／王凌霄

出版发行／上海三联书店
　　　　　(200041)中国上海市静安区威海路 755 号 30 楼
邮　箱／sdxsanlian@sina.com
联系电话／编辑部：021 - 22895517
　　　　　发行部：021 - 22895559
印　刷／上海雅昌艺术印刷有限公司

版　次／2024 年 12 月第 1 版
印　次／2024 年 12 月第 1 次印刷
开　本／655mm×960mm　1/16
字　数／240 千字
印　张／38.25
书　号／ISBN 978 - 7 - 5426 - 8148 - 5/I·1816
定　价／198.00 元

敬启读者,如发现本书有印装质量问题,请与印刷厂联系 021 - 68798999